Knaur.

*Im Knaur Taschenbuch Verlag sind von der Autorin bereits erschienen:*
Die Wundärztin
Hexengold

*Über die Autorin:*
Heidi Rehn wurde 1966 in Koblenz geboren und wuchs in einer Kleinstadt am Mittelrhein auf. Sie studierte Germanistik, Geschichte, BWL und Kommunikationswissenschaften in München. Nach dem Magisterexamen war sie zunächst Dozentin an der LMU, anschließend PR-Beraterin in einer Agentur. Seit mehr als zehn Jahren arbeitet sie als freie Journalistin und Autorin. Sie lebt mit Mann und zwei Kindern in München.

# HEIDI REHN

# BERNSTEIN-ERBE

Knaur Taschenbuch Verlag

**Besuchen Sie uns im Internet:**
**www.knaur.de**

Papier aus verantwortungsvollen Quellen
FSC® C083411

Originalausgabe

Redaktion: Regine Weisbrod
Umschlaggestaltung: ZERO Werbeagentur, München
Umschlagabbildung: © plainpicture/Arcangel;
© Winter in Konigsberg (Kaliningrad), Hermann, Ludwig (1812-81) /
Josef Mensing Gallery, Hamm-Rhynern, Germany / Bridgeman Berlin;
© FinePic®, München
Karte: Computerkartographie Carrle
Satz: Adobe InDesign im Verlag
Druck und Bindung: CPI – Clausen & Bosse, Leck
Printed in Germany
ISBN 978-3-426-50732-2

2 4 5 3

*Man muss ein Pfund Salz zusammen essen,*
*bis man einander kennt.*

(BALTISCHES SPRICHWORT)

*In Erinnerung an Eva Sponheimer,*
*geb. Grohnert (1917–2002)*

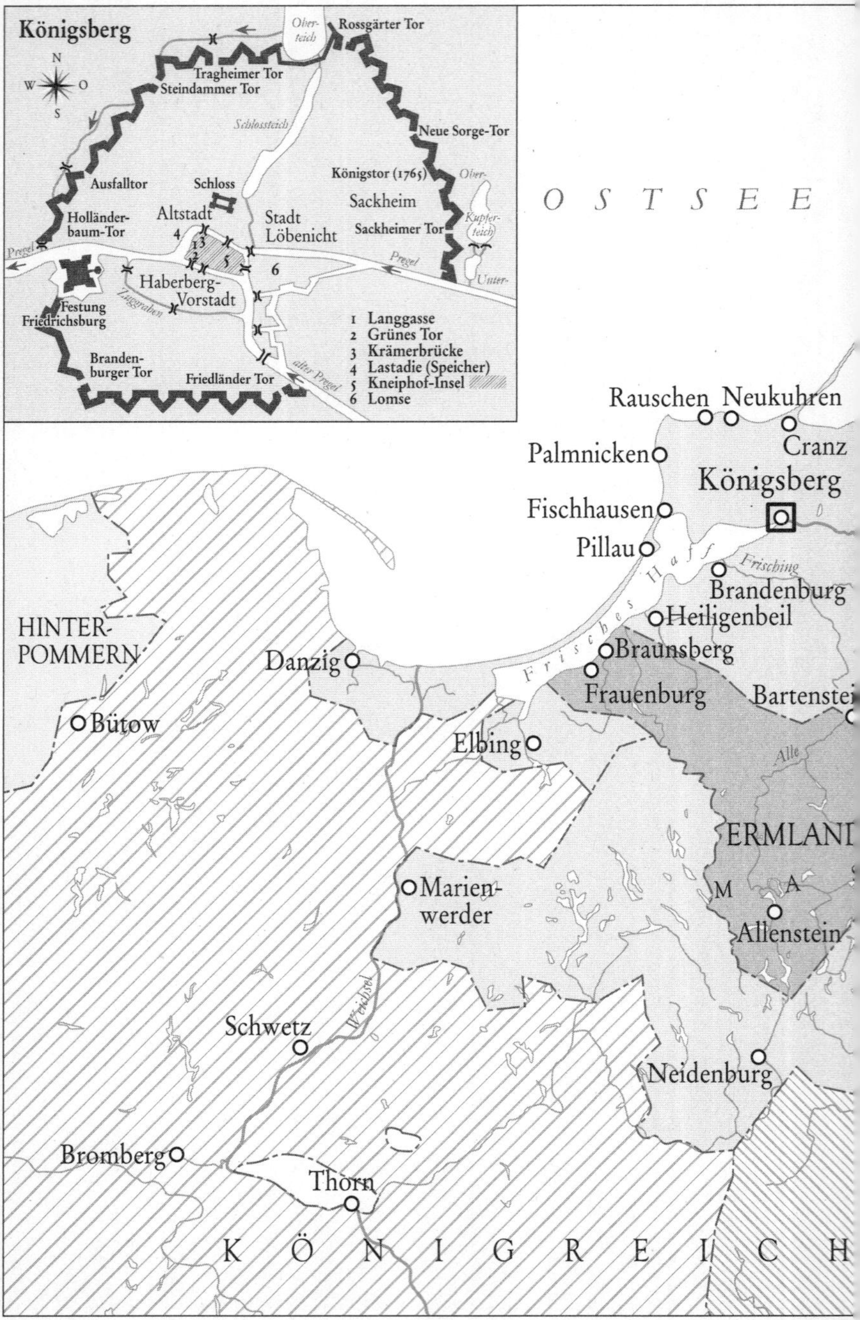

Königsberg
N
W
O
S
Ober-teich
Rossgärter Tor
Tragheimer Tor
Steindammer Tor
Schlossteich
Neue Sorge-Tor
Königstor (1765)
Ober-
Ausfalltor
Schloss
Sackheim
Altstadt
Holländer-baum-Tor
Stadt Löbenicht
Sackheimer Tor
Kupfer-teich
Pregel
Pregel
Unter-
4
1
3
2
5
6
Haberberg-Vorstadt
Zuggraben
Festung Friedrichsburg
Branden-burger Tor
Friedländer Tor
alter Pregel
1 Langgasse
2 Grünes Tor
3 Krämerbrücke
4 Lastadie (Speicher)
5 Kneiphof-Insel
6 Lomse
OSTSEE
Rauschen
Neukuhren
Cranz
Palmnicken
Königsberg
Fischhausen
Pillau
Frisches Haff
Frisching
Brandenburg
Heiligenbeil
Braunsberg
Frauenburg
Bartenstei
HINTER-POMMERN
Danzig
Bütow
Elbing
Alle
ERMLAND
Marien-werder
M
A
Allenstein
Weichsel
Schwetz
Neidenburg
Bromberg
Thorn
KÖNIGREICH

sches Haff
Tauroggen
Tilsit
Labiau
Großfürstentum Litauen
apiau
Pregel
Wehlau
Insterburg
HERZOGTUM PREUSSEN
R E N
Bialystok
N
W
O
S
40 km
P O L E N

# Prolog

# Die List

KÖNIGSBERG / PREUSSEN

*Anfang September 1662*

Auf Roths Worte folgte bestürztes Schweigen. Neugierig schweifte Carlottas Blick über die illustre Schar der Anwesenden. Der ungewöhnlichen Hitze zum Trotz hatten sich an diesem Nachmittag des ersten Dienstags im September nahezu alle Kneiphofer Bürger zur Versammlung im Junkergarten eingefunden: vom erfolgsverwöhnten Bernsteinhändler aus der Langgasse über den brummigen Zimmermann aus der Köttelgasse und den wild schwadronierenden Malzbrauer aus der Schempergasse bis hin zum durchgeistigten Gelehrten aus der Magistergasse. Die angespannte Lage der Stände hatte sie auf den von Mauern umgrenzten Platz unter den weit ausladenden Linden nahe des Alten Pregels geführt. In seltener Eintracht hielten sich die Herren in feingewebtem englischen Tuch dicht neben den Männern in groben Drillichröcken. Sogar die biederen Kaufmannswitwen mit den kostbaren Spitzenschnebben auf dem Kopf rückten an die drallen Handwerkerfrauen und derben Krämerweiber mit ihren schlichten weißen Hauben heran.

Bereits fünf Jahre schwelte der Zwist der Königsberger Stände mit ihrem Kurfürsten Friedrich Wilhelm, seit gut zwei Jahren schon tagte der Landtag im Schloss der benachbarten Altstadt. Nach dem gestrigen Treffen der Oberräte mit dem kurfürstlichen Statthalter Fürst Radziwill, den Altstädter und Löbenichter Bürgermeistern und dem Kanzler der ehrwürdigen Albertina schien endlich Bewegung in die Angelegenheit zu kommen – wenn auch nicht solcherart, wie die Kneiphofer sich das seit langem erhofften.

»Wie es aussieht, schwenken die Altstädter und Löbenichter also um. Es heißt, in wenigen Tagen steht Friedrich Wilhelm mit seinen Truppen vor der Stadt«, wiederholte Roth seine letzten Sätze. Umständlich wischte er sich den Schweiß von der hohen Stirn, wippte auf den Fußspitzen und räusperte sich. Bevor er weitersprechen konnte, schob sich der dicke Schimmelpfennig vor. Die siebzehnjährige Carlotta horchte auf. Allmählich wurde der Nachmittag interessant.

»Machen wir uns doch nichts vor«, hub der Druckereibesitzer an. »Auf gut Deutsch bedeutet das: Wir Kneiphofer sind völlig wehrlos. Sind erst die Kanonen auf unsere Mauern gerichtet, nutzt uns der Beistand des polnischen Königs Johann II. Kasimir rein gar nichts mehr, auch wenn wir ihn Anfang Juli in unserem Bundesbrief zu unserem Lehnsherrn erklärt haben. Denn er wird unseretwegen nicht mit den Säbeln rasseln, um den Kurfürsten zu erschrecken, da er streng genommen auch dessen oberster Lehnsherr ist und außerdem bekanntlich eine Krähe der anderen nicht die Augen aushackt. Und vergesst nicht: Setzt der Brandenburger erst einmal die Akzise sowie die Beschneidung unserer ständischen Mitspracherechte durch, hat auch der Pole etwas davon. Welcher Fürst wehrt sich schließlich gegen eine Steuer, um sich ein stehendes Heer zu finanzieren? Mit anderen Worten: Die Kacke dampft gehörig.«

»Genau!«

»Recht habt Ihr!«

»Was aber können wir tun?«

Kaum hatte Schimmelpfennig geendet, schwoll die Unruhe unter den Versammelten an. Die Ersten bückten sich bereits nach Steinen oder brachen Zweige von den Bäumen. Soweit Carlotta das von ihrem Platz im schattigen Spielmannswinkel erkennen konnte, wirkte Schöppenmeister Roth müde und kraftlos. Entschlossen raffte die junge Wundärztin den Stoff ihres grünen Samtrocks, um sich durch die Menge nach vorn zu schieben.

»Nicht!« Blitzschnell fasste die Mutter sie am Arm und hielt sie zurück. Die schräg stehenden, smaragdgrünen Augen der zierlichen Kaufmannswitwe funkelten aufgebracht. »Dir steht es nicht an, dich in dieser Runde zu Wort zu melden. Nicht allein dein jugendliches Alter spricht dagegen. Wir leben erst seit vier Jahren hier am Pregel. Es ist nicht unsere Angelegenheit, wenn die Kneiphofer Stände seit Jahren mit dem Kurfürsten streiten. Davon abgesehen bin ich diejenige von uns beiden, die dem Kontor unserer Familie nach dem Tod deines Vaters vorsteht. Ich habe das Stimmrecht, nicht du. Oder interessiert dich der Handel jetzt doch mehr als die Wundarztkunst?«

»Wenn uns das nichts angeht, frage ich mich, wozu wir überhaupt hergekommen sind.« Verärgert entriss Carlotta sich ihren Händen und machte einen Schritt nach vorn.

»Ihr, verehrtes Fräulein Grohnert?« Überrascht sah der weißhaarige Schöppenmeister von seinem Podest zu ihr hinunter.

»Gebt mir einen kurzen Moment«, bat sie. »Ich habe einen Vorschlag, wie wir uns die Kurfürstlichen vom Hals schaffen können.«

»So?« Ungläubig musterte Roth sie. Ihr Herz pochte. Sie empfand größten Respekt vor dem tapferen Mann, der mit seiner geheimen Reise nach Warschau sein Leben aufs Spiel gesetzt hatte. Friedrich Wilhelm bezichtigte ihn seither des

Hochverrats. Dennoch kämpfte er weiter für die Rechte der Stände und gegen die dreisten Ansprüche des Brandenburgers.

Haltsuchend umklammerte Carlotta den Bernstein an der Lederschnur um ihren Hals. Dank ihrer Kindheit im kaiserlichen Heerestross und der Erlebnisse während des Nordischen Krieges wusste sie die tapfere Aufrichtigkeit solcher Männer zu schätzen und wollte dem Schöppenmeister unbedingt zur Seite stehen.

»Bitte«, sagte er und half ihr auf die Bank.

Kaum stand die schmächtige Rotblonde neben dem großgewachsenen Schöppenmeister, wurde es wieder still unter den Linden. Lediglich das Schnattern der Enten am nahen Flussufer und das muntere Plätschern des Wassers im steinernen Bassin waren zu hören. Als Carlotta der gebannten Aufmerksamkeit der versammelten Bürger gewahr wurde, musste sie schlucken. Etwas hastig und in zu schrillem Ton hub sie an: »Seit Tagen werde ich als Wundärztin ungewöhnlich häufig zu Schwerkranken gerufen. Doch …«

Weiter kam sie nicht.

»Schwerkranke?«

»Heißt das, die Pest ist ausgebrochen?«

»Warum sagt uns das niemand?«

Carlotta erschrak. Das hatte sie nicht gewollt. Hilflos schaute sie zu Roth. »Ruhe!«, rief der Schöppenmeister in den Lärm hinein. Sofort wurde es leiser. »Niemand hat etwas von der Pest gesagt. Lasst sie bitte erst ausreden.«

Ermutigend klopfte er ihr auf die Schulter. Dankbar nickte sie ihm zu und versuchte es ein zweites Mal: »Es ist wohl eher die unerträgliche Hitze denn die Pest, die unsere Mitbürger derzeit dahinrafft wie die Fliegen.« Das anschwellende Gemurmel signalisierte Erleichterung. Eine beschwichtigende Geste seitens Roths genügte, um für Ruhe zu sorgen. »Aber warum sollten wir die Menschen draußen vor den Toren der Stadt nicht in dem Glauben belassen, bei uns grassiere die Pest?«

Empörung wurde laut.

»Warum das?«

»Ohne Not soll man nicht lügen.«

»Wenn wir das tun, will niemand mehr unsere Waren kaufen.«

»Das bringt uns nur Unheil.«

»Keine Sorge«, rief Carlotta in den Lärm hinein. »Es wird nicht von langer Dauer sein. Unsere Notlage rechtfertigt diese Lüge.«

»Ihr seid viel zu jung, um das abschätzen zu können«, erklangen von neuem Widerworte. Auch dieses Mal genügte es, dass Roth die Hand hob, um Ruhe einkehren zu lassen.

»Bedenkt, was passiert, wenn es heißt, bei uns grassiere die Pest.« Carlotta wagte ein scheues Lächeln. »Glaubt ihr, ein einziger von Friedrich Wilhelms Söldnern marschiert noch freiwillig in unsere Stadt? Vom Kurfürsten selbst ganz zu schweigen.«

Damit hatte sie den Nerv getroffen. Hämisches Gelächter erklang.

»Der wird als Erster weglaufen.«

»Ein rechter Hasenfuß ist er, das haben wir doch schon immer gewusst.«

»Wie aber soll das gehen?«, übertönte Schimmelpfennig die anderen. »Das Gerücht allein wird nicht genügen. Der Kurfürst ist nicht dumm. Gleich wird er begreifen, was dahintersteckt.«

»Deshalb sollten wir gut sichtbar Särge aus der Stadt hinaustragen.« Carlotta staunte selbst, wie ruhig ihr das von den Lippen kam. »Natürlich brauchen wir keine wirklichen Toten, leere Särge genügen für diesen Zweck. Gleich morgen früh schaffen wir sie unter großem Aufwand aus der Stadt. Dank der Pestmasken und der bodenlangen Umhänge machen die Träger deutlich, welcher Art ihre Last ist. Auch eine Handvoll Fackelträger und ein paar Klageweiber sollten nicht fehlen. Am besten ziehen sie durch das Brandenburger Tor in der Haberbergschen Vorstadt hinaus. Gewiss hat der Kurfürst in der Nähe Späher postiert. Sie werden nichts Eiligeres zu tun haben, als ihren Truppen von dem Ausbruch der Pest zu berichten. Jede Wette, dass binnen Stunden zum Rückzug geblasen wird.«

Eisiges Schweigen breitete sich im Junkergarten aus. Carlotta wurde flau. Bang wanderte ihr Blick von einem zum anderen. Der glatzköpfige Schimmelpfennig studierte angestrengt seine Stiefelspitzen, der alte Grünheide lächelte wohlwollend, aber stumm aus dem wettergegerbten Gesicht. Neben ihm schnaubte der stämmige Farenheid entrüstet auf. Der rotbärtige Gellert hielt sich verlegen dicht auf der anderen Seite. Emsig polierte Kaufmann Boye seine runden Brillengläser. Das wenigstens ließ Carlotta kurz aufatmen. Sie wusste, es war seine Art, Unterstützung zu signalisieren. Ebenso konnte sie sich auf den alten Martenn Gerke verlassen. Nicht weit von den vieren saß er unter der dicksten der alten Linden auf einer Bank. Im milden Licht der Augustsonne wirkten die Schluppen an seiner Rheingrafenhose noch bunter als sonst, auch Rock und Kragen strahlten in auffälligem Rot. Die farbenfrohe Kleidung konnte indes nicht darüber hinwegtäuschen, wie ausgezehrt und müde er war. Dennoch rang er sich ein scheues Lächeln ab. Apotheker Heydrich deutete das als Zustimmung und begann, laut Beifall zu klatschen. Damit schien der Bann gebrochen. Nach und nach hoben auch die anderen Räte die Hände. Die Kaufleute und Handwerker taten es ihnen endlich nach. Bald erklangen die ersten Bravorufe.

»So machen wir es!«

»Auf, Zimmermann, holt uns die Särge.«

»Wer stellt sich als Träger zur Verfügung?«

Vorsichtig spähte Carlotta zu ihrer Mutter. Die hatte sich ganz in den Spielmannswinkel zurückgezogen. Doch als selbst die griesgrämige Kaufmannswitwe Ellwart Jubelrufe anstimmte, winkte sie Carlotta stolz zu.

»Verehrtes Fräulein Grohnert«, verbeugte sich Roth anerkennend, »Euer Vorschlag stößt auf breite Zustimmung. Ich bin stolz, Euch zu den Töchtern unserer Stadt zu zählen. Euer Denken beweist nicht nur den unerschrockenen Mut, sondern zweifelsohne auch den Witz, der uns Königsberger Bürgern von jeher zu eigen ist. Zwar weilt Ihr erst seit wenigen Jahren bei uns am Pregel, dennoch überrascht mich das nicht. Immerhin gehen Eure Wurzeln auf alteingesessene Kaufmannsgeschlechter des Kneiphofs zurück.« Verschwörerisch zwinkerte er ihr zu.

»Danke.« Carlotta knickste brav. »Ohne diese Wurzeln wäre ich wohl kaum auf die Idee verfallen. Wollen wir nur hoffen, dass uns die List auch hilft.«

»Wie könnt Ihr daran zweifeln?«, meldete sich Schimmelpfennig wieder zu Wort. »So kühn, wie der Plan ist, und so gut er zu uns Kneiphofern passt, so töricht hat sich bislang doch auch der Kurfürst stets erwiesen.«

»Wollen wir es hoffen. Wenn es nämlich tatsächlich zum Schießen kommt, werden wir Kneiphofer uns am Ende rasch als die wahren Tölpel erweisen.«

# Erster Teil

# Der Aufstand

KÖNIGSBERG

*Herbst 1662*

# 1

Carlotta kicherte. Christoph Keplers blumige Art zu erzählen amüsierte sie. »Du übertreibst mal wieder maßlos! Nur tumbe Ochsen und gackernde Hähne um dich her, das ist doch gar nicht zum Aushalten!« Übermütig warf sie den Kopf in den Nacken. Natürlich wusste sie, wie bezaubernd ihre rotblonden Locken im Sonnenlicht leuchteten. Ein Seitenblick auf den jungen Medicus genügte, sich der gewünschten Wirkung zu versichern. »Unter all den Professoren und Studenten muss es außer dir doch mindestens noch einen weiteren vernünftigen Kopf gegeben haben«, lockte sie weiter. »Immerhin hat dich dein Vater an die besten Universitäten Europas geschickt.«

»Was denkst du, Teuerste?« Christoph tat empört, nahm den schwarzen Spitzhut vom Kopf und neigte den stämmigen Oberkörper, um einen eleganten Kratzfuß anzudeuten. Dabei schrappte sein rechter Schnallenschuh über den trockenen Staub auf dem Altstädter Kirchplatz. Das blankpolierte Schwarz des Leders verwandelte sich in unansehnliches Grau. »Nichts liegt mir ferner, als dich über die wahren Zustände an diesen Orten höchster Weisheit in die Irre zu führen.« Abrupt richtete er das aschblonde Haupt auf und zwinkerte ihr aus den grauen Augen schelmisch zu. »Schließlich erinnere ich mich nur zu gut, wie sehr du seit jeher darauf brennst, das wahre Studentenleben kennenzulernen. Auch wenn wir uns lange nicht gesehen haben, wird sich daran wenig geändert haben.«

Neckend versetzte er ihr einen sanften Nasenstüber. Sie stemmte mit gespielter Empörung die Hände in die Hüften. »Dafür hat sich bei dir wohl Entscheidendes geändert. Soweit ich mich erinnere, sind wir uns gestern erst in Heydrichs Apotheke begegnet. Wenn dein Gedächtnis dir inzwischen zu schaffen macht, weiß ich hervorragende Tropfen gegen diese Art von Beschwerden.«

»Da handelt es sich gewiss um eine Rezeptur deiner berühmten Frau Mama, der allseits geschätzten Magdalena Grohnert.« Von neuem zwinkerte er belustigt. »Keine Sorge, meine liebe Carlotta! Natürlich ist mir nicht entfallen, dich gestern erst getroffen zu haben. Wie könnte ich eine Begegnung mit dir je vergessen? Trotzdem leide ich darunter, deine Gegenwart viel zu lang entbehrt zu haben. Schließlich bin ich zwei Jahre auf Reisen gewesen. Du ahnst nicht, wie schmerzlich ich dich währenddessen vermisst habe.«

»Wenn du nur wüsstest, wie sehr ich dich beneide.« Sie wurde ernst. »Am liebsten würde ich gleich heute noch mein Kleid gegen Hosen eintauschen und ebenso wie du die Universitäten in aller Herren Länder besuchen. Wie herrlich muss es sein, den Vorträgen der Gelehrten zu lauschen.«

»Das mit den Hosen möchte ich mir gar nicht vorstellen.« Christoph schnitt eine Grimasse. »Schließlich gefällst du mir als weibliches Wesen weitaus besser denn als übereifriger Student.« Leicht neigte er den Kopf, um ihr tief in die blauen Augen zu schauen. »Ich hoffe, es gelingt mir, dich rasch von dieser unsinnigen Idee abzubringen, Hosen anzuziehen und wie ein Mann studieren zu wollen. Im Übrigen ist das wohl nicht die einzige übermütige Idee, die du in den letzten Wochen gehabt hast. Höchste Zeit, alles daranzusetzen, den Unfug schnellstens aus deinem hübschen Kopf zu vertreiben.«

»Was willst du damit sagen?« Carlotta wusste selbst nicht, warum sie hinter der Anspielung einen Tadel befürchtete. Tatsächlich war die Finte mit den leeren Särgen geglückt. Friedrich Wilhelms Truppen hatten vor den Toren des Kneiphofs abgedreht, kaum dass sie den vermeintlichen Trauerzug erspäht hatten. Mehr als zwei Wochen waren seither vergangen, und noch immer waren sie nicht wieder aufgetaucht. Beunruhigend war allerdings, dass der aus der Altstadt stammende Christoph wusste, wer auf diese List verfallen war. Jemand musste das Geheimnis aus dem Kneiphof hinausgetragen haben.

»Keine Sorge«, Christoph beugte sich vor, um einen Kuss auf ihre Hand zu hauchen. »Als Sohn des kurfürstlichen Leibarztes werde ich den Teufel tun und mit gespitzten Ohren durch den aufrührerischen Kneiphof laufen. Meine Angst, dort mit der üblen Pest in Berührung zu kommen oder gar gegen unheimliche leere Särge zu stoßen, ist viel zu groß.« Ein weiteres Mal zwinkerte er. »Schließlich wäre es töricht von mir, mich um solche Dinge zu scheren, wo sich mir gerade eine viel aufregendere Möglichkeit bietet, den Nachmittag zu verbringen. Lass uns ein wenig miteinander durch die Straßen spazieren.«

Seine grauen Augen hatten plötzlich einen Glanz, der Carlottas Herz zum Rasen brachte. Verschämt äugte sie zur Uhr am Kirchturm. Kurz vor zwei.

»Du weißt, dass das nicht geht.« Bedauernd runzelte sie die Stirn. »Bislang sind zwar erst wenige Leute unterwegs, doch das ändert sich bald. Das schöne Wetter wird die Königsberger nach draußen locken. Und du weißt, wie sie sich die Mäuler wetzen, wenn sie dann ausgerechnet uns beide zusammen sehen.« Ihre Finger spielten mit dem Bernstein an der Lederschnur um ihren Hals.

»Keine Sorge«, suchte Christoph sie zu beruhigen. »Im Moment frönen die meisten noch der wohlverdienten Mittagsruhe. Lass uns einfach den schönen Tag genießen.« Munter schwenkte er den spitzen Hut, breitete die Arme zur Seite und streckte das blasse Studierzimmergesicht der Sonne entgegen. »Wir sollten uns sputen, Teuerste. Früher, als uns lieb ist, werden wir hinter den Öfen hocken und keinen Fuß mehr freiwillig vor die Tür setzen.« Er verschränkte die Arme vor der Brust, zog wie ein Storch ein Bein hoch und mokierte heftiges Frösteln. »Ganz zu schweigen davon, dass wir kaum noch einmal Gelegenheit finden werden, ungestört zusammen zu sein.«

»Du bist wirklich noch der alte Kindskopf wie ehedem«, überging sie die Anspielung. »Nicht einmal die zwei Jahre in der Fremde haben dich zur Vernunft gebracht.« Zwar schüttelte sie entschlossen den Kopf, gab ihm insgeheim aber recht. Die Sonne verwöhnte die Dreistädtestadt am Pregel an diesem Septembersonntag wahrscheinlich zum letzten Mal in diesem Jahr. Das galt es, in vollen Zügen auszukosten. »Also gut, lass uns ein Stück miteinander gehen und erzähl mir genauer, warum es dir so ganz und gar nicht behagt hat, in den hehren Himmel der Wissenden emporzusteigen.«

Ein eigenartiges Kribbeln breitete sich in ihrem Bauch aus. Christoph hatte ihr schon vor seiner Studienreise gut gefallen. Nun aber hatte er etwas an sich, das einen regelrechten Sog auf sie ausübte. Unauffällig musterte sie ihn von der Seite. Sein Äußeres hatte sich zu seinem Vorteil verändert. Aus dem ehedem etwas farblosen Burschen war ein eleganter junger

Herr geworden. Die modisch geschnittene Kleidung rückte die breiten Schultern und die sehnige Gestalt ins rechte Licht. Die weite Rheingrafenhose und der figurbetonte Justaucorps aus dunkelgrünem Samt waren von einem Schnitt, wie ihn die meisten Königsberger erst in einigen Jahren tragen würden. Die muskulösen Waden wurden durch die hellen Strümpfe trefflich betont. Unter dem hohen Spitzhut schimmerte das auf Kinnlänge gestutzte Haar golden in der Sonne und umspielte schmeichlerisch das breite Gesicht. Ein spitzbübisches Grinsen zuckte um die fleischigen Lippen. Am Kinn war die helle Kerbe zu erkennen, die er sich einst bei einem Sturz zugezogen hatte. Die Versuchung war groß, mit den Fingerspitzen die feinen Konturen seines Antlitzes nachzufahren. Schutzsuchend umklammerte Carlotta den Bernstein. Zugleich reckte sie sich ein wenig, um Christoph wenigstens bis zu den Schultern zu reichen.

Er fasste nach ihrer Hand und hauchte einen Kuss darauf. Sein Atem kitzelte auf der Haut. Jäh schoss ihr eine Erinnerung aus vergangenen Zeiten durch den Kopf. Ein anderer Bursche hatte ihr einmal ähnlich angenehm die Sinne verwirrt. Erschrocken schloss sie die Lider. An das Vergangene wollte sie nicht mehr denken. Das war für immer vorbei. Sie schlug die Augen auf und lächelte. »Also gut! Allzu viel Zeit bleibt dir nicht, von deinen zwei Jahren in der Fremde zu erzählen.«

»Zwei Jahre, das klingt lächerlich kurz. Wenn ich dich anschaue, scheint es mir eine Ewigkeit zu sein.« Sein durchdringender Blick brachte ihre Wangen abermals zum Glühen. »Schließlich kann ich mir anders nicht erklären, dich zu einer so betörend schönen jungen Frau herangereift zu sehen.«

»Du übertreibst schon wieder, mein Bester.« Beherzt lief sie los. »Wir waren eben bei den Professoren. Dein Urteil fiel nicht sonderlich schmeichelhaft aus. Wo warst du überall: Krakau, Breslau, Leipzig, Heidelberg und Padua? Oder habe ich eine Stadt vergessen?«

»Bologna«, ergänzte er. »Die Gestalt des ehrwürdigen Professors dort musst du dir übrigens etwa birnenförmig vorstellen. Oder vielleicht doch eher wie ein Flaschenkürbis?« Über seinem Nachdenken blieben sie abermals stehen. Mit den schlanken Händen formte er eine bauchige Figur in der Luft. Nach kurzem Zögern wiederholte er die der Birne zugedachte Rundung. Carlotta errötete ob der Anzüglichkeit. »Wie auch immer«, erneut hielt er inne, verwarf die Figur durch ein rasches Wedeln mit den Händen und gluckste vergnügt. »Gewiss reicht deine Vorstellungskraft, um zu ahnen, was ich meine.«

Der Blick aus seinen grauen Augen ruhte auf ihrem Gesicht, glitt an ihrer zierlichen Gestalt entlang. Unwillkürlich schob sie sich in Positur. Das schlichte hellrote Samtkleid betonte ihre schmale Gestalt und passte bestens zu ihren rotblonden Locken, die sie wie meist offen trug. Zufrieden zwirbelte sie eines der bunten Bänder um den Finger und ließ Christoph gewähren, bis er ihr geradewegs wieder in die blauen Augen blickte. Das Schweigen zwischen ihnen dehnte sich aus. Sie genoss es, bewies es doch, wie sehr ihre Person ihn fesselte, trotz der sieben Jahre, die sie beide trennten.

»Ein etwas dicklicher Mensch ist der Doktor also?«, erinnerte sie ihn sanft an das Thema ihres Gesprächs.

»Ja, reichlich dick ist der Doktor aus Bologna.« Christoph räusperte sich und fand zu seiner Erzählung zurück. »Schließlich läuft das Ganze in noch dickeren Beinen aus. Die erinnern übrigens an einen Elefanten. Ja, der Gute hat etwas von diesem exotischen Tier. Ähnlich schwerfällig bewegt er sich vorwärts, ungefähr so.« Er schwankte mit den Hüften hin und her. Wie zufällig stieß er dabei mehrmals gegen Carlotta. Sie erbebte, weniger aus Schreck denn vor Wonne. So dicht neben ihm erahnte sie das herbe Duftgemisch von Tabak, Kaffee und Lavendel, das er verströmte.

Viel zu schnell erreichten sie den Kneiphofer Domplatz mit den hoch aufragenden Giebeln und den prächtig herausgeputzten Häusern. Carlottas Blick schweifte über den trutzigen Dom mit seinen beiden ungleichen Türmen hinüber zu den Fassaden, die den Platz vor dem imposanten Gotteshaus umgaben. Grell blinkten die kupfernen Wetterfahnen auf den Giebeln im nachmittäglichen Sonnenlicht. Zwei Amseln besetzten die Waagschalen einer Justitia und stimmten von den Aussichtspunkten ihre Weisen an. Wasserblau überstrahlte der Himmel die kehligen Sänger im Hintergrund. In der Ferne schäumten weiße Wolkenberge.

»Es wird Zeit für mich. Von hier aus gehe ich besser allein. Nicht, dass meine Mutter uns beide …«

»… zusammen sieht«, ergänzte Christoph mit einem wissenden Lächeln, um sogleich spielerisch tadelnd den Zeigefinger zu erheben. »Was sagt man dazu, dass die ehrbare Tochter der noch ehrbareren Magdalena Grohnert, geborene Singeknecht, auf offener Straße mit dem Tunichtgut von Sohn des Medicus Kepler tändelt?«

»An dir ist ein echter Gaukler verlorengegangen. Du solltest auf Jahrmärkten auftreten.«

»Narr auf dem Jahrmarkt – das wäre vielleicht kein schlechter Weg, mein Leben ungestört mit dir zu verbringen.« Seine Augen blitzten auf. »Schließlich bieten so manche Wundärzte ihre Kunst als reisende Tandler an. Warum nicht? Komm, noch heute schließen wir beide uns einer der Truppen draußen auf dem Sackheim an. Fortan kann es uns gleichgültig sein, ob mein Vater über die Bernsteinessenz deiner Mutter spottet oder deine Mutter meinem Vater verbissene Stubengelehrsamkeit vorwirft.« Geschickt schleuderte er den Spitzhut in die Luft, vollführte eine übermütige Drehung auf einem Bein und fing ihn mit einer tiefen Verbeugung wieder auf. »Überzeugt?«

»Das klingt verlockend.« Sie suchte seinen Blick. »Mich begeistert vor allem die Aussicht, sommers wie winters im zugigen Planwagen zu hocken und nicht zu wissen, was uns am nächsten Tag erwartet, was wir in die Suppentöpfe kriegen, wenn wir überhaupt in einer Stadt geduldet werden und nicht wie räudige Hunde mit Knüppeln und Stöcken davongejagt werden.«

»Zugegeben: Sonderlich durchdacht ist die Idee noch nicht. Vielleicht schlafen wir ein oder zwei Nächte darüber und entscheiden dann, wann und wie wir uns miteinander aus dem Staub machen.« Sein scherzhafter Ton konnte nicht darüber hinwegtäuschen, wie ernst er es im Grunde meinte. Ihr Herz raste. Mit einem Burschen durchzubrennen, das hatte sie sich vor vier Jahren, kurz nach ihrer Ankunft in Königsberg, schon einmal gewünscht. Dieses Mal jedoch hatte es einen ganz anderen Reiz. Kaum wagte sie zu atmen, um den Zauber des Gedankens nicht zu zerstören.

Christoph schien ähnlich zu empfinden. »Schließlich vergeht die Zeit mit dir wie im Fluge, meine Liebste. Nichts wünsche ich mir sehnlicher, als öfter mit dir zusammen zu sein. Dafür muss sich doch ein Weg finden lassen, auch jenseits der Gaukler.«

»Dein Vater wird sich kaum freuen, das zu hören«, widersprach sie leise. Schon kitzelte sein Atem ihre Nasenspitze, sie nahm wahr, wie sich seine Lippen öffneten. Für den Bruchteil eines Augenblicks meinte sie, jemand anderen vor sich zu sehen. Erschreckt zuckte sie zurück.

Von der Uhr am Dom schlug es drei. Carlotta seufzte. Seit einer halben Stunde sollte sie bei der Mutter sein. Die Straßen und Plätze rund um den Dom und die ehrwürdige Albertina füllten sich. Die Königsberger waren aus der Mittagsruhe erwacht. Lärmend zog ein Haufen Studenten an ihnen vorbei. Sobald sie ihrer ansichtig wurden, feixten sie und flüsterten freche Bemerkungen. Carlotta wandte sich zu Christoph und lächelte. »Vielleicht ist es doch besser, wenn du mir noch bis zur Hofgasse Geleitschutz gewährst. Wer weiß, aus welchen Ecken die Studenten kriechen, um in die Krüge vor der Stadt zu ziehen?«

»Ja, du hast recht«, stimmte Christoph schmunzelnd zu und bot ihr galant den Arm. Sie wagte jedoch nicht, sich unterzuhaken, sondern spazierte lieber einen Schritt neben dem gutaussehenden jungen Medicus über den Domplatz zur Schönbergschen Gasse gen Westen.

»Wo waren wir vorhin stehengeblieben?« Christoph gab sich wieder gänzlich unbekümmert. »Also, das tölpelhafte Auftreten des Bologneser Doktors hat so manchen darüber hinweggetäuscht, wie viel Wissen trotz allem in dem winzigen Kopf über dem riesigen Elefantenleib Platz hatte. Schließlich kannte er die Schriften William Harveys bestens und konnte dessen Lehren über den menschlichen Körper so genau erklären, als habe er bei ihm persönlich in London studiert. Hast du dich schon einmal damit befasst, welche gewaltige Aufgabe das menschliche Herz Tag für Tag zu leisten hat?« Wieder blitzte der Schalk in seinen Augen auf. »Schließlich jonglierst du im Kaufmannskontor deiner Mutter so viel mit Zahlen, dass es dir ein Leichtes sein dürfte, die Leistung des Herzens nach der Theorie von Harvey zu berechnen.«

»Willst du allen Ernstes behaupten, die studierte Medizin ist letztlich nichts anderes als gesunde Rechenkunst, ähnlich wie das Führen der Handelsbücher?«

»Ich habe gleich gewusst, wie sehr dich diese Vorstellung interessieren wird«, gab Christoph zurück. »Mich stört daran allerdings, wie berechenbar das menschliche Herz ist. Schließlich beraubt uns das liebgewordener Vorstellungen.«

Abermals führte er ihre Hand zu einem flüchtigen Kuss an die Lippen. Scheu wandte sie den Blick beiseite. Viel zu schnell näherten sie sich der Langgasse. Immer mehr Menschen waren auf den Straßen unterwegs. Das unverhoffte Sommerwetter an den letzten Septembertagen verlieh den Königsbergern eine besondere Anmut. Nirgendwo sonst spazierte man mit einer ähnlichen Selbstverständlichkeit derart wohlgemut in den besten Roben über die Straßen.

»Sieh an, der studierte Medicus aus der Altstadt und die kleine Wundärztin aus dem Kneiphof!« Die riesige Hand des jungen Apothekers Caspar Pantzer aus dem Löbenicht landete auf Christophs Schultern. »Oh, verzeiht, ich wollte euch nicht stören. Schon sehe ich euch an den Nasenspitzen an, wie eifrig ihr die besten Rezepte gegen Gallenleiden austauscht. Vergesst auch die anderen Organe nicht. Insbesondere das Herz sollte eurer sorgfältigen Betrachtung würdig sein.« Er zwinkerte Carlotta frech zu, versetzte Christoph nochmals einen kräftigen Hieb auf den Rücken und schlenderte in die Goldene Gasse davon. Seine leicht gekrümmte Gestalt mit dem spitzen Hut und dem wallenden Umhang verschwand rasch im Gegenlicht.

»Du darfst nicht denken, ich wollte dich …«, setzte Christoph verlegen an. Die Röte seiner sonst so hellen Wangen rührte sie. Er wirkte wie ein törichter Knabe, den man auf frischer Tat ertappt hatte, und nicht wie der studierte Physicus, der ihr viel beizubringen wusste.

»Schon gut.« Beschwichtigend legte sie ihm die Hand auf den Arm. »Allmählich begegnen uns zu viele bekannte Gesichter, findest du nicht? Da wird es immer schwieriger, ungestört zu reden. Lass uns die Unterhaltung bei anderer Gelegenheit fortsetzen.«

»Wie du meinst«, stimmte er zu ihrer Enttäuschung hastig zu, holte dann aber noch einmal tief Luft, fasste sie an den Händen und fügte augenzwinkernd hinzu: »Dazu sollten wir uns allerdings einen besser geeigneten Ort suchen. Schließlich brauchen wir Ruhe, um unser Wissen über die Heilkunst auszutauschen.«

»Solange du mir nicht doch die Gauklerwagen vor der Stadt vorschlägst, bin ich gern damit einverstanden.«

## 2

Wie leicht Männer zu lenken waren! Zufrieden über ihren kleinen Sieg, lächelte Lina, stemmte die Arme in die rundlichen Hüften und pustete sich eine Strähne des strohblonden Haars aus dem Gesicht. Wie zufällig schob sie das Becken noch ein wenig weiter heraus. Die schwungvolle Bewegung brachte den weiten Rock aus dunkelroter Wolle zum Schwingen. Übermütig streckte sie die Fußspitzen darunter hervor und gewährte so einen Blick auf die schmalen Fesseln.

Auch auf diese beiläufige Geste reagierte der Wirt des Grünen Baums mit einem genüsslichen Grunzen. Lina spitzte den Mund und warf das offene Haar nach hinten. Es war kaum zu glauben: Vier Jahre waren seit ihrem kopflosen Durchbrennen mit Fritz vergangen, trotzdem ließ sich der rotgesichtige Wirt mit einer Leichtigkeit von ihr umgarnen, als wäre sie nie fort gewesen. Schmachtete sie ihn aus ihren weit aufgerissenen grünblauen Augen an und presste den Busen ein wenig fester gegen seinen feisten Wanst, geriet er gar an den Rand der Beherrschung. Erregt keuchte er, leckte sich die Lippen und begann, am ganzen Leib zu zittern. Bald zeichneten sich dunkle Flecken auf seinem Hemd ab. Deutlich roch sie den stechenden Schweiß. Auch das war genau wie damals, wenn er nachts in ihre Kammer geschlichen war. Langsam fuhr sie mit den Fingern am Ausschnitt ihres Mieders entlang und sonnte sich in der Gier, die in seinen Augen flackerte. Schließlich lenkte sie ihn geschickt zur Ofenbank im hinteren Teil der leeren Gaststube.

Im Stillen pries sie sich glücklich, dass nicht nur der Wirt, sondern auch der Tagesablauf des angesehenen Kneiphofer Gasthauses in der Langgasse über all die Jahre unverändert geblieben war. Wie zu den Zeiten, als sie noch als brave Magd die Tische in der Gaststube poliert und die grapschenden Finger des Wirts unter ihrem Rock erduldet hatte, verschwanden die Kneiphofer Kaufleute gleich nach dem zweiten Frühstück um zehn zur nahe gelegenen Börse an der Grünen Brücke. Die gestrenge Wirtin nutzte die knappe Stunde bis zum Auftauchen der ersten Mittagsgäste, um auf dem Markt frisches Gemüse zu erstehen oder gar bis zum Unteren Fischmarkt zu laufen. Vor allem an einem Montag waren umfangreiche Einkäufe nötig.

Sacht versetzte Lina dem dicken Wirt einen Schubs. Er plumpste auf die Bank, schnaufte laut und hielt die Augen starr auf ihren drallen Busen gerichtet. Mehrmals schluckte er.

Schweißperlen traten ihm auf die Stirn. Sie angelte sich den Zipfel ihres Rocks und tupfte sie trocken.

»Ah!«, stöhnte er auf.

»Aber, aber!« Sie tadelte ihn mit erhobenem Zeigefinger, tippte dann aber keck mit der Fingerspitze auf seine vom vielen Branntwein blaurot geäderte Knollennase. »Ihr habt doch nichts dagegen, dass ich mich zu Euch setze.« Schon rutschte sie ihm auf den Schoß und balancierte mit den Oberschenkeln auf seinen Beinen ihr Gleichgewicht aus. Deutlich spürte sie, wie sich seine Hose an der entscheidenden Stelle spannte. Sie legte ihm den Arm um die Schultern und schmiegte sich gegen seine breite Brust. »Das ist doch fast wie in alten Zeiten, was?«, säuselte sie. Dass sein Puls spürbar schneller wurde, nahm sie als Aufmunterung, ihm noch näher zu Leibe zu rücken.

»Lina, mein Mädchen«, japste er, »du weißt gar nicht, wie sehr ich dich vermisst habe.« Er schloss die Augen und lehnte den kahlen Schädel zurück in den Nacken. Seine riesige Pranke landete auf ihrer Brust, die wurstigen Finger begannen, ihren Busen zu kneten, immer fester und fordernder, bis sie vor Schmerz aufschrie.

»Nicht so grob!« Energisch drückte sie seine Hand weg. Als er erschreckt zurückzuckte, rang sie sich ein Lächeln ab. »Sonst ist es schneller vorbei, als Euch lieb ist.« Um ihn wieder für sich zu gewinnen, rieb sie sich an ihm. Einen kurzen Moment lang öffnete er die Augen. Sie kraulte ihm das spärliche Haar im Nacken und küsste ihn auf die Nasenspitze. Er schnurrte wie ein Kater und schloss von neuem die Lider.

»So ist es recht, wir haben viel Zeit. Jetzt bin ich wieder ganz bei Euch«, hauchte sie ihm ins Ohr. »Wenn Ihr wollt, bleibt das auch so. Legt einfach ein gutes Wort bei Eurer Frau ein, und Ihr habt mich nachts in der Kammer ganz für Euch allein, genau wie früher.«

»Was willst du von meiner Frau?« Jäh riss er die Augen auf. Deutlich stand ihm das schlechte Gewissen im Gesicht. Als Lina die Hand hob, um ihm beruhigend über die stoppelige Wange zu streicheln, schob er sie brüsk weg. Schon ärgerte sie sich über ihre Unachtsamkeit, zu früh seine Frau erwähnt zu haben. Doch nun war es zu spät, der Fehler begangen. Es sei denn, tröstete sie sich mit einem tiefen Blick in seine nach wie vor unstet flackernden Augen, es gelang ihr, ihn rasch wieder von dem bösen Geist zu befreien.

Sie warf das Haar zurück, griff nach seiner Hand und presste sie fest auf die Stelle ihrer Brust, wo sie ihr Herz vermutete. Wie zufällig verrutschte dabei der Stoff ihres Mieders, und er bekam die bloße Haut zu fassen. »Ach, wenn Ihr nur wüsstet, wie übel mir in den letzten Jahren mitgespielt wurde«, seufzte sie. »Nichts habe ich mir inniger gewünscht, als wieder unter Eurem Schutz zu stehen.« Unter Mühen presste sie sich eine Träne heraus, wischte sie schniefend beiseite. Dabei gab sie seine Hand frei. Mit Genugtuung nahm sie wahr, wie seine Finger nach unten glitten, ihren nackten Busen umklammerten, von neuem zu kneten begannen. »Was habe ich nicht alles angestellt, um zu Euch zurückzukehren. Ihr seid meine einzige Hoffnung. Nur die Aussicht auf ein Wiedersehen mit Euch hat mich all das Schreckliche überstehen lassen.«

Sie bog sich zurück. Sofort war er über ihr, riss das Mieder auf und suchte mit den Lippen ihre Brust. Mit beiden Händen umklammerte sie seinen breiten Schädel, wollte ihn tiefer gegen den Bauch pressen. Jäh schoss er hoch und biss zu, mitten in ihren Busen. Seine Zähne bohrten sich in das weiche Fleisch, gierig begann er, an ihr zu saugen.

»Aua!« Sie wollte ihn wegschieben. So hatte sie sich das nicht vorgestellt. Es ging viel zu rasch. War er erst einmal befriedigt, legte er nie und nimmer ein gutes Wort für sie bei seiner Frau ein.

Doch er war nicht nur schneller, sondern auch stärker, als sie erwartet hatte. Ohne Mühe hielt er sie fest umklammert, presste ihr fast die Luft aus dem Leib. Sie zerrte, wand sich, versuchte, ihn zu kneifen und zu zwicken, holte alsbald sogar mit den Füßen zum Treten aus. Doch dadurch fachte sie seine Lust nur weiter an. Immer heftiger rangelten sie auf der engen Ofenbank miteinander. Je heftiger sie sich wehrte, desto mehr Gefallen fand er daran. Sein Keuchen wurde schneller, seine gierig hervorquellenden Augen fraßen sie regelrecht auf. Schon versuchte er, nach ihrem Mund zu schnappen, sie ins Ohrläppchen zu beißen, sie zu lecken und zu küssen. Gleichzeitig schob er ihren Rock hoch, ließ die schwieligen Finger über die zarte Haut zwischen den Schenkeln gleiten. Hastig zerrte er an seiner Hose und drängte sich ihr ungestüm entgegen. Eng umschlungen fielen sie zu Boden.

»Lasst mich!«, schrie sie verzweifelt. Doch sie waren allein im Haus, keiner würde sie hören. Brünstig wie ein Stier fiel der Wirt über sie her, wälzte sich mit ihr über den schmutzigen Wirtshausboden, absolut unempfänglich für das, was sie von ihm wollte: Fürsprache für ihre Wiedereinstellung als Magd. Geschlagen schloss sie die Augen und hoffte nur noch, es möge schnell vorübergehen.

»Was ist denn hier los?« Die kreischende Stimme überschlug sich. Jäh sprang der Wirt vom Boden auf. Ein gewaltiger Schatten fiel auf Lina. Sie musste gar nicht erst hinsehen, um zu wissen, dass die Wirtin früher als erwartet zurückgekehrt war. Nervös versuchte ihr Mann, seine verräterische

Blöße zu bedecken, und stopfte eilig das Hemd in die Hose. Sein riesiger Schädel glühte feuerrot, die grauen Bartstoppeln betonten die Scham auf seinem Gesicht.

Lina sah eine letzte Möglichkeit. Hilflos wie ein Igel rollte sie sich zusammen, umschlang die Knie mit den Händen und weinte los. Kaum vermochte sie Luft zu holen, so arg beutelte sie das Schluchzen. Zaghaft blinzelte sie zwischen Tränen und Wimpern hindurch, sah jedoch außer klobigen Holzpantinen und dreckverklebten Stiefelspitzen kaum etwas. Angewidert kniff sie die Augen zusammen und jammerte weiter.

Eine halbe Ewigkeit dauerte es, bis sich die Wirtin endlich erbarmte. »Bist du es, Lina?« Zunächst klang die Stimme besorgt, beinahe zärtlich. Unerwartete Freude glomm in Lina auf. Vielleicht bedurfte sie gar nicht der Hilfe des Wirts. Vielleicht wurde auch so alles gut, und die Wirtin nahm sie bei sich auf. Das hatte sie vor vielen Jahren schon einmal getan, hatte die katholische Zwölfjährige aus der allergrößten Not gerettet und sie den Klauen ihres Vaters entrissen, der sie ihr zur Begleichung seiner Zechschulden zum Verkauf angeboten hatte. Trotz dieser unglücklichen Umstände hatte sie Lina mitten im protestantischen Kneiphof einen sicheren Halt geboten. Wäre sie wenige Jahre später nicht so töricht gewesen und dem einfältigen Fritz auf den Leim gegangen, hätte sie den Schutz der zupackenden Frau gewiss bis ans Ende ihrer Tage genossen. Ein neuerliches Schluchzen schüttelte Linas dicken Leib.

»Komm schon, Mädel, lass dich anschauen«, sagte die Wirtin leise. Vorsichtig rüttelte sie sie an den Schultern, bis Lina sich aufsetzte. Schnaufend griff die stämmige Frau ihr unter die Arme und zog sie hoch, bis sie dicht voreinander standen. Dann legte sie ihr die fleischige Hand unters Kinn und musterte sie aufmerksam. »Was hat der alte Hurenbock dir angetan?«

Sie atmete Lina mitten ins Gesicht. Lina musste würgen, versuchte, dagegen anzukämpfen, biss sich auf die Lippen und senkte den Blick. Das war ein Fehler. Die Wirtin verstand das falsch.

»Du altes Miststück!«, keifte sie los und schlug ihr so heftig auf die Wangen, dass es laut klatschte. Von dem Schwung flog ihr Kopf herum, das offene, strohblonde Haar vernestelte sich in den Fingern der Wirtin. »Dir werde ich helfen, einen anständigen Ehemann zu verführen! Am hellichten Tag, wenn Hausfrau und Gesinde die Einkäufe erledigen!«

Wutentbrannt suchte sie sich von Linas Haaren zu befreien, zerrte, dass Lina vor Schmerz die Tränen in die Augen schossen. Schutzsuchend hob sie die Arme, doch das reizte die Wirtin zu weiteren Gewalttätigkeiten. Abermals versetzte sie ihr eine schallende Ohrfeige. »Das hätte ich mir gleich denken können, du pfäffisches Miststück. War doch nicht anders zu erwarten von einem Weib wie dir, das mitten in der Nacht mit einem tumben Fischerjungen davonrennt. Bist also doch eine Hure geblieben. Scher dich fort aus meinem Haus und lass dich nie wieder hier blicken!«

Zur Bekräftigung nahm sie das Leintuch, das sie stets in ihrer Schürze stecken hatte, und drosch damit auf Lina ein. Quer durch die ganze Gaststube trieb sie sie wie ein ekelerregendes Tier vor sich her.

»Haltet ein, gute Frau!«, flehte Lina verzweifelt. »Es ist alles ganz anders. Wie könnte ich Euren Mann verführen? Erinnert Euch, wie brav und fleißig ich früher jede Arbeit für Euch erledigt habe. Nie habe ich gemault oder mich beklagt. Habt Ihr das alles schon vergessen?«

Händeringend wollte sie auf die Knie sinken. Die Wirtin aber schubste sie weiter. Linas Blick fiel auf den Wirt. Längst hatte der sich die Hose hochgezogen, den Gürtel geschnürt und war zum Ausschank geschlurft. Als ginge ihn das Gekeife nicht das Geringste an, füllte er sich einen Krug mit Bier und leerte ihn in einem Zug. Genüsslich wischte er sich den Schaum von den Lippen, schenkte nach, trank abermals, die Augen gierig auf das schäumende Nass in dem Tonkrug gerichtet. Über so viel Gleichgültigkeit wurde Lina heiß und kalt zugleich.

»Untersteh dich, noch einmal einen Fuß in mein Haus zu setzen!«, fuhr die Wirtin zu keifen fort. Eng umklammerte sie Linas Oberarm, zerrte sie zur Tür und stieß sie entschlossen hinaus. »Nie mehr sollst du mir unter die Augen treten!«

## 3

Lina meinte, der Kopf platze ihr, so laut hallte das Türschlagen der Wirtin in ihren Ohren nach. Erst allmählich begriff sie, dass der Lärm nicht von der nahen Tür, sondern von weiter entfernt zu ihr herüberklang. Es war auch kein Knallen, sondern ein richtiges Donnern gewesen. Im nächsten Moment schien die Erde zu beben. Verwundert setzte sie sich auf und schaute Richtung Langgasse. Aus den letzten Monaten, die sie im Hafen von Pillau verbracht hatte, war ihr diese Art von Lärm nur allzu bekannt. Das war kein herbstliches Gewitter, sondern diese Art von Donner war von Menschenhand gemacht. Sie schloss die Augen wieder, um den Gedanken zu verdrängen, dass die Landung des kurfürstlichen Heeres unter Führung von Friedrich Wilhelm schon seit einigen Wochen in der aufmüpfigen Stadt am Pregel angekündigt war. Ein inniges Ave-Maria würde helfen, zur Sicherheit fügte sie noch ein Paternoster hinzu. Sie wagte einen zweiten Blick, doch in der nahen Langgasse hatte sich wenig geändert. Es donnerte und grollte weiter.

Nun nahm sie auch die anderen Menschen wahr, die erstaunt die Köpfe gen Himmel hoben, doch das strahlend blaue Firmament war bar jedes Anzeichens eines spätsommerlichen Unwetters. Das Donnern indes dröhnte weiter über die Mauern der Stadt hinweg. Ängstlich hielten Passanten ihre unruhig werdenden Pferde, Esel und Ochsen an den Riemen, stellten die Leiterwagen und Karren ab. Das eben noch so muntere Zwitschern der Spatzen war verstummt, selbst das heisere Krächzen eines schwarzen Raben hörte auf. Verwirrt wieherten die Pferde ob der unnatürlichen Starre, suchten sich durch Schütteln aus den kurzen Zügeln zu befreien. Die Zugochsen grunzten und scharrten mit den Hufen, zahlreiche Hunde kläfften aufgeregt dagegen an. Schon wurden die ersten Flüche laut, weil die Unruhe der Tiere nicht mehr einzudämmen war. Ein Kind greinte, die Mutter stimmte ein beruhigendes Lied an, bald fielen andere Frauen in den zarten Gesang ein. Darüber verklang das Donnergrollen allmählich wieder in der Ferne.

»War wohl doch nur eine Übung drüben auf der Friedrichsburg«, meinte einer.

»Was auch sonst? Nie und nimmer traut sich der Kurfürst, die Kanonen auf die Stadt zu richten«, stellte ein Fuhrmann in barschem Ton fest und strich seinem Esel über das staubige Fell. »Richten mag er die Geschütze gern auf unseren Kneiphof. Doch niemals wird er wagen, sie tatsächlich gegen uns abzuschießen.«

Sein Nebenmann ergriff den vor ihm stehenden Karren und schob wieder an. »Stimmt, dazu müssten seine Soldaten erst wissen, wie das mit dem Zielen überhaupt geht.« Mit grimmiger Miene rückte der Stadtknecht seinen breitkrempigen Hut zurecht.

Die Umstehenden lachten befreit auf. Mit einem Mal schien niemand mehr eine ernsthafte Gefahr in dem Kanonendonner zu sehen. Davon wurde Lina erst recht bang. Immerhin war sie vor wenigen Tagen erst von Pillau an den Pregel gekommen und wusste, wie ernsthaft man am Haff mit der Ankunft des Kurfürsten höchstselbst gerechnet hatte. Der Geschichte mit der angeblichen Pest im Kneiphof schenkte Friedrich Wilhelm wohl doch keinen Glauben mehr.

»Auf geht's!«, rief der Kutscher und schwang die Peitsche über dem massigen Schädel seines Ochsen. Schon ruckte der Wagen an, dahinter setzte sich ein mit Fässern beladener Karren in Bewegung. Der Stadtknecht half einem Händler, einen schweren Sack zu schultern. »Aus dem Weg!«, rief der Kutscher. Gefährlich dicht an den beiden vorbei lenkte er sein Fuhrwerk zur Grünen Brücke. »Pass auf, du Hundsfott!«, rief der Stadtknecht und fuchtelte wild mit der Pike durch die Luft. Der Händler suchte ihn zurückzuhalten, redete emsig auf ihn ein. Endlich setzte er sich in die entgegengesetzte Richtung in Bewegung.

»Hat es dich schlimm erwischt?« Keuchend stieg ein Kaufmann die wenigen Stufen des Beischlags vor dem Wirtshaus zum Grünen Baum nach oben. Als er sich Lina näherte, die dort noch immer reglos auf dem Boden saß, lag ein mitleidiges Lächeln auf dem weißbärtigen Gesicht. »Kannst du aufstehen, oder brauchst du Hilfe?« Noch bevor sie protestieren konnte, fasste er sie behutsam am Arm und half ihr auf die

Beine. »Darf ich dich auf einen Teller Suppe einladen? Du siehst aus, als könntest du eine Stärkung vertragen. Die Wirtin hat ein großes Herz für Menschen in Not.«

»Danke, nein«, beeilte sich Lina zu versichern. »Das ist sehr großzügig von Euch, gnädiger Herr. Doch es geht mir schon besser. Jetzt, da das Donnern vorbei ist, ist alles wieder gut. Ich muss weiter. Habt vielen Dank.«

Froh, nach wenigen Schritten bereits mitten auf der Langgasse zu stehen, mischte sie sich alsbald unter die Menge. Als Teil der wogenden Masse, die sich nordwärts zur Krämerbrücke schob, fühlte sie sich wohler. Das gab ihr Zeit, zu überlegen, was sie als Nächstes tun sollte. Im Kneiphof herrschte gewiss die größte Aussicht, eine ordentliche Stellung zu finden. Die reichen Bürger und Kaufleute, die in der Stadt zwischen Altem und Neuem Pregel wohnten, konnten immer noch eine zusätzliche Magd gebrauchen, um die aufwendigen Hausarbeiten zu erledigen.

In den letzten Jahren hatte sich die Langgasse verändert. Neben ausladenden An- und Vorbauten auf den Beischlägen trugen einige Gebäude zusätzliche Figuren oder Inschriften als Verzierungen auf den Giebeln, andere hatten Säulen rechts und links des Eingangs erhalten, wieder andere waren durch größere Fenster verschönert worden. Hie und da wurde eifrig gewerkelt und gebaut, um die Häuser noch imposanter zu gestalten. Kein Zweifel, den Kneiphofern ging es sehr gut, wenn nicht gar besser als je zuvor. Linas Zuversicht, in einem Haushalt als Magd unterzukommen, wuchs.

Auf der Krämerbrücke wurde das Gedränge noch dichter. An den Buden gab es großen Andrang. Auch drüben in der Altstadt ging es derzeit nicht weniger munter zu. Lina erinnerte sich an das, was sie auf ihrem Fußmarsch von Pillau nach Königsberg aufgeschnappt hatte: Seit zwei Jahren schon tagte der Landtag im kurfürstlichen Schloss.

»Achtung!« Mit einem beherzten Sprung zur Seite rettete sie sich im letzten Moment vor einem Karren, der ihr unerwartet in die Quere gekommen war. Während der Knecht noch fluchte, blieb sie wie angewurzelt stehen: Keine fünf Schritte hinter dem Karren standen zwei Soldaten in langen, blauen Röcken, die Gesichter von den braunen Filzhüten halb verdeckt. Sie traute ihren Augen nicht: zwei kurfürstliche Söldner, unbewaffnet und ganz allein mitten im Kneiphof? Ihr Herz klopfte schneller. Nach allem, was sie über den Zwist zwischen Friedrich Wilhelm und den aufrührerischen Kneiphofern wusste, konnte es nicht lang dauern, und man schnappte die Blauröcke, vierteilte sie und knüpfte ihre sterblichen Reste an der nächsten Ecke auf. Argwöhnisch äugte sie umher. Außer ihr schien niemand Anstoß an den beiden zu nehmen. Vorsichtig ging sie weiter.

Ihr Unbehagen rührte noch von einem weiteren Umstand: In den vergangenen Wochen hatte sie sich mehr als einmal der Zudringlichkeit der Soldaten erwehren müssen. Kaum steckten die Burschen im blauen Rock des kurfürstlichen Heeres, schon meinten sie, alle Frauen gehörten ihnen. Nein, so rasch wollte sie den Soldaten nicht mehr unter die Augen kommen. Von einer Stellung in der Altstadt sollte sie besser Abstand nehmen. Rund um den Landtag tummelten sich die Blauröcke gewiss erst recht. Ein tiefer Seufzer entfuhr ihr. Vielleicht sollte sie ihr Glück hinten im Löbenicht versuchen. Die Malzbrauer und die dort ansässigen Handwerker galten zwar auch als wohlhabend, gaben sich aber weitaus weniger hochnäsig als die reichen Kneiphofer Kaufleute oder die Altstädter Bürger. Sollte sie dort nichts finden, konnte sie in den bescheideneren Vorstädten um Arbeit bitten. In den zahlreichen Krügen und Gasthäusern auf dem Sackheim, dem Steindamm oder dem Rossgarten sowie drüben im Haberberg jenseits des Alten Pregels gab es gewiss auch den nahen Winter über Bedarf an einer tüchtigen Kraft. Denn auch in der kalten Jahreszeit trafen dort Kaufleute aus nah und fern ein, wie sie aus ihrer Zeit im Grünen Baum wusste.

Beim Gedanken an den nahenden Winter schüttelte es Lina. Hastig reckte sie die Nase Richtung Sonne, die an diesem letzten Montag im September noch immer warm vom Himmel strahlte. Wenn das milde Wetter noch einige Tage anhielt, war es nicht schlimm, keine Bleibe zu haben. Dann konnte sie es wagen, sich für eine Weile in den Lauben auf der Lomse zu verbergen. Mit neuerwachter Zuversicht strich sie sich das strohblonde Haar aus dem Gesicht, wand es am Hinterkopf zu einem Zopf und steckte es hoch. Selbst das Nächtigen in einer Gartenlaube schien ihr allemal besser als das Ausharren bei Fritz und dem Kind. Kurz spürte sie einen feinen Stich in der Herzgegend, erinnerte sich an zwei große blaue Augen und zwei winzige Händchen, die sich ihr flehentlich entgegenstreckten. Rasch schob sie das Bild weg, dachte an die aufgedunsene Fratze von Fritz, wenn er schwankend vor ihr stand, ätzenden Branntweingeruch ausatmete und versuchte, ihr keuchend ein weiteres Kind zu machen. Gut, dass sie dem entkommen war! Auch wenn der Preis für die Flucht hoch gewesen war, so öffnete sich auch ein kleiner Spalt Hoffnung. Eines Tages würde sie zurückkehren und das Kind für immer zu sich holen.

»Pass auf, wo du hintrittst.« Ein Bursche versetzte ihr mit dem Ellbogen einen Stoß. Sie hatte es satt, herumgeschubst zu werden, und hob empört die Hand, da sah sie, dass er einen guten Kopf größer war als sie und obendrein Hut und Umhang eines Studenten von der Albertina trug. »Entschuldigung«, murmelte sie kleinlaut. Wie gut sie daran tat, merkte sie, als sie kurz darauf zwei weitere Studenten entdeckte, die dem ersten dicht auf den Fersen folgten. »Ja, die Herren Studiosi«, gackerte ein zahnloser alter Mann neben ihr. »Um die schlägt man besser einen weiten Bogen. Keiner von uns will sich mit denen anlegen.« Er kratzte sich am kahlen Schädel, schob dabei seine löchrige Mütze vom Kopf und entblößte die grindige Haut darunter. Angewidert wandte Lina sich ab und suchte rasch auf die andere Seite der Langgasse zu gelangen, wo weniger verwahrloste Menschen unterwegs waren.

Nach wenigen Schritten tauchten abermals die beiden Blauröcke mit den Filzhüten vor ihr auf. »Du kommst ihnen nicht aus, was, mein Kind?« Schon stand der kahle Alte wieder bei ihr und hauchte sie bei jedem Wort aus seinem fauligen Mund an. Als er die Hand nach ihr ausstreckte, zuckte sie zurück. Wieder gackerte er wie ein Huhn. »Nicht erschrecken: Das hier sind keineswegs zwei tapfere Helden, die im Auftrag des Kurfürsten den Kneiphof ausspähen. Die sind höchstens nur insofern tapfer, als sie die Mutprobe ihrer Kommilitonen bestehen.« Da Lina ihn verständnislos ansah, fuhr er fort: »Die zwei Studenten haben sich die Röcke der Kurfürstlichen nur übergestreift und müssen so durch die gesamte Langgasse marschieren. Schaffen sie es, am Ende heil anzukommen, werden sie von den anderen wie Helden gefeiert. Schaffen sie es nicht, kriegen sie von den Kneiphofern unterwegs die verdienten Prügel für den Unsinn. Glaub mir, mein Mädchen: Früher, als uns allen lieb sein kann, tauchen hier sowieso die echten Blauröcke auf. Und dann ist Schluss mit dem Übermut, das kannst du mir glauben. Sowohl mit dem der Studenten als auch mit dem der Stände.« Er warf ihr einen vielsagenden Blick zu, kratzte sich noch einmal ausführlich am Kopf und setzte die löchrige Mütze wieder auf. Brummend trottete er von dannen.

Verwundert sah Lina ihm nach, bis er im Gewühl nahe dem Badehaus verschwunden war. Ihr Blick streifte an den Fassaden der gegenüberliegenden Häuser entlang: Fresken, Ornamente, Figuren und erlesene Materialien, wohin sie auch blickte. Selbst in den kleinsten Winkeln kehrten die Einwohner der Dominsel ihren Reichtum heraus. Kein Wunder, dass der Kurfürst gierig die Finger nach dem Geld der Königsberger ausstreckte. Wer so übermütig mit seinem Besitz protzte, dem geschah das letztlich nur recht. Sie stutzte und sah ein zweites Mal hin. Nein, sie hatte sich nicht getäuscht: Gegenüber lag das Singeknecht-Anwesen. Nicht nur die Fresken und Reliefs an jeder nur denkbaren Ecke der Fassade, sondern vor allem die goldenen Figuren auf den einzelnen Stufen des Giebels, obenauf gekrönt von einem hochmütigen Neptun mit Dreizack, nahmen dem Betrachter schier den Atem. Linas Herz vollführte einen kleinen Freudenhüpfer. Dass sie ausgerechnet in dieser Stimmung vor dem Haus angelangt war, musste ein Wink des Schicksals sein. Zwar waren die Singeknechts seit langem ausgestorben, ihre direkten Nachfahren aber, Magdalena und Carlotta Grohnert, waren vor vier Jahren in die Stadt zurückgekehrt. Mehr als einmal hatte die katholische Lina die beiden ebenfalls katholischen Neuankömmlinge auf Geheiß der Wirtin des Grünen Baums bei wichtigen Gängen durch die protestantische Stadt begleitet. Gleich sah sie die zierliche, rotblonde Carlotta vor sich, wie sie in jenem Sommer an ihrem geheimen Zufluchtsort am südlichen Pregelufer gesessen und um ihren gerade verstorbenen Vater getrauert hatte. Wie sie errötet war, als Lina ihr von ihrem Liebsten erzählt hatte, von all den hochfliegenden Plänen, die sie mit Fritz seinerzeit gehegt hatte. Ganz so unschuldig, wie sich Carlotta gegeben hatte, war sie mit ihren dreizehn Jahren dann doch nicht gewesen. Dafür hatte Lina schon damals ein gutes Gespür gehabt.

Versonnen wanderte ihr Blick erneut über das Kaufmannshaus. Ebenerdig, direkt neben dem doppelflügeligen Eingang, erstreckte sich das Kontor. Carlottas Mutter Magdalena führte den von ihren Ahnen begonnenen Bernsteinhandel also fort. Gleich darüber, im ersten Stock, balancierte eine schmächtige Magd am offenen Fenster und versuchte, trotz der gefährlichen Stellung auf dem Sims die Scheiben zu polieren. Welch ein vergebliches Unterfangen, warf die Vormittagssonne doch unbarmherzig ihre Strahlen auf die Glasstücke zwischen den Bleiverstrebungen! Von drinnen erteilte eine untersetzte, apfelbäckige Frau aufgebracht ihre Anweisungen. Wild gestikulierend, trat sie an die offen stehenden Fensterflügel. Lina brauchte nicht erst die Ohren zu spitzen, um zu ahnen, wie unzufrieden die Wirtschafterin mit dem von der verschreckten Magd erzielten Resultat war. Wissend schmunzelte sie. Die kostbaren Fensterscheiben polieren, das war eine ihrer leichtesten Übungen gewesen, als sie noch Magd bei den Wirtsleuten im Grünen Baum am anderen Ende der Langgasse gewesen war. In Sachen streifenfreier Scheiben machte ihr so schnell keiner etwas vor. Außer auf warmes Wasser, viel Essig sowie kostbares Papier zum Nachpolieren schwor Lina auf trübe, graue Tage. So angenehm die Sonne wärmte, so hinderlich war sie für blank gewienerte Scheiben. Für den hartnäckigen Fliegendreck hatte Lina darüber hinaus noch eine ganz besondere Waffe parat. Die war zwar nicht eben billig und von daher nicht für jeden Bürgerhaushalt geeignet, aber so, wie das Singeknecht'sche Anwesen vor Reichtum strotzte, war sie dort ganz gewiss angebracht. Sie lächelte. Alles in allem sah es ganz danach aus, als freute sich die Wirtschafterin über neue, zupackende Hilfe.

Entschlossen strich Lina das Mieder glatt, spuckte auf die staubbedeckten Schuhspitzen und rieb sie am Rocksaum blank. Rasch steckte sie eine vorwitzige Haarsträhne in den streng gezwirbelten Zopf zurück und marschierte aufrechten Hauptes quer über die Straßen direkt auf den opulenten Beischlag zu. Ein halbes Dutzend sauber gefegter Treppenstufen führte in dessen Mitte zum Eingang des Hauses hinauf. Schon als sie den Fuß auf die erste der breiten Sandsteinstufen setzte, wusste sie, dass sie gut daran tat.

## 4

Als der riesige schwarze Schatten von hinten seine Schwingen über sie legte und sie mit einem lüsternen Auflachen gegen die Mauer um den Gemeindegarten am Pregel presste, erschrak Carlotta bis ins Mark. Gerade noch rechtzeitig unterdrückte sie einen Aufschrei. Christoph breitete bereits die Arme aus, um sie aufzufangen.

»Wie konntest du nur!«, entfuhr es ihr aufgebracht. Als sie sein zerknirschtes Gesicht sah, schmolz der Ärger dahin.

»Verzeih«, wisperte er leise. »Nichts lag mir ferner, als dich mit meinem Spaß zu Tode zu erschrecken.«

»Das war ein schlechter Spaß!« Sie sank in seine Arme und wartete, bis sich ihr Herzschlag beruhigte. Urplötzlich hatte sie es eben mit der Angst bekommen. Zu allem Überfluss hatte Christoph seltsam zu keuchen begonnen und sein Gesicht vor ihr verborgen. Auf einmal war ihr die lang verdrängte Erinnerung an jene Nacht im Spreewald vor viereinhalb Jahren vor Augen gestanden. Zwei Fuhrleute wollten damals über sie herfallen. Ein Zufall nur hatte sie vor dem Schlimmsten bewahrt. Sie schloss die Augen, vergrub die Nase in Christophs Brust und umklammerte den Bernstein. Ihr Atem ging noch immer schnell, ihr Puls raste. Sacht strich Christoph ihr über das rotblonde Haar.

»Verzeih mir, Liebste! Ich wollte das nicht.«

»Schon gut.« Sie hob den Blick. »Du konntest es nicht wissen.«

»Was?«

»Nichts.« Sie zwang sich zu einem Lächeln und wischte sich die Wangen trocken. »Wenigstens hat uns niemand gesehen.« Ihr Kinn wies auf die leere Gasse. »Eigentlich ein großer Zufall, dass außer uns niemand unterwegs ist. Das muss wohl an der Hitze liegen. Die Leute sind sie allmählich leid.«

»Der Sommer scheint in diesem Jahr gar kein Ende mehr zu finden.« Erleichtert ging er auf das Thema ein.

»Septemberwärme dann und wann sagt einen strengen Winter an«, griff sie einen Spruch der alten Wirtschafterin Hedwig auf.

»Dann und wann ist dieses Jahr leicht untertrieben. Doch lass uns die warme Zeit genießen, solange sie anhält. Bald werden wir lange genug am Ofen kauern.«

»Du hast recht«, erwiderte sie. »Doch ich bin in Eile. Vor der Vesper will ich noch zu Apotheker Heydrich.«

»Dann ziehst du also die Gesellschaft des alten Apothekerwitwers der meinen vor?« Er musterte sie mit einem schelmischen Blick. »Du spielst mit dem Feuer, meine Liebe. Schließlich solltest du nicht vergessen: Er hat drei Töchter im heiratsfähigen Alter. Die Verbindung mit mir als dem einzigen Sohn des Stadtphysicus und kurfürstlichen Leibarztes muss ihm lohnend erscheinen. Hast du es auf ihn abgesehen, um bei ihm ungehindert deine Salben zu zaubern, schnappe ich mir eine von den drei Töchtern. Viel Spaß, dann wirst du meine Schwiegermutter.«

»Freu dich nicht zu früh, mein Lieber. Als deine Schwiegermutter werde ich dir so manche Lektion erteilen. Am besten nimmst du übrigens Friederike. Die ist zwar genauso dick wie die beiden anderen Heydrich-Töchter, aber sie hat wenigstens etwas Interesse am Laboratorium. Else und Minna dagegen denken nur an die Schlemmereien und wie sie sich etwas von den unerlaubten Genüssen aus der Offizin stibitzen können. Nicht einmal vor den Kaffeebohnen machen sie halt.«

»Du scheinst dir ja schon Gedanken gemacht zu haben. Und du hast recht. Friederike hätte den Vorteil, dass wir beide uns weiterhin regelmäßig im Laboratorium sehen könnten. Während du mit dem Alten über dem Mikroskop grübelst, mische ich mit ihr am Tisch nebenan eine Rezeptur für die Galle der Witwe Ellwart oder das Zipperlein von Grünheide. Was für Aussichten! Komm, lass uns noch ein wenig nach nebenan in den Garten gehen. Eine kurze Rast auf einer Bank wird uns guttun. Der alte Heydrich in seiner Apotheke wird auch noch ein wenig länger warten können.« Übermütig warf er den Hut in die Luft, fing ihn einhändig auf und führte sie durch die offen stehende Pforte in den Gemeindegarten.

Angenehme Kühle empfing sie in dem menschenleeren Garten. Der ähnlich wie der benachbarte Junkergarten angelegte Hof war von brusthohen Mauern umgrenzt. Ein gutes

Dutzend Linden spendete angenehmen Schatten. Vom Pregel zog frische Luft herein. Die träge Nachmittagssonne spitzte durch die Zweige und zauberte ein Mosaik aus hellen und dunklen Flecken auf den staubtrockenen Lehmboden. Langsam färbte sich das Laub bunt, die ersten vertrockneten Blätter knisterten unter den Sohlen. Zielstrebig steuerte Carlotta einen abseits von den übrigen Bänken stehenden steinernen Stuhl an.

»Interessant.« Christoph legte den Zeigefinger über die Lippen. »Es sollte mir zu denken geben, dass du unter all den möglichen Plätzen ausgerechnet den Ehebrecherstuhl wählst.«

Erstaunt betrachtete Carlotta die Sitzgelegenheit. »Was ist damit? Wieso trägt der Stuhl diesen seltsamen Namen?«

»Keine Sorge. Diese Bezeichnung ist irgendwann aufgekommen. Hier treffen sich die Handwerker und feiern ihre Gelage, genau wie nebenan die vornehmen Kaufleute und Junker im Junkergarten. Sieh dir nur die Bilder hinten an der Wand an. Sie zeigen, wie üppig Bier und Wein fließen, wie ungehemmt gezecht wird. Wer dabei gegen die Trinkordnung verstößt, der wird auf diesen Stuhl, abseits von den anderen, gesetzt. An ihm wird nicht so rasch nachgeschenkt wie an den anderen Plätzen. Was das mit Ehebruch zu tun hat, weiß ich allerdings nicht. Wahrscheinlich ist es einfach nur ein Armesünderbänkchen.«

»Du bist auch nie um eine Erklärung verlegen«, erwiderte sie. »An dir ist wahrlich ein echter Spielmann verlorengegangen.«

Das spornte ihn zu weiteren Späßen an. Mit beiden Füßen sprang er auf den nächstbesten gemauerten Tisch und begann ihr vorzuführen, wie sie sich das ungehemmte Feiern der

Handwerker vorzustellen hatte. Am Ende verbeugte er sich so tief, dass sein Spitzhut zu Boden fiel. Er gab vor, nach vorn zu kippen und haltlos zu Boden zu stürzen. Übertrieben schrie sie auf. Er ruderte mit den Armen und sank wie zufällig genau vor ihr auf die Knie, griff nach ihren Händen, hob sie zum Mund und bedeckte sie mit heißen Küssen.

»Letztlich bin wohl eher ein rechter Tolpatsch und muss selbst in diesem Metier noch viel lernen.«

»Ach, Christoph! Mach dir keine Gedanken. So vieles hast du in deinem Leben schon gelernt. Ich bin mir sicher, auch das mit den Gaukeleien wird noch klappen.«

»Gewiss kannst auch du mir da noch einiges beibringen. Lass uns gleich hier mit den ersten Lektionen beginnen. Schließlich hast du letztens gleich nebenan im Junkergarten deine Standesgenossen mit sprühendem Witz bezaubert.«

»Das klingt, als wärst du eifersüchtig auf die alten Herren.«

»Nicht nur auf die«, entgegnete er. »Ach, wenn du wüsstest, wie ich allein schon bei dem Gedanken leide, wer dir alles nahekommen darf. Schließlich muss ich dich am helllichten Nachmittag mit meinem ausgebreiteten Doktorenmantel erschrecken, um dich wenigstens für eine kurze Weile hierher in den Garten zu entführen. Sonst bleibt mir kaum eine Gelegenheit, in den Genuss deiner Gegenwart zu kommen.«

»Vielleicht sollte ich dich zweimal in der Woche zur Ader lassen. Ordentlich zu bluten sollte es dir wert sein, mich zu sehen.« Sie zwinkerte ihm zu. »Heißt wahre Liebe nicht auch tiefes Leiden?«

»Wenn es daran hängt, dann schlitz mir bitte sofort die Adern auf.« Eilig krempelte er die Ärmel hoch. »Dich um mich zu haben, ist mir der tägliche Blutfluss wert.«

»Was habe ich von dir, Liebster, wenn du mir täglich deinen Lebenssaft opferst? Keine zwei Wochen wird es dauern, und du liegst völlig erschöpft danieder. Das kann ich nicht ertragen.«

»Aber behandeln«, erwiderte er mit keckem Grinsen. »Schließlich musst du dann an mein Krankenbett eilen und Tag und Nacht bei mir wachen.«

Auf Knien rutschend, schob er sich näher zu ihr heran und legte ihr vorsichtig die Hände um die Hüften. Zuerst zuckte sie unter der gewagten Berührung zusammen, gab dann dem eigenen Verlangen nach und ließ ihn gewähren.

»Dafür aber werde ich heftig um deine Gesundheit bangen müssen. Nein, mein Lieber, lass uns einen anderen Weg finden, uns öfter zu sehen.« Sie nahm sein Gesicht in die Hände und sah ihm eindringlich in die grauen Augen. Es war ihr, als lägen alle Schätze der Welt in diesem Blick. Hatte sie je etwas Ähnliches empfunden? Sie spürte, wie ihr die Sinne schwanden.

Langsam erhob er sich und setzte sich zu ihr auf den Stuhl. Heiß brannten ihr die Wangen ob des Gefühls, ihn so dicht bei sich zu haben. Durch den Stoff ihres Kleides meinte sie, die Wärme seiner Haut auf den Schenkeln zu spüren. Das Verbotene reizte sie. Sie schloss die Augen und beugte sich bereitwillig zu ihm hin. Er begann, sie zu küssen. Erst auf die Wangen, dann suchte er ihren Mund, stieß sanft mit der Zungenspitze zwischen ihre Lippen und öffnete sie. Sie ließ ihn gewähren. Er schlang die Arme um ihren Leib und zog sie näher heran.

Ihn zu küssen war eins, seine Wärme zu spüren das Nächste. Gleichzeitig loderte das eigene Begehren immer heftiger in ihr auf. Ihre Zähne spielten mit seiner Zunge, ihre Hände glitten derweil seinen Rücken hinab. Ehe sie sich dessen bewusst wurde, verschwanden sie unter seinem Rock, nestelten an Wams und Hemd, fanden gar ein Schlupfloch unter das Leinen. Er stöhnte auf. Sie genoss den Schauder auf ihrem eigenen Leib. Seine Haut fühlte sich angenehm weich an. Sanft strich sie darüber, spürte, wie sich die Härchen aufrichteten. Er schob sich noch näher an sie heran. Sein Stöhnen wurde lauter, sie seufzte hell auf.

Derweil gingen auch seine Hände auf Wanderschaft, strichen über ihre Schulterblätter den Rücken hinunter, wagten den Weg vorn herum wieder herauf, fanden ihre Brüste, liebkosten, zupften an dem Stoff. Gelangten zum Verschluss ihres Mieders, fanden den Knopf.

»Nein!« Abrupt wich sie zurück.

Es war, als hätte jemand einen Eimer kalten Wassers über ihnen ausgegossen. Ihre Gesichter liefen rot an. Sie senkten beide den Blick, konnten einander nicht mehr in die Augen sehen. Vorsichtig tastete sie nach seinen Händen, jäh zog er sie zurück, tat, als gäbe es nichts Dringenderes, als sein Hemd in die Hose zu stopfen.

»Verzeih«, murmelte er.

Ohne sein Gesicht zu sehen, wusste sie, wie die Kerbe an seinem Kinn tief in die Haut schnitt, die grauen, leicht hervorstehenden Augen vor Traurigkeit überquollen. Wie gern hätte sie ihm über die Wangen gestrichen und es ihm erklärt. Hilflos schlang sie die Arme um ihn, presste das tränennasse Gesicht gegen seine breiten, weichen Schultern und betrank sich an seinem herben Geruch.

»Ist ja schon gut«, sagte er sanft.

»Ich liebe dich!« Verwirrt sprang sie auf und lief davon.

# 5

Endlich allein! Carlotta atmete auf, als sie die Tür der Wohnstube hinter sich schloss. Wie sie gehofft hatte, war der große Raum mit der niedrigen Decke über dem Kontor leer. Die Stille tat gut. Seit dem frühen Morgen hatte sie die geschäftige Unruhe inmitten der Schreiber und Kaufmannsgenossen ausgehalten. Wie lechzte sie danach, sich endlich dem zu widmen, was ihr das Liebste war: Tinkturen und Salben aus der Wundarztkiste zu sortieren. Wenn sie ehrlich war, tat sie das inzwischen weniger der Arzneien wegen als darum, weil sie sich dann Christoph nahe fühlte. Kaum dachte sie seinen Namen, spürte sie sofort das wundervolle Kribbeln im Bauch, roch seinen Duft, fühlte seine Nähe. Sie wollte tanzen vor Wonne. Wenn sie ihn nur bald wiedersah! Verzückt schloss sie die Augen, um zu träumen. Stimmen in der Diele rissen sie in die Wirklichkeit zurück. Sie sollte sich schleunigst der Wundarztkiste widmen. Gleich war ihr, als läge der Geruch nach Wacholder, Lorbeer, Rosen- und Veilchenöl und venezianischen Seifen in der Luft. Wie gut ließe sich beim Sortieren der Kräuter ihre Träumerei kaschieren.

Ihr Blick wanderte über den langen Eichenholztisch mit den acht kunstvoll gedrechselten Stühlen in der Mitte des Raumes. Ein üppiger Strauß Herbstblumen prangte in einer Vase. Kein Wunder, dass sie meinte, es duftete bereits nach ihren Tinkturen! Sie sah hinüber zum Tresor auf der rechten Stirnseite. Der wuchtige Schrank aus dunkel gebeiztem Nussbaumholz stammte aus dem Wohnhaus in Frankfurt am Main. Seit diesem Sommer erst bereicherte er das Inventar in der Kneiphofer Langgasse. Die langgestreckte Stube mit der weißgetünchten Decke beherrschte er vollends. In wenigen

Schritten stand Carlotta davor und kramte mit zittrigen Fingern den Schlüssel aus der Rocktasche. Hinter der Tür im mittleren Teil des Möbels verbarg sich das Fach, in dem die Mutter ihre kostbaren Wundarztutensilien verwahrte. Dreimal drehte sich der Schlüssel knirschend im Schloss, dann sprang die Tür auf. Zufrieden beäugte Carlotta die zutage tretenden Schätze. Flugs lud sie sich eine erste Auswahl an Tiegeln und Phiolen auf den Arm und wandte sich zum Tisch, um sie dort sorgfältig nebeneinander aufzureihen. Den letzten Tonkrug hielt sie sich andächtig vor Augen: Darin befanden sich die spärlichen Reste der uralten Wundersalbe, die die Mutter einst von ihrem Wundarztlehrherrn, Meister Johann, geerbt hatte. Bis zum heutigen Tag hofften sie, das Geheimnis der verzwickten Rezeptur zu entschlüsseln, bevor auch der letzte Tropfen aufgebraucht war. Noch einmal hielt sie den Tiegel prüfend gegen das Licht, dann stellte sie ihn behutsam zu den anderen. Bevor sie den Tresor wieder verschloss, entnahm sie dem Fach noch ein grobgebundenes Buch sowie Tintenfass und Federkiel.

Am Kopfende des Tischs legte sie die Schreibutensilien bereit, zögerte allerdings, ihr Vorhaben zu beginnen. Etwas störte sie noch. Sie betrachtete die Tiegel und Töpfe, dann Tintenfass und Buch. Auf einmal wusste sie es. Das Licht! Die drei doppelflügeligen Fenster der Wohnstube waren zur Straßenseite nach Osten ausgerichtet. Milchig-trüb fiel das Spätnachmittagslicht herein, viel zu schwach, um die Konsistenz der Rezepturen genau betrachten zu können. Geschwind eilte Carlotta zu den Fenstern und zog die dünnen Gazevorhänge zurück. Rasch hellte sich der Raum auf. Sie sah noch einmal nach draußen, erst auf die Langgasse, dann hoch zum Himmel. Es würde noch einige Zeit dauern, bis die

Dämmerung einsetzte. Beiläufig bemerkte sie die Schlieren auf den Scheiben und lächelte. Die zeugten wohl noch von Millas vergeblichem Versuch, die Fenster zu Hedwigs Zufriedenheit zu putzen. Es besser zu machen, dafür war nun Lina als zweite Magd im Haus. Carlotta freute sich noch immer, dass die Mutter sie aufgenommen hatte. Die vertrauten Gespräche mit dem nur wenige Jahre älteren Mädchen kurz nach ihrer Ankunft in Königsberg verwahrte sie in bester Erinnerung.

»Lasst nur, das haben wir gleich«, ertönte eine geschäftige Stimme von der Tür. Erschrocken fuhr Carlotta herum. Schnaubend stapfte Lina herein. War das Vorsehung? Kaum dachte sie an Lina, stand sie bereits vor ihr, genauso tolpatschig wie vor vier Jahren. Der hölzerne Putzeimer polterte dumpf, als sie ihn auf den Dielen abstellte. Gleich schwappte eine ordentliche Ladung Wasser heraus und breitete sich zu einer weitläufigen Lache um den Eimer aus. Lina nestelte einen leinenen Lappen aus der Schürze, wischte allerdings nicht trocken, sondern schlurfte mit den Holzpantinen zur Fensterfront.

Ehe Carlotta etwas dagegen einwenden konnte, riss sie den äußersten Flügel des rechten Fensters auf. Wie eine Wolke wehten die Geräusche von draußen herein: das Rattern der Wagen über das holprige Pflaster, die Stimmen der vielen Menschen, das Bellen der Hunde und das Fauchen der Katzen. Lina versagte sich den neugierigen Blick nach unten. Ihr rundes Gesicht strahlte vor Eifer. Schon hauchte sie auf die erste Scheibe zwischen den Bleisprossen und begann zu wischen.

»Das mit dem Fensterputzen ist einfacher, als man denkt«, plapperte sie los. Zwar klang sie etwas kurzatmig, aber das hielt sie nicht vom Reden ab. Das Augenmerk allein auf die Scheibe gerichtet, würdigte sie Carlotta keines Blickes. Die eine Hand am hölzernen Rahmen, die andere Hand mit dem Lappen auf der Scheibe, schrubbte sie, als gelte es, mit dieser Arbeit einen Tapferkeitsorden zu verdienen. »Der erste Fehler war schon, das letztens bei strahlendem Sonnenschein zu tun. Versteht mich nicht falsch, nichts gegen Milla oder sonst jemanden im Haus. Aber das weiß man als Magd aus Erfahrung: Bei schönem Wetter kann man wienern, so viel man will, das gibt immer Streifen. Deshalb habe ich auch bis heute Nachmittag gewartet, bevor ich mich an die Fenster hier in der Wohnstube mache. Wenn die Sonne verschwunden ist, ist es ein Leichtes, die wertvollen Scheiben sauber zu bekommen. Immerhin gehen die nach vorn zur Langgasse hinaus, und das so nah an der Krämerbrücke. Jeder aus dem Kneiphof und der Altstadt kommt hier vorbei. Da wollen wir doch nicht, dass es heißt, die Grohnerts achten nicht auf das schöne Haus ihrer Ahnen! Schließlich gilt es völlig zu Recht als das prächtigste in der ganzen Straße, ach, was sage ich: auf der ganzen Dominsel!«

Sie hielt inne und begutachtete das Glas. Eine Taube wagte sich keck auf das Fenstersims. Ihr Gurren erfüllte den Raum. Ohne hinzusehen, wedelte Lina sie mit dem Tuch fort, hauchte bereits wieder auf die Scheibe, wischte und kratzte, bis die Fingernägel auf dem Glas quietschten. Am liebsten hätte Carlotta sich die Ohren zugehalten. Lina jedoch schien nichts davon zu bemerken, sondern gab sich mit Leib und Seele der Säuberung der Fensterscheibe hin.

Aufmerksam musterte Carlotta die rundliche Frau. Von der Anstrengung des Putzens lugte die Zungenspitze zwischen den Lippen hervor, die Stirn war in Falten gelegt. Eine

Strähne des dicken strohblonden Haars wippte im Takt der Wischbewegungen vor der Nasenspitze hin und her. Wenn sie nicht gerade auf die Scheibe hauchte oder redete, versuchte sie, die Haare wegzupusten. Carlotta schmunzelte. Seit dem Sommer vor vier Jahren, als sie sich kennengelernt hatten, hatte Lina sich auf den ersten Blick kaum verändert. Dennoch wirkte sie nicht mehr vertraut, ganz anders als damals, als sie gemeinsam in der Kammer unter dem Dach gewohnt hatten, während ihr Vater unten im Gastzimmer des Grünen Baums …

»Das ist aber hartnäckig!«, platzte Lina in ihre Gedanken und kratzte erneut enervierend mit den Nägeln über die Scheibe. »Wann hat Milla die Fenster geputzt? Da hängt noch der ganze Sommer dran!« Als alles Kratzen, Quietschen und Schrubben nichts nutzte, schwang sie sich das feuchte Leinen über die Schulter und wühlte in den Falten ihres groben Rocks. Mit einem triumphierenden Lächeln förderte sie eine halbe Zitrone zutage und hielt die gelbe Südfrucht stolz in die Luft. Entsetzt riss Carlotta die Augen auf. »Woher hast du – weißt du, wie viel …«, stammelte sie, doch die rundliche junge Frau winkte ab. Ihre Augen strahlten, als sie stolz beschwichtigte: »Vertraut mir, liebe Carlotta, natürlich weiß ich, wie viel ich davon brauche. Das ist genau das Richtige, um die kostbaren Fenster zu behandeln. Damit rücke ich jedem Dreck zu Leibe.«

Sie drehte sich wieder dem Fensterflügel zu. Die Zungenspitze zwischen den Lippen, presste sie den sauren Saft auf den Schmutz. In zähen Bächen rann er nach unten. Der frische Geruch der Zitrone zog durch die Wohnstube.

»Bist du wahnsinnig? Eine halbe Zitrone – nur fürs Putzen?« Carlotta stürzte sich auf Lina und entriss ihr die Frucht.

Viel Saft war nicht mehr drin. Verblüfft starrte die Magd sie an. »Aber warum? Ich habe doch nur …«

»Weißt du, was eine solche Zitrone kostet?«, fuhr sie ihr über den Mund. Beschämt senkte Lina den Kopf. Glutrot leuchteten ihre Wangen. Als sie die halb entblößten Arme hob, um das Gesicht mit den Händen zu bedecken, stach Carlotta die spröde, von harter Arbeit gebeutelte Haut ins Auge. Auf einmal dauerte sie die andere, ihr unbeherrschter Ausbruch tat ihr leid. »Ist schon gut.« Tröstend strich sie ihr über den Kopf, ließ die Hand auf der Schulter ruhen. Lina schniefte. Wortlos reichte Carlotta ihr ein Taschentuch. Vorsichtig legte sie die Zitronenhälfte auf den Tisch und hieß Lina, sich zu setzen.

»Auch wenn du meine Mutter für reich hältst, ist das kein Grund, die Fenster mit reinem Zitronensaft zu wischen. Wie viele Zitronen willst du dafür kaufen? Wie kommst du überhaupt auf diese eigenartige Idee?«

Lina schluchzte. Carlotta wartete, unsicher, ob sie nicht zu schroff reagiert hatte. Indes wurden auf dem Flur Schritte laut. Der eigenartige Rhythmus ließ gleich erkennen, dass es sich nur um Hedwig, die Wirtschafterin, handeln konnte. Zielstrebig näherten sich die Schritte, die Tür schwang auf. Es blieb keine Zeit, die Zitrone zu verstecken. So gut es ging, barg Carlotta sie in ihren Händen. Schuldbewusst sah sie mit Lina zusammen Hedwig entgegen.

»Hier steckst du also!« Die roten Apfelbäckchen der Köchin strahlten, die runden Augen glänzten, als sie die beiden Mädchen erspähten. Schnaufend schob sie sich herein, kam zum Tisch, legte Carlotta die Hand auf die Schulter und tätschelte sie liebevoll. »Kühl ist es hier drinnen!« Sie entdeckte das offene Fenster und watschelte schwer atmend dorthin.

Bevor sie zum Riegel griff, betrachtete sie eingehend die Scheibe. »Die Fenster nochmals zu putzen, ist eine gute Idee.« Ihre Nase schnupperte angestrengt, während die runden Augen prüfend über die Scheibe wanderten. »Wonach riecht das nur?« Fragend wandte sie sich um, sah von einer zur anderen, dann wurde ihre Miene starr. Sie hatte die Zitronenreste in Carlottas Händen entdeckt. »Ist es denn die Möglichkeit – eine echte Zitrone! Seid ihr noch zu retten?«

Flinker, als man es ihrer behäbigen Gestalt zugetraut hätte, huschte sie zum Tisch und schnappte sich die reichlich ausgepresste Fruchthälfte. »Das hätte ich mir gleich denken können, dass Lina dich auf dumme Gedanken bringt.« Sie schüttelte das mächtige Haupt und stemmte die kurzen Arme auf die ausladenden Hüften. »Gleich bei ihrem Auftauchen habe ich deine Mutter gewarnt, wir sollen lieber noch warten, bevor wir sie uns fest ins Haus holen.« Verächtlich nickte sie mit dem fleischigen Kinn gen Lina. »Der Montag ist vergänglich wie der Mond, schließlich trägt er von dem seinen Namen. An einem solchen Tag beginnt man nichts Neues, vor allem stellt man kein Gesinde ein, ganz zu schweigen davon, dass alles, was einem am Montag widerfährt, für die restliche Woche gilt. Nach dem Ärger mit Milla letzten Montag war mir klar, dass der sich auch mit der neuen Magd fortsetzt. Wie recht ich habe, sehen wir jetzt.«

Abermals schnaubte sie. Finster verzog sie Augenbrauen, Nase und schmallippigen Mund zu einer Grimasse. »Und das alles nur, weil sie zu faul ist, Schlämmkreide in Wasser zu lösen und auf die Scheiben zu geben. Das hat bislang noch immer gereicht, um die Fenster zum Strahlen zu bringen. Eigentlich ist es sowieso eine törichte Idee, heute Fenster zu putzen. Der dritte Tag im Oktober ist ein Schwendtag. Ich denke mal, du weißt«, vorwurfsvoll sah sie Lina an, »was das bedeutet?«

Über der Tirade war die neue Magd in sich zusammengesunken. Auch wenn Carlotta Hedwig wie eine weise Mutter verehrte, so mochte sie ihr verächtliches Verhalten Lina gegenüber nicht dulden. Unwillkürlich griffen ihre Finger nach dem Bernstein. Das ersehnte Gefühl der Stärke beflügelte sie. Dicht stellte sie sich vor die Köchin. »Man kann das alles auch genau andersherum sehen: Die Vorsehung hat uns Lina nicht von ungefähr am letzten Montag ins Haus geweht, gerade in dem Moment, da uns aufgefallen ist, dass wir noch gut eine weitere Magd brauchen. Vergiss nicht, Mutter und ich kennen Lina von unserer ersten Zeit hier im Kneiphof, als wir noch unten im Grünen Baum gewohnt haben. Damals schon hat Lina uns als Magd beigestanden. Es ist ein Wink des Schicksals, sie jetzt wiedergefunden zu haben.« Sie hielt inne, plötzlich übermannt von der Erinnerung, wie ihr Vater damals, kurz nach ihrer Ankunft in Königsberg, gestorben war.

Als ahnte Lina ihre Gedanken, hob sie den Blick. Carlottas Finger schlossen sich fester um den Bernstein. Einen Moment sahen die Mädchen einander an. Dabei blitzte etwas in Linas grünblauen Augen auf, was Carlotta tief ins Herz traf. Verwirrt wandte sie sich von neuem der Köchin zu. Von ihr erntete sie jedoch nur ein aufgebrachtes Schnauben.

Sie unternahm erneut einen Anlauf. »Hast du nicht bei Linas Auftauchen mehrmals niesen müssen?« Carlottas Blick wich nicht von Hedwigs geliebtem Gesicht, bis die Köchin beiseitesah. Gegen ihr Profil redete Carlotta weiter. »Du weißt doch selbst, was das bedeutet: Wer montags niest, dem wird in dieser Woche etwas Gutes geschehen. Warum willst du Linas Auftauchen nicht als dieses Gute begreifen? Bislang haben alle ihre Handgriffe im Haus gezeigt, wie geschickt sie anzupacken versteht. Und das mit der Zitrone«, sie zögerte einen Augenblick, sah noch einmal auf Lina, drehte sich dann entschlossen Hedwig zu und ließ im selben Augenblick den Bernstein los, »das mit der Zitrone ist übrigens eine Idee von mir. Schließlich geht es nicht nur um blanke, sondern vor allem um richtig saubere Fensterscheiben. Unlängst habe ich über die Idee mit dem Zitronensaft gelesen und Lina gebeten, es einfach mal auszuprobieren. Auf Anhieb hat es geklappt. Stell dir doch nur einmal vor, ausgerechnet unser Haus so nah bei der Krämerbrücke hätte blinde Scheiben!«

Triumphierend wies sie auf die glänzende, saubere Scheibe. Der angenehme Zitrusduft hing weiter in der Luft. Nicht einmal der Geruch nach Gebratenem, der von der Langgasse heraufzog, kam dagegen an.

»Ein teurer Spaß«, knurrte Hedwig und reichte ihr unter einem weiteren Schnauben die Zitronenhälfte. »Übrigens kann man auch aufgeschnittene Zwiebeln dazu benutzen. Das kostet erheblich weniger. Ich bin gespannt, was deine Mutter von deiner großartigen Idee hält. Spätestens, wenn sie die beachtlichen Kosten für die neue Art, Fenster zu putzen, in den Haushaltsbüchern entdeckt, wird sie nicht mehr entzückt sein. Aber das darfst du ihr dann selbst erklären.«

Ohne Lina eines weiteren Blicks zu würdigen, nickte sie Carlotta zu und watschelte aus der Stube. Der Holzrahmen zitterte von dem Schwung, mit dem sich die Tür hinter ihrem breiten Hintern schloss. Langsam verklangen ihre schlurfenden Schritte über die Treppe nach unten.

# 6

Eine beredte Stille senkte sich über die Wohnstube, selbst die Geräusche von der Straße schienen zu verschwinden. »Danke«, sagte Lina schließlich kaum hörbar.

»Ach was«, wehrte Carlotta ab. In der Hand knetete sie die Zitronenhälfte, spürte den spärlichen Rest des Saftes auf der Haut. Was hatte sie da gerade getan? Ungläubig blickte sie zu Lina, brauchte einen Moment, sich auf das Geschehene zu besinnen. Ein Bild von früher schob sich dazwischen. Damals hatte Lina sie wegen des gerade verstorbenen Vaters getröstet, versucht, sie auf andere Gedanken zu bringen. Hatte sie Lina deswegen so vehement in Schutz genommen?

»Wo bist du eigentlich in den letzten Jahren gewesen?«, fragte sie, um sich von den schmerzhaften Erinnerungen abzulenken. »Von einem Tag auf den anderen warst du damals aus dem Grünen Baum verschwunden. Die Wirtin hat mir nichts sagen wollen, ganz gleich, wie inständig ich sie darum gebeten habe.«

»Du hast nach mir gefragt?« Erstaunt richtete Lina sich auf. Vor Überraschung bemerkte sie nicht, dass sie in die frühere, vertraute Anrede zurückgefallen war, genau wie damals, als sie Carlotta eher wie eine kleine Schwester denn wie eine höherstehende Kaufmannstochter behandelt hatte. Dann aber ging ein Ruck durch ihren stämmigen Körper, ihre Miene verschloss sich. »Da gibt es nichts zu sagen«, erklärte sie knapp. »Besser, ich mache mit den Fenstern weiter. Allzu lange reicht das Licht nicht mehr aus.«

Sie ging zum Fenster. Rufe von der Straße wehten herauf, kündeten von dem geschäftigen Leben dort unten. Lina zog das Tuch von ihrer Schulter, pfefferte es ins Wasser, wrang es aus und widmete sich den Scheiben auf dem zweiten Flügel.

»Natürlich musst du mir nichts erzählen«, bemühte sich Carlotta, gleichgültig zu wirken. Wie zufällig näherte sie sich der Fensterfront, spielte mit dem Bernstein, sah auf die Straße. Einige Atemzüge lang beobachtete sie einen Laufburschen, der gerade die neueste Ausgabe des *Europäischen Mercurius* ausrief. Offenbar hatte er Mühe, Abnehmer für das Blatt zu finden. Der Kurfürst rückte also doch nicht so schnell mit seinen Truppen gegen Königsberg an, sonst hätten ihm die Kneiphofer vor Neugier die Zeitung aus den Händen gerissen.

»Es hat mir leidgetan, dich gleich wieder aus den Augen zu verlieren«, fuhr Carlotta fort. »Wir hatten uns doch gerade erst kennengelernt. Außer dir habe ich niemanden sonst im Kneiphof gekannt. Besonders freundlich waren die Leute ohnehin nicht. Erinnerst du dich nicht? Du selbst hast mir erzählt, wie seltsam sie meine Mutter fanden, die Wundärztin sein wollte und keinen Kneiphofer Arzt oder Medicus gerufen hat, um meinen Vater zu retten. Als er dann starb, schien das dieses Gerede vollauf zu bestätigen. Noch dazu, da mein Vater ein Grohnert war und sie eine Singeknecht ist. Du hast die uralte Geschichte mit der erbitterten Fehde zwischen den Familien sicher mitbekommen.«

Carlotta schwieg nachdenklich. Die Vorfälle von damals bewegten sie noch immer. Lina hingegen tat, als hörte sie gar nicht zu. Von neuem kratzte und polierte sie an einem hartnäckigen Schmutzfleck, bis es unerträglich in den Ohren quietschte. Schon fürchtete Carlotta, das Glas trüge Schaden davon.

»Hier!« Sie hielt Lina die Reste der Zitrone unter die Nase. »Noch gibt sie ein bisschen Saft. Wäre schade, den verkommen zu lassen.«

»Danke.« Ohne aufzusehen, nahm Lina die Frucht und presste sie gegen das Glas, rieb gleich mit dem Leinentuch nach, bis es fleckenfrei glänzte. »Der Fritz ist gekommen und hat mich geholt«, sagte sie beiläufig, als sie mit dem Resultat zufrieden war. Flink versenkte sie die Zitronenreste in den Tiefen ihres Rocks, bückte sich zum Eimer und wusch den Lappen aus.

»Und?« Interessiert riss Carlotta die blauen Augen auf. »Dann war also die Gelegenheit endlich günstig für eure gemeinsame Flucht? Bist du mit ihm wie geplant auf eine der Koggen geschlichen und davongesegelt?«

Verträumt wanderte ihr Blick aus dem offenen Fenster, über das nachmittägliche Gewusel auf der Langgasse in weite Fernen, ganz so, als machte sie am sich rot verfärbenden Firmament das Schiff aus. Auf einmal hatten sie sich wieder in die beiden halbwüchsigen Mädchen verwandelt, die in jenem Sommer vor vier Jahren an ihrem geheimen Platz am Pregelufer gehockt, die Schiffe am gegenüberliegenden Hundegatt beobachtet und sich über ihre kühnen Zukunftspläne unterhalten hatten.

»Nein!«, rief Lina unerwartet und schleuderte den Lappen zurück in den Putzeimer. Das laute Platschen riss Carlotta aus ihren Gedanken. Wasser spritzte auf, nasse Tropfen landeten auf ihrem Rock. Mit den Pantoffeln stand sie mitten in einer Pfütze. Erschrocken sah sie Lina an. Die grünblauen Augen der Magd bohrten sich tief in die ihren, das strohblonde Haar stand wirr von Linas Kopf, die Sommersprossen glühten auf dem runden Gesicht.

Stumm starrten sie einander an. Lang war das nicht auszuhalten. Lina kapitulierte als Erste. Im nächsten Moment platzte auch Carlotta vor Lachen. Glucksend quoll es aus ihnen heraus. Sie wischten sich die feuchten Augenwinkel, bis sie wie auf Kommando gleichzeitig die Arme ausbreiteten und einander wortlos entgegenfielen. Nach einigem Schluchzen traten sie wieder auseinander.

»Leider sind wir Weibsbilder immer zu gutgläubig.« Lina holte tief Luft, raffte das aufgelöste Haar zu einem Zopf und schlang diesen als Knoten auf ihren Hinterkopf. »Fritz hat da was ganz anderes im Sinn gehabt als ich. Aber so geht es wohl immer. Die Burschen wollen halt doch nur das eine. Oder hast du andere Erfahrungen?«

Wie schon damals, als sie am Pregelufer über diese Dinge geredet hatten, huschte auch jetzt wieder eine leichte Röte über Carlottas Gesicht. Verlegen zwirbelte sie eine rotblonde Locke um den Zeigefinger und wich Linas Blick aus. »Hm«, war alles, was sie herausbrachte. Darüber wurde ihr noch heißer. Wahrscheinlich leuchtete ihr Gesicht inzwischen wie ein ausgehöhlter Kürbis mit Kerze.

»Es ist doch immer das Gleiche.« Lina schien nichts von alledem zu bemerken, richtete den Blick aus dem Fenster, in den violetten Spätnachmittagshimmel hinein. »Natürlich ist es mit Fritz genauso ausgegangen, wie du es vorausgesagt hast«, fuhr sie fort. »Nicht mal bis Pillau sind wir gekommen.« Bitter lachte sie auf. »Von der Seefahrt hat er sofort wieder genug gehabt. War ihm wohl zu anstrengend, von früh bis spät das Deck zu schrubben, die Leinen einzuholen, die Fracht ein- und auszuladen.« Sie verschränkte die Arme vor der Brust und drehte sich Carlotta halb zu. »Irgendwer hat ihm den Floh ins Ohr gesetzt, in Insterburg bräuchten sie kräftige Burschen wie ihn. Da könnte er rasch was werden. So verfiel der Dummkopf auf die Idee, auf dem Land gäbe es leichtere Arbeit als auf dem Schiff. Leider hat derjenige vergessen, Fritz zu sagen, dass er bei den Bauern zwar hart mit anpacken muss, aber trotzdem nur wenig zu beißen kriegt. Die Leute haben eben selbst nicht viel. Immer wieder fallen die Tataren ein, oder die Schweden ziehen auf irgendeinem Krieg durch die Stadt, mit den Preußen gleich dicht auf den Fersen. Da bleibt einfach wenig übrig, wenn überhaupt ein Stein lang auf dem anderen steht. Also sind Fritz und ich nach einem Jahr weiter nach Tilsit. Das ist nicht weit von dort. Aber da ist es auch nicht besser gewesen. In einer erbärmlichen Hütte haben wir gehaust, froh, überhaupt ein Dach über dem Kopf zu haben. Irgendwann ist der Fritz immer länger im Wirtshaus geblieben als bei mir, mein Bauch ist dicker geworden, aber das Kind kam trotzdem zu früh und war einfach zu klein, um einen einzigen Schnaufer zu lassen. Beim zweiten hat es dann besser geklappt. Trotzdem habe ich es nicht mehr ausgehalten und bin fort. Das ist eben kein Leben für mich.«

»Und das Kind? Du hast doch nicht etwa dein Kind im Stich gelassen?« Fassungslos starrte Carlotta sie an.

Von der Seite betrachtet, wirkten Linas Rundungen auf einmal nicht mehr so weich. Selbst die muntere Stupsnase erschien Carlotta nun scharf, das Kinn darunter seltsam spitz. Lina ballte die Fäuste, bis die Fingerknöchel weiß hervortraten. Mehrmals biss sie sich auf die Lippen. Es sah aus, als versuchte sie, das eben Gesagte zurückzuholen und vergessen zu machen. Dann brach sich ein empörter Seufzer Bahn.

»Im Stich lassen kann man das beileibe nicht nennen. Ich wette, du hättest es nicht anders gemacht.«

»Wie kommst du darauf?« Carlotta schnappte aufgebracht nach Luft und stemmte die kleinen Hände auf die kaum vorhandenen Hüften, wohl wissend, wie schmächtig sie neben der anderen wirkte. »Du kannst so ein hilfloses kleines Wesen doch nicht einfach bei einem Burschen zurücklassen, der den ganzen Tag nur im Wirtshaus sitzt und …« Sie fuchtelte mit den Armen, suchte verzweifelt nach dem richtigen Wort.

»… säuft«, ergänzte Lina. »Keine Sorge, das habe ich auch nicht getan.«

»So? Was dann?«

»Ich habe das Würmchen gepackt und dafür gesorgt, dass es eine bessere Zukunft bekommt.«

»Was soll das heißen?« Plötzlich befürchtete Carlotta das Schlimmste. Wild wirbelten die Gedanken in ihrem Kopf. Einerseits fragte sie sich, ob Lina wirklich zum Äußersten bereit wäre, andererseits schalt sie sich töricht, ihr derart Verwerfliches überhaupt zuzutrauen. Zu ihrer Verblüffung stellte sie fest, dass Lina sich in der Beachtung, die sie ihr währenddessen zuteilwerden ließ, regelrecht sonnte. Die Arme vor dem üppigen Busen verschränkt, wiegte sie den Oberkörper hin und her.

»Natürlich habe ich ihm kein Leid getan. Sehe ich etwa aus wie eine Kindsmörderin? Mein eigen Fleisch und Blut zu töten – wie kannst du so etwas auch nur von mir denken?«

Beleidigt schürzte sie die Lippen. Ihre grünblauen Augen funkelten. Ertappt senkte Carlotta den Blick. Beschwichtigend tätschelte Lina ihr die Schulter. So dicht neben ihr fühlte sich Carlotta wie ein kleines, unbedarftes Kind, das eine entsetzliche Dummheit begangen hatte. Lina musste das ähnlich empfinden, zumindest meinte Carlotta zu spüren, dass sie die Überlegenheit genoss.

»Keine Sorge, es geht alles mit rechten Dingen zu«, sagte sie begütigend. »Bei reichen Leuten in Pillau habe ich das Würmchen untergebracht, bei solchen, die zwar alles Geld der Welt, aber keine eigenen Kinder haben und deshalb alles tun, damit es dem Kleinen gutgeht.«

Wieder konnte Carlotta die Augen nicht von ihr lassen. Trotz der Erklärung war sie nicht beruhigt. Da stimmte etwas nicht, das spürte sie, konnte es aber nicht genauer benennen. »Was ist es überhaupt?«, platzte sie ungeduldig heraus.

»Wie? Was?« Verwirrt fuhr Lina zusammen. Schon meinte Carlotta, sie ertappt zu haben, da antwortete sie lapidar »ein Junge« und bückte sich hastig nach dem Eimer mit dem Lappen. Schnaufend hob sie ihn hoch. Carlotta wollte sich ihr in den Weg stellen, doch Lina stieß sie brüsk beiseite. »Karlchen heißt er, hat blaue Augen und eine Stupsnase und sogar schon ein paar Locken, natürlich blond wie meine. Zufrieden?«

Ihre Miene verriet nicht das Geringste. Die Lippen fest aufeinandergepresst, schleppte sie den schweren Eimer dicht an Carlotta vorbei zum mittleren Fenster. Der Riegel knirschte, als sie an ihm drehte, um die Flügel zu öffnen.

»Was ist eigentlich aus deinem Burschen geworden? Ist er wieder aufgetaucht?«

Nun war es an Carlotta, zusammenzuzucken. An Mathias wollte sie nicht erinnert werden, von Lina schon gar nicht – und vor allem nicht jetzt. Auf einmal drohte die Erinnerung zu einer großen, dunklen Wolke zu werden, die das sonnige Zusammensein mit Christoph überschattete. Fieberhaft suchte sie nach Worten, als könnte sie mit einer passenden Erwiderung die ungewollte Störung verdrängen.

Unerbittlich fuhr Lina fort: »Ich habe dir damals schon gesagt: Bei dir ist es nicht so schlimm. Du bist auf keinen Burschen angewiesen, um aus dem Elend rauszukommen. Notfalls nimmst du das Geld deiner Mutter und fängst damit irgendwo ein Leben ganz nach deinen eigenen Vorstellungen an. Dabei hast du das gar nicht nötig. Ihr beide lebt doch sowieso sorgenfrei, von Elend und Not weit und breit keine Spur.«

»Also«, setzte Carlotta an, doch wieder kam Lina ihr zuvor. »Entschuldigung«, murmelte sie zerknirscht. Schon knickste sie unbeholfen und wirkte zahm wie ein Lamm. »Ich weiß auch nicht, welcher Gaul da gerade mit mir durchgegangen ist. Ich habe wohl einfach vergessen, wie es inzwischen steht: Ihr seid die Herrschaft, ich bin die Magd. Ich sollte nicht so vorlaut sein.«

Angestrengt starrte sie auf ihre Fußspitzen. Carlotta bekam nicht viel mehr als das wirre, blonde Haar zu sehen. Die ungewohnte Perspektive behagte ihr noch weniger als Linas forsches Auftreten zuvor.

»Schon gut«, beeilte sie sich zu versichern. Eine ganze Weile kämpfte sie noch mit sich, dann streckte sie Lina entschlossen die Hand entgegen. »Lass uns beim Du bleiben. Nach allem, was wir uns damals am Pregelufer erzählt und miteinander im Grünen Baum erlebt haben, werden wir nie wie Herrschaft und Gesinde zueinander stehen.« Sie rang sich ein aufmunterndes Lächeln ab. Daraufhin wischte Lina die Hand an der Schürze trocken und schlug vorsichtig ein. »Wie du willst.«

Linas Händedruck war fest, die Haut kalt und rauh. Carlotta versuchte abermals, ihr in die Augen zu schauen. Wieder aber gelang es Lina, sich zu entziehen und ins Polieren der Fensterscheiben zu flüchten. Zögernd wandte Carlotta sich dem Tisch zu, auf dem noch immer die sorgfältig aufgereihten Tiegel mit Salben warteten.

Lustlos blätterte sie das vor ihr liegende Buch auf, überflog die Seiten, auf denen ihre Mutter in ungelenker Schrift uralte

Rezepturen notiert hatte, und kam endlich zu der Auflistung der Mengen an Salben und Tinkturen. Während sie ein Gefäß nach dem anderen öffnete und den Bestand kontrollierte, hörte sie Linas Keuchen beim Wienern der Scheiben. Der saure Geruch der Zitrone überlagerte den zarten Duft der Salben. So angestrengt Carlotta auch schnupperte, Veilchen, Salbei und Rosen konnten sich kaum mehr dagegen durchsetzen. Carlotta seufzte. Beim Beschnuppern der berühmten Wundersalbe von Meister Johann hielt sie inne. Der Geruch war ihr seit Jahren vertraut. Seit den Zeiten bei Apotheker Petersen in Frankfurt versuchte sie, dem Geheimnis der Mischung auf die Spur zu kommen.

Noch während sie darüber nachsann, ob sie letztens doch zu großzügig Wacholder daruntergemischt hatte, wurde ihr plötzlich etwas anderes klar. Den offenen Tiegel in der Hand, starrte sie einige Atemzüge lang auf die gegenüberliegende Wand. Unter einem goldgerahmten Porträt von Urgroßvater Paul Joseph Singeknecht, dem Begründer des Handelskontors, stand eine hüfthohe Truhe aus dunklem Holz. Die kunstvollen Einlegearbeiten auf dem riesigen Möbel verrieten den beträchtlichen Wert des Stücks. Prall gefüllt mit feiner Tischwäsche, war sie ein weiteres Zeichen des Vermögens, über das die Mutter dank ihres Erbes verfügte. Carlotta schmunzelte. So falsch lag Lina nicht, was sie und ihre Mutter betraf. Es konnte kein Zufall sein, sich ausgerechnet jetzt dessen bewusst zu werden.

»Weißt du was, Lina?«, wandte sie sich der Magd zu. »Eigentlich ist es wirklich gut, dass Mathias nicht mehr aufgetaucht und mit mir durchgebrannt ist.«

»Das sagst du doch jetzt nur, um besser vor mir dazustehen.«

Kaum waren die Worte heraus, schlug Lina erschrocken die Hand vor den Mund und presste abermals ein »Entschuldigung« zwischen den Lippen heraus.

»Schon gut«, winkte Carlotta ab. »An deiner Stelle würde ich das auch denken.«

»So?« Lina knüllte das Leintuch zu einem Ball und knetete ihn mit den vom kalten Putzwasser und sauren Zitronensaft stark geröteten Fingern. »Und warum sollte es sonst gut sein?«

»Ganz einfach«, strahlte Carlotta sie an. »Wenn er damals tatsächlich gekommen und mit mir durchgebrannt wäre, hätte ich genau das getan, was alle Frauen tun: ihn heiraten, kochen, ein halbes Dutzend Kinder kriegen und mich hinterher über meine eigene Dummheit ärgern.«

»Wenigstens hättest du genug zu essen und ein Dach über dem Kopf, weil dein Mathias bestimmt schlauer ist als mein Fritz. Wahrscheinlich hätte auch deine Mutter euch nicht lang gezürnt und euch einen ordentlichen Hausstand eingerichtet.«

»Das mag sein«, gab Carlotta zögernd zu. »Aber trotzdem wäre es nicht das Gelbe vom Ei. Sosehr ich es einige Jahre lang bedauert habe, so begreife ich jetzt, dass es wieder für etwas anderes gut gewesen ist.«

»Weil du dich längst an das Leben in Königsberg und all die vielen Annehmlichkeiten hier gewöhnt hast. Tochter einer angesehenen Kaufmannsfrau zu sein, hat eben seine Vorteile.« Linas rundem Gesicht war der Neid deutlich anzusehen.

Carlotta seufzte und versuchte ein letztes Mal, sie zu überzeugen: »So angenehm es ist, ändert es nichts an der Tatsache, als Frau doch nicht all das tun zu dürfen, was man eigentlich tun will. Zumindest, wenn man etwas für Frauen sehr Außergewöhnliches im Sinn hat.«

»So?« Abermals zog Lina die Augenbrauen hoch und sah

sie erstaunt an. Auf einmal aber schien sie zu verstehen und verzog den Mund zu einem breiten Grinsen. »Gib zu: Es gibt einen anderen Burschen!«

Versonnen lächelte Carlotta. »Bursche ist vielleicht nicht mehr so ganz richtig«, stellte sie klar. »Immerhin hat er einen akademischen Abschluss.«

»Einen was?«

»Er hat studiert. Er ist Doktor der Medizin, wenn du es genau wissen willst.«

»Das heißt, er kann dir ein ordentliches Leben bieten«, erwiderte Lina und wirkte fast ein wenig enttäuscht. »Und was ist jetzt das Außergewöhnliche daran?«

»Er wird mir helfen, dass ich in gewisser Weise auch Medizin studieren kann!«

»Was?« Verständnislos riss Lina die Augen auf. »Wozu soll das gut sein? Gewiss bringt er jetzt schon genug Geld nach Hause. Und du bist als Wundärztin auch gefragt. Dabei hast du es nicht einmal nötig, dein Leben damit zuzubringen. Glaub mir, es gibt noch Schöneres, als faule Zähne zu ziehen oder stinkende Eiterbeulen aufzuschneiden.«

»Das reicht mir nicht, Lina. Als anerkannte Medizinerin könnte ich noch weitaus mehr tun, als die Menschen zur Ader zu lassen, gebrochene Knochen einzurenken oder Wunden zu nähen.« Begeistert hielt sie inne. Ihre tiefblauen Augen leuchteten. Energisch schüttelte sie die rotblonden Locken in den Nacken. »Ich würde endlich die Zusammenhänge begreifen, die den menschlichen Körper inwendig zusammenhalten, und müsste nie mehr mit ansehen, wie einer elend vor meinen Augen stirbt!«

Ein Schatten huschte über ihr Gesicht. Die Erinnerung an den sterbenden Vater schmerzte noch immer.

»Deshalb willst du dir diesen studierten Doktor angeln?« Verständnislos runzelte Lina die Stirn. Die tiefen Falten ließen ihr Gesicht alt aussehen.

Geflissentlich überging Carlotta das. Der sonntägliche Spaziergang mit Christoph stand ihr vor Augen, das unbeschwerte Scherzen mit ihm letztens im Gemeindegarten, die versteckten Zeichen, wenn sie sich bei Apotheker Heydrich begegneten.

»Christoph ist mir ein guter Kamerad. Lustig ist er zudem, sehr klug und ein stattlicher Bursche noch dazu. Auch sein Vater ist sehr angesehen in der Stadt.«

»Das klingt nach einer guten Partie«, warf Lina beruhigt ein. »Du solltest dich beeilen. Nicht dass eine andere dir den Fang vor der Nase wegschnappt.«

»Ja, du hast recht. Ich sollte mich beeilen. Gerade scheint die Gelegenheit günstig, einen guten Fang an Land zu ziehen.« Verschwörerisch zwinkerte sie Lina zu.

## 7

Selbst am weit fortgeschrittenen Nachmittag ähnelte das Treiben an der Lastadie noch einem quirligen Bienenstock mitten im Sommer. Wie um dem zu trotzen, schlenderte Magdalena langsam von der Krämerbrücke über das Hafengelände am Pregelufer. Es galt nicht zuletzt, die eigene Unruhe zu zügeln, hatte sie in ihrem Speicherhaus einige Schritte hinter dem Kran doch eine lang ersehnte Fracht in Augenschein zu nehmen. Niemand sollte merken, wie ihr allein beim Gedanken daran die Finger zitterten. Dass die Ladung ausgerechnet an diesem Freitag eingetroffen war, gab ihr zu denken. Doch rasch verdrängte sie Hedwigs Erschrecken: Freitag, der Dreizehnte brachte nach Ansicht der alten Wirtschafterin natürlich kein Glück. Um sie von den düsteren Ahnungen abzulenken, hatte Carlotta ihr belustigt einen anderen der alten Sprüche zum dreizehnten Oktober aufgesagt: »Heiliger Koloman, schick mir einen braven Mann.« Daraufhin war die gute Hedwig erst recht außer sich geraten.

Einige Schritte weiter erspähte Magdalena Martenn Gerke, den weißbärtigen Kaufmannsgenossen aus der Magistergasse. Ordnend fuhr sie mit den kurzen, schmalen Fingern durch das unter der schwarzen Witwenschnebbe brav hochgesteckte rote Haar, raffte den schwarzen Damastrock und eilte zu ihm.

»Grüße Euch, verehrter Gerke. Wie geht es Euch heute?« Forschend glitt der Blick ihrer smaragdgrünen Augen über seine eingefallene Gestalt. Kaum zu glauben, dass er vor wenigen Wochen noch einen prallen Bauch unter dem reichbestickten Wams herausgeschoben hatte. Auch schien er geschrumpft, so dass sie, die trotz ihrer knapp vierzig Jahre kaum größer als eine heranwachsende Fünfzehnjährige war, ihm geradewegs ins blasse Gesicht schauen konnte. »Quälen Euch nach wie vor Leibkrämpfe? Zeigt die Bernsteinessenz keine Wirkung?«

»Doch, doch«, beeilte er sich zu versichern und lächelte scheu. »Seit ich Eure Tropfen nehme, geht es wirklich schon viel besser. Allein, es dauert wohl noch, bis man mir das ansieht. Kein Wunder bei Eurer strikten Anweisung, auf sämtliche Genüsse zu verzichten.«

Seine Stimme war dunkel und klang voll wie eh und je.

»Sofern Ihr sie weiterhin brav befolgt, bin ich zufrieden, mein Lieber. Doch übt Euch weiter in Geduld. Es ist wichtig, die Tropfen einige Wochen lang regelmäßig einzunehmen und weiterhin nur Gerstenbrei und warmes Bier zu den Mahlzeiten zu genießen. Ein Glas verdünnter Rheinwein am Abend kann jedoch nicht schaden.«

Gerkes Wangen gewannen an Farbe. »Ihr helft mir aus größter Pein! Schade zu sehen, meine Liebe, dass Ihr Euch Eurer Berufung als Wundärztin verweigert. So vielen könntet Ihr noch helfen. Schaut mich an. Bin ich nicht der beste Beweis, wie gut Ihr Euch in der Anwendung der richtigen Kur versteht? Wochenlang hat der gute Doktor Lange mich mit seinen Tinkturen gequält. Der ist zwar immerhin Leibarzt des Fürsten Radziwill und war auch Feldarzt bei den Franzosen. Dennoch versteht er sein Metier wohl nicht so gut wie Ihr, Verehrteste. Euch genügt ein Blick, und Ihr wisst sogleich, was meinem armen Körper fehlt. Eure Bernsteinessenz ist ein wahres Wundermittel!«

»Danke für Euer Vertrauen«, wiegelte Magdalena ab. Solche Worte aus seinem Mund zu hören, rührte sie. Mit welchem Misstrauen war er ihr einst bei ihrer Ankunft in Königsberg begegnet! »Ihr wisst, warum ich mich mittlerweile ganz auf das Kontor meiner Ahnen beschränke und allenfalls noch einigen Auserwählten meine Essenzen empfehle. Gerade mit Medicus Kepler und den anderen studierten Doktoren will ich es nicht aufnehmen, geschweige denn, die Richtigkeit der von ihnen veranlassten Maßnahmen in Zweifel ziehen.«

»Ihr wisst aber auch«, fiel er ihr ein wenig ungeduldig ins Wort, »wie gut sich gerade Eure Tochter mit dem jungen Kepler versteht? Kaum ein Tag vergeht, an dem man die beiden nicht zusammen bei Apotheker Heydrich im Laboratorium antrifft oder gemeinsam mit Wundarzt Koese auf Krankenvisite sieht.«

Einen Moment blieb Magdalena die Luft weg. Davon hatte Carlotta ihr nichts erzählt. Sie fühlte einen Stich in der Brust. Ausgerechnet der junge Kepler! Ein alberner Geck war das, stets zu Scherzen aufgelegt. Niemand wusste genau, wie viel er dagegen von seiner Kunst als Medicus verstand. Sie schluckte. Gerke gegenüber durfte sie sich nichts anmerken lassen. Also erklärte sie leichthin: »Danke für Euren Hinweis, mein Bester. Lasst uns also einige Wochen warten. Dann werden wir sehen, ob meine Kur Euch auf Dauer von den Beschwerden erlöst. Wenn es Euch recht ist, komme ich nächste Woche wieder zu Euch und untersuche Euren Leib. Bis dahin befolgt bitte weiter meinen Rat und haltet Diät.«

»Wenn Ihr wüsstet, wie wohl mir das tut.« Ergriffen tätschelte er ihr den Arm, bevor er sie endlich ziehen ließ.

Die kurze Begegnung mit dem ehedem so strengen alten Kaufmann hatte Magdalena aufgewühlt. Seine Worte zu ihrem Wundarztdasein trafen eine empfindliche Stelle in ihrem Innersten. Zudem versetzte ihr die Kunde von Carlottas Turteln mit dem jungen Kepler einen Stich. Ob ihre Tochter an ihn gedacht hatte, als sie vorhin den zweiten Kalenderspruch erwähnt hatte? Magdalena seufzte. Hedwig hatte recht: Freitag, der Dreizehnte war kein guter Tag! Nicht eben wohlgestimmt, setzte sie ihren Weg fort.

Am Hundegatt strahlte die Oktobersonne auf unzählige Koggen, die an der Kaimauer im brackigen Wasser dümpelten. Mannshoch stapelten sich die aus ihnen entladenen Fässer, Kisten, Säcke, Truhen und Hölzer am Ufer. Selbst große Halden Sand und Kies waren kegelförmig aufgeschüttet, eindrucksvolles Zeugnis der ungebrochen regen Bautätigkeit in der Dreistädtestadt am Pregel. Schwer beladen mit Bau- und anderen Rohstoffen, eilten die Tagelöhner zwischen den

Stapeln und den nahen Fachwerkspeichern hin und her. Wütend schallten die Befehle der Vorarbeiter über die Lastenträger hinweg.

Endlich hatte Magdalena den Singeknecht'schen Speicher in der vorderen Reihe an der Lastadie erreicht. »Schrempf, wo steckt Ihr?«, rief sie in das Halbdunkel des langgestreckten, bis zum hohen Dachfirst offenen Lagerraums hinein. Vergeblich hoffte sie auf eine Erwiderung. Keiner der Arbeiter schien da zu sein, nicht einmal der Lagervorsteher selbst erachtete es für nötig, die Kostbarkeiten im Speicherinnern zu beaufsichtigen. Verärgert kniff sie die Augen zusammen, um mehr sehen zu können.

Spärlich fiel das Spätnachmittagslicht vom Eingang herein. Ohnehin standen die Speicher an der Lastadie zu dicht beieinander, um viel Luft und Licht Einlass zu gewähren. So drang auch aus den oberen Geschossen, die über eine Galerie aus Holz erreichbar waren, kaum mehr Helligkeit nach unten. »Schrempf?«, rief sie ein weiteres Mal in das Halbdunkel und wartete, bis sich ihre Augen an das Dämmerlicht gewöhnt hatten. Wieder erhielt sie keine Antwort. Innerlich bebte sie. Unglaublich, wie respektlos die Männer sich ihr gegenüber verhielten. Wahrscheinlich hatte ein Aufruhr sie nach draußen gelockt. Eine Schlägerei bot stets willkommene Abwechslung für die grobschlächtigen Lagerleute. Bevor die Wut ihr gänzlich die Laune verdarb, beschloss sie, sich selbst daranzumachen, die ersehnte Fracht aus ihrer alten Heimatstadt Frankfurt zu suchen.

Sie lief an den Regalen und Kisten entlang, versuchte, die mit Kreide und Farbe ungelenk angebrachten Aufschriften zu entziffern. Von draußen wehte ein strenger Geruch nach abgestandenem Wasser und uraltem Fisch herein, vermischte sich mit dem nach aufgewärmtem Holz und Sägemehl aus den Speichern. Sie zog ein nach Rosenöl duftendes Taschentuch aus ihrem schwarzen Damastkleid und hielt es sich vor die Nase. War sie etwa schon so empfindlich geworden, nicht einmal für kurze Zeit den Lastadiengestank zu ertragen? Verärgert biss sie sich auf die schmalen Lippen. Ihr halbes Leben hatte sie im Heerestross der Kaiserlichen verbracht, jahraus, jahrein unter Zeltplanen und Reisighütten gelebt. Ein vierseitig umschlossener, überdachter Raum wie dieses Lager wäre ihr in ihrer Jugend wie ein Palast erschienen. Eric fiel ihr ein, sein makelloser, muskulöser Körper, den sie einen Sommer lang verbotenerweise auf einem Heuboden in Freiburg liebkost hatte. Sie schluckte, wischte Tränen aus den feuchten Augenwinkeln. Hastig lenkte sie die Schritte zu einem abgetrennten Verschlag am Kopfende. Kleinere Holzkisten reihten sich dort auf dem Boden aneinander. Eilig beugte sie sich hinab. Einige ihrer roten Locken rutschten unter der schwarzen Trauerschnebbe heraus. Hastig stopfte sie die zurück unter die Spitze, bedauerte einmal mehr, wie dünn ihr Haar geworden war. Dabei war sie erst siebenunddreißig! Sie schnaufte und bückte sich tiefer über die Kisten in der Hoffnung, einen Hinweis zu entdecken, ob sie aus Frankfurt kamen. Als sie nichts dergleichen sah, erwog sie, ein Stemmeisen zu suchen und die Kisten gewaltsam zu öffnen. Ein Poltern vom Eingang her riss sie aus diesen Überlegungen.

»Schrempf!«, rief sie. »Wo habt Ihr nur gesteckt?« Sie strich sich den Rock glatt und trat aus dem Verschlag. »Erst lasst Ihr mich rufen, weil die lang ersehnte Fracht aus Frankfurt eingetroffen ist, und dann finde ich niemanden hier im Speicher, sie mir auszuhändigen. Ganz abgesehen davon, dass das Lager weit offen steht, all die anderen Waren völlig unbewacht sind.

Was denkt Ihr Euch nur dabei? Wo stecken überhaupt unsere Leute?«

Endlich hatte sie den stämmigen Mittvierziger erreicht. Auf halbem Weg war er ihr entgegengekommen und verbeugte sich. Zerknirscht hob er erst den Kopf, als sie ihn dazu aufforderte.

»Die Männer sind alle hinten beim Kran«, brummte er. Wie stets vermied er es, den Mund beim Sprechen weit zu öffnen, so dass seine Worte nur schwer verständlich waren. »Ein weiteres Schiff ist aus Danzig eingetroffen. Ich habe sie angewiesen, es bis zum Abend auszuladen. Vor Anbruch der Nacht soll alles sicher im Speicher sein.«

»Wollt Ihr damit andeuten, für morgen gibt es keine guten Nachrichten? Marschiert der Kurfürst also schon tatsächlich auf Königsberg zu? Die List mit den Särgen hat wohl nicht lange vorgehalten.« Ihre leicht schräg stehenden Augen verengten sich, was ihr etwas Katzenhaftes verlieh.

Statt einer Antwort grummelte Schrempf Unverständliches in seinen Bart und drehte sich auf dem Absatz um, um zurück zum Eingang zu gehen. Kurz vor der Tür wies er mit der Rechten auf eine schmale Holztreppe, die zur Galerie hinaufführte, wo weitere Waren gelagert wurden. Mit einem Nicken folgte sie ihm zum ersten Treppenabsatz. Dort befand sich eine kniehohe Kiste.

»Hier steht, was Ihr sucht, Gnädigste.«

»So nah an der Tür?« Gerade noch rechtzeitig verkniff sie sich einen Tadel. »Wie hätte ich sie hier ohne Eure Hilfe je finden sollen? Nie und nimmer hätte ich sie hier vorn vermutet.« Es missfiel ihr, die fragile Fracht so nachlässig aufbewahrt zu sehen. Jeder hätte sie unbemerkt fortschaffen können, erst recht, wenn Schrempf und seine Leute schon seit geraumer

Zeit mit einer weiteren Schiffsladung den Kai aufwärts beschäftigt waren. Gründlich überprüfte sie das gute Stück von allen Seiten. Ihre kurzen, schlanken Finger fuhren über das grobgehobelte Holz. Wie es schien, hatte die Kiste von der langen Reise nicht den geringsten Kratzer davongetragen.

»Was hat es damit eigentlich auf sich?« Gegen seine Gewohnheit wurde Schrempf neugierig. »Der Kapitän hat mir eigens aufgetragen, die Kiste nicht zu den übrigen Säcken und Truhen zu stellen und Euch gleich über das Eintreffen zu benachrichtigen. Der Inhalt ist Euch wohl sehr wichtig.«

»So ist es«, bestätigte Magdalena. »Deshalb werde ich sie auch erst zu Hause in aller Ruhe öffnen. Lasst sie bitte schnellstmöglich ins Kontor bringen.«

»Ein wenig müsst Ihr Euch gedulden. Die Männer sind, wie gesagt, alle mit der Ladung aus Danzig beschäftigt.« Er zog die buschigen Augenbrauen hoch, sie behielt ihn fest im Blick. »Gut«, lenkte er ein. »Ich gehe selbst zum Kran und hole Mattes. Er soll sofort mit Euch in die Langgasse fahren. Was ist denn so Geheimnisvolles darin, wenn ich fragen darf?«

Über sein Seemannsgesicht huschte erneut ein Funken Neugier. Magdalena schmunzelte. Sonst erlaubte sich der breitschultrige Mann mit dem krausen Backenbart nicht das geringste Interesse an den Dingen, die er Tag für Tag von den Koggen in die riesigen Fachwerkspeicher schleppen und dort einsortieren ließ. Ob es um Felle aus dem russischen Norden oder um duftende Gewürze aus dem warmen Süden ging, er behandelte alles gleich. Nicht einmal eine Ladung besonders reinen, edelsten Bernsteins aus Palmnicken entlockte ihm ein Lächeln.

»Entschuldigung, es geht mich nichts an«, ruderte er zurück, als sie ihn mit der Antwort warten ließ.

»Ihr braucht Euch nicht zu entschuldigen«, beschwichtigte

sie. »In der Kiste befinden sich Mikroskope. Ich habe sie mir aus Frankfurt kommen lassen.«

»Aus Frankfurt? Ihr meint aus Eurer alten Heimatstadt am Main?«

»Ja. Ein dortiger Apotheker bezieht sie aus Venedig und hat mir nicht zum ersten Mal welche besorgt.«

Wehmut erfüllte sie. Verschämt wischte sie sich die Augenwinkel und strich eine rote Locke aus dem schmalen Gesicht.

»Ein sehr umständlicher Weg.« Schrempf schüttelte den Kopf. »Natürlich ist es Eure Entscheidung, woher Ihr Eure Waren bezieht. Aber es gibt ausgezeichnete Mikroskope aus Holland. In Delft soll es einen gelehrten Tuchhändler geben, der sich sehr gut darauf versteht. Der Weg liegt viel näher. Ihr wisst um die Beziehungen so mancher Königsberger dorthin. Wenn Ihr wollt, erkundige ich mich gern für Euch, wie Ihr mit dem Mann direkt in Kontakt kommt.«

»Danke, das ist sehr freundlich.« Magdalena legte ihm die Hand auf den Arm. »Dass ich meine Mikroskope über Frankfurt beziehe, hat seinen besonderen Grund. Doktor Petersen von der dortigen Schwanenapotheke ist ein alter Bekannter. Schon zu Lebzeiten meines Gemahls, Gott hab ihn selig, habe ich mit ihm Geschäfte gemacht. Er vertreibt auch meine Rezepturen, wie Ihr wisst. Die Mikroskope, die er mir aus Venedig beschafft, sind von besonderer Güte. Da vertraue ich ganz seinem Urteil. Sogar dem Leibarzt des Fürsten Radziwill habe ich einmal eines von dort besorgt. Ihr wisst, wie schwierig er in solchen Dingen ist.«

»Mag sein.« Schrempf schien enttäuscht und wechselte das Thema. »Wollt Ihr mit Mattes und der Kiste nach Hause fahren, oder soll er ohne Euch los?«

Magdalena wollte verwundert nachfragen, da bemerkte sie, dass Schrempf sich nicht ohne Grund erkundigte. Angestrengt schaute er an ihr vorbei zur Tür. Sie drehte sich um und blinzelte in das einfallende Nachmittagslicht. Eine mittelgroße, schlanke Gestalt war dort auszumachen. Erst beim zweiten Hinsehen erkannte sie Philipp Helmbrecht.

Sein unerwartetes Auftauchen und vor allem Schrempfs Reaktion darauf trieben ihr eine leichte Röte auf die Wangen. Unwillkürlich glitten ihre Finger am Rand ihres schwarzen Damastmieders entlang. Vergebens. Fast ihr ganzes Leben hatte sie dort, gut verborgen in der Falte zwischen ihren Brüsten, einen Bernstein getragen. Seit Erics Tod aber lag das einstige Pfand ihrer Liebe im Sarg ihres Gemahls. Helmbrechts Bernstein hingegen, der von der Größe eines Taubeneis war, verwahrte sie in einer eigens dafür angefertigten Schatulle. So fassten ihre Finger wieder einmal ins Leere. Sie rang die Unsicherheit nieder und rief fröhlich: »Helmbrecht, welch Überraschung! Wie schön, Euch zu sehen. Ich wusste gar nicht, dass Ihr diesen Herbst noch einmal an den Pregel zurückkehren wolltet.«

## 8

Magdalena trat an das Treppengeländer und sah dem Besucher entgegen. Nach einer knappen Verbeugung stieg Schrempf die wacklige Holztreppe nach unten und verließ den Speicher. Bald hörte sie ihn draußen nach Mattes rufen.

»Die Freude, Euch zu sehen, ist ganz meinerseits.« Helmbrechts wohltönende Stimme füllte den Speicher aus. Sie war froh, die Lagerarbeiter weit weg am Kran zu wissen. Ein Zittern erfasste ihren zierlichen Körper, nervös strichen ihre Hände den rosendurchwirkten Damast ihres Kleides entlang. Ein feiner Schweißfilm bildete sich auf ihrer Oberlippe. Sie versuchte, ihn unauffällig mit der Zungenspitze wegzulecken. »Was führt Euch also noch einmal zu uns nach Königsberg?«

Langsam stieg auch sie auf der Treppe nach unten und trat an ihn heran. Unauffällig sog sie den feinen Geruch nach Tabak, Kaffee und Schweiß ein, den er verströmte. Sie vermied es, ihm direkt in die dunkel gesprenkelten Bernsteinaugen zu sehen. Zu gut kannte sie sich, um zu wissen, dass sie deren geheimnisvollem Sog nicht widerstehen könnte. Ihr Blick wanderte über seine schlanke Gestalt. Im Gegenlicht wirkte er imposanter als sonst, dabei war er mindestens einen halben Kopf kleiner, als Eric gewesen war. Auch die Schultern waren weniger kräftig. Wie stets war er elegant gekleidet. Der dunkle Rock und die hellbraunen Kniebundhosen wiesen jedoch ebenso wie die safranfarbenen Stiefel aus weichem Leder deutliche Spuren der zurückgelegten beschwerlichen Reise auf. Statt sich nach seiner Ankunft in seiner Unterkunft zu erfrischen, musste er direkt zu ihr geeilt sein. Das brachte ihren Puls erneut zum Rasen.

»Könnt Ihr Euch nicht vorstellen, was mich zu Euch treibt? Ach, es passt zu Euch, so zu tun, als wäre hier am Pregel alles in bester Ordnung, verehrte Magdalena.« Mit seinen gepflegten Fingern drehte er den breitkrempigen Reisehut in der Hand, strich sich mit der anderen Hand über den schmalen Oberlippenbart. Die blatternarbigen Wangen wirkten blass und eingefallen.

»Wie kommt Ihr nur auf die Idee, das wäre es nicht?«, fragte sie leicht gekränkt über den Vorwurf, sie wolle den

Ernst der Lage nicht begreifen. Entschieden raffte sie ihren Rock und drängte sich nah an ihm vorbei zur Tür. Dabei streiften ihre Finger zufällig die seinen. Die unverhoffte Berührung versetzte ihr einen Schlag. Von neuem biss sie sich auf die Lippen und schaute angestrengt nach draußen. Sie brauchte Luft. Gleichzeitig wollte sie mehr Abstand zu Helmbrecht. Er sollte nicht sehen, wie stark er sie verunsichern konnte.

Im ersten Moment blendete sie die Helligkeit. Sie schloss die Augen und spürte den roten Feuerbällen nach, die die Sonne auf den Innenseiten der Lider hervorrief. Als sie erloschen waren, hob sie die Lider wieder. Um sie her war nur das übliche Gewühl schwer schleppender Männer zu sehen. Unwillkürlich lief sie los, hielt auf den schweren Kran wenige Speicher flussaufwärts zu. Sie wollte sehen, ob Schrempf Mattes gefunden und beauftragt hatte, die kostbare Kiste in die Langgasse zu bringen.

Das Gedränge der Tagelöhner wurde dichter. Sie blickte in Gesichter, die ihr größtenteils von den täglichen Besuchen an der Lastadie vertraut waren. Die Männer trugen schwere Säcke und Kisten auf den Schultern. Zufrieden stellte sie fest, dass die Ablader, wie von Schrempf gemeldet, fleißig das Schiff aus Danzig mit ihren Waren ausluden. In dem Tempo würde ihnen das ohne große Mühe bis zum Anbruch der Dunkelheit gelingen. Dass alles so reibungslos vonstattenging, freute sie. Noch wenige Schritte, dann hatte sie den großen Kran erreicht. Dort stand auch schon Schrempf und beriet sich mit einem schwarzbärtigen Kapitän. Mattes hatte er wohl schon losgeschickt.

»Achtung!« Ein eigenartiges Geräusch ertönte, dem folgte ein gefährliches Surren, dann ein gewaltiges Reißen, und schließlich endete alles in einem tösenden Prasseln, als fielen nicht harte Wassertropfen, sondern Steine wie donnernder Regen zu Boden. Magdalena fühlte, wie ihr von hinten ein Stoß versetzt wurde. Jemand umfasste ihre Hüfte und zog sie mit sich. Steif streckte sie die Arme vor und suchte, die Wucht des unweigerlich harten Sturzes im letzten Augenblick abzufangen.

Als sie niederstürzte, war sie erleichtert, auf weichen Säcken zu landen. Doch die Freude über das sanfte Fallen währte nicht lang. Dumpf prallte der schwere Leib Helmbrechts auf sie, drückte sie fest auf die Erde, sprach allem Abfedern hohn. Schwärze umfing sie.

Eine halbe Ewigkeit später konnte sie die Augen wieder öffnen, Luft schöpfen, bald sogar gleichmäßig atmen. Helmbrecht kniete neben ihr, die helle Reisemontur noch stärker verschmutzt als zuvor, die Blatternarben tiefer in die Wangen eingegraben, selbst die große Nase weiter aus dem Gesicht hervorragend als sonst. Trotzdem lächelten seine bernsteinfarbenen Augen, sprühten die dunklen Punkte darin vor Erleichterung, ja Freude, sie zu sehen. Wie aus weiter Ferne drang ein Gemisch fremder, aufgebrachter Stimmen zu ihr durch. Endlich beugte sich Schrempfs vertrautes Gesicht zu ihr herunter. »Seid Ihr in Ordnung, Gnädigste? Habt Ihr Euch etwas getan?«

Langsam ließ er sich auf die Knie. Sie verstand jede Silbe, die er sagte, klar und deutlich. Seine breite Hand zitterte, als er die ihre in die Hand nahm und einen ehrfürchtigen Kuss darauf hauchte. Erst dadurch fand sie in die Wirklichkeit zurück.

»Alles in Ordnung, Schrempf«, beruhigte sie ihn und stützte sich auf seine Hand, um vom Boden aufzustehen. Auf der anderen Seite kam ihr Helmbrecht zu Hilfe, bevor er selbst unter Ächzen aus den Säcken hervorkroch, auf denen sie beide gelandet waren. »Zum Glück haben wir ein gutes Polster gefunden«, keuchte er. »Das hätte böse ausgehen können.«

»Ihr sagt es«, pflichtete Schrempf bei und wies mit dem Zeigefinger in die Luft. Magdalena sah erschrocken, dass am Ausläufer des großen Hafenkrans die Fetzen eines aufgerissenen Sacks baumelten. Die gesamte Ladung musste aufgeplatzt und zu Boden gedonnert sein. »Ist heute nicht Freitag, der Dreizehnte?«

Böses ahnend, äugte Magdalena zu einer Stelle gleich hinter Schrempf. Dort hatte sich die Ladung über den festgestampften Lehmboden der Kaimauer ergossen. Große und kleine Stücke Kohle kullerten umher, eine schwarze Staubschicht überdeckte alles. Binnen kürzester Zeit hatte sich eine gewaltige Schar Neugieriger um den Unglücksort gesammelt. Gebannt starrten sie alle in dieselbe Richtung. Magdalena benötigte zwei, drei Atemzüge, bis sie begriff, dass sie nicht zu ihr und Helmbrecht stierten, sondern zu einem Fleck rechts von ihnen. Sie wandte sich ebenfalls in die Richtung und erspähte ein Bündel Mensch, lang ausgestreckt auf dem Boden. Auf weichen Knien stakste sie zu ihm, ließ sich neben ihm nieder und besah sich den Ärmsten.

An seiner Stirn klaffte eine große, blutende Wunde. Leer starrten seine Augen nach oben. »O Gott!«, entfuhr es ihr, gleichzeitig zerrte sie bereits an ihrer Schnebbe, um die Spitze als Verband zum Abbinden zu verwenden. »Schnell, helft mir! Zerreißt eure Hemden in lange Streifen, bringt mir Leinen und Tücher, damit ich die Blutung stoppen kann. Auch Säcke schaden nicht, den armen Mann weicher zu betten.«

Aufgeregt wedelte sie mit einer Hand durch die Luft. Unterdessen glitt ihr Blick über den reglosen Leib. Die Gliedmaßen wirkten nicht sonderlich verkrümmt. Wenn er Glück hatte, trug er von dem Sturz keine Knochenbrüche davon. Lediglich die Verletzung am Kopf wirkte bedrohlich. Doch aus ihrer Zeit als Wundärztin im Großen Krieg wusste Magdalena, dass oft allein der Blutverlust gefährlich wurde. War man dem erst einmal Herr geworden, entpuppte sich die Verletzung häufig nicht als sonderlich schlimm. Ein ähnliches Unglück trat ihr vor Augen, damals in Frankfurt, in ihrem Hof in der Fahrgasse. Der gebrochene Lastzug hätte fast einen der Ablader erschlagen. Sie knüllte die Spitzenschnebbe zu einem festen Ballen und presste ihn mit aller Kraft auf die Wunde.

»He, wo bleibt eure Hilfe?«, rief sie noch einmal in die Menge der Gaffenden. Es schien ihr, als wären Stunden vergangen, seit sie den Verletzten entdeckt hatte. Endlich löste sich jemand aus dem Kreis der Schaulustigen. Erst als er sie knurrend beiseiteschob, erkannte sie Wundarzt Koese aus dem Kneiphof.

»Lasst mich den Mann versorgen. Das ist meine Arbeit, gute Frau. Geht nach Hause und erholt Euch von dem Schreck.«

Sie wollte protestieren, ihn daran erinnern, dass auch sie einst die Heilkunst erlernt hatte und dank des Großen Krieges gewiss weitaus mehr Erfahrung in der Behandlung solcher Wunden besaß als er. Doch jemand fasste sie an den Schultern und zog sie weg.

»Lasst ihn«, hörte sie Helmbrechts Stimme dicht an ihrem Ohr.

»Seht Ihr jetzt, wie recht ich daran tat, noch einmal zu Euch an den Pregel zurückzukehren?« Noch immer sprach Helmbrecht aus nächster Nähe. Inzwischen saßen sie auf einem Stapel Holz, mit einigem Abstand zum großen Hafenkran und dem verletzten Ablader. Befreit atmete Magdalena auf. Erst jetzt bemerkte sie das nach Minze riechende feuchte Tuch, das ihr jemand auf die Stirn gelegt hatte. Gierig sog sie den Geruch ein und schaute zu Helmbrecht. Zögernd nur schwand die Besorgnis aus seinem Antlitz und machte einem scheuen, jungenhaften Lächeln Platz.

»Mir scheint, Ihr gebt sowieso keine Ruhe, bis ich Euch das zugestehe«, erwiderte sie belustigt. »Also gut, mein lieber Helmbrecht: Ich freue mich sehr, Euch in diesem Herbst noch einmal ganz unerwartet hier in Königsberg begrüßen zu dürfen. Obwohl mir die gute Hedwig des heutigen Datums wegen dunkle Voraussagen gemacht hat, scheint dennoch mein Glückstag zu sein. Eins aber müsst Ihr zugeben: Ihr werdet kaum gekommen sein, um mich vor einem Sack herabstürzender Kohle zu bewahren. So viel Voraussicht Euch auch sonst zu eigen sein mag: Das konntet selbst Ihr nicht ahnen. Was also hat Euch veranlasst, Eure Pläne zu ändern?«

Über ihren Worten verfinsterte sich seine Miene. Mehrmals räusperte er sich. »Ich habe es befürchtet, und Euer Verhalten bestätigt es mir: Euch ist nicht im Geringsten bewusst, was hier demnächst geschehen wird. Sollte der Kurfürst mit seinen Truppen tatsächlich hier ankommen und die aufmüpfigen Kneiphofer Stände mit Gewalt in ihre Schranken weisen, werdet gerade Ihr, die Ihr erst wenige Jahre hier lebt, die Wut der Bürger über die Niederlage auszubaden haben. Mir sind erste Gerüchte zu Ohren gekommen, die Carlotta betreffen. Hat sie nicht unlängst Eure Standesgenossen zu dieser List mit den Särgen angestiftet? Im Zweifelsfall wird man Euch beiden das übel auslegen. Bitte seid vernünftig, Verehrteste, packt Eure Sachen und kommt beide mit mir nach Leipzig. Diesen Winter solltet Ihr nicht hier am Pregel bleiben. Wenige Monate genügen, bis sich die Lage beruhigt hat und Ihr wieder in Euer Kontor könnt.«

»Nein, mein guter Helmbrecht, das werde ich ganz gewiss nicht tun.« Tief seufzte sie, tupfte sich mit dem kühlen Leinentuch die glühende Stirn. Insgeheim teilte sie jedoch seine Befürchtungen. Seit Carlottas Leichtsinn mit dieser törichten List, die sie ausgerechnet vor der versammelten Bürgerschaft im Junkergarten herausposaunt hatte, sorgte sie sich jeden Tag, für diese Unbedarftheit von höherer Stelle zur Rechenschaft gezogen zu werden. Keinesfalls aber wollte sie das offen eingestehen, am allerwenigsten Helmbrecht gegenüber. Vor ihm musste sie stark bleiben, durfte weder Angst noch Schwäche zeigen. Seit sie ihn kannte, suchte er ihr weiszumachen, dass sie seines Schutzes bedurfte. Dabei war er es gewesen, der sie einst im Stich gelassen hatte. Die Augen wurden ihr feucht.

»Vergesst nicht«, fuhr sie fort, »dass meine Familie seit Generationen im Kneiphof verwurzelt ist, auch wenn ich erst seit vier Jahren hier lebe. Und die Ahnen meines verstorbenen Gemahls, Gott hab ihn selig, stammen ebenfalls von hier. Also gelten meine Tochter und ich in den Augen unserer Mitbürger zu Recht als Einheimische. Wir gehören zu ihnen wie alle aus der Kaufmannszunft. Warum sollten wir ihren Zorn fürchten, wenn der Kurfürst auftaucht und ihren Widerstand brechen will? Gerade dann ist unser Platz hier an ihrer Seite, um für die unsrigen einzutreten.«

Forschend sah sie ihn an, bis er sich gezwungen sah, sie ebenfalls anzusehen.

»Ihr wisst«, fuhr sie mit bebender Stimme fort, »das Einzige, was ich fürchte, ist, mich auf jemand anderen verlassen zu müssen. Im entscheidenden Moment kann man nur enttäuscht werden. Das will ich nicht mehr erleben, niemals in meinem Leben.« Sie hielt inne und versuchte, die bitteren Erinnerungen niederzuringen. Die Bernsteinfarbe von Helmbrechts Augen schien ihr dunkler, die schwarzen Sprenkel fast völlig verschwunden. Reglos sah er sie an. Mit gefasster Stimme fügte sie hinzu: »Deshalb werde ich in Königsberg bleiben, bis der Zwist mit dem Kurfürsten beigelegt ist. Und sollte es dauern, bis meine Kindeskinder alt und grau geworden sind.«

Vorsichtig erhob sie sich, reichte Helmbrecht das feuchte Tuch und ging davon.

## 9

Der untere Bogen beim großen G wirkte etwas eckig, dafür gelangen die restlichen Buchstaben flüssiger. Zufrieden setzte Carlotta am Ende des »Grohnert« den Punkt. Doch dann ließ sie die rechte Hand mit der Feder unschlüssig in der Luft schweben. Die Unterschrift wirkte trotz aller Mühe nichtssagend. Es juckte sie in den Fingern, noch etwas Persönlicheres hinzuzusetzen. Oder einen anderen Namen auszuprobieren. Sie wusste auch schon, welchen. Besser, sie nahm dazu Schiefertafel und Griffel zur Hand. Dann konnte sie das Geschreibsel leichter wegwischen und verschwendete kein teures Papier.

»Lang wirst du den Namen wohl nicht mehr tragen, mein Kind.«

Ertappt hielt sie mitten im Schreiben inne. Das Blut schoss ihr in die Wangen. Gegen ihren Willen saugten sich ihre blauen Augen an dem K fest, das sie gerade groß und kräftig auf den Schiefer gemalt hatte. Nach einer halben Ewigkeit erst wagte sie, den Kopf zu heben. Hedwig stand bereits dicht vor ihrem Pult und schien nichts von ihrer Not zu bemerken. Mit dem Kinn deutete sie auf das Schreiben, unter das sie eben erst das »Grohnert« gesetzt hatte. Die runden, hellen Augen leuchteten, die Apfelbäckchen glühten.

»Oh, liebe Hedwig. Ich habe dich gar nicht kommen hören.« Carlotta bemühte sich um einen beiläufigen Ton. Unauffällig schob sie die Schiefertafel unter das Papier. Wenigstens waren sie allein im Kontor. Die drei Schreiber saßen mit den Mägden beim zweiten Frühstück in der Diele, und die Mutter war auf ihrem morgendlichen Gang unterwegs zur Lastadie. Nach dem Zwischenfall am Hafenkran war ihr das besonders wichtig. Carlottas Finger zitterten, als sie nach der Streusandbüchse griff. Ausgiebig streute sie Löschsand über die feucht glänzende Tinte auf dem Papier und hob es leicht an, um die Sandkörner wegzupusten.

»Du meinst, das ist bemerkenswert, weil ich sonst immer so laut mit den Pantinen über den Steinboden schlurfe und schnaufe wie ein Walross.« Milde lächelte Hedwig, zog einen Lappen aus der Schürze und wedelte geschäftig auf dem Pult herum. »Brauchst dir keine Gedanken machen, Liebes. Ich gewöhne mir gerade das Schlurfen unserer neuen Magd zuliebe ab. Allzu oft will ich sie nicht die Fenster mit teuren Zitronen putzen sehen. Auch wenn die Idee dazu auf deinem Mist gewachsen ist.«

Der letzte Schwung des Wischlappens fegte fast das Tintenfass vom Pult. Carlottas Hand schnellte vor und fing es gerade noch auf. Gleich hielt Hedwig sie fest und lächelte die Siebzehnjährige hintergründig an.

»Was hast du eben mit dem Namen sagen wollen?«, versuchte Carlotta hastig, ein anderes Thema anzuschneiden, und biss sich im nächsten Moment verärgert auf die Zunge. Das war erst recht heikel. Doch es war zu spät. Hedwigs rundes Gesicht war ein einziges verschmitztes Lachen. Noch einmal drückte sie Carlottas Hand, strich jeden einzelnen Finger zärtlich nach.

»Ach, Kindchen, was denkst du, wie gut du dich vor mir verstellen kannst? An der Nasenspitze sehe ich dir an, was du mit dem jungen Christoph Kepler im Schilde führst.« Sie tippte mit der Fingerkuppe auf Carlottas leicht nach oben gebogene Stupsnase. »Nichts für ungut, mein Kind. Bislang kann nur ich das so deutlich sehen.«

Hedwig verschränkte die Arme vor dem ausladenden Busen und ließ den wachen Blick durch das sonnendurchflutete Kontor wandern. Carlottas Herz raste. Wie im Fieberwahn schwirrten ihr plötzlich die wildesten Befürchtungen durch den Kopf. Ein letztes Mal pustete sie über das schräg angehobene Papier, um auch die allerletzten Spuren des Löschsands zu verwischen, und fragte dann möglichst beiläufig: »Woher weißt du von Christoph und mir?«

Das Lachen der Alten verwandelte sich in ein siegessicheres Strahlen. »Hältst du euer Geturtel wirklich noch für ein gutgehütetes Geheimnis? Denk besser darüber nach, ob es so geschickt ist, am helllichten Sonntagnachmittag Hand in Hand mit deinem Liebsten mitten durch den Kneiphof zu spazieren oder mutterseelenallein mit ihm im Gemeindegarten zu sitzen. Ganz zu schweigen von den vielen Stunden, die du neuerdings in Heydrichs Apotheke verbringst, oder von den Krankenbesuchen, auf die du Wundarzt Koese unbedingt begleiten musst.«

»Verrat meiner Mutter bitte trotzdem nichts«, bat Carlotta verzagt und spielte mit dem Federkiel auf der Ablage, prüfte die Spitze, strich die Feder glatt. »Du weißt, wie sie zu den Keplers steht. Außerdem scheint sie mir seit den Ereignissen der letzten Wochen nicht gerade in der rechten Stimmung, sich auch noch mit solchen Angelegenheiten zu befassen.«

»Ich bin bestimmt die Letzte, die deiner Mutter etwas davon sagt. Noch dazu, da ich Augen im Kopf habe und weiß, wie es derzeit um sie bestellt ist.«

Geschäftig begann Hedwig, auf dem Pult des Schreibers Egloff Staub zu wischen. Stirnrunzelnd schob sie die vielen losen Papierbögen auf einen Stapel und rückte an Tintenfass, Griffelschale und Streusandbüchse herum, bis sie akkurat in einer Reihe standen. Gebannt beobachte Carlotta jeden ihrer Handgriffe. Die Alte wuselte mit dem Lappen über das zweite Pult, schüttelte anschließend eine beängstigend dichte Staubwolke aus dem Stoff.

Seit ihrem fünften Lebensjahr kannte Carlotta die Köchin. Wie eine zweite Mutter begleitete Hedwig sie durch alle Höhen und vor allem Tiefen des Lebens. Sogar in die neue Heimat im hohen Norden war sie ihr und der Mutter gefolgt. Unwillkürlich umklammerten ihre Finger den Bernstein. Die gewohnte Wärme schenkte ihr sogleich neue Kraft. Sie trat wieder an ihr Pult, während sich Hedwig eifrig bemühte, auch auf dem dritten Pult Ordnung zu schaffen. Tintenfass und Griffelschale wurden verräumt, aufgeschlagene Kontorbücher geschlossen. Carlotta verkniff sich eine Bemerkung, wie sehr die Schreiber das verärgern würde.

»Dir passt es einfach nicht«, sagte sie schließlich, sobald die Köchin fertig war und Anstalten machte, das Kontor zu verlassen. Auf halbem Weg zur Tür drehte sich die Alte bedächtig um und fragte unschuldig: »Was?«

»Das mit Christoph und mir. Was stört dich an ihm? Oder ist es nur die langjährige Verbundenheit mit meiner Mutter, weshalb du ihn nicht magst?«

»Du bist und bleibst mein kleines Mädchen.« Hedwig steckte das als Staubtuch verwendete Leinen zurück in die Schürze. »Nicht zu fassen, dass schon mehr als ein Dutzend Jahre vergangen sind, seit ich dich in Frankfurt bei eurer Ankunft vom Wagen gehoben habe! Erinnerst du dich? Ganz genau sehe ich vor mir, wie du mit deinem Vater im Hof herumgetanzt bist. Wann habe ich dich eigentlich zum letzten Mal in der Vorratskammer beim Naschen von süßer Latwerge erwischt? Oder beim heimlichen Herumstöbern auf dem Speicher, auf dem deine Mutter Heilkräuter getrocknet hat? Auf einmal bist du groß geworden, und wir reden über deinen Liebsten.« Ungläubig schüttelte sie den breiten Schädel so heftig, dass die weiße Haube ins Rutschen geriet. Behende steckte sie sie wieder fest. »Glaub mir, ich habe nichts gegen den jungen Kepler. Ihr zwei gebt ein stattliches Paar ab, darauf muss ich einfach stolz sein, auch wenn ich nicht deine Mutter bin.«

»Dann sei es doch einfach und schieb nicht deinen Unmut über Lina vor.« Carlotta konnte nicht anders, sie musste mit dem Fuß aufstampfen wie ein trotziges Kind. Zum zweiten Mal innerhalb kürzester Zeit hatte sie das Bedürfnis, gegen Hedwig aufzubegehren. Wenigstens war Lina dieses Mal nicht zugegen, so dass sie die Vermutung, das Mädchen habe sie verhext, schnell wieder beiseiteschob.

Die Köchin indes reagierte ganz anders als bei ihrem letzten Zusammenstoß. Ruhig blieb sie vor ihr stehen und sah ihr in die Augen. »Wenn du es nicht selbst siehst, muss ich es dir sagen: Du bist die geborene Wundärztin. Mit Leib und Seele kurierst du deine Patienten. Und genau das fehlt dem jungen Doktor Kepler. Die wahre Berufung zum Medicus hat er einfach nicht, da kann der ehrwürdige Vater Gott, den Allmächtigen, darum anflehen, so inbrünstig er will.«

»Worauf willst du hinaus?« Forschend betrachtete Carlotta Hedwigs Gesicht, studierte die Falten um die Augen, die tiefen Furchen beidseits des Mundes. Gelassen hielt die Köchin der Musterung stand, zuckte nicht mit der Wimper.

»Von dir ist es klug, dich an den jungen Kepler zu halten. Immerhin hat er nicht nur an der Königsberger Albertina, sondern auch in Italien, Frankreich und Deutschland studiert. Da kommt trotz aller Narretei einiges an Wissen zusammen, was er an dich weitergeben kann. Außerdem heißt es, der alte Stadtphysicus besitze eine riesige Bibliothek mit all den gelehrten Schriften. Das eine oder andere Buch wird er dir daraus wohl besorgen können.« Schon schöpfte Carlotta Luft und wollte etwas dazu einwerfen, da gebot Hedwig ihr mit einer Handbewegung Schweigen. »Mir kannst du nichts vormachen, mein Kind. Wenn du den jungen Kepler heiratest, kannst du dich endlich selbst mit der gelehrten Medizin beschäftigen. Als Frau eines Medicus hast du nicht nur unbeschränkten Zugriff auf all das Wissen deines Mannes, sondern wirst ihm ebenso mit Rat und Tat zur Seite stehen, erst recht mit deinen Vorkenntnissen aus der Wundarznei. Es gibt Berichte, dass in manchen Städten Frauen gemeinsam mit ihren Männern als richtige Ärztinnen Patienten behandeln. Das auch hier in Königsberg zu erreichen, wäre so ganz nach deinem Geschmack, nicht wahr?«

»Warum nicht?« Carlotta zuckte mit den Schultern und tat, als wäre ihr der Gedanke neu. Scheinbar gelangweilt, griff sie nach dem Federkiel auf dem nächstbesten Pult, begutachtete den Zustand der Spitze. »Was stört dich daran, wenn die Gemahlin eines Arztes ihren Mann bei seiner Tätigkeit unterstützt wie die Ehefrau eines Kaufmanns, die mit ihrem Mann das Kontor führt? Oder die Frau eines Goldschmieds, die nicht nur die Preziosen im Laden verkauft, sondern auch das eine oder andere Stück selbst anfertigt, ganz zu schweigen von den Bauersleuten, die jahraus, jahrein gemeinsam das Feld bestellen?«

In wenigen Schritten war Carlotta bei dem trutzigen Regal aus dunklem Holz, das die gesamte rückwärtige Wand des Kontors einnahm. Eingehend betrachtete sie die dickbäuchigen Kontorbücher, die sich dort aneinanderreihten. Darunter befanden sich nicht nur Aufzeichnungen aus der Zeit ihres verstorbenen Großonkels Paul Joseph Singeknecht und seiner Eltern und Großeltern. Die ältesten Bücher datierten sogar von weit entfernten Ahnen aus längst vergangenen Jahrhunderten – ein beeindruckender Beweis der Tüchtigkeit des Kaufmannsgeschlechts, das seit zahlreichen Generationen in der Stadt am Pregel wirkte.

»Natürlich stört mich nichts daran«, stimmte Hedwig zu und ließ die wachen Augen ebenfalls über die beeindruckende Reihe Bücher wandern. Schließlich verharrte sie an deren vorläufigem Ende. Dort war noch Platz für weitere Jahrgänge. »Eheleute sollen im Tagesgeschäft treu zusammenstehen und für das gemeinsame Wohl arbeiten. Doch das allein darf nicht ausschlaggebend für die Heirat sein, mein Kind, gerade wenn beiden von ihren Familien die freie Wahl zugestanden wird. Dann sollten sie genau überlegen, warum sie sich füreinander entscheiden. Die Ehe ist weitaus mehr als ein gemeinsames Tätigsein im selben Beruf.«

Carlotta erstarrte und tastete nach dem Bernstein. Den warmen Amber zu spüren, tat gut. Hedwig trat zu ihr. Carlotta sog den vertrauten Duft nach Lavendel und Küchengerüchen ein, den die in helles Leinen gewandete Köchin ausströmte. Gern hätte sie sich in ihre Arme geworfen, den Kopf in dem riesigen, weichen Busen vergraben und alles andere um sich herum vergessen. Aber die Zeiten, in denen sich Angelegenheiten auf diese Weise regeln ließen, waren leider vorbei.

»Ein Leben an der Seite eines Mannes kann ziemlich lang sein«, sagte Hedwig leise. »Gerade so unterschiedliche Menschen wie Kepler und du sollten sich darüber im Klaren sein. Beide seid ihr klug, aber beide wollt ihr aus ganz verschiedenen Gründen Ärzte sein. Du willst es von Herzen sein, er aber ist es, weil er es sein muss. Um damit zu leben, sollte euch mehr verbinden als nur die Medizin.«

»Natürlich ist da weitaus mehr zwischen Christoph und mir als nur die Medizin! Oder glaubst du allen Ernstes, ich weiß nicht, was es heißt, einen Menschen zu lieben?«

Carlottas Unterlippe bebte, die tiefblauen Augen schwammen in Tränen. Es fiel ihr schwer, einigermaßen klar zu sehen, noch schwerer war es, die Gedanken im Kopf zu sortieren. Rasch griff sie nach den Briefen auf ihrem Pult, an denen sie vorhin gearbeitet hatte, und starrte angestrengt darauf. Hedwig indes blieb schweigend beim Regal stehen. Abermals griff Carlotta zur Feder. Eine Spur zu heftig tauchte sie den Kiel ins Tintenfass. Es klirrte, einige Tropfen Tinte spritzten auf. Die eigene Schrift auf dem Papier vor ihr erschien ihr auf einmal seltsam steil und fremd. Gern hätte sie einen auflockernden Kringel unter die Signatur gesetzt, doch wie vorhin zögerte sie. Erneut schwebte die Feder unentschlossen über den Zeilen.

»Mach keine Dummheiten«, raunte Hedwig ihr zu. »Das ist ein Brief an ein anderes Kontor, nicht wahr? Denk daran, was dein Vater dir einst beigebracht hat. So gern er selbst oft zu Scherzen aufgelegt war, hat er sie doch stets aus den geschäftlichen Angelegenheiten herauszuhalten gewusst. Recht hat er damit gehabt, der gute Eric Grohnert. Es ist nun mal so im Leben: Spaß darf man haben, aber man sollte wissen, wann es ernst wird.«

Noch einmal schenkte sie ihr ein leichtes Kopfnicken, dann trottete sie in ihrem bedächtigen Watschelgang zur Tür.

Den Hinweis auf den Vater hätte sie sich sparen können. Allzu deutlich stand Carlotta vor Augen, wie sich die helle Furche oberhalb von Erics Nasenwurzel einzugraben pflegte, wenn er etwas nicht billigte. Es bedurfte keiner Hellseherei, zu ahnen, wie er es bei der Heirat mit Christoph gehalten hätte: Christophs Hang zur Narretei wäre ihm zu viel gewesen. Sie spürte die Augen feucht werden. Verschämt wischte sie sich die Wangen mit dem Handrücken trocken und schneuzte in ein Taschentuch. Sie straffte sich. Und doch war sie sicher, die richtige Entscheidung zu treffen. Das Bild des sterbenden Vaters trat ihr vor Augen, sie erinnerte sich der letzten Stunden, bis ihm die tiefgründigen blauen Augen brachen. Hilflos hatte sie mit ansehen müssen, wie sich das Leben langsam, aber unaufhaltsam aus ihm davongestohlen hatte. Seither wusste sie, sie musste Medizin studieren. Gelernte Wundärztin wie die Mutter zu sein, war ihr zu wenig. Da fehlte sämtliches Wissen über die wahren Zusammenhänge im menschlichen Körper. Nur Christoph konnte ihr helfen, dieses Vorhaben zu verwirklichen.

# 10

Schon von weitem erkannte Lina den jungen Schreiber aus dem Kontor. Im dichten Gedränge vor den Buden auf der Krämerbrücke überragte der großgewachsene Mann alle anderen. Hinzu kam sein ungewöhnlich leicht federnder Gang. Sie hielt die Luft an, während sie ihm gebannt entgegensah. Im Rhythmus seiner Schritte tanzte der breitkrempige Hut auf und ab. Die vormittägliche Sonne schien ihm mitten ins Gesicht. Fast sah es aus, als reckte er die leicht nach oben gebogene Nasenspitze extra in ihre Richtung. Die letzten Tage hatten bewiesen, wie sehr auch sie ihm gefiel. Vergnügt lächelte sie in sich hinein. Ein kurzer Blick über die Schulter genügte ihr, festzustellen, dass die Luft rein war. Niemand, der ihr bekannt vorkam, schien in der Nähe. Fernab der neugierigen Blicke in der Langgasse konnte sie also endlich den längst überfälligen ersten Schritt tun. Flink schob sie die dicken blonden Zöpfe unter das helle Kopftuch, zupfte an ihrem Leinenkleid, bis die Falten richtig fielen, und hielt geradewegs auf ihn zu. Kaum war sie bei ihm, ließ sie wie zufällig eine der kostbaren Pomeranzen aus dem prall gefüllten Einkaufskorb zu Boden kullern.

»O Gott!«, rief sie und schlug sich die Hand vor den Mund. Behende bückte sich bereits ein Junge nach der Frucht. Doch Humbert Steutner war schneller. Entschieden stellte er seinen riesigen Stiefel auf die Hand, die sich gierig nach dem orangefarbenen Ball streckte. »Nicht!«, warnte er leise, aber bestimmt und beugte sich seinerseits hinab, die Pomeranze aufzuheben. Lächelnd pustete er den Staub ab und reichte sie Lina. »Das habt Ihr wohl verloren. Unsere gute Hedwig wird nicht eben erfreut sein, wenn Ihr zu wenig davon nach Hause bringt.«

»Oh, danke.« Lina nahm das Obst und strahlte Steutner über das ganze Gesicht an. Ihre Wangen glühten vor Freude über den gelungenen Streich. Sie zwang sich, einen kurzen Moment lang die grünblauen Augen züchtig niederzuschlagen, um nicht allzu keck zu erscheinen. »Ihr rettet mich in der Tat. Hedwig kann es auf den Tod nicht ausstehen, wenn eine der abgezählten Früchte fehlt.«

Artig knickste sie und tat, als wollte sie rasch weiter. Aber natürlich hatte sie sich auch bei diesem Schritt nicht getäuscht: Steutner wollte sie nicht so einfach ziehen lassen. Wohlerzogen bot er an, den schweren Korb nach Hause zu tragen.

»Sehr freundlich von Euch.« Ihre Finger spielten mit einem der strohblonden Zöpfe, die Finger der zweiten Hand fuhren am Rand ihres Mieders entlang, vergrößerten dabei wie zufällig den Blick auf ihren Brustansatz. Treuherzig legte sie den Kopf schief, streckte die drallen Brüste ein wenig heraus und malte mit der Schuhspitze im Straßenstaub. »Ich hoffe, ich halte Euch nicht von Wichtigem ab. Wahrscheinlich sollt Ihr für die gnädige Frau Grohnert etwas Dringendes erledigen.«

»Das hat noch Zeit«, gab er lächelnd zurück. »Was könnte es in diesem Moment Wichtigeres geben, als Euch diesen schweren Korb nach Hause zu tragen? Wenn die Töpfe gut gefüllt sind, kann das unserer Patronin nur recht sein. Mir scheint allerdings, die gute Hedwig hat Euch die Einkäufe für die gesamte Woche aufgetragen. Dem Gewicht nach zu urteilen, lassen sich mit den Dingen mindestens die Soldaten eines kurfürstlichen Fähnleins ernähren.« Übertrieben laut schnaufte er, stellte den Korb ab und presste sich die Hände ins Kreuz. Lina blieb ebenfalls stehen.

»Ist es so arg?«, fragte sie besorgt.

»Geht gleich wieder.« Tapfer lockerte er die Glieder.

Sie genoss die warmen Sonnenstrahlen im Gesicht. Sie wusste, wie vorteilhaft sie ihr Haar glänzen ließen. Auch die Sommersprossen kamen in diesem goldenen Oktoberlicht bestens zur Geltung. Sie schob die Hüften ein wenig vor, legte abermals den Kopf schief und fuhr sich mit der Zungenspitze über die halbgeöffneten Lippen.

»Es liegt nicht an Hedwig, dass der Korb so schwer ist. Ihr macht Euch einfach keine Vorstellung, welche Mengen bei uns im Haus gegessen werden«, erzählte sie. »Dabei sitzt Ihr selbst jeden Tag mit am Tisch und lasst es Euch schmecken. Unsere Patronin ist sehr großzügig. Ich habe schon vielerorts gedient, aber selten eine so gute Verköstigung erlebt.«

»Ein Hoch auf unsere Patronin!« Er schwenkte den Hut und lachte. Dabei blitzten zwei Reihen schöner schneeweißer Zähne in seinem Mund auf. Ein Hauch von Pfefferminz entströmte der Mundhöhle. Anerkennend glitt Linas Blick über die schlanke Gestalt. Rock und Hose waren tadellos, kaum ein Flicken verunzierte den Stoff. Zwar bedeckte eine dünne Schicht Staub die Stiefel, doch auch deren Leder wurde sichtlich gut gebürstet. Selbst der Hemdkragen war nicht speckig und die darauf fallenden braunen Locken ordentlich gestutzt. So, wie Steutner sie anstrahlte, schien ihr endlich auch einmal die Zuneigung eines feinen jungen Burschen sicher. Kaum hatte sie den Gedanken zu Ende gedacht, stand ihr schlagartig das Elend in der düsteren Hütte bei Insterburg vor Augen: der um sich schlagende Fritz, das unglücklich greinende Karlchen. War es recht von ihr, mit Steutner auf der Brücke herumzuscharwenzeln? Sie biss sich auf die Lippen und sah zu Boden. Dann streckte sie sich wieder. Nein, die Freude wollte sie sich nicht verderben lassen. Nie hatte sich Fritz auch nur einen Deut um ihr Wohlbefinden geschert. Selbst der Kleine war ihm stets nur lästig gewesen. Dabei war es sein Sohn! Wenigstens hatte sie für Karlchen eine gute Lösung gefunden, tröstete sie sich. Schaffte sie es, ihre Stellung im Kneiphof zu festigen, würde sie ihn zu sich holen. Und bis dahin hatte sie alles Recht der Welt, auch einmal ein klein wenig unbeschwert und glücklich zu sein.

»Lina, was ist?« Sie spürte Steutners Finger unter ihrem Kinn. Sanft hob er ihr Gesicht an, bis sie ihm in die Augen sah. »Habe ich etwas Falsches getan? Mir scheint, ich sehe Tränen in Euren schönen Augen. Verzeiht vielmals.« Er deutete einen Kratzfuß an. Dabei verlor er das Gleichgewicht, ruderte wild mit den Armen durch die Luft und fegte fast die Äpfel aus einer Kiste vor einer der Buden herunter. Gerade noch rechtzeitig fing er sie auf und legte sie zurück.

Seine Ungeschicklichkeit brachte Lina zum Lachen.

»Wusste ich es doch«, merkte Steutner leicht beleidigt an, dennoch lachten seine goldbraunen Augen ebenfalls, und Lina begriff, dass ihm der Schalk im Nacken saß. »Bin ich freundlich, bringe ich Euch zum Weinen, erweise ich mich als tolpatschig, dann schenkt Ihr mir Euer bezauberndes Lachen. Was, meine verehrte Lina, muss ich tun, um Euer Herz zu gewinnen?«

»Fürs Erste bin ich zufrieden, wenn Ihr mir den Korb tragen helft«, gab sie zurück und zwinkerte ihm zu.

»Und dann?«

»Seid nicht so ungeduldig, mein Lieber. So schwer, wie der Korb ist, wird es Euer Schaden nicht sein, ihn mir nach Hause zu tragen.« Keck schürzte sie die Lippen, schlug die Augen auf und spielte mit den Fingern in ihrem Zopf.

»Das will ich hoffen.« Er zwinkerte und hob die Last wieder auf. Übermütig berührte er sie am Arm, um sie zum Weitergehen aufzufordern. Enger als nötig liefen sie nebeneinanderher, suchten immer wieder Gelegenheit, im dichten Gedränge mit den Leibern aneinanderzustoßen und sich dabei entschuldigend anzulächeln.

So erreichten sie das Singeknecht'sche Anwesen, wo sich eine Menschentraube an der Hausecke zusammendrängte. Drohend liefen bereits zwei Stadtknechte mit hocherhobenen Piken herbei. Lina verdrehte die Augen. »Schon wieder!«, entfuhr es ihr. »Nimmt das denn gar kein Ende?«

»Was?«, fragte Steutner und hielt zu ihrem Entsetzen neugierig auf die Menge zu. »Ich glaube, der Bursche da vorn ruft eine Sonderausgabe des *Europäischen Mercurius* aus. Lasst uns sehen, was es Neues gibt. Ich fürchte, uns stehen aufregende Zeiten ins Haus. Lang hat sich der Kurfürst wohl nicht einreden lassen, bei uns grassiere die Pest.«

»He!«, rief Lina und versuchte vergebens, ihn zurückzuhalten. Wütend legte sie die breite Stirn in Falten. Es war doch stets das Gleiche: Die Burschen ließen sich viel zu rasch ablenken! Schon fürchtete sie, mit dem schweren Korb allein dazustehen und die Last über die letzten Schritte zum Haus selbst schleppen zu müssen. Doch Steutner besann sich, kam zurück und nahm ihr den Korb ab.

»Keine Sorge, meine Liebe, natürlich lasse ich Euch nicht mitten auf der Straße stehen. Kommt einfach mit. Ich will hören, was da los ist. Im Kontor müssen wir schließlich wissen, welche Stunde uns geschlagen hat.«

»Wieso?« Verwundert sah sie ihn an. »Was interessiert uns der Kurfürst und ob er hierherkommt oder nicht? Damit haben wir doch nichts zu tun.«

»Da irrt Ihr aber gewaltig, meine Liebe. Sicher habt Ihr gehört, wer die Kneiphofer auf die Idee mit den leeren Särgen gebracht hat?« Sie nickte, ohne zu begreifen, worauf er hinauswollte. Sie genoss seine wohlwollende Musterung und schmiegte sich näher an ihn. Wie gern gäbe sie ihm einen innigen Kuss. Nein! Sie erstarrte, riss die Augen auf. Er schmunzelte noch immer. Das ärgerte sie.

»Die Idee war gut«, fuhr er fort, bewusst offenlassend, worauf er das bezog. »Es scheint, sie hat nicht lange vorgehalten. Wartet, ich besorge mir eine Zeitung, dann wissen wir mehr.«

Ehe sie sich versah, stellte er erneut den Korb zu ihren Füßen ab und mischte sich unter die Leute. Sie vernahm entrüstetes Schimpfen. Offenbar ging er nicht sehr rücksichtsvoll vor. Zumindest hatte er Erfolg und kehrte mit dem zusammengerollten Bogen in der Hand zurück.

»Es stimmt«, erklärte er und bückte sich wieder nach dem Korb. »Der Kurfürst ist in Pillau gelandet. Sobald seine Truppen über die Nehrung aufgeschlossen haben, wird er auf Königsberg zuhalten. Es ist nur eine Frage der Zeit, bis er hier auftaucht. Ein zweites Mal wird uns Fräulein Carlotta nicht retten können.«

»Habt Ihr eine Ahnung«, platzte sie heraus. »Ich kenne sie lange genug. Der fällt immer etwas ein.«

»Davon habt Ihr Euch auch schon eine Scheibe abgeschnitten, was?«

Sie spürte, wie ihr rundes Gesicht zu glühen begann. Längst hatte Steutner ihre Verlegenheit bemerkt. Statt sich daran zu weiden, legte er ihr den Arm um die Schultern, zog sie in eine Mauernische und küsste sie mitten auf den Mund.

Er schmeckte gut. Vom Scheitel bis zur Sohle erfasste sie ein wohliges Kribbeln. Darüber entfielen ihr sämtliche Listen und Schliche, derer sie sich sonst bedient hatte, um jemanden für sich zu gewinnen. Steutner, so schien es, war am einfachsten zu nehmen, indem sie gar nicht über das Wie nachdachte. Er wurde nicht grob und schien es auch nicht eilig zu haben, ihr unter die Röcke zu greifen. Dafür aber verstand er sich bestens aufs Küssen. Der Lärm um sie her rief ihr leider viel zu schnell ins Gedächtnis, dass sie dazu gerade weder am rechten Ort noch zur rechten Zeit waren. Von der nahen Turmuhr setzte das Zehnuhrläuten ein.

»Höchste Zeit«, riss sie sich schweren Herzens los. »Ich muss zurück. Hedwig wird sich wundern, wo ich so lange bleibe.«

»Du hast recht. Am Ende wähnt sie dich noch im Getümmel der herangaloppierenden Kurfürstlichen verloren.«

»So schnell werden sie wohl kaum hier sein. Von Pillau aus brauchen sie noch ein paar Tage.«

»Du kennst dich wohl aus?«

»Nicht mit den Kurfürstlichen«, erwiderte sie knapp und merkte zu spät, dass er das falsch verstehen konnte. »Aber die Strecke von Pillau bin ich früher oft genug mit meinem Vater gekommen. Er ist nämlich Fischer«, setzte sie hinzu und hoffte, Steutner mit diesem Eingeständnis ihrer niederen Herkunft nicht zu verschrecken. Wieder aber lächelte er sie einfach nur an. Erleichtert atmete sie auf. »Trotzdem sollten wir hier nicht Wurzeln schlagen. Auch wenn die Kurfürstlichen noch ein paar Tage unterwegs sind, brauchen wir alle heute etwas zu essen.«

## 11

In der Diele wurden Stimmen laut, kurz darauf wurde die Eichenholztür geöffnet. Angeführt von dem dürren Egloff kehrten die drei Schreiber von ihrem morgendlichen Imbiss zurück. Schweigend nickten sie Carlotta zu und bauten sich hinter den Pulten auf, um mit der unterbrochenen Arbeit fortzufahren. Ein-, zweimal wurde noch gehustet, mit Papier geraschelt oder mit dem Federkiel im Tintenfass gerührt, dann senkte sich die gewohnte geschäftige Stille über das Kontor. Bald war nur mehr das gleichmäßige Kratzen der Federn auf dem groben Papier zu hören.

Carlotta atmete auf. Die Alltäglichkeiten im Kontor hatten etwas Beruhigendes. Darüber rückte die zunehmende Unruhe im Kneiphof in weite Ferne. Sie versenkte sich ebenfalls wieder in ihre Arbeit, zog einen abschließenden Strich unter die Signatur auf dem Schreiben. Jetzt fehlte nur noch das Siegel. Damit hatte sie alle Aufgaben für diesen Vormittag erledigt. Neidisch lauschte sie auf das eifrige Tun der anderen und wischte mit einem Leintuch die Schiefertafel sauber. Bis der Bursche kam, die Briefe abzuholen, blieb noch viel Zeit. Sie schüttelte das Leintuch aus und klopfte den Kreidestaub aus Händen und hellgrünem Kleid. Gelangweilt spielte sie mit der Schreibfeder, rückte das Tintenfass auf der Ablage hin und her, schüttelte zum hundertsten Mal die Löschsanddose auf. Die Zeit bis Mittag dehnte sich ins Unendliche. Voller Ungeduld starrte sie zum Fenster hinaus.

Insgesamt vier doppelflügelige Bleiglasfenster erstreckten sich zur Straßenfront. Gleißendes Sonnenlicht fiel an diesem letzten Mittwoch im Oktober durch die blankpolierten Scheiben auf die Schreibpulte. In der trockenen Luft tanzten unzählige Staubflusen. Noch immer verwöhnte der goldene Herbst die reiche Kaufmannsstadt am Pregel großzügig mit seiner Gunst. Milde Temperaturen täuschten über das Nahen des Winters hinweg. Sehnsüchtig beobachtete Carlotta das quirlige Treiben auf der Langgasse. An der gegenüberliegenden Hausecke rief ein Bursche die neueste Ausgabe des

*Europäischen Mercurius* aus. Wie so oft in den letzten Tagen sammelte sich eine Schar Neugieriger um ihn, um die wichtigsten Neuigkeiten über den Streit mit dem Kurfürsten zu erfahren. Noch wollte niemand so recht glauben, dass er es tatsächlich wagte, mit seinen Soldaten auf die Stadt zu marschieren. Möglicherweise lenkte nach der Altstädter auch die Löbenichter Bürgerschaft ein und zeigte sich bereit, nicht nur die geforderten Abgaben zu zahlen, sondern künftig auch auf ihr Mitspracherecht zu verzichten. Carlotta seufzte. Eigentlich war es eine aufregende Zeit, viel zu schade, um im Kontor zu sitzen und die Zeit totzuschlagen. Sie dachte daran, wie ihr während der Zusammenkunft der Bürger letztens im Junkergarten der Einfall mit den Särgen gekommen war. Für eine Weile wenigstens hatte sie etwas Sinnvolles tun können. Schweren Herzens ließ sie den Blick zurück ins Kontor schweifen.

Die Schreiber Egloff, Breysig und Steutner hielten die Köpfe brav über die Pulte gesenkt. Von einer nahen Kirchturmuhr schlug es zehn, auch der große Zeiger an der Wanduhr rückte mit einem lauten Knacken vor. Um diese Zeit sollte Christoph bei seinem Patienten Goldschmied Ditmer eintreffen. Dessen Haus lag nicht weit entfernt. Bis die Mutter ins Kontor zurückkehrte, bliebe noch Zeit für einen heimlichen Ausflug. Wenn sie es geschickt anstellte, fiel ihr Weggehen nicht einmal auf. Sie musste Christoph sehen, noch an diesem Morgen, dringend!

Unauffällig musterte sie die Männer an ihren Pulten. Am nächsten zu ihr beugte der dürre Egloff den knochigen Rumpf über die Papiere. Lautlos bewegte er die blassen Lippen, formte Silbe um Silbe, während seine Spinnenfinger an den Zeilen entlangwanderten, jeden einzelnen Schwung der Buchstaben nachfuhren. Daneben schnaufte der dickbäuchige Breysig. Sein kahler Schädel glänzte vor Schweiß, die Wangen waren puterrot angelaufen. Angestrengt addierte er die Zahlenkolonnen, schrieb mit quietschender Feder das Ergebnis ans Ende der Reihe. Auch der junge Steutner wirkte ganz in seine Rechnerei versunken. Die riesigen Füße scharrten über den Holzboden, wie um das Rechnen zu beschleunigen. Wenn sie die drei so betrachtete, schienen sie viel zu beschäftigt, sich um sie zu kümmern. Christophs weiche Gesichtszüge und sein spitzbübisches Lächeln vor Augen, griff Carlotta nach dem Schal. In wenigen Augenblicken würde sie ihn sehen, mit ihm gemeinsam zu Ditmer gehen und dabei feststellen, wie falsch Hedwig mit ihren Vermutungen lag. Da war mehr als nur das gemeinsame Interesse am Heilberuf, das sie verband. Sie liebten einander, so einfach war es.

Der junge Steutner sah auf, unterbrach das Scharren mit den Stiefeln. Als sich ihre Blicke begegneten, zwinkerte er ihr zu und legte die Feder ab. Seine Mundwinkel umspielte ein freches Grinsen, als wisse er, was sie vorhatte. Wollte er ihr etwa folgen? Schweren Herzens beschloss sie zu bleiben. Steutner schnaubte enttäuscht. Das verschaffte ihr wenigstens etwas Genugtuung. Sie beschloss, die Briefe an andere Handelskontore ein weiteres Mal gründlich durchzugehen. Bald forderte es wieder ihre volle Aufmerksamkeit, zu prüfen, ob sie die richtige Menge Pelze bei Spaemann in Riga zu dem seit langem ausgehandelten Preis sowie ausreichend Färberkrapp bei Holthusen in Brügge zu den letztjährigen Bedingungen bestellt hatte. Ihre Fingerkuppen glitten an den Zahlenreihen entlang. Wieder und wieder rechnete sie die Summen nach, vergaß darüber endlich Hedwigs Mahnen und die Vorgänge draußen auf der Straße.

»Das kann nicht stimmen!« Die schnarrende Stimme Egloffs riss sie aus ihren Gedanken. Erschrocken hob sie den Kopf. »Unglaublich! Das ist viel zu viel. Die Zahlen stimmen hinten und vorn nicht.« Die Augen starr auf das Pult gerichtet, fuhr Egloff sich mit den Fingern durch das schüttere Haar und schnalzte mit der Zunge.

»Worum geht es?« Verwirrt schaute Carlotta ihn an und trat dann entschlossen zu ihm. »Darf ich mal sehen?«

Verdutzt starrte Egloff sie an. Sie reichte ihm kaum bis zur Schulter und wirkte wie ein kleines Mädchen neben dem hoch aufgeschossenen Mann mit dem strengen Gesicht.

»Danke für Euer Angebot, verehrtes Fräulein Grohnert.« Egloff lächelte milde, beinahe väterlich, zu ihr herunter. »Es tut mir leid, Euch gestört zu haben. Eigentlich ist es nur eine Kleinigkeit, kaum der Rede wert. Das habe ich gleich selbst.«

»Eure Erfahrung steht ganz außer Zweifel, verehrter Egloff«, erwiderte Carlotta. »Vier Augen sehen jedoch mehr als zwei. Gebt mir doch einfach das Schreiben. Vielleicht klärt es sich schneller, wenn wir beide draufschauen.«

»Also gut.« Widerstrebend holte er Luft. »Doktor Petersen, der Apotheker aus Eurer alten Heimatstadt Frankfurt am Main, bestellt doppelt so viel weißen Bernstein wie noch im letzten Jahr. Wahrscheinlich wird er alt und hat sich in der Eile verschrieben. Seine Schrift ist ohnehin schlecht zu lesen. Ich denke, wir liefern ihm die gewohnte Menge, nicht dass wir den teuren Bernstein umsonst so weit verschicken. Die Wege quer durch Polen sind weiterhin sehr gefährlich.«

»Petersen?« Ihre Finger zitterten, als sie die Zahlen auf dem Briefbogen studierte. Selbst nach all den Jahren war ihr die Handschrift des Apothekers bestens vertraut. Mit einem Blick erfasste sie die verschnörkelten Ziffern. Es stimmte, Petersen bestellte die doppelte Menge Bernstein wie üblich. Sie überflog die Zeilen, die er hinzugefügt hatte. Sie waren direkt an die Mutter gerichtet.

»Habt Ihr nur die Zahlen geprüft? Eure Rücksicht auf Vertraulichkeit in allen Ehren, doch so ist es kein Wunder, dass Ihr Euch an der bestellten Menge stört. Eingangs des Briefs berichtet Petersen ausführlich, wie gut sich die Bernsteinessenz inzwischen am Main verkauft. Die Rezeptur hat meine Mutter ihm übrigens bei unserem Weggang aus Frankfurt zusammen mit einigen anderen Rezepten überlassen.«

»Und dank des kaufmännischen Gespürs, das sie schon damals besessen hat, hat sie Petersen gegen eine entsprechende Gewinnbeteiligung das Recht überlassen, die Rezepturen weiterzuverwenden«, ergänzte Egloff. »Da kommt eben doch das Erbe der Singeknecht'schen Ahnen durch. Ihr seht, verehrtes Fräulein Carlotta, ich bin über alles im Bilde, was Eure Frau Mutter und ihre rühmliche Vergangenheit anbetrifft. Schließlich habe ich die Ehre, ihr bereits seit vier Jahren meine Dienste als Schreiber zur Verfügung stellen zu dürfen. Auch dem seligen Paul Joseph Singeknecht, ihrem Onkel, habe ich viele Jahre bis zu seinem Tod treu gedient.«

Er verbeugte sich und mied ihren Blick. Stattdessen nahm er ihr den Brief aus der Hand und wandte sich seinem Pult zu.

Entschlossen schüttelte Carlotta die offenen rotblonden Locken nach hinten, stemmte die Hände in die Seiten und strahlte Egloff aus ihren tiefgründigen blauen Augen an. »Meine Mutter und ich wissen Euren Eifer für unser Kontor sehr zu schätzen. Doch zurück zu Petersens Bestellung: Es sind doppelt gute Nachrichten für uns, dass er einen so unerwartet hohen Bedarf an weißem Bernstein anmeldet. Erstens verdienen wir an der Lieferung und zweitens auch an der Rezeptur. Mein lieber Breysig«, wandte sie sich an den dicken Schreiber am zweiten Pult, »schaut bitte im Güterbuch mit den Lagerbeständen nach, wie viel weißen Bernstein wir vorrätig haben, und Ihr, lieber Egloff, antwortet Petersen, dass er sich wie stets auf die rasche Lieferung verlassen kann.«

Der angesprochene Breysig und sogar Steutner hielten hörbar die Luft an. Egloffs Rücken versteifte sich, seine hellen Augen schauten geradewegs über Carlottas Kopf hinweg an die rückwärtige Wand zu den Regalen. Bis unter die Decke reichten die Bretter mit den Büchern, daneben standen Kisten mit Korrespondenzen in aller Herren Länder, zudem Fächer mit kostbaren Landkarten über sämtliche Teile der Welt.

Carlotta begriff, dass sie zu weit gegangen war. Kurz senkte sie den Kopf, zupfte mit den schmalen Fingern am Taft ihres Kleides und sah dann entschlossen wieder auf. »Worauf wartet Ihr, meine Herren? Ein Handelshaus lebt nicht davon, dass die Kontoristen Däumchen drehen, sondern davon, dass sie die Korrespondenz erledigen, Aufträge ausführen und mit dem Handeln von Waren Geld verdienen.«

Noch einmal schnalzte Egloff laut mit der Zunge. Breysig verharrte starr an seinem Platz. Er machte keinerlei Anstalten, ihrer Aufforderung Folge zu leisten. So ergriff der schlaksige Steutner die Gelegenheit. Schwungvoll legte er die Schreibfeder beiseite, warf die braune Haarpracht in den Nacken und schlurfte mit riesigen Schritten hinüber zum Regal. Ein Griff genügte, und er hielt das gewünschte Buch mit den Lagerlisten in der Hand.

Im selben Augenblick erhob sich draußen vor dem Haus ungewöhnlicher Lärm. Ein ohrenbetäubendes Donnern war es, als würden nicht weit entfernt Kanonen abgeschossen.

Wie auf Kommando drehten Carlotta und die Schreiber die Köpfe zu den vier Fenstern und lauschten erschrocken.

Ein weiterer Donner versetzte die Bleifenster ins Zittern, selbst die Holzdielen auf dem Boden vibrierten unter den Füßen. Danach senkte sich bedrückende Stille über die Stadt.

»Was war das?« Breysigs ohnehin schon rotes Gesicht färbte sich noch eine Spur dunkler. Sogar die abstehenden Ohren nahmen Farbe an. Seine Stimme spiegelte den Schreck wider, der ihm in die Knochen gefahren sein musste. Er war nur noch zu einem bangen Krächzen fähig. »Der Kurfürst wird doch nicht Ernst machen und tatsächlich mit seinen Truppen bei uns im Kneiphof einmarschieren? Die Geschütze auf der Festung sind angeblich längst in Stellung gebracht.«

»Nicht nur in Stellung gebracht«, fiel Egloff ein. »Wirklich abgeschossen wurden sie wohl gerade, wie wir alle hören konnten. Am helllichten Tag Kanonenschüsse auf unsere Stadt, auf Befehl unseres eigenen Kurfürsten! Unfassbar!«

»Dann hat die List mit den Särgen wohl nicht lang vorgehalten. Oder waren das eben keine Kanonen, sondern abermals falsche Särge, die man polternd zum Stadttor hinausträgt?« Steutner klappte das Güterbuch zu. »Vielleicht sollten wir dieses Mal so tun, als ginge bei uns eine Rattenplage um. Die kleinen hässlichen Nager treiben die Kurfürstlichen sicher schnell wieder aus der Stadt. So tapfer können Friedrich Wilhelms Truppen nicht sein, wenn sie letztens schon beim Anblick von drei Särgen das Weite gesucht haben.« Herausfordernd sah er erst die beiden älteren Schreiberkollegen an, dann zwinkerte er Carlotta zu.

»Trotzdem kein Anlass zur Sorge. So einfach lassen wir die Blauröcke nicht in die Stadt.« Egloff klatschte in die Hände. »Also vergessen wir für einen Moment das Donnern und

Schießen und machen uns wieder an die Arbeit. Wie hat das verehrte Fräulein Grohnert eben gesagt? Ein Handelshaus lebt davon, dass die Geschäfte weitergehen. In diesem Sinn also zurück an die Arbeit, meine Herren!«

Der schnarrende Ton, in dem er das feststellte, missfiel Carlotta. Dennoch schluckte sie eine Erwiderung hinunter und ging zum Pult der Mutter. Es befand sich am Stirnende des langen schmalen Raumes auf einem niedrigen Podest. Mit halbem Ohr verfolgte sie, wie sich Egloff und Steutner über den weißen Bernstein für Petersen verständigten, während sie die Papiere auf Magdalenas Pult durchblätterte. Plötzlich brandete von neuem Aufruhr auf der Straße heran. Dieses Mal lag die Quelle in unmittelbarer Nähe des Hauses. Besorgt stürzte Carlotta zum Fenster.

Kein Kanonendonner! Sie atmete auf. Eisen schlug ohrenbetäubend laut auf Stein. Ein schwerbeladener Karren wurde mühsam über das Pflaster gezogen, die Ladung darauf schien nicht ordentlich befestigt. Unter Getöse und Gepolter rutschten die schweren Fässer hin und her. Kurz darauf ertönten aufgebrachte Stimmen, Magdalenas zierliche Gestalt eilte die wenigen Stufen des Beischlags hinauf. Dicht hinter ihr folgten der Lagerhausvorsteher Schrempf sowie Grünheide, der alte Zunftgenosse aus der Kneiphofer Kaufmannschaft. Krachend knallte die Eingangstür gegen die Hauswand, so schwungvoll stieß Magdalena sie auf. Kurz darauf öffnete sie die Tür zum Kontor.

»Wartet nur, Grünheide«, rief sie über die Schulter den nachfolgenden Männern zu. »Gleich wird sich alles klären. Ein Blick in unsere Bücher genügt, Euch sagen zu können, dass es sich bei den Fässern zweifelsfrei um den von mir bestellten Rheinwein handelt.« Eilig zog sie die schwarze Witwenschnebbe vom Kopf, löste die Schnur an der Heuke und rauschte an den Schreibern vorbei zum Pult. Kaum würdigte sie die drei Kontoristen eines flüchtigen Blickes, dabei hatten sie gleich bei ihrem Eintreten die Federn weggelegt, sich kerzengerade aufgerichtet und Spalier gestanden, bis sie ihren gewohnten Platz auf dem Podest erreicht hatte.

»Was schaut Ihr? Ist alles in Ordnung?« An ihrem angestammten Platz angekommen, drehte sie sich um und ließ den Blick ihrer smaragdgrünen Augen durch das Kontor wandern.

»Hier drinnen schon«, versicherte Carlotta und schenkte ihr ein beruhigendes Lächeln. »Was aber ist draußen los? Es hört sich an, als würde schweres Geschütz gegen unser Haus aufgefahren. Zuvor gab es gar echten Kanonendonner zu hören. Marschieren tatsächlich die Truppen des Kurfürsten in den Kneiphof ein?«

Neugierig sah Carlotta zur Tür. Schrempf und Grünheide hatten sich, zwei Wachposten gleich, neben den Türpfosten aufgebaut.

»Auch wenn sich die Geschütze nicht vor unserem Haus sammeln, mein Liebes, liegst du leider doch richtig.« Magdalena achtete nicht auf die erschrockenen Gesichter der Schreiber, sondern entledigte sich erst des langen schwarzen Überwurfs aus feingewirkter Wolle und hängte ihn sorgsam auf den Haken an der rückwärtigen Wand, bevor sie weitersprach: »Das Unglaubliche ist tatsächlich geschehen: Am frühen Morgen hat Kurfürst Friedrich Wilhelm seine Truppen in Königsberg einmarschieren lassen. Dreitausend Mann hat er aufgeboten. Die Geschütze in der Feste Friedrichsburg sollen direkt auf den Kneiphof gerichtet sein. Fürst Radziwill und die Oberräte haben den Kurfürsten bereits im Spittelhof feierlich willkommen geheißen. Unter großem Getöse sind sie anschließend mit ihm ins Schloss in der Altstadt eingezogen. So frech die dortige Bürgerschaft noch vor wenigen Tagen getönt hat, man werde ihn nicht hereinlassen und unseren widerspenstigen Kneiphofer Schöppenmeister Hieronymus Roth bis aufs Blut verteidigen, so beflissen haben sie vor kaum einer Stunde vor Friedrich Wilhelm die Knie gebeugt. Der Kanonendonner, den du gehört hast, mein Liebes, war der ehrerbietige Salut, den man ihm eben erwiesen hat. Als Grünheide, Schrempf und ich mit dem Fuhrwagen voll Wein auf dem Weg vom Hundegatt hierher davon erfahren haben, haben wir uns gleich noch mehr beeilt, heimzukommen. Niemand weiß, was als Nächstes geschieht, wie es auf dem Landtag drüben im Schloss weitergeht oder was der Kurfürst wirklich im Schilde führt. Roth soll sich übrigens in seinem Haus hinten bei der Albertina verschanzt haben. Sicher wird es nicht lange dauern, und der Kurfürst lässt auch davor aufmarschieren. Gott, wie ich dieses hirnlose Säbelgerassel hasse! Dabei geht es nur um Geld, das der eine von den anderen haben will. Da wird sich doch ein Ausweg finden lassen, ohne dass man gleich schweres Geschütz auffahren muss! Nimmt das mit all den Kriegen und Schlachten nie ein Ende? Wer hätte gedacht, dass sich eines Tages die eigenen Landsleute mitten in unserer Stadt wie Feinde gegenüberstehen?«

»Unfassbar!«, entfuhr es Carlotta, die unverwandt auf die rotgelockte schmächtige Gestalt am vorderen Pult starrte. In ihrem Kopf arbeitete es fieberhaft. Wenn die Mutter recht hatte, musste sie los, auf der Stelle. Gewiss dauerte es nicht lang, bis es zu ersten Gefechten und somit auch zu Verwundeten kam. Dringend wurden Wundärzte gebraucht, insbesondere solche, die sich mit Kriegsverletzungen auskannten.

Davon aber gab es in allen drei Städten am Pregel viel zu wenig. Leute wie Koese konnten Zähne ziehen, zur Ader lassen und den Steinschnitt durchführen. Auch eine Stichwunde zu nähen, gelang ihnen noch leidlich. Dann aber versagte ihre Kunst. Im Großen Krieg hatte sich ihre Mutter als »die rote Magdalena« einen legendären Ruf als Feldscherin erworben. Seit dem Tod des Vaters lehnte sie es jedoch ab, das einst bei Meister Johann erlernte Handwerk auszuüben. Damit war klar, wer zum Einsatz kommen musste. Carlottas Herz schlug schneller. Auch Christoph zögerte gewiss nicht, sich den Herausforderungen zu stellen, ob das einem studierten Medicus anstand oder nicht. Schon sah sie vor sich, wie sie beide während des Gefechts zwischen Kurfürstlichen und Kneiphofer Bürgerwehr Seite an Seite bis tief in die Nacht hinein Schussverletzungen versorgten, klaffende Wunden nähten, Knochenbrüche schienten und gar Gliedmaßen amputierten. Das waren Heldentaten, mit denen sie sich hier in Königsberg einen Ruf als Wundärztin machen konnte. Die Mutter würde stolz auf sie sein!

Draußen schwoll der Lärm abermals an. Rufe ertönten, Befehle wurden erteilt, Widerworte gegeben. Die Schreiber im Kontor wurden unruhig. Egloff sortierte fahrig die Federn auf seinem Pult, Steutner scharrte mit den Füßen, und Breysig schnaubte immerzu. Auch Schrempf und Grünheide taten sich schwer, an ihren Posten an der Tür auszuharren. Noch bevor Carlotta zu den Fenstern eilen und hinausschauen konnte, hörte sie ein entschiedenes Pochen an der schweren Tür, gleich darauf Hedwigs schlurfende Schritte, dann Christophs tiefe Stimme. Gerade noch konnte sie einen Freudenjauchzer unterdrücken. Er kam also tatsächlich, um sie um Unterstützung zu bitten!

»Mutter, ich muss los. Ich werde draußen gebraucht.«

Zielstrebig stürzte sie zu der gegenüberliegenden Wand und steuerte ein bestimmtes Regalfach an, in dem sie die Wundarzttasche mit den Instrumenten, Salben und Pflastern aufbewahrte.

»Nein!« Magdalena stellte sich ihr in den Weg. »Du bleibst hier, mein Kind. Ich habe dir letztens schon gesagt: Verwundete haben wir genug zusammengeflickt. Das dort draußen in der Altstadt geht uns nichts an. Wir sind Kaufleute. Dein Platz ist hier im Kontor!«

Die grünen, leicht schräg stehenden Augen in dem schmalen, spitz zulaufenden Gesicht funkelten, die schmalen Lippen bildeten einen geraden Strich.

»Ich gehöre nicht ins Kontor!«, setzte Carlotta zum Widerspruch an. »Ich ...« Weiter kam sie nicht. Die schwere Eichentür schwang auf, und sie fuhren beide herum. Christophs aschblondes Haupt strahlte im goldenen Vormittagssonnenlicht, seine ungewöhnlich glatte, zarte Haut verlieh ihm ein jungenhaftes Aussehen. Der ernste Ausdruck der grauen, leicht aus den Höhlen quellenden Augen passte jedoch ebenso wenig dazu wie die tiefe Stimme, mit der er die Anwesenden grüßte. Breitbeinig stellte er sich hin und hakte die Daumen in die Gürtelschlaufen seiner modisch weiten Hosen. Mit seiner kräftigen Figur füllte er den gesamten Türrahmen aus. Unwillkürlich zogen Schrempf und Grünheide die Köpfe ein. Ein studierter Medicus trat gemeinhin weniger polternd auf. Auch die drei Kontoristen duckten sich, lediglich Magdalena streckte den Rücken noch gerader durch.

»Gott zum Gruße, Kepler!«, rief sie dem jungen Medicus entgegen. »Welch seltener Besuch in unserem bescheidenen Kontor. Was führt Euch her?«

Christoph schenkte ihr ein scheues Lächeln und wandte sich nach einem knappen Gruß gleich an Carlotta: »Komm schnell mit mir! Es gibt großen Ärger in der Altstadt. Höchste Zeit, dass wir zum Schlosshof laufen und schauen, ob wir helfen können.«

»Mutter, du hörst es selbst«, wandte Carlotta sich an Magdalena. »Ich muss los. Ich bin Wundärztin. Ich muss dorthin, wo meine Hilfe gebraucht wird. Für mich gilt, was schon dein alter Lehrer, Meister Johann, einst gesagt hat: Ein Wundarzt muss immer helfen, wenn er gebraucht wird, ganz gleich, ob es um Freund oder Feind geht.«

»Das steht außer Frage, mein Kind«, warf Magdalena ein. »Wir aber sind keine Wundärzte mehr. Auf unsere Dienste ist man hier in Königsberg nicht angewiesen. Drüben in der Altstadt gibt es genug Wundärzte, die ihr Möglichstes tun werden. Du aber bist hier im Kneiphof ansässig. Es geht dich nichts an, was jenseits der Krämerbrücke geschieht. Ich möchte nicht, dass du dorthin gehst und dich einmischst. Du bleibst hier!«

»Das ist nicht dein Ernst!« Carlotta fand keine Worte mehr. Endlich fasste sie sich an die Brust, zog eine Schnur unter dem Mieder hervor und hielt der Mutter den Bernstein mit dem kleinen schwarzen Insekt dicht vor die Augen. »Du bist und bleibst eine Wundärztin, ganz gleich, wo man dich braucht und wo du lebst. Oder hast du so schnell vergessen, wer du einst warst und was dieser Bernstein dir einmal bedeutet hat?«

Magdalena erblasste. Sie schluckte und tastete ebenfalls mit den Fingern über ihre Brust. Unter dem Mieder aber verbarg sich schon seit vier Jahren kein Bernstein mehr.

»Geh wenigstens nicht mit Kepler, mein Liebes, egal, ob mit dem jungen oder dem alten. Du weißt, wie sehr diese studierten Medici uns und unsere Handwerkskunst verachten.«

## 12

Nach dem zähneknirschenden Willkommensgruß für den Kurfürsten dauerte es lang, bis sich die gewaltige Menschenmenge wieder vollends aus dem Schlosshof entfernt hatte. Schwankend zwischen Empörung und Enttäuschung, beobachtete Carlotta das träge Schauspiel. Die wenigen Frauen unter ihnen machten allesamt kaum Aufhebens um ihre Erscheinung, hatten sich schlicht gekleidet und schoben sich möglichst unauffällig im dichten Gedränge nach draußen. Die Männer dagegen betonten ihre bürgerliche Würde dem beschämenden Anlass zum Trotz. Die hohen Spitzhüte, die feinen dunklen Wollumhänge sowie die modischen Rheingrafenhosen oder engen Kniebundhosen ließen sie besonders vornehm erscheinen. Selbst diejenigen, die sich als Handwerker zu erkennen gaben, hatten sich in ihre Sonntagsgewänder geworfen. Ihr gefasstes Auftreten unterstrich die Ernsthaftigkeit des Geschehens. Zu Rangeleien oder gar Raufereien war es trotz der Enge und des offensichtlichen Missmuts über die Forderungen des Kurfürsten nicht gekommen. Auch war weder ein böses Wort noch ein Stein oder gar Übleres durch die Luft geflogen. Nicht einmal eine Faust war geballt oder sonst in irgendeiner Weise dem berechtigten Zorn über die erzwungene Schmach Ausdruck verliehen worden. Die Wundarzttasche hatte Carlotta vergeblich mitgenommen. Traurigkeit erfasste sie. Der Traum von ihrem mutigen Einsatz für das gefährdete Leben anderer an Christophs Seite war wie eine Seifenblase über Hedwigs Waschtrog zerplatzt. Ebenso bekümmerte sie die Einsicht, ausgerechnet deswegen einen Streit mit der Mutter vom Zaun gebrochen zu haben. Das war nicht nur unnötig, sondern sogar äußerst töricht gewesen:

Gegen deren ausdrücklichen Willen mit Christoph zum Schloss geeilt zu sein, würde Magdalena nicht gerade für den jungen Medicus einnehmen. Dabei war ihr Groll dem alten Stadtphysicus gegenüber zuvor schon groß genug gewesen, die Keplers vorerst allesamt grundsätzlich abzulehnen. Christophs Auftreten hatte diese Haltung nur noch bestätigt. Wie wollte Carlotta da die Mutter je von seinen Vorzügen überzeugen, gar deren Segen für die Liebe zwischen ihnen beiden erlangen? Bekümmert suchte sie nach etwas, was sie tun konnte, um die düsteren Gedanken zu vertreiben.

Gelegenheiten für unerschrockene Heldentaten aber boten sich weiterhin weder für Wundärzte noch für andere Wagemutige, was unter anderen Umständen eine gute Nachricht gewesen wäre. Der Abzug der Menge erfolgte nahezu schweigend und vor allem friedlich. Nicht einmal die Tatsache, dass der vierseitig umbaute Schlosshof mit seinen schmalen Ausgängen die Menge gefangen hielt wie in einem engen Mausekäfig, erregte Zorn. Geduldig schoben sich Gelehrte wie Junker, Bürger wie Handwerker Schulter an Schulter zu den schmalen Toren hinaus. Daran änderte sich selbst dann nichts, als Friedrich Wilhelm mitsamt seinem Gefolge längst in den Tiefen des weitläufigen Schlossgebäudes verschwunden war.

»Luft, Luft!«, erklang es plötzlich von der rechten Seite. Carlotta hatte Mühe, sich umzudrehen, so nah waren die Leute von allen Seiten an sie herangerückt. Dann aber erspähte sie einen dürren älteren Herrn mit schwarzem Hut und hohem Kragen, der verzweifelt mit der Hand vor seinem rot angelaufenen Gesicht fächelte. Die hellen Augen traten ihm bereits aus den Höhlen. Kein Zweifel: Er brauchte ärztliche Hilfe, sofort!

»Macht Platz, ich bin Arzt!«, befahl Christoph, der ebenfalls auf den Mann aufmerksam geworden war. Eine Andeutung von Genugtuung huschte über sein Gesicht. Dank seiner muskulösen Arme erkämpfte er sich freie Bahn, um zu dem Unglücklichen vorzudringen. Im Schatten seiner breitschultrigen Gestalt konnte Carlotta leicht folgen. Fast hatten sie den Patienten erreicht, da kippte der Mann mit blau angelaufenem Antlitz zur Seite. Das dichte Gedränge verhinderte, dass er zu Boden fiel. Sein Nachbar zur Linken fing ihn auf.

»Zur Seite mit ihm«, wies Christoph ihn an. »Dort vorn am Turm ist ausreichend Platz. Da wird er wieder zu sich kommen.«

Gehorsam befolgte der Angesprochene die Anweisungen und schleppte den Dürren gegen die Menge der Entgegenkommenden zu dem runden Turm in der nordwestlichen Ecke des Hofes. Auf den Steinstufen vor dem Eingang des halbrunden Turms setzte er ihn ab und verschwand sofort im dichten Gewühl. Carlotta wollte ihn aufhalten, lief ihm zwei, drei Schritte nach. Dann aber teilte sich die Menge, und Carlotta wurde abgedrängt.

Ein Fähnlein kurfürstlicher Soldaten in blauen Röcken und roten Gamaschen, die grimmigen Gesichter unter breiten, braunen Hüten verborgen, marschierte quer durch den Hof. Ihr blieb nichts anderes, als sie passieren zu lassen. Bereits halb abgewandt, um zu Christoph zurückzukehren, stutzte sie. Aus den Augenwinkeln meinte sie, in dem vorweg schreitenden Offizier ein ihr nur zu bekanntes, blasses Gesicht mit riesiger Nase und nahezu schwarzen Augen zu erspähen. Mathias!, schoss es ihr in den Sinn. Vor Schreck wurde ihr die Kehle eng. Sie rang nach Luft. Im nächsten Moment war der

Spuk vorüber. Die Soldaten waren vorbei, die Menge schloss sich wieder eng zusammen.

»Carlotta, wo steckst du?«, hörte sie Christoph rufen. Rasch kämpfte sie sich wieder zu der Ecke durch, in der er mit dem Alten kauerte. Gerade beugte er sich über den Patienten, öffnete ihm die obersten Knöpfe von Hemdkragen und Rock und begann, ihm mit seinem Hut Luft zuzufächeln. Gleichzeitig fühlte er ihm den Puls. Carlotta kniete sich auf der anderen Seite nieder und ergriff die Hand des älteren Herrn. Allmählich erfolgte sein Luftholen rhythmischer, die Brust hob und senkte sich langsamer als zuvor. Binnen kürzester Zeit kehrte die gesunde Gesichtsfarbe auf das spitze Antlitz zurück. Er schlug die Augen auf und schaute erst Christoph, dann Carlotta dankbar an.

»Bleibt noch ein Weilchen hier sitzen«, riet Christoph mit seiner wohlklingenden Stimme. »Wenn der Schlosshof leerer ist, gelangt Ihr wohlbehalten nach Hause. Es waren die Enge und der Trubel, die Euch im wahrsten Sinn die Luft genommen haben.«

»Wenn Ihr wollt, gebe ich Euch einige Tropfen Theriak«, fügte Carlotta hinzu, froh, endlich etwas tun zu können, und kramte in der Wundarzttasche. »Hier, seht, da ist er schon, verfeinert mit einigen besonderen Ingredienzien. Der hilft Euch rasch wieder auf die Beine.«

Geschickt entkorkte sie die Phiole und träufelte dem Mann ein Dutzend Tropfen auf die Zunge. Brav schluckte er die bitteren Tropfen und drückte ihr ergriffen die Hand. »Gott segne Euch, meine Kinder«, sagte er mit heiserer Stimme. »Ihr beide habt mir eine wahre Wohltat erwiesen.«

»Dazu sind wir Ärzte doch da«, wiegelte Christoph ab, konnte einen Anflug von Rührung allerdings schlecht verbergen. Carlotta schmunzelte. Wie schnell hatte sie doch ihr Ziel erreicht: Christoph sah tatsächlich eine gleichwertige Ärztin in ihr!

»Wir müssen weiter.« Verlegen räusperte er sich. »Zum Glück hat es bei dem Spektakel hier im Hof bislang keine Verletzten gegeben. Doch wer weiß, wie es außerhalb des Schlosshofs aussieht. Die Altstädter und Löbenichter schauen sehr griesgrämig. Das verheißt nichts Gutes.«

»Wie sollte es auch«, meldete sich der Dürre noch einmal zu Wort. »Dafür hat doch der Kurfürst gerade das seine getan. Oder denkt Ihr, die Altstädter und Löbenichter sind stolz darauf, so schändlich eingeknickt zu sein und die Kneiphofer im Stich gelassen zu haben?«

Er drückte den Hut auf seinen Schädel und zog die Krempe tief ins Gesicht. Gleichzeitig wedelte er mit der Hand, als wollte er sie beide aus dem Schlosshof verjagen. »Geht nur. Ihr werdet gewiss noch anderswo gebraucht. Ich wünsche mir allerdings, auch da draußen warteten nur weitere Schwachbrüstige auf Euch. Gebe Gott, es kommt nicht schlimmer.« Ohne noch einmal aufzublicken, wankte er, sich mit einer Hand an der Mauer entlangtastend, von dannen.

»Also los dann«, sagte Christoph und fasste nach Carlottas Hand.

Sie kamen nur langsam voran. Die Leute drückten und schoben, gelegentlich schrie jemand auf, weil ein Fußtritt oder ein Ellbogen ihn traf. Weiterhin aber bestand nicht der geringste Anlass, das Wundarztbesteck zu zücken oder medizinischen Beistand zu leisten. Wem angesichts der Massen die Luft wegblieb, der wurde rasch an den Rand gebracht und konnte sich dort erholen. Schweigend trotteten Christoph und Carlotta nebeneinanderher. Am nordwestlichen Hofausgang quälte sich eine große Menschentraube auf den sehr schmalen Durchgang zu. Wollten sie nicht bis Sonnenuntergang im Hof gefangen sein, blieb ihnen keine Wahl, als sich dem Gedränge anzuschließen.

»Mir scheint, unser Patient hat recht. Sonderlich stolz zeigen sich die Altstädter und Löbenichter nicht auf ihre heutige Heldentat. Alle haben es furchtbar eilig, aus dem Schlosshof zu kommen«, raunte Carlotta Christoph zu.

»Du wirst sehen, sie erholen sich rasch von dieser Schmach«, verkündete Christoph und lächelte hintergründig. »So ehrfürchtig sie eben noch vor dem Kurfürsten das Knie gebeugt haben, so hoch tragen sie in wenigen Stunden oder Tagen ihre Nasen wieder durch die Luft. Noch mögen sie Angst haben, zu viel Zeit mit diesen Possen zugebracht zu haben, aber das machen sie bald wieder wett. Schließlich geht es darum, zu verhindern, dass ein Kneiphofer ihnen an der Börse zuvorkommt und ihre heutige Abwesenheit nutzt, ein lohnendes Geschäft abzuschließen.«

»Das sagst ausgerechnet du, der du selbst in der Altstadt wohnst.«

»Wer, wenn nicht ich als Altstädter darf so etwas sagen? Noch dazu, wo mein Vater als Leibarzt dem Kurfürsten nahesteht. Komm, dahinten geht es schneller.«

Entschieden zog er sie zu einem weiteren Ausgang am südlichen Ende des Hofes. Willig folgte sie ihm.

»Geschafft!«, verkündete er, kaum dass sie aus dem Tor auf den Platz südlich des Schlosses traten. Dort verliefen sich die vielen Menschen rasch. Erleichtert sahen Carlotta und Christoph sich an, hielten sich allerdings weiter fest an den Händen, als wollten sie einander nie wieder loslassen.

## 13

Manche der Herren, die gerade dem Schlosshof entronnen waren, suchten Zuflucht beim Gebet in der nahen Nikolaikirche. Andere eilten, wie von Christoph vorausgesagt, Richtung Kneiphof und damit zur Börse, um flugs ihre Geschäfte wieder aufzunehmen. Nur Einzelne verschwanden in den nahe gelegenen Bürgerhäusern, die an diesem Mittag leer und verlassen wirkten. Wieder andere eilten ostwärts, wo sie sich vermutlich im dortigen Rathaus des Beistands ihrer Standesgenossen versichern und über das weitere Verhalten dem Kurfürsten gegenüber beratschlagen wollten. Der bereits vor gut zwei Jahren einberufene Landtag dauerte schließlich weiterhin an und sah sich durch die jüngsten Ereignisse gänzlich neuen Bedingungen gegenüber.

»Und jetzt?« Christophs graue Augen funkelten vergnügt, als er sich breitbeinig vor Carlotta stellte, während er ihre zarte Hand in der seinen knetete. »Es sieht mir nicht danach aus, als bestünde die Gefahr, auf weitere Schwerverletzte zu stoßen.« Mit dem freien Arm vollführte er eine weit ausholende Bewegung, die nahezu das gesamte Rund des Platzes umfasste. »Damit ist unser tapferer Einsatz fürs Erste beendet. Trotzdem darfst du jetzt nicht gleich davonlaufen, meine Liebste. Schließlich brauche ich immer noch deine Hilfe.«

Galant hob er ihre Hand zum Mund, hauchte zu ihrer Freude einen zarten Kuss darauf und suchte den Blick ihrer blauen Augen. Ihr Herz tat einen Sprung, gewaltige Zärtlichkeit erfasste sie. Das wog allen Kummer der letzten Stunden auf, ließ sie gar den Zwist mit der Mutter vergessen.

»Hast du dir etwas getan? Zeig mir deine Wunde«, forderte sie ihn scheinbar besorgt auf. Zu ihrem Erstaunen schwitzte er stark. Die glattrasierten Wangen glänzten, Schweißperlen standen ihm auf Stirn und Nasenspitze. Sie widerstand der Versuchung, ihm auf offener Straße die Hand auf die Stirn zu legen. Stattdessen umfasste sie den Bernstein. Christophs dunkelgrüner Samtrock schien zwar dem nahen Oktoberende angemessen, aber wenig für die derzeit herrschenden spätsommerlichen Temperaturen geeignet. Behutsam fuhren ihre Finger über den weichen Stoff, fühlten den Verlauf der dichten Fasern. »Eine offene Wunde scheint es nicht zu sein, eher hat dich ein Fieber gepackt.«

»Ja, genau, ein ernstes Fieber hat mich gepackt.« Seine Stimme klang heiser. »Das ist es, wofür ich dich dringend brauche. Schließlich tut sich ein studierter Medicus schwer, ohne die Unterstützung eines tüchtigen Wundarztes am eigenen Leib das Fieber einzudämmen.«

Ein lauer Wind kam auf und wehte ihr eine rotblonde Locke ins Gesicht. Bevor sie sie zurückstreichen konnte, übernahm er das, ließ seine warme, rechte Hand einen Moment länger als nötig in ihrem Nacken ruhen. Ein spitzbübisches Lächeln umspielte seine Lippen, er zwinkerte schelmisch. »Ich wüsste auch schon eine angemessene Kur, die nur du mir angedeihen lassen kannst.«

»So?« Wieder schauderte es sie angenehm.

Im selben Moment erhielt sie einen Stoß in den Rücken und fiel gegen Christoph. Ein Altstädter Bürger hatte ihr im Vorübergehen den groben Schlag versetzt. Verärgert drehte sie sich zu ihm um und wollte ihn brüsk zurechtweisen. Da entdeckte sie den Grund für sein Verhalten: Ein Fähnlein Soldaten marschierte aus dem Schlosshof hinaus und über den Platz. Wieder erstarrte sie beim Anblick des anführenden Offiziers. Dieses Mal war es nicht allein sein Gesicht, auch die

Art, sich zu bewegen, erinnerte an den vermissten Vetter aus Frankfurt. Ihr wurde übel.

»Was ist? Du siehst auch so aus, als könntest du noch etwas frische Luft vertragen.« Christoph legte ihr die Hand auf die Wange. »Schließlich haben wir das vorhin bei unserem Patienten im Schlosshof schon gut beobachtet. Lass uns noch einige Schritte gemeinsam gehen. Drüben auf der Lomse bei den Lauben weht gewöhnlich eine erquickliche Brise.«

»Eine gute Idee.« Wie um seine Worte zu prüfen, wandte sie das Gesicht der Sonne zu. Die Augen geschlossen, spürte sie dem lauen Luftzug nach, der wohltuend ihre Wangen streifte. Wenn sie anfing, Gespenster aus der Vergangenheit zu sehen, musste sie dringend etwas für ihr Wohlbefinden tun. Nur so konnte sie sich ausreichend für die Unbill wappnen, die sie später bei ihrer Rückkehr zu Hause erwartete. Sie öffnete die Augen und strahlte Christoph an. Dabei zeigte sich ein Grübchen am rechten Mundwinkel. »Inmitten der herbstlichen Gärten wird der Wind auf der Lomse besonders frisch und gesundheitsfördernd sein. Das haben wir uns nach all der Aufregung wirklich verdient.«

»Dann also nichts wie hinüber zur Lomse.« Wohlgemut rückte Christoph seinen Hut auf dem breiten Schädel zurecht, nahm ihr die Wundarzttasche ab und bot ihr den Arm.

Seite an Seite schritten sie über den Altstädter Markt, wählten geschickt ihren Kurs zwischen den Ständen mit meckernden Ziegen, schnatternden Gänsen und gackernden Hühnern. Kurz dahinter schlossen sich unzählige Körbe voller Rüben, Bohnen, Erbsen, Äpfel, Birnen und Kürbisse an. Der süße Duft des reifen Obstes vermischte sich angenehm mit dem kräftiger Kräuter und Gewürze, die einige Schritte weiter feilgeboten wurden. Von der Aufregung der Ratsherren und

Bürger, die das Areal rund um das Schloss beherrscht hatte, war unter den feilschenden Hausfrauen, Mägden und Bauersweibern wenig zu spüren. Kaum hoben sie den Kopf, wenn wieder eine Handvoll Herren auf dem Weg zum Rathaus aufgeregt debattierend an ihren Auslagen vorbeihasteten.

Endlich erreichten Carlotta und Christoph das südliche Ende des Platzes und schwenkten einvernehmlich nach rechts, in die Badergasse hinein. Ohne sich über den Weg zu verständigen, steuerten sie geradewegs die Holzbrücke über den Neuen Pregel an. Der nahe Fischmarkt wehte seine Ausdünstungen herüber, darüber legten sich Ahnungen von süßlichem Malzgeruch. Kein Wunder: Der Löbenicht mit seinen vielen Brauereien war ebenfalls nicht mehr weit. Mehr und mehr lichteten sich die Reihen der Passanten, das Gedränge ließ nach. Bald konnten sie wieder ungestört nebeneinandergehen.

Wohlgemut betraten sie die Lomse. Linden säumten den festgestampften Lehmweg und spendeten angenehmen Schatten. In vorderster Reihe der Pregelinsel, gleich bei der Brücke, erstreckten sich die riesigen Holzspeicher, dahinter schlossen sich Scheunen und Lagerhäuser an. Auf der Holzwiese reihten sich Gasthäuser mit gemütlichen Wirtsgärten aneinander. Zielsicher führte Christoph Carlotta einen schmalen Weg zum Lindengraben hinüber, wo sich die Schwedenschanze befand.

Gelegentlich knackte es verräterisch in einem der dichten Gebüsche jenseits des Weges. Eine Krähe flatterte in die Luft und stieß empört ihr heiseres Krächzen aus. Gedämpfte Stimmen flüsterten nicht weit entfernt in einer dichten Hecke miteinander, ab und an erklang aufgeregtes Kichern. Christoph drückte verschwörerisch Carlottas Hand. Sie waren wohl nicht die Einzigen, die die frische Brise auf der Lomse auskosten wollten. Mit einem wohligen Prickeln im Bauch stapfte sie weiter. Bald erreichten sie den südlichen Teil, wo in den letzten Jahrzehnten auf den trockengelegten Flächen eine Vielzahl fruchtbarer Gärten entstanden waren. Selbst Ende Oktober zeigten sich die Blumenrabatten in geschützten Ecken und dank des guten Bodens noch in erstaunlicher Pracht.

»Um diese Zeit sind solche Gewächse in Italien nicht mehr anzutreffen. Schließlich ist es rund ums Mittelmeer weitaus trockener und karger als hier bei uns.« Christoph wies auf das pralle Gemüse, insbesondere die weit ausladenden Kürbispflanzen rings um sie her. »Dafür habe ich mir dort frische Oliven, Pomeranzen und Zitronen gleich von den Bäumen gepflückt. Wenn ich das einem unserer Krämer auf dem Markt erzähle, wird er blass vor Neid.« Er streckte die Hand aus und brach eine Handvoll Brombeeren aus einer Hecke. »Koste einmal. Die haben die eifrigen Gärtner wohl vergessen. Sie schmecken noch immer wunderbar süß.«

»Vielleicht für dich, der du dank der Pomeranzen und Zitronen an Saures gewohnt bist.« Carlotta spuckte die halbdürren Beeren aus. »Ich kann mir denken, warum die hängen geblieben sind: Die sind ungenießbar! Kein Mensch verträgt derart Saures. Sei mir nicht böse, aber zum Gärtner taugst du nicht, mein lieber Christoph.«

»Dann lass dich überraschen, was ich dir jetzt zeige. Schließlich sind wir schon da.« Tief verbeugte er sich und wies mit dem Arm einladend auf eine Laube rechts des Weges, nicht weit vom Weidendamm entfernt. Angesehene Bürger Königsbergs hatten sich in diesem Teil der Pregelinsel behagliche Gärten als idyllische Rückzugsorte von dem Trubel der Stadt angelegt. Riesige, noch erstaunlich grüne Blätter der Kürbisse sowie grellrot leuchtende Bohnenranken bildeten die luftigen Dächer dieser Lauben. Sacht strich der Wind über das buntgefärbte Laub der Bäume auf den Wiesen ringsum. Über allem lag der süße Geruch überreifen Obstes. Das emsige Brummen unzähliger Hummeln und anderer Insekten verriet, wie beharrlich die Natur auch in diesem Teil der Stadt an den Resten des Sommers festhielt.

Carlotta zögerte, den von einem morschen Zaun umgebenen Garten zu betreten. Sosehr sein idyllischer Anblick sie verzückte, so schreckte sie die lauschige Abgeschiedenheit auf einmal doch. Dort waren sie noch weiter von Gut und Böse entfernt als letztens im Gemeindegarten! Unerwartet sah sie Mathias vor sich, seine gierigen schwarzen Augen, sein heftiges Atmen, die widerlichen Bewegungen seines Leibes. Warum hatte der Offizier vorhin nur diese dunkle Erinnerung in ihr geweckt! Sie äugte zu Christoph. Noch immer stand der vierundzwanzigjährige, frisch promovierte Medicus reglos, leicht nach vorn gebeugt da. In seinem aschblonden Haar verfingen sich die Sonnenstrahlen, der Samt seines eleganten Rocks schimmerte. Den Spitzhut in der einen Hand vor dem Bauch, wies er mit der anderen weiterhin einladend zur Laube.

Die weichen Linien in seinem Gesicht harmonierten mit jeder seiner Bewegungen. Von neuem überkam Carlotta ein warmes Kribbeln. Ohne ihn zu kennen, hatte Lina ihn richtig eingeschätzt: Das war nicht nur eine gute Partie, sondern auch ein echter Herr, voller Verstand und Besonnenheit, kein pickeliger Jüngling mit ungehörigen Flausen im Kopf so wie Mathias damals. Christoph konnte sie vertrauen. Der ließ sie nicht im Stich. Verzehrte sie sich nicht längst selbst danach, allein mit ihm zu sein?

»Also dann«, rief sie, bevor ihr der Mut wieder schwand, und sie begab sich entschlossenen Schritts in den Garten. Im Vorbeigehen zupfte sie einen langen Strohhalm und strich damit über ein kleines Beet bunter Astern. Nach wenigen Schritten blieb sie wie verzaubert stehen.

»Wunderschön«, raunte sie und sah sich um. An einem Birnbaum baumelten noch einige Früchte. Behende sprang sie dorthin und pflückte eine. Das Fruchtfleisch fühlte sich weich an, die Haut darüber glänzte gelblichrot. »Erinnern die dich nicht an deinen Professor in Bologna? Sie duften himmlisch und schmecken bestimmt hervorragend süß, ganz anders als deine Beeren eben.«

Verschwörerisch zwinkerte sie ihm zu und biss hinein. Der klebrige Saft rann ihr am Kinn hinunter. Auffordernd streckte sie Christoph die Frucht hin. Der strahlte über ihre Unbekümmertheit und steckte die Birne achtlos in die Seitentasche seines Rocks. »Die hebe ich mir für später auf. Jetzt locken mich andere Genüsse.«

Dicht trat er vor sie, umklammerte die Hand, mit der sie ihm das Obst gereicht hatte, und suchte ihren Blick. Ihr schlug das Herz bis zum Hals. Noch bevor sie etwas sagen konnte, beugte er sich vor und küsste sie.

Kaum spürte sie seine fleischigen Lippen auf den ihren, öffnete sie bereitwillig den Mund. Erst tastete seine Zungenspitze schüchtern, dann immer fordernder ihre Mundhöhle aus. Bald umschlang er sie mit beiden Armen, presste ihren Leib fest gegen den seinen und drängte ihr die Zunge immer tiefer in den Mund. Seine riesigen Hände liebkosten ihren Rücken. Die Wärme der Sonne tat ein Übriges. Sie fühlte eine gewaltige Hitze in sich aufsteigen. Ach, würde dieser Moment doch niemals enden! Seit Wochen schon hatte sie nichts sehnlicher gewünscht. Letztens im Gemeindegarten schon war sie fast so weit gewesen, nun aber, in der Abgeschiedenheit der Lauben, erschien es viel passender. Es war genau das, wonach sie sich seit Jahren verzehrte. Gut, so lange darauf gewartet zu haben. Innig schmiegte sie sich an ihn.

Ein lautes Poltern schreckte sie auf. Christoph ließ jäh von ihr ab, trat zwei Schritte nach hinten, hielt ihre Hände allerdings weiterhin fest. Seine Wangen glühten.

»Was war das?« Er wirkte, als habe man ihn bei einer Missetat ertappt. Carlotta fühlte sich plötzlich elend, enttäuscht, des kurzen Moments des Glücks schon wieder verlustig geworden zu sein.

Dem Poltern folgte ein Knirschen, dann splitterte Holz, und kurz darauf plumpste nicht weit entfernt mit dumpfem Geräusch etwas Schweres zu Boden. Die Stille danach währte nicht lang. Ein fürchterliches Fluchen wurde laut.

Sobald Carlotta das unflätige Fluchen vernahm, begann sie, lauthals zu lachen. Die Stimme kam ihr bekannt vor. Auch Christoph grinste nun. »Ein Kürbis wird wohl kaum so laut zu Boden fallen«, mutmaßte er.

»Es sei denn, es handelt sich um ein besonders riesiges Prachtexemplar, was auf dem fruchtbaren Boden der Lomse durchaus denkbar ist.«

»Dann sollten wir uns das gute Stück sichern, bevor uns andere zuvorkommen«, schlug Christoph vor und rieb sich die Hände. »Vielleicht können wir ein schönes Muster in die Schale ritzen. Das wäre doch eine wundervolle Erinnerung an diesen unvergesslichen Tag.«

Das Fluchen wurde leiser, ging in ein klägliches Wimmern über. Nun wechselten sie besorgte Blicke.

»Schnell«, hauchte Carlotta atemlos. »Es ist wohl doch etwas Schlimmeres geschehen.«

Gemeinsam eilten sie zu dem Gebüsch, aus dem sie das Poltern und Fluchen vernommen hatten.

Eine Leiter lehnte an einem Obstbaum, vielmehr: die Reste einer Leiter. Die morschen Sprossen waren zertrümmert und ragten nur mehr als ausgefranste Reste aus den Einpasslöchern in den beiden Holmen. Traurig kündete das grau verwitterte Holz von einem furchtbaren Sturz. Aufgeregt durchpflügten Carlotta und Christoph das Gebüsch. Rasch wurden sie fündig. Im dichten Brombeerstrauch, der den Baum umrankte, lag ein Mann. Zunächst war nicht viel mehr als ein dunkler Rock aus derbgewebtem Tuch sowie riesige Füße in noch riesigeren Stiefeln zu erkennen.

Der Stimme wegen hatten sie bereits geahnt, um wen es sich handelte; Kleidung und Statur bestätigten ihre Vermutung. Sie tauschten einvernehmliche Blicke. Mit einem Satz preschte Christoph vor und strich das dornige Gestrüpp beiseite, um Carlotta den Durchgang frei zu machen. In wenigen Schritten standen sie bei dem Verletzten. Verkrümmt lag er da und presste sich eine Hand auf den Leib. Zwischen den Fingern quoll Blut heraus. Die zweite Hand ragte verdreht unter dem Körper hervor. Das Gesicht des Mannes war von Dornen zerkratzt, auch Rock und Hose waren an mehreren Stellen aufgerissen. Trotz der Schmerzen, die er offensichtlich litt, konnte sich Carlotta ein schadenfrohes Lächeln nicht verkneifen: Für manche Torheit folgte die Strafe viel schneller, als es dem Tolpatsch lieb sein konnte. Nicht mehr vorlaut wie noch letztens auf dem Kneiphofer Domplatz, sondern kläglich jammernd, musste sich Caspar Pantzer, der junge Apotheker aus dem Löbenicht, von ihnen helfen lassen.

»Das geschieht dir recht«, knurrte Christoph und kniete sich neben ihm nieder, um ihn vorsichtig umzudrehen. »Vorsicht!«, mahnte Carlotta und ließ sich ebenfalls auf die Knie sinken. »Die offene Wunde dort am Bauch sieht nicht gut aus. Davon abgesehen wird er sich einige Knochen verrenkt haben. Wir müssen aufpassen, wo und wie wir ihn anfassen, sonst richten wir noch schlimmeren Schaden an.« Wie zur Bestätigung ihrer Worte schrie Pantzer auf, dabei hatte Christoph lediglich nach seiner Hand gefasst.

»Du hast recht. Jeder unbedachte Griff schadet nur.« Er musterte den Apotheker, der verschämt das zerschundene Gesicht von ihnen abwandte. Christoph verzichtete auf eine weitere Bemerkung und tastete mit der Hand nach etwas, zog es schließlich unter neuerlichem Aufstöhnen Pantzers unter dessen Rücken hervor: eine rostige Heugabel. Damit brach sich nun doch seine Empörung Bahn.

»Die hätte dich fast aufgespießt! Das hast du nun davon, uns heimlich zur Laube nachzuschleichen. Wie kannst du nur so dämlich sein und auf diese klapprige Leiter steigen? Schließlich sieht ein Blinder mit einem Blick aus seinen leeren Augen, wie wenig das morsche Holz trägt. Was will ein schwerer Kerl wie du auf solch einem morschen Ding? Hoffentlich bist du damit ein für alle Mal von deiner schamlosen Neugier geheilt.«

Er berührte ihn an der Schulter, was Pantzer ein weiteres gequältes Aufjaulen entlockte. Mahnend sah Carlotta ihn an. Ihre Hand umspannte den Bernstein auf ihrer Brust. Ein Blick auf den Verunglückten hatte ihr genügt, zu erfassen, wie es um ihn stand.

»Lass ihn besser so liegen und hol rasch Hilfe«, bat sie Christoph. »Wir brauchen zwei kräftige Burschen und einen

Karren, um ihn von hier in sein Haus im Löbenicht zu bringen. Dort können wir die Knochen wieder einrenken und die Wunden mit einem rasch wirkenden Pflaster behandeln. Er hat sich die Heugabel knapp unter dem Rippenbogen in den Leib gespießt. Zum Glück ging das nicht tief. Dennoch muss die Wunde sauber ausgetupft und anschließend genäht werden. Wollen wir hoffen, dass es damit getan ist. Das Eisen an der Heugabel ist rostig. Das kann im schlimmsten Fall zu Wundbrand führen. Ich weiß ein probates Mittel, das zu verhindern.«

Mit aufgerissenen Augen und offenem Mund lauschte Christoph ihren Worten. Schon fürchtete sie, ihn durch ihre entschiedenen Anordnungen verärgert zu haben, da brach er in schallendes Gelächter aus.

»Sieh an, meine kleine gescheite Wundärztin. Ihr genügt ein Blick, zu wissen, was alles zu tun ist. Schließlich hätte ich mir meine viel zu langen Studienjahre in der Fremde sparen und stattdessen gleich bei dir in die Lehre gehen sollen.«

Auch wenn er sich um einen scherzenden Ton bemühte, spürte sie, wie sehr es in ihm arbeitete. Sie wollte ihn besänftigen, da meldete sich Pantzer überraschend klar zu Wort: »Ich pfeife auf deine studierte Gelehrsamkeit, Kepler. Tu endlich, was die Kleine sagt. Vom Reden allein ist noch keiner gesund geworden.«

Kaum war der letzte Satz heraus, keuchte er abermals vor Schmerzen auf. Tröstend legte Carlotta ihm die flache Hand auf die Stirn und flüsterte ihm einige beruhigende Worte zu. Gleich entspannte sich sein Körper, und sein Wimmern versiegte.

»Schon gut, du hast mich überzeugt.« Seinen Worten zum Trotz war Christoph der Unmut inzwischen deutlich anzusehen. Verdrossen richtete er sich auf, klopfte Staub und Schmutz aus dem eleganten Rock und rückte den Spitzhut zurecht. »Schließlich kann die beste Fakultät das besondere Gespür einer geborenen Wundärztin nicht ersetzen, erst recht nicht, wenn ein so hübsches kleines Weibsbild uns verdorrten Studiosi das beweist.« Zwar zwinkerte er Carlotta zu, dennoch war zu spüren, wie wenig ihm zum Scherzen zumute war. Leise raunte er ihr zu: »Wer weiß, wie du das schaffst, uns alle derart mit deinem Bann zu belegen. Eines Tages komme ich dir auf die Spur, verlass dich drauf, meine Liebste.«

»Wie meinst du das?« Verstört suchte sie, ihn festzuhalten, damit er sich ihr genauer erklärte. Er aber schüttelte ihre Hand brüsk ab und lief Richtung Holzwiese davon, um Hilfe für Caspar Pantzer zu holen.

## 14

Die seltsame Stimmung im Haus verdross Lina. Wenn es allein Magdalena Grohnert gewesen wäre, die sie verbreitete, hätte es ihr wenig ausgemacht. Die Bernsteinhändlerin hatte sie zwar mit ehrlicher Wiedersehensfreude eingestellt, richtete aber seitdem kaum mehr das Wort an sie, weil sie viel zu sehr von den Aufgaben im Kontor beansprucht wurde. Alles, was das Haus betraf, überließ sie deshalb Carlotta und insbesondere der Köchin Hedwig. Die führte ein strenges Regiment, was Magdalena Grohnert nur zu gern billigte.

Trotz allem aber war Lina eine entscheidende Änderung im Gemütszustand der Patronin nicht entgangen: Seit dem gestrigen Mittwoch war jeder Anflug eines Lächelns auf ihrem schmalen, katzenhaften Gesicht erloschen. Selbst die smaragdgrünen Augen wirkten auf einmal glanzlos. Das stimmte Lina nachdenklich. Zunächst meinte sie, Magdalena hätte bemerkt, welche Blicke Steutner ihr hinter dem Rücken der anderen zuwarf. Dazu passte, dass Hedwig sie mit reichlich Arbeit eindeckte, als wollte sie sie bestrafen. Andererseits: Hätte sie oder gar die Patronin etwas von Steutner und ihr gemerkt, schickten sie sie gewiss nicht mehr allein ins Kontor, dort etwas zu erledigen, oder baten den Schreiber, ihr beim Heranschleppen des Feuerholzes für den Dielenofen behilflich zu sein. Ach, sie waren kostbar, diese wenigen Momente, da sie Humbert Steutner innig in die schönen braunen Augen schauen konnte! Lina seufzte. Die trübe Stimmung im Haus musste eine andere Ursache haben. Wahrscheinlich hing es mit Carlottas gestrigem Weglaufen aus dem Kontor zusammen. Der junge Kepler hatte sie zum Schlosshof mitgenommen – gegen den ausdrücklichen Wunsch Magdalena Grohnerts! Die schien die Vorfälle in der Stadt mit größtem Argwohn zu verfolgen, jede Einmischung, ganz gleich, ob auf Seiten der Bürgerschaft oder der des Kurfürsten, tunlichst zu vermeiden. Oder missbilligte sie einfach nur Carlottas gar zu engen und häufigen Umgang mit dem Medicus? Aber warum? Kepler war doch ein anständiger Bursche und eine gute Partie noch dazu. Lina verstand das nicht.

Schwungvoll goss sie heißes Wasser in den Waschtrog. Die Wucht, mit der der heiße Strahl in den Bottich traf, sorgte für eine riesige Welle. Gierig sog sie den daraus aufsteigenden Wasserdampf ein. Der machte Mund und Nase wunderbar frei, tat zudem gut auf der spröden Haut. Wie ein sanftes Kitzeln von Steutners Atem. Was war sie froh, wie einfach die Dinge für sie lagen! Tief atmete sie durch. Sie sollte nicht so viel an den Schreiber denken, sonst kam es am Ende doch heraus. Der Ärger würde die Stimmung im Haus gewiss noch weiter verschlechtern. Abermals entfuhr ihr ein Seufzer. Stärker als Magdalenas Gebaren stieß ihr Carlottas plötzliche Verdrossenheit auf. Dabei war sie gestern Mittag noch voller Tatendrang mit dem jungen Medicus zum Schlosshof davongestürmt. Ein stattlicher Kerl. Linas Wangen begannen zu glühen, wenn sie sich sein Aussehen in Erinnerung rief. Fast so ansehnlich wie ihr Steutner. *Ihr* Steutner! Wie gut er küssen konnte. Darüber vergaß sie alles andere. Ob der junge Kepler auch so küsste? Seine vollen Lippen deuteten auf eine tiefe Sinnlichkeit. Ihr wurde heiß. Für Carlotta hoffte sie, sie wusste, was sie an dem Medicus hatte, nicht nur des Küssens wegen. Vielleicht hatten die beiden miteinander gestritten. Oder sie machte sich doch ihrer Mutter wegen Gedanken. Die würde den Kepler schon auch noch mögen lernen, wenn sie sah, wie sehr Carlotta ihn liebte! Immerhin war die ihr einziges Kind. Vorsichtig tunkte Lina einen Finger in das dampfende Wasser und zuckte zurück.

»Pass auf, Mädchen, dass du nichts kaputt machst. Zerbrochenes Geschirr bedeutet Streit im Haus. Oder klebst du die Scherben nachher mit teurem Zitronensaft zusammen, um uns davor zu bewahren?« Schnaufend watschelte Hedwig in die Küche und baute sich neben ihr auf. »Scheinen echte Wundermittel zu sein, die du uns ins Haus bringst. Wir müssen nur aufpassen, ob wir sie uns lange leisten können. Du als Magd bist eine echte Herausforderung für die Haushaltskasse! Bei Carlotta zeigen deine Mittelchen leider schon erste Wirkung.« Arglistig schnupperte sie in den aufsteigenden Dunst über dem Waschbottich, als vermutete sie sogar darin puren Zitronensaft.

Lina zwang sich, ruhig zu bleiben. Nichts sagen war die beste Antwort. Betont langsam stellte sie den schweren Kupferkessel zurück auf den gemauerten Herd, wischte sich die störrischen Strähnen des blonden Haares aus der Stirn und stemmte die feuchten Hände in die Hüften. Ihre grünblauen Augen starrten auf die Berge klebriger Teller, Tassen und Schüsseln neben der Esse. Geduldig harrte das Irdenzeug der baldigen Säuberung. Der flackernde Schein der Talglichter, die rings um den Trog aufgereiht standen, ließ den Stapel noch bedrohlicher anwachsen.

Als wollte sie Hedwig nacheifern, schnüffelte Lina nun ebenfalls in die Luft. Der faulige Geruch des verbrannten Talgs wurde allmählich unangenehm. Dazu mochte auch die unerträgliche Schwüle beitragen, die trotz der späten Abendstunde noch in der Küche hing. Wie so oft in den Königsberger Kaufmannshäusern lag diese gleich im Eingangsbereich, an der rechten Seitenwand der Diele. Es fehlte an einer eigenen Fensteröffnung, die frische Luft hereinließ. Dafür heizten der Herd und der riesige Kamin einen Großteil des Hauses mit, bliesen aber auch den kaltgewordenen Bratendunst sowie den Geruch nach abgestandenem Fett und Öl durch sämtliche Geschosse. Abermals atmete Lina tief durch. Es half nichts, es gab kein Entrinnen, weder vor Hedwig noch vor der Hitze oder gar dem lästigen Abwasch. Matt pustete sie sich eine Haarsträhne aus dem Gesicht.

»Warm hier, nicht?«

»Kein Wunder«, murmelte die Köchin, »heute ist immerhin der sechsundzwanzigste Oktober. So ungewohnt uns das Wetter scheinen mag, neu ist es nicht. Wärme an Gilbhart bedeutet seit alters einen kalten Januar. Da können wir uns im neuen Jahr auf einiges gefasst machen.«

Lina zuckte mit den Schultern. Hedwigs Wettervorhersagen kümmerten sie nicht. Entschlossen tauchte sie die Arme bis zu den Ellbogen in das heiße Wasser. Wieder wallten Wasser und Geschirr auf, klirrten gegen die blecherne Wand des Bottichs. Dieses Mal spürte Lina zunächst nichts von dem heißen Wasser. Dann aber stellten sich ihr die Härchen an den Unterarmen auf. Seltsamerweise meinte sie zu frösteln, trotz des rundherum dicht aufsteigenden Wasserdampfes und der Schweißperlen auf der Stirn. Langsam erholten sich ihre Hände von dem Schreck. Sie tastete nach einem Teller und begann, die Soßenkruste abzukratzen.

»Hiermit geht es besser«, meldete sich die Köchin wieder ungebeten zu Wort, griff sich die Bürste vom Bord und warf sie mit Wucht ins Wasser. Schulterhoch spritzte es auf. »Denk daran, unsere Patronin besitzt zwar einen gutgehenden Bernsteinhandel, noch aber wird auch bei uns vor allem mit Wasser gekocht. Carlotta wird das früher begreifen, als dir lieb ist. Sie ist ein kluges Mädchen. Gute Nacht.«

Brüsk schob sie sich neben Lina, reckte sich zum Wandbord und griff sich eines der Talglichter. Schützend wölbte sie den Handteller darum und wollte sich schon wegdrehen, da fiel ihr noch etwas ein. »Denk an das Herdfeuer. Schau, wie kümmerlich es schon geworden ist. Du weißt hoffentlich, was es heißt, das Feuer morgen früh neu zu schüren. Die Gnädige wird sich nicht darum kümmern, wie ihre Milch pünktlich heiß gemacht wird. Aber sie will sie morgens gleich nach dem Aufstehen vor sich haben.«

Ohne ein Wort zog Lina die Arme aus dem Wasser und klopfte die Hände an der Wand des Trogs ab. Tiefrot glühte die verbrühte Haut. Trotzdem gelang es ihr, sich den Schmerz nicht anmerken zu lassen. Beiläufig trocknete sie die restlichen Tropfen am Rock ab und holte den Salztopf vom Regal. Immer noch schweigend, streute sie eine Handvoll der groben, weißen Körner in das fast erloschene Feuer. Sofort entfachte sich wieder eine ordentlich große Flamme. Mit einer kleinen Schaufel schob sie die Asche näher heran und schürte die Glut, bis das Feuer stetiger brannte. »Zufrieden?«, war das Einzige, was sie sich zu sagen erlaubte. Ohne Hedwig anzusehen, setzte sie danach den Abwasch fort.

Auch die Köchin schnaubte nur noch einmal kräftig durch Mund und Nase und schlurfte dann geräuschvoll auf ihren Holzpantinen in den rückwärtigen Teil des Erdgeschosses. Sehnsüchtig horchte Lina ihr nach. Als Einzige aus dem Gesinde verfügte die Alte über den Vorzug einer ebenerdigen Kammer im hinteren Flügel des Hauses. Lina und Milla dagegen mussten bis ganz oben unters Dach die Stiegen erklimmen.

Sobald Lina hörte, wie die Tür ins Schloss fiel, nahm sie die tropfnasse Bürste aus dem Wasser und schleuderte sie mit voller Wucht gegen die Wand. »Alte Vettel!«, zischte sie böse und spürte im selben Moment, wie die Anspannung aus ihrem drallen Körper wich.

Laut schlug die Uhr in der Wohnstube im Obergeschoss neun. Auch die Damen Grohnert machten sich auf den Weg zur Nachtruhe. Verräterisch trippelten die Schritte über die Holzbohlen, Schranktüren gingen auf und zu, Stühle rückten, die Tür zur Diele wurde geöffnet. Was bis zum gestrigen Mittwoch unvorstellbar schien, setzte sich am heutigen Donnerstagabend fort: Die beiden schienen nur das Nötigste miteinander zu reden. Gebannt lauschte Lina nach oben, bis die Damen sich eindeutig in ihre Schlafgemächer zurückgezogen hatten. Traurig schüttelte sie den Kopf. Eine Frau wie Magdalena Grohnert wusste doch genau, was es hieß, jemanden zu lieben. Warum tat sie sich so schwer, das ihrer eigenen Tochter zuzugestehen? Sie schaute ins Leere der gegenüberliegenden Wand. Dort, wo die Bürste gegen die weiße Tünche geklatscht war, zeugte ein feuchter, schmutziger Fleck von dem Auftreffen. In braunen Schlieren tropfte das Wasser zu Boden.

»Geht es dir jetzt besser?«, vernahm sie eine piepsige Stimme in ihrem Rücken. Auch das noch!, durchfuhr es sie, und sie drehte sich langsam zu Milla um. Wie befürchtet, kauerte die zierliche dreizehnjährige Magd, den Kopf ans Geländer gelehnt, auf der untersten Treppenstufe. Traurig hingen die dünnen braunen Haare um den kleinen Schädel. Die Beine hielt sie eng an den Bauch gezogen, die nackten Arme waren eng darum geschlungen. Der Stoff des groben dunklen Leinenkleides war sorgsam darübergedeckt. Lina seufzte. Wahrscheinlich hatte die Kleine die gesamte Begegnung zwischen Hedwig und ihr verfolgt. Mit weit aufgerissenen Kulleraugen schaute das Mädchen sie an. Gegen ihren Willen verspürte Lina Mitleid in sich aufsteigen.

»Schnell, scher dich rauf in dein Bett«, riet sie und fuchtelte mit der rechten Hand durch die Luft, »sonst darfst du nicht nur den Abwasch übernehmen, sondern gleich auch noch die Wand gründlich schrubben.«

Verärgert über ihre Nachsichtigkeit, wandte sie sich rasch ab. Der unschuldige Blick aus den Rehaugen war nicht lange zu ertragen.

»Ich helfe dir wirklich gern.« Freudig sprang das Mädchen auf und kam zur Wand getrippelt. Ohne Aufforderung bückte sie sich nach der Bürste und warf sie in den Spülbottich zurück. Gleich tauchte sie auch noch die Finger in das heiß dampfende Wasser. Dabei zuckte sie nicht einmal mit der Wimper. Lina schnaufte ein weiteres Mal. Aus dem Mädchen wurde sie nicht schlau. Als gäbe es nichts Schöneres, als spät in der Nacht noch Töpfe und Teller in viel zu heißem Wasser zu wienern, versank sie geradezu gut gelaunt im Abwasch.

»Bist du nicht müde?«, hakte Lina trotzdem nach. »In deinem Alter solltest du jede Stunde Schlaf nutzen.«

»Warum tust du es nicht?« Milla schob die Zunge zwischen die Lippen und schrubbte besonders kräftig mit der Bürste auf einem Teller. »So viel älter als ich bist du schließlich auch nicht.«

»Was?« Entgeistert starrte sie die Kleine an. »Hast du keine Augen im Kopf? Lang schon bin ich eine erwachsene Frau, hab sogar schon …« Trotz ihrer offenen Empörung verzichtete sie im letzten Augenblick darauf, ihre Mutterschaft zu erwähnen. »Außerdem bin ich von klein auf ans lange Arbeiten gewöhnt«, setzte sie matt nach.

Gegen ihren Willen stand ihr die Zeit als Magd im Grünen Baum wieder vor Augen. Zwei Jahre jünger als Milla war sie gewesen, als der Vater sie seiner unbezahlten Zecherei wegen an die Wirtin verschachert hatte. An Nächte mit kaum mehr als drei, vier Stunden Schlaf hatte sie sich rasch gewöhnen müssen, oftmals noch verkürzt durch die heimlichen Besuche des Wirts. Er hatte damit nicht einmal warten wollen, bis ihr richtige Brüste gewachsen waren. Bei der Erinnerung an seine dicke, blau geäderte Nase und seine riesigen, gierigen Hände unter ihrem Rock schüttelte sie sich. Grübelnd schaute sie Milla an und erschrak. Die großen braunen Rehaugen ließen niemanden kalt, auch das ungeschickte Hantieren der kleinen Hände und das hilflos nachgeahmte Bewegen einer Erwachsenen weckten seltsame Gefühle in ihr. So war sie damals auch gewesen. Auf einmal fragte sie sich, ob die Wirtin sie nicht genau deshalb ins Haus genommen hatte. Das Fortbleiben ihres Mannes aus dem Ehebett musste ihr schließlich aufgefallen sein. Lina seufzte. Vorbei und vergessen, sagte sie sich. Wettmachen ließ sich das ohnehin nicht mehr. Als Magd im Hause Grohnert blieben einem solche Erlebnisse wenigstens erspart. Eine Weiberwirtschaft hatte eben ihre Vorteile. Dagegen war die dicke Luft der letzten Tage wirklich lächerlich. Schwungvoll riss sie sich das Leintuch von der Schulter und pfefferte es über Millas schmächtige Gestalt hinweg in den Waschtrog. Abermals entstand eine Welle, klirrte das Geschirr laut gegeneinander. Verwundert schaute Milla auf.

»Lass nur, Kleines. Ich mach das jetzt wirklich lieber allein. Schlaf du dich aus.« Damit schob sie die Dreizehnjährige weg vom Bottich. Dabei achtete sie nicht darauf, ob Milla gerade etwas in der Hand hielt. Erst als der irdene Teller mit einem hellen Knall auf dem Steinboden in tausend Scherben zerbarst, wurde ihr das bewusst.

»O Gott!« Sofort schlug sich das Mädchen die Hand vor den Mund, Tränen traten ihr in die Augen, und sie bebte am ganzen Leib. »Nicht so schlimm«, knurrte Lina und ging in die Knie, die Scherben aufzusammeln. Kaum drehte sie eines der Stücke zwischen den Fingern, schauderte es sie. Es schien ihr kein Zufall mehr, dass Hedwig sie vorhin vor dem Zerbrechen eines Tellers gewarnt hatte. Den Streit hatte es bereits gegeben. Ein Schweißtropfen perlte von ihrer Nase auf die Scherbe. Fehlte nur noch, dass der Januar tatsächlich frostig kalt wurde, wie sie es zudem vorausgesagt hatte. Die schnaubende Alte war Lina nicht mehr lästig, sondern unheimlich.

»Was ist denn hier passiert?« Auf bloßen Füßen musste Carlotta lautlos die Treppe heruntergekommen sein. Plötzlich stand sie vor ihr und blickte auf sie herunter.

Stur starrte Lina die nackten Zehen an, wunderte sich, wieso der große kürzer war als der zweite – und das an beiden Füßen. »Lina?«, hörte sie Carlotta ein weiteres Mal fragen. Das Rascheln des Leinenhemds verriet, dass sie sich hinunterbeugte. Schon spürte Lina ihren Atem warm im Nacken. Langsam hob sie den Blick, stützte die Hand aufs Knie und hievte sich ächzend in die Hocke. »Geh«, raunte sie im Aufstehen leise Milla zu und schob sie mit der freien Hand fort. Dann erst legte sie die irdene Scherbe behutsam auf den frisch gewachsten Tisch.

»Das Wasser ist viel zu heiß«, erklärte sie und wedelte zur Bekräftigung durch den nicht mehr vorhandenen Dampf über dem Trog.

»Warum gießt ihr auch kochendes Wasser auf den Abwasch?« Prüfend wanderte Carlottas Blick durch die Küche, als suchte sie nach weiteren zerbrochenen Tellern oder anderen Belegen der Ungeschicklichkeit beider Mägde. »Seid froh, dass ich das entdeckt habe. Hedwig oder gar meine Mutter würden darauf ganz anders reagieren.«

Trotz ihrer zierlichen Erscheinung wirkte Carlotta respekteinflößend. Lina kam sich neben der zwei Jahre jüngeren und knapp einen Kopf kleineren Tochter der Patronin auf einmal wie ein ungehobelter Trampel vor.

»Du musst ins Bett, Milla.« Fast schon zärtlich fasste Carlotta das Mädchen am Arm und führte es zur Treppe. »Mach schon, sonst darfst du hier unten richtig arbeiten, bis dir die Augen zufallen.«

Flink huschte die Kleine die Treppe nach oben. Nicht eine einzige Stufe knarzte unter ihrem Fliegengewicht. Eine unheimliche Stille erfüllte nun das riesige Haus, lediglich unterbrochen vom Knistern des Herdfeuers. Der blakende Schein der Talglichter auf dem Wandbord reichte nicht aus, die geräumige Diele großzügig auszuleuchten. Die Pracht der roten Marmorsäulen, der kunstvoll geschnitzten Kassettendecke und der Wandvertäfelung aus kostbarem Nussbaumholz versank in der Dunkelheit. Wie ein schützender Kegel umschloss das Licht den Bereich um Waschbottich und Herdfeuer.

»Also los.« Lina staunte nicht schlecht, als Carlotta sich anschickte, die Hände in den Wassertrog zu stecken. »Vorsicht, heiß«, wollte sie rufen, doch für die Warnung war es zu spät. Carlotta hatte die Finger bereits eingetaucht und begonnen, mit der Bürste über die Teller zu schrubben. »Heiß ist es zum Glück nicht mehr«, erklärte sie und streckte Lina einen tropfenden Teller entgegen. »Willst du den nicht nehmen und abtrocknen, bevor er auch noch zu Boden fällt?« Verblüfft nickte Lina und tat, wie ihr geheißen.

Die beiden arbeiteten nun schweigend nebeneinander. Carlotta wusch, und Lina trocknete ab, bis der Stapel schmutzigen Geschirrs merklich zusammengeschrumpft war. Unterdessen erloschen nach und nach die kleinen Talglichter auf dem Wandbord. Die letzten, die noch brannten, rußten heftig. Der Geruch biss in der Nase. Lina bückte sich zum Herdfeuer und schürte es mit dem Haken zusammen, damit wenigstens diese Lichtquelle noch nicht versiegte.

Als sie aufsah, erschrak sie. Von der Seite zeichnete sich Carlottas Profil ungewöhnlich scharf ab. Die sonst so kecke Himmelfahrtsnase erschien seltsam spitz. Starr schauten die blauen Augen auf das noch zu säubernde Geschirr. Die fahlen Lippen waren fest aufeinandergebissen.

»Geht es dir gut?«, fragte Lina vorsichtig, sobald sie den nächsten Becher zum Abtrocknen in Händen hielt. »Ist was mit deinem Medicus?«

»Was soll mit dem sein?«, brauste Carlotta auf und warf die Bürste ins Wasser. Ihre Augen funkelten, als sie sich zu Lina umdrehte. »Steck deine Nase nicht in Angelegenheiten, die dich nichts angehen.«

»Entschuldigung«, murmelte Lina. Beim weiteren Abwasch hielt sie den Kopf gesenkt, wagte es nicht mehr, Carlotta anzuschauen. Wenigstens beruhigte sich Carlotta rasch wieder so weit, ihre Arbeit fortzusetzen. Lina fand die Vorstellung plötzlich erschreckend, in der schummrigen, schwülen Küche allein zu bleiben.

Ein leises Wimmern hieß sie aufhorchen. Endlich sah sie Carlotta doch wieder direkt an. Sie hatte sich nicht getäuscht: Im schwachen Licht der letzten Talglampen erspähte sie einzelne Tränen auf den schmalen Wangen. Sie überlegte nicht lang, warf das Leintuch beiseite und nahm Carlotta in die Arme, drückte sie gegen ihren drallen Busen. Carlotta wehrte sich nicht. Dafür wurde ihr Weinen heftiger. »Scht, scht«, raunte Lina und wiegte sie wie ein Kind hin und her. Dankbar schmiegte sich die zierliche Kaufmannstochter gegen ihren üppigen Leib.

Die andere so nah bei sich zu spüren, versetzte Lina einen Stich in der Herzgegend, wie sie ihn sonst nur fühlte, wenn sie an jemand ganz Bestimmten dachte. Einige Wimpernschläge lang sah sie sich weit weg in einer finsteren, feuchten Hütte auf dem Boden kauern, in ihren Armen ein winziges Bündel Mensch mit ebensolchen blauen Augen und einem verzweifelt aufgerissenen kleinen Mund. Was Steutner dazu sagen würde? Sie kämpfte nun ebenfalls mit den Tränen, schluckte, seufzte und räusperte sich, bis der dicke Kloß aus ihrem Hals verschwunden war.

»Wird schon alles wieder gut«, flüsterte sie Carlotta ins Ohr und war sich dabei nicht sicher, wem von ihnen beiden sie mehr Mut zusprechen wollte.

»Hast recht!«, erwiderte Carlotta und befreite sich aus der Umarmung. Verschämt wischte sie mit den Handrücken die Wangen trocken und strich die Finger am Hemd ab. »Wie lächerlich ich mich aufführe! Dabei ist gar nichts Schlimmes geschehen.«

Carlotta mied Linas Blick. Schon stand sie abermals vor dem Waschtrog und betrachtete grübelnd das restliche Geschirr. Auf dem Wasser schwamm eine ölige Pfütze. Längst war es schmutzig und kalt. Wieder war das Schlagen der Uhr aus der Wohnstube zu vernehmen. Inzwischen war es elf Uhr in der Nacht.

»Vielleicht ist es genau das«, griff Lina das Gesagte noch einmal auf und holte mit dem Kessel frisches Wasser aus dem Fass neben der Tür. Das Feuer musste zu ihrem Leidwesen von neuem angefacht werden, damit es hoch genug brannte.

»Was?« Carlotta klang ungeduldig.

»Genau das, was ich gesagt habe: Es ist wohl nichts zwischen Christoph und dir passiert, weder etwas Schlimmes noch sonst etwas.« Lina bückte sich rasch, eine zweite Handvoll Salz in das abgebrannte Herdfeuer zu streuen. Als sie sich wieder aufrichtete, musste sie von der Anstrengung schnaufen. Die Wangen glühten, Schweiß trat ihr auf die Stirn. Damit das Wasser im Kessel schneller kochte, hängte sie ihn so tief wie möglich über die gemauerte Herdstelle.

»Und genau darin liegt das Problem«, setzte sie atemlos nach, sobald sie Carlottas fragenden Blick bemerkte. »Du hast gesagt, du willst den klugen Medicus heiraten. Er ist nicht nur eine gute Partie, sondern hilft dir auch bei deinen Plänen. Zudem liebst du ihn. Aber so viel das alles ist, es reicht einfach nicht, nur die Absicht zu haben, ihn zu heiraten. Du musst den Pakt mit ihm auch besiegeln. Dazu muss etwas zwischen euch passieren. Schließlich sollte er auch sicher sein, das zu wollen. Und wenn er nicht von allein will, musst du ihn dazu bringen, dass er will.« Verschmitzt lächelnd tätschelte sie Carlotta die Wange. »Hat er dich wenigstens geküsst?«

Die Röte auf Carlottas Antlitz war Antwort genug. Sosehr sie sich bemühte, die angehende Patronin herauszukehren und die gelehrte Wundärztin zu geben, war sie eben doch noch ein Kind. Die reine Unschuld nahm Lina ihr zwar nicht mehr ab, trotzdem wirkte sie nicht eben gut bewandert in Liebesdingen. Rasch legte sie ihr den Arm um die Schultern, zog sie näher zu sich heran und wisperte ihr ins Ohr: »Küssen ist doch schon ein guter Anfang. Glaub mir, ich weiß das. Sieh aber zu, dass er es bald wieder tut. Vielleicht erlaubst du ihm auch ein bisschen mehr, und dann …« Ihre freie Hand vollführte eine wedelnde Bewegung durch die Luft, und sie verdrehte vielsagend die Augen. »Ach, du wirst schon sehen, wie das klappt!« Keck versetzte sie ihr einen sanften Schubs und ließ sie los.

»Du hast wohl schon Erfahrung.« Carlotta rang sich ein zaghaftes Lächeln ab, um die Bemerkung nicht schroff klingen zu lassen.

»Geh jetzt besser zu Bett«, überging Lina die Anspielung. »Den Rest mache ich allein. Das wird schon, glaub mir.«

Als Carlotta weiterhin zögerte, setzte sie in ernstem Tonfall nach: »Nur keine Sorge, auch deine Mutter wird noch zustimmen. Sie liebt dich viel zu sehr, als dass sie sich deinem Lebensglück entgegenstellen würde!«

»Wollen wir hoffen, dass du recht hast!« Flugs eilte Carlotta die Treppe nach oben.

## 15

Carlotta wurde mulmig zumute, als die hagere Wirtschafterin das Schlafgemach verließ. Eine Zeitlang lauschte sie den schweren Schritten der unfreundlichen Frau nach und spielte mit dem Bernstein um ihren Hals. Allmählich senkte sich wieder Stille über das Haus. Ihr Herz klopfte, die Finger zitterten. Natürlich war sie nicht zum ersten Mal allein mit einem bettlägerigen, männlichen Patienten. Anders als sonst aber behagte ihr die Situation bei dem jungen Apotheker Caspar Pantzer ganz und gar nicht. Vielleicht war das nächtliche Gespräch mit Lina daran schuld. Die handfesten Ratschläge der jungen Magd wollten ihr nicht aus dem Kopf. Sie spürte, wie die Schamesröte ihr die Wangen zum Glühen brachte.

Unruhig huschten ihre Augen durch die niedrige Stube, die alles andere als einladend oder gar anheimelnd wirkte. Möbliert war sie lediglich mit dem Nötigsten: einem gehimmelten Bett mit aufgebauschtem Bettzeug, einem Schemel und kleinen Tisch sowie einer brusthohen Truhe, auf der ein Krug Wasser und eine Schüssel standen. Das einzige Fenster ging zum Hof und ließ nur spärlich Licht herein. Eine Kastanie breitete ihre mächtige Krone davor aus, deren längst buntgefärbte Blätter noch tapfer an den Zweigen hingen. Die Luft in der Stube war stickig. Es schien lange her zu sein, dass jemand die Fensterflügel weit geöffnet und gelüftet hatte. Dabei herrschte draußen weiterhin mildes Herbstwetter.

»Schaut nicht so verschreckt, Teuerste. Ich bin doch kein Unhold, der die Situation schamlos ausnutzt. Es gibt keinen Grund, Euch über mich zu beklagen. Selbst wenn ich wollte, könnte ich in meinem derzeitigen Zustand wenig ausrichten, einer so hübschen, jungen Frau wie Euch zu Leibe zu rücken.«

Wieder errötete Carlotta, fragte sich, ob der junge Apotheker ihre verbotenen Gedanken hatte lesen können. Stöhnend rekelte er sich mit schmerzverzerrtem Gesicht. Unter den Bewegungen knisterte das Weißzeug. Die rüschenumrankten Federkissen zierten den grobschlächtigen Leib wie ein viel zu lieblicher Blumenreigen. Bei diesem Anblick konnte sich Carlotta ein Schmunzeln nicht verkneifen. Sie verstaute den Bernstein unter ihrem Mieder und strich den Stoff darüber glatt. Er hatte recht: In seinem Zustand konnte er wahrlich wenig ausrichten.

»So gefallt Ihr mir schon weitaus besser«, stellte er fest und versuchte sich ebenfalls an einem kleinen Lächeln. »Wenn Ihr jetzt noch darauf verzichtet, mich mit brennenden Salben und bitter schmeckenden Tropfen zu behandeln, können wir fortan beste Freunde sein.«

»Ihr wisst, doch: Bös muss bös vertreiben«, entgegnete sie leichthin und trat an sein Bett. Sie stellte die Wundarzttasche auf einen Schemel und rückte den schmalen Holztisch zurecht. Aufmerksam wandte sie sich ihrem Patienten zu. Sobald sie die straff bandagierte Brust des Apothekers betrachtete, kehrte die gewohnte Sicherheit endgültig zurück, das Zittern schwand ganz aus ihrem Körper. »Euer Sturz am vergangenen Mittwoch war leider alles andere als harmlos. Die

Heugabel hat ihre rostigen Spitzen tief in Euren Leib gebohrt. Ihr könnt froh sein, nicht vollends von ihr aufgespießt worden zu sein.«

»Sonst hätte mich unser guter Freund Kepler wie ein Spanferkel übers Feuer gehängt und knusprig gebraten, nicht wahr? Das wäre ein Festschmaus geworden!« Beim Lachen wurden seine großen weißen Zähne sichtbar.

»Wer hätte den riesigen Braten essen sollen?«, versuchte sie halbherzig, auf die launige Bemerkung einzugehen, und machte sich daran, die für den Verbandswechsel nötigen Dinge aus der Tasche zu nehmen. Sorgfältig reihte sie die Salbentiegel nebeneinander auf dem Tisch auf, kramte zuletzt einen braunen Glasflakon mit einem Verschluss aus dickem Kork heraus.

»Haltet Ihr mich für zu fett oder zu zäh, um Euch gut zu schmecken?« Pantzer hielt weiterhin an dem albernen Scherz fest. Carlotta ahnte, wie sehr ihm davor graute, an der Wunde behandelt zu werden. Seine Augen hatten sich mit dem Auftauchen jedes neuen Tiegels mehr geweitet, die schlechtrasierten Wangen erblassten unter den bläulich schimmernden Bartstoppeln.

»Gebt Euch keine Mühe. So oder so macht Ihr mir keinen sonderlichen Appetit.« Flink drückte sie ihn in die Kissen zurück und knöpfte sein Hemd weiter auf. Dunkel zeichnete sich der Schweiß darauf ab. Längst war seine Angst förmlich zu riechen. »Habt Ihr noch immer starke Schmerzen?«

Besorgt betrachtete sie den kräftigen Mann in dem schmalen Bett. Das verletzte linke Bein war ordentlich geschient, der ausgekugelte Arm längst eingerenkt und ebenfalls mittels eines Holzes gerade gehalten. Das hatte sie gleich nach dem Sturz vor zwei Tagen mit Christophs Hilfe erledigt. Ebenso stützte der Verband um den Rumpf die verletzten Rippen weiterhin gut. »Scheut Euch nicht, es zuzugeben. Niemand außer uns beiden wird je ein Wort davon erfahren. Doch nur wenn ich genau weiß, was mit Euch ist, kann ich Euch richtig behandeln.«

Sie legte ihm die Hand flach auf die Stirn. Eigentlich hatte sie nur fühlen wollen, ob er fieberte. Als sie merkte, wie sehr er sich unter der Berührung entspannte, ließ sie die Hand noch ein wenig länger dort liegen als nötig. Der zarte Schweißfilm auf seiner Haut ließ ihre Handinnenseite feucht werden. Gleichzeitig glitt ihr Blick weiter über sein grobgeschnittenes Gesicht, an der klobigen Nase entlang den kräftigen Leib hinab. Etwas stimmte nicht. Grübelnd presste sie die Lippen aufeinander, griff nach dem Bernstein und zog ihn heraus, spielte gedankenverloren mit ihm. Zumindest hatte Pantzer kein Fieber. Der gefürchtete Wundbrand an der genähten Stichverletzung in der Brust war ausgeblieben.

»Die Salben brennen Euch also auf der Haut, sagt Ihr?« Forschend sah sie ihm in die Augen und nahm das kurze Aufflackern darin wahr. Sie ahnte nun, was ihm zu schaffen machte. Noch während er ein verschämtes »Ja« zwischen den Lippen hervorstieß, begann sie, ihm das verschwitzte Leinenhemd auszuziehen, und wickelte anschließend den Verband von der Brust. Sie sah gleich, dass er zwischenzeitlich erneuert worden sein musste. Sie pflegte das Leinen anders zu wickeln. Vielleicht hatte Christoph schon einmal nach der Wunde gesehen und Pantzer anschließend neu verbunden. Sobald der dunkel behaarte Oberkörper nackt vor ihr lag, erkannte sie selbst bei den schlechten Lichtverhältnissen mit Schrecken das ganze Ausmaß des Übels. Die Haut war feuerrot und über und über mit dicken Pusteln bedeckt.

»Das hättet Ihr mir gleich sagen sollen«, sagte sie streng. »Damit ist nicht zu spaßen. Gerade Ihr als Apotheker solltet das wissen. Ganz eindeutig vertragt Ihr die Wundsalbe nicht. Das Schwitzen in dem winzigen Raum unter dem dicken Bettzeug tut ein Übriges. Ich werde sogleich eine andere Salbe ausprobieren.« Kopfschüttelnd hob sie ihre Tasche hoch und kramte darin. »Allerdings frage ich mich, warum das erst jetzt so schlimm geworden ist. Immerhin behandele ich Euch seit Mittwoch mit der gleichen Salbe.«

»Lasst gut sein.« Er legte ihr die Hand auf den Arm. »Euch trifft keine Schuld. Es ist nicht Eure Salbe gewesen.«

»Welche dann? Vertraut Ihr mir etwa nicht? Habt Ihr noch einen zweiten Wundarzt hinzugezogen? Sagt es bitte gleich. Es ist besser, wir einigen uns sofort, wenn ich die Behandlung abbrechen soll. Ihr seid der Patient. Es ist Eure Entscheidung, von wem Ihr Euch kurieren lasst.«

Pantzer wich ihrem Blick aus und sah zur Tür. Auf dem Flur rumorte es. Vielleicht lauschte die hagere Wirtschafterin an der Tür oder hatte eine der Mägde damit beauftragt, es zu tun. Besonders geschickt stellten sie sich dabei offensichtlich nicht an.

»Ich bin Euch zu jung, nicht wahr?« Nun hatte sie es also doch ausgesprochen – noch dazu in einem so zaghaften Ton, dass er sich gleich in der Ansicht bestärkt fühlen musste. Ihre Finger umklammerten den Bernstein fester, das gute Stück verschwand ganz darin. Christophs Ärger über ihre forsche Art gleich am Unglücksort auf der Lomse hätte ihr eine Warnung sein sollen. Natürlich hatte er seinem Freund Pantzer inzwischen klargemacht, wie lächerlich es war, ihr seine Behandlung zu überlassen. Warum aber gab er ihr nicht selbst Bescheid? Warum ließ er sie trotzdem allein zu dem Apotheker gehen? »Ihr verkehrt mit studierten Medizinern, kennt auch die alteingesessenen Bader und Wundchirurgen dies- und jenseits des Pregels. Warum solltet Ihr Euch also ausgerechnet mit mir als Ärztin zufriedengeben.«

»Verzeiht, Ihr habt natürlich recht.« Pantzer räusperte sich verlegen. »Ich hätte ehrlich zu Euch sein sollen, verehrte Carlotta. Ihr seid einfach zu klug, um Euch etwas vormachen zu lassen.«

»Also gut.« Sie machte sich daran, ihre Tiegel wieder einzupacken. »Ich verschwinde sofort von Eurem Krankenlager, und Ihr schickt nach dem anderen Arzt. Schade, dass Ihr nicht von Anfang an aufrichtig gewesen seid. Ich hätte mir den Besuch heute sparen können.«

»Nein, wartet, das versteht Ihr völlig falsch. Lasst mich erklären, wie es wirklich ist.« Schnaufend schob er sich in seinen Kissen wieder höher. »Es liegt nicht daran, dass Ihr so jung seid. Euer Talent, zu heilen, macht mehr als nur eine Handvoll Jahre wett. Es ist etwas ganz anderes, doch dazu muss ich etwas ausholen.«

Er biss sich auf die Lippen. Fast meinte sie, Feuchtigkeit in den hellbraunen Augen glitzern zu sehen, doch in dem kargen Licht war sie sich dessen nicht sicher. Ein dumpfes Geräusch am Fenster lenkte sie ab. Ein kleiner Vogel war gegen die Scheibe geflogen. Sie sah noch, wie der winzige Leib abprallte, heftig mit den Flügeln schlug und dann in der Tiefe verschwand. Das böse Fauchen einer Katze verriet, wie heiß die Beute unten im Hof bereits umkämpft war. Aufgeregt kläffte der Hund. Auch die Hühner gackerten wild durcheinander. Kurz darauf ertönte das aufgebrachte Zetern der Wirtschafterin, und die Tiere verstummten schlagartig.

Pantzer hatte dem Treiben im Hof ebenfalls gelauscht. Erst in die Stille nach dem Absturz meldete er sich wieder zu Wort.

»Ich weiß, wie wenig es Eure Mutter gutheißt, dass Ihr ausgerechnet mich, den Tunichtgut von Apotheker aus dem Löbenicht, behandelt. Ohnehin sieht sie es nicht gern, wenn ihre Tochter als Wundärztin arbeitet. Seit vier Jahren führt sie erfolgreich das Kontor in der Kneiphofer Langgasse. Ihr sollt ihrem Beispiel folgen. Seit Eure hochgeschätzte Mutter hilflos mit ansehen musste, wie der Tod Euren Vater Eric dahingerafft hat, lehnt sie es strikt ab, die gelernte Kunst auszuüben. Dabei galt sie im Großen Krieg als einer der besten Wundärzte im Heerestross der Kaiserlichen. Dieser hervorragende Ruf dient ihr bis heute, um mit Rezepturen für Wundsalben und Tinkturen zu handeln. Jemanden direkt behandeln aber will sie nicht mehr.« Er suchte ihren Blick. Als sie etwas einwerfen wollte, winkte er ab, fuhr jedoch erst nach einer längeren Pause leise fort. »Wundert Euch nicht, woher ich das alles weiß. Aber selbst bei uns im Löbenicht bietet das Schicksal von Euch immer wieder Gesprächsstoff. Wie man hört, ist Eurer Mutter der Erfolg auch mit dem Verkauf der bloßen Rezepturen hold. Und genau das ist der Grund, warum Ihr mich in diesem furchtbaren Zustand nun vor Euch seht. Heimlich habe ich versucht, die Wundsalbe selbst zu mischen. Ich wollte hinter die Rezeptur kommen, um sie künftig auf eigene Rechnung zu vertreiben, am Kontor Eurer Mutter vorbei. Aber dabei muss mir ein schrecklicher Fehler unterlaufen sein. Wie sonst ist zu erklären, dass mich diese brennenden Pusteln quälen?«

»Also gut.« Carlotta sog hörbar die Luft ein, versuchte jedoch, ruhig zu bleiben. »Dann hat Euch wohl abermals gleich nach der Tat die gerechte Strafe ereilt. Ich weiß nicht, wie oft Ihr diese Erfahrung noch machen wollt. Bedenkt Euren Sturz vor zwei Tagen und nun diese Geschichte mit der Salbe. Allzu oft solltet Ihr den Beistand des Allerhöchsten nicht mehr herausfordern.«

Streng sah sie auf ihn hinunter. Er biss die Lippen zusammen und sah wieder an ihr vorbei zur Tür. Mitleid überkam sie. Das verräterische Glitzern in seinen Augen dauerte sie. Wie musste er sich fühlen: ein gestandener Apotheker von knapp dreißig Jahren, den eine kleine, siebzehnjährige Wundärztin maßregelte, weil er eine Wundsalbe falsch zusammengemischt hatte!

»Ich vermute, Ihr habt zu viel von dem Silberglett oder von einem der Öle untergemischt. Diese Stoffe werden von besonders empfindsamen Naturen in zu großer Menge nicht so gut vertragen.« Abermals betrachtete sie den grobschlächtigen Mann von oben bis unten. Das Wort ›empfindsam‹ hatte sie bewusst betont, weil es ihr angesichts seiner kräftigen Gestalt absurd erschien. Doch nie sollte man sich allein vom ersten Eindruck leiten lassen.

»Ich werde Eure Haut reinigen und meine eigene Salbe wieder auftragen. Vorausgesetzt«, behutsam fasste sie ihn am Kinn, zog sein Gesicht zu sich herüber und suchte seinen Blick, »Ihr seid gewillt, mich als Eure Wundärztin mit der weiteren Behandlung zu betrauen.« Zustimmend nickte er. »Das solltet Ihr nicht nur deswegen tun, um diesen fürchterlichen Ausschlag wieder loszuwerden, sondern weil Ihr mir und meinen Methoden fortan tatsächlich vertraut.«

Ohne die Antwort abzuwarten, breitete sie abermals die Tiegel auf dem Tisch aus. Sie beschloss, Pantzers Leib zunächst mit Leinöl abzutupfen. Das schien ihr das sanfteste Mittel, dem Ausschlag zu begegnen. Sie riss einen Streifen Stoff entzwei, tränkte ihn mit dem Öl und begann mit der Säuberung. Bei der ersten Berührung kniff der Apotheker

Lippen und Augenlider zusammen. Je weiter sie mit dem Abtupfen fortfuhr, desto mehr entspannte er sich und äugte schließlich wissbegierig, was genau sie tat.

»Da komme ich wohl gerade recht«, tönte Christophs Stimme von der Tür her zu ihnen herüber. Ein kühler Luftzug wehte mit ihm herein, sorgte für einen kurzen Moment der Erfrischung. Wie ertappt hoben Carlotta und Pantzer die Köpfe. »Das sieht aber gar nicht gut aus.«

In wenigen Schritten hatte Christoph den Raum durchquert und lugte über Carlottas Schulter auf die behaarte Brust des Freundes. Dank des Leinöls hatten sich die ersten Pusteln bereits zurückgebildet, die Rotfärbung der Haut schien merklich abgemildert. Dennoch ahnte Carlotta, was Christoph denken mochte. Tränen der Wut stiegen in ihr auf. Am liebsten wäre sie aufgesprungen und hätte ihm alles erklärt. Das aber war Pantzers wegen undenkbar. Hilflos ballte sie die Fäuste.

»Zumindest die Wundnaht heilt gut«, stellte Christoph trocken fest. »Erstaunlich, wenn man die restliche Haut betrachtet. Bist du sicher, das richtige Pflaster genommen zu haben?«

Ungeduldig schob er sie beiseite und beugte sich tiefer über den entblößten Oberkörper seines Freundes. Pustel für Pustel untersuchte er und zog schließlich ratlos die Augenbraue hoch. »Vielleicht sollte man doch noch einen anderen Wundarzt hinzuziehen. Schließlich vertraut mein Vater nicht von ungefähr dem alten Dohna.«

Der Vorschlag traf Carlotta wie eine Ohrfeige. Unerwartet harsch sprang ihr Pantzer bei: »Lass Dohna aus dem Spiel. Den alten Schwätzer will ich nicht an meinem Krankenbett sehen. Ohnehin liegst du völlig falsch. Unsere geschätzte kleine Wundärztin hier trifft nicht die geringste Schuld. Ich selbst bin der Tölpel, der das verbrochen hat. Den schlimmen Ausschlag verdanke ich meiner eigenen Dummheit. Ich wollte dem Geheimnis ihrer Wundsalbe auf die Spur kommen und habe …«

»Sag nicht, du hast dich am Mischen der Salbe versucht!« Christoph schüttelte den Kopf. »Wie töricht bist du eigentlich? Lernst du nie aus deinen Fehlern?«

»Lass gut sein.« Tröstend legte Carlotta ihrem Patienten die Hand auf die Schulter. »Er trägt schwer genug daran. Der Ausschlag ist schmerzhaft. Schau, wie entzündet die Haut ist.«

»Trotz allem wohl nicht schmerzhaft genug, wie unser Freund überhaupt sehr viel aushalten kann, bevor er endlich begreift.« Christoph blieb ungerührt. »Es gibt eben Ochsen, die haben ein solch dickes Horn vor dem Schädel, dass das Hirn dahinter gar nicht mehr arbeiten kann.«

»Ich bin nur froh, gleich ein Mittel gefunden zu haben, ihm Linderung zu verschaffen«, versuchte sie, das Gespräch in eine andere Richtung zu lenken. »Wir Wundärzte sind dazu da, unseren Patienten in der Not zu helfen, nicht, ihnen Vorwürfe zu machen oder gar ihr Verhalten zu bestrafen.«

Christoph schnaufte laut durch die Nase, Pantzer dagegen lächelte zaghaft, tastete nach ihrer Hand und drückte sie dankbar.

»Du bist einfach zu gut«, war alles, was Christoph unter Kopfschütteln hervorbrachte.

Das Lächeln auf Pantzers Gesicht indes wurde breiter. »Sie ist nicht nur gut, sie ist die Beste«, triumphierte er. »Sowohl als Mensch als auch als Wundärztin. Mensch, Kepler, begreif doch! Diese Frau ist das Beste, was dir passieren kann.«

Schelmisch sah er zwischen ihnen beiden hin und her. Sie erröteten, wagten nicht, einander anzusehen. Unwillkürlich tastete Carlotta nach dem Bernstein. Das übermütige Funkeln in Pantzers braunen Augen war selbst im trüben Licht des engen Schlafgemachs zu erkennen, während Christoph den Blick geflissentlich gesenkt hielt.

»Wenn du nicht willst, guter Freund«, fuhr Pantzer direkt an ihn gewandt fort, »dann springe ich gern für dich in die Bresche. Jetzt, wo sie schon meine nackte Brust gesehen hat, wird es mir sicher gelingen, sie auch von meinen sonstigen Qualitäten zu überzeugen.«

Frech streckte er sich. Abermals errötend, wandte sich Carlotta ihren Wundarztutensilien zu, sortierte die Tiegel auf dem Tisch, verschloss diejenigen, die sie nicht mehr benötigte, und strich von der Wundsalbe auf ein Eibischblatt.

»Schade«, raunte sie ihm zu, als sie das Kräuterblatt mit der Paste vorsichtig auf die Wunde drückte. »Gerade hatte ich begonnen, Euch zu mögen.« Sie legte die Finger über die Lippen und schüttelte den Kopf, um ihn von einer weiteren törichten Bemerkung abzuhalten. Gemeinsam mit Christoph verband sie Pantzers breiten Oberkörper neu und verabschiedete sich dann rasch aus dem düsteren, stickigen Schlafgemach.

## 16

Pantzer ist ein Schwachkopf.« Verärgert stieß Christoph mit der Fußspitze einen Stein beiseite. Das grelle Sonnenlicht blendete ihn nach dem Aufenthalt in der stickigen, düsteren Stube des Apothekers.

»Sei nicht zu hart«, warf Carlotta ein. »Er meint es nicht böse.«

»Hm«, war alles, was Christoph sich abringen mochte. Der Unmut passte schlecht zu seinen weichen Gesichtszügen. Die Lippen waren einfach zu voll, um sich wirklich schmal ziehen zu lassen. Auch die kleinen Falten um die Augen strahlten stets, wie sehr er auch die Brauen zusammenkneifen mochte. Er ahnte wohl nicht im Geringsten, wie rührend verzweifelt es wirkte, wenn er streng erscheinen wollte. Darüber verzieh Carlotta ihm glatt die üble Laune und die offen geäußerten Zweifel an ihrer Wundarztkunst. Wieder spürte sie die verräterische Hitze in sich, die sie erfasste, wenn sie ihm nahe kam.

»Lass uns noch ein wenig den Tag genießen«, schlug sie vor. »Schon wieder herrscht Frühling mitten im Oktober!«

Sie zog ihn in die breite Löbenichter Langgasse hinein, am ausladenden Brunnen vor dem Haus der Malzbrauerzunft vorbei, wo sich Mägde und Hausfrauen zu einem kleinen Vormittagstratsch versammelt hatten. Auch die hagere, missmutige Wirtschafterin aus Pantzers Apothekerhaus fand sich darunter. Kurz begegneten sich ihre Blicke, dann wandte sich die Frau ihrer Nachbarin zur Linken zu. Trotzig warf Carlotta die rotblonden Locken in den Nacken und spazierte hocherhobenen Hauptes an Christophs Seite an den Frauen vorbei.

Eisenräder knirschten über das staubtrockene Straßenpflaster. Das Quietschen schmerzte in den Ohren. Ein von zwei Ochsen gezogenes Gespann versperrte den Weg von der Löbenichter Langgasse zur Kirchgasse hinauf. Der Fuhrmann hatte seinen Wagen zu knapp um die Ecke gelenkt und war mit dem Gefährt an der vorkragenden Mauer des Eckhauses hängengeblieben. Wutschnaubend scharrten die Ochsen mit den Hufen, als der Kutscher sie durch Peitschenhiebe und Flüche anzutreiben gedachte. Eine Traube Neugieriger sparte nicht mit Ratschlägen, doch Carlotta und Christoph hielten sich nicht auf, sondern zwängten sich durch die Menge weiter westwärts, dem Mühltor zur Altstadt zu.

»Machst du noch weitere Krankenbesuche?«, erkundigte sich Carlotta beiläufig, während sie ihren Blick schweifen ließ. Obwohl die Langgasse auch im Löbenicht die wichtigste und vornehmste Straße war, reichte sie nicht an die gleichnamigen Straßen in Altstadt und Kneiphof heran. In dieser Stadt hatten vor allem die Handwerker und Brauer ihr Zuhause. Die Häuser ragten nicht so weit empor, auch fehlten ihnen der protzige Putz sowie die kühnen Figuren auf den Stufengiebeln. Dennoch strahlten sie eine Heimeligkeit aus, die Carlotta in vollen Zügen genoss. Der Malzgeruch, der allerorten über den Steingebäuden hing, erinnerte sie an die Sonntage, an denen sie mit der Mutter durch die Löbenichter Langgasse zum Sackheim spazierte, wo sich die einzige katholische Kirche der drei Königsberger Städte befand. Wehmut erfasste sie beim Gedanken an diese gemeinsamen Kirchenbesuche, die sie nach wie vor pflegten. Ob Lina wirklich recht behalten und Magdalena ihren Widerstand gegen ihre Liebe mit Christoph aufgeben würde? Carlotta biss sich auf die Lippen, kämpfte tapfer gegen aufsteigende Tränen an. Eins stand fest: Sie konnte nicht anders, sie musste bei Christoph bleiben! Kühn hakte sie sich bei ihm ein. Zu ihrer Freude ließ er sie gewähren, und sie schob sich noch ein Stück näher heran.

»Erzähl mir von deinen weiteren Plänen, Liebster. Es ist gewiss nicht einfach, sich nach den aufregenden Jahren in der Fremde wieder in den eintönigen Alltag zu Hause einzufinden. Schwierig wird wohl auch die Zusammenarbeit mit deinem Vater – und das in einem Beruf, der dir nicht sonderlich erstrebenswert erscheint.«

»Dich scheint es nicht so schnell zurück in den Kneiphof zu ziehen, was?«, fragte er zurück, statt auf ihre Worte einzugehen. Der vertraute Schalk schien in ihn zurückzukehren. Übermütig tippte er mit der Fingerkuppe an ihre linke Wange. »Herrlich! Ich liebe es, wenn dieses Grübchen in deinem Gesicht auftaucht. Schließlich verrät das mehr über dich, als du ahnst.«

»Und was?« Sein Lachen wärmte ihr die Seele. »Muss ich mir Gedanken machen?«

»Keine Sorge, nichts Schlimmes. Nur eben, dass du jetzt gerade lieber mit mir zusammen bist statt mit den Schreibern im Kontor. Das ist Labsal für meine arme Seele. Schließlich bedeutet jede freie Minute mit dir für mich das Paradies auf Erden. Trotzdem mache ich mir Gedanken, meine Liebste.« Er verlangsamte seine Schritte. »Mir scheint, du fühlst dich im Kontor zwischen Haupt-, Schuld- und Zinsbuch nicht mehr sonderlich wohl. Dabei erfordert die doppelte Buchführung höchste Aufmerksamkeit. Jede Spalte muss mit einer anderen gegengerechnet werden, jede Summe mit einer anderen übereinstimmen, wenn man den Lehren des ehrwürdigen Nürnberger Wolfgang Schweicker folgt. Deine Mutter wird seine Schrift über das zweifache Buchhalten gewiss ordentlich befolgen, so gründlich und erfolgreich, wie sie arbeitet.«

»Dass du das weißt … Hast du den Schweicker etwa auch studiert?« Bei der Erinnerung an die langweilige Schrift verdrehte sie die Augen. »Wenn ich dich so reden höre, könnte ich glatt denken, das Kaufmännische wäre dein ureigenes Metier und du würdest tagaus, tagein nichts anderes tun, als dich mit Zahlen herumzuschlagen.«

»Vielleicht läge mir das mehr als die Medizin?« Nachdenklich zupfte er sich am Ohrläppchen. »In jedem Fall geht mir dein untrügliches Gespür für die Kranken ab. Im Vergleich zu dir scheint mir jedes Geschick zu fehlen, sie zu heilen.«

»Wie kommst du denn darauf?«

»Jeden Medicus, der dich bei einem Patienten erlebt hat, muss dieses Gefühl beschleichen. Es ist nicht zu übersehen, wie beruhigend allein schon deine Gegenwart auf die Kranken wirkt. Ganz abgesehen davon, wie du mit ihnen sprichst und mit welcher Hingabe du sie untersuchst. Dabei genügt dir meist der erste Blick, um zu wissen, was ihnen fehlt. Legst du ihnen die Hand auf, werden sie sofort ruhig und gelassen.«

»Ich liebe es einfach, als Wundärztin zu arbeiten.« Die Freude über das unerwartete Lob ausgerechnet nach dem missglückten Besuch bei Pantzer durchströmte sie und ließ sie vor Stolz platzen.

»Wenn ich das doch auch von mir behaupten könnte.«

»Du bist kein Wundarzt, sondern Physicus. Das ist etwas völlig anderes. Weißt du eigentlich, welche Vorteile du dank deines Studiums genießt? Ach, was gäbe ich darum, so wie du die Medizin studieren zu dürfen!« Träumerisch glitt ihr Blick in die Ferne. »Sosehr ich es liebe, als Wundärztin den Menschen zu helfen, so gern würde ich noch viel mehr tun. Es ist mir einfach zu wenig, Wunden zu nähen, Knochenbrüche zu schienen, Zähne zu ziehen oder gelegentlich einer Hebamme beizustehen, wenn ein Kind quer im Leib der Mutter liegt. Viel lieber würde ich mich darüber hinaus noch den wirklichen Ursachen der Krankheiten zuwenden, die Zusammenhänge des menschlichen Körpers begreifen, den Blutkreislauf erforschen und das Herz in all seinen Aufgaben kennenlernen, so wie du es mir letztens erklärt hast. Vielleicht könnte ich so herausfinden, wie eins mit dem anderen arbeitet, sowohl bei Gesunden als auch bei Kranken. Doch das werde ich wohl niemals tun dürfen.«

Erwartungsvoll hielt sie inne. Als er schwieg, wurde sie noch deutlicher. »Abgesehen vom Widerstand meiner Mutter, die das niemals zulassen würde: Ich bin nur eine Frau, Tochter von Kaufleuten außerdem. Schon an die medizinischen Lehrwerke zu kommen, ist für mich nicht einfach, vom Hören einer medizinischen Vorlesung ganz zu schweigen. Dabei gibt es an der Albertina einige der besten Gelehrten ihres Fachs. So nah und doch unerreichbar für mich.«

Gedankenverloren spielte sie mit dem honiggelben Stein an ihrem Hals. Hexengold hatte ihre seit Jahren verschollene Tante Adelaide ihn einmal genannt. Fast wünschte sich Carlotta in diesem Moment, sie hätte damit richtiggelegen. Besäße der Bernstein tatsächlich Hexenkräfte, könnte er ihr helfen, ihren sehnlichsten Wunsch zu erfüllen. »Wenn ich doch nur studieren oder wenigstens am Wissen eines Studierten teilhaben dürfte! Besser helfen will ich können, wenn jemand krank ist, nie mehr hilflos danebenstehen, wenn einer stirbt, so wie es bei meinem Vater gewesen ist.«

Die aufsteigenden Tränen brachten sie zum Verstummen. Wie im Krampf hielten die Finger den Bernstein umklammert. Sie fürchtete, zu weit gegangen zu sein und Christoph brüskiert zu haben. Angestrengt betrachtete sie ihre Fußspitzen. Der Straßenstaub malte seltsame Muster auf das Leder. Sie hatte das Gefühl, der Bernstein zwischen ihren Fingern glühte.

»Meine kleine Wundärztin.« Zärtlich fasste Christoph unter ihr Kinn, hob es an, lächelte. »Vielleicht sollten wir einfach tauschen? Schließlich gäbest du den besseren Leibarzt für den Kurfürsten als ich. Du wärst im Übrigen nicht einmal die erste Frau in einer solchen Position. Schon Kaiser Maximilian hat vor fast hundert Jahren eine Ärztin an sein Sterbebett gerufen.«

»Die ihn allerdings nicht mehr heilen konnte«, ergänzte Carlotta leise.

»Zumindest aber sein Leiden viel erträglicher machte«, widersprach Christoph. »Du hast also von ihr gehört?«

»Natürlich. Meine Mutter hat mir viel von Agatha Streicher aus Ulm erzählt.«

»Das hätte ich mir denken können. Deine lebenskluge Mutter weiß über so vieles Bescheid, wovon mein studierter Vater nicht einmal im Traum etwas ahnt. Schade, dass sie sich ihre besonderen Wundarztkünste selbst versagt. Doch sei es, wie es sei. Mir liegt die Medizin nicht sonderlich, weder in der studierten Form noch im praktischen Umgang mit Kranken. Ersteres ist mir an den Universitäten klargeworden, als ich versucht habe, das, was uns die gelehrten Herren Professoren in ihren Vorlesungen erklärt haben, zu begreifen. Letzteres sehe ich nun Tag für Tag, wie gerade am Krankenbett unseres verehrten Freundes Pantzer. Ich kann eben nichts Besonderes. Nicht einmal so erhabene Herren wie unseren hochverehrten Kurfürsten Friedrich Wilhelm könnte ich pflegen. Dabei zwickt den höchstens mal nach zu viel Fleischgenuss der Leib. Schon jetzt graut mir vor dem Tag, an dem mein Vater seine Stelle an mich abtreten wird. Ich falle eben ganz aus der Reihe meiner ruhmreichen Vorfahren. Schließlich war schon mein Großvater ein gefeierter, kaiserlicher Mathematicus. Ich aber werde eher als Quacksalber auf den armseligsten Jahrmärkten enden, als dass ich mich am Vorlesepult der ehrwürdigen Albertina zum Narren mache. Daran würden zwar die Studenten ihr Vergnügen finden, aber die Herren Professoren und der Kurfürst gewiss nicht, von meinem armen Vater ganz zu schweigen.«

»So haben wir eben beide unser Päcklein am Familienerbe zu tragen.« Scheu legte sie ihre kleine Hand auf die seine. »Meine Mutter sieht mich als Erbin des Bernsteinkontors, ganz in der Tradition ihrer Familie. Das liegt mir so wenig wie dir die Medizin.«

Abermals spielte sie mit dem Bernstein. In der Sonne glänzte er golden, verwandelte das darin eingeschlossene sechsbeinige Insekt in ein Fabelwesen. »Versteh mich nicht falsch, Christoph. Das, was meine Ahnen, seien es die mütterlichen Singeknechts oder die väterlichen Grohnerts, mit ihrem Handel erreicht haben, ist nichts im Vergleich zu den Leistungen deiner gelehrten Vorfahren. Allein dein Großvater Johannes gilt als einer der besten Mathematiker und Astronomen. Auch deinem Vater, dem ehrwürdigen Stadtphysicus, kann niemand aus meiner Familie das Wasser reichen. Dennoch tragen wir beide schwer an der Bürde unserer Ahnen. Keiner von uns darf sein Leben so leben, wie er will.«

»Vielleicht sollten wir es deshalb gemeinsam zu tragen versuchen.« Christophs Stimme wurde weich. Er legte den Arm um ihre Schultern.

»Es käme auf den Versuch an.« Ihr Herz raste. Beglückt schmiegte sie sich gegen seinen weichen Samtrock.

So erreichten sie die Altstädter Langgasse, die sich wie die Löbenichter von Ost nach West quer durch die gesamte Stadt zog. In diesem Teil der Dreistädtestadt am Pregel begegneten sie wieder mehr bekannten Gesichtern. Christoph grüßte nach allen Seiten, nahm den Arm allerdings nicht von ihren Schultern, wie um der gesamten Stadt zu bekunden, dass sie beide fortan zusammengehörten. Carlotta verspürte nicht die geringste Lust, sich dagegen zu wehren. Sie schloss die Augen, lehnte den Kopf sacht an seinen kräftigen Arm und genoss den herben Geruch nach Tabak und Kaffee, der von ihm ausging. Kurz huschte die vage Erinnerung an Mathias durch ihren Kopf. Gleich war sie sicher, sich getäuscht zu haben. Der Offizier letztens im Schlosshof musste ein Fremder gewesen sein. Mathias' Bild verblasste, versank in den Tiefen der Vergangenheit.

»Kommst du mit?« Abrupt blieb Christoph an der Ecke zur Schmiedegasse stehen. Ein Kräuterweib kauerte auf dem Boden und witterte bei ihrem Anblick ein gutes Geschäft. »Blümchen fürs Liebmägdelein fein«, krächzte sie aus einem zahnlosen Mund und streckte ihnen ein halbverwelktes Sträußlein dunkelroter Astern entgegen. Erschrocken wich Carlotta zurück. Die Alte hatte nur ein Auge in ihrem ledrigen Echsengesicht. Schwarz klaffte die dunkle Höhle des zweiten, der Narbenwulst darüber war schlecht verheilt.

»Wohin?«, fragte Carlotta und drängte tiefer in die Gasse, fort von der furchtbaren Alten.

»Was hast du auf einmal?«

»Es ist dieses Kräuterweib«, raunte sie ihm zu. »Vergiss es. Ich weiß selbst nicht, warum mich ihr Anblick derart erschüttert. Doch zurück zu deiner Frage: War das vorhin eine Einladung in euer ehrwürdiges Haus? Was würde dein hochverehrter Herr Vater dazu sagen? Er mag weder meine Mutter noch mich. Es wird ihn kaum freuen, mir in seinen vier Wänden zu begegnen.«

»Das darfst du nicht falsch verstehen. Er ist einfach ein alter Griesgram. Doch ich kann dich beruhigen. Heute ist er gar nicht da. Komm einfach mit, ich will dir etwas zeigen, was dein Herz erfreuen wird.«

»Wir beide allein, im Haus deines Vaters?« Sie zog die Augenbrauen hoch. Trotz oder vielleicht gerade wegen Christophs schelmischen Blicks wurde ihr unheimlich.

»Oh, verzeih, meine Teuerste. Natürlich sind wir nicht gänzlich allein. Das Gesinde geht hoffentlich seinen Aufgaben nach, ebenso wird meine Frau Mutter mit meiner Schwester zugegen sein. Lediglich zum Laboratorium meines Vaters haben sie keinen Zutritt, und genau dorthin möchte ich dich einladen. Allerdings kannst du beruhigt sein. Auch dort wird deiner Tugend nichts geschehen. Schließlich ist mir der Ort heilig.«

Wieder zuckten seine Mundwinkel. Er pustete eine aschblonde Strähne aus der schweißglänzenden Stirn. »Seit einigen Tagen ist mein Vater stolzer Besitzer der neuesten Schrift von Athanasius Kircher. Du weißt schon, der gelehrte Jesuit, der einige Jahre als Mathematiker Nachfolger meines Großvaters beim Kaiser in Wien gewesen ist. Sein Name wird dir nicht unbekannt sein. Schließlich hat er vor wenigen Jahren ein Buch über seine Beobachtung winziger Lebewesen unter dem Mikroskop geschrieben. Er glaubt, diese wären die Ursache für bestimmte Krankheiten. Als mein Vater mir gestern erzählt hat, er habe dieses Buch endlich erhalten, wusste ich sofort, dass ich es dir zeigen muss.«

»Habt ihr denn auch das richtige Mikroskop, um Kirchers Beobachtungen nachzuvollziehen?«

»Oh, da spricht doch wieder die Kaufmannstochter aus dir.« Der Schalk blitzte aus seinen grauen Augen. »Du witterst eine Gelegenheit, uns die von deiner Mutter empfohlenen venezianischen anzupreisen. Leider muss ich dich enttäuschen. Schließlich besitzt mein Vater seit einigen Jahren schon eines aus der niederländischen Produktion. Kein Wunder, immerhin gilt mein hochgelehrter Großvater als einer der Wegbereiter von Fernrohren und ähnlichen Geräten. Das Interesse liegt in unserer Familie.«

»Und doch ist das nicht alles, was du mir zeigen willst, oder?«, stellte sie trotz seines neckenden Tons ernst fest und griff nach seinen Händen. Sie fühlten sich feucht an. Unsicher flatterten seine Lider.

»Lass uns das nicht auf der Straße besprechen.« Seine Stimme schien jede Überlegenheit verloren zu haben. »Dies ist beileibe nicht der rechte Ort, dir meine Pläne vorzustellen.«

»Oh«, war alles, was sie darauf zu erwidern wagte, und sie folgte ihm klopfenden Herzens zum Haus seines Vaters.

## 17

Weit war Carlotta noch nicht gekommen. Von dem verschwenderisch milden Sonnenschein der letzten Wochen war an diesem frühen Montagmorgen nichts mehr zu spüren. Stattdessen schlug ihr ein eisiger Ostwind entgegen. Es war, als bewiese der Himmel damit seinen Missmut über ihr Vorhaben. Carlotta seufzte. Es bedurfte nicht viel Vorstellungskraft, sich auszumalen, wie auch ihre Mutter es nicht guthieß, sollte sie davon erfahren. Doch sie hatte sie in letzter Zeit schon genug gegen sich aufgebracht, da kam es darauf nicht mehr an. Sie musste es tun. Sie hatte mit Christoph besprochen, gemeinsam mit ihm an diesem Montag den alten Kepler aufzusuchen.

Um die beißende Kälte nicht auf dem Gesicht zu spüren, zog sie den Kopf zwischen die Schultern. Ihr schmächtiger Leib zitterte vor Anstrengung, die Finger, die den wollenen

Umhang auf der flachen Brust zusammenhielten, waren schon nach wenigen Schritten steif gefroren. Graue Wolkenberge türmten sich am Himmel, strichen bedrohlich tief über die Giebel der Kaufmannshäuser in der Brotbänkenstraße hinweg. Seit dem ersten Hahnenschrei hatte der Tag nicht sonderlich an Helligkeit gewonnen, dabei war es nicht mehr lang bis zum Mittagsläuten. Die Straße war menschenleer, nicht einmal ein einsamer Hund oder eine lahme Katze kreuzte ihren Weg. Auf den sonst so belebten Straßen des Kneiphofs herrschte eine geisterhafte Stimmung. Selbst die üppig verzierten Ziegelsteinfassaden der Kaufmannshäuser wirkten grau und trist, die mythischen Figuren auf den Dachgiebeln schauten verlassen in die Tiefe.

Als Carlotta den Kneiphofer Markt erreichte, lag auch der wie ausgestorben. Die Verkaufsbuden waren mit Brettern verrammelt, die Krämer verschwunden. Kein einziges buckliges Kräuterweib kauerte in einer Ecke, um seine wohlriechenden Herbstbüschel anzupreisen. Dichte Wolken bunten Laubs wirbelten stattdessen über den Platz, vermischt mit den ersten Schneeflocken, die zögernd vom Himmel rieselten. Der Wind frischte auf, fegte alsbald in heftigen Böen durch den Kneiphof. Die Versuchung, auf dem Absatz kehrtzumachen und sich hinter dem warmen heimischen Kachelofen zu verkriechen, wuchs. Schon zögerte Carlotta, den nächsten Schritt zu setzen, da trat aus dem Schatten einer der Buden eine schlanke Gestalt in langem Umhang auf den Platz. Zum Ausweichen war es zu spät, artig musste sie grüßen.

Ein Schielen unter die breite, vom Wind arg gebeutelte Hutkrempe war überflüssig. Steutners anzügliches Grinsen war unverkennbar. Ebenso verriet ihn das schlaksige Gehabe seiner hochaufgeschossenen Gestalt, noch bevor er mit den

Stiefeln über das Pflaster scharrte und sich vor ihr verbeugte. Eine Wolke Laub wirbelte von seiner Hutkrempe aufs Pflaster herunter. Er grinste noch breiter, behielt aber den Hut stur auf dem Kopf und entschuldigte sich nicht für seine Ungeschicklichkeit.

»Warum seid Ihr nicht im Kontor? Habt Ihr nichts zu tun?«

»Dasselbe könnte ich Euch fragen«, erwiderte er gelassen. »Falls Ihr es noch nicht bemerkt habt: Ihr lauft in die falsche Richtung. So werdet Ihr lange brauchen, wieder zu Hause einzutreffen. Besser, Ihr kommt gleich mit mir. Dann seid Ihr sicher, ins Kontor zurückzufinden, und habt auch den heftigen Wind im Rücken. Es sei denn, Ihr habt ein anderes Ziel vor Augen und wollt gar nicht zurück.«

»Das geht Euch nichts an.« Energisch schlang sie den Schal um den Hals, steckte die Hände in die Taschen und wollte sich an ihm vorbeidrängen. Er aber verstellte ihr den Weg.

»Passt auf, wohin Ihr heute geht.« Eindringlich sah er sie an. Zum ersten Mal wurde sie gewahr, wie hellhäutig sein bartloses Gesicht war. Die goldbraunen Augen passten nicht dazu, ebenso wenig das dunkle, lockige Haar, das ihm bis zum Kinn reichte. Aus seinem Blick schien mit einem Mal echte Besorgnis zu sprechen. »Heute ist kein guter Tag für einen Spaziergang durch den Kneiphof.« Er nahm seine Hand wieder von ihrem Arm, rückte den Hut auf dem Kopf zurecht. »Passt gut auf Euch auf.«

Eine Windböe fegte von hinten heran und wehte ihm den Hut vom Kopf. Wild flatterten die Mantelschöße durch die Luft, Laub wurde aufgewirbelt, Straßenstaub flog auf. Steutner öffnete den Mund, um noch etwas zu sagen, doch auch die Worte blies der Wind davon. Schon musste sich der Schreiber sputen, seinem Hut hinterherzuhechten. Der eisige Wind trieb ihn westwärts, der Langgasse zu, wo das Kontor lag.

Im Schutz der Marktbuden sah Carlotta ihm nach, eine Weile unfähig, sich ostwärts gegen den Wind anzustemmen. Der ungewohnte Ernst in Steutners Blick ging ihr nicht aus dem Sinn.

Von einer nahen Uhr schlug es halb zwölf. Wollte sie pünktlich bei Stadtphysicus Kepler in der Altstadt eintreffen, wurde es höchste Zeit. Sie ballte die steif gefrorenen Finger zu Fäusten und warf sich entschlossen gegen die unsichtbare Mauer aus aufbrausendem Wind.

Bald tauchte die Schuhgasse vor ihr auf. Vom Schmiedetor grollte eine neuerliche Sturmböe heran. Fensterflügel klapperten, Dachschindeln polterten zu Boden. Der Wind setzte zu schauerlichem Heulen an. Carlotta zuckte zusammen und drückte sich schutzsuchend gegen die vorspringende Mauer eines Beischlags. Stürmisch peitschte der Wind um die Hausecke, vermischte den aufwirbelnden Unrat mit dem reinen Weiß des ersten Schnees. In der Enge der Gasse erhob sich ein unheimliches Getöse, als breche der Höllenschlund auf. Vorsichtig lugte Carlotta um die Mauer – und zuckte zurück. Sie musste sich getäuscht haben. Noch einmal streckte sie vorsichtig den Kopf um die Ecke. Nein, sie hatte sich nicht geirrt. Nicht der wie ein Höllenhund jaulende Wind war die Ursache des Lärms. Über das Pflaster donnernde Pferdehufe sorgten dafür!

Ungläubig starrte Carlotta gen Nordosten. Hatte Steutner sie davor warnen wollen? Woher hatte er davon gewusst? Noch keine Woche war es her, seit der Kurfürst im Schlosshof in der Altstadt Einzug gehalten hatte. Trotz der dreitausend Soldaten und der scharfen Geschütze in der Friedrichsburg war es bislang ruhig geblieben. Zu ruhig möglicherweise, schoss ihr durch den Kopf, das hatten Christoph und sie schon letzten Mittwoch vermutet. Auch wenn die Altstädter und Löbenichter damals eingelenkt hatten, fehlte weiterhin der Kniefall der Kneiphofer vor dem verärgerten Kurfürsten. Zu irgendetwas hatte Friedrich Wilhelm die Truppen schließlich aufgeboten.

Eine Horde Dragoner preschte, von der Schmiedebrücke kommend, in die Schuhgasse. Klopfenden Herzens beobachtete Carlotta, wie sie in die Alte Domgasse einschwenkten und Richtung Albertina ostwärts stürmten. Die dunkelblauen Röcke über roten Hosen in schweren Reitstiefeln wiesen sie als Männer des preußischen Kurfürsten aus. Verwegen wehten die breiten Krempen ihrer braunen Filzhüte im Takt der Hufschläge. Plötzlich war ihr klar, welchem Zweck das diente: Die Kurfürstlichen wollten Hieronymus Roth in seinem eigenen Haus mitten im Kneiphof verhaften. Ungeheuerlich! Seit Monaten hatte sich kein preußischer Soldat mehr auf die Dominsel gewagt. Daran hatte auch der Kniefall der Altstädter und Löbenichter Bürgerschaft vergangene Woche nichts geändert. Die Kneiphofer stellten sich schließlich weiterhin offen gegen Friedrich Wilhelm und seine Regentschaft, hielten beharrlich an ihrer Weigerung fest, zur Einrichtung eines stehenden Heeres höhere Abgaben zu entrichten oder gar auf das Recht der Stände zu verzichten, bei wichtigen Entscheidungen um Zustimmung gebeten zu werden. Dabei war der Schöppenmeister Hieronymus Roth ihr unerschrockener Wortführer geblieben.

Carlotta bekam weiche Knie. Vor diesem Hintergrund würde es im Gegensatz zu letztem Mittwoch im Schlosshof gewiss zu blutigen Unruhen kommen. Sobald der letzte Dragoner vorbei war, fasste sie sich ein Herz und trat wieder auf die Straße hinaus. Sie musste weiter, allerdings nicht mehr zur Schmiedegasse und von dort hinüber zu Kepler in die Altstadt, sondern geradeaus, zum Haus von Hieronymus Roth. Dort würde man ihrer Hilfe als Wundärztin dringend bedürfen.

Eine weitere Böe ließ sie taumeln. Entschlossen beugte sie sich vor und senkte den Kopf, um dem kräftigen Wind zu trotzen. Die feuchte Kälte biss ihr in die Wangen, die eisige Luft trieb ihr Tränen in die Augen. Von fern wurde Glockengeläut vernehmbar. Abermals zuckte sie zusammen. Zum Mittagsläuten hatte sie bei Stadtphysicus Kepler sein wollen. Es war schwer genug für Christoph gewesen, seinen Vater zu diesem Gespräch zu bewegen. Tauchte sie nicht auf, würde er gewiss nicht noch einmal dazu bereit sein. Mitten auf der Straße blieb sie stehen, haderte mit sich. Wieder erklang Lärm. Ein weiterer Dragoner jagte, vom Schmiedetor kommend, seinen Kameraden hinterher. Erschrocken sprang Carlotta beiseite und drückte sich flach gegen die nächste Hauswand. Im Gefolge des Reiters donnerte ein riesiger Bagagewagen über das Pflaster, gezogen von vier kräftigen Armeepferden. Kaum gelang es dem finster aussehenden Fuhrmann, die kräftigen Pferde mitsamt dem schweren Wagen um die Kurve zur Alten Domgasse zu lenken.

Dieser letzte Montag im Oktober ließ es also wahrlich nicht bei dem schlechten Wetter bewenden. Zu Recht hieß es, an einem Montag dürfe man nichts Neues beginnen, was von langer Dauer sein sollte. Wie töricht von Christoph und ihr, den Stadtphysicus ausgerechnet an diesem Tag für die Idee, medizinische Schriften gemeinsam bei ihm studieren zu dürfen, gewinnen zu wollen. Noch dazu, wo es hieß, dass man auch nicht darauf zu hoffen brauchte, am Montag sonderlich Erquickliches zu erleben. Allein schon das verschlossene Gesicht der Mutter beim morgendlichen Imbiss hätte sie warnen müssen. Sie nieste laut.

»Gesundheit, wertes Fräulein!« Wie aus dem Nichts tauchte eine dunkel gekleidete Gestalt auf und lupfte den breitkrempigen Hut. »Wer an einem Montag niest, wird eine schöne Überraschung erleben.«

»Wie könnt Ihr …« Sie wandte sich um, den Fremden genauer anzusehen, doch er eilte bereits davon. Kopfschüttelnd ging sie weiter und stieß kurz darauf mit einer weiteren Gestalt zusammen. »Obacht!«, entfuhr es ihr verärgert, und sie fragte sich, woher auf einmal all die Leute kamen. Eben noch war sie allein in den Gassen gewesen. Statt sich für die Unachtsamkeit zu entschuldigen, zog der Mann den Hut tiefer ins Gesicht und vergrub das Kinn vollständig im Wollschal, um sich unerkannt davonzustehlen. »Tölpel!«, zischte sie.

Die Gasse füllte sich weiter mit Menschen. Wie Mäuse krochen sie aus gut verborgenen Löchern und eilten allesamt westwärts, zur Langgasse hinüber. Ein gutes Dutzend mochten es bald sein. Die dunkel gekleideten Männer erinnerten an Fledermäuse. Ihre weiten Wollumhänge flatterten im Wind, die hohen Hüte drückten sie mit den Händen fest auf den Kopf.

»Wo brennt es?«, rief sie einem der Männer zu und dachte bang an die preußischen Dragoner und ihren trutzigen Rüstwagen. »Beiseite!« Barsch schob er sie fort und rannte weiter. Sie landete in einer Pfütze. Die dünne Eisschicht auf dem Wasser brach ein. Knöcheltief versank sie im Schlamm, spürte die Nässe in die Schuhe dringen und das vor Kälte schützende Stroh darin aufweichen.

Das Getöse auf dem nahen Petersplatz schwoll an. Der mächtige Fuhrwagen musste dort mittlerweile angekommen sein. Das Knirschen der Eisenräder war verstummt. Flüche wurden laut, Schreie gellten auf. Möglicherweise war das riesige Gefährt in einer Durchfahrt stecken geblieben und hatte sich verkeilt. Oder aber die Pferde wollten einfach nicht mehr weiter. Angespannt lauschte sie nach Osten. Das Heulen des Windes wurde lauter, überdeckte das aufgeregte Wortgeplänkel.

»Nicht stehen bleiben, Mädchen«, riet ein hagerer Mann und packte Carlotta energisch am Arm, um sie mit sich fortzuziehen.

»Lasst mich los«, wehrte sie sich.

»Ist schon gut, ich passe auf sie auf«, hörte sie eine vertraute Stimme dicht neben ihrem Ohr. Dankbar spürte sie Christophs warmen Atem im Nacken. Wenigstens das Niesen vorhin hatte ihr also Glück gebracht. Ihre Wangen glühten. Die Schneeflocken schmolzen darauf zu kleinen Rinnsalen. Christoph hielt sie einfach fest und suchte den Blick ihrer Augen. Nur zu gern versank sie in den seinen, vergaß darüber beinahe den Aufruhr um sich herum.

»Vertrau mir.« Zärtlich legte er ihr den Arm um die Schultern. Als sie den Blick hob, lächelte er. »Die Preußen haben die Schmiedebrücke und die Honigbrücke vollständig abgeriegelt. Deshalb rennen alle zur Langgasse, um von dort über die Krämerbrücke oder die Langgassenbrücke aus dem Kneiphof zu entkommen. In keinem Fall können wir pünktlich bei meinem Vater sein. Ich wette, nicht einmal dir dürfte es gelingen, den preußischen Dragonern die Stirn zu bieten und von ihnen Durchlass zu erzwingen. Obwohl, einen Versuch wäre es wert. Möglicherweise reicht es, wenn du böse schaust, um die tapferen Soldaten in die Flucht zu schlagen.« Wieder grinste er.

»Ich bin mir nicht sicher, ob die Kurfürstlichen kleine rotblonde Frauen ebenso fürchten wie du.« Trotz aller Mühe gelang es ihr nicht, seinen scherzhaften Ton zu treffen. »Immerhin eilt ihnen mittlerweile der Ruf echter Tapferkeit voraus. Nachdem sie letztens auf unsere List mit den leeren Särgen hereingefallen sind, sollen sie hart an sich gearbeitet haben.« Sie wurde ernst. »Ach, Christoph, lassen wir das mit den Narreteien. Mir ist gar nicht danach zumute. Heute wird es zu Verletzten kommen. Vorhin habe ich selbst gesehen, wie ein halbes Dutzend Dragoner in den Kneiphof geritten ist, dicht gefolgt von einem Rüstwagen. Der Kurfürst ist sich seiner Sache wohl sehr sicher. Er wird Roth zur Festung bringen lassen. Das kann nur böses Blut geben.«

»Es wird schon nicht zum Äußersten kommen.« Christoph grinste immer noch, was Carlotta zunehmend aufbrachte.

»Wie kannst du nur so blind sein! Du hast doch gerade selbst gesagt, die preußischen Truppen haben sämtliche Wege aus dem Kneiphof gesperrt. Das heißt, der Kurfürst sagt der Bürgerschaft offen den Kampf an. Nachdem die Altstädter und die Löbenichter Räte letzte Woche eingeknickt sind, sind die Kneiphofer ganz auf sich gestellt. Sie haben keine Chance. So schwer bewaffnet, wie die Dragoner sind, spießen sie die Leute wie lästige Fliegen auf, sobald sie sie drüben am Dom in die Enge getrieben haben. Hoffentlich können wir beide wenigstens einige vor dem Verderben retten.«

»Achtung!«, brüllte es laut, und wieder donnerten Hufschläge über das Pflaster. Schreie gellten durch die Gasse. In der Enge der Schuhgasse war es unmöglich, beiseitezuspringen. Auf dem glatten Pflaster purzelten die Ersten übereinander und rafften sich sogleich wieder auf, um weiterzustolpern. Einer schlug hin, ein anderer fiel bäuchlings über ihn. Es blieb ihnen keine Gelegenheit, sich in Sicherheit zu bringen. Zu schnell galoppierten die Reiter heran. Das erste Pferd scheute, das zweite wollte steigen, da rammten die Dragoner ihren Rössern die Sporen in die Flanken und jagten sie rücksichtslos über die auf dem Boden liegenden Leiber hinweg. Schrille Schmerzensschreie ertönten. Im selben Moment fegte der heftige Sturm abermals heran und übertönte die Klagelaute mit wütendem Geheul. Eine Wolke dichten Schnees nebelte alle ein.

»Sind die wahnsinnig geworden?« Carlotta stürzte los. »Christoph, komm! Sie brauchen unsere Hilfe.«

Erschrocken blieben die anderen Menschen stehen und schauten voller Entsetzen auf die beiden Leiber hinunter. »O Gott, sie sind tot!«, raunten die Ersten und machten Carlotta Platz.

Sie war nur noch drei Schritte entfernt, da setzte sich der zuoberst Liegende auf, rieb sich den blutenden Schädel und sah verwirrt um sich. Auch der Zweite richtete sich langsam auf. Aus einer Wunde auf der Stirn rann ihm Blut den platten Nasenrücken entlang, dunkle Flecken zeugten von dem harten Sturz auf die Straße. Gegeneinander gestützt, erhoben sie sich, schwankten, blickten noch einmal ungläubig in die Runde und wankten davon.

»He, lasst mich doch wenigstens sehen, ob ihr nicht doch …« Carlotta rannte ihnen ein Stück nach.

»Lass sie«, sagte einer der Männer, die nicht weniger verstört als sie den eben noch Schwerverletzten hinterherblickten. »Wer weiß, warum sie sich nicht helfen lassen. An einem Tag wie diesem ist alles möglich.« Hastig machte auch er sich davon. Die Übrigen brauchten etwas länger, sich von dem Schreck zu erholen, drängten dann aber ebenfalls fort.

»Komm endlich!« Christoph zog sie am Ärmel. »Du siehst doch selbst, wie wenig du hier ausrichten kannst. Dahinten bei Roth aber werden wir ganz sicher gebraucht.«

Erst als sie einem weiteren vierspännigen Rüstwagen ausweichen mussten, der wie der erste viel zu schnell und hoch beladen durch die engen Gassen zum Honigtor hinüberrollte, wurde ihr bewusst, dass sie nichts bei sich hatte, um Verletzte zu behandeln. »Lass mich erst noch meine Wundarzttasche holen!«, rief sie Christoph zu. »Ohne Instrumente und Salben kann ich den Verletzten nicht beistehen.«

»Was willst du mit Wundarztkiste und Salben? Wer sagt denn, dass es Verletzte geben wird?« Christoph schaute fragend auf sie herunter. Seine grauen Augen glänzten. In den langen Wimpern hingen einige Schneekristalle, ebenso bedeckte eine zarte Schicht Weiß das aschblonde Haar, das unter der Hutkrempe herausgerutscht war. »Denk nur an letzten Mittwoch, drüben im Schlosshof. Dort hat sich gezeigt, dass die Königsberger genau wissen, was sie derzeit zu tun haben. Schließlich ist kein Stein gegen Friedrich Wilhelm geflogen, keiner der Altstädter oder Löbenichter hat auch nur vor Wut die Faust geballt. Weil sie wussten, wie aussichtslos es gewesen wäre, sind sie lieber gleich auf die Knie gesunken und haben sich widerstandslos ihrem Herrn unterworfen. Glaub mir, Liebste, hier im Kneiphof wird es ähnlich ablaufen. Die kurfürstlichen Soldaten werden Roth aus seinem Haus holen und in die Festung bringen. Mehr wird nicht geschehen.«

»Nein, du irrst. Heute liegt eine ganz andere Stimmung in der Luft. Du hast die Dragoner eben doch auch gesehen. Bis unters Kinn sind sie bewaffnet und reiten jeden nieder, der sich ihnen in den Weg stellt. Die kennen kein Pardon.« Fassungslos starrte Carlotta ihn an. »Außerdem hast du eben selbst gesagt, wir beide werden bei Roths Haus gebraucht.«

»Aber doch nicht unbedingt als Ärzte! Einfach da zu sein und die Menge der Anwesenden mit unserer Gegenwart zu stärken, ist auch schon eine Haltung.«

»Glaubst du im Ernst, Christoph, die Kneiphofer schauen tatenlos zu, wie sie einen der ihren aus der Stadt hinauszerren?«

»Womit rechnest du?« Er wischte sich den Schnee von der Nase. »Etwa damit, dass es einen erbitterten Kampf geben wird, Mann gegen Mann? Mit welchen Waffen sollen die Kneiphofer den führen? Mit Kontorbüchern und Bernsteinen? Oder mit den Fellen, die sie den Russen für viel zu wenig Geld abgeschwatzt haben? Schließlich besitzt keiner von ihnen eine Muskete, geschweige denn einen Säbel oder eine Pike.«

Wieder umspielte Lachen seinen Mund. Die fleischigen Lippen wölbten sich vor. Nur zu gern erinnerte sie sich an die Küsse, die sie zu geben wussten. Unwillkürlich schlang sie den Schal fester vor die Kinnpartie, senkte den Blick. Das deutete Christoph falsch. Mitleidig sah er sie an.

»Wie lange lebst du mittlerweile hier am Pregel? Vier Jahre werden es schon sein, wenn ich mich recht erinnere. Und doch machst du dir noch immer völlig falsche Vorstellungen, was den Mut der hiesigen Bürgerschaft anbetrifft. Der Monate währende Widerstand der Räte gegen den Kurfürsten im Landtag hat dich wohl arg getäuscht. Auch, dass die Bürger einige Nächte lang Ronde gegangen sind, hat die Sache in einem falschen Licht erscheinen lassen. Schließlich sind sie nicht von ungefähr bald der Nachtwachen überdrüssig geworden. Was die Tapferkeit anbetrifft, hast du einfach zu lang im kaiserlichen Heerestross gelebt und bist auch durch die Erfahrungen im Nordischen Krieg auf falsche Gedanken gekommen. Lass es dir von einem Einheimischen gesagt sein: Wir Königsberger mögen scharf denken und eine noch schärfere Zunge führen, gar jedem erst einmal frech die Stirn bieten. Das aber währt nur, solange die Auseinandersetzungen allein mit Worten geführt werden. Scharf schießen tun wir ganz bestimmt nicht, komme da, was wolle. Um uns aus allen Kämpfen herauszukaufen, verkriechen wir uns lieber gleich hinter unsere Stehpulte im Kontor und verdienen rasch unser Geld mit neuen Geschäften. Das wetzt die Zahlungen an unsere Feinde viel schneller aus als sämtliche Kämpfe, die mit Waffengewalt zu führen sind und nichts als herbe Verluste nach sich ziehen.«

Carlotta schluckte, schaute durch den sanften Schleier aus Schneeregen geradewegs in sein Antlitz. Reglos hielt er ihrem Blick stand. Da war kein Hohn, kein Spott mehr in seinen Augen. Eine Zeitlang verharrten sie schweigend voreinander. Erst eine neuerliche Böe, die heftig an ihren Umhängen zerrte, weckte sie aus der Starre. Wieder folgte eine Wolke dichten Schnees, der alsbald wieder schmolz, kaum dass er das Pflaster bedeckt hatte.

»Vielleicht ist das die klügere Art, Kriege zu führen«, sagte sie leise. »Wollen wir hoffen, dass du recht behältst und niemand meine Hilfe als Wundärztin benötigt.«

Damit wandte sie sich um, ohne sich zu vergewissern, ob Christoph ihr folgte, und überquerte den weitläufigen Platz südlich des Doms. Nach wenigen Schritten schon wusste sie Christoph schützend an ihrer Seite auf dem Weg zu Roths Haus.

## 18

Martenn Gerke wand sich in entsetzlichen Krämpfen in seinem Bett. Weiß traten die Knöchel an den Fingergelenken seiner Hände hervor, so fest umklammerte er die Knie, die er eng vor den ehemals rundlichen, nun erschreckend eingefallenen Leib gezogen hatte. Klägliches Wimmern begleitete sein Gebaren. Gelegentlich schwoll es zu Schreien an. Das verlieh dem Ganzen etwas Gespenstisches.

Ein süßlicher, nicht unangenehmer Geruch umfing den gemarterten Körper. Zunächst brachte Magdalena ihn mit den Kerzen in Verbindung, die das Bett in großer Zahl umstanden und Wäsche wie Patienten in ein zittriges Licht tauchten. Doch das Kerzenwachs war von reinstem Weiß, der süßliche Duft passte nicht dazu. Schon vermutete Magdalena, die Hausfrau wollte mit einigen Tropfen kostbaren Öls die stickige Krankenluft aus dem prunkvollen Schlafgemach vertreiben. Dann aber wurde ihr klar, dass Gerke den Duft selbst verströmte, obwohl angesichts der Krämpfe, die ihn heimsuchten, nichts ferner lag als die Vorstellung, er habe kürzlich erst ausgiebig gebadet.

Voller Mitleid sah sie auf ihn hinab. Zur Seite eingerollt, ähnelte er mehr einem geschundenen Wurm denn einem menschlichen Wesen, am allerwenigsten dem ehrbaren Kaufmann und Ratsherrn, als den sie ihn vor mehr als vier Jahren bei ihrer Ankunft in Königsberg kennengelernt hatte. Der dank großer Lust am leiblichen Genuss einst feiste Bauch war verschwunden, die ehedem so prallen Wangen eingefallen. An den Armen hingen die überflüssigen Hautlappen traurig herab. Binnen weniger Wochen hatte sich der stolze Zunftgenosse in einen jämmerlichen Greis verwandelt.

»Seit den frühen Morgenstunden geht das so?«, erkundigte sich Magdalena bei Gerkes Ehefrau Dorothea, die stumm neben ihr ausharrte. Als sie weiter schwieg, wandte sich Magdalena wieder dem Kranken zu.

Sie begriff einfach nicht, was hinter den massiven Beschwerden steckte. Ihres Erachtens lag das nicht daran, dass sie in den letzten Jahren kaum noch Patienten kurierte. Dazu war sie sich des einst bei Meister Johann und der alten Hebamme Roswitha Gelernten zu sicher. Und doch spürte sie, wie weit ihr die Heilkunst nach Erics Tod entglitten war. Ihrem geliebten Gemahl hatte sie nicht helfen können. Worin lag also der Sinn, ihre Fähigkeiten weiter unter Beweis zu stellen? Hatte sie nicht letztens selbst Carlotta gegenüber ihr Wundarztsein für beendet erklärt? Es war ein Fehler gewesen, Gerkes inständigem Drängen nach Beistand nachgegeben zu haben. Unwillkürlich glitten die Finger ihrer rechten Hand über ihre Brust auf der vergeblichen Suche nach dem Bernstein, den sie so viele Jahre an einer Lederschnur um den Hals getragen hatte. Schmerzlich musste sie sich eingestehen, ganz auf sich gestellt zu sein.

»Und Ihr seid Euch sicher«, hakte sie bei Dorothea nach, »dass Euer Gatte nichts Ungewöhnliches gegessen oder getrunken und keine unbekannten Tinkturen zu sich genommen hat?«

»Gegessen hat er zum letzten Mal gestern Abend«, stellte die Hausfrau mit rauher Stimme fest. Hellhörig geworden, drehte Magdalena sich um. Dorothea entfuhr ein schnalzender Laut, dann hatte sie sich wieder im Griff. »Es war das übliche Nachtmahl: Käse, Brot, etwas Schinken und Wein, genau wie wir anderen. Seit Tagen fehlt ihm die Lust am Essen. Seht selbst, wie dünn er geworden ist. Ihr habt ihn auch anders gekannt.«

Mit einem Mal blitzten ihre grünen Augen böse auf. Mit einem hämischen Lächeln um den Mund warf sie die vollen braunen Locken nach hinten, stemmte die Hände in die Hüften und schaute Magdalena von oben herab an. Für einen Moment überkam Magdalena das Gefühl, dasselbe schon einmal erlebt zu haben. Rasch schob sie die quälende Erinnerung beiseite. Sie musste Gerke helfen und durfte jetzt keinesfalls den dunklen Erinnerungen an ihre verschollene Base Adelaide nachhängen.

»An Tinkturen nimmt er übrigens nur die seltsame Bernsteinessenz, die Ihr ihm verordnet habt«, erklärte Dorothea spitz. »Angeblich sollte der harzige Trank seine Beschwerden lindern. Aber was er bei ihm in Wahrheit auslöst, könnt Ihr gerade mit eigenen Augen bewundern: unermessliche Qualen! Seit Stunden nehmen die kein Ende. Und das alles nur Eurer seltsamen Tropfen wegen!«

Die letzten Worte schleuderte sie Magdalena voll Abscheu entgegen. Die stämmigen Arme holten zu einer umfassenden Geste aus. Anklagend kamen die Fingerspitzen schließlich auf dem geplagten Kranken zur Ruhe. Eine Zeitlang verharrte die Frau so, dann klatschte sie die riesigen Hände wie zum Gebet vor dem Mund zusammen. »Was gäbe ich darum, er hätte niemals auf Euch gehört. Was hat ihm Eure Wunderessenz genutzt? Wegnehmen hätte ich sie ihm müssen! Die Freude an fettem Braten und gutem Rheinwein war sowieso verloren. Geblieben sind dagegen die Krämpfe und Schmerzen, die er eigentlich damit kurieren wollte. Immer schlimmer sind sie geworden! Wie ist er nur je auf die Idee verfallen, ausgerechnet Ihr könntet ihm helfen? Wer seid Ihr denn überhaupt?«

Sie stemmte die Hände in die breiten Hüften. Erneut wanderte ihr Blick prüfend über Magdalenas Gestalt. Günstig fiel das Urteil nicht aus, wie ihr Gesichtsausdruck verriet. Wie so oft hatte Magdalena auf Schmuck verzichtet, trug nur ein schlichtes, schwarzes Kleid. Die Witwenschnebbe hatte sie gleich beim Eintreten auf der Truhe neben der Tür abgelegt, das rotgelockte Haar fiel ihr offen über die Schultern. Unverhohlen erwiderte sie Dorotheas Blick und schürzte die ungeschminkten Lippen. Neben einer so stattlichen Erscheinung wie Dorothea wirkte jeder allzu leicht klein und schwach. Entschlossen straffte sie den Rücken.

»Es heißt, Ihr seid eine verdiente Wundärztin.« Abwehrend verschränkte Dorothea die Arme vor der Brust. »Aber wer weiß das schon so genau? Schließlich lebt Ihr erst seit vier Jahren hier bei uns im Kneiphof. Damals kamt Ihr mit Eurer Tochter buchstäblich aus dem Nichts, habt einfach behauptet, die langgesuchte, einzige Erbin von Paul Singeknecht zu sein. Und selbst wenn es stimmt und Ihr tatsächlich eine vielgerühmte Wundärztin seid, ändert das gar nichts. Ihr mögt zwar Erfahrung haben im Absägen von zerschossenen Armen und Beinen, das Therapieren kranker Menschen aber bedarf eines ganz anderen Wissens. Wie hat mein armer Gemahl nur glauben können, ausgerechnet Euer seltsamer Trank könnte seine Schmerzen lindern? Als Heilkundige seid Ihr hier in Königsberg zuallerletzt berühmt! Wieso ist er bloß zu Euch gegangen? Wahrscheinlich habt Ihr zum letzten Mittel gegriffen, um ihn zu überzeugen, und habt ihn verhext!«

Dicht baute sie sich vor Magdalena auf. Der Kranke im ausladenden Bett gab noch immer keinen Laut von sich, auch seine krampfartigen Bewegungen waren versiegt. Das Gesinde schien auf Zehenspitzen zu schleichen, aus Kontor und Lager drangen keinerlei Geräusche nach oben. Selbst der Sturm vor den Fenstern hatte sich für eine Weile gelegt. Die vielen Kerzen in dem riesigen Schlafgemach brannten mit ruhiger Flamme.

»Wäre mein armer Gemahl doch besser gleich zu Kepler gegangen.« Dorothea senkte den Blick, als gelte es, die Maserung der Holzdielen auf dem Boden um Rat zu fragen. »Der hat wenigstens ordentlich studiert und weiß, was im menschlichen Leib genau vor sich geht.«

»Warum habt Ihr nicht längst nach dem Stadtphysicus geschickt?«, fiel Magdalena ihr ins Wort, mahnte sich aber gleich wieder zur Ruhe. Sie durfte Dorotheas ungeheuerliche Vorwürfe nicht für bare Münze nehmen. Angesichts der Qualen ihres Gemahls war die Ärmste außer sich vor Sorge und wusste nicht mehr, was sie sagte. Bei Eric hatte Magdalena damals Ähnliches erlebt. Gab es etwas Schlimmeres, als hilflos mit ansehen zu müssen, wie der liebste Mensch auf Erden litt? Trotz dieser Einsicht beschlich sie ein seltsames Gefühl. Der beträchtliche Altersunterschied zwischen Gerke und seiner Gemahlin war nicht zu übersehen. Magdalena schätzte Dorothea in etwa auf ihr eigenes Alter, also Ende dreißig, wohingegen Gerke schon weit über sechzig Lenze zählen musste. Bei einem Mann dieses Alters musste man aufs Schlimmste gefasst sein. Fast zwanzig Jahre waren die beiden verheiratet, kannten einander zur Genüge, um jedes Zwicken und Jammern des anderen richtig einzuschätzen. Umso erstaunlicher, dass Dorothea so lange gezögert hatte, sachkundige Hilfe zu holen.

»Natürlich habe ich Kepler längst rufen wollen«, erwiderte die Kaufmannsgattin und zupfte ein spitzenumranktes Leinentuch aus dem linken Ärmel ihres knisternden Taftkleids. Sofort verstärkte sich der süßliche Duft im Raum. Erleichtert atmete Magdalena auf. Im Gerke'schen Haushalt wurde das

Weißzeug mit Duftwasser gewaschen. Das erklärte den süßlichen Geruch im Bett des Kaufmanns. »Leider ist es dem Stadtphysicus heute unmöglich zu kommen«, sagte Dorothea. »Schaut nur aus den Fenstern, dann wisst Ihr, was in der Stadt los ist.«

Bedächtig trat sie zum mittleren der drei Bogenfenster, die zur Magistergasse hinausgingen. Ihre großgewachsene, für eine Frau recht kräftige Gestalt nahm fast die gesamte Fensterbreite ein. Sie lehnte sich leicht nach vorn und berührte mit der Nasenspitze den geschwungenen Griff am Fensterkreuz und schaute hinaus. Erst da wurde Magdalena des Lärms gewahr, der von der Straße in das Schlafgemach drang. Pferdegetrappel, Knirschen von Wagenrädern über die sandigen Pflastersteine, aufgeregte Rufe wehten herauf. Darüber legte sich das Heulen des Herbstwinds. An diesem vorletzten Oktobertag fegte er besonders heftig durch die Häuserschluchten und rüttelte an Türen und Fenstern, als wollte er Einlass begehren. Magdalena fröstelte, spürte ihn wieder am eigenen Leib, so wie vorhin, als sie auf nahezu menschenleeren Straßen durch das Schneegestöber zu Gerkes Haus gerannt war.

»Ihr habt recht«, stimmte sie zu. »Jetzt sind sämtliche Brücken über den Pregel abgeriegelt. Für niemanden gibt es ein Durchkommen, nicht einmal für den Leibarzt des Kurfürsten. Aber warum habt Ihr nur so lange gewartet, bis Ihr nach Kepler geschickt habt? Wenn Euch so sehr an seinem Beistand liegt, hättet Ihr das gleich heute früh tun sollen. Da wäre der Physicus noch ohne Schwierigkeiten zu Euch gelangt. Jetzt ist es fast Mittag. Seit den ersten Krämpfen Eures Gemahls ist wertvolle Zeit verlorengegangen.«

Sie streifte die Ärmel ihres Kleides bis zu den Ellbogen hoch und rieb die bloßen Handflächen schnell gegeneinander.

Sie wollte den Kranken nicht mit eiskalten Fingern abtasten. Das würde ihm nur zusätzliche Pein bereiten.

»Ihr wisst genau, wie sehr sich mein Mann gegen jegliche Hilfe der studierten Mediziner verwahrt, gerade gegen die von Kepler.« Dorotheas Stimme klang ungewohnt zaghaft. »Selbst nach all den Jahren trägt er ihm nach, Leibarzt des Kurfürsten geworden zu sein. In seinen Augen gehört sich das nicht für einen Königsberger Bürger. Erst als er nicht mehr dagegen aufbegehren konnte, habe ich vorhin das Nötigste veranlasst. Der Bursche ist sogar noch Richtung Altstadt losgelaufen, hat dann aber nicht mehr die Brücke über den Pregel betreten dürfen. Mir ist also nichts anderes übriggeblieben, als Euch herzubitten. Leicht ist mir das nicht gefallen, glaubt mir. Doch Ihr habt immerhin den Vorteil, gleich drüben in der Langgasse zu wohnen, im besten Haus am Platz.«

Vergrämt kniff sie die Lippen zusammen. Magdalena seufzte. Das war es also! Dorothea zürnte ihr nicht ihrer angeblich fehlenden medizinischen Kenntnisse wegen, sondern weil sie das Singeknecht'sche Anwesen geerbt hatte. Um sich ihr Befremden nicht anmerken zu lassen, beugte sie sich tiefer als nötig über Martenn Gerke.

Sein Stöhnen hatte aufgehört. Behutsam legte sie ihm die flache Hand auf die Stirn. Fieber hatte er keines. Auch glänzte die Haut nicht feucht von Schweiß. Dafür fielen ihr die großflächigen, hellbraunen Flecken auf, die den gesamten Kopf bedeckten. Sie strich das schüttere weiße Haar zurück. Die Flecken zogen sich über den gesamten Schädel. Angestrengt versuchte sie, sich in Erinnerung zu rufen, ob er die schon immer gehabt hatte. Sie vermochte es nicht mit Bestimmtheit zu sagen. Mit dem Ohr dicht über seinem Rumpf, horchte sie nach seinem Atem. Er ging stoßweise. Sie schnupperte dicht über seinen Lippen, meinte, einen bitteren Hauch aus dem Mund zu erahnen. Dennoch zögerte sie, die Kiefer zu öffnen und sich die Farbe der Zunge anzusehen. Womöglich verstand Dorothea das falsch. Wenn doch nur Carlotta da wäre! Mit ihr könnte sie sich über die Ursache von Gerkes Qualen beraten. Die Siebzehnjährige besaß ein ausgezeichnetes Gespür für die inneren Krankheiten der Menschen. Ein Stich fuhr ihr in die Magengegend. Nein, es war gut, Carlotta nicht mitgenommen zu haben. Der Platz des Mädchens war ein für alle Mal im Kontor, vor allem angesichts ihres Ungehorsams letzte Woche.

Dorothea wurde ungeduldig. Unheilvoll fiel der Schatten der großgewachsenen Frau auf das weiße Bettzeug, überdeckte Gerkes arg gemarterten Leib. »Wollt Ihr ihn nicht endlich zur Ader lassen?« Schneidend drang ihre Stimme in Magdalenas Ohr. »Das ist längst überfällig. Seht selbst, wie sehr er sich windet. All das Üble in seinem Blut muss raus. Nicht dass er gleich platzt! Gestern erst habe ich ihm geraten, zum Bader zu gehen. Mir ist unbegreiflich, warum er das nicht getan hat.«

»Weil es nichts nützt«, erwiderte Magdalena. »Im Gegenteil: Es ist jetzt völlig falsch. In seinem Zustand Blut zu verlieren, schwächt ihn nur unnötig. Solange nicht sicher ist, was hinter seinem Leiden steckt, werde ich ihm diese Unbill ersparen. Wer weiß, wozu er sein Blut noch braucht.«

Dorothea schnaubte unwirsch. Magdalena sparte sich eine Erwiderung. Stattdessen widmete sie sich dem Kranken. Unter Mühen gelang es ihr, ihn flach auf dem Rücken auszustrecken, damit sie seinen Leib abtasten konnte.

»Und was ist mit dem Urin? Der Nachttopf steht noch unter dem Bett«, hielt Dorothea sie ein weiteres Mal von der Untersuchung ab. »Wollt Ihr den nicht genauer anschauen?«

»Das entscheide ich später. Zunächst möchte ich andere Dinge klären.« Gerke stöhnte von neuem, kniff die Augen zusammen und machte Anstalten, sich wieder zur Seite einzurollen. Behutsam, aber bestimmt hielt sie ihn an der Schulter zurück, zwang ihn sanft, sich wieder flach auszustrecken. Für eine Weile ruhten ihre Hände knapp unter seinem Brustbein. Langsam wurde sein Atem gleichmäßiger. Da erst begann sie im weicheren Teil des Leibes ihr eigentliches Werk.

Während sie Gerkes Bauch Zoll für Zoll abtastete, nach Verhärtungen suchte, Verkrampfungen in seinen Gedärmen nachfuhr und gleichzeitig mit einem Ohr darauf horchte, welche Laute er dazu ausstieß, gab sie seiner Gemahlin insgeheim recht: Innere Erkrankungen aufzuspüren oder gar zu kurieren, war nicht ihre Aufgabe. Sie war gelernte Wundärztin. Ihr Metier waren zerschossene Gliedmaßen, blutende Stichwunden, ausgerenkte Knochen oder verfaulte Zähne. Gelegentlich kamen das Entfernen von Steinen, Hebammendienste, Hautausschläge oder die Behandlung von Durchfall und Erbrechen hinzu. Bis zum Ende des Großen Krieges hatte sie nichts anderes getan.

»Hoffentlich wisst Ihr, was Ihr da tut.« Als hätte sie Magdalenas Gedanken gelesen, meldete sich Dorothea abermals zu Wort. »Nicht auszudenken, wenn Ihr meinen Gemahl mit dieser Abtasterei zusätzlich quält. Selbst wenn Ihr einmal eine berühmte Wundärztin gewesen seid, so ist das doch lange her. Seit dem Großen Krieg sind schließlich gut und gerne vierzehn Jahre vergangen. Seither werdet Ihr höchstens kleinere Alltagswunden versorgt haben. Wie leicht aber vergisst man Dinge, mit denen man nichts mehr zu tun hat! Seid Ihr wahnsinnig? Drückt nicht so fest!«, unterbrach sie sich, sobald sie sah, wie sich ihr Gemahl unter Magdalenas Berührung krümmte.

»Wollt Ihr wissen, was mit ihm ist, oder nicht?« Erschöpft richtete Magdalena sich auf, wischte die Stirn und presste sich die Hände in den schmerzenden Rücken. »Seid bitte ruhig, solange ich ihn untersuche.«

Nach einer kleinen Pause setzte sie das Abtasten des Kaufmanns fort. Als sie wieder auf eine ihm offensichtlich unangenehme Stelle gestoßen war, schlug Dorothea entsetzt die Hände vor den Mund, sagte aber zunächst nichts. Doch dann konnte sie sich nicht mehr zurückhalten.

»Mir ist schleierhaft, wieso mein Gemahl ausgerechnet Euch dieser Bernsteinessenz wegen aufgesucht hat. Die Königsberger Apotheker bieten sie seit Generationen an. Warum sollte Eure besser sein? Es kann doch nicht sein, dass er die Geschichte mit der angeblichen Wunderheilung des schwedischen Hauptmanns damals in Thorn für bare Münze genommen hat. Die Geschichte war übrigens schneller hier bei uns als Ihr selbst. Dabei hat mein Gemahl Euch anfangs nicht ausstehen können. Immerhin habt Ihr uns das prächtige Haus Eures verstorbenen Onkels quasi vor der Nase weggeschnappt. Wärt Ihr nur wenige Wochen später im Kneiphof aufgetaucht, wohnten jetzt wir drüben in der Langgasse im Haus Eures Ahns. So aber habt Ihr gerade noch rechtzeitig die Frist mit dem Erbe eingehalten. Wer weiß, ob das alles wirklich mit rechten Dingen zugegangen ist.«

»So geht das nicht«, unterbrach Magdalena abermals das Abtasten. »Bitte lasst mich allein mit Eurem Gemahl. Ich muss mein Denken ganz darauf richten, seinen Leib zu untersuchen. Jede noch so kleine Regung um mich herum stört mich.«

»Seid Ihr von allen guten Geistern verlassen?«, zeterte Dorothea. »Allein wollt Ihr mit ihm sein? Nicht mit mir! So leicht mache ich es Euch nicht. Ich bleibe hier und schaue

Euch ganz genau auf die Finger. Mit eigenen Augen will ich sehen, wie Ihr Euer Hexenwerk zu Ende bringt.«

»Vergesst nicht: *Ihr* braucht meine Hilfe. In den nächsten Stunden dringt kein anderer Medicus zu Euch durch. Wenn Ihr also wollt, dass Eurem Gemahl geholfen wird, dann lasst mich meine Arbeit tun.«

»So wie Eurem Gemahl, damals kurz nach Eurer Ankunft in Königsberg?« Starr schaute Dorothea sie an und verzog aufreizend langsam den schön geschwungenen Mund zu einem bösen Lächeln. »Dann ist es wohl besser, ich fange gleich an zu beten. Gott, der Allmächtige, wird meinem Gemahl hoffentlich gnädiger sein als dem Euren. Täusche ich mich, oder habt Ihr damals hilflos mit ansehen müssen, wie Euer Gatte elendiglich verreckt ist? Über Tage muss sich das hingezogen haben. Weder Eure Bernsteinessenz noch sonst eines Eurer Wundermittel hat etwas ausrichten können. Auch keine Eurer Wundersalben oder Rezepturen, die Ihr für teures Geld an die Apotheker verkauft, hat etwas genutzt. Das muss Euch so tief getroffen haben, dass Ihr seither keinen Patienten mehr behandelt, habe ich recht?«

»Das reicht«, war alles, was Magdalena herausbrachte. Sie musste raus, fort von dieser Frau, weg aus diesem stickigen Raum. Sie trat zur Truhe, raffte ihre Sachen zusammen und griff mit zitternden Händen nach der Witwenschnebbe. Mitten in der Bewegung ließ ein grässlicher Aufschrei vom Bett her sie innehalten. Sie fuhr herum und sah, wie sich der völlig abgemagerte Leib wieder seitwärts zusammenzog. Einem hilflosen Wurm gleich krümmte und wand sich Gerke in dem viel zu großen Bett. Verwirrt stand Dorothea daneben, starrte mit einem Blick, der zwischen Ekel und Schrecken schwankte, auf ihren Gemahl.

Abrupt stürzte sie zu Magdalena, rutschte das letzte Stück gar auf den Knien zu ihr. Händeringend flehte sie: »Bitte bleibt! Geht um Gottes willen nicht weg! Vergesst alles, was ich gesagt habe, und steht ihm bei! Ihr seid die Einzige, die ihm helfen kann.«

Die großen, kräftigen Arme umklammerten Magdalenas Hüften. Schon meinte sie, ebenfalls zu Boden zu stürzen, so fest zerrte Dorothea an ihr.

»Lasst mich los«, bat sie mit kraftloser Stimme und war überrascht, wie schnell Dorothea nachgab. Hastig legte sie die Schnebbe auf die Truhe und eilte zum Bett zurück. Dabei rieb sie von neuem die Hände gegeneinander, wärmte sie mit Pusten auf, um sie abermals behutsam auf den Leib des Kranken zu legen.

Dieses Mal kostete es nur wenig Kraft, um ihn umzudrehen und flach im Bett auszustrecken. Noch einmal hauchte sie ihren warmen Odem in die Hände. Vorsichtig presste sie die Fingerkuppen unterhalb des Magens in die Eingeweide. Die Haut gab leicht nach. Dennoch meinte Magdalena, nicht tief genug in die Gedärme vordringen zu können.

Gerkes Körper schnellte hoch. Ein animalisch klingender Laut entfuhr seinem Mund. Erschrocken versuchte sie, ihn in die Kissen zurückzudrücken. »So helft doch!«, schrie sie Dorothea an, die schreckensbleich neben dem Nachtkasten stand und sich die Hände vors Gesicht schlug.

So jäh, wie Gerke sich aufgerichtet hatte, sackte er wieder in sich zusammen. Geistesgegenwärtig fing Magdalena ihn auf und bettete ihn vorsichtig in die weichen Kissen. Eine erlösende Ohnmacht überfiel ihn. Dennoch sah er gespenstisch aus. Das Gesicht war grau. Die hohlen Wangen ließen den Verlauf der Kieferknochen deutlich erkennen, die Augen versanken in dunklen Höhlen. Dazwischen ragte spitz die Nasenknolle heraus. Die Nasenflügel bebten unter dem flatternden Atmen. Magdalena tastete nach dem Puls. Der ging rasend schnell.

»Er hat einen Stein«, sagte sie schließlich fest.

»Einen Stein?« Schrill lachte Dorothea auf. »Das ist alles?« Ihre Augen bohrten sich in Magdalenas fest. Nicht zum ersten Mal wurde Magdalena bewusst, dass sie vom gleichen Smaragdgrün waren wie ihre eigenen. Dunkle Einsprengsel verliehen Dorotheas Augen etwas Rätselhaftes. Sie presste die Lippen zusammen. Helmbrechts Bernsteinaugen besaßen ähnliche Punkte. Wieso musste sie ausgerechnet jetzt daran denken? Sie drehte sich weg.

»Nun, seht her«, mit dem Zeigefinger tippte sie leicht auf die Stelle an Gerkes Leib, die sie zuletzt berührt hatte. »Genau hier befindet sich der Stein. Wenn ich fester drücke, wird er wieder vor Schmerz hochschießen.«

Zur Bestätigung drückte sie abermals den Finger tiefer hinein. Gerke bäumte sich auf, brüllte wie ein Stier und sackte danach kraftlos wie ein Neugeborenes in sich zusammen.

»Ein Stein – das klingt so einfach.« Ungläubig beugte sich Dorothea über den Körper ihres Gemahls und betrachtete ihn. »Nach all den Qualen der letzten Stunden, ach was, Tage und Wochen, kann das doch nicht alles sein. Einfach lächerlich!« Kopfschüttelnd hielt sie den Blick auf ihren Gemahl gerichtet. Der ausgemergelte Leib zeichnete sich eckig unter dem dünnen Stoff seines langen Hemdes ab. »Warum habt Ihr das nicht schon früher gemerkt?«

»Wie Ihr vorhin schon selbst gesagt habt«, Magdalena zwang sich zur Geduld, »bin ich seit Jahren nicht mehr als Wundärztin tätig. Stattdessen habe ich mich ganz auf den

Handel mit hochwertigem Bernstein sowie auf den Verkauf besonderer Rezepturen beschränkt. Euer Gemahl hat mich um besagte Bernsteinessenz gebeten, um, wie er sich ausdrückte, harmlose Magenbeschwerden zu kurieren. Auf meine Nachfrage hat er versichert, es ginge ihm besser. Wieso hätte ich daran zweifeln sollen? Ich bin nicht vertraut mit ihm, ich treffe ihn nur gelegentlich in der Börse oder auf der Straße. Ihr aber …«

»Es ginge ihm besser … ha, dass ich nicht lache!« In hohen Tönen keckerte Dorothea los. »Tag für Tag ist er dem Abgrund näher gerückt, hat an Gewicht verloren, den stattlichen Bauch eingebüßt. Trostlos haben ihm die Kleidungsstücke um den Leib geweht wie die kurfürstlichen Fahnen um die Stangen auf dem Schlossturm. Warum habt Ihr das nicht gesehen?«

»Bin ich seine Gemahlin oder Ihr?« Magdalena schluckte ihren Zorn hinunter und versuchte, sich an das letzte Zusammentreffen mit Gerke zu erinnern. Schlecht hatte er ausgesehen, ausgemergelt und abgezehrt, aber beileibe nicht derart hundeelend, dass man einen Zustand wie diesen hätte befürchten müssen.

»Seit Wochen klagt er über Beschwerden, doch Ihr habt bis heute früh kaum etwas davon mitbekommen«, ging sie Dorothea aufgebracht an. »Erst als er angefangen hat, sich in Krämpfen zu winden und zu jammern, seid Ihr aufmerksam geworden. Aber ganz gleich, wie es ist: Die Bernsteinessenz war genau das Richtige für ihn, um das Steinleiden wirksam anzugehen. Schon oft habe ich damit Patienten von ihren Beschwerden befreit, weil die Steine dank der Essenz auch ohne Aufschneiden verschwunden sind.«

»Bei meinem Mann aber verhält es sich anders, wie man sieht. Die Essenz hat ihm nichts genutzt, der Stein quält ihn schlimmer denn je. Wollt Ihr ihn nun etwa tatsächlich aufschneiden?«

Dorothea zog die linke Augenbraue nach oben. Ihr Blick wanderte zu der hüfthohen, reichverzierten Eichenholztruhe neben der Tür. Unwillkürlich tat Magdalena es ihr nach. Neben der Schnebbe lag dort die Lederrolle mit dem Wundarztbesteck, die sie einst von ihrem Lehrmeister geerbt hatte. Klappmesser, Spreizinstrumente und Fasszangen von zierlicher Größe befanden sich darunter, um dem Übel mit einem Dammschnitt zu Leibe zu rücken. Vorsorglich hatte sie auch einige Tiegel mit Wundsalbe sowie ein Digestivum mitgebracht. Insgeheim beglückwünschte sie sich zu der Voraussicht. Damit hatte sie alles für eine Operation Erforderliche beisammen. Lediglich der Branntwein zur Betäubung des Patienten fehlte. Den aber würde Dorothea in ausreichender Menge selbst im Haus haben.

»Wir haben keine andere Wahl«, erklärte sie gefasst. »Je länger wir warten, desto schlimmer wird sein Zustand. Doch keine Sorge: Nach der Operation wird es ihm rasch viel besser gehen. Sobald der Stein draußen ist, ist er von den grässlichen Schmerzen befreit.«

Sie berührte Dorothea sacht am Arm. Die schien gerade mehr Trost zu benötigen als der Patient. Die Kaufmannsgattin aber wich zurück. Ihre Miene verzog sich zu einer grimmigen Maske. Starr blickte sie auf ihren Gemahl. Gerke hatte in der krummen Seitenlage von neuem Erleichterung gefunden. Sein Wimmern war nahezu verstummt, auch das Zucken des Körpers hatte aufgehört.

»Schickt nach meiner Tochter«, bat Magdalena und trat zur Truhe, um die Rolle mit den Instrumenten auszubreiten. »Sie wird mich bei der Operation unterstützen. Ich brauche zudem frische Leintücher, einige davon zum Zerreißen geeignet, um sie als Verbandszeug zu nutzen. Lasst außerdem heißes Wasser sowie eine große Flasche Branntwein bringen.«

Der bevorstehende Eingriff ließ ihr Herz schneller schlagen. Kurz zögerte sie, ob sie es tatsächlich wagen sollte, selbst Hand anzulegen. Doch wer sollte es sonst tun? Kepler würde sich weigern, die schmutzige Aufgabe anzugehen. Das war unter der Würde eines studierten Medicus, ganz abgesehen davon, dass er der Abriegelung des Kneiphofs wegen vorerst unerreichbar war. Die anderen Wundärzte kamen erst recht nicht in Frage, sonst hätte Dorothea längst nach ihnen geschickt. Ihr Blick fiel auf den blinkenden Stahl der Instrumente, in dem sich das Kerzenlicht spiegelte. Sie nahm eines nach dem anderen in die Hand. Die Scheren und Zangen zu spüren, versetzte sie zurück. Nicht Jahre, höchstens Tage schienen mit einem Mal zwischen dem letzten und diesem Eingriff zu liegen. Sofort wusste sie wieder, was zu tun war, konnte jeden Handgriff mit geschlossenen Augen ausführen. Sprang ihr zudem Carlotta bei, würde nichts mehr schiefgehen. Frischen Mutes wandte sie sich um.

Nichts hatte sich in dem feudal eingerichteten Schlafgemach verändert. Die verschwenderisch im Raum verteilten Kerzen beleuchteten nicht nur das Krankenlager. Gewiss hatte Dorothea Gerke es darauf angelegt, trotz des erbärmlichen Zustands ihres Gemahls auch die Pracht des privatesten aller Gemächer im Haus vorzuführen: Zwischen den drei Fenstern zur Straßenfront hingen mannshohe Porträts von Dorothea und Martenn Gerke, auf dem intarsiengeschmückten Ebenholztisch in der rechten Ecke standen eine Silberschale mit exotischen Früchten sowie ein schwerer Kristallkrug mit rotem Wein. Die Vorhangstoffe und selbst die Bettwäsche waren von feinster Qualität. Sogar Gerkes Hemd war aus feinster Seide und nicht aus schlichtem Leinen, was Magdalena ein wenig geckenhaft erschien. Wahrscheinlich hatte Dorothea es ihm übergezogen. Kopfschüttelnd wandte sie sich wieder dem Kranken zu.

Dorothea stand noch immer neben dem ausladenden Bett. Es war ruhig geworden. Der Wind rüttelte zwar noch an den Fenstern, das Lärmen auf der Straße jedoch war verstummt. Im Haus waren nur gedämpfte Schritte und Stimmen zu hören.

»Was ist?«, fragte Magdalena leise in die Stille hinein.

Dorothea zuckte ratlos mit den Schultern.

»Warum geht Ihr nicht, um die Magd nach Leinen und Branntwein zu schicken? Besser, Ihr setzt Euch danach gleich nebenan in die Wohnstube. Lenkt Euch mit Lesen ab, das hilft immer. Gewiss ist eine neue Zeitung da. Aufregende Nachrichten gibt es derzeit ja leider mehr als genug. Eine Eurer Mägde soll Euch einen beruhigenden Aufguss bereiten. Eine heiße Schokolade wirkt wahre Wunder.« Sie schob die große Frau beiseite.

»Gerke?«, rief sie sanft und tätschelte die Schulter des Patienten. Er gab keinen Mucks von sich. Mitleidig betrachtete sie das weiße Haar, das nur dürftig die fleckigen Stellen am Schädel bedeckte, und strich ihm eine Strähne aus der Stirn. Mitten in der Bewegung stutzte sie.

Nicht das graue Gesicht erschreckte sie, auch nicht die eingefallenen Wangen. Etwas anderes verwirrte sie: Gerkes Atem war nicht mehr zu spüren! Hastig krampfte sie die Finger zur Faust, wollte die Hand aufwärmen, um die Fingerkuppen empfindsamer für das Fühlen zu machen. Sie tastete an seinem Hals entlang, suchte den Puls. Vergeblich.

»Was ist?«, löste sich Dorothea aus ihrer Reglosigkeit.

Magdalena brauchte nichts zu sagen. Es dauerte nicht lang, bis Dorothea begriff.

»Nein!«, gellte ihr Schrei durch die Stille des düsteren Schlafgemachs.

»Er ist tot«, stellte Magdalena traurig fest.

## 19

In der Magistergasse stauten sich Wagen und Reiter. So gut es ging, bargen die Soldaten ihre rotgefrorenen Gesichter in den hochaufgeschlagenen Rockkrägen, die braunen Hüte tief hinabgezogen. Carlotta und Christoph wechselten einen kurzen Blick, dann zwängten sie sich an den nervös tänzelnden Pferden vorbei nach vorn. Bald befanden sie sich mitten im Getümmel der preußischen Blauröcke. Der Bagagewagen, der eben erst an ihnen vorbeigebraust war, versperrte ihnen den Weg zur Honigbrücke. Und in ihrem Rücken waren bereits zwei weitere Rüstwagen herangerollt und hatten sich ineinander verkeilt. Drohend bauten sich links und rechts davon die Dragoner auf. Es schien kein Entrinnen mehr zu geben. Vereinzelt drängten sich Kneiphofer Bürger näher heran. Ob sie Christophs Erklärung über den Königsberger Mut zum Trotz doch Courage zeigen wollten oder einfach nur nicht rechtzeitig hatten davonlaufen können wie die vielen anderen, war nicht auszumachen. Das Einzige, was Carlotta mit Sicherheit feststellen konnte, war, dass sie tatsächlich keine Waffen bei sich trugen. Unbarmherzig pfiff der Wind um die Ecken, blies immer neue Wolken nassen, schweren Schnees über die Menge. Regenschwer hingen Hutkrempen und wollene Umhänge auf den Gestalten.

»Wie geht es jetzt weiter?«, fragte Carlotta leise. »Warum hast du gesagt, wir werden hier gebraucht, wenn es keinen Kampf und damit auch keine Verletzte geben wird?«

Wie um die bedrohliche Stimmung zu unterstreichen, frischte der Wind abermals kräftig auf und trug ihre Worte davon. Erschrocken duckte sie sich gegen Christophs kräftige Schulter. Er indes reckte den Kopf und versuchte, über die Köpfe der Umstehenden und zwischen den Pferdeleibern hindurch Genaueres zu erkennen. Wieder hing der Schnee dicht in seinen Wimpern.

»Wir sind hier, um mit eigenen Augen zu sehen, wie weit der Kurfürst gehen wird. Schließlich ist da vorn das Haus von Hieronymus Roth.« Angestrengt kniff er die Augen zusammen. »Gerade eben ist er oben im ersten Geschoss am Fenster gewesen und hat auf die Straße geschaut. Jetzt ist er verschwunden. Vielleicht versucht er, nach hintenheraus zu entkommen.«

»Wie denn? Dort ist doch auch alles voller Soldaten.« Carlotta erschrak, als sie merkte, wie laut ihre Worte in der Gasse widerhallten. Um sie herum war es schlagartig still geworden, selbst der Wind hatte sich wie auf Kommando gelegt. Das Tänzeln der Pferdehufe auf dem Pflaster war das Einzige, was zu vernehmen war. Auf einmal hatte sie das Gefühl, alle Köpfe drehten sich um und die Leute starrten sie an. Sie spürte, wie ein dicker Kloß ihr die Kehle verstopfte.

Ein Mann mit einem leuchtend roten Bart fiel ihr auf, der spitze schwarze Hut ragte aus der Menge empor. War das nicht Lorenz Gellert, einer der Kaufmannsgenossen aus dem Kneiphof? Sie wollte grüßen, da wandte er sich brüsk ab und tauchte in der Masse der Neugierigen unter. Kurz sah sie ihm nach, um sich dann rasch wieder umzudrehen.

Ihr Blick wanderte über die Gesichter der Dragoner. Sie waren jung, kaum älter als sie, höchstens Anfang, Mitte zwanzig. Ihre Mienen waren verschlossen, grimmig, als machten sie sich auf diese Weise selbst Mut. Einer sah wie der andere aus, zumindest glaubte sie das. Bis sie an einem der glattrasierten Gesichter hängenblieb. Es kam ihr bekannt vor, allzu bekannt. Der Offizier im Schlosshof am letzten Mittwoch. Ihr wurde flau.

Sie schloss die Augen, sammelte die Gedanken, schlug die Lider wieder auf. Es konnte nicht sein, nein, das war absolut unmöglich. Ihr wurde die Kehle trocken, es kratzte im Hals. Da erst wurde ihr bewusst, dass sie aufgeschrien hatte. Sie vermochte nicht, den Mund einfach wieder zu schließen, sondern stierte weiter wie gebannt auf den dunkelhaarigen, hochgeschossenen Kerl mit der gewaltigen langen Nase in dem blassen Gesicht. Jede einzelne Pore darauf kannte sie, jede kleine Unebenheit war sie mit den Fingerkuppen schon nachgefahren. Es war ihr, als fühlte sie die Wärme seiner Haut in diesem Moment an den Fingerspitzen kribbeln, roch den langvermissten Duft seines Körpers in der Nase. Ihre Wangen begannen zu glühen. Im Rausch der heftig aufwallenden Erinnerung drohten die letzten vier Jahre mitsamt der unschuldigen Liebe zu Christoph fortgespült zu werden. Wie gelähmt stand sie da, unfähig, sich dem reißenden Strudel entgegenzustemmen.

Auch der schwarzhaarige Dragoner saß wie erstarrt auf seinem Rappen und blickte fassungslos aus seinen dunklen Augen auf sie herunter.

»Mathias!«, murmelte sie und streckte die Hand aus, krallte die Finger haltsuchend in Christophs Oberarm.

Einen Augenblick meinte sie, der Reiter säße von seinem Pferd ab und käme auf sie zu. Sie hielt den Atem an, sehnte sich mit jeder einzelnen Faser ihres Körpers danach, von ihm berührt, in die Arme genommen und an sich gedrückt zu werden. Der Bursche in dem preußischen Blaurock auf dem Rappen sah nicht nur aus wie Mathias Steinacker, er *war* Mathias Steinacker, der einzige Sohn des Vetters und einstigen Geschäftskumpans ihres Vaters aus Frankfurt am Main. Doch er war nicht *der* Mathias Steinacker, den sie einst gekannt und lieben gelernt hatte, beruhigte sie sich sogleich. Vier Jahre und eine ganze Ewigkeit lagen dazwischen.

Bewegung kam in die Menge, ein heiseres Kommando erklang, und die Dragoner machten allesamt kehrt. Unruhig schüttelten die Rösser den Schnee aus den Mähnen, schlugen mit dem Schweif nach dem bitterkalten Nass. Ohne sich noch einmal nach ihr umzudrehen, gab Mathias seinem Rappen die Sporen, ritt mit seinen Kameraden nach vorn, auf Roths Haus zu. Christoph zog sie beiseite, um die hinter ihnen stehenden Reiter ebenfalls durchzulassen. Wie versteinert verfolgte sie, wie eine Handvoll Dragoner vor dem Haus des Kneiphofer Schöppenmeisters absaßen und mit gezückten Säbeln ins Haus eindrangen. Die anderen bildeten in einigen Schritt Entfernung einen schützenden Halbkreis um das Anwesen. Sie war zu klein, um über die Köpfe der anderen hinweg mehr zu erkennen, selbst Christoph mochte sich recken und strecken, so viel er wollte. Bedauernd zuckte er mit den Schultern.

Die Leute auf der Straße murrten. Dennoch wagte niemand, sich den preußischen Soldaten zu widersetzen oder sie gar an ihrem Treiben in Roths Haus zu hindern. Christoph hatte also recht behalten: Die Königsberger waren zwar stets scharf mit der Zunge, aber niemals scharf mit den Waffen, geschweige denn bereit, offen Widerstand zu leisten.

Es dauerte nicht lang, da tauchten die in das Haus eingedrungenen Soldaten wieder auf der Straße auf, zwischen sich den grauhaarigen Hieronymus Roth. Den Hut hielt er in der Hand, auch den Mantel hatte er nicht zugeknöpft. Es dauerte nicht lang, bis ihm die Haare vom Schneeregen nass auf der Stirn klebten. Scheinbar reglos ertrug er das. Auch wehrte er sich nicht, als ihn die Soldaten grob zum ersten Rüstwagen zerrten und hinaufstießen. Ohne aufzuschauen oder gar zum Aufruhr gegen die Kurfürstlichen aufzurufen, nahm er neben dem Fuhrmann Platz. Ein weiteres Kommando erklang. Trotz der Enge wendeten die Dragoner geschickt ihre Pferde, die Wagen lösten sich aus der Verkeilung. Die Durchfahrt auf die Honigbrücke wurde freigegeben, der Zug mit den drei preußischen Bagagewagen und den Blauröcken setzte sich in Bewegung und verließ den Kneiphof über die Honigbrücke gen Osten.

Auf schmählichste Art wurde Hieronymus Roth vor den Augen seiner Mitstreiter am helllichten Tag als Gefangener des Kurfürsten abgeführt. Die Menschen in der Gasse und beim Honigtor blieben jedoch ruhig, blickten starr dem Abzug hinterher. Weder Schneeregen noch Sturm vermochten ihnen etwas anzuhaben, auch Roth blieb aufrecht, den Blick stur geradeaus auf das gerichtet, was ihn erwarten würde.

Schon erreichten die letzten Dragoner die Brücke, da löste sich einer von ihnen aus der Reihe und machte mit seinem Rappen kehrt. Die Menge wachte auf. Die Ersten murmelten einander unruhig etwas zu, andere ballten bereits die Fäuste. Trotzdem wagte niemand, dem Reiter offen entgegenzutreten.

Carlotta hielt den Atem an.

»Lass uns zu meinem Vater gehen«, schlug Christoph vor und fasste sie am Arm. Seine dunkle Stimme klang belegt.

Ihm war nicht entgangen, was zwischen ihr und dem Reiter vorgegangen war. Verlegen räusperte er sich und fuhr mit krächzender Stimme fort: »Schließlich ist es noch nicht zu spät.«

»Gleich«, vertröstete sie ihn und löste sich von seiner Hand. Mit klopfendem Herzen sah sie dem näher kommenden Dragoner entgegen.

»Du kennst ihn also?«, fragte Christoph, der blass geworden war. Schon kam das schwarze Ross schnaubend vor ihnen zum Stehen. Einer Nebelwolke gleich stieg der Atem aus seinen Nüstern. Ungeduldig scharrte es mit den Hufen. Schneeflocken stoben durch die Luft, als es die Mähne schüttelte. Von oben schaute Mathias zu ihnen herab. Die Krempe seines braunen Filzhuts überschattete die Stirn, dennoch waren die schwarzen Augen und das hellhäutige Gesicht gut zu erkennen, der Unmut auf seinem Antlitz nicht misszuverstehen. Der dunkelblaue Rock stand ihm gut, ebenso kleideten ihn die roten Hosen und die hohen Lederstiefel bestens. Kein Zweifel: Er war zum preußischen Dragoner geboren.

»Was machst du bei den Preußen?«, rief Carlotta zu ihm hinauf. »Waren dir die Österreicher nicht mehr gut genug?«

»Ich hätte mir denken können, dich hier zu treffen«, entgegnete er statt einer Antwort. Kaum merklich zuckten die schmalen, blassen Lippen. Mit unverhohlener Verachtung in der Stimme fuhr er fort: »Wo es Krawall gibt, steckst du gleich mittendrin. Daran hat sich in den letzten Jahren also nichts geändert. Wer ist der Bursche an deiner Seite? Auch einer von den allseits hochgerühmten Königsberger Maulhelden? Die sind stets groß im Wortedreschen, ziehen aber den Schwanz ein, sobald es ans ehrliche Kämpfen geht. Glaub mir, das habe ich inzwischen mehrmals erfahren. Willst du mir also den tapferen Burschen an deiner Seite nicht vorstellen?«

Noch bevor Carlotta etwas erwidern konnte, nahm Christoph die versteckte Beleidigung zum Anlass, ihr herausfordernd den Arm um die Schultern zu legen und sie näher zu sich heranzuziehen. »Komm, meine Liebe«, flüsterte er ihr so laut ins Ohr, dass auch Mathias die Worte verstand. »Schließlich haben wir aufrechten Königsberger Bürger nichts mit den Kurfürstlichen zu tun. Lassen wir meinen Vater nicht unnötig warten. Es ist Zeit, ihm die Pläne für unsere gemeinsame Zukunft kundzutun. Allzu lang sollten wir mit dem Heiraten nicht warten.«

Schwungvoll zog er sie mit sich herum und wollte gehen. Dabei hielt er sie so fest umschlungen, dass ein Entkommen unmöglich war. Dennoch versuchte sie, sich von ihm zu befreien. An der Ecke des Nachbarhauses gab Christoph schließlich nach. Sie blickte noch einmal zurück. Nur wenige Schritt entfernt thronte Mathias kerzengerade auf dem stolzen Rappen. Übermütig spielte der Wind mit der Krempe seines Huts, ließ die nasse, lange Feder träge hin und her schwingen.

»Grüß deine verehrte Frau Mutter von mir! Ich hoffe, sie freut sich über deine Heiratspläne und es geht ihr gut«, rief er ihr zu und zog an den Zügeln, sein Ross zu wenden und fortzureiten.

»In jedem Fall geht es ihr besser als deiner«, gab sie brüsk zurück.

Mitten in der Drehung riss er sein Pferd noch einmal herum. »Was fällt dir ein, so von einer Toten zu reden?«

»Wieso von einer Toten? Deine Mutter lebt doch.«

Kaum hatte sie die letzten Worte ausgesprochen, sah sie, wie seine ohnehin schon helle Gesichtshaut nahezu weiß wurde.

Die riesige Nase schob sich noch spitzer aus dem langen Gesicht, die dunklen Augen fielen tief in die Höhlen zurück. In dem blauen Waffenrock wirkte er plötzlich wie der Geist eines kurfürstlichen Soldaten. Besorgt trat sie an ihn heran, schob den Kopf des ungeduldig schnaubenden Pferdes beiseite und streckte die Hand zu ihm hinauf. Sie wollte ihn berühren, spüren, dass noch ein Funken Leben in ihm steckte.

»Wusstest du das nicht?«, fragte sie leise. »Ich dachte, du verrätst mir, wo wir Tante Adelaide finden können? Mutter und ich versuchen seit Jahren, Kontakt zu ihr aufzunehmen.«

»Red keinen Unsinn! Meine Mutter ist tot. Mit eigenen Augen habe ich gesehen, wie sie getötet wurde.« Die schmalen Lippen verzogen sich zu einem gequälten Lächeln. Abermals riss er sein Pferd an den Zügeln, pustete Schneeregen von der Oberlippe weg. Sobald es sich umgewandt hatte, gab er ihm die Sporen und stürmte seinen Kameraden durch die enge Gasse zum Schmiedetor nach.

»Willst du mir nicht endlich sagen, wer das war?« Christoph stieß sie sacht an.

»Was?« Sie fuhr herum. Es war ihr, als erwachte sie aus einem bösen Traum. Sie wollte sprechen, es ihm erklären, aber sie brachte keinen Ton heraus. In Christophs Augen flackerte Unmut. Längst hatte er den Ernst der Lage begriffen.

»Verzeih«, sagte sie bestimmt, »ich kann jetzt unmöglich in die Schmiedegasse gehen und mit deinem Vater sprechen. Ich muss sofort nach Hause zu meiner Mutter. Sie muss wissen, was geschehen ist.«

Bevor er sie zurückhalten konnte, schlang sie den Schal höher vors Gesicht und stürzte davon, westwärts der Langgasse zu, in das dichter werdende Schneegestöber hinein.

# Zweiter Teil

# Der Verrat

## KÖNIGSBERG

*Winter 1662*

# 1

Das Warten behagte Carlotta ganz und gar nicht. Wie gern wäre sie gleich beim Eintreten die beunruhigende Nachricht von Mathias' Auftauchen losgeworden. Bestimmt hätte Magdalena einen Rat gewusst. Doch leider hatte sie die Mutter nicht angetroffen. Weder konnte ihr jemand im Haus Genaueres sagen, wohin sie gegangen war, noch, wann sie zurückkommen würde. Unablässig blies der Wind ums Haus, pfiff durch die Ritzen, rüttelte an Fenstern und Türen. Das stete Ticken der Uhr auf dem Wandbord gemahnte an das Verrinnen der Zeit, auch wenn das Leben im Haus nahezu zum Stillstand gekommen schien. Nur gelegentlich war ein zaghaftes Geräusch zu vernehmen, das auf das brave Wirken der Schreiber im Kontor und das umsichtige Werkeln von Hedwig und Lina in der Diele schließen ließ. Carlotta sah zur Uhr. Es war weit nach drei. Wo Magdalena nur steckte?

Sie trat ans Fenster und sah in die düstere Nachmittagsstimmung hinaus. Nur wenige Menschen waren in der Langgasse unterwegs. Das garstige Wetter sowie die Angst vor dem neuerlichen Auftauchen der kurfürstlichen Dragoner hielten die Kneiphofer in den Häusern. Carlotta lehnte die Stirn gegen die kühle Scheibe und hauchte erschöpft den warmen Atem darauf. Gleichzeitig versuchte sie, die furchtbaren Bilder des Vormittags in ihrem Kopf niederzuringen. Es nützte nichts. Immer wieder sah sie die hoch zu Ross in den Kneiphof eindringenden Soldaten vor sich, die rücksichtslos die beiden Passanten niederritten.

»Pass mit dem Fenster auf, Liebes!« Schnaufend schob sich Hedwig in die Stube. »Sonst fängt Lina wieder an, mit den kostbaren Zitronen darauf herumzuscheuern. Oft können wir uns solche Putzaktionen nicht leisten, selbst wenn die Geschäfte weiter gutgehen.«

Sie stellte sich neben Carlotta und starrte eine Zeitlang ebenfalls stumm nach draußen.

»Du machst dir Sorgen, wo deine Mutter bleibt, nicht wahr?«

»Meinst du, ihr ist etwas zugestoßen?« Carlotta knetete die Finger, bis sie schmerzten. Schon sah sie die schlimmsten Bilder vor ihrem inneren Auge vorüberziehen: die Mutter blutüberströmt irgendwo in einer Ecke liegend, weit und breit niemand, der ihr zu Hilfe kam. Oder halb von Sinnen umherirrend, weil sie einen Schlag auf den Kopf erhalten und das Gedächtnis verloren hatte. Nein, so durfte sie nicht denken! Einen Funken Hoffnung gab es noch. »Hat sie nicht doch irgendwem eine Andeutung gemacht, wohin sie wollte?«

»Milla meint, sie hat die Wundarzttasche mitgenommen.« Der Ausdruck auf Hedwigs breitem, im dämmrigen Nachmittagslicht fahl wirkendem Gesicht machte aus ihrer Missbilligung keinen Hehl.

»Die Wundarzttasche? Was wollte sie denn damit? Seit Vaters Tod hat sie kaum mehr als Wundärztin gearbeitet. Letztens hat sie doch selbst betont, keine mehr sein zu wollen. Hat etwa jemand nach ihr als Ärztin geschickt?«

Bang musterte sie Hedwigs geliebtes Gesicht. Über dem Warten auf Antwort stieg eine neue, noch schlimmere Befürchtung in ihr auf. ›Ein Wundarzt muss immer helfen, ganz gleich, ob Freund oder Feind seiner Hilfe bedarf.‹ Als spreche sie die Worte selbst aus, hörte sie Magdalenas alte Grundüberzeugung in ihren Ohren widerhallen. Die Knie wurden ihr weich, ein Kloß schnürte ihr die Kehle zu. Auch wenn die Mutter ihr gegenüber letztens noch selbst behauptet hatte, sie beide wären längst von dieser Pflicht befreit: Im Ernstfall würde sie niemals zögern, ihre Hilfe anzubieten.

»Hat sie mitbekommen, wie Friedrich Wilhelms Truppen in den Kneiphof eingefallen sind?«, bedrängte sie Hedwig. »Sie wollte doch wohl nicht zu Roths Haus in der Magistergasse, um den Verletzten beizustehen?«

Wenn das stimmte, waren sie und die Mutter am Mittag nicht weit voneinander entfernt gewesen. Dabei sorgte sich Carlotta weniger darum, dass Magdalena sie an Christophs Seite gesehen haben könnte. Etwas viel Ärgeres musste geschehen sein: Auch sie hatte Mathias unter den Dragonern entdeckt! Carlotta tastete nach einem der Stühle vor dem Tisch und ließ sich rücklings darauf nieder. Sie barg den Kopf in den Armen. Gewiss war Mathias ihr zuvorgekommen und hatte aus reiner Boshaftigkeit Magdalena brühwarm Christophs Worte über die Heiratspläne entgegengeschleudert, ihr zudem von dem geplanten Gang zum alten Kepler berichtet. Nun war alles vorbei. Nie und nimmer würde die Mutter sich jetzt noch einverstanden erklären, dass sie den jungen Medicus nicht nur heiratete, sondern auch mit ihm gemeinsam die Heilkunst studierte. Nicht, weil sie sich grundsätzlich gegen die Verbindung stemmte oder nicht wollte, dass Carlotta noch mehr dazulernte. Viel schlimmer würde für sie wiegen, dass Carlotta und Christoph mit ihren Plänen nicht zuerst zu ihr, sondern zum alten Kepler gehen wollten.

»Weißt du, wer dort gewesen ist, Hedwig?«, fragte sie heiser, ohne den Kopf zu heben. »Weißt du, wen ich vor Roths Haus gesehen habe?«

»Dass du mitten in dem Gewühl gewesen bist, habe ich mir gleich gedacht«, knurrte Hedwig unwirsch. »Der junge Kepler hat dich also wieder einmal in all das hineingezogen. Pass nur gut auf, mein Kind, sonst nimmt es noch ein böses Ende.«

Hedwigs kleine Augen starrten auf das Gemälde des altehrwürdigen Ahns Paul Joseph Singeknecht an der rückwärtigen Wand. Streng blickte der von seinem angestammten Platz oberhalb der riesigen Truhe in die düstere Wohnstube. Nervös fuhr sie sich mit den Händen über die Unterarme, schob den Stoff ihres braunen Kleides bis zu den Ellbogen hoch. Endlich rang sie sich zu weiteren Auskünften durch: »Ein Bursche ist am Vormittag bei uns aufgetaucht und hat deine Mutter gerufen. Niemand von den Schreibern weiß angeblich, wer ihn geschickt hat. Egloff behauptet sogar steif und fest, sie wäre wie jeden Morgen zur Lastadie hinübergelaufen.«

»Wie denn?« Carlottas Stimme überschlug sich. Sie sprang so heftig vom Stuhl auf, dass er nach hinten kippte. »Auf der Krämerbrücke war doch gar kein Durchkommen mehr. Alle haben versucht, aus dem Kneiphof herauszukommen. Die Schmiedebrücke war abgeriegelt. Und was soll sie außerdem bei den Lagerhäusern gewollt haben – noch dazu mit der Wundarzttasche. Gewiss hat sie dort keinen verletzten Ablader behandelt. Wundarzt Koese hat ihr letztens sehr deutlich gemacht, dass niemand am Hundegatt sie dort als Wundärztin zu sehen wünscht. Ist Steutner eigentlich schon zurück?«

In all der Aufregung fiel ihr das Nächstliegende erst jetzt wieder ein.

»Steutner? War der denn noch einmal fort?« Jetzt war es an Hedwig, erstaunt zu sein.

»Hast du das etwa nicht mitbekommen?« Carlotta schüttelte den Kopf. Es kam selten vor, dass die Köchin nicht wusste, wenn im entlegensten Winkel des großen Hauses in der Langgasse ein Floh hustete oder eine Fliege tot von der Wand fiel. »Gut zwei Stunden mag es wohl schon her sein, dass er losgelaufen ist. Als ich nach Hause kam, war Mutter bereits fort. Deshalb habe ich Steutner gebeten, an der Börse nach ihr zu suchen. Dort ist sie oft gegen Mittag anzutreffen.«

»Aber doch nicht mit der Wundarzttasche! Noch dazu braucht Steutner keine zwei Stunden bis zur Börse und zurück. Also hat er sie natürlich nicht gefunden und macht sich einen schönen Lenz außerhalb des Kontors. Du weißt ja, was für ein Narr das ist.«

Sie fuhr sich mit den Händen über den breiten Schädel, scherte sich nicht um die grauen Haarsträhnen, die dabei unter dem weißen Kopftuch herausrutschten, und sah Carlotta traurig an. Die Hände an die Schläfen gepresst, brummte sie leise: »Kindchen, Kindchen!« Carlotta erschrak. Das klang, als wüsste die Alte längst Bescheid. Sie wollte etwas erwidern, sich verteidigen, ihr Mathias' seltsames Auftreten vor Augen führen. Etwas an Hedwigs Gebaren aber machte es unmöglich, sich ihr anzuvertrauen.

Gemeinsam stellten sie sich wieder ans Fenster. Nach wie vor fegte der Wind durch die Stadt, rüttelte an den Fenstern, wirbelte Laub und Unrat unten auf der Gasse hoch, trieb dichte Schneeböen vor sich her. Allmählich überdeckte eine zarte, weiße Schicht Pflaster, Mauern und Dächer. Keine Menschenseele zeigte sich. Carlottas Finger glitten zum Bernstein. Sie hob ihn zum Mund und küsste ihn. Ein eigenartiges

Gefühl beschlich sie. Auf einmal wusste sie nicht mehr, ob sie die baldige Rückkehr der Mutter herbeisehnen sollte. Warum nur war Mathias ausgerechnet in Königsberg aufgetaucht? Es musste ihm doch klar sein, was er damit heraufbeschwor! Haltsuchend klammerten sich ihre Finger um den Bernstein. Leider war es immer schon Mathias' Natur gewesen, für Verwirrung und Ärger zu sorgen. Sie schluckte erste Tränen hinunter.

Im Haus regte sich etwas. Türen knarrten, Schritte dröhnten durch die Diele, Stimmen erklangen. Fragend sahen Carlotta und Hedwig einander an. Langsam stieg jemand die Treppe hinauf, im Obergeschoss angelangt, zögerten die Schritte, dann wurde vorsichtig die Tür geöffnet.

»Mutter!«, entfuhr es Carlotta, und sie stürzte der zierlichen Gestalt entgegen. Doch dann hielt sie inne.

Die schwarzgekleidete Frau wirkte unnahbar. In der Hand hielt sie ein heftig flackerndes Talglicht. Das schale Licht beleuchtete Magdalenas Antlitz spärlich: Tief waren die smaragdgrünen Augen in die Höhlen gesunken, die schmalen Wangen betonten die spitze Gesichtsform, die helle Haut wirkte durchscheinend. Carlotta wagte nicht, nach Magdalenas Hand zu greifen. Sie fürchtete fast, die Erscheinung vor ihr könne sich in Luft auflösen.

»Was ist passiert?«, fragte sie zaghaft.

»Nichts«, erwiderte die Mutter und ging an ihr vorbei zum trutzigen Tresor aus Nussbaumholz an der Stirnwand der Wohnstube. Dort fingerte sie den Schlüssel hervor, der an ihrem Gürtel hing, und schloss das mittlere Fach auf. Besorgt beobachteten Carlotta und Hedwig die geübten Handgriffe. Nur zu gut wussten sie, was sich in dem Schrankfach verbarg: der Branntwein, den Carlotta bei Operationen zur Betäubung der Patienten verwendete. Vor langer Zeit hatte Magdalena erzählt, wie sie im Großen Krieg der Versuchung erlegen war, ihren Kummer damit wegzutrinken. Über zwei Jahre war sie damals unfreiwillig von Carlotta und Eric getrennt gewesen, hatte bald jede Hoffnung auf ein Wiedersehen, ja gar auf ein Überleben der beiden verloren. Nur dank eines glücklichen Zufalls hatte sie sich wieder von dem Übel befreien können und ihre Familie wiedergefunden.

Carlotta und Hedwig wechselten besorgte Blicke. Magdalena wirkte abgrundtief verzweifelt. Schon hatte sie den Schlauch in der Hand, entkorkte ihn, zögerte dann allerdings, ihn tatsächlich an die Lippen zu setzen. Geistesgegenwärtig nutzte Carlotta diesen Moment und entriss ihr den Schlauch. »Was immer dir heute geschehen ist: Das hier hilft dir nicht weiter!«

»Wenn du nur wüsstest«, murmelte Magdalena und sank auf den nächstbesten Stuhl. Erschöpft stützte sie die Ellbogen auf die Tischplatte und vergrub das Gesicht in den Händen.

»Ich habe es doch immer gesagt.« Schwer atmend watschelte Hedwig heran und legte ihr den Arm um die Schultern. »Der Montag ist kein guter Tag.«

Carlotta verdrehte die Augen und verschloss den Branntwein wieder im Tresor.

»Für nichts und wieder nichts ist dieser wankelmütige erste Tag der Woche geeignet«, sprach die Alte unbeirrt weiter. »Ganz gleich, wie er beginnt und was geschieht, er bringt nur Unglück. Warum nur habt Ihr am Vormittag das Haus verlassen? Ihr habt doch gewusst, wie es im Kneiphof heute zugeht. Steutner hat es Euch bei seinem Eintreffen im Kontor stehenden Fußes geschildert. Der Lärm, den die Dragoner des Kurfürsten drüben vor dem Dom veranstaltet haben, war bis zu uns in die Langgasse zu hören. Was geschehen ist, darf keinen wundern. Selbst Roth hat damit gerechnet, dass sie ihn eigenhändig aus seinem Haus holen werden! Trotzdem aber habt Ihr ausgerechnet heute fortgehen müssen. Und nur, weil ein wildfremder Bursche Euch um Hilfe gerufen hat. Wer war das überhaupt? Wohin hat er Euch geführt? So, wie Ihr ausseht, müsst Ihr unterwegs dem Leibhaftigen begegnet sein. Was glaubt Ihr, welche Sorgen wir uns gemacht haben? Keinem von uns habt Ihr ein Sterbenswort verraten. Weder darüber, was Ihr vorhabt, geschweige denn, warum Ihr dazu die Wundarzttasche braucht. Und das nach all den Jahren, in denen allein Carlotta sie noch geöffnet hat.« Sie schüttelte energisch den breiten Schädel und murmelte tonlos: »Tut das nie wieder, Herrin! Einmal noch bitte ich Euch im Guten.«

Keuchend schwankte sie aus der Wohnstube. Bleiernes Schweigen senkte sich über die Stube, einzig unterbrochen vom Ticken der Uhr auf dem Wandbord und vom Reißen des Windes an den Fenstern. Von dem kräftigen Luftzug, den die verzogenen Fensterrahmen durch die Ritzen einließen, tanzte das Talglicht auf dem Tisch kläglich im eigenen Saft.

Die gebeugte schwarze Gestalt der Mutter fest im Blick, kaute Carlotta auf den Lippen. Sie war zutiefst verunsichert.

»Hör auf, mich auf die Folter zu spannen«, platzte sie schließlich heraus. »Du hast ihn also gesehen und weißt Bescheid.«

»Was? Wen?« Die Mutter hob den Kopf und blickte sie verständnislos an. »Wovon redest du?«

War alles nur ein böser Traum? Ratlos blickte Carlotta in die müden, ehemals so rätselhaft schönen grünen Augen der Mutter. Die kleine, harmonisch geschwungene Nase ragte vorwitzig nach oben, die Nasenflügel bebten kaum merklich.

Plötzlich meinte die Siebzehnjährige aus ihrem Alp zu erwachen. »Du brauchst wohl eine Stärkung.«

Entschlossen ging sie wieder zum Nussbaumschrank, fingerte den rostigen zweiten Schlüssel aus den Falten ihres Rocks und öffnete den Tresor. Neben dem Branntweinschlauch fand sie, was sie suchte. Mit zittrigen Fingern griff sie nach dem braunen Gefäß und holte einen tönernen Becher aus dem Regal. Noch im Gehen entkorkte sie den Verschluss und goss von dem duftenden Rosmarinwein in den Becher. »Trink«, hielt sie es Magdalena auffordernd unter die Nase. Ob des süßlichen Geruchs rümpfte die Mutter die Nase. »Das wird dir guttun – besser als jeder betäubende Schluck Branntwein. Das weißt du genau.«

Endlich öffnete Magdalena den Mund. Rasch kippte Carlotta die dickliche, golden schimmernde Flüssigkeit durch den schmalen Spalt, schenkte sofort eine zweite Portion nach und flößte sie ihrer Mutter ebenfalls ein.

»Es ist wirklich unfassbar! Erst habe ich meinen Augen nicht trauen wollen«, plapperte Carlotta los, plötzlich seltsam aufgekratzt, als hätte sie die Stärkung selbst zu sich genommen. »Aber es war kein Zweifel möglich. Als ich ihn nah vor mir gesehen habe, ist es mir sofort klar gewesen. Eines Tages hat es einfach so kommen müssen. Seit wir hier in Königsberg sind, habe ich letztlich auf diesen Moment gewartet.«

»Ja, du hast recht.« Die Mutter sprach so leise, dass sie kaum zu verstehen war, und streckte ihr nun fordernd den Becher entgegen. Gehorsam goss Carlotta nach. »Mir war klar, dass du auf den ersten Blick gesehen hast, was mit ihm los ist«, sagte Magdalena mit zunehmend kräftiger werdender Stimme. »Wie gern hätte ich dich an meiner Seite gewusst! Aber dich zu rufen, war nicht möglich. Also habe ich bis zuletzt allein bei ihm ausgeharrt. Ach, Carlotta, Liebes. Es ist alles so furchtbar!«

In einem Zug kippte sie den Inhalt des Bechers in den Mund und begehrte von neuem Nachschub.

»Nein«, wehrte Carlotta ab und trug das Gefäß mit dem Rosmarinwein zum Schrank zurück. »Für heute ist es genug. Sonst beginnt dein Herz zu rasen, und du regst dich nur noch weiter auf.«

Entrüstet sprang Magdalena vom Stuhl. »Mich noch weiter aufregen? Natürlich werde ich mich noch weiter aufregen! Und stell dir vor, dazu brauche ich nicht einmal deinen Rosmarinwein.« Sie atmete schwer und fuhr endlich gefasster fort: »Ausgerechnet mir muss das passieren! Mein Leben lang habe ich nie etwas anderes getan, als Menschenleben zu retten. Selbst meinen ärgsten Feinden habe ich in der Not beigestanden. Sogar den grausamen Profos Seume, der Eric an den Galgen bringen wollte, habe ich wieder zusammengeflickt und zudem Hauptmann Lindström kuriert, obwohl er dir und mir mit dem Tod gedroht hatte. Trotzdem hat niemand Erbarmen mit mir, trotzdem muss ich jetzt ausgerechnet hier in Königsberg so kläglich versagen! Als wäre ich nicht schon genug damit gestraft, dass ich den einzigen Menschen, den ich wirklich je habe retten wollen, nicht habe retten können.«

Heftig schluchzte sie auf, warf die Arme in die Luft und klappte unter jämmerlichem Wimmern in sich zusammen.

Mit einem Satz war Carlotta bei ihr, fing sie auf und geleitete sie zum Stuhl. Wie zerbrechlich die Mutter war! Zart wie ein Vogel und leicht wie eine Zwölfjährige.

»Ruhig, Mutter, ganz ruhig«, flüsterte sie ihr zu und strich ihr sanft über den Rücken. Sie wiegte sie sacht in den Armen wie eine Mutter ihr Kind. »Du trägst keine Schuld an Vaters

Tod. Niemand hat ihm mehr helfen können. So bitter, wie es ist, es war einfach alles zu spät.«

In ihrem Hirn arbeitete es angestrengt. Längst war ihr klargeworden, dass Magdalenas Verzweiflung unmöglich mit Mathias' unerwartetem Auftauchen zusammenhängen konnte. Die Mutter musste von einem anderen Erlebnis sprechen. Erleichterung empfand sie dennoch nicht.

»Die ganze Zeit habe ich es schon gespürt.« Mit einem Ruck richtete sich Magdalena wieder auf. Nachdenklich griff sie Carlotta an den Hals und zog die Lederschnur mit dem Bernstein unter dem Stoff des Mieders hervor. Mehrmals drehte sie den honiggelben Stein zwischen den Fingern und musterte ihn, als betrachtete sie ihn zum ersten Mal. Schließlich zog sie Carlotta mitsamt der Schnur so nah vor sich, bis das Talglicht auf dem Tisch ausreichend Licht schenkte, den Stein von hinten zu beleuchten. Gut sichtbar streckte das Insekt seine sechs Beine von sich, vor Jahrtausenden in der Bewegung erstarrt.

Halb gebückt verharrte Carlotta in der unbequemen Haltung vor der Mutter. Schließlich nahm sie das Band vom Hals und reichte es mitsamt dem Stein Magdalena. »Wenn du denkst, es liegt daran, dass dir dein Stein fehlt, nimm ihn zurück. Ich werde auch ohne den Bernstein meinen Weg beschreiten.«

»Du weißt genau: Das ist der Stein von Englund, Erics Vetter, nicht der deines Vaters!« Entschlossen hängte Magdalena ihr das Band wieder um. »Deshalb ist er dir Amulett und Talisman zugleich. Du musst mir versprechen, diesen Bernstein stets bei dir zu tragen. Er allein kann dich vor Unheil beschützen und dir dein Lebensglück bewahren. Dein Vater hätte es nicht anders gewollt. Englund und er waren wie Brüder, also ist ein Stein so gut wie der andere. Mein Stein allerdings wacht längst bei Eric im Grab, bis wir uns dereinst im Himmel wiedersehen werden.«

Sie erhob sich und trat abermals zum Tresor hinüber, wo sie etwas aus dem verschlossenen Fach hervorholte. Mit einer kleinen Schachtel in der Hand kam sie zurück. Kurz stoppte sie vor Carlotta, wollte offenbar etwas sagen. Dann besann sie sich und ging weiter zum Fenster. Sie starrte hinaus.

Inzwischen war es draußen dunkel geworden. Auch drinnen reichte das Talglicht auf dem Tisch nicht mehr aus, die langgestreckte Wohnstube ausreichend zu erhellen. Carlotta holte eine Handvoll Kerzen vom Wandbord, steckte sie in den Leuchter auf dem Tisch und entzündete sie an der Flamme des Talglichts.

Ihre Mutter wandte sich um. Der angenehme Duft echten Bienenwachses erfüllte alsbald den gesamten Raum. Gebannt wartete Carlotta, ob Magdalena die geheimnisvolle Schachtel öffnen und ihr den Inhalt zeigen würde. Um ihre Neugier zu verbergen, vermied sie es, daraufzustarren. Zu ihrer Enttäuschung aber stellte die Mutter die Schachtel beiseite und würdigte sie keines weiteren Blickes.

»Es war«, begann sie mit brüchiger Stimme, »es war, als hätte ich das Unglück regelrecht auf mich zukommen sehen. Trotzdem bin ich heute zu Gerke, töricht wie ein Schaf, das sich freiwillig zur Schlachtbank führen lässt.«

»Du warst bei Gerke?«, hakte Carlotta ein. Die Mutter nickte und fuhr ohne weitere Erklärung fort: »Dass ausgerechnet seine Frau nach mir geschickt hat, hätte mich warnen müssen. Aber es war wie immer: Wenn ich höre, jemand braucht meine Hilfe, kann ich einfach nicht nein sagen, selbst wenn ich ins offene Messer renne. Seit Wochen ging es Gerke schon schlecht.

Doch was rede ich nur immerzu?« Mitten im Erzählen hielt sie inne und schaute Carlotta vorwurfsvoll an. »Dich interessiert das sowieso nicht. Du hast doch keine Ahnung, was in mir vorgeht. Warum sonst hast du mir eben den Bernstein überlassen wollen? Das, was deinen Vater und mich einst verbunden hat, sagt dir nichts! Du weißt nicht einmal, wie mir in den Jahren seit Erics Tod zumute gewesen ist, was es für mich bedeutet hat, das Kontor meiner Familie wiederaufzubauen und das Haus hier im Kneiphof für uns beide herzurichten. Immer nur schaust du darauf, wie du deine Wünsche umsetzen kannst, wie du Wundärztin wirst, dir den richtigen Mann sicherst, um noch mehr daraus zu machen.«

»Mutter!« Empört stampfte Carlotta mit dem Fuß auf. Die Worte trafen sie hart, dennoch zwang sie sich, ruhig zu bleiben. Magdalena war nicht bei sich, wusste kaum, was sie sagte. Drei Becher des süßen Weins waren wohl zu viel gewesen, selbst wenn Carlotta sie nur halb voll geschenkt hatte. Sie hatte die anregende Wirkung von Rosmarin unterschätzt. Magdalenas Atem zeugte von dem ungewohnten Alkoholgenuss, ihr stierer Blick stand im Gegensatz zu ihrem sonst so sanftmütigen Auftreten. Nie und nimmer erhob sie bei klarem Verstand solche wüsten Vorwürfe gegen sie. Vielleicht sollte sie ihr einige Tropfen beruhigenden Melissenöls verabreichen? Ein lauter werdendes Pochen an der Tür riss sie aus den Überlegungen.

»Ja, bitte«, rief Magdalena und drehte kaum den Kopf, um zu sehen, wer Einlass begehrte.

Lina kam gar nicht dazu, den Gast anzumelden. Ungeduldig schob Helmbrecht sie bereits beiseite und eilte mit großen Schritten in die Stube.

»Seid Ihr wohlauf, Teuerste?« Mit ausgebreiteten Armen, den Hut noch in der Hand, eilte er auf Magdalena zu. »Glaubt

Ihr mir jetzt, dass es höchste Zeit ist, die Stadt zu verlassen? Ich versichere Euch: Bei mir in Leipzig seid Ihr und Eure Tochter den Winter über in Sicherheit. Bitte packt gleich Eure Sachen. Morgen schon können wir fort. In drei Wochen sind wir in Leipzig.«

»Wie kommt Ihr darauf, dass wir die Stadt verlassen sollten?« Carlotta starrte Helmbrecht an. Seltsamerweise reagierte Magdalena gar nicht auf sein Auftauchen. Dabei konnte sie es sonst kaum erwarten, ihn freudig in ihrem Haus willkommen zu heißen.

»Ich kann jetzt nicht von hier fort«, murmelte die Mutter kaum hörbar und nahm wieder die Schachtel in die Hand, presste sie sich fest gegen die Brust. »Mein Versagen wird dadurch erst recht zum Gesprächsstoff.«

»Wovon sprichst du eigentlich?«, fragte Carlotta. Ein Blick zu Helmbrecht bestätigte ihr, dass auch er nicht begriff, worauf die Mutter hinauswollte. »Was ist in Gerkes Haus geschehen? Erzähl doch endlich!«

»Ihr wart bei Gerke?«, hakte Helmbrecht nach. »Hat er noch gelebt? Mir kam zu Ohren, er wäre heute Mittag überraschend gestorben. Hat ihn das Auftauchen der Kurfürstlichen etwa zu Tode erschreckt? Der aufrichtige Mann! Gott sei seiner armen Seele gnädig.« Ergriffen schlug er ein Kreuz vor der Brust, faltete die Hände zum stillen Gebet und senkte den Kopf.

»Gerke ist tot?«, wagte Carlotta nachzufragen. Nun begann sie zu verstehen, was in Magdalena vorging: Sie warf sich Versagen vor, weil er vor ihren Augen gestorben war.

»Ich lasse euch wohl besser allein«, stellte Carlotta fest. »Mir scheint, ihr beide habt einiges miteinander zu besprechen.«

Sie wollte zur Tür, doch Magdalena hielt sie am Arm zurück, rang sich gar zu einem scheuen Lächeln durch. »Bitte, bleib, Liebes! Es gibt nichts zu verbergen. Alles, was zwischen Helmbrecht und mir besprochen wird, kannst du ebenso mit anhören. Ich habe keinerlei Geheimnisse vor dir, mein Kind.«

»Wie du meinst.« Unbeabsichtigt fiel Carlottas Blick auf die Schachtel. Magdalenas Lächeln wurde breiter, als sie das bemerkte. Verschwörerisch zwinkerte sie ihr zu und presste die Schachtel noch fester gegen die Brust.

Helmbrecht atmete tief durch. Seine dunklen Bernsteinaugen blickten zwischen der Mutter und Carlotta hin und her, die Blatternarben auf seinen Wangen leuchteten rot im hellen Kerzenlicht, die Enden seines langen, dünnen Lippenbarts bebten. Sorgsam bettete er den Hut auf den Tisch und nahm den wollenen Umhang von den Schultern. Winzige Eiskristalle und Wasserperlen glänzten auf dem Stoff, kündeten von dem Schneegestöber draußen. Der Rock darunter schien trocken, ebenso zeigten sich seine gutgewienerten, hellen Stiefel bar jeden Drecks. Wie so oft musterte Carlotta Helmbrecht bewundernd. Seit sie ihn kannte, faszinierte sie sein Erscheinungsbild. Dabei war er beim besten Willen nicht schön zu nennen, was nicht allein an seinen vernarbten Wangen lag. Ein gutes Stück kleiner als ihr Vater Eric, machte er dennoch stets eine vornehme Figur. Bis zu den Stiefelspitzen pflegte er sich tadellos zu kleiden. Undenkbar, dass er jemals versehentlich in eine Pfütze sprang oder gar in einen Haufen Unrat trat, geschweige denn, sich derart vergaß, dass darüber sein Habitus in Unordnung geriet.

»Sei es, wie es sei, Verehrteste«, durchbrach er mit seiner melodischen Stimme die unheimliche Stille und zupfte eine unsichtbare Faser von seinem Ärmel. »Wenn Ihr nicht nach Leipzig wollt, können wir auch nur bis Danzig reisen. Bis sich die Lage hier am Pregel beruhigt hat, seid Ihr auch dort den Winter über bestens aufgehoben. So entfernt Ihr Euch nicht allzu weit von Eurem Kontor und seid im Frühjahr rasch wieder zurück am Pregel. Angesichts des heutigen Vorfalls im Kneiphof aber müsst auch Ihr eingestehen, wie gefährlich die Lage hier geworden ist. Ich werde nicht zulassen, dass Ihr sehenden Auges in Euer Unglück rennt.«

»Hier rennt niemand, mein Bester«, stellte Magdalena klar, »am wenigsten in ein Unglück. Meine Tochter und ich bleiben hier am Pregel, wo wir ein für alle Mal hingehören.«

Zur Bestätigung legte sie den Arm um Carlotta. Von der Verzweiflung war ihr nicht mehr das Geringste anzumerken. Helmbrecht gegenüber wollte Magdalena offensichtlich stark und eigenständig erscheinen. Das erfüllte Carlotta mit Genugtuung. Trotz ihrer Bewunderung für sein Auftreten mochte sie Helmbrecht nicht sonderlich, seit er sie beide vor vier Jahren nahe Thorn so schmählich im Stich gelassen hatte. Dabei wäre es damals ein Leichtes für ihn gewesen, sie mit einem klärenden Wort von den Vorwürfen der Hexerei freizusprechen.

Helmbrecht schwieg enttäuscht. Die Mutter räumte die Schachtel zurück in den Tresor und verschloss das Schrankfach sorgfältig. Wieder klopfte es an der Tür.

»Was ist denn jetzt schon wieder?«

Überrascht fuhr Magdalena herum. Im Türrahmen stand ein Mann. Entsetzt schlug sie die Hände vor den Mund und stammelte: »D-d-das ist nicht möglich!«

Helmbrecht eilte zu ihr. Carlotta war unfähig, sich zu rühren. Ein blauberockter Offizier in roten Hosen trat in den

Raum. Die schweren, genagelten Reiterstiefel ließen jeden einzelnen Schritt hart auf den Holzdielen aufknallen. Obwohl ein Großteil des Gesichts im Schatten der breiten Hutkrempe lag, bestand kein Zweifel, wer vor ihnen stand: Mathias!

»Was fällt dir ein, hierherzukommen?«, brauste Carlotta auf.

»Du wusstest, dass er in Königsberg ist?« Helmbrecht wirkte zunächst verstört, fasste sich aber rasch und wandte sich dem Eindringling zu: »Du bist jetzt bei den Kurfürstlichen? War es dir bei den Österreichern nicht mehr gut genug? Hast du dich deshalb seit zwei Jahren nicht mehr bei mir gemeldet?«

»Er wird wohl einen guten Grund gehabt haben, die Farben zu wechseln.« Kurz verharrte Carlotta bei Mathias, sah ihm drohend in die schwarzen Augen und lief zur Tür hinaus.

## 2

Fast wäre Lina geradewegs auf den Boden hingeschlagen, so heftig riss Carlotta die Tür auf. Erschreckt ruderte die Magd mit den Armen, um das Gleichgewicht zu halten. Ihre Wangen brannten, die Ohren glühten, als sie halb nach vorn gebeugt zum Stehen kam. Trotz der eigenartigen Position gelang es ihr, einen Blick in die Wohnstube zu werfen. Zu Salzsäulen erstarrt, standen der fremde preußische Offizier sowie Magdalena Grohnert und Philipp Helmbrecht einander gegenüber. Keiner sagte ein Wort.

»Du hast gelauscht?« Die Tür fiel krachend hinter Carlotta ins Schloss. Beschämt senkte Lina den Kopf. »Nun gut.«

Ohne etwas hinzuzufügen, rannte Carlotta die Treppe ins zweite Geschoss hinauf.

Verblüfft starrte Lina ihr nach, bis das Dunkel des oberen Stockwerks sie verschluckt hatte. Eine Tür klapperte, dann wurde es wieder still. Auch im übrigen Haus war kaum etwas zu hören. Selbst Hedwig und Milla schienen unten in der Küche besonders leise mit dem Geschirr zu hantieren, während sie das Nachtmahl bereiteten. Welch vergebliche Mühe!, durchfuhr es Lina bedauernd. Wahrscheinlich rührte keiner die Köstlichkeiten an, weil allen der Appetit vergangen war. Ein Ausruf in der Wohnstube erinnerte sie an das Geschehen hinter der Tür. Fest presste sie das Ohr gegen den Flügel. Magdalena Grohnert und Helmbrecht sprachen so leise miteinander, dass Lina nichts verstehen konnte. Der Kurfürstliche schwieg. Dann aber rief Magdalena so laut, dass Lina zusammenzuckte: »Mathias, so antworte uns doch endlich!«

Die Magd begann zu begreifen: Bei dem Blaurock handelte es sich um Carlottas ersten Burschen! Gewiss war er zurückgekehrt, um sie zu holen. Kein Wunder, dass alle so entsetzt waren. Und obendrein trug er die Uniform Friedrich Wilhelms. Offenbar gehörte er zu den Dragonern, die am Mittag den tapferen Hieronymus Roth festgenommen hatten. Das setzte allem die Krone auf.

Lina überlegte nicht lang. Zwei Stufen auf einmal nehmend, sprang sie die Treppe hinunter, pfefferte die schweren Holzpantinen in die Ecke, bückte sich zu einem Paar Lederschuhe, das eigentlich zu eng für ihre breiten Bauersfüße war, und schnappte sich einen dicken Wollumhang vom Haken neben der Hintertür.

»Wo willst du hin?« Schnaubend verstellte Hedwig ihr den Weg.

»Carlotta schickt mich, einen dringenden Botengang zu erledigen«, log sie, warf den Umhang über das strohblonde Haar und zwängte sich an Hedwig vorbei.

Ihr Herz raste vor Aufregung, als sie an der missmutigen Köchin vorbei nach draußen gelangt war, wo ihr der eisige Oktoberwind in die Wangen biss.

Sie rannte los. Die Steinstufen des Beischlags waren gefährlich glatt. Mit zittrigen Knien gelangte sie auf die Langgasse und stemmte sich gen Norden, dem Wind entgegen, in das Schneegestöber hinein. Zum Glück war ihr der Weg über die Krämerbrücke und am Fischmarkt entlang des Pregelufers blind vertraut. Die leergefegten Gassen und gespenstisch vernagelten Krämerbuden schreckten sie nicht. Nicht einmal das unheimliche Jaulen des Windes jagte ihr sonderlich Angst ein. Alles, was sie fürchtete, war, nicht rechtzeitig zu dem jungen Medicus in die Schmiedegasse zu gelangen oder ihn gar nicht erst dort anzutreffen.

Auf einer zugefrorenen Pfütze geriet sie ins Rutschen und brach mit dem Fuß ein. Natürlich hatte sie vergessen, Patten unterzuschnallen. Auch wärmendes Stroh fehlte in den engen Schuhen. Das rissige Leder sog sich voll mit ekligem, kaltem Nass. An der Schmiedegasse erwartete sie weitere Unbill. Verwirrt stoppte sie mitten im Laufen, prallte gegen eine Stufe einer weit in die Gasse hineinragenden Steintreppe und fiel der Länge nach in den halb gefrorenen, halb aufgeweichten Straßendreck. Mit klammen Fingern wischte sie den groben Dreck von ihrem Wollrock und zupfte sich Schneekristalle aus den Haaren.

Als sie den Blick hob, packte sie schiere Verzweiflung. Haus an Haus reihte sich in der Schmiedegasse eng aneinander, gelegentlich unterbrochen von einem im Wind klappernden Baugerüst oder einer halb in die Höhe gezogenen, neuen Wand für den Überbau eines Beischlags. Zwar mochten die Gebäude eine Spur weniger protzig als die Kaufmannshäuser drüben im Kneiphof sein, doch beeindruckend waren sie allemal. Vor allem glichen sie einander bestürzend! Nach Atem ringend, ließ Lina ihren Blick umherschweifen, versuchte, trotz Dunkelheit und Schneeregens Einzelnes zu unterscheiden. In welchem der Häuser mochte der ehrwürdige kurfürstliche Leibarzt Ludwig Kepler wohnen? Für einen Herrn seiner Stellung schien das eine genauso angemessen wie das andere. Schon verfluchte sie den Tag, an dem sie es als Magd im Grünen Baum abgelehnt hatte, die Wirtin zum Medicus zu begleiten. Zögernd setzte sie ihren Weg fort, musterte prüfend die düsteren Hausfassaden. Kein Hund drückte sich zwischen den Mauern oder Treppen herum, auch die Katzen hatten sich hinter die wärmenden Herdfeuer verzogen.

Die heranmarschierenden Studenten bemerkte sie erst, als sie fast mit ihnen zusammenstieß.

»Wohin des Wegs bei diesem unwirtlichen Wetter?«

»Ist es nicht reichlich spät für ein ehrbares Fräulein wie Euch, allein durch die Straßen zu irren?«

»Vielleicht können wir helfen?«

»Ja, lass dir unter die Arme greifen, schönes Kind, um den rechten Weg zu finden.«

»Ich greife dir lieber unter den Rock.«

»Eine gute Idee! Ich weiß auch schon, wohin ich dich führe.«

Die Kameraden schenkten dem Wüstling für sein Vorpreschen freches Gelächter.

»Los, los, worauf warten wir eigentlich?«, fragte ein anderer.

»Gleich biegen die Stadtknechte um die Ecke und schnappen uns die Beute weg.«

»Keine Sorge«, beschwichtigte der Erste. »Heute kommen die bestimmt nicht. Die kurfürstlichen Dragoner haben ihnen zu viel Angst eingejagt.«

»Dann nichts wie ran an den Speck! Wenn die Kurfürstlichen erst auftauchen, kommen wir bestimmt nicht mehr zum Zug. Die schnappen uns den Braten glatt vor der Nase weg!«

Johlend und feixend umringte das halbe Dutzend Burschen Lina. Sie zitterte, empfand allerdings weder Angst noch Kälte. Wut war alles, was sie in diesem Moment spürte. Sie ballte die Fäuste, bis die Knöchel schmerzten, und schrie lauthals los.

In der engen Gasse hallte der Schrei wider, verfing sich im verwinkelten Gemäuer. Selbst der Wind schien sich ihm zu beugen und bereitwillig für eine Weile zu verstummen. Fenster und Türen schlugen auf, Köpfe schauten heraus. »Was ist los?«, rief eine Männerstimme.

Die Studenten erstarrten, sahen ebenso erschrocken wie eben noch Lina die Schmiedegasse hinauf. Der Erste tippte den nächststehenden Kommilitonen am Arm, kurz wechselten sie Blicke. Dann stürmten sie davon.

»Braucht Ihr Hilfe?«, erbarmte sich eine Alte an einer Tür im übernächsten Haus und winkte Lina heran.

»Danke«, rief sie, erfreut über die ungewohnt respektvolle Anrede. In wenigen Schritten erreichte sie den Vorbau. Helles Licht fiel aus der Tür hinaus auf die Steinplatten des Beischlags. Die Frau lehnte am Türrahmen und streckte ihr besorgt die Hand entgegen. Als sie begriff, dass sie kein bürgerliches Fräulein, sondern eine einfache Magd vor sich hatte, verschloss sich ihre Miene.

»Ich suche Medicus Kepler. Könnt Ihr mir sagen, wo ich sein Haus finde?«, nutzte Lina beherzt den letzten Moment, in dem sie noch mit Beistand rechnen durfte.

»Ist es so schlimm?« Die Frau zog ihr Tuch enger um die Schultern. Flink schob sie die Hände zum Wärmen unter die Achselhöhlen. Ungebührlich lange starrte sie Lina an. Der dreckbespritzte Aufzug erregte ihr Missfallen, gleichzeitig lockte sie die Aussicht auf eine interessante Geschichte. »Wo hast du dich denn herumgetrieben? Den Medicus findest du drei Häuser weiter auf derselben Seite. Wenn du dir aber einbildest, der junge Kepler nimmt sich einer wie dir an, liegst du falsch. Und der Alte wird eine wie dich wohl gar nicht erst empfangen. Wenn ich dir also einen Rat geben darf, Kindchen«, ein letztes Mal wanderte ihr Blick über Lina, verharrte auf ihrem drallen Leib, »mit so was wendet man sich nicht an den Stadtphysicus, erst recht nicht an den ehrbaren Leibarzt unseres Kurfürsten. Geh rüber in den Löbenicht oder ins Tragheim. Da findest du genügend Frauen, die solchen wie dir beistehen.« Damit machte sie auf dem Absatz kehrt und schlug Lina die Tür vor der Nase zu.

»Danke«, murmelte Lina trotzig. Enttäuscht wischte sie sich mit den Handrücken die Wangen ab, klopfte den Dreck vom Rock und stopfte die strohblonden Haare zurück unter das Tuch. So marschierte sie erhobenen Hauptes die Schmiedegasse weiter hinauf, auf das Haus des kurfürstlichen Leibarztes zu.

»Der junge Herr ist nicht zu sprechen«, versuchte die Wirtschafterin ebenfalls, sie gleich auf der Schwelle abzuwimmeln. Flink klemmte Lina den Fuß zwischen die Tür. »Ich muss aber dringend zu ihm. Meine Herrin hat mich geschickt. Sagt ihm, ich komme von Carlotta Grohnert aus dem Kneiphof.

Ihr werdet schon sehen, wie rasch er für mich zu sprechen ist.«

»Da könnte ja jede kommen«, murrte die Alte, versuchte allerdings nicht mehr, ihren Fuß aus der Tür zu schieben.

»Marthe, was ist? Schließ die Tür, mich friert«, knurrte eine dunkle Männerstimme. Über die Schulter der Wirtschafterin hinweg erkannte Lina einen älteren Herrn, bei dem es sich zweifelsohne um den Stadtphysicus handelte.

»Carlotta Grohnert schickt mich mit einer wichtigen Nachricht für Euren Sohn«, rief sie rasch in die hell erleuchtete, vom knisternden Herdfeuer angenehm warme Diele.

»Carlotta Grohnert? Doch nicht etwa die Tochter der Bernsteinhändlerin? Oder besser: der vormals so berühmten Wundärztin?« Höhnisch betonte Kepler die letzten Worte. »Sag deiner Herrschaft, über Wundermittel können wir uns gern am helllichten Tag unterhalten. Um diese späte Stunde empfange ich nicht mehr – und erst recht nicht auf Zuruf aus dem Kneiphof. Dasselbe gilt natürlich auch für meinen Sohn. Wäre ja noch schöner, wenn wir springen, sobald die Damen dort mit den Fingern nach uns schnippen«, murrte er und schlurfte auf eine Tür zu, hinter der sich sein Studierzimmer verbergen mochte.

»Was ist denn, Vater?«, ertönte eine jüngere, sehr wohlklingende Männerstimme aus dem oberen Geschoss. Der Alte blieb auf halbem Weg stehen und sah hinauf. Auch die Wirtschafterin wandte sich zur Treppe.

Geschickt nutzte Lina den Moment und stieß die Haustür weiter auf. Endlich konnte sie die geräumige Diele in Augenschein nehmen. Rechts befand sich wie in den meisten Bürgerhäusern die offene Küche mit dem gewaltigen Kamin, linker Hand beherrschte eine ausladende Treppe den Raum.

Leichtfüßig lief ein elegant gekleideter junger Mann die Stufen hinunter, übersprang die letzten mit einem einzigen Satz und landete dicht vor dem alten Griesgram.

»Wer schickt dich?«, fragte er Lina mit einem zuvorkommenden Lächeln.

»Lass sie, Christoph, es lohnt nicht, sich weiter mit ihr zu beschäftigen. Mit diesen Leuten haben wir nichts zu tun.« Der Alte klopfte ihm auf die Schulter und tappte davon. Die Wirtschafterin jedoch verharrte auf ihrem Platz, jederzeit bereit, Lina auf einen Wink davonzujagen oder ins Haus zu holen.

Die junge Magd starrte den Jungen verblüfft an. Der Blick seiner grauen Augen hielt sie gefangen, ebenso der Klang der volltönenden Stimme. Dabei war der junge Medicus nicht einmal sonderlich ansehnlich zu nennen. Haut und Haar wirkten eine Spur zu schal, leuchteten aber eindrücklich im Schein des Kerzenlichts. Überhaupt schien ein einnehmendes Strahlen von ihm auszugehen. Die Gesichtszüge waren weich, um die Nase herum erstaunlich klar. Von der Statur her war er etwas stämmig, das aber tat dem anmutigen Gesamteindruck keinen Abbruch. Seine Bewegungen erfolgten fließend, geradezu grazil für einen Mann seines Alters. Lina konnte gar nicht anders, als ihn immerzu verzaubert anzuschauen.

»Nun?«, insistierte er bereits etwas ungeduldiger. »Hat dich der eisige Oktoberwind zu uns hergeweht? Oder hat dir der Anblick einer warmen Stube die Sprache verschlagen? Verrat uns, was du willst. Schließlich möchte ich ungern erfrieren.«

»Ihr m-m-m-üsst m-m-mit m-m-mir ko-ko-kommen.« Zu ihrer Schande brachte sie kaum mehr als ein unbeholfenes Stammeln heraus. Aufgeregt knetete sie die Finger. Der schwarze Rand unter den Nägeln beschämte sie. Hastig krallte sie die Fingerspitzen wie Klauen ein, strich den Rock glatt und verbarg die schmutzigen Schuhe so gut wie möglich unter dem Saum. Selbst wenn er nur die Magd in ihr sah, sollte er doch zumindest eine sehr reizvolle Magd vor sich haben.

»Du befiehlst mir also«, stellte er fest. »Ein dreister Auftritt. Anscheinend hat das Auftauchen der kurfürstlichen Dragoner heute Mittag auch dir Mut gemacht, kühner zu werden.«

Abermals erschrak sie. Als sie den Blick hob, bemerkte sie ein spöttisches Zucken um seine vollen Lippen. Die Scharte an seinem Kinn hatte etwas Anrührendes. Ein Schauer lief ihr über den Rücken.

»Verzeiht, Herr«, begann sie heiser, schluckte, fuhr lauter fort: »Natürlich kann ich Euch nur höflich bitten, mit mir zu kommen. Doch glaubt mir: Es ist wirklich dringend.«

»Denkst du nicht, ich kann das leichter entscheiden, wenn du mir endlich verrätst, wer dich überhaupt schickt? Schließlich sollte ich wissen, wohin ich dir folgen soll. Oder stellst du mir ein Rätsel?«

Verlegen wand sie sich. Was sollte sie ihm auch antworten? Geschickt hatte sie niemand. Aber das durfte sie ihm nicht sagen.

»Ich komme aus der Kneiphofer Langgasse«, sagte sie und verstummte sogleich wieder. Der Schatten, der bei ihren Worten über sein Gesicht huschte, entging ihr nicht. Sie nahm allen Mut zusammen und erklärte: »Die Damen Grohnert brauchen Eure Hilfe, genau genommen ist es vor allem …«

»Lass gut sein«, fuhr er grob dazwischen. Seine Miene war plötzlich bar jeden Spotts. »Das will ich gar nicht wissen. Schließlich werde ich so oder so nicht mit dir kommen.«

Alle Farbe war aus seinem Gesicht gewichen, selbst das Leuchten seiner Haare schien erloschen. Trotzig streckte er den Rücken durch. Die Wirtschafterin tat es ihm nach und legte zugleich die Hand auf die Klinke, jederzeit bereit, doch noch die Tür vor Lina zuzuschlagen.

»Aber es ist dringend!«, flehte Lina, wagte gar einen Schritt weiter auf die Schwelle zu. Sofort schob sich die Wirtschafterin dazwischen, Kepler wich nach hinten zurück.

»Wenn Ihr nicht mitkommt, geschieht ein furchtbares Unglück«, krächzte Lina. »Dann, dann …«

Nach Worten ringend sah sie ihm in die grauen Augen, entdeckte die unendliche Traurigkeit darin. Ihr fehlten die Worte, um auszumalen, was geschehen würde. Nur eins stand für sie fest: Mathias' Auftauchen in der Langgasse konnte sie unmöglich erwähnen. Damit, das spürte sie, würde sie alles zunichtemachen. Nie und nimmer wäre er dann noch bereit, sie zu begleiten.

»Was dann?«, hakte er nach und verschränkte die Arme vor der Brust, wie um sich selbst zu stützen.

»Dann, dann«, suchte sie weiter nach einer Erklärung, bis ihr die rettende Idee kam. »Dann wird Carlotta mit ihrer Mutter brechen, und Ihr tragt erhebliche Schuld daran«, fügte sie hinzu. So schrecklich sich das anhörte, so wenig war es gelogen, beruhigte sie sich. Es war eben nur die halbe Wahrheit. Den Rest konnte sie ihm sagen, wenn er erst einmal Anstalten unternahm, sich auf den Weg zu machen.

Beklommenes Schweigen breitete sich in der Kepler'schen Diele aus. Das Herdfeuer knisterte. Ein Holzscheit krachte. Der von der Straße eindringende Wind fachte die Glut weiter an. Verzweifelt legten sich die Kerzenflammen in den Leuchtern schräg, kämpften gegen das Verlöschen an. Behutsam nahm die Wirtschafterin die Hand von der Klinke und verschwand auf leisen Sohlen ins Innere des Hauses. Am Herd bückte sie sich, stocherte mit dem Schürhaken im Feuer herum und scherte sich keinen Deut mehr um das Geschehen an der Haustür.

Bangen Herzens senkte Lina den Blick, hoffte, Kepler dadurch ausreichend Zeit zu schenken, sich auf das Richtige zu besinnen, auch wenn sie ihre Ungeduld nur mühsam unterdrücken konnte. Niemand konnte wissen, was dieser Mathias in der Zwischenzeit bei den Grohnert-Damen anrichtete.

»Also gut.« Endlich kam wieder Leben in den jungen Medicus. »Ich komme mit. Schließlich kann ich Carlotta in dieser Stunde unmöglich alleinlassen.«

Er eilte zu einem Haken neben der Treppe, nahm einen langen Wollmantel und einen eleganten Spitzhut herunter. Ohne sein Gesicht zu sehen, ahnte Lina, dass der spöttische Zug darauf zurückgekehrt sein musste. Schon drängte er an ihr vorbei nach draußen und stürzte sich in die unwirtliche Oktobernacht hinein.

Lina war nicht viel kleiner als der junge Kepler. Trotzdem fiel es ihr schwer, mit ihm Schritt zu halten. Ehe sie sich versah, hatte er bereits eine gute Schrittlänge Vorsprung. Hastig schlitterte sie hinter ihm her, einzig darauf bedacht, ihm dicht auf den Fersen zu bleiben. Zwei bewaffnete Stadtknechte überholten sie im Laufschritt. Einer von ihnen leuchtete mit einer brennenden Fackel den Weg aus, musste die Flamme jedoch immer wieder von neuem gegen Wind und Schneeregen abschirmen. Lässig hob sein Kamerad die Hand zur Hutkrempe, um Kepler im Vorübereilen zu grüßen. Der nickte knapp zurück und steuerte geradewegs auf die Schmiedebrücke zu. Die Masten der Kähne auf dem Neuen Pregel schaukelten heftig und warfen unheimliche Schatten in die helle Mondnacht. Auf ihren Spitzen balancierten Möwen, nicht willig, den begehrten Schlafplatz dem Sturm zuliebe aufzugeben. Hin und wieder spreizte eine die Flügel und schrie gegen die Dunkelheit an.

Lina duckte den Kopf tiefer zwischen die Schultern. Sie war nicht ängstlich, dennoch fühlte sie sich nicht sonderlich wohl in ihrer Haut. Kepler eilte indes bereits die Schuhgasse hinunter und schwenkte dann rechts hinüber in die Alte Domgasse. Die wenigen Menschen, die ihnen begegneten, hatten Besseres im Sinn, als auf sie beide zu achten. Auf halbem Weg zur Wassergasse hatte sich jedoch eine Gruppe lärmender Studenten zusammengerottet. Lina erspähte sie schon von weitem und fürchtete das Schlimmste. Rasch wechselte sie auf Keplers linke Seite, um sich in seinem Schatten an den Burschen unbemerkt vorbeizuschummeln.

»Grüß dich, Kepler!«, rief einer der Studiosi und schwenkte fröhlich seinen Hut. »Was treibst du um diese Stunde noch hier draußen?«

Zu Linas Überraschung blieb Kepler stehen. »Grüß dich!«, erwiderte er und sah den anderen freundlich an. Ihr Herz raste. Er hatte es doch eilig! Wie töricht von ihm, sich kurz vor dem Ziel ausgerechnet von diesen Lumpen aufhalten zu lassen. Hoffentlich waren das nicht die Studenten, denen sie auf dem Hinweg in die Arme gelaufen war. Unauffällig schob sie sich hinter Keplers breiten Rücken, doch es war zu spät. Der Wind blies die Wolken viel zu schnell über den Himmel, bald strahlte das Mondlicht erbarmungslos auf Lina. Einer der Burschen entdeckte sie und grinste frech.

»Wen versteckst du da vor uns? Gönnst dir wohl ein hübsches Mädchen für heute Nacht, was, Kepler?«

»Das darf der ehrwürdige Herr Vater aber nicht merken!«, riet ein anderer und drohte mit dem Zeigefinger.

»Deshalb sucht ihr euch wohl ein ruhiges Plätzchen fern von der Altstadt.«

Schmutzig lachten die Studenten auf, umringten Kepler und Lina und begafften sie unverhohlen von oben bis unten.

»Ihr müsst euch nicht grämen«, entgegnete der junge Kepler in nicht minder frechem Ton. »Wartet nur eine Weile hier an der Ecke. Schließlich kriechen auch für euch noch irgendwann ein paar räudige Katzen aus den Löchern.«

Darauf lachte er ebenfalls und schob die Studenten auseinander, sich einen Durchgang zu verschaffen. Ungerührt zog er Lina mit sich fort.

Endlich schälten sich die Giebel der Langgasse vor dem aufgewühlten Grauschwarz des Nachthimmels heraus.

»Wartet kurz«, rief Lina Kepler gegen den Wind zu, doch der junge Medicus reagierte nicht. Beherzt versuchte sie, ihn am Arm zurückzuhalten. »Ich muss Euch noch etwas sagen.«

Kaum kam das Singeknecht'sche Anwesen auf der linken Seite der Langgasse kurz vor der Krämerbrücke in Sicht, hastete Kepler noch schneller vorwärts. Sein Arm entglitt ihr, doch er drehte sich nicht einmal mehr zu ihr um. Hastig raffte sie Umhang und Rock und stürzte hinterher, über die glatten Stufen zum Beischlag hinauf. Erst an der Haustür holte sie ihn wieder ein. Dort allerdings kam sie nicht mehr dazu, ihre Warnung loszuwerden. Schon öffnete Hedwig die Türflügel.

»Kepler, Ihr?«

# 3

Verwundert starrte die alte Hedwig den jungen Kepler an. Der Medicus nahm den Hut vom Kopf und vollführte vor der gedrungenen Alten einen flüchtigen Kratzfuß.

»Verehrteste«, säuselte er, »verzeiht die späte Störung. Ich muss dringend Fräulein Carlotta sprechen.« Er wartete nicht, bis sie ihn hereinbat, sondern schlängelte sich gleich an ihr vorbei die Treppe ins Obergeschoss hinauf.

Lina wollte hinterher, immer noch in der Hoffnung, ihn rechtzeitig warnen zu können.

»Steckst du dahinter?« Blitzschnell schnappte Hedwig nach ihrem Arm und hielt sie fest.

»Lass mich!« Verärgert wollte sie sich losreißen, doch die Köchin packte nur fester zu.

»Was hast du dir bloß dabei gedacht?« Die kleinen Augen blitzten böse, das weiße Haar stand Hedwig in alle Richtungen vom Schädel ab. Patsch!, klatschte eine Ohrfeige auf Linas Wange. Sie hob die Hand, um sie auf die brennende Haut zu legen, da landete bereits die nächste auf der zweiten Wange. Das war zu viel. Wutentbrannt riss Lina sich los, fasste die Köchin ihrerseits an den Schultern und schüttelte sie heftig. »Wag das nie wieder!«, schrie sie mitten in das erschrockene Gesicht.

»Was tust du da?« Wie aus dem Nichts stand Milla neben ihr, die braunen Rehaugen schreckgeweitet, der dürre Leib zitternd wie Espenlaub. Mit unerwarteter Kraft zog sie sie von der Alten weg. Lina starrte sie an. Es war, als erwachte sie aus einer Betäubung. Wie konnte sie nur? Nie hätte sie in ihrer blinden Wut so weit gehen und Hedwig angreifen dürfen!

Aus dem Obergeschoss drangen aufgebrachte Stimmen in die Diele. Der junge Kepler schien die Tür zur Wohnstube offen gelassen haben. Wie gebannt verharrten die drei Frauen in der Diele, eine jede aufs Lauschen nach oben konzentriert. Gleich entspann sich oben ein reger Wortwechsel. Der Geräuschpegel schwoll gefährlich an. Mehrmals hörte man die Stimme von Magdalena Grohnert, die versuchte, die Herren zu beschwichtigen. Ihr Mühen schien vergeblich. Verängstigt drängte Milla sich gegen Lina. Als Hedwig dessen gewahr wurde, schnaubte sie und verschränkte die Arme vor der Brust. Lina legte der kleinen Magd schützend den Arm um die Schultern. Plötzlich erfüllte ein entsetzliches Brüllen das Haus. Es polterte und krachte. Stühle wurden umgeworfen, wütende Stiefelschritte knallten auf dem Holzboden. Ein Schrei Magdalenas gellte dazwischen, dann kehrte gespenstische Stille ein.

Im zweiten Obergeschoss fiel eine Tür ins Schloss, eilige Schritte auf der Treppe erklangen. Als wäre das ein Signal, ließ Lina Milla los und stürmte die Treppe hinauf. Auf dem Absatz vor der Wohnstube stieß sie mit Carlotta zusammen. Wütend schob die sie beiseite.

»Was um Himmels willen geht hier vor?«, rief Carlotta. Ungebeten schob sich Lina hinter ihr in die Wohnstube.

Drinnen bot sich ihnen ein Bild der Verwüstung: Die Stühle lagen kreuz und quer auf dem Boden, die Tischdecke war halb heruntergerissen. Die Hälfte der Kerzen in dem großen Leuchter waren verloschen, die Talglichter auf dem Wandbord flackerten kümmerlich. In der hintersten Ecke der Stube, links neben der Truhe und dem ehrfurchtgebietenden Porträt Paul Joseph Singeknechts, drückte sich die Hausherrin gegen die Wand. Starr sahen ihre grünen Augen zu den drei Männern vor dem mittleren Fenster. Lina folgte ihrem Blick.

»Du elender Hurensohn!«, zischte der junge Kepler den preußischen Offizier an. »Dich werde ich lehren, mich einen Maulhelden zu nennen! Gleich wirst du am eigenen Leib erfahren, wie ich auch ohne Waffen furchtlos mit dir kämpfen kann.«

Seine Augen sprühten vor Zorn. Mit beiden Händen hielt er den anderen am Revers seines blauen Rocks. Obwohl er ein gutes Stück kleiner war, wirkte er dank seiner kräftigen Statur überlegen. Helmbrecht versuchte, ihn von dem Mann wegzuziehen, rüttelte ihn an den Schultern, zog ihn an den Armen. Vergeblich. Der junge Kepler ließ sein Opfer nicht los. Carlotta redete nun von der anderen Seite auf ihn ein, griff ebenfalls nach seinem Handgelenk. Doch auch sie konnte nichts bewirken. Kepler schien wie besessen, den Gegner niederzuzwingen.

Trotz der bedrohlichen Situation konnte Lina ihre Neugier nicht unterdrücken und reckte sich, diesen Mathias endlich direkt anzusehen. Sie brauchte nicht lang, um sicher zu sein, wer der Bessere für Carlotta war.

»So nehmt doch Vernunft an!«, bemühte sich Helmbrecht ein letztes Mal. »Ihr macht alles nur schlimmer.«

»Schlimmer? Ich? Dass ich nicht lache!« Kepler versetzte Mathias einen wütenden Stoß nach hinten. Hilflos ruderte der Offizier mit den Armen, drohte, nach hinten ins Fenster zu kippen. Im letzten Augenblick bekam er die Vorhänge zu fassen und zog sich daran in die Aufrechte zurück.

»Das Lachen wird dir noch vergehen, du erbärmlicher Wurm«, knurrte er und klopfte seinen blauen Uniformrock aus.

Kepler hatte sich bereits halb von ihm ab- und Carlotta zugewandt. Lina konnte von ihrer Position aus nicht sehen, welche Gefühle sich auf Carlottas Gesicht widerspiegelten.

»Wer bist du überhaupt, dass du es wagst, dich im Haus meiner Tante derart aufzuführen?« Mathias schritt auf ihn zu, schubste Helmbrecht achtlos beiseite und würdigte auch Carlotta keines Blickes.

Die nahezu schwarzen Augen waren einzig auf Kepler gerichtet. Die riesige Nase ragte bedrohlich weit aus dem schmalen Gesicht hervor. Flink schnellten die schlanken Hände nach oben und schlossen sich um Keplers Hals. Er drückte zu, fest und immer fester, bis das weiche Gesicht des jungen Medicus sich rot verfärbte und die grauen Augen aus den Höhlen traten. Verzweifelt schnappte er nach Luft, brachte jedoch nur ein kraftloses Japsen heraus.

Das Ganze ging so schnell, dass Helmbrecht keine Zeit blieb, abermals dazwischenzugehen. Carlotta schrie auf, sprang den jungen Offizier von der Seite an wie eine Katze.

»Mathias, nicht!«, rief sie und zerrte an ihm. »Tu das nicht! Du machst dich nur unglücklich.«

Als hätte er das tatsächlich gehört, ließ er im selben Moment von seinem Opfer ab und schaute kurz zu Carlotta. Lina, die nicht weit entfernt von den beiden stand, erfasste beim Anblick ein kalter Schauer. Seine schwarzen Augen hatten mit einem Mal etwas Teuflisches. Bedrohlich langsam drehte er sich wieder zu Kepler um. »Falls du dir einbildest, ein Recht auf Carlotta zu haben, sei gewarnt. Wenn du sie auch nur einmal anrührst, dann bringe ich dich um. Verlass dich drauf!«

Ehe sie alle so recht aus ihrem Schrecken erwachten, machte er auf dem Absatz kehrt, schnappte sich seinen breitkrempigen Hut vom Tisch und eilte zur Tür hinaus. Kepler besann sich nicht lang, fasste einmal kurz an seine Kehle und wollte dann ebenfalls aus der Wohnstube stürzen.

»Warte nur, Bürschlein«, rief er Mathias hinterher, »so leicht entkommst du mir nicht!«

»Nein!«, warf Carlotta sich ihm in die Arme, sank dabei in die Knie. Ihre Stimme war ein heiseres Krächzen. »Bleib, ich bitte dich! Lass Mathias gehen. Er will nur Unfrieden stiften. Bald verschwindet er mit seinem Fähnlein aus der Stadt, und alles ist wieder gut.«

Wie zur Bestätigung dröhnten Mathias' schwere Soldatenstiefel laut durch die Diele. Die wuchtige Eichenholztür öffnete sich, er verließ das Haus. Kurz darauf fiel die Tür ins Schloss. Draußen auf dem Straßenpflaster verhallten seine Schritte. Gespenstisch heulte der Wind auf, rüttelte an den Fensterrahmen, trieb eine Böe Schnee gegen die Glasscheiben.

»Nichts ist jemals wieder gut«, sagte Kepler leise und befreite sich aus Carlottas Umarmung. Knapp nickte er zu Helmbrecht, deutete eine hastige Verbeugung in Magdalenas Richtung an und verschwand mit weit ausholenden Schritten aus der Wohnstube.

»Kind, was hast du da nur wieder angestellt?«, raunte Magdalena und löste sich zögernd aus ihrer Ecke.

Verwundert beobachtete Lina, wie sie zu Helmbrecht trat und sich schutzsuchend an ihn schmiegte. Linas Gegenwart schien sie vollends vergessen zu haben. Lina indes genügte das leichte Seufzen Carlottas, um zu begreifen, wie sehr die junge Wundärztin das Verhalten ihrer Mutter missbilligte.

»Ich?«, platzte Carlotta entrüstet heraus. »Wieso soll ausgerechnet ich etwas Schlimmes angestellt haben?«

# 4

Tapfer kämpfte die Kerzenflamme gegen den starken Lufthauch, der durch das weitläufige Innere des Doms wehte. Carlotta war versucht, die Hand schützend um das Licht zu wölben, um ein zu frühes Verlöschen zu verhindern. Sie beugte sich vor, doch es war nicht einfach, kniend auf dem eiskalten Steinboden die Balance zu halten. Ihr Atem brachte die Flamme noch mehr ins Flackern. Vorsichtig richtete sie sich auf und hielt die Luft an, bis sie weit genug von der Kerze entfernt war. Es dauerte nicht lange, und die Flamme gewann erneut an Größe. Gespenstisch tanzte das Licht über die weiße Grabplatte, leuchtete mal das verschwenderisch groß geschwungene G, dann das runde O oder das T im Schriftzug des im Boden eingelassenen Marmorepitaphs aus.

Carlotta verschränkte die Hände zum Gebet. Das Zittern mochte von der Kälte oder von ihrem bangen Gemüt rühren. Auch wenn sie in den letzten vier Jahren unzählige Male im Dom gewesen war, haftete diesen Besuchen stets der Ruch des Verbotenen an. Wie ein ungebetener Eindringling fühlte sie sich in dem trutzigen dreischiffigen Backsteinbau mit den zwölf dicken Pfeilern, zwischen denen seit mehr als hundert Jahren protestantisch gepredigt wurde. War das Gotteshaus nicht ursprünglich auch als Wehrkirche gedacht gewesen? Der Wehrgang mit seinen Schießscharten an der Ostwand des Hauptschiffes gemahnte noch immer daran. Nachdenklich schweifte Carlottas Blick durch das dämmrige Gemäuer. Nicht erst der Große Krieg, in dessen Wirren sich ihre Eltern einst fanden, hatte die Menschen in ihrem Glauben geteilt. Überall in der Dreistädtestadt am Pregel fanden sich Hinweise, wie zerstritten Katholische und Protestantische von alters her waren. Carlotta seufzte. Der tiefe Riss ging sogar durch die eigene Familie. Ihr in der Gruft bestatteter Vater war Protestant gewesen. Am furchtbaren Tod seiner Eltern bei der Zerstörung Magdeburgs vor mehr als dreißig Jahren trugen die Katholischen um Tilly und Pappenheim große Schuld. Magdalenas Vater war einer ihrer tapfersten Söldner gewesen. Trotzdem hatten der Vater und die Mutter gemeinsam entschieden, sie katholisch taufen zu lassen. Das wiederum machte sie in ihrer derzeitigen Heimatstadt Königsberg dem Großteil der Kaufleute suspekt. Dies würde sich gewiss auch bei der Beerdigung Gerkes zeigen, die am frühen Nachmittag stattfinden sollte und natürlich protestantisch war. Carlotta war jedoch bewusst, dass sich Magdalena nicht nur aus diesem Grund davor scheute, daran teilzunehmen. Schwerer noch wog die Angst, Mitschuld an Gerkes plötzlichem Ableben zu tragen.

Auch Christoph war katholisch, Mathias dagegen protestantisch getauft, kam Carlotta nun in den Sinn. Eine Träne rann ihr die Wange hinab. Schniefend wischte sie sie weg und hoffte inständig, dass eines fernen Tages wenigstens die Konfession keine Rolle mehr spielen würde.

Dabei hatte sie ein ganz anderes Anliegen an das väterliche Grab geführt. Am heutigen Allerseelentag sollte die brennende Kerze Eric und seinen Eltern über die Grenzen der Glaubensgemeinschaften hinweg himmlischen Beistand bescheren. Lautlos betete sie ein Paternoster, ging über in ein Credo in Deum und schloss schließlich ein Ave-Maria an. Mit jeder Zeile fiel es ihr jedoch schwerer, die Gedanken zusammenzuhalten. Zwar bewegten sich ihre schmalen Lippen folgsam mit, doch der Kopf schwirrte ihr von zu vielen anderen Dingen, als dass sie die Worte mit Andacht formte. Abrupt hörte sie mit dem Beten auf.

»Ach, Vater«, flüsterte sie Richtung Grabplatte, »wärst du doch bei mir und könntest mir helfen. Was soll ich bloß tun?«

Es kostete sie Mühe, ein lautes Aufschluchzen zu unterdrücken. Seit Erics Tod vor vier Jahren war sie nicht mehr derart verzweifelt gewesen wie in den letzten Tagen. Sie presste die zittrigen Finger gegen den Mund, nahm kaum die klamme Kälte wahr, die ihre Glieder steif werden ließ. Mit einem Mal sprudelten ihr die Worte aus dem Mund, als läge ihr Vater nicht tot, sondern äußerst lebendig in dem steinernen Grab zu ihren Füßen.

»Ich weiß nicht mehr weiter, Vater. Vor kurzem noch war alles so einfach: Christoph ist von seiner Studienreise zurückgekehrt, und gleich war alles zwischen uns wieder so wie früher. Es gab viel Lustiges zu erzählen, doch er hat mir auch so einiges von dem gezeigt, was er in der Fremde gelernt hat. Zuletzt hat er mich sogar zu den Patienten mitgenommen. Nicht nur dank Caspar Pantzer ist ihm mein besonderes Gespür für Kranke aufgefallen. Ich glaube, er begreift allmählich, worum es mir geht. Längst ist übrigens mehr zwischen Christoph und mir.«

Sie spürte, wie ihre Wangen zu glühen begannen, und hielt verlegen inne. Dabei gab es nicht den geringsten Grund, sich ihrer Gefühle für Christoph zu schämen. Körperliches Verlangen war dem Vater nicht fremd gewesen. Nie hatte er einen Hehl aus seiner Liebe zu Magdalena gemacht, sie gar offen vor Carlottas Augen geküsst.

»Letzte Woche hat er mich gefragt, ob ich ihn heiraten will«, fuhr sie leise fort. »Stell dir vor: Der junge Medicus, Sohn des ehrwürdigen Ludwig Kepler, seines Zeichens kurfürstlicher Leibarzt aus der Königsberger Altstadt, will mich, die einfache Wundärztin aus dem Kneiphof, zur Frau nehmen! Natürlich will ich das auch! Letzten Montag wollten wir mit seinem Vater darüber reden, du weißt schon, dem alten Griesgram aus der Schmiedegasse. Sicher wäre der nicht begeistert gewesen, weil er Wundärzte nicht mag und Wundärztinnen wie mich schon gleich gar nicht. Aber Christoph meint, das wäre ihm einerlei. Er würde mich zur Frau nehmen, was auch immer sein Vater davon halte. Wenn er sich gar zu sehr sträuben und ihm die Nachfolge als Stadtphysicus verwehren würde, könnten wir zwei schließlich auch woanders hingehen. Gute Medici und Wundärzte sind überall gefragt.«

Mit jedem Wort war ihre Stimme fester geworden. Sie legte abermals eine Pause ein, zupfte an ihrem Rock und blickte durch die Weite des leeren, dämmrigen Doms. Der fahle Novembermorgen gewährte nur einem spärlichen Lichtstrahl Einlass durch die hohen Glasfenster. Das Innere der schlicht ausgestatteten Kirche nahe der ehrwürdigen Universität versank in tristem Grau. Kaum hoben sich die Konturen der herzoglichen Gräber an den Wänden davon ab. Selbst das Chorgestühl und der Altar lösten sich in unbestimmten dunklen Schatten auf. Einzig das riesige Holzkreuz mit dem leidenden Jesus war deutlicher zu erkennen. Während Carlotta in den Chor schaute, meinte sie, die steinernen Figuren Albrechts I. und Dorotheas erwachten auf ihrem Denkmal plötzlich zum Leben. Was, wenn sie von ihren Sockeln herunterstiegen und auf sie zuschritten? Klopfenden Herzens senkte sie den Kopf und beobachtete wieder die Kerzenflamme auf dem Grab, die sich gegen jeden Luftzug behauptete. Carlotta atmete tief durch. Es war Zeit, dem Vater im Grab die ganze Wahrheit zu sagen. Niemandem sonst konnte sie sich anvertrauen. »Dann aber sind die Kurfürstlichen in den Kneiphof eingedrungen. Seither ist nichts mehr, wie es war.«

Von neuem versagte ihr die Stimme. Gegen ihren Willen musste sie nun doch tief aufschluchzen. Erschrocken presste sie sich die Faust gegen die Lippen und verharrte, angespannt bis in die kleinste Faser ihres Leibes.

Die Kerzenflamme wurde gefährlich klein, legte sich schräg, schlang sich eng um den schwarzen Docht, bis sie schließlich doch den neuerlichen Aufstieg in die Höhe schaffte. Die Erregung in Carlottas schmächtigem Leib ließ nach. Der Drang, dem unter der schweren Marmorplatte in alle Ewigkeit ruhenden Vater ihr Herz vollständig auszuschütten, gewann die Oberhand. Schon als Kind hatte sie es genossen, ihm alles, was ihr durch den Kopf ging, bis in die kleinsten Einzelheiten zu erzählen. In Königsberg war ihr nur sein Grab geblieben, um sich Erleichterung zu verschaffen.

»Ich weiß gar nicht, wann ich das letzte Mal an Mathias gedacht habe.« Nachdenklich sah sie auf. »Fast war es schon, als hätte es ihn nie gegeben. Unser Leben damals in Frankfurt, der Zank mit Tante Adelaide, die beschwerliche Reise hierher – all das schien wie aus einer anderen Zeit. Wenn nicht Helmbrecht regelmäßig bei Mutter auftauchen würde, hätte ich das alles längst vergessen. Aber das ist eine andere Geschichte.« Abermals hielt sie inne. »Erst im Gespräch mit Lina letztens ist mir eingefallen, dass da etwas mit Mathias gewesen ist. Trotzdem war er weit, weit weg – bis er plötzlich leibhaftig vor mir stand! Das war, als die Dragoner des Kurfürsten den tapferen Roth gefangen gesetzt haben. Mitten unter ihnen hockt er da auf seinem hohen Ross. Ausgerechnet die Farben Friedrich Wilhelms trägt er jetzt.«

Mit jeder Silbe war ihre Stimme lauter geworden. Der Klang verfing sich im schlichten Gewölbe des Seitenschiffs. Carlotta meinte, der Luftzug trüge die Worte zwischen den Ritzen der Türen davon, verbreitete sie anklagend über den Domplatz und von dort aus über den gesamten Kneiphof. Sie schloss die Augen und lauschte bangen Herzens, bis die Stille in das ehrwürdige Backsteingemäuer zurückkehrte.

»Mit seinen dunklen, fast schwarzen Augen hat er mich so durchdringend angesehen wie eh und je«, wisperte sie weiter. »Bis auf den tiefsten Grund meiner Seele hat er geschaut. Dass Christoph an meiner Seite war, hat ihn wütend werden lassen. Beschimpft hat er ihn. Was fällt ihm ein? Christoph ist der wichtigste Mensch in meinem Leben! Nie hat er mir Böses getan. Bei Mathias war das anders. Ach, dabei ist das alles schon vorbei gewesen! Am Montag aber ist es wieder aufgebrochen wie eine schlechtverheilte Wunde. Nein, schlimmer noch: Jetzt scheint es viel wirklicher zu sein als ehedem: die endlosen, langweiligen Jahre in Frankfurt, der ewige Kampf mit Mathias im Kontor, sein freches Grinsen, wenn er mich dabei ertappt hat, wie ich heimlich zu Apotheker Petersen ins Laboratorium geschlichen bin.«

Ein weiteres Mal musste sie vor Aufregung nach Luft schnappen. Mit belegter Stimme redete sie weiter: »Auch das widerliche Gegrapsche damals im halb abgerissenen Haus seiner Eltern, sein lächerlicher Versuch, mich erst in Erfurt in einer dunklen, stinkigen Gasse, dann später in dem Wirtshaus mitten im unheimlichen Spreewald zu verführen, steht mir wieder vor Augen. Dabei hatte ich das vergessen, mich immerzu gezwungen, allein die guten letzten Stunden mit ihm im Spreewald in Erinnerung zu behalten.«

Bei diesen Worten schüttelte sie abermals ein wildes Schluchzen. Ähnlich der Kerzenflamme sackte sie kraftlos in sich zusammen, landete mit weit zur Seite ausgebreiteten Armen auf der eiskalten Grabplatte. Das Gesicht auf den Marmor gebettet, weinte sie hemmungslos. Erst nach einer unendlich scheinenden Weile versiegten die Tränen. Wie aus einem bösen Traum erwachend, stützte sie sich auf und sah sich verwundert um.

Noch immer war sie mutterseelenallein in der düsteren Weite des Doms. Langsam erhob sie sich auf die Knie. Ihr Herz klopfte. Wieder beschlich sie das schlechte Gewissen, ein ungebetener Gast in der protestantischen Kirche zu sein. Sie fröstelte und zog den Umhang enger um die Schultern. Ihr Atem verwandelte sich in kleine Wolken. Sie senkte das Antlitz. Die Kerze brannte weiter, vielleicht ein Zeichen, dass irgendwer weit oben ihr Flehen erhörte, auch wenn sie als Katholische am Grab ihres lutherischen Vaters betete. Sie wischte die Wangen trocken.

»Damals ist Mathias mit einem Mal völlig anders zu mir gewesen«, setzte sie zögernd fort. »Dort im Spreewald, als Helmbrecht diesen schrecklichen Anfall hatte, muss etwas mit ihm passiert sein. Von da an hat er mich verteidigt, ist mir ein echter Freund geworden. Wie ein Schutzengel hat er bei mir gewacht. Dann aber mussten Mutter und ich die Reisegruppe Tante Adelaides wegen verlassen. Seither habe ich ihn nicht mehr gesehen.«

Wieder beobachtete sie die Kerzenflamme, die sich mühsam gegen den eisigen Hauch, der durch die leere Kirche wehte, behauptete.

»Ach, was rede ich da für einen Unsinn!«, brauste sie auf. »In Wahrheit hat Mathias sich wohl nie geändert. Warum sonst ist er Montagabend noch bei uns im Haus aufgetaucht? Reine Rachsucht ist das gewesen! Er hätte sich doch denken können, Mutter mit seinem unangekündigten Auftauchen ausgerechnet in den Farben der Preußen zu Tode zu erschrecken. Und Christoph hat er tatsächlich mit dem Tod bedroht!«

Ein Geräusch schreckte sie auf. Zunächst meinte sie, es käme von der Westfront. Womöglich hatte jemand das Portal geöffnet. Nein, Schritte waren das nicht. Schon meinte sie, das Geräusch direkt über sich zu hören. Angestrengt suchte sie das Gewölbe oberhalb ihres Kopfes ab und erspähte einen schwarzen Schatten, der vor einem der oberen Fenster seine Kreise zog. Ein Vogel! Für einen Raben war er zu klein, wie sie erleichtert feststellte. Eine Drossel vielleicht. Sie konnte es nicht genau erkennen. Verzweifelt flog das Tier immerzu gegen die Scheibe. Der letzte Stoß mit dem winzigen Kopf gegen das harte Glas war zu stark. Wie ein Stein sank der schwarzgefiederte Vogel nicht weit von Carlotta zu Boden.

»Was soll ich nur tun, Vater?« Klopfenden Herzens wandte sie sich wieder der im Boden eingelassenen Grabplatte zu, buchstabierte leise die Lebensdaten des Vaters, wiederholte mehrfach die Namen seiner nie gekannten, grausam in Magdeburg gemarterten Eltern. »Ich kann doch von Christoph nicht lassen«, hauchte sie gegen den blanken Marmor. »Ohne ihn werde ich es niemals schaffen, Medizin zu studieren oder gar eine richtige Ärztin zu werden! Er bringt mich zum Lachen, macht mich die dunklen Seiten des Lebens vergessen – bis Mathias wieder da ist. Und mit ihm all das lang Vergessene. Das kann ich doch auch nicht ungeschehen machen. Nicht einmal der blaue Rock und die Farben des Kurfürsten ändern etwas daran. In seiner blinden Wut dauert er mich. Seine schreckliche Verlassenheit rührt mich, ebenso sein Kummer ob des Alleinseins und die Trauer um seine Mutter Adelaide, von der er glaubte, sie für immer verloren zu haben. Wenn ich ihn jetzt wieder ziehen lasse, so wie damals, kurz vor Thorn, bricht mir das Herz. Nicht einmal Christoph mit all seinem Medicuswissen kann das verhindern. Ach, Vater, was mache ich nur?«

Schon wollte sie sich von neuem zu Boden sinken lassen und dem Weinen hingeben, da schreckte sie ein lautes Poltern im Eingangsbereich des Domes auf. Sie fuhr herum und blinzelte in das dämmrige Licht des mittleren Kirchenschiffs. Nichts. Mit allen Sinnen konzentrierte sie sich. Laut pochte ihr das Blut in den Ohren. Die Stille, die rings um sie eingekehrt war, nahm sie darüber kaum mehr wahr.

Da war etwas gewesen, ganz deutlich spürte sie das. Es musste jemand in den Dom gekommen sein. Carlotta tastete nach dem Bernstein. Bevor sie zum Grab gegangen war, hatte sie alle Winkel abgesucht und niemanden entdeckt. Nicht einmal ein gramgebeugtes Mütterlein war da gewesen, das trotz protestantischen Bekenntnisses am heutigen zweiten Tag des Novembers für die Seelen der Toten Fürbitte leistete. Eigentlich, schoss Carlotta unvermittelt durch den Kopf, war der Donnerstag ein guter Tag. Zumindest behauptete Hedwig das. Er brachte Glück – oder zumindest nichts Schlimmes. Ihr Herz raste. Das Poltern hatte bedrohlich geklungen. Sie sollte nachsehen. Das Gespräch mit dem toten Vater war ohnehin zu Ende.

Das Familiengrab der Grohnerts befand sich zusammen mit weiteren Gräbern alteingesessener Kneiphofer Bürgerfamilien im rechten Seitenschiff. Von dort aus konnte man das Kircheninnere schwer überblicken, wurde auch selbst kaum vom Mittelschiff aus gesehen. Auf Zehenspitzen schlich Carlotta zur nächsten Säule. In deren Schutz wagte sie einen ersten Blick ins Hauptschiff, besah sich Reihe um Reihe das schwere, trutzige Kirchengestühl.

Fahl fiel das Licht durch die hohen Bogenfenster, tauchte den langgezogenen Raum in schleierhafte Düsternis. Sie musste zum Westportal. Wenn jemand hineingegangen war, verharrte er noch dort. Falls nicht, konnte sie von dort schnell nach draußen. Sie arbeitete sich von Säule zu Säule nach Westen. In Höhe der letzten Kirchenbank hörte sie ein leises Wimmern. Gebannt lauschte sie. Es kam von der Mitte des Kirchenschiffs.

Zögernd löste sie sich aus dem Schutz der mächtigen Säule und tastete sich langsam mit der Hand an der Kirchenbank entlang. Je näher sie dem Mittelgang kam, desto heller wurde es. Das Novemberlicht zeichnete ein Spiel aus Grautönen und Schatten auf den schlichten Steinboden.

Endlich fand Carlotta, was sie aufgeschreckt hatte: In der vorletzten Bankreihe kugelte sich jemand wie ein Igel zusammen. Leise näherte sie sich ihm, rasch war ihr klar, dass derjenige mehr Furcht vor Entdeckung hatte als sie.

»Keine Angst, ich tue Euch nichts«, flüsterte sie. »Kann ich Euch helfen?«

Behutsam legte sie die Hand flach auf den bibbernden Rücken. Das Wimmern wurde leiser, die Anspannung entwich dem mageren Körper. Einige Atemzüge später hob der Fremde vorsichtig den Kopf. Bei ihrem Anblick versiegte seine Furcht.

Der Mann war kaum älter als sie. Selbst im dämmrigen Licht der Kirche war zu erkennen, wie spärlich sich der erste Bartflaum auf dem glatten Gesicht abzeichnete. Dafür gab es andere, fürchterliche Spuren auf dem blassen Antlitz: Striemen und dunkle Flecken deuteten auf heftige Schläge, die schreckgeweiteten hellen Augen spiegelten blankes Entsetzen. Prüfend wanderte Carlottas Blick über die restliche Gestalt. Der schwarze Mantel war dreckbespritzt, am rechten Ärmel zog sich ein hässlicher Riss nahezu über die gesamte Länge. Der Stoff des ehemals weißen Hemdes blitzte durch. An Saum und Aufschlägen war abzulesen, dass der Jüngling enge Bekanntschaft mit dem schlammigen Straßenpflaster gemacht haben musste. Die schlichten Kniebundhosen zeugten ebenfalls davon, auch das Leder der Stulpenstiefel mochte bereits bessere Tage als diesen gesehen haben. Seinen Hut hatte er offenbar verloren. In den zerzausten braunen Haaren fand sich der Abdruck eines viel zu eng sitzenden Hutbands.

»Ihr seid Pennäler an der hiesigen Universität, nicht wahr?« Sie bemühte sich um ein aufmunterndes Lächeln. »Die älteren Studenten haben Euch ordentlich drangsaliert, bis Ihr Euch nicht anders zu helfen wusstet, als in den Dom zu fliehen.«

»W-w-oher w-w-wisst Ihr …?« Noch wollte ihm seine Stimme nicht gehorchen. Nervös knetete er die Finger.

»Oh, das zu erraten, genügt mir Euer Aufzug. Wenn man lange genug in der Nachbarschaft der Universität lebt, bekommt man mit, wie die Senioren der einzelnen Nationen mit den jüngeren Kommilitonen umspringen.« Ihr Lächeln wurde breiter. »Außerdem bin ich Wundärztin. Gelegentlich geschieht es, dass ich einen der armen Pennäler nach einer solchen Behandlung als Patienten vor mir habe. Auch dadurch weiß ich, was jenseits der gelehrten Disputationen und Vorlesungen unter den Studenten vorgeht. Am besten, Ihr begleitet mich nach Hause. Dort bereite ich Euch ein Pflaster und sehe mir auch die restlichen Stellen Eures Körpers an, an denen Euch die Stockhiebe getroffen haben.«

»Nein!« Offenes Misstrauen verdrängte das Entsetzen in seiner Miene.

»Ja, ich weiß«, lenkte sie ein, »Ihr glaubt mir nicht, dass ich wirklich Wundärztin bin. Natürlich tut Ihr gut daran, vorsichtig zu sein. Immerhin bin ich noch sehr jung und nicht eben eine beeindruckende Erscheinung. Meine Mutter hat das Handwerk ebenfalls gelernt. Ihr könnt Euch auch ihr anvertrauen, wenn Euch das lieber ist. Ich dränge Euch zu nichts. Überlegt es Euch. Ich jedenfalls verlasse jetzt den Dom und gehe nach Hause. Falls Ihr mitkommt, ist es gut, falls nicht, so bin ich Euch nicht gram. Solltet Ihr später nachkommen wollen, so findet Ihr mich hier im Kneiphof in der Langgasse, auf der westlichen Seite kurz vor der Krämerbrücke. Mein Familienname ist Grohnert. Meine Mutter ist Inhaberin des vormals Singeknecht'schen Kontors.«

Sie nickte ihm noch einmal zu, schlang den Schal um Kopf und Hals und wandte sich zum Gehen.

»Wartet!« Hastig sprang der Student auf. »Ich komme gleich mit.« Verwirrt tastete er mit den Händen umher, offensichtlich auf der Suche nach dem verlorenen Hut. Verlegen zuckte er die Schultern, lächelte scheu und bedeutete Carlotta, dass sie losgehen konnte.

Zu ihrer Verwunderung hielt er sich bereits auf dem Gang zur Tür halb hinter ihr verborgen. Da er keine Anstalten machte vorzutreten, drückte sie selbst die Klinke. Den schweren, hohen Flügel zu öffnen, erforderte viel Kraft. Dennoch sprang ihr der Student auch jetzt nicht bei. Sie beschloss, sich nicht über die Ungezogenheit zu ärgern. Der heftige Wind wehte ihr eine ordentliche Portion Schnee ins Gesicht. Sie prustete und spuckte das kalte Nass rasch wieder aus, wich noch einmal ins Kircheninnere zurück.

»Raus mit Euch«, ermunterte sie den Pennäler. »Oder fürchtet Ihr, in der Kälte zu Eis zu erstarren? Dabei macht Ihr Euch als Schneemann bestimmt gut. Nur etwas rundlicher müsstet Ihr sein. Und vor allem freundlicher schauen. Aber das werdet Ihr wohl noch lernen. Übrigens braucht Ihr Euch keine Sorgen mehr machen«, sie warf einen prüfenden Blick über den Vorplatz des Doms, »Eure Kommilitonen fürchten den Schnee und den Frost nicht weniger als Ihr. Jedenfalls kann ich niemanden entdecken, der Euch auflauert. Längst werden sich die Burschen in ein Wirtshaus verkrochen haben.«

»Wenn Ihr meint.« Schulterzuckend schob sich der Pennäler an ihr vorbei durch die Tür, blieb jedoch schutzsuchend am Pfeiler rechts vom Portal stehen.

»Worauf wartet Ihr?« Ungeduldig trat sie von einem Fuß auf den anderen. »Oder sollen etwa die kurfürstlichen Dragoner zurückkommen, um Euch vor Euren Kommilitonen zu beschützen?«

»Das wäre gar nicht so schlecht«, erwiderte er und blickte sie treuherzig an. »Das sind wohl die Einzigen, vor denen sie Respekt haben.«

Carlotta stutzte und musterte noch einmal gründlich sein blasses, unschuldiges Gesicht. Schon fragte sie sich, ob sie sich in dem Burschen getäuscht hatte. Vielleicht war er gar kein Student, sondern einer, der für die Kurfürstlichen Stimmung im Kneiphof machte. Kein Wunder, wenn er dafür Prügel bezogen hatte. Trotzdem konnte sie ihn nicht allein zurücklassen. Als Wundärztin musste sie helfen, selbst wenn es sich um den Todfeind handelte.

»Ich glaube nicht, dass Ihr wisst, was es heißt, sich mit dem Teufel zu verbinden, um die eigene Haut zu retten«, sagte sie knapp und schickte sich an zu gehen. Endlich löste er sich aus dem Schatten des Pfeilers und folgte ihr.

## 5

Dem dichten Schneegestöber zum Trotz war es im Kneiphof hell geworden. Hie und da zeichnete sich gar eine flüchtige Ahnung von Sonne zwischen den grauen Wolkengebirgen ab. Carlotta raffte die Zipfel ihrer Heuke über der Brust zusammen und stapfte los. Dank der Patten unter den Stiefeln versank sie nicht im Schnee, der bereits knöchelhoch das Straßenpflaster bedeckte. Aus dem lauter werdenden Knirschen schloss sie, dass der Student ihr folgte.

»Hofft Ihr wirklich auf die Kurfürstlichen?«, fragte sie schließlich, als sie den menschenleeren Platz vor dem Dom fast überquert hatten. Solange man am helllichten Tag Gefahr lief, blauberockten Söldnern des Kurfürsten in die Hände zu fallen, verließ keiner freiwillig sein Haus.

»Ich bin kein Verräter«, stieß der Student aus. Das klang eher trotzig denn überzeugt. »Wie ich Euch eben schon gesagt habe: Ich denke eben, es gibt derzeit niemand anderen, der in der Stadt für Ordnung sorgen kann.«

»Woran das liegt, interessiert Euch wohl nicht sonderlich.«

»Ich stamme nicht von hier. Mein Studium hat mich an den Pregel geführt. In den letzten Tagen habe ich genug gesehen, um zu wissen, wie gut ich daran tue, mich auch weiterhin allein auf meine Studien zu konzentrieren.«

»Wollen wir hoffen, es gelingt Euch«, beendete sie die kaum begonnene Unterhaltung. Zu groß war die Wut, die in ihr aufstieg. Wenn sie sich noch länger mit dem Pennäler über die derzeitige Lage unterhielt, entschlüpfte ihr gewiss etwas Ungebührliches. Sie wollte ihm jedoch die Wunden versorgen und keine Dispute mit ihm führen. Sie beschleunigte ihre Schritte, der Student hielt keuchend mit.

»Roth bleibt auch vor dem Kurfürsten standhaft«, drang bald eine schrille Halbwüchsigenstimme an ihre Ohren. An der Ecke zur Goldenen Gasse drückte sich ein Zeitungsjunge in einen Torbogen und schwenkte die neueste Ausgabe des *Europäischen Mercurius* in der Hand. Eine Handvoll Männer umringte ihn und diskutierte eifrig. So dicht als möglich spazierte Carlotta an der Gruppe vorbei in der Hoffnung, weitere Nachrichten über das Befinden des tapferen Schöppenmeisters aufzuschnappen. Doch sobald sie ihres Näherkommens gewahr wurden, schwiegen die Männer und warteten, bis sie vorüber waren. Der Student tat, als merkte er nichts davon. Schweigend stapfte Carlotta weiter voran über das nasse Pflaster. An der Ecke zur Schuhgasse kreuzte ein buckliges Weib ihren Weg. Es zog einen laut scheppernden Handkarren über die holprigen Steine. Obenauf thronte eine fette Gans.

»Wohin so eilig, ihr zwei Hübschen?«, krächzte sie aus ihrem zahnlosen Mund und versperrte den Weg. Das Gesicht war von Runzeln übersät, auf der Nasenspitze prangte eine haarige Warze. Neugierig musterte sie Carlotta und den von der Rauferei deutlich gezeichneten Studenten von Kopf bis Fuß, um dann breit zu grinsen. »Braucht ihr Kräuter oder Säfte? Kommt nachher rüber zu mir in den Haberberg. Gleich bei der Kirche findet ihr mich. Fragt nur nach der alten Bertram. Jedes Weib dort kennt mich. Ihr könnt euch denken, warum.« Keckernd lachte sie in sich hinein und rumpelte mit ihrem Karren von dannen.

»Armes Mütterlein«, murmelte Carlotta. Dem Studenten war die ganze Angelegenheit hochnotpeinlich. »Verzeiht, ich wollte nicht … Es tut mir leid, dass die Alte jetzt von Euch denkt, Ihr … Also, ich bedauere zutiefst, wenn Ihr meinetwegen in ein falsches Licht …«, stammelte er hilflos.

»Macht Euch keine Gedanken«, wiegelte Carlotta ab. »Es ist doch nichts geschehen. Die arme Frau ist wirr im Kopf. Kommt weiter. Wir sollten nicht warten, bis wir hier festgefroren sind.«

Es drängte sie nach Hause. So schwer waren die Verletzungen des Studenten nicht, dass sie besondere Rücksicht nehmen musste. Seine zerrissene Kleidung und der barhäuptige Schädel ließen es eher angeraten sein, rasch ins Warme zu gelangen. Eine Erkältung oder gar ein Fieber sollte er sich nicht zuziehen. Ungeduldig hob Carlotta den Kopf, um abzuschätzen, wie weit es noch bis zur Langgasse war. Da erstarrte sie.

Nur wenige Schritte entfernt, gleich an der nächsten Ecke, von der rechts hinüber die Hofgasse abzweigte, erspähte sie die Umrisse zweier Gestalten. Zwar hatten sie ihre breitkrempigen Hüte zum Schutz gegen Wind und Schnee tief ins Gesicht gezogen, dennoch zweifelte sie keinen Augenblick, um wen es sich handelte: um Christoph und seinen Löbenichter Apothekerfreund Caspar Pantzer.

Eifrig steckten sie die Köpfe zusammen. Hin und wieder sah einer von ihnen auf, als suchte er etwas. Gleich würden sie auch Carlotta entdecken. Ihr Herz begann zu rasen. Zum Umkehren war es zu spät. Ebenso wenig konnte sie unauffällig an ihnen vorbeischlüpfen. Die Begleitung des Studenten, der längst wieder dicht zu ihr aufgeschlossen hatte, würde erst recht Christophs Argwohn erregen. Wie aber sollte sie ihm gegenübertreten? Sein Zorn über Mathias' Auftritt letztens loderte bestimmt noch heftig in seinem Innern. Seither hatte sie ihn weder gesehen noch gesprochen. Sie fürchtete sich davor, ihm weiteren Anlass für Missmut zu liefern.

»Carlotta! Was macht Ihr hier draußen?« Pantzers Ausruf beendete ihr Grübeln, noch bevor sie zu einem Ergebnis gelangt war. Sichtlich erfreut humpelte er auf sie zu. »Bei diesem scheußlichen Wetter solltet Ihr brav zu Hause am Ofen sitzen oder Euch im warmen Kontor Eurer Mutter nützlich machen. Was sagst du dazu, Christoph?« Lachend drehte er sich zu seinem Freund um. »Komm, du alter Tölpel, und schau nicht so, als wäre dir eine Laus über die Leber gelaufen! Sieh nur, wer hier steht! Willst du deine Carlotta nicht begrüßen? Oder überlässt du sie mir jetzt endlich doch ganz allein?«

Vergebens versuchte Carlotta, ihm Zeichen zu machen, mit seinem Scherzen einzuhalten. Zumindest verrieten seine Worte, dass Christoph ihm nichts von der Begegnung mit Mathias und dem hässlichen Auftritt in der Langgasse erzählt hatte.

Erst jetzt wurde Pantzer ihres Begleiters ansichtig. Verwundert stockte er und blickte fragend zu ihr. Unwillkürlich wandte er sich um und versuchte, Christoph in die andere Richtung zu lenken. Der junge Medicus aber hatte den Studenten in Carlottas Begleitung ebenfalls entdeckt und blickte noch finsterer.

»Wieso seid Ihr nicht brav zu Hause, wo Ihr hingehört, mein guter Pantzer?« Es kostete sie viel Kraft, unbekümmert zu klingen. »Wenn ich Euer bleiches Gesicht genauer betrachte, befürchte ich, dass Ihr Euer Krankenlager viel zu früh verlassen habt. Gewiss könnt Ihr Euch vor Schmerzen kaum aufrecht halten. Was also gibt es so Wichtiges, dass Ihr alle Vernunft fahrenlasst?«

»Dich muss man das zum Glück gar nicht erst fragen«, mischte Christoph sich barsch ein und wies mit dem Kinn auf den Pennäler, dessen Gesicht und zerrissene Kleidung besser als alle Worte verkündeten, was ihm zugestoßen war. Abschätzig sah er ihn an. »Wo auch immer es Aufruhr oder Verwundete gibt, du bist stets zur Stelle, um deine Dienste anzubieten. Oder verhält es sich mit dir und diesem Herrn hier etwa ganz anders?«

»Du bist doch auch zur Stelle, wo Verwundete zu beklagen sind. Du weißt also selbst am besten: Eine Wundärztin muss nun einmal helfen, wenn man ihres Beistands bedarf.« Beschämt wandte sie das Gesicht zur Seite, um die aufsteigenden Tränen zu verbergen. Er sollte keinesfalls sehen, wie sehr seine Worte sie verletzt hatten.

»Verzeiht vielmals, mein Herr, aber das verehrte Fräulein war so gütig, mir anzubieten, meine Blessuren zu versorgen«, erklärte der Student unterwürfig. »Wenn Euch das nicht recht ist, suche ich selbstverständlich einen anderen Wundarzt auf.«

Gleich machte er Anstalten, sich mit einer knappen Verbeugung zu empfehlen, da hielt Carlotta ihn am Ärmel zurück.

»Das kommt gar nicht in Frage.« Entschlossen wischte sie die Wangen trocken. »Ihr kommt mit mir in die Langgasse, wie wir es vorhin besprochen haben. Der junge Medicus weiß genau, welche Aufgaben ich zu erfüllen habe. Oder willst du dich jetzt doch in die Niederungen eines Wundarztes begeben und eigenhändig blutige Wunden austupfen?«, wandte sie sich vorwurfsvoll an Christoph.

»Das wäre dir vielleicht mal eine Lehre«, konnte Pantzer sich nicht verkneifen vorzuschlagen und versetzte Christoph einen gezielten Stoß mit dem Ellbogen. »Nehmt das alles nicht so ernst, mein Guter«, beschwichtigte er zugleich den Studenten, der über dem Wortwechsel noch zwei Schritte weiter zurückgewichen war. »Ihr müsst einfach entschuldigen, dass mein Freund, der Medicus, heute etwas verstimmt ist. Der eisige Ostwind hat ihm wohl die gute Laune weggeweht.«

Christoph schnaubte. Das laute Dröhnen von Hufen aus Richtung der Langgasse hinderte ihn jedoch daran, sich weiter zu empören. »Schon wieder?«, brummte er stattdessen.

»Die Preußen!«, gellte wie zur Bestätigung ein entsetzter Schrei durch die Gassen. Unter den trommelnden Hufschlägen erzitterte die Erde. Die ersten Dragoner bogen um die Ecke. Pantzer drückte sich gegen die Hauswand, als fürchtete er, zu Boden gestampft zu werden, Carlotta und der Student retteten sich auf die gegenüberliegende Straßenseite. Lediglich Christoph verharrte mitten auf der Gasse und blickte mit grimmiger Miene den Reitern entgegen.

Knapp vor ihm zügelte der vorderste Dragoner sein Ross. Der Rappe stieg kurz auf und kam unruhig auf der Stelle tänzelnd zum Stehen. Carlotta erblasste. Mathias.

»Was ist jetzt schon wieder los?«, rief er unfreundlich von oben herab und schwang sich aus dem Sattel. Gleichzeitig bedeutete er seinen Soldaten mit einem lässigen Winken, langsam weiterzureiten. Er hatte Christoph sogleich erkannt.

»Nichts, was Euch aufhalten sollte.« Christoph rückte sich den Hut tiefer in die Stirn und streckte den Arm nach Pantzer aus. »Los, Caspar, gehen wir. Unsere kleine Wundärztin braucht uns jetzt gewiss nicht mehr. Einen Studenten und einen Kurfürstlichen gleichzeitig vor sich zu haben, dürfte selbst ihr genügen.«

»Christoph! Was soll das?«, rief Carlotta. Doch der schenkte ihr keine Beachtung. Pantzer dagegen war zu sehr damit beschäftigt, seinen Freund verwundert anzustarren, als dass er sich um sie zu kümmern vermochte.

»Reißt Euch zusammen!« Drohend blickte Mathias auf den Medicus herab.

Christoph war ein gutes Stück kleiner als er, reckte jedoch furchtlos den Kopf und fragte in aufreizendem Ton: »Ihr wollt mir doch nicht etwa befehlen? Mit welchem Recht? Ich bin ein freier Bürger der Altstadt. Im Gegensatz zu Euren Soldaten unterstehe ich nicht Eurem Kommando. Vergesst das besser nicht. Oder wollt Ihr mir wieder an die Kehle?« Aufreizend riss er den Mantel auf und streckte Mathias den nackten Hals entgegen. Um dessen Mundwinkel zuckte es verräterisch. Er rührte sich jedoch nicht. Nach einer quälend langen Ewigkeit schloss Christoph den Mantel wieder und stapfte davon, ohne Carlotta noch eines einzigen Blickes zu würdigen.

»Was soll das?« Pantzer sah Carlotta fassungslos an.

Der Student war vor Schreck erstarrt, Mathias dagegen bebte vor Wut. Immer wieder ballte er die Fäuste.

»Geht ihm nach, Pantzer, bitte«, wisperte Carlotta. »Ich komme schon allein klar.«

»Seid Ihr sicher?« Zweifelnd runzelte der Apotheker die Stirn. Als sie nickte, tätschelte er ihr ermutigend den Arm und hinkte, so schnell er konnte, Christoph hinterher.

»Was ist hier eigentlich passiert?«, besann sich Mathias auf seine Soldatenwürde und musterte die zerrissene Studentengestalt. »Hat Kepler Euch so zugerichtet? Wollt Ihr ihn deswegen belangen? Nur zu, sagt mir freiheraus, was geschehen ist. Es soll Euer Schaden nicht sein.«

Nun war es an Carlotta, verblüfft zu sein. Viel zu langsam dämmerte ihr, was Mathias im Schilde führte. Gerade, als sie zu einer Erklärung ansetzte, kam ihr der Pennäler zuvor.

»Da müsst Ihr etwas missverstanden haben, Herr. Der Medicus hat mir nichts zuleide getan. Ganz zufällig ist er mir gerade begegnet und hat mich auf mein Aussehen angesprochen. Hier, schaut, wie es um mich bestellt ist. Ich bin eben auf dem Schnee ausgerutscht und unglücklich gestürzt. Das verehrte Fräulein hat mir ihre Hilfe angeboten, weil sie Wundärztin ist. Wir sind unterwegs zu ihrem Haus, wo sie Verbandszeug und Pflaster hat. Es verhält sich alles viel harmloser, als es den Anschein haben mag.«

Seiner Versicherung zum Trotz stand ihm die Angst deutlich ins Gesicht geschrieben.

»Lass ihn gehen«, bat Carlotta Mathias mit Nachdruck. »Seine Verletzungen sehen schlimmer aus, als sie sind. Das werde ich zu Hause rasch versorgt haben. Du hilfst ihm am besten, wenn du nicht weiter nachfragst. Es ist schlimm, was die älteren Semester mit den jüngeren anstellen. Noch schlimmer aber wird es, wenn sich die Ordnungskräfte einmischen. Die Pennäler werden ihn spüren lassen, was Verrat bedeutet, solltest du sie zur Rede stellen.«

»Seine Kommilitonen haben ihn so zugerichtet?« Ungläubig schüttelte Mathias den Kopf und blickte dann suchend die leere Gasse entlang, als hoffte er, irgendwo noch einen Übeltäter zu erspähen. Carlotta begriff, wie dünn ihre Geschichte für ihn klingen musste. Er grinste bereits mehrdeutig. »Du hast natürlich recht! Wie konnte ich auch nur auf die Idee verfallen, dein geliebter Medicus hätte sich wieder einmal nicht beherrschen können?«

»Red keinen Unsinn! Du weißt genau, dass ich die Wahrheit sage.« Sie warf ihm einen mahnenden Blick zu, zupfte den Studenten am zerfetzten Mantelärmel. »Wir gehen jetzt besser weiter. Es wird wirklich Zeit, dass ich Eure Wunden verbinde.«

»Gut«, stimmte er dankbar zu und marschierte los.

»Du hast dich nicht verändert«, sagte Mathias und hielt sie am Arm zurück.

»Was man von dir leider nicht behaupten kann«, erwiderte sie schroff und riss sich los.

Den Schal um die rotblonden Locken gebunden, den Mantel eng um die schmächtige Brust gezogen, hastete sie dem Studenten hinterher. Sie musste sich sputen.

»Warte!«, eilte Mathias ihr nach. Sie hörte die schweren Stiefelschritte dicht an ihrem Ohr. »Carlotta, bitte, ich muss dir …«

Das Aufheulen des Windes verschluckte die letzten Worte. Sie zögerte einen Moment. Doch sie gab dem Drang nicht nach, sich umzudrehen. Frierend zog sie den Kopf zwischen die Schultern und setzte ihren Weg fort. Mathias gab schließlich auf. Sie hörte, wie er nach seinem Pferd pfiff, aufstieg und in die entgegengesetzte Richtung davonritt.

## 6

Zum Ende der Woche legte der Winter eine Pause ein. Am Freitagmorgen war nur mehr leichtes Schneegrieseln in der Luft, und im Verlauf des Vormittags klarte der Himmel ganz auf. Die milden Sonnenstrahlen leckten die letzten

Schneereste von der Erde, das nasse Pflaster trocknete schnell.

Als Magdalena nach dem morgendlichen Imbiss aus der Haustür trat, sog sie die erfrischende Luft ein. Angesichts der milden Temperatur lastete die Heuke aus dunkler schwerer Wolle schwer auf ihren schmalen Schultern. Einen Moment erwog sie, sich einen leichteren Umhang zu holen. Dann aber beschloss sie, es doch dabei zu belassen. Am Hundegatt konnte es zugig sein, ohnehin wehte zwischen den luftigen Speichern stets ein frischer Wind. Sie richtete die Witwenschnebbe aus zarter schwarzer Spitze auf dem rotgelockten Haar, prüfte den Glanz der Lederstiefel und streifte die Handschuhe über. Der tägliche Gang zum Lager wurde an diesem Freitag wenigstens von der Last des schlechten Wetters befreit. Angesichts der vielen anderen Dinge, die ihr in den letzten Tagen das Leben schwermachten, empfand sie das bereits als Wohltat. Sie zwang sich, die Sorge um Carlotta und das Bangen, was Mathias weiter im Schilde führte, eine Zeitlang beiseitezuschieben. Auch die Trauer um Gerke sowie die nagende Furcht, in ihrer Kunst als Wundärztin kläglich versagt zu haben, wollte sie für eine Weile vergessen.

»Gott zum Gruße, Verehrteste!« Eine dunkle Männerstimme schallte ihr entgegen. Zunftgenosse Grünheide erwartete sie mitten auf der Langgasse, zog den Spitzhut vom Kopf und verbeugte sich tief. »Mir scheint, ich komme gerade rechtzeitig. Darf ich Euch ein Stück des Wegs begleiten? Auf zur Börse. Bei diesem Wetter endlich mal wieder eine Pflicht, die einem Vergnügen bereitet.«

Er lächelte breit. Der sorgfältig gestutzte graue Spitzbart wippte übermütig.

»Zur Börse, um diese frühe Stunde?«, fragte sie erstaunt.

»Oh, ich weiß«, entgegnete er vergnügt. »Eigentlich wollt Ihr wie jeden Morgen erst zur Lastadie gehen, um zu prüfen, ob Eure Männer fleißig die Speicher mit Nachschub füllen. Das könnt Ihr später auch noch tun. Habt Vertrauen. Eure Leute sind gewiss brav bei der Arbeit. Wenn wir uns beeilen, treffen wir jedoch pünktlich mit dem Postreiter am Grünen Tor ein. Und an der Börse gibt es gewiss Neuigkeiten, was unseren tapferen Hieronymus Roth betrifft. Oder dringt Ihr nicht darauf, zu erfahren, wie es dem Ärmsten in der Haft ergeht?«

»Doch, doch«, beeilte sich Magdalena zu versichern.

»Ich sehe schon, meine Teuerste, in Wahrheit seid Ihr mit Euren Gedanken ganz woanders.« Das Lächeln auf seinem Gesicht wich einem Anflug von Besorgnis.

»Ihr habt mich ertappt«, gab sie sich geschlagen. Je länger sie ihn betrachtete, desto mehr stieß ihr der Gegensatz zwischen seinem grobgeschnittenen Antlitz und der ausgesucht eleganten Kleidung auf. Sosehr sich der mit Pelzen aus Riga reichgewordene Kaufmann auch bemühte, die letzten Spuren seiner Herkunft aus einer einfachen Bauernfamilie im Litauischen ließen sich nicht völlig verwischen. Dabei schätzte Magdalena ihn gerade deswegen. Es verlieh ihm eine Bodenhaftung, die Kaufleuten durchaus von Nutzen sein konnte.

»Eigentlich wollte ich den Gang zur Lastadie nutzen, um mich meinen Gedanken hinzugeben«, entschuldigte sie sich. »Zu vieles hat sich in den letzten Tagen ereignet, was mir im Kopf herumspukt.«

»Das kann ich nachvollziehen«, stimmte er zu, wies aber gleichzeitig mit der Hand einladend die Langgasse Richtung Grüne Brücke hinunter, wo die Börse lag. »Lasst uns gemeinsam über all die Dinge sprechen, die Euch auf dem Herzen liegen.« Galant bot er ihr den Arm. Magdalena blieb gar keine andere Wahl, als ihm zu folgen. Sosehr sie sich sonst gegen offene Bevormundung sträubte, schien es ihr nun das Richtige zu sein.

Seite an Seite spazierten sie los, gelegentlich den einen oder anderen grüßend. Munter plauderte Grünheide weiter: »Roth befindet sich weiterhin im Schloss, wie man hört. Offenbar wagt es Friedrich Wilhelm nicht, ihn zur Feste Friedrichsburg bringen zu lassen. Der Schutz der dreitausend Soldaten, die er in der Altstadt gesammelt hat, ist ihm hier in Königsberg wichtiger. Keinen einzelnen will er vorher ziehen lassen. Trotz dieses Zögerns aber dürfte die Haft für Roth kein Zuckerschlecken sein. Der Kurfürst kann ihm schlecht eine Sonderbehandlung zuteilwerden lassen. Damit würde er ihm letztlich doch recht geben und sich selbst ins Unrecht setzen. Also muss er so tun, als hätte er es mit einem gemeinen Verbrecher zu tun. Über kurz oder lang wird er ihn weit weg von unserer Stadt in ein Verlies werfen.«

»Das heißt, man wird ihm bald den Prozess machen?« Bislang hatte Magdalena wenig Anteil an Roths Schicksal genommen. Erst jetzt wurde sie gewahr, wie sehr die weiteren Geschehnisse auch sie selbst und ihre Geschäfte in Bedrängnis bringen konnten. »Das wird Auswirkungen auf den Landtag haben. Sind die Stände sich in ihrer Haltung gegenüber dem Kurfürsten noch einig? Was sagt der Kneiphofer Rat dazu? Wie verhalten sich Altstadt und Löbenicht zu alledem?«

»Um das zu erfahren, sollten wir zur Börse gehen.« Behutsam fasste er sie am Arm und half ihr über eine Pfütze hinweg.

Von der Brotbänkenstraße bog ein großes Fuhrwerk um die Ecke. Wütend knallte der Kutscher mit der Peitsche, weil die stämmigen Zugpferde es nicht schafften, das Gefährt in einem Schwung um die Kurve zu ziehen. Um dem Hieb zu entgehen, sprang ein aufgebrachter Passant Magdalena auf die Füße. Beherzt bewahrte Grünheide sie vor Schlimmerem. Dankbar nickte sie ihm zu.

»Was sagt Ihr zu dem Wetterumschwung?«, wechselte er das Thema, sobald sie dem Gewühl entronnen waren. »Erst gönnt uns der Oktober einen nahezu endlosen Sommer, dann lässt er uns zum Ende hin zu Eissäulen erstarren. Dafür wärmt uns der November gleich wieder das Herz auf. Ich bin gespannt, wie es bis Jahresende weitergehen wird.«

»Ihr wisst, was das Wetter an Allerseelen für den Rest des Jahres bedeutet.« Sie winkte ihrer Nachbarin zu, die ihr wie stets in größter Eile entgegenkam. »Dieses Mal war es an Allerseelen kalt und klar, deshalb wird uns die Weihnacht eine frostige Schneedecke bescheren.«

»Ihr meint, Teuerste, wir sollten uns sputen, unsere Schiffe aus Danzig und Riga nach Hause zu beordern und die Waren in die Lagerhäuser zu bringen? Wird das Haff zufrieren?«

»Ich rechne mit einem langen und kalten Winter. Darauf hat schon das warme Wetter an Sankt Gilbhart hingedeutet.«

Sie raffte den Rock, um mit seinem Tempo mithalten zu können. Ihr Blick glitt über das quirlige Geschehen auf der Gasse. Die Sonne lockte so manchen nach draußen, der sich in den letzten Tagen ängstlich hinter dem Ofen verkrochen hatte. Es schien, als hätte sich die bedrohliche Gegenwart der kurfürstlichen Soldaten mit dem Schnee und der Eiseskälte aus der Stadt verzogen. Doch nicht erst seit Grünheides Andeutungen misstraute Magdalena der unbeschwerten Stimmung. Auf der linken Straßenseite rückte die Fleischbänkenstraße in den Blick. Die ersten Kaufleute hatten ihr zweites Frühstück beendet und standen an der Ecke zur Langgasse, um gemeinsam zur Börse zu gehen. Zu Magdalenas Erleichterung machte Grünheide keinerlei Anstalten, sich den Zunftgenossen anzuschließen. Grünheides Gegenwart dagegen erwies sich als eine Art Schutzschild. Mehr als einmal meinte sie, abschätzige, wenn nicht gar böse Blicke auf sich zu spüren. So mancher Kneiphofer Bürger zürnte ihr. Gelegentlich meinte sie das Wort »Bernsteinessenz« aufzuschnappen. Das versetzte ihr einen Stich. Es half nichts: Ihr Bemühen um Verdrängen war vergebens, sie entkam dem Übel nicht.

»Sagt«, wandte sie sich deshalb entschlossen an Grünheide, »Ihr wart nach Gerkes Beerdigung gestern sicher noch beim Leichenschmaus.«

»Natürlich«, erwiderte er und zupfte sich den Bart. »Man hat Euch bei der Beerdigung übrigens schmerzlich vermisst, Verehrteste.«

»Oh«, entfuhr es ihr, überrascht, dass ihre Abwesenheit tatsächlich aufgefallen war. »Es war mir nicht wohl.«

Kaum ausgesprochen, schämte sie sich bereits der Lüge.

»Keine Sorge, Teuerste«, entgegnete er. »Ich persönlich verstehe sehr gut, wie unerträglich solche Dinge selbst einige Jahre nach dem Tod Eures Gemahls noch für Euch sind.«

»Wie geht es der armen Dorothea? Habt Ihr sie gesprochen?«, fragte sie. »Mir war, als träfe sie der Tod des geliebten Gemahls ausgesprochen hart.«

»Ihr wisst selbst am besten, wie schlimm es ist, so unverhofft den Ehegatten zu verlieren«, vermied Grünheide eine direkte Antwort. »Umso wichtiger ist es für sie, die rege Anteilnahme der Mitbürger und vor allem der engsten Zunftgenossen zu erfahren. Gerade an Eurer Gegenwart wäre ihr viel gelegen, hat sie mir anvertraut. Sie meint, jetzt, da Ihr beide in derselben Lage seid, also ganz ohne männlichen Beistand das Kontor weiterführt, könntet Ihr einander beistehen.«

»Wir sind nicht die einzigen Kaufmannswitwen in Königsberg, nicht einmal hier im Kneiphof«, wandte sie ein. Im Stillen fragte sie sich, ob Grünheide weniger Dorotheas als seinen eigenen Wunsch damit vorbrachte. »Bislang waren Dorothea Gerke und ich keine engen Freundinnen, warum sollten wir es künftig sein?«

»Ich kann verstehen, wenn Ihr zögert, zu ihr zu gehen. Dennoch rate ich Euch, nicht voreilig Dorotheas ausgestreckte Hand zurückzuweisen.«

»Worauf wollt Ihr hinaus?« Magdalenas Stimme tönte erschreckend schrill über das Geschrei der Händler und Hausfrauen hinweg, die vom nahen Junkergarten in die Langgasse herüberschlenderten. Grünheide antwortete nicht.

In Höhe des Wirtshauses zum Grünen Baum bildete sich eine größere Ansammlung. Grünheide musste ihr von der Seite weichen. Eine Handvoll Kräuterweiber, die um den besten Verkaufsplatz für ihre üppig gefüllten Körbe buhlten, versperrte ihm den Weg. Magdalena drängte sich auf der gegenüberliegenden Straßenseite durch das Gewühl. Vom Junkergarten zog ein aufdringlicher Geruch herüber, auch das Wasser des Alten Pregels roch brackig. Der Ostwind flaute wieder auf. Das milde Wetter würde sich bald schon als kurzes Zwischenspiel entpuppen.

Am Grünen Tor wurde die Post erwartet. Magdalena reckte sich auf die Zehenspitzen, um Grünheide inmitten der Umstehenden wiederzufinden. Viel zu viele Männer trugen die gleichen schwarzen Spitzhüte und dunklen Wollumhänge. Im Stillen verfluchte sie die Eitelkeit ihrer Mitbürger, beim Schneider auf demselben Schnitt zu bestehen. Bald war keiner mehr vom anderen zu unterscheiden. Endlich erspähte sie den Zunftgenossen. Sein grobschlächtiges Gesicht und die übertriebene Gestik hoben ihn aus der Masse heraus. Winkend kam er auf sie zu und zog sie ein Stück abseits.

»Verehrte Frau Grohnert«, hub er noch einmal förmlich an. »Auf Gerkes Beerdigung hat man Euch wirklich schmerzlich vermisst. Gerade weil Gerke Euch in den letzten Wochen seines Lebens sehr vertraut hat, sogar mehr als anderen aus dem Kneiphof vertraut hat«, betonte er mit einem vieldeutigen Seitenblick, »ist es aufgefallen, dass Ihr nicht gekommen seid, um von ihm Abschied zu nehmen. Auch Eure Bernsteinessenz wurde mehrfach erwähnt. Einzig auf die hat er bis zuletzt geschworen, heißt es. Wart Ihr nicht auch bei ihm, bis der letzte Funke Leben aus ihm gewichen ist? Die arme Dorothea hat das immer wieder bestätigt.«

## 7

Streng bewachten Merkur, Neptun und Chronos das Kneiphofer Wappen gleich am Eingang der direkt auf Pfählen über dem Alten Pregel errichteten Börse. Wie so oft, wenn sie das Gebäude betrat, beäugte Magdalena argwöhnisch all die vielen in Stein gemeißelten Figuren. Sirenen, Meerungetüme und andere geheimnisvolle Gestalten fanden sich darunter. Auch die rund fünf Dutzend Sinnsprüche in dem anschließenden Prunksaal, die zu mehr Bescheidenheit, Gottesfurcht und Zufriedenheit mahnten, flößten ihr stets Respekt ein. Zwar mutete es etwas befremdlich an, gerade den Ort, an dem es ums Geldverdienen und Geschäftemachen ging, mit Sprüchen auszuschmücken wie:

Der tödt't die Begierd, wird ewig satt.
Ein Armer empfängt einen gefüllten
Geldbeutel, ein Reicher aber Rutenstreiche
und Geisselhiebe vom Himmel
mit seiner ausgestreckten Hand.
Je höher Glück, je minder Sicherheit.

Doch schien darin wohl der besondere Witz des hiesigen Menschenschlags zu bestehen, wie die Königsberger sich auch in anderen Belangen gern widersprüchlich zeigten.

»Wo bleibt Ihr, Verehrteste?«, hörte sie Grünheide rufen.

Von einer Handvoll Zunftgenossen umringt, stand er bereits inmitten des ehrwürdigen Gemäuers und winkte ihr freundlich zu. Prüfend glitt der Blick ihrer smaragdgrünen Augen durch den langgestreckten Saal. Die meisten der doppelflügeligen Rundbogenfenster auf der Längsseite zeigten nach Süden. Fast zwei Stunden mochte es noch dauern, bis das goldene Sonnenlicht von dieser Seite den spärlich möblierten Raum überflutete. Düstere Stimmung aber herrschte dennoch nicht. Nahezu die gesamte Kaufmannschaft der Dreistädtestadt am Pregel hatte sich zwischen den holzgetäfelten Wänden versammelt. Zudem waren die vereidigten Makler sowie einige Reisende und Händler aus benachbarten Städten zugegen.

Magdalena war nicht die einzige Frau unter den Kaufleuten. Immer wieder stand eine Geschlechtsgenossin neben einem der munter mit ihren Stäben gestikulierenden Makler oder bei einem der weitgereisten Händler. Fachkundig beteiligten sich die Kauffrauen am Gefeilsche um Holz- oder Pelzlieferungen aus dem hohen Norden, Wolle und Getreide aus dem Süden oder auch an den lebhaften Diskussionen über die Lage im Kneiphof. Die Mienen ließen keinen Zweifel daran, wie sehr man auch nach Roths Verhaftung gewillt war, die Geschäfte wie gewohnt fortzusetzen.

»Zum Geldverdienen brauchen wir den Kurfürsten nicht«, stellte ein kahlköpfiger Makler fest, in dem Magdalena Laurenz Beentz aus der Goldenen Pongasse erkannte.

»Selbst dreitausend kurfürstliche Soldaten jagen echten Königsberger Kaufleuten wie uns keine Angst ein«, pflichtete Grünheides Kumpan Gutfried eifrig bei.

»Nie und nimmer verzichte ich auf die mir zustehenden Gewinne, nur weil der Kurfürst mit dem Säbel rasselt«, ergänzte Beentz.

»Selbst wenn er meint, den Kneiphof vollständig abriegeln zu müssen, werden wir Mittel und Wege finden, unserem Geschäft nachzugehen.« Auch Grünheide zeigte sich selbstbewusst.

»Friedrich Wilhelm wird den Teufel tun, unsere Geschäfte zu beschneiden.« Gutfried setzte ein triumphierendes Lächeln auf. »Wenn wir kein Geld verdienen, fließen erst recht keine neuen Steuern in seine Kassen.«

»Und dann kann er sich die Einrichtung eines stehenden Heeres und all seine Träume von Feldzügen gegen die Russen, Schweden und Litauer sonst wohin schreiben«, posaunte ein pausbäckiger Kaufmann aus der Schuhgasse freiheraus.

Die umstehenden Kaufleute brachen in befreites Lachen aus. Selbst die Altstädter und Löbenichter, die dem Kurfürsten unlängst erst gehuldigt und damit die Kneiphofer im Stich gelassen hatten, stimmten ein.

»Ich sage ja immer, unter dem Schutz unseres guten polnischen Freundes Johann II. Kasimir stünden wir uns gar nicht so schlecht. Es ist töricht, dass der Bundesbrief nicht unterzeichnet wurde. Da müssten wir jetzt nicht gegen den Kurfürsten wettern und drohende Abgaben sowie den Angriff der Dragoner in unseren eigenen Mauern fürchten. Roth hat Anfang des Jahres recht getan, sich des polnischen Beistands zu versichern. Wir sollten uns gut überlegen, wie wir den einfordern können.« Wichtigtuerisch wippte ein rotbärtiger Mann auf den Stiefelspitzen vor und zurück.

Stille breitete sich in der Börse aus. Manche schauten betreten zum Fenster, andere hüstelten verlegen in die Faust. Magdalena hielt den Atem an. Deutlich spielten die Worte auf das Umfallen der Altstädter und Löbenichter Bürger gegenüber dem Kurfürsten an. Würde einer von ihnen wagen, ihr Vorgehen zu rechtfertigen?

»Ach, vergesst doch die Sache mit Johann Kasimir«, winkte Gutfried schließlich ab. »Natürlich hört der gern unseren Eid. Und am Ende nimmt er genauso gern unser Geld. Es ist doch immer das Gleiche mit den hohen Herren.«

»Recht hat er!«, »Ja, genauso ist es!«, stimmten die Umstehenden zu, erleichtert, dass einer den Bann gebrochen hatte.

Langsam schritt Magdalena durch die Kaufleute, schnappte hie und da noch einzelne Satzfetzen zu den Polen, wenig respektvolle Bemerkungen zu Kurfürst Friedrich Wilhelm, seinen strammen Dragonern und den von ihm eingeforderten Steuern auf. Bald aber beherrschten mehr und mehr die ins Wanken geratenen Bernsteinpreise die Gespräche. Auch die horrend gestiegenen Holzpreise in Schweden und die stärker werdende Konkurrenz der Kaufleute aus Riga sorgten für regen Gesprächsstoff. Knapp grüßte Magdalena einen Zunftgenossen aus der Altstadt, bedeutete einem entfernten Bekannten aus Danzig mit einem Wink, dass sie später noch mit ihm reden wolle, und reichte der Kaufmannswitwe Ellwart aus der Fleischbänkenstraße die Hand, um ihr nachträglich noch zum Namenstag zu gratulieren.

Ihr Rücken versteifte sich, als sie sich der Mitte des Saales näherte. Nahe dem ihr fröhlich zugewandten Grünheide erspähte sie Helmbrechts breite Schultern. Sie schluckte. Schwer drückte die Last, ihn Mathias' wegen auf ihre seit Jahren verschwundene Base Adelaide anzusprechen. Das aber war dringend geboten, wie das plötzliche Auftauchen ihres Neffen am letzten Montag bewiesen hatte. Am besten, sie erledigte das gleich, sonst gebrach ihr wieder der Mut. Seit vier Jahren vermieden sie dieses heikle Thema, wohl wissend, wie unsinnig ihr Schweigen darüber war. Helmbrecht hatte Adelaide damals versprochen, niemandem zu verraten, wo sie sich aufhielt. Es war jedoch grausam, ausgerechnet Mathias, ihrem einzigen Sohn, ihren Aufenthaltsort vorzuenthalten. Er hatte ein Recht darauf, seine Mutter wiederzusehen. Entschlossen trat Magdalena auf Helmbrecht zu, um im nächsten Moment innezuhalten. Das ihr bestens vertraute Haupt mit dem nackenlangen braunen Haar neigte sich einer in auffälligem Kobaltblau gewandeten Dame zu, die ihm aufgeregt etwas ins Ohr wisperte. Mittels eines zustimmenden Kopfnickens begleitete er ihre Worte. Magdalena kniff die Augen zusammen. Das Gesicht der Frau kam ihr bekannt vor, doch es gelang ihr nicht, es einer der in Königsberg wohnenden Kaufmannsfrauen zuzuordnen.

Als spürte er ihren Blick, drehte sich Helmbrecht zu ihr um. Das Sonnenlicht beleuchtete unbarmherzig die wenig schönen Blatternarben auf seinen Wangen. Wie so oft verlieh gerade das ihm ein anziehendes Aussehen. Das wohlvertraute Kribbeln in Magdalenas Leib ließ nicht lang auf sich warten. Seit Jahren zog dieser Mann sie in Bann, mindestens ebenso lang aber schon versagte sie sich die Sehnsucht, dem Verlangen nachzugeben. Die Verpflichtung dem toten Eric gegenüber hinderte sie. Sobald Helmbrecht sie erkannte, hellten sich seine faszinierenden Bernsteinaugen auf. Die dunklen Einsprengsel funkelten darin. Erfreut breitete er die Arme aus.

»Magdalena«, dröhnte sein wohlklingender Bass viel zu laut durch den Saal. Jäh verstummte das Gemurmel der übrigen Anwesenden, und alle schauten zu ihr. Für diese unangenehme Aufmerksamkeit zeigte Helmbrecht sich seit Jahren unempfänglich. Zu keiner Gelegenheit machte er einen Hehl aus seinen Gefühlen ihr gegenüber. »Wie schön, Euch einmal schon zu dieser Stunde hier an der Börse zu begrüßen.«

Es blieb ihr nichts anderes, als unter den Blicken der übrigen Kaufleute zu ihm zu gehen und ihn ebenfalls herzlich willkommen zu heißen. Ihr Anliegen aber musste sie aufschieben. Ein Kloß verengte ihr den Hals. Helmbrecht merkte nichts von ihrer Beklommenheit.

»Erlaubt mir, dass ich Euch eine Bekannte aus Brügge vorstelle.« Sogleich wandte sich die in Kobaltblau gekleidete Dame neugierig um. »Marietta Leuwenhoeck hat den langen Weg an den Pregel angetreten, um sich hier in einigen Kontoren vorzustellen. Ist es nicht ein Zufall, dass ich sie auch hier treffe? Dabei sollte ich längst zurück in Leipzig sein. Aber in diesen Wochen ist eben alles nicht so, wie es sein sollte. Das erfahren wir leider jeden Tag aufs Neue. Liebe Frau Leuwenhoeck, das also ist Magdalena Grohnert«, wandte er sich gut gelaunt an die Fremde.

»Wie schön, Euch endlich kennenzulernen.« Unverkennbar klang der flandrische Akzent in ihren Worten an, dennoch war es eine angenehme Stimme. Magdalena erwiderte höflich den Gruß, auch wenn sie sich fragte, warum die Unbekannte nicht dem Brauch gemäß ihren Besuch per Brief angekündigt hatte. Noch dazu, wo sie ungewöhnlich spät im Jahr an den

Pregel gereist war. Kaum ein anderer Kaufmann aus so weiter Entfernung befand sich noch in diesen Gefilden.

»Unser lieber Freund Helmbrecht hat mir schon viel von Euch erzählt«, fuhr Marietta Leuwenhoeck in ihrem prägnanten Tonfall fort und warf die langen blonden Haare nach hinten.

Der erste Eindruck hatte getäuscht. Bei näherer Betrachtung war Magdalena sich sicher, sie noch nie gesehen zu haben. Ein winziger Hut in einem etwas helleren Blauton als die übrige Kleidung, verziert mit einem duftigen Spitzenschleier, bekrönte die weißgold schimmernde Pracht auf Mariettas Haupt.

»Der Ruf Eures vortrefflichen Bernsteins, liebe Magdalena, dringt seit Jahren schon bis zu uns nach Flandern. Doch Ihr besitzt, wie ich höre, auch als Wundärztin einen ausgezeichneten Leumund. Gerade die Bernsteinessenz nach Eurem Rezept wird bis zu uns nach Flandern hinunter in den höchsten Tönen gepriesen. Bei den eigenartigsten Beschwerden soll sie wahre Wunder bewirken.«

»So?« Verwundert musterte Magdalena die schlanke Gestalt in dem ungewöhnlichen Blau weiter. Nichts in der Mimik der hochaufgeschossenen Frau verriet, warum sie ausgerechnet diese Rezeptur so hervorhob. Gleichwohl entging Magdalena nicht, wie sehr sie um Helmbrechts Aufmerksamkeit buhlte.

Noch schien er das kaum wahrzunehmen und gab sich ihr gegenüber genauso unbekümmert wie den anderen Zunftgenossen. Die aber ahnten bereits, welche Spannung sich zwischen der flandrischen Kauffrau und Magdalena ausbreitete, erst recht, als die Fremde mit der Erwähnung der Bernsteinessenz ein heikles Thema ansprach. Magdalena warf den umstehenden Kaufleuten beschwörende Blicke zu, bis diese sich zögerlich wieder ihren eigenen Gesprächen zuwandten. Gewiss gärte die Sache mit Gerkes Tod und ihrer Bernsteinessenz weiterhin unter der Oberfläche. Insgeheim quälte Magdalena außerdem die Frage, ob Marietta die Essenz wirklich zufällig erwähnt hatte. Kurz streifte ihr Blick Grünheide. Sein Gesichtsausdruck verriet, dass auch er nicht an solche Zufälle glaubte. Ermutigend zwinkerte er ihr zu. Dankbar nickte sie.

Helmbrecht allerdings begriff nichts. Aufgekratzt suchte er die beiden Frauen weiter miteinander ins Gespräch zu bringen.

»Nicht nur Magdalenas Bernsteinessenz bewirkt wahre Wunder«, erklärte er beflissen. »Sie handelt noch mit einer Fülle anderer vielversprechender Rezepturen. Allerdings rückt sie die genauen Zusammensetzungen nicht heraus. Ihre Tochter Carlotta verfügt obendrein über die besondere Gabe, Menschen von ihren Leiden zu befreien und zielsicher mit der richtigen Medizin zu behandeln. Das Auflegen der Hand genügt ihr, um die schlimmsten Schmerzen vergessen zu machen. Unbedingt müsst Ihr in die Langgasse gehen, liebe Marietta, und Euch persönlich von den Kenntnissen und Fähigkeiten der beiden Frauen überzeugen.«

Ein leises Raunen unter den Anwesenden begleitete seine Worte. Zu ihrem Entsetzen meinte Magdalena, mehrmals Gerkes Namen murmeln zu hören. Die sich verfinsternden Gesichter schienen das zu bestätigen. Grünheide räusperte sich laut, und er scharrte mit der Stiefelspitze über den Dielenboden, um Helmbrecht in seinen Ausführungen zu bremsen. Der aber war viel zu sehr damit beschäftigt, Marietta für Magdalena zu begeistern, als dass er etwas von den Gesten wahrgenommen hätte.

»Wie kommt es, dass Ihr um diese Zeit noch auf Reisen seid?«, fragte Magdalena die großgewachsene Frau aus Flandern, die selbst die meisten anwesenden Männer überragte. »Kaufleute aus Euren Gefilden pflegen im November längst an den heimischen Börsen zu handeln. Wenn Ihr Pech habt, wird Eure Rückreise sehr beschwerlich. Das Haff friert mitunter schon im Dezember zu. Über Land wird die Reise nicht minder schwierig, wenn man den rechten Zeitpunkt verpasst. Die Schneestürme haben dieses Jahr sehr früh und unerwartet stark begonnen. Das kann die nächsten Wochen nur schlimmer werden.«

»Das Wetter ist derzeit wohl das Geringste, was mich bei meiner Rückkehr nach Flandern aufhalten kann«, erwiderte Marietta und erlaubte sich ein vielsagendes Lächeln.

»Mir ist kaum vorstellbar, dass Euch jemals etwas bei einem Vorhaben aufhalten kann, verehrte Marietta«, merkte Helmbrecht an.

Magdalena spitzte den Mund und reckte sich. Kühn funkelten ihre grünen Augen.

»Mir scheint, dasselbe könnte man guten Gewissens von Magdalena Grohnert behaupten«, entgegnete Marietta und zwinkerte ihr zu. »Nach allem, was man hört, weiß sie genau, was sie in ihrem Geschäft erreichen will.«

»Wüsste ich das nicht, wäre ich wohl eine schlechte Kauffrau«, war alles, was Magdalena darauf erwiderte.

»Das kann ich nur bestätigen«, warf Helmbrecht ein. »Sowohl als Wundärztin wie auch als Kauffrau habt Ihr besonderes Geschick bewiesen, liebe Magdalena. Aber auch Ihr, verehrte Marietta, versteht Euer Geschäft. Genau aus diesem Grund wollte ich Euch miteinander bekannt machen. Ihr seid aus demselben Holz geschnitzt. Ihr werdet Euch hervorragend verstehen.«

»Wie schön, Euch alle so einträglich an der Börse versammelt zu sehen«, ertönte eine befehlsgewohnte Frauenstimme vom Eingang. Wie auf Kommando wandten alle die Köpfe.

Magdalena erstarrte. Kerzengerade, die Hände auf die Hüften aufgestützt, hatte sich Dorothea Gerke an der Saaltür aufgebaut. Der Witwe ausgerechnet vor versammelter Königsberger Kaufmannschaft zum ersten Mal nach dem Tod ihres Gemahls gegenüberzustehen, das hätte Magdalena wahrlich gerne vermieden. Einerseits zehrte es an ihr, dass sie dem sterbenden Zunftgenossen nicht mehr hatte helfen, nicht einmal seine Qualen merklich hatte lindern können. Andererseits wusste sie, wie ungerechtfertigt solche Gedanken waren. Als Wundärztin hatte sie ihr Bestes gegeben, um ihm beizustehen. So, wie es aussah, hatten das fortgeschrittene Alter und die schlechte körperliche Verfassung für sein vorzeitiges Dahinscheiden gesorgt. Davon aber wollte Dorothea wohl nichts wissen. Voll düsterer Ahnungen blickte Magdalena ihr entgegen.

Die schwarze Witwenkleidung stand Dorothea gut. Die stämmige Figur machte der teure schwarze Damast umso stattlicher, die betont aufrechte Haltung verlieh der frisch zur Witwe Gewordenen eine besondere Würde. Jäh fühlte Magdalena sich an eine andere Witwe erinnert: Base Adelaide hatte damals in Frankfurt nicht weniger eindrucksvoll mit ihrem Status als Trauernde posiert. Hatte sie ihr nicht auch den plötzlichen Tod ihres Gemahls nachgetragen? Damals hatte Magdalenas Gatte den Überfall überlebt, dem Adelaides Mann zum Opfer gefallen war. Magdalena entfuhr ein Seufzer. Es galt, dem bevorstehenden Angriff ruhig entgegenzusehen. Alles andere war ein offenes Schuldeingeständnis.

Zielsicher richteten sich Dorotheas grüne Augen auf sie. Mit zuckersüßem Lächeln, aber nicht zu überhörendem Falsch in der Stimme säuselte die Witwe: »Wie schön, Euch hier zu treffen, beste Freundin!«

Übertrieben weit streckte sie die Arme aus und rauschte achtlos an den anderen Zunftgenossen vorbei auf sie zu, als wollte sie sie umarmen und an ihr Herz drücken. Magdalena äugte zu Grünheide. Auf dessen Antlitz wechselten Staunen und Entsetzen rasend schnell miteinander ab. Im Saal blieb es still. Gespannt verfolgten die Anwesenden, was sich zwischen den beiden Frauen abspielte. Helmbrecht schob Marietta ein Stück beiseite und stellte sich keine zwei Schritte von Magdalena entfernt in Habtachtstellung. Die bernsteinfarbenen Augen verdunkelten sich. Die Blatternarben auf seinen Wangen färbten sich rot, der schmale Oberlippenbart zitterte.

Im letzten Moment ließ Dorothea den rechten Zeigefinger nach vorn schnellen. Anklagend zielte er auf Magdalenas flache Brust. Die eben noch freundlich lächelnde Miene verwandelte sich in eine hässliche Fratze, die grünen Augen sprühten vor Wut. Das Dreieck der schwarzen Witwenschnebbe auf der Stirn wirkte wie ein bedrohlicher Pfeil.

»Wie kannst du Hexe es wagen, hier zu sein?«, zischte sie.

»Beruhigt Euch, Verehrteste!« Beschwörend trat Helmbrecht auf sie zu. Er hoffte wohl, niemand habe ihre Worte verstanden und er könne sie zur Vernunft bringen, bevor ihre Vorwürfe allzu viel Aufsehen erregten.

»Bleibt mir vom Leib!«, brauste sie auf und wehrte ihn mit den Händen ab. »Euch hat sie doch zuallererst verhext. Jedem hier ist klar, wie Ihr beide zueinander steht.«

»Dorothea, bitte!«, schaltete Magdalena sich ein. Versöhnlich streckte sie ihr die Hand entgegen. »Ihr dürft Euch nicht so aufregen. Wir alle wissen, was Ihr dieser Tage durchmacht. Den liebsten Menschen auf Erden zu verlieren, das ist grausam. Noch dazu, wenn man hilflos mit ansehen muss, wie sehr er sich in seinen letzten Stunden gequält hat.«

»Das hat er doch nur dir zu verdanken, du elende Teufelsbrut!« Vor Wut keuchend fasste Dorothea sich an die Kehle.

»Ihr wisst nicht mehr, was Ihr sagt.« Magdalena wollte sie am Arm nehmen, um sie zu einem Stuhl zu geleiten, die Witwe jedoch schlug entrüstet ihre Hilfe aus.

»Fass mich nicht an!«, krächzte sie. »Mit dir will ich nichts zu tun haben. Erst verabreichst du meinem Mann deine giftigen Tropfen, und dann siehst du voller Genugtuung dabei zu, wie er vor meinen Augen elendig verreckt. Von wegen altbekannte Bernsteinessenz!«

Sie spitzte den Mund, als wollte sie vor Abscheu vor ihr ausspucken. »Als du gestern nicht zur Beerdigung gekommen bist, habe ich zuerst noch gehofft, mich in dir getäuscht zu haben. Beinahe habe ich dir sogar etwas wie ein Gewissen zugetraut. Nun aber weiß ich, dass du gar nicht in der Lage bist, etwas in dieser Richtung zu empfinden. Das sehe ich allein daran, wie du hier in der Börse tust, als wäre nichts geschehen. Lass dir gesagt sein: Ich habe dich durchschaut! Ich werde alles tun, dir das Handwerk zu legen.«

»Haltet ein, meine Liebe!«, versuchte Magdalena erneut, sie zur Vernunft zu bringen. »Der Kummer frisst Euch sonst noch auf.«

»Ihr seid diejenige, die mich auffrisst!«, kreischte Dorothea und sprang ihr an die Kehle. Geistesgegenwärtig stürzte Helmbrecht dazwischen und zog sie beiseite.

Magdalena wusste nicht, wie ihr geschah. Vom Schreck noch ganz benommen, sah sie, wie Helmbrecht den Arm um Dorothea legte und in seiner wohltönenden Stimme auf sie einsprach: »Aber, aber, meine Teuerste, Ihr seid ja ganz von Sinnen. Der Kummer über den schrecklichen Tod Eures Gemahls macht Euch wohl arg zu schaffen. Glaubt mir, was geschehen ist, hat uns alle tief getroffen. Wir werden unser Möglichstes tun, Euch zu helfen, wieder ins Leben zurückzufinden.«

Dorothea hob den Arm und ballte die Faust. Einen Atemzug lang hatte es den Anschein, als wollte sie auf ihn einschlagen. Augen und Mund weit aufgerissen, verzerrte sich ihr ebenmäßiges Gesicht jäh in größtem Schmerz. Ein furchtbarer Laut entfuhr ihrem Mund. Wie eine Erstickende rang sie nach Luft, bäumte den stämmigen, großen Körper auf und stierte Helmbrecht wie von Sinnen an. Wieder schnellte ihr Zeigefinger vor, deutete diesmal zitternd gen Helmbrechts Brust. »Merkt Ihr denn nicht?«, japste sie. »Verhext hat sie ihn!« Kraftlos klappte sie in sich zusammen und sank zu Boden.

Eine Zeitlang erfüllte allein das herzerschütternde Schluchzen der Witwe den riesigen Börsensaal. Wie betäubt starrten die Königsberger Kaufleute auf sie. Helmbrecht zeigte sich unfähig, sich von der weinenden Frau zu befreien. Magdalena und Marietta wechselten einen Blick, bückten sich und griffen Dorothea unter die Arme. Schweigend öffneten die anderen ihnen eine Gasse. An den vielen Zunftgenossen und Kaufmannsfrauen vorbei schleppten sie die Witwe zur holzgetäfelten Längsseite des Saales. Dort setzten sie sie behutsam auf eine Bank, lehnten ihren Oberkörper gegen die rückwärtige Wand und kreuzten ihr haltspendend die Arme im Schoß. Willfährig ließ Dorothea die Prozedur über sich ergehen.

Erschöpft wischte sich Magdalena mit dem Handrücken über die Stirn und richtete die Augen auf die Wandtäfelung oberhalb von Dorothea Gerkes Haupt. Sie stockte.

Genau über dem braungelockten Kopf der Witwe prangte einer der sechzig Sinnsprüche, mit denen das Börsengebäude bei seiner Errichtung vor mehr als zwei Generationen verziert worden war. Magdalena meinte, ihren Augen nicht zu trauen, als sie die Worte entzifferte. Am liebsten hätte sie ob dieser Fügung lauthals aufgelacht. Sie wandte den Kopf. Neben ihr stand Marietta. Die weißblonde Schönheit aus Flandern las gerade ebenfalls die in die Wand eingelassenen Sätze. Sie schaute zu Magdalena und zwinkerte ihr verschmitzt zu. Magdalena atmete auf. Helmbrecht hatte recht: Sie beide waren aus demselben Holz geschnitzt!

Marietta reichte ihr den Arm, und Magdalena hängte sich ein. Dicht an dicht stehend, lasen sie noch einmal gemeinsam den Spruch, der wie ein übersinnlicher Fingerzeig auf Dorothea Gerke zu deuten schien:

Ein Weib, das Schlangen am Busen nährt
und an einem Herzen nagt.
Vor Bosheit kannst du nicht genesen.
Missgunst erreget Krieg und Streit,
Mitunter, Unruh, falsch Geschrei,
Da läuft viel Ungerechtigkeit
Bitterkeit und Bosheit mancherlei.

## 8

Als Carlotta die Apotheke im Löbenicht endlich erreicht hatte, war sie wider Erwarten geschlossen. Sie konnte sich nicht so recht entschließen, nach dem Klopfer an der Tür des unauffälligen zweistöckigen Gebäudes zu greifen. Hoffnung und Furcht hielten sich die Waage bei der Aussicht, Pantzer zum ersten Mal nach den Ereignissen an Allerseelen gegenüberzutreten. Dennoch war es wichtig, mit ihm zu sprechen. Er war die einzige Verbindung zu Christoph. Mit den klammen Fingern der rechten Hand tastete sie nach dem Bernstein, mit der Linken presste sie die Wundarzttasche schützend vor den Leib.

Trotz der frühen Stunden fühlte sie sich bereits müde. Selten hatte sie den Weg von der Kneiphofer zur Löbenichter Langgasse als so anstrengend empfunden wie an diesem Samstag. Die Schmiedegasse hatte sie gemieden, um nicht unverhofft Christoph zu begegnen. Sie ängstigte sich vor einer abermaligen Zurückweisung. Bei der Erinnerung an den eisigen Blick, den er ihr bei der Begegnung mit dem Studenten zugeworfen hatte, gefror ihr selbst Tage später noch das Blut in den Adern. Doch auch auf der anderen Strecke über Krämerbrücke und Altstädter Markt hatte sie sich nicht sicher gefühlt. Hinter jeder Ecke vermutete sie einen Trupp schlagender Studenten oder, viel schlimmer noch, Mathias und seine kurfürstlichen Dragoner.

Verwirrt lächelte sie. Am Tag des heiligen Karl Borromäus sollte sie eigentlich wohlgemut sein. Immerhin feierte sie ihn als ihren Namenstag. Das Wetter schien ihrem Ehrentag gerecht werden zu wollen. Wie schon am Vortag strahlte die Sonne trotz Novemberbeginns vom azurblauen Himmel. Lediglich an Wärme mangelte es. Das mochte vom kräftigen Ostwind rühren, der erbarmungslos von der bevorstehenden Rückkehr des so früh eingebrochenen Winters kündete.

Das laute Schlagen eines losen Fensterladens schreckte sie auf. Im ersten Geschoss des Nachbarhauses beugte sich die Magd aus einem offenen Fenster und versuchte, nach dem hin- und herschwingenden Laden zu greifen. »Verflixt!«, rief sie. Schon wollte Carlotta sie ermahnen, da bemerkte sie, dass die Magd nicht des Fensterladens wegen geflucht hatte. Starr sah sie ostwärts zum Sackheimer Tor. Carlottas Herz begann zu rasen. Tauchten ausgerechnet jetzt wieder Mathias und seine Dragoner auf? Dröhnende Hufschläge auf dem Pflaster ließen das Schlimmste befürchten. Auch sie wandte den Kopf Richtung Stadttor, konnte von ihrem Standort aus jedoch nichts erkennen. Eine schwarze Katze sprang fauchend von links aus einem Hof nach rechts über die Straße. Carlotta bückte sich, um dem Unglückstier eine Handvoll Steine hinterherzuwerfen, da drehte es sich jäh um und schoss von rechts nach links direkt an ihr vorbei zurück in den Hof.

»So schnell kann sich ein schlechtes Omen zum Guten wenden«, hörte sie eine Männerstimme hinter sich. »Verzeiht, Teuerste. Falls ich Euch erschreckt habe, bin ich untröstlich.«

Entschuldigend presste Caspar Pantzer die rechte Hand gegen die Brust und deutete eine Verbeugung an. Carlotta blieb keine Zeit für eine geistreiche Erwiderung. Schon donnerten unzählige Pferdehufe über die Straße. Pantzer zog sie in den Schutz des Eingangs.

»Ihr könnt wieder aufschauen, sie sind vorbei«, verkündete er endlich und klopfte sich den Dreck aus dem Mantel. Wie zufällig stieß er mit der Stiefelspitze gegen einen Stein und kickte ihn schwungvoll dem Trupp hinterher, der durch das Mühltor in der Altstadt verschwand.

Pantzer war nicht der Einzige, der den Reitern offen zürnte. Die ganze Straße hinunter war Schimpfen und Fluchen zu vernehmen. Fäuste wurden empört in die Luft gereckt. An der nächsten Ecke schleuderte ein Knecht den Kurfürstlichen einen Knüppel hinterher. Um nicht unter die Hufe zu kommen, hatte er seinen Karren mit Brettern und Latten umwerfen und in eine Pfütze springen müssen. Kreuz und quer verstreut lag die Ladung im Dreck. Carlotta half einem alten Mütterchen auf, das mitsamt seinem Bündel Reisig hingefallen war. Zitternd kaute die Alte auf den zahnlosen Kiefern und schien nicht zu begreifen, wie ihr geschah. Beruhigend sprach Carlotta auf sie ein, schnürte das Reisig auf der Huckelkieze fest. Ohne ein Wort des Dankes setzte sich das Weib in Bewegung.

»So wird der gute Friedrich Wilhelm nie für Frieden sorgen«, knurrte Pantzer. »Erstaunlich, dass er trotz allem noch ausreichend Muße verspürt, seine engsten Freunde zur Jagd einzuladen.«

»Das war der Kurfürst?« Ungläubig schaute Carlotta dem in der Ferne verschwundenen Trupp Reiter nach. Nun meinte sie sich zu erinnern, auf einem der Braunen tatsächlich die markante Nase und das schulterlange gelockte Haar des Herrschers erspäht zu haben. »Dann war der bärtige Rothaarige auf dem Fuchs neben ihm wohl sein Statthalter, Fürst Radziwill?«

»Höchstpersönlich.« Pantzer zwinkerte ihr zu. »Oder habt Ihr je erlebt, dass der dem Kurfürsten von der Seite weicht, sobald Friedrich Wilhelm das Steindammer Tor durchquert hat? Schade nur für den Ärmsten, dass er beim Reiten im Sattel bleiben muss. Das macht ihm das Buckeln und Kriechen vor dem Brandenburger umso schwerer. Doch kommt, meine Teuerste, gehen wir in die Apotheke. Ich kann mir nicht vorstellen, dass Ihr den weiten Weg auf Euch genommen habt, um mit mir im eisigen Wind den ungezogenen Bengeln vom Schloss hinterherzuschauen. Dazu hättet Ihr auch nicht Eure Wundarzttasche mitbringen müssen.«

»Meint Ihr nicht, Ihr solltet Eure Zunge besser im Zaum halten?«

Pantzer tat, als hörte er sie nicht. Besorgt folgte sie ihm ins Innere der Offizin. Geschäftig humpelte er voraus, stellte ihre Tasche auf einen Hocker und räumte beiläufig etwas vom Tresen. Das erregte Carlottas Aufmerksamkeit, und sie legte ihm die Finger auf die Hand, in der er eine braune Glasphiole verbarg.

»Was habt Ihr da?« Geschickt entwendete sie ihm das Gefäß und betrachtete es. Es war eine Phiole mit einer trüben Flüssigkeit. Prüfend hielt sie sie gegen das Licht, das verschwenderisch durch die großen Fenster zur Straßenfront hereinfiel. »Ihr habt noch immer große Schmerzen, nicht wahr?«

Als Pantzer auf ihren fragenden Blick hin nickte, entkorkte sie die Phiole. Bedächtig schnupperte sie daran, wedelte mit der Hand den Duft in ihre Nase. Der Geruch war schwer zu bestimmen. Rosenöl, Kampfer, Anis und Fenchel erkannte sie auf Anhieb. Der Rest schien ihr eine einzige bittere Wolke. Sie verzog das Gesicht und gab ihm das Gefäß zurück. »Ich dachte, Ihr hättet es aufgegeben, Euch selbst in Wundermitteln zu versuchen.«

»Hm.« Die Art, wie er ihrem Blick auswich, sprach eine eindeutige Sprache.

»Lasst mich schauen, wie es um Eure Narbe steht«, schlug sie vor. »Anschließend überlegen wir gemeinsam, was Euch Linderung verschaffen würde.«

Sie schenkte ihm ein aufmunterndes Lächeln, doch er wich ihr aus. Wieder spürte sie die Unsicherheit, die sie in seiner Gegenwart in letzter Zeit öfter überkam.

»Oder vertraut Ihr mir nun doch nicht mehr?« Sie suchte in seinem grobgeschnittenen Gesicht zu lesen. »Hat Christoph Euch darum gebeten?«

Statt ihr zu antworten, beschäftigte Pantzer sich ausgiebig mit dem Inhalt einer Schublade und kramte wild darin herum. Erneut fragte sie sich, ob es wirklich eine gute Idee gewesen war, ihn aufzusuchen. Da schob er die Schublade zu, sortierte einige Papiere und spielte mit der Phiole zwischen den Fingern. In der riesigen Pranke wirkte sie winzig. Mehr als einmal hatte es den Anschein, sie würde ihm entgleiten. Schon hielt Carlotta den Atem an. Schlug das Glas auf dem gewachsten Holz des Tresens auf, würde es in tausend Splitter zerbersten. Das wäre schade um die Tinktur. Auch wenn sie die Zusammensetzung nicht erraten hatte, ahnte sie doch, welch kostbare Ingredienzien darin steckten.

Als läse er ihre Gedanken, hielt Pantzer plötzlich inne, öffnete das Gefäß, warf den Kopf in den Nacken und schüttete die Tropfen hastig in den Mund. Sein heftiges Kopfschütteln und das angewiderte Gesicht verrieten ihr, wie bitter die Medizin schmecken musste. Mit einem abfälligen Blick verschloss er das Gefäß und stellte es beiseite. Mehrmals wischte er mit der Hand über den Mund, als gelte es, die Bitterkeit auf diese Weise zu vertreiben. Endlich sah er ihr in die Augen und lächelte verschmitzt. »Ihr irrt, wenn Ihr meint, ich wollte Euch wieder einmal ins Handwerk pfuschen. Nie wieder werde ich versuchen, auf eigene Faust Rezepturen zu erfinden. Gegen Euch und Eure Mutter bin ich in diesen Dingen ein echter Grünschnabel. Dabei bin ich nach dem frühen Tod meiner Mutter sozusagen im Laboratorium meines Vaters aufgewachsen, habe all die Kräuter, Tropfen und Salben statt Muttermilch in mich aufgesogen.«

Erfüllt von der Erinnerung an vergangene Zeiten, blickte er in der engen Offizin umher. Anders als die meisten Apotheken, die Carlotta kannte, war Pantzers Offizin nicht sonderlich geräumig und wirkte auch nicht wohl sortiert. In den deckenhohen Regalen stapelten sich die verschiedensten Behältnisse aus Glas, Ton und Holz, lediglich nach dem Gröbsten geordnet in Mineralia, Vegetabilia und Sonstiges. Büschel mit getrockneten Kräutern lagen mal hier, mal dort zwischen den Gefäßen. Säcke verschiedenster Größen standen auf dem Boden, einige geöffnet, so dass sich der kostbare Geruch von Kaffeebohnen und Pfeffer bunt mischte. Auch größere Fässer Branntwein, Wein und Essig standen wild durcheinander mit den übrigen Gewürzen, für die Pantzer ein halbes Vermögen bezahlt haben musste. Ob dieser Verschwendung seufzte Carlotta. Es juckte sie in den Fingern, für Ordnung zu sorgen.

»Das hier ist ein Geheimrezept unseres Freundes«, riss Pantzer sie aus ihren Gedanken und nahm die braune Phiole noch einmal in die Hand. »Nach dem Motto ›Bös muss bös vertreiben‹ hat Christoph mir etwas ganz Besonderes aufgeschrieben. Vergesst nicht, er ist nicht nur der Enkel eines berühmten Astronomen und Sohn des verdienten kurfürstlichen Leibarztes. Zudem ist er inzwischen selbst ein weitgereister Medicus, der bei den besten Köpfen seiner Disziplin studiert hat. Wer auch immer aber seine Tropfen kosten darf, wird noch mehr enttäuscht sein als ich. Gleich habe ich ihm geraten, statt weiter die Nase in die lateinischen Bücher zu stecken, besser zu Euch und Eurer Mutter in die Lehre zu gehen. Ihr versteht Euch auf wirksame Rezepturen einfach hervorragend. Mit Euch an der Seite wäre Christoph als Medicus gewiss bald eine Berühmtheit. Solange er jedoch auf solchen Arzneien wie dieser hier besteht, wird das nichts mit seinem guten Ruf.«

Angewidert spuckte er zur Seite aus. »Keine Sorge also, meine Liebe.« Sanft tätschelte er ihr die Wange. »Ihr seid einfach die bessere Ärztin. Vertraue ich allein auf Christophs Tropfen, besteht die Gefahr, dass ich den Tag nicht mehr erleben werde, an dem ich ohne Schmerzen bin. Gehen wir also besser nach hinten, damit Ihr mir Eure wohltuenden Hände auf den geschundenen Leib legen könnt. Das wird mir besser helfen als zehn weitere Flaschen dieser schrecklichen Medizin.«

Im Gegensatz zur Enge der Offizin war das Laboratorium großzügig angelegt. Carlotta entfuhr ein überraschter Jauchzer, als sie dessen gewahr wurde. Drei große Fenster öffneten sich zwar nach Norden hin, dennoch fiel erstaunlich viel Helligkeit ein. Hinter dem Haus erstreckte sich ein großer, kahler Garten, der allein von niedrigen, kalkweiß getünchten Mauern umgrenzt war. Auch in den Nachbargärten standen keine Bäume oder Sträucher, so dass Pantzers Anwesen von allen Seiten verschwenderisch viel Licht erhielt. Im Laboratorium waren sämtliche Wände und Regale weiß gestrichen. Die Mitte des quadratischen Raumes wurde von einem Tisch beherrscht, auf dem sich neben Waagen, Gewichten und Gefäßen gleich zwei Mikroskope befanden. Soweit Carlotta auf den ersten Blick feststellen konnte, handelte es sich sowohl um ein Gerät aus Venedig, wie ihre Mutter es vertrieb, als auch um eines aus der Delfter Umgebung. Daneben lagen nicht minder kostbare Folianten.

»Überrascht?«, fragte Pantzer und weidete sich an ihrem Staunen. »Nach dem Sammelsurium vorn in der Offizin hättet Ihr mir dieses Laboratorium wohl nicht zugetraut, oder?« Grinsend humpelte er zum Tisch und schob ihr eines der Bücher so hin, dass sie die Schrift darin lesen konnte. »Überzeugt Euch selbst, was ich mir zu Gemüte führe, wenn ich nicht am Tresen einen Kräutertee abfülle, Tabletten schneide oder eine Brandsalbe mische. Keine Sorge. Es steht nichts Verwerfliches in den Büchern. Es ist auch keine verbotene Hexenschrift, sondern nur das *Feldbuch der Wundarznei* des berühmten Hans von Gersdorff. Ihr werdet es kennen und ahnen, warum ich es mir besorgt habe.«

Mühsam entledigte er sich seines schweren Wollmantels und öffnete die Knöpfe seines dunkelgrünen Rocks. »Entschuldigt, ich sehe, Ihr tragt noch Euren Pelz. Ihr haltet wohl viel von den alten Weisheiten zum Wetter. Heißt es nicht ›Wenn es an Karolus stürmt und schneit, dann lege deinen Pelz bereit‹?«

»Und heiz den Ofen wacker ein, bald zieht die Kälte bei dir ein«, ergänzte sie, während sie den Umhang abstreifte. »Wie kommt es, dass Ihr das kennt?«

Zu ihrem Bedauern ging er nicht darauf ein, sondern entkleidete sich schweigend weiter. Dass sie ihn dabei beobachtete, schien ihm nicht das Geringste auszumachen. Endlich trug er lediglich noch Hosen und Stiefel und präsentierte sich ohne Scham mit gerade durchgestrecktem Rücken vor ihr. Sogleich stachen ihr die nachlässig um den Oberkörper geschlungenen Bandagen ins Auge. An manchen Stellen hatte sich der Verband gelockert, verdiente kaum mehr seine Bezeichnung. Dunkle Flecken verrieten, dass die Wunde unter dem Leinen weiter nässte.

»Wer hat zuletzt die Wunde versorgt?«

Halb wandte er den Leib ab, als er sagte: »Das könnt Ihr Euch denken.«

»Guter Gott, Pantzer, Ihr habt doch nicht etwa wieder selbst …?«

Sofort fiel er ihr ins Wort: »Nein, nein. Stellt Euch vor: Selbst ich lerne gelegentlich dazu.« Das Gesicht zu einem schiefen Lächeln verzerrt, suchte er treuherzig ihren Blick. »Meine Salbe war mir wahrlich Lehre genug. Solche Schmerzen möchte ich nicht noch einmal erleiden.«

»Euer Wort in Gottes Ohr. Dann hat also Christoph Euch behandelt?« Vorsichtig tippte sie auf eine Stelle des Leinens. Sein scharfes Luftholen war Antwort genug. Weiterhin plagten ihn starke Schmerzen.

»Das konntet Ihr Euch doch denken. Oder seid Ihr etwa nicht gekommen, um Euch mit eigenen Augen davon zu überzeugen, wie bitter nötig er Eure Unterstützung hat?« Eindringlich sah er sie an. Nun war es an ihr, sich unangenehm berührt abzuwenden.

»Selten ist mir ein so kluger Medicus untergekommen wie unser guter Christoph«, fuhr Pantzer fort. »Ein Jammer, dass es ihm derart an praktischem Talent für die Behandlung seiner Patienten fehlt. Wenn Ihr mich fragt, wird es höchste Zeit, dass Ihr ihm zur Seite steht.«

Glühende Hitze erfasste sie. Sie meinte, ihr platze der Schädel. »Könnt Ihr Euch irgendwo hinlegen?«, schlug sie hastig vor. »Ich muss mir das genauer ansehen.«

»Schade«, bemerkte er vieldeutig und trottete zur Stirnseite des Raumes, wo er sich auf einer schmalen Bank ausstreckte, die halb verborgen hinter einer brusthohen, mit hellem Leinen überzogenen Trennwand stand.

»Lasst uns noch ein wenig über diesen Spruch zum heiligen Karolus reden«, schlug er vor, als sie das Leinen von seinem Leib zu lösen begann. »Wenn mich nicht alles täuscht, begeht Ihr als gute Katholikin heute Euren Namenstag.«

Je mehr Stoff sie abwickelte, desto mehr keuchte er beim Sprechen. »Entschuldigt«, murmelte sie und konzentrierte sich darauf, den teilweise am Wundschorf festgeklebten Stoff so behutsam wie möglich zu lösen. Es gelang nicht immer, wie sein Aufstöhnen verriet.

»Wie gütig von Euch«, japste er weiter, »ausgerechnet an diesem Ehrentag meine schmutzige Wunde zu versorgen.«

Als sie die heikelsten Stellen freigelegt hatte, atmete er erleichtert auf. Sie legte eine kurze Pause ein, die er sofort ausnutzte, um weiterzureden: »Eurem Namenspatron macht Ihr jedenfalls allergrößte Ehre. Karl Borromäus von Mailand hat sich ebenfalls selbstlos in den Dienst der Kranken gestellt, vor allem der Pestkranken, nicht wahr? Verzeiht einem armen Reformierten wie mir, nicht ganz so firm in diesen Dingen zu sein. Trotzdem ist mir, als hättet auch Ihr viel Übung im Umgang mit Pestkranken, vor allem Pesttoten. Erinnere ich mich richtig an die Geschichte mit den Särgen? Wart Ihr nicht diejenige, die dafür gesorgt hat, dass die Kurfürstlichen so vom überstürzten Einmarsch in Königsberg abgehalten wurden? Es wäre auch zu schlimm, sie hätten sich an den nicht vorhandenen Toten in den Särgen angesteckt. Wie fürsorglich von Euch, selbst das Wohl der Preußen im Auge zu behalten. Ein Schuft, wer Böses dabei denkt.«

Carlotta ging nicht auf seine Scherze ein. Zu erschreckend war für sie der Anblick seines entblößten Leibes. Noch immer war die Haut von entzündeten Pusteln übersät. Gelbe Feuchtigkeit drang aus der Wunde, das dunkle Brusthaar klebte darauf.

»Die Salbe bereitet Euch wohl nach wie vor große Beschwerden. Ein beruhigendes Pflaster aus roter Mennige, Leinöl, Bleiweiß und Seife wird Euch Linderung verschaffen. Zum Glück habe ich davon eingesteckt.«

Besorgt prüfte sie durch leichtes Tupfen die Beschaffenheit der Pusteln. Sogleich schnellte Pantzers Hand hoch und schloss sich um ihr Handgelenk. Unverkennbar stand Furcht in seinen Augen, das Grinsen war ihm vergangen. »Heute ist Samstag, meine Liebe. Ihr wisst, was das heißt? Ich kann es wohl kaum zulassen, dass Ihr an dem Tag, an dem Christus, unser Erlöser, im Grab geruht hat, zu Euren Pflastern greift. Dadurch versündigt Ihr Euch und werdet nach Eurem Tod keine Ruhe mehr finden.«

»So spricht nicht unbedingt ein Reformierter«, presste sie heraus. Dabei sog sie den herben Geruch seines kräftigen Körpers ein. Tabak und Kaffee mischten sich mit Schweiß und Angst. Auch der Lederduft seiner Stiefel schien ihm am ganzen Körper anzuhaften. Eigentlich, schoss ihr durch den Kopf, roch ein Apotheker anders. Nach Ölen, Kräutern und Gewürzen oder Pulvern. Sie musterte ihn. Und plötzlich wusste sie, woran er sie erinnerte: an einen Soldaten. Kein Zweifel, Pantzer hatte etwas von einem Soldaten, wie sie ihn oft genug getroffen hatte. Die großen Poren rund um die knollige Nase unterstrichen den verwegenen Eindruck seines grobschlächtigen Gesichts. Er war kein Mann, der viel auf sich gab. Umso mehr jedoch gab er auf abergläubische Weisheiten, seltsame Zeichen und Wunder. Einem rechtschaffen Reformierten stand das beileibe nicht an, ebenso wenig einem erprobten Königsberger Apotheker. Verwirrt wandte sie sich von ihm ab.

»Habe ich Euch erschreckt?« Jäh lachte er auf, ließ sie los und richtete sich halb auf, indem er den schweren Oberkörper auf den angewinkelten Armen abstützte. »Tut mir leid, meine Liebe. Das lag mir fern.«

»Ich hole meine Tasche.« Froh, einen Moment seinem Dunstkreis zu entkommen, schlüpfte sie in den Vorraum. Die gedrängte Enge dort schien ihr wie eine Wohltat. Sie legte die

Stirn gegen die hölzerne Seitenwand eines Regals und atmete tief durch. Der Duft von Myrrhe und Minze stieg ihr in die Nase, getrocknete Kamillenblüten und Salbei mischten sich darunter. Sie lächelte. Wenigstens etwas Vertrautes. Schnuppernd hob sie den Kopf, sah an den Regalen entlang.

»Wo bleibt Ihr? Findet Ihr Eure Tasche nicht?«, rief Pantzer ungeduldig.

»Bin schon wieder da«, antwortete sie und eilte zurück zu ihrem Patienten.

Neben der Pritsche, auf der er sie halb sitzend, halb liegend zurückerwartete, rückte sie sich einen Schemel zurecht. Umständlich stellte sie die Tasche darauf, fand eine hohe Kiste und richtete diese als Ablage für ihre Instrumente und Tiegel ein.

»Wie oft hat Christoph Euch den Leib verbunden?«, erkundigte sie sich beiläufig. »Welche Salbe hat er aufgetragen?«

»Was denkt Ihr? Es muss eine ähnlich misslungene Mischung sein wie auch die Tropfen, die er mir verordnet hat.« Er versuchte sich an einem Lächeln. »Nehmt es ihm nicht übel. Er ist nicht allein schuld daran. Ein Physicus wie er muss bei seinem Studium den gelehrten Lateinern und ihren uralten Lehren über die verschiedenen Lebenssäfte lauschen. Über der Begeisterung für all diese Weisheiten vergessen die Herren Studenten jedoch glatt, sich den wahren Herausforderungen zu stellen. Nicht nur die niederen Fertigkeiten wie das ordentliche Verbinden einer Wunde bleiben auf der Strecke. Viel zu selten haben die Herren Studiosi überhaupt einen lebendigen Patienten vor sich. Deshalb sage ich es noch einmal: Ohne Euch ist unser guter Kepler nur ein halber Mediziner. Mit Euch aber könnte er die ganze Welt von sämtlichen Beschwerden heilen.«

»Ein schwieriges Unterfangen«, erwiderte sie und hieß ihn, sich wieder flach auf dem Rücken auszustrecken. Wenn sie den Apotheker so reden hörte, war ihr, als bohrte sich ihr ein Dolch mitten ins Herz. Sie öffnete eine Phiole Rosenöl, tränkte einen weichen Leinenstreifen damit, wickelte ihn sich um den rechten Zeigefinger und begann, die Pusteln abzutupfen. Angenehmer Duft umhüllte sie. Zunächst hielt Pantzer spürbar die Luft an und verkrampfte. Sobald er merkte, wie wohl das Öl und die sanfte Berührung taten, entspannte er sich. Gewiss tat auch der angenehme Geruch das seine dazu. Schließlich schloss er die Augen, lag völlig ruhig und genoss die Prozedur. Hin und wieder entfuhr ihm ein Seufzer. Sie schmunzelte. »Ich wusste gar nicht, dass Ihr schweigen könnt.«

»Nur, solange Ihr bei mir seid und mir solche Wohltaten erweist.« Er schlug die Augen wieder auf. Das Braun darin glitzerte bernsteinfarben. Die rauhen Züge um Augen und Mund wirkten auf einmal weicher, die dunklen Flecken auf den Wangen verschwanden. Sein ganzes Gesicht strahlte etwas Unschuldiges aus. Ein vorwitziger Sonnenstrahl kitzelte die dicke Nasenspitze. Einen Moment erstarrte sie, fühlte sich an Helmbrecht erinnert. Pantzer zwinkerte verschwörerisch. Schon war die Ähnlichkeit verschwunden.

»Was gäbe ich darum, Euer Herz zu gewinnen«, sagte er leise. Erschrocken hob sie den Blick. »Keine Angst«, wiegelte er ab. »Ich werde den Teufel tun und das versuchen, meine Liebe. Christoph ist mein ältester Freund. Nie würde ich wagen, ihm in die Quere zu kommen. Doch seine Gefühle für Euch kann ich nur zu gut verstehen.«

Sie spürte, wie ihre Wangen zu glühen begannen. Rasch tat sie, als forderte die Behandlung des Ausschlags auf der starkbehaarten Brust ihre ganze Aufmerksamkeit. Er war feinfühlig genug, endlich den Mund zu halten. Sie arbeitete wie besessen, tupfte selbst die geringste Rötung auf seinem Leib ausgiebig mit Rosenöl ab. Darüber verbrauchte sie fast den gesamten Inhalt der Phiole. Die Stiche entlang der Narbe bedurften weniger Öls. Sie entschloss sich, die Wunde noch einmal mit einem Pflaster aus Baumöl, Terpentin, rotem Mangold, Kamillenblüten und Johannisblumen zu bestreichen. Den Rest der Brust versah sie mit einer dünnen Schicht von Meister Johanns Wundersalbe, emsig darauf bedacht, sparsam mit der Kostbarkeit umzugehen. Allzu viel besaß sie nicht mehr davon.

»Danke«, sagte er. »Ich weiß Euer Bemühen um meine Gesundheit wirklich zu schätzen, gerade, was die kostbare Salbe anbetrifft.«

»Das solltet Ihr einige Tage einwirken lassen«, empfahl sie rasch mit heiserer Stimme. »Nächste Woche werde ich den Verband noch einmal wechseln. Bis dahin hat die Haut ausreichend Zeit, sich von der Entzündung zu erholen.«

Geschickt wickelte sie ihm frisches Leinen um den Oberkörper und half ihm, das Hemd darüberzuziehen. Dann packte sie ihre Tiegel und Tücher zurück in die Tasche, nahm den Mantel mit dem warmen Pelzkragen vom Haken und wollte sich verabschieden.

»Bitte macht Euch nichts vor, beste Carlotta«, hielt er sie noch einmal zurück. »Ihr wisst genauso gut wie ich, dass Christoph und Ihr füreinander bestimmt seid. Wehrt Euch nicht dagegen, sondern kämpft um Euer Glück. Glaubt mir, er ist es wert.«

Verwirrt starrte sie ihn an, bis sie wieder imstande war, sich zu rühren. Ohne sich noch einmal umzusehen, hastete sie aus dem Laboratorium, huschte durch die Enge der Offizin zur

Tür. Ihr Herz raste. Sie wollte nur noch weg. Im Gehen stopfte sie das rotblonde Haar unter den dicken Schal. So erreichte sie die Tür. Wie von selbst schwang sie auf. Als sie den Blick hob, meinte sie, im Erdboden versinken zu müssen. Auf der Schwelle stand Christoph. Erschrocken blickte sie ihn an, unfähig, auch nur eine Silbe hervorzubringen.

»Du?«, krächzte er. Er war nicht weniger verwirrt als sie. Sie taumelte, rang mit sich. Wie gern ließe sie sich einfach gegen ihn fallen. Einen Moment lang bildete sie sich ein, er streckte die Hände nach ihr aus. Dann aber verhärteten sich seine Züge. Von dem spöttischen Lächeln, das sie so liebte, fand sich nicht die geringste Spur. Auch das Grübchen am Kinn war verschwunden. Dafür blickten die grauen Augen starr und fremd, ähnlich wie letztens beim Zwischenfall mit dem Studenten. Entschlossen drängte sie sich an ihm vorbei nach draußen. Weg, nur weg von hier!, war ihr einziger Gedanke.

## 9

Wie von Sinnen stürzte sich Carlotta in das Gedränge auf der Löbenichter Langgasse. Schon nach wenigen Schritten stolperte sie über die schwarze Katze, die von der linken Straßenseite herübersprang. Fauchend schoss das Tier nach rechts in den Hof, ein aufgeregt kläffender Hund versuchte, ihr zu folgen, war allerdings zu groß, ebenfalls durch die Lücke im Tor kriechen zu können. Carlotta beobachtete es im Vorbeilaufen, blickte dann aber stur nach vorn. Am Brunnen der Malzbrauerzunft herrschte der übliche Trubel. Pantzers Wirtschafterin schien unter den dort versammelten Frauen das Wort zu führen. Damit die Frau sie nicht entdeckte, schlang Carlotta sich den Schal höher um Mund und Nase und flüchtete auf die andere Straßenseite. Unerkannt erreichte sie das Tor zur Altstadt. Die wachhabenden Stadtknechte winkten sie vorbei. Auf der Altstädter Langgasse atmete sie zum ersten Mal auf, verlangsamte ihre Schritte.

Vom Markt tönten Posaunen und Trompeten herüber, dazwischen erklangen anfeuernde Rufe und Beifallklatschen. Offenbar vergnügten sich der Kurfürst und seine adeligen Gäste auf dem weitläufigen Platz unweit des Schlosses mit munteren Spielen. Die Gefahr war groß, dort Mathias in die Arme zu laufen. Gewiss hielt er mit seinen Dragonern Wache. Da Christoph bei Pantzer war, konnte sie den Rückweg in den Kneiphof gefahrlos durch die Schmiedegasse einschlagen. Eilig wandte sie sich an der nächsten Straßenecke nach rechts.

Die Schmiedegasse lag nahezu ausgestorben da. Erst näher zum Ufer hin sammelten sich wieder mehr Menschen. Ein bettelndes Weib streckte Carlotta die schmutzige Hand entgegen. Sie suchte in ihrer Manteltasche nach ein paar Münzen und schenkte sie der Armen.

»Gott schütze dich, mein Kind!« Dankbar küsste die Alte ihr den Mantelsaum.

»Schon gut«, befreite Carlotta sich und stolperte bereits über das nächste Hindernis. Spielende Kinder jagten eine Schar Gänse vor sich her, zeternd rannte ein junges Mädchen ihnen nach. Kurz vor dem Brückenkopf hatten sich Bauersleute mit ihren Körben postiert. Neben runzeligen Äpfeln und matschigen Birnen priesen sie die letzten Kräuter des Herbstes an.

Kaum schlug Carlotta der beißende Geruch des nahen Fischmarkts entgegen, fasste jemand nach ihrem Arm. Verärgert suchte sie sich zu befreien, wollte bereits laut schimpfen, da stand wie aus dem Nichts Mathias vor ihr.

Ihr schwanden die Sinne. Das Nächste, was sie wahrnahm, war, dass der hoch aufgeschossene Offizier sie stützte, bis sie das Geländer der Schmiedebrücke erreichten.

Beim Anblick des Kurfürstlichen wichen die Menschen beiseite. Nach allem, was in der letzten Zeit geschehen war, versetzte sie das Auftauchen eines Dragoners aus den Reihen Friedrich Wilhelms in Angst und Schrecken. Selbst dass er allein war, vermochte nichts daran zu ändern. Carlotta wurde dessen jedoch kaum gewahr. Die ganze Anspannung der letzten Tage brach sich Bahn: der Einmarsch der Truppen im Kneiphof, das unverhoffte Wiedersehen mit Mathias, die Entfremdung von Christoph, Pantzers eigentümliches Gebaren und vor allem sein unbeholfenes Eintreten für den Freund. Erschöpft sank sie gegen Mathias' weichen, blauen Soldatenrock. Ein angenehmer Duft nach Wein, Kaffee, Tabak und Seife hing darin, vermischt mit einer verheißungsvollen Ahnung von Pferd, Heu und kühler Weite jenseits der Stadt. Eine Zeitlang verharrte sie schweigend, genoss den Augenblick der verbotenen Nähe, bis sie sich gestärkt fühlte.

»Wo kommst du her?« Neugierig schaute sie auf. Ihre Angst war verflogen. Etwas sehr Vertrautes, lang Vermisstes haftete Mathias plötzlich an. Sie konnte nicht mehr verstehen, warum sie sich vor ihm gefürchtet hatte. Er war der Gefährte aus einer der schwersten Zeiten ihres noch jungen Lebens. Wie hatte sie das vergessen können?

Aufmerksam musterte sie ihn. Wie damals war sein Gesicht sehr blass. Der dunkle Bart an Kinn und Oberlippe unterstrich diesen Eindruck. Um den schmallippigen Mund lag nun ein schüchternes Lächeln. Das Schwarz seiner Augen zog sie sogleich wieder in Bann. Unbeholfen schwankte sie, lehnte sich abermals haltsuchend gegen seine Brust. Behutsam legte er ihr den Arm um die Schultern und hielt sie einfach nur fest. Es war, als wäre sie nach Hause gekommen.

»Unerhört«, rief eine zornige Stimme. Erstaunt sah sie auf. Noch immer hielten die Menschen respektvollen Abstand zu Mathias. Undeutlich meinte sie weiter hinten, im Schatten der Schmiedegasse, eine in die Luft gereckte Faust zu erspähen. »Soldatenhure«, zischte es aus einer anderen Ecke. Voller Abscheu spuckte jemand zu Boden. »Dass du dich nicht schämst!«, flüsterte es hinter ihr.

Carlotta zog den Kopf zwischen die Schultern und vergrub das Gesicht an Mathias' Schulter. Eng aneinandergeschmiegt wankten sie über die Brücke, zwängten sich am jenseitigen Ufer durch die Menge zum Kohlmarkt hinüber. An einer leeren Krämerbude hielten sie an und drückten sich in eine Nische, um der Aufmerksamkeit der Leute zu entrinnen.

»Verzeih mir«, flüsterte Mathias und drückte sie an sich. Dankbar schloss sie die Augen, genoss die alte Vertrautheit. Bald meinte sie, wieder in den Wäldern vor Thorn mit Mathias allein zu sein. Die innigen Stunden ließen sich wieder heraufbeschwören, als lägen nicht vier Jahre, sondern nur wenige Augenblicke dazwischen. In ihrem Bauch begann es zu kribbeln, da rückte Mathias unverhofft von ihr ab.

»Du aber musst mir endlich die Wahrheit sagen«, befahl er harsch und zerriss damit den Schleier der süßen Erinnerung. Erstaunt sah sie ihn an. Das Schwarz seiner Augen hatte sich verwandelt. Die Tiefe darin hatte einem anderen, erschreckenden Ausdruck Platz gemacht. Auch den kannte sie leider nur zu gut. Damals in Frankfurt, im halb abgerissenen Haus seiner Eltern, und an jenem Ostersamstag in Erfurt, als er sie mit Gewalt hatte verführen wollen, hatte er sie ebenfalls derart unerbittlich angesehen. Deutlich spiegelte sich sein

Wunsch darin, sie zu etwas zu zwingen, das ihr zutiefst widerstrebte.

»Wo ist meine Mutter? Was weißt du von ihr?« Jäh warf er sie gegen die Bretterwand. Schmerzhaft bohrten sich seine Fingernägel durch den Mantelstoff in ihren Arm. Trotz des harschen Auftretens zitterte seine Stimme.

»Nichts«, entgegnete sie. »Nichts weiß ich von ihr.«

Kaum hatte sie das gesagt, erfasste sie Mitleid. Seit Jahren mussten ihn schreckliche Bilder von den vermeintlich letzten Stunden seiner Mutter quälen. Sie konnte ihm helfen, sich von dieser Pein zu befreien. Das war die einzige Chance, ein für alle Mal den wahren Mathias, den sie einst in den Wäldern vor Thorn entdeckt hatte, über die böse Fratze aus Erfurt siegen zu lassen.

»Vielleicht kann ich dir trotzdem helfen.« Sie hob die Hand und legte sie an seine Wange. Sofort wurde er ruhiger. Das Schwarz seiner Augen änderte sich erneut. Ein scheues Lächeln huschte über sein Gesicht. »Ich weiß jemanden, der dir mehr über deine Mutter sagen kann.«

»Doch nicht etwa Helmbrecht?« Abrupt kehrte das Böse in seine Augen zurück. Er stieß sie fort. Seine Stiefelspitze trat gegen einen unebenen Pflasterstein. »Vergiss es. Er wird mir nicht helfen. Schon letztens, als ich bei euch im Haus war, hat er sich nicht gerührt. Nicht einmal deine Mutter hat ihn überreden können, von seinem Schwur Adelaide gegenüber abzurücken. Er zürnt mir, weil ich seinen Rat nicht befolgt habe und von den Österreichern zu den Preußischen übergelaufen bin. Nie und nimmer springt er über seinen Schatten und verrät mir, wo ich meine Mutter finde.«

»Vertrau mir: Er wird«, beharrte sie.

»Wie denn? Willst du etwa diesen Tölpel von Medicus zu Hilfe bitten?«

»Lass Christoph aus dem Spiel! Er hat nichts damit zu tun.«

»Verzeih«, lenkte er ein. Ihre Entschiedenheit beeindruckte ihn.

»Ich weiß einen Weg, dem Helmbrecht nicht widerstehen kann«, setzte sie nach einer Pause nach.

»Das klingt, als verfügtest du doch über übernatürliche Kräfte.« Spöttisch sah er auf sie hinab. »Dann hatte meine Mutter damals in jener Nacht vor Thorn also doch recht.«

»Und wenn es so wäre?«

»Red keinen Unsinn!« Er tat entrüstet. Dennoch konnte er seine Unsicherheit nicht gänzlich verbergen.

Sie lächelte. »Keine Sorge, ich nutze meine Kräfte nur zu deinem Besten.« Beschwichtigend legte sie ihm die Hand auf den Arm, er aber schüttelte sie unwirsch ab.

»Mit so etwas treibt man keine Späße! Beschwör das Unglück nicht herauf. Du weißt, wie übel das ausgehen kann.«

»Sei kein Hasenfuß!« Ihr Schmunzeln wurde breiter. Eine befreiende Leichtigkeit erfüllte sie. »Es geht alles ganz ohne Zauberei. Ich kenne Helmbrecht besser als du. In den letzten vier Jahren hatte ich mehr als einmal Gelegenheit, sein Verhalten zu studieren. Vergiss nicht, Helmbrecht brennt darauf, von meiner Mutter endlich das entscheidende Ja zu hören.«

»Das aber keinesfalls du ihm geben kannst«, warf Mathias verärgert ein. »Genauso wenig wirst du deine Mutter dazu überreden können, es ihm meinetwegen zu geben.«

»Du bist immer noch derselbe Zauderer wie damals in Frankfurt. Dir fehlt einfach die Fähigkeit, einen Schritt weiter zu denken.«

»Aber du tust das!«, brauste er auf.

»Ja«, erwiderte sie ruhig, »ich tue das. Genau wie damals. Denk nur an unsere gemeinsame Zeit im Kontor meines Vaters. Weißt du noch, wie lange du über den Büchern gebrütet hast, während ich schon vor Langeweile gestorben bin?«

Beschämt sah er weg.

»Es ist einfacher, als du denkst«, lenkte sie ein. »Manchmal hat selbst meine Mutter schwache Momente, in denen sie gern meinen Rat hört. Und was den Weg zu deiner Mutter betrifft, so wird es zwar ein wenig dauern, doch glaub mir, das Warten wird sich lohnen.«

Nicht sonderlich überzeugt, zog er die buschigen Augenbrauen hoch. Geduldig erklärte sie weiter: »Wir beide gehen jetzt zu Helmbrecht und bitten ihn, eine Nachricht von dir an deine Mutter zu übermitteln. Dann kann sie selbst entscheiden, ob sie dich wiedersehen will.«

»Und wenn sie nicht will?« Seine Unterlippe bebte.

»Hast du je eine Mutter gesehen, die ihr Kind zurückgewiesen hätte?«

Ihre Stimme wurde leise, zärtlich strich sie ihm über die Wange. Mathias ließ sie gewähren. Bei Christoph hatte sie das auch gern getan, schoss ihr durch den Kopf. Allerdings war es ein ganz anderes Gefühl. Sie schluckte. Im selben Moment war ihr klar: Mathias war nur mehr ein Freund aus vergangenen Kindheitstagen. Längst war sie dem entwachsen. Pantzer hatte recht: Um Christophs Liebe musste sie kämpfen. Er war ihre Zukunft. Sie waren füreinander bestimmt.

»Deine Mutter hat nur noch dich«, sagte sie zu Mathias. »Es ist genug Zeit vergangen, dass ihr das bewusst ist. Sie wird dich nicht mehr zurückweisen.«

Voller Zuversicht, ihn auf den richtigen Weg zu bringen, hakte sie ihn unter und zog ihn fort, Richtung Gasthaus Grüner Baum. Dort pflegte Helmbrecht zu wohnen, wenn er sich längere Zeit in Königsberg aufhielt.

# 10

Manchmal war Hedwigs Wundergläubigkeit auch von Vorteil. Lina pries sich glücklich, das bereits nach kurzer Zeit im Grohnert'schen Haushalt begriffen zu haben.

»Bist du des Wahnsinns, Milla?« Ungestüm riss Hedwig der Dreizehnjährigen den Korb mit Eiern aus der Hand. »Du kannst an einem Tag wie heute doch keinen Kuchen backen! Der Tag nach Martini ist ein Schwendtag. An einem solchen darf man nichts Neues beginnen, weder im Haus noch im Hof oder Geschäft. Hat dir das nie jemand beigebracht?«

Ob der groben Zurechtweisung wäre das schmächtige Mädchen am liebsten heulend im Küchenboden versunken. Schützend stellte Lina sich vor sie. »Dann wird es heute also nur die Reste von gestern geben.«

Sie bemühte sich um einen enttäuschten Tonfall. Niemand sollte merken, dass ihr das gerade zupasskam. Vorwitzig lupfte sie den Deckel vom Bräter. Die Überbleibsel der Martinsgans ergaben nicht eben eine stattliche Menge. Schon schwand ihre Hoffnung, sich rasch aus der Küche stehlen zu können. Dabei wollte sie doch am Nachmittag für zwei oder drei Stunden fort, zum heimlichen Stelldichein mit Humbert Steutner. Es war höchste Zeit, den Liebsten fest an sich zu drücken. Nach allem, was mit Carlotta und dem jungen Medicus geschehen war, sehnte sie die Berührung mit dem Schreiber noch inständiger herbei. Ihn all die vergangenen Tage aus der Ferne zwar gesehen, ihn im Kontor so nah bei sich gewusst, aber niemals berührt zu haben, war Qual genug gewesen. Sie musste ihn spüren, seine Hände über ihre Haut wandern fühlen. Wenn schon der kleine Karl nicht bei ihr war, brauchte sie Steutners Wärme. Ihre Wangen röteten sich. Hastig öffnete sie die Bodenklappe und schlüpfte in den kühlen Kellerverschlag, um die restlichen Schüsseln heraufzuholen. Wenigstens waren noch eine ordentliche Portion Kraut und eine ganze Schüssel von den gekochten Äpfeln übrig. Das Brot war hart, doch es musste unbedingt mit auf den Tisch. Frisches durfte bei Hedwig sonntags nicht gebacken werden.

»Zum Glück sind die beiden Grohnert-Damen allein«, entfuhr es ihr, als sie alles unter dem prüfenden Blick der Alten auf dem Tisch aufreihte. »Wollte sich der ehrwürdige Helmbrecht einfinden, müsste er hungrig von der Tafel aufstehen.«

»Natürlich sind die Grohnert-Damen allein!« Hedwig schnaubte empört. »Und du weißt genau, warum das so ist. Seit dem unerhörten Auftritt der Witwe Gerke in der Börse steht unserer lieben Patronin nicht mehr der Sinn nach Besuch. Ganz still ist es auf einmal um sie geworden. Nicht einmal der gute Helmbrecht hat sich seither oft blicken lassen.« Sie hielt inne und starrte kopfschüttelnd ins Feuer. Dann gab sie sich einen Ruck. »Abgesehen davon ist bei mir noch nie jemand hungrig vom Tisch aufgestanden. Pass gut auf, gleich zeige ich dir, wie man auch aus Resten noch ein üppiges Mahl bereitet, dass sich die Tische biegen und die Herrschaften sich die prallen Bäuche halten.«

Schon war ihr Ehrgeiz geweckt, und sie klapperte umtriebig mit Pfannen und Töpfen. Lina schmunzelte. Ihre Rechnung war aufgegangen: Hedwig machte sich mehr oder weniger allein ans Kochen. Für Milla und sie blieben nur einige leichte Handlangerdienste. Über dem geschäftigen Treiben vergaß die Köchin schnell ihre trübsinnige Stimmung.

Die beiden Grohnert-Damen zeigten sich dagegen nicht in unbeschwerter Sonntagslaune. Lina war froh, als das Essen vorüber war. Das Geschirr abzuspülen, war ihr allemal lieber, als das gedankenschwere Schweigen der beiden Frauen zu ertragen. In ihrem Eifer putzte sie rascher als sonst die Küche blitzblank. So blieben bis zum Abendbrot mindestens zwei, wenn nicht gar drei Stunden ohne konkrete Aufträge.

»Und du meinst wirklich, sie merkt nicht, dass du weg bist?« Bang piepste Millas Stimmchen, als die beiden Mägde sich in ihrer Kammer unter dem Dach wiederfanden. Die dunklen Rehaugen der Kleinen waren vor Angst geweitet, das schmale Gesicht kreidebleich. Der leichte Blauschimmer ihrer dürren Hände verriet, wie sehr sie fror. Sie schob die Fäuste unter die Achseln und trat fröstelnd von einem Bein aufs andere.

»Hörst du sie nicht bis hier oben schnarchen?« Verschwörerisch zwinkerte Lina der Kleinen zu. »Das Kochen war anstrengend. Sie wollte es doch unbedingt ganz allein übernehmen. Jetzt schläft sie den Schlaf der Gerechten und wacht erst in zwei Stunden wieder auf. Komm, hilf mir beim Flechten der Haare.«

Sie hielt Milla die Bürste hin, zog mit der anderen Hand das Tuch vom Kopf und ließ den dicken Hintern auf den einzigen Schemel in der engen Kammer plumpsen. »Für meinen Liebsten will ich schön sein.«

»Wenn das nur gutgeht.« Milla stellte sich auf die Zehenspitzen, um ihr den Scheitel mittig ansetzen zu können. Vor Anstrengung schob sich ihre Zunge zwischen die Lippen. Mit aller Kraft zerrte sie den grobzackigen Holzkamm durch die struppigen Strähnen. »Autsch! Nicht so fest!«, schimpfte Lina. »Du reißt mir noch alle Haare aus.«

»Verzeih!« Das Gesicht des zierlichen Mädchens lief puterrot an.

»Schon gut«, knurrte Lina und nahm ihr den Kamm aus der Hand. »Ich komme auch allein klar.«

»Wie du meinst.« Millas Augen schimmerten feucht, ein heftiger Schluckauf schüttelte den schmächtigen Körper. Sie stierte zu Boden.

»Nimm dir doch nicht alles so zu Herzen!« Mitleidig tätschelte Lina ihr die Schultern. »Es war nicht so gemeint.«

Sie zwinkerte ihr aufmunternd zu, dann widmete sie sich ganz ihrem Haar und hatte es mit wenigen Handgriffen zu zwei großen Zöpfen geflochten. Geschickt wand sie diese um den Kopf, kramte aus der Kiste unter ihrem Bett ein buntes Tuch hervor und band das darüber. »Wie sehe ich aus?« Sie kniff sich fest in die Wangen, um das frische Rot darauf zu verstärken. Die Hände in die breiten Hüften gestemmt, wiegte sie sich hin und her. Die von Eisblumen übersäte Scheibe der kleinen Fensterluke konnte leider nicht als Spiegel herhalten.

»Schön«, flüsterte Milla andächtig.

»Nicht vergessen«, mahnend hob Lina den Zeigefinger, »falls Hedwig doch hier hereinplatzt und mich sucht, bin ich auf dem Abtritt …«

»Weil dir das Essen quer im Bauch liegt und du gar nicht mehr vom Balken wegkommst«, ergänzte Milla, sichtlich stolz, von der Älteren für würdig befunden zu werden, als Vertraute zu dienen.

»Brav«, tätschelte Lina ihr die Wangen und hoffte für sie, es würde keinen Anlass zum Lügen geben. Nie sollte die Kleine die Alte hintergehen oder gar verärgern, nicht einmal ihretwegen. Lina schnaufte. Bevor Milla etwas von ihrer Aufregung merkte, griff sie sich das Wolltuch vom Haken neben der Tür und huschte mit einem kurzen Winken hinaus.

Auch die Grohnert-Damen hielten Mittagsruhe. Unbemerkt gelangte Lina zur Tür und fand sich wenig später atemlos, aber glücklich mitten auf der Langgasse wieder.

Munter tanzten Schneeflocken durch die kalte Novemberluft. Ein zarter weißer Schleier hatte sich über das Pflaster gelegt. Lina genoss es, ihre Fußspuren in der jungfräulichen Decke einzugraben. Wenigstens für eine kurze Zeit blieb irgendwo etwas von ihr. Sie hüpfte weiter, voller Vorfreude auf ein unerlaubtes Vergnügen mit Steutner. Dann aber wurden ihr die Augen feucht. Sie dachte an Karl. Noch hatte sie es nicht gewagt, Steutner von dem Kind zu erzählen. Pure Angst erfasste sie bei der Vorstellung, er käme ihr auf die Schliche. Nein, besser, sie vergaß den Kleinen für eine Weile. Erst, wenn sie Steutners wirklich sicher war, konnte sie es ihm gestehen. Wieso aber dachte sie, es käme je so weit? Sie biss sich auf die Lippen, rief sich sein verschmitztes Lächeln ins Gedächtnis. Steutner schien ein aufrechter Mensch, anders als die anderen. Gewiss würde er ihr helfen, den Kleinen zu sich zu holen. Es wäre zu schön! Gerührt atmete sie durch. Die frische Luft tat gut. Anders als an den vorangegangenen Tagen wurde das Schneetreiben nicht von eisigem Ostwind begleitet. Dafür blitzte sogar hin und wieder die Sonne zwischen den Wolkenbergen auf.

»Ist Sankt Martin weiß, bleibt der Winter lang und kalt«, ertönte eine männliche Stimme dicht neben ihr. Wie ertappt sah sie sich um.

»Hast du etwa ein schlechtes Gewissen?« Mit einem schelmischen Grinsen sprang Humbert Steutner aus einer Mauernische hervor und legte sogleich den Arm um sie. »Keine Sorge, Sankt Martin war gestern. Heute kannst du beruhigt aufatmen. Es ist kein Feiertag mehr.«

»Nicht«, schüttelte sie ihn ab. »Lass uns erst aus dem Kneiphof heraus sein, sonst gibt es nur böses Gerede.«

»Davon gibt es so oder so schon genug«, erwiderte er ernsthaft.

»Was meinst du damit? Wer redet Schlechtes von mir?« Entrüstet blieb sie stehen.

»Nicht von dir«, wiegelte er unter ärgerlichem Kopfschütteln ab. »Dabei wäre ich froh, wenn es nur darum ginge, ob du deiner Patronin Schande machst oder nicht.«

»Was soll das denn heißen?«

»Reg dich nicht auf«, versuchte er einzulenken. »Dazu ist die wenige Zeit zu schade, die wir für uns haben.«

»Ich habe wohl besser gar keine Zeit mehr für dich. Schließlich will ich weder meiner Patronin noch mir selbst Schande machen.« Sie schickte sich an, sich umzudrehen. Er aber hielt sie fest.

»Bleib, bitte! Es hat doch wirklich nichts mit dir zu tun, Lina.«

»Dann sag doch endlich, was du meinst.«

»Hast du noch nichts davon gehört, was über unsere verehrte Frau Grohnert geredet wird?« Verwundert sah er sie an. »Ihr da in der Küche seid wohl wirklich nur mit dem sauren Kraut im Kochtopf beschäftigt. Letzte Woche schon hat die Witwe Gerke in der Börse unsere Patronin beschimpft. Angeblich ist ihr Gemahl an den Tropfen gestorben, die Magdalena Grohnert ihm verabreicht hat.«

»Das ist nicht wahr!« Lina erbleichte. Hedwig hatte vorhin Ähnliches angedeutet. Sie aber hatte es nicht hören wollen. »Wie kann sie so etwas behaupten?«

»Eben«, stellte er mit einem überheblichen Gesichtsausdruck fest. »Sie hat keinen Grund, das zu sagen. Deshalb ist auch keiner der anderen Kaufleute darauf eingegangen. *Noch* nicht«, schob er wichtigtuerisch nach. Verblüfft starrte sie ihn an. »Du kannst sicher sein«, erklärte er, »es wird nicht lange dauern, und man findet doch einen Grund, der Witwe Gerke zu glauben. Und dann, meine Liebe, wird es übel.«

»Gott steh uns bei«, besann sie sich ihrer katholischen Erziehung und schlug hastig ein Kreuz. Steutner jedoch fand nach seiner düsteren Prophezeiung erstaunlich rasch wieder zu seiner guten Laune zurück.

»Habe ich dir nicht gesagt, wir sollen unsere Zeit miteinander gut nutzen? Ich hätte da eine hervorragende Idee.« Seine Augen blitzten schelmisch. Wieder legte er ihr den Arm um die Schultern und zog sie eng an sich.

»Lass das!«, versuchte sie abermals, ihn zur Vernunft zu bringen.

»Aber du musst dich doch gar nicht vor dem Gerede fürchten«, begann er abermals. »Oder hast du Angst vor der fetten Wirtin aus dem Grünen Baum, an dem wir gleich vorbeigehen?«

Steutner umarmte sie weiter betont auffällig, nickte gar frech einigen Studenten zu, die von der anderen Straßenseite zu ihnen herübersahen.

»Lass die nur glotzen. Die Alte wird es nicht wagen, unserer verehrten Patronin etwas zu verraten. Magdalena Grohnert mag keinen Tratsch. Nach allem, was in der letzten Woche passiert ist, erst recht nicht.«

»Sie vielleicht nicht, aber Hedwig oder Egloff und Breysig.« Linas gute Laune war wie weggeblasen. »Warum passt du mich auch hier schon ab? Wir wollten uns doch erst drüben in der Vorstadt treffen. Da besteht wenigstens nicht die Gefahr, entdeckt zu werden.«

»Dafür aber besteht dort die Gefahr, den kostbaren Nachmittag ganz anders zu verbringen, als wir das eigentlich vorhaben.« Vieldeutig zwinkerte der lange Bursche ihr zu und kniff sie in den Hintern. »Autsch!«, japste sie, was ihn nur ermunterte, die Geste ein weiteres Mal zu wiederholen.

»Was schlägst du vor?« Energisch rückte sie von ihm ab. Die Arme vor dem üppigen Busen verschränkt, sah sie ihn an. Längst war sie nicht mehr sicher, ob das heimliche Treffen mit ihm eine gute Idee gewesen war. Vielleicht riskierte sie doch zu viel dafür.

»Lass dich einfach überraschen.« Übermütig fasste er sie an der Hand und zog sie in die Goldene Pongasse. Zunächst widerwillig, dann immer neugieriger, folgte sie ihm. Weit holten seine langen, schlaksigen Beine aus. Die riesigen Füße sorgten für eine seltsame Spur im Schnee. Bald zog Steutner sie rechts hinüber zur Köttelbrücke über den Neuen Pregel. Auf der Holzwiese patrouillierten zwei Stadtknechte, die allerdings nicht sonderlich aufmerksam wirkten.

»Du planst wohl kaum, mich bei diesem Wetter hinter einen der Holzstöße zu ziehen?« Abrupt blieb Lina stehen. Dicke Wolken stiegen aus ihrem Mund auf.

»Was traust du mir zu?« Steutner tat beleidigt. »Mag ich auch als einfacher Schreiberling in diesem irdischen Leben keinerlei Reichtümer anhäufen, um dir einen Palast einzurichten, wie du ihn verdienst, reicht mein Anstand doch zumindest so weit, deinen anbetungswürdigen Körper nicht unbedarft der Kälte auszusetzen.«

»Schwätzer!«, entfuhr es ihr abfällig, doch im nächsten Moment schlug sie sich erschrocken auf den Mund. Was war nur in sie gefahren? Sie spielte doch nicht seit Stunden dieses dämliche Verstecken mit Hedwig und den beiden Grohnert-

Damen, nur um sich ihr heiß herbeigesehntes Stelldichein durch eigene Übellaunigkeit zu verderben? Sie betrachtete den hochaufgeschossenen Kerl mit den viel zu dürren Beinen.

»Was redest du nur immerzu für ein geschraubtes Zeug daher?«, fragte sie leise. »Da vorn ist die Kneiphofer Holzwiese, wie du siehst. Glaub mir, ich erwarte beileibe weder ein Schloss noch ein prächtiges Gastzimmer wie im Grünen Baum. Etwas mehr als eine zugige Laube oder eine halbverfallene Scheune aber darf es trotzdem sein. Oder bin ich dir nicht mehr wert?«

»Was denkst du nur von mir?« Er riss sich den ausgefransten Schlapphut vom Kopf. Die Feder darauf hatte bereits bessere Tage gesehen. Die Hand auf die Brust gedrückt, sah er sie treuherzig von unten herauf an. »All mein Erspartes trage ich bei mir, um dir ein angenehmes Lager in einem Gasthof zu bieten. Wenn du magst, sollen dir die Mägde ein Bad mit Rosenblättern bereiten. Ich lasse dir Wein und einen Imbiss auftischen, allein in der Hoffnung, so dein Herz für immer zu erobern.«

»Mach dich nicht zum Affen.« Zweifelnd sah sie ihn an. Seine goldbraunen Augen funkelten, um seinen breiten Mund zuckte es. Noch während sie mit sich rang, ob sie lachen oder sich weiter empören sollte, richtete er sich aus der vorgebeugten Haltung auf und bot ihr galant den Arm.

»Komm mit und sieh selbst, was du mir wert bist.«

Ein für seine Verhältnisse ungewohnt scheues Lächeln huschte über die glattrasierten, hohlen Wangen. Im nächsten Moment aber verzog sich der breite Mund wieder in der bewährten spöttischen Weise. Trotzdem folgte sie seiner Einladung mit einem artigen Knicks. Selbst wenn es ein Possenspiel war, hatte doch noch nie jemand sie derart hofiert. Gespannt schlenderte sie mit ihm in die Haberbergsche Vorstadt.

## 11

Das Schneetreiben wurde dichter. Bald bedeckte eine dicke, weiße Schicht den Weg. Zunächst reihten sich die schäbigen Hütten der Tagelöhner dicht aneinander. Je näher sie der Hauptstraße kamen, desto häufiger mischten sich bescheidene Steinhäuser darunter. Endlich schälte sich die erst vor wenigen Jahren neuerrichtete Haberbergsche Kirche heraus, stolz umlagert von einem guten Dutzend prächtiger Vorstadthäuser. Gleich gegenüber der Kirche befand sich eines der ersten Gasthäuser am Platz, der Grafenkrug. Dort nächtigten die Reisenden, denen der Kneiphof zu vornehm, die anderen Gasthäuser in der Vorstadt aber zu schäbig waren. Zielsicher steuerte Humbert auf das Wirtshaus zu.

»Du willst doch nicht wirklich im Grafenkrug einkehren?«, wisperte Lina erschrocken.

»Was dagegen?« Er warf ihr einen verwunderten Blick zu. »Oder verlässt dich jetzt doch der Mut? Geld habe ich genug, falls das deine Sorge sein sollte. Du weißt, wie großzügig die Grohnert uns gegenüber ist. Für meine winzige Kammer bei der Mosnerin zahle ich nicht allzu viel. Ich verspreche dir hoch und heilig, dass mein Geld reicht, dir einen angenehmen Nachmittag zu bereiten. Genieß es einfach, wenn einmal die anderen Mägde für dich die Wasserkrüge schleppen und nach Lavendel duftende Leintücher bereitlegen.«

Wieder zwinkerte er ihr zu, hauchte ihr sogar einen schüchternen Kuss auf die Wange. Ob der Berührung kam sie nicht umhin, das leichte Zittern seines Körpers zu spüren. Trotz aller Beteuerungen ängstigte ihn offenbar doch die eigene Courage. Das wiederum spornte sie an. Um ihm Mut zu machen, hob sie entschlossen den Kopf und lächelte. »Dann lass uns einen Nachmittag lang einmal die Herrschaft sein.«

Sie strich ihr einzig gutes Gewand glatt und richtete das Wolltuch auf Schultern und Kopf. Noch war es ohne Flicken. Magdalena Grohnert hatte es kürzlich erst abgelegt und ihr geschenkt. In der Gewissheit, damit nicht auf den ersten Blick wie eine gewöhnliche Magd auszusehen, streckte Lina den Rücken durch. Sie schielte auf Humbert. Auch er konnte sich sehen lassen. Vor allem aber wusste er sich zu betragen. Wie Lina aus ihrer Zeit im Grünen Baum wusste, zählte das oftmals mehr als ein teurer Rock und blankpolierte Schuhe. Unauffällig leckte sie sich die Fingerspitzen und fuhr damit die Bögen der Augenbrauen nach. Auch die Lippen befeuchtete sie mit der Zungenspitze, bis sie glänzten. Steutner schmunzelte ob ihrer Eitelkeit und bot ihr mit einer galanten Verbeugung den Arm.

Aus dem niedrigen Gastraum schlug ihnen eine dichte Rauchwolke entgegen. Lina begann zu husten, Humbert versuchte, den Dunst mit der Hand wegzuwedeln. Es roch nach dicker Suppe, feuchten Kleidern und schlechtem Tabak. Einige Männer reckten neugierig die Köpfe, als der Wirt diensteifrig auf die Neuankömmlinge zueilte.

»Stets zu Diensten«, katzbuckelte er vor ihnen und wies einladend mit dem rechten Arm in die Stube. »Ich zeige den Herrschaften ein Plätzchen, an dem sie ungestört sein werden.«

Anzüglich glitt sein Blick über Lina und huschte dann zu Humbert, um ihm zuzuzwinkern. Noch bevor sie protestieren konnten, lotste er sie bereits in den hinteren Teil des Raumes, von dem ein weiterer, kleinerer abzweigte. »So, da wären wir. Hier sind die Herrschaften ganz für sich.«

Beifallheischend sah er sie an. Lina stieß Humbert in die Seite in der Hoffnung, dass er nach der Kammer nebst einem Bad fragen würde. Der Wirt aber kam ihm zuvor. »Was darf ich bringen? Einen Krug Wein oder lieber Bier? Vielleicht noch einen Teller Suppe für die Dame? Sieht ja ganz verfroren aus, die Ärmste.«

Er rieb sich die Arme, dabei saugten sich seine Augen auf Linas üppigen Rundungen fest. Wie gern hätte sie ihm für diese Frechheit eine Maulschelle verpasst. Verärgert kniff sie die Lippen zusammen, trat unterdessen fest mit dem Fuß gegen Humberts Schienbein. Was war nur los? Sonst fehlten ihm nie die rechten Worte, vor diesem dämlichen Wirt aber verwandelte er sich in einen scheuen Hund. Endlich hob er den Zeigefinger und setzte zu reden an. Weiter als bis zum Luftholen kam er jedoch nicht.

Erneut wurde die Gasthaustür aufgestoßen, und zusammen mit einer Wolke eisiger Luft schob sich ein weiteres Paar herein. Lina wandte flüchtig den Kopf, bemerkte einen vornehm gekleideten Herrn mit großem Hut und eine großgewachsene Frau.

»Ihr entschuldigt«, raunte der Wirt und eilte von dannen. Selbst durch den dichten Rauch und über die Köpfe all der anderen Gäste hinweg hatte er sogleich erkannt, um wie viel lohnender das Scharwenzeln um die neu Eingetroffenen für ihn sein würde. Erleichtert ließ Lina sich auf die Bank fallen.

»Was ist jetzt mit der Kammer und dem Rosenbad?«, fragte sie und schälte sich aus dem warmen Wolltuch. Schon glühten ihr die Wangen, so warm war es ihr geworden. »Bis zum Dunkelwerden muss ich wieder in der Langgasse sein. So schön duften können keine Handtücher der Welt, dass ich meine Stellung dafür aufs Spiel setze.« Übertrieben fächelte sie sich mit der Hand Luft zu. Humbert verharrte jedoch schweigend am Durchgang zum großen Gastraum. »Was glotzt du immerzu dorthin?«

Widerwillig erhob sie sich und reckte ebenfalls den Kopf zur Tür. Noch verdeckte der breite Rücken des Wirts die Gesichter der neuen Gäste. Allein sein Gebaren ließ darauf schließen, welch gutes Geschäft er sich von ihnen erhoffte.

»Hast du gesehen, wer das ist?« Steutner klang seltsam.

»Der Kurfürst wird es schon nicht sein«, raunzte sie und verschränkte die Arme vor der Brust. »Ach, es ist doch immer das Gleiche mit euch Burschen. Eigentlich bin ich selbst schuld. Ich hätte mir denken können, wie weit es mit deinem Gerede von der Kammer und dem heißen Bad im Grafenkrug wirklich her ist. Schade.« Sie wickelte sich das Tuch wieder um Kopf und Schultern. »Und weißt du, was das Schlimmste ist?« Abermals suchte sie seinen Blick, ruhte nicht eher, bis er ihr endlich geradewegs in die Augen schaute und erstaunt »Was?« fragte. »Für einen Moment habe ich wirklich geglaubt, bei dir wäre es anders als bei den anderen Burschen.«

Mit diesen Worten wollte sie nach vorn in den Gastraum stapfen.

»Bist du wahnsinnig?« Aufgebracht hielt Steutner sie am Arm zurück. »Da kannst du jetzt nicht raus!«

»Was …«, wollte sie fragen, doch er presste ihr die flache Hand auf den Mund. »Willst du ausgerechnet Helmbrecht in die Arme laufen?«

»Das da vorn ist Helmbrecht?«, flüsterte sie mit einem Anflug von Ehrfurcht in der Stimme. Im nächsten Moment erbleichte sie. »Und die Frau? Wer ist die Frau an seiner Seite? Doch nicht etwa Magdalena Grohnert?«

»Meinst du, die hat es nötig, sich mit ihm im Grafenkrug zu treffen?«

»Aber wer ist das dann?«

Humbert legte den Finger an die Lippen. Wie gebannt starrte er weiter auf die kleine Gruppe nahe bei der Tür. Lina stellte sich auf die Zehenspitzen, doch das half nichts. Helmbrecht – oder derjenige, den Humbert für Helmbrecht hielt – war nicht größer als der Wirt, so dass sein Antlitz von dessen breitem Rücken verdeckt wurde. Von der Frau an seiner Seite war nicht viel mehr zu sehen. Lediglich das Wippen eines modischen Spitzhuts bezeugte ihre Anwesenheit und verriet, dass sie für eine Frau groß gewachsen war.

»Von wegen Gerede von der Witwe Gerke! Die da wird der Grund dafür sein, dass er nicht mehr in die Langgasse kommt«, flüsterte Lina.

»Was?«

»Vergiss es«, wiegelte sie ab und beschloss, sich einen besseren Beobachtungsposten zu besorgen. So unauffällig wie möglich schob sie sich an der Wand entlang zum hintersten Tisch im Gastraum und ließ sich mit einem entschuldigenden Lächeln um die Lippen auf dem Ende der Bank nieder. Kurz nur hoben die dort sitzenden Männer den Blick, dann versenkten sie sich wieder in ihr Gespräch, die Köpfe dicht über den großen Bierkrügen. In einer eleganten Bewegung glitt Lina das Tuch von den Schultern. Sie wusste sich so zu bewegen, dass der Mann gleich neben ihr auf der Bank einen raschen Blick in den Ausschnitt ihres Mieders werfen konnte, bevor sie sich rekelte und dabei wie zufällig mehrmals gegen ihn stieß. Die erhoffte Wirkung blieb nicht aus. Als sie das Gesäß noch ein wenig mehr auf die Bank schob und dabei seinen Oberschenkel berührte, rückte er nicht weiter ab, sondern rutschte eher näher auf sie zu. Gleichzeitig wandte er den Oberkörper halb um, legte ihr den Arm wie zufällig um die Hüften. Sie ließ ihn gewähren.

»Was führt dich her? So ein hübsches Fräulein wie du sollte auch am Sonntagnachmittag nicht allein ein Wirtshaus betreten, nicht einmal ein so ordentliches wie den Grafenkrug.«

»Ihr habt recht, doch was will ich tun?« Scheu erwiderte sie seinen Blick. »Der eisige Wind hat mich derart frieren lassen, dass ich meinen Bruder gebeten habe, mir eine kurze Einkehr zu erlauben. Ich bin also nicht gänzlich ohne Schutz.«

»Ihr seid in Begleitung Eures Bruders?« Sofort nahm er die Hand von ihrer Hüfte und sah sich suchend um.

»Dort hinten an der Wand«, half sie ihm.

»Sonderlich gut aufpassen tut er aber nicht auf dich.« Steutners Anblick musste den Mann beruhigt haben. Der Schreiber presste sich weiterhin gegen die Wand, ängstlich darauf bedacht, nicht von Helmbrecht entdeckt zu werden. Auf Lina schien er nicht sonderlich zu achten, was den Mann sogleich wieder in die vertraute Anrede zurückfallen und sein Werben um sie fortsetzen ließ.

»Eigentlich wollte er mir gerade beim Wirt einen heißen Würzwein bestellen«, verteidigte Lina ihn. »Dann aber sind diese Herrschaften da vorn eingetreten. Jetzt kümmert sich niemand mehr um uns. Das müssen wohl sehr angesehene Leute sein, wenn der Wirt alle anderen dafür stehenlässt. Darüber wisst Ihr sicher besser Bescheid.«

»Ach, die zwei da vorn«, der Mann fühlte sich sichtlich geschmeichelt, »das ist nur ein Kaufmann aus dem Kneiphof. Hier in der Vorstadt kann er ungestört sein Liebchen treffen.« Frech grinste er sie an. »In der Hinsicht sind die Herrschaften auch nicht besser als unsereins, was?«

Seine Pranke landete auf ihrem Oberschenkel und begann, sich langsam darauf emporzuarbeiten. Sein Atem wurde keuchender, die Augen quollen gierig aus ihren Höhlen hervor.

»Sein Liebchen? Sie sieht aber eher wie eine richtige Dame aus.« Lina wehrte sich nicht gegen die Anzüglichkeiten. Inzwischen hatte sie endlich einen Blick auf die beiden erhascht. Noch immer beschwatzte der Wirt Helmbrecht und seine auffallend blonde, ganz in vornehmes Blau gekleidete Begleiterin.

»Die, die es am dicksten hinter den Ohren haben, sehen am liebsten wie richtige Damen aus. Deshalb mag ich so unschuldige Mädchen wie dich, mein Schatz. Nie würden euch solche Schliche in den Sinn kommen, was?« Unter dröhnendem Lachen zwickte er ihr in die Wange.

»Lass gut sein mit deinen Flunkereien, Frieder«, mischte sich sein Gegenüber ein. »Du weißt, dass der gute Helmbrecht nie und nimmer eine Hure trifft, schon gar nicht in aller Öffentlichkeit. Die Dame dort drüben, mein Kind, ist wirklich eine ehrenwerte Frau, das hast du richtig erkannt«, wandte er sich direkt an Lina. »Sie kommt aus Brügge und handelt mit feinen Stoffen. An der Börse im Kneiphof hat sie sich schon vorgestellt. Wer weiß, vielleicht kommt sie im nächsten Frühjahr als Helmbrechts Ehefrau hierher zurück.«

»Was?« Lina erschrak.

»Was hast du?«, fragte der Fremde.

Lina sprang auf und stürzte zu Steutner. Ohne darauf zu achten, ob Helmbrecht auf sie aufmerksam wurde, zerrte sie den Schreiber am Arm. »Wir müssen weg von hier«, flüsterte sie ihm ins Ohr. »Ich muss sofort zurück in die Langgasse. Dieser Helmbrecht spielt ein doppeltes Spiel. Er umwirbt nicht nur unsere gute Patronin, sondern will auch diese blonde Frau da vorn heiraten.«

»Was willst du tun?« Humbert rührte sich nicht vom Fleck. »Du kannst wohl kaum zur Grohnert laufen und erzählen, du hättest gerade Helmbrecht im Grafenkrug mit einer fremden Frau gesehen. Was, glaubst du, sagt sie dazu, dass du heimlich aus dem Haus gelaufen bist und mich getroffen hast?«

Lina erstarrte. In all der Aufregung um Helmbrecht war ihr das völlig entfallen.

»Das wird sich schon alles regeln. Lass das meine Sorge sein.« Ehe Steutner Einwände erheben konnte, schlang sie sich den Schal um Gesicht und Hals, bis nur noch ein schmaler Schlitz für die Augen frei blieb. So hoffte sie, unbemerkt an Helmbrecht vorbei nach draußen zu gelangen. Ob Steutner ihr folgte, war ihr einerlei.

In Windeseile rannte sie die breite Straße der Vorstadt hinunter. Das leichte Schneetreiben des frühen Nachmittags hatte sich in ein dichtes Schneegestöber im dämmrigen Licht des nahenden Abends verwandelt. An der Brücke zum Grünen Tor stauten sich die Menschen, die noch vor Anbruch der Nacht Einlass im Kneiphof begehrten. Auch einige Wagen und Karren reihten sich dort auf. Lina war des Wartens schnell überdrüssig und stahl sich unauffällig durch die Menge nach vorn. Im Schutz eines Fuhrwerks gelangte sie an den beiden Wachposten vorbei. Auch jenseits des Tores blieb sie in Eile, bis sie endlich atemlos das entgegengesetzte Ende der Langgasse erreichte. Gerade wollte sie den Klopfer gegen die Eingangstür des Singeknecht'schen Anwesens fallen lassen, da fiel ihr ein, wie töricht das wäre. Steutner hatte recht: Niemand durfte von ihrem nachmittäglichen Ausflug erfahren! Wie aber wollte sie unbemerkt hineinschlüpfen? Früher als erwartet stand Hedwig womöglich in der Küche unten in der Diele und bereitete mit Milla zusammen das Abendessen. O Gott! Längst musste die Alte ihr Fehlen bemerkt haben.

»Wo kommst du denn her?«

Lina fuhr herum. Einen Moment meinte sie, im Erdboden versinken zu müssen. Dann aber brachte sie die Stimme und das Gesicht vor ihr zusammen. Es war nicht Magdalena, wie sie befürchtet hatte, sondern Carlotta. Die Stimmen der beiden Grohnert-Damen klangen erschreckend ähnlich.

»Ich-ich-ich m-musste sch-schnell noch etwas erledigen«, stammelte sie unbeholfen und schalt sich insgeheim einen Dummkopf. So, wie sie sich verhielt, durchschaute Carlotta sie gleich. Das wissende Lächeln auf ihrem selbst im November von Sommersprossen übersäten Gesicht bestätigte das.

»Ich schätze, meine Mutter und Hedwig sollen nichts davon mitbekommen.« Linas schüchternes Nicken war ihr Bestätigung genug. »Das trifft sich. Mir passt es auch gut, nicht allein zurückzukehren. Falls dich also jemand fragt, hast du mich vorhin zu Caspar Pantzer begleitet, um ihm den Verband zu wechseln. Es ist nicht gut, dass ich dort allein hingehe.«

Folgsam nickte Lina. Ihr war jede Ausrede recht, solange sie unbeschadet an Hedwig vorbeikam. Schweigend folgte sie Carlotta ins Haus, genoss sogar den erstaunten Blick der Köchin, die tatsächlich bereits eifrig in der Küche mit den Tellern klapperte und Milla zum Brotschneiden anhielt. Offenbar war es ihr noch immer ernst mit der Einstellung, an einem Schwendtag nichts Neues zu beginnen. Also würde auch das Abendbrot aus Resten des Vortags bestehen.

»Lina und ich waren noch einmal bei Apotheker Pantzer im Löbenicht«, erklärte Carlotta, um allen Fragen zuvorzukommen, und schob Lina die Treppe hinauf. Erst im zweiten Stock, vor der Tür zu ihrer Schlafkammer, flüsterte sie ihr ein knappes »Danke« zu.

»Wieso?«, fragte Lina verwundert. »Du hast mir doch auch einen Gefallen getan.«

»Ist das nicht schön?« Die Hand auf der Türklinke, verharrte Carlotta im Halbdunkel des Treppenhauses. »Wir beide haben etwas Verbotenes getan und sind uns noch gegenseitig dankbar für die Lüge.«

»Wenn du deinen Christoph triffst, tust du doch nichts Verbotenes«, erwiderte Lina. Carlotta verzog das Gesicht. »Oh, entschuldige. Habe ich etwas Falsches gesagt?«

»Schon gut. Du konntest es nicht ahnen.«

»Was?« Bang hob Lina den Blick. »Hast du dich etwa nicht mit Christoph getroffen?«

Kaum hatte sie das ausgesprochen, schwante ihr etwas Furchtbares. Sie legte Carlotta die Hand auf den Arm und blickte ihr eindringlich ins Gesicht. Trotz des dämmerigen Lichts konnte sie die traurige Miene gut erkennen. »Du darfst nicht lockerlassen. Er ist der Richtige für dich. Das wird schon!«

»Treib du es lieber nicht zu toll mit Steutner. Ein zweites Kind wirst du wohl kaum wieder gut bei anständigen Leuten unterbringen.«

Hastig wollte Carlotta in ihre Kammer verschwinden. Lina aber vergaß vor Ärger für einen Moment, wie sie inzwischen zueinander standen, und zischte böse: »Steutner ist wenigstens ein anständiger Bursche, der weiß, was er an mir hat. Nicht so verlogen wie ihr feinen Leute, die ihr alle gern auf zwei Hochzeiten tanzt.«

»Was willst du damit sagen?« Angriffslustig stemmte Carlotta die Hände in die Hüften. Sie war zwar kleiner und zierlicher als Lina, doch in diesem Moment schüchterte sie das nicht im Geringsten ein.

»Na ja, was will man erwarten. So, wie es hier im Haus seit Jahren zugeht, musste es ja so kommen. Eine elende Weiberwirtschaft nenn ich das. Da fehlt einfach die starke, männliche Hand, die alles richtet.«

»Jetzt reicht es mir aber!« Zornig stapfte Carlotta auf. »Hör mit diesen törichten Sprüchen auf. Wenn du Mut hast, sagst du mir jetzt die Wahrheit mitten ins Gesicht.«

Schlagartig wurde Lina klar, was sie da angerichtet hatte. Eben noch war sie dank Carlottas Hilfe unbeschadet ins Haus gelangt, nun befand sie sich auf bestem Weg, deren Wohlwollen zu verspielen. Wie kam sie da nur wieder heil heraus? Sie musste rasch etwas erwidern, keine Frage. Nur konnte sie ihr schlecht auf den Kopf zusagen, was Carlotta sicher ahnte: dass sie vorhin sie selbst gemeint hatte. Angestrengt biss sie sich auf den Lippen herum, bis ihr plötzlich die rettende Idee vor Augen stand.

»Wie du dir denken kannst, geht es um den guten Helmbrecht.«

»Was?«

»Lange schon treibt er wohl ein doppeltes Spiel«, fühlte Lina sich von Carlottas Reaktion bestärkt, sich für das Richtige entschieden zu haben. »Ist es zu fassen? Einerseits umwirbt er deine Mutter, derweil er drüben in der Haberbergschen Vorstadt längst eine andere Frau einquartiert hat. Eine auffallend blonde, sehr schöne Frau aus Brügge ist das übrigens. Gewiss hat sie ebenfalls einiges an Goldstücken aufzubieten, genau wie deine Mutter. Es heißt, über den Winter gedenkt er, sie zu ehelichen. Wahrscheinlich ist er allein deswegen hierher zurückgekommen.«

»Das ist nicht wahr«, murmelte Carlotta.

»Doch«, trompetete Lina, um sogleich erschrocken innezuhalten. Etwas stimmte nicht mit Carlotta. »Warum bedrückt dich das so?« Sie neigte den Kopf. »Ich dachte, es freut dich zu hören, dass Helmbrecht seine Heiratspläne mit deiner Mutter endlich aufgibt. Das ist doch das, was du immer wolltest.«

»Ach, was weißt du denn schon?« Brüsk schob Carlotta sie beiseite und stürzte in ihre Kammer. Verblüfft blickte Lina ihr hinterher.

»Was ist mit dir? Brauchst du eine Einladung? Unten in der Küche gibt es mehr als genug zu tun.« Ein lautes Schnaufen kündete Hedwigs Auftauchen an. »Los, zieh dir das gute Kleid aus und glotz keine Löcher in die Tür.« Kopfschüttelnd watschelte die Alte an ihr vorbei in Carlottas Kammer.

Gern hätte Lina belauscht, was Hedwig dem Mädchen zu sagen hatte. Der böse Blick, den die Köchin ihr zuwarf, machte ihr indes deutlich, sich besser an die Arbeit zu machen. Sogleich hastete sie nach oben in die Dachkammer. Mit jeder Treppenstufe wurde ihr klarer, wie misslungen dieser Sonntag war. Künftig würde sie es doch wie Hedwig halten und den Teufel tun, an einem Schwendtag etwas Neues beginnen zu wollen.

## 12

Carlotta zögerte, die Stufen des Beischlags vor dem Grünen Baum hinaufzusteigen. War es nicht verrückt? Kaum war sie bereit, der Mutter Mut zu machen, endlich die Verbindung mit Helmbrecht einzugehen, tauchte die nächste Schwierigkeit auf. Unbedingt musste sie herausfinden, was es mit dieser fremden Blonden auf sich hatte, von der Lina am Vortag erzählt hatte. Nicht auszudenken, wenn durch sie ihre Pläne durchkreuzt wurden! Dabei hatte sie letztens Mathias gegenüber den Mund reichlich voll genommen. Weder hatte sie den Leipziger Kaufmann in den vergangenen zehn Tagen überhaupt in Ruhe sprechen, noch ihn auch nur andeutungsweise um die Übermittlung eines Briefes an Tante Adelaide bitten können, geschweige denn, Näheres über seine wahren Gefühle für Magdalena erfahren. Zuletzt hatte sie erst gestern wieder vergeblich versucht, ihn im Grünen Baum anzutreffen, um dort unter vier Augen mit ihm zu sprechen. Wenigstens hatte sie dank Lina nun eine Erklärung dafür, wo er gesteckt hatte. Zum Glück ließ Mathias sich schon seit Tagen nicht mehr blicken. Möglicherweise gehörte er zu den Kurfürstlichen, die für die Bewachung des festgesetzten Schöppenmeisters Roth abgestellt waren. Nach allem, was man hörte, würde dies noch lange dauern. Das verschaffte ihr zumindest etwas Zeit.

Vorsichtig setzte sie den Fuß auf die erste Stufe. Sorgsam hatte jemand den frischen Schnee darauf beiseitegefegt. Die Striche mit dem Reisigbesen hatten deutliche Spuren auf dem dunklen Steinboden hinterlassen.

»Gott zum Gruße, verehrte Carlotta!« Eine barsche Stimme riss sie aus ihren Gedanken. Am obersten Treppenabsatz stand Apotheker Heydrich, den schwarzen Spitzhut in der Hand. Sein kahler Schädel glänzte im Sonnenlicht, zart umrankt von einem lichten weißen Haarkranz.

»Sucht Ihr mich?«, fragte er vergnügt und zwirbelte die Enden seines ebenfalls in Ehren weißgewordenen Oberlippenbarts. Am Kinn ragte ein Ziegenbart keck nach vorn. »Das trifft sich gut. Ich wollte schon nach Euch schicken lassen.

Seit Tagen erwarte ich Euren Besuch in meinem Laboratorium. Traut Ihr Euch nicht mehr zu mir?« Er beugte sich vor und fügte leise hinzu: »Keine Sorge, meine Liebe: Ich bin der Letzte, der etwas auf das Gerede über die Tropfen Eurer Mutter gibt.«

»Welches Gerede? Über welche Tropfen meiner Mutter? Wovon sprecht Ihr?« Verwirrt sah sie ihn an. Er stutzte, verzog dann aber den Mund zu einem Lächeln. »Ach, vergesst das alles. Es ist nichts! Wollt Ihr nicht mit mir kommen? Sonst hattet Ihr es immer so eilig damit, diese geheimnisvolle Wundersalbe zu mischen. Mir ist eine hervorragende Idee gekommen, was wir noch ausprobieren sollten.«

Schwungvoll setzte er den Hut wieder auf und trippelte mit seinen auffallend kleinen Füßen die Stufen hinunter. Die bunten Schluppen an seiner Rheingrafenhose flatterten bei jedem Schritt, die goldenen Schnallen an seinen Schuhen blinkten grell. Lässig strich er die Schöße seines Rocks nach hinten. Bei ihr angekommen, bot er ihr den Arm. Ihr blieb nichts anderes, als stumm zu nicken und seiner Einladung zu folgen. Letztlich kam es ihr nicht ungelegen, sich auf diese Weise ablenken zu lassen. Es verschaffte ihr eine kurze Verschnaufpause, bevor sie abermals versuchte, Helmbrecht irgendwo alleine anzutreffen und auf ihr Begehren vertraulich anzusprechen.

»Was habt Ihr mir noch an Ideen für die Wundersalbe zu bieten?«, fragte sie mehr aus Höflichkeit denn aus echtem Interesse, während sie an seiner Seite durch die Goldene Pongasse zur Magistergasse hinüberschritt.

Sie musste sich zwingen, ihm zuzuhören und Helmbrecht mit seiner rätselhaften Blonden für eine Weile zu vergessen. Zum Glück begegneten ihnen die ersten Kaufleute auf dem

Weg zur Börse. Der Apotheker wurde nicht müde, grüßend den Hut zu lupfen. Darüber entging ihm Carlottas Zerstreutheit.

»Mir scheint«, hub er mehrmals an, um sich gleich wieder für einen Gruß zu unterbrechen, bis er an der Ecke zur Hofgasse den Satz endlich vollenden konnte, »wir haben zwar seit einigen Wochen gut und gern alle Zutaten beieinander. Doch das allein macht das Geheimnis der Salbe nicht aus. Es kommt wohl darauf an, zuerst die sechs verschiedenen Gummiarten nicht nur zweimal in Essig zu kochen, sondern dazwischen auch einmal sorgsam durch ein Tuch zu streichen.«

»Ja, ja«, bestätigte Carlotta, die mit ihren Gedanken immer noch anderswo weilte, »das ist sicherlich wichtig. Doch daran allein wird es auch nicht liegen, dass uns die Salbe immer noch nicht gelingt. Die richtige Beschaffenheit muss man nach jedem Kochvorgang überprüfen.«

»Auf nichts anderes wollte ich hinaus«, erwiderte Heydrich ein wenig pikiert. »Ihr seid heute wohl nicht so recht bei der Sache. Wir können den Besuch in meinem Laboratorium gern verschieben. Gewiss habt Ihr Wichtigeres zu erledigen. Es war einfach vermessen von mir, Euch mit meinen Dingen so rücksichtslos zu behelligen.«

»Nein, es war allein mein Fehler«, beeilte sich Carlotta, ihm zu versichern, und schenkte ihm einen intensiven Blick aus ihren weit aufgeschlagenen blauen Augen. Dem konnte er selten widerstehen. Wenn auch seine drei Töchter allesamt über zwanzig waren und seine Gattin seit fünf Jahren im Grab ruhte, so erfreute er sich doch gern ihrer Gesellschaft. Das Geplänkel mit Christoph letztens kam ihr in den Sinn. Hastig redete sie weiter: »Es gibt kaum etwas Wichtigeres für mich als die Rezeptur dieser Salbe. Umso dankbarer bin ich Euch für Eure rückhaltlose Unterstützung. Seit Monaten arbeiten wir daran. Vielleicht stehen wir tatsächlich kurz davor, das Geheimnis zu lüften. Lasst uns also auf dem kürzesten Weg in Eure Apotheke eilen. Vielleicht kann uns wieder eine Eurer bezaubernden Töchter zur Hand gehen? Dann können wir die verschiedenen Ingredienzien schneller mischen.«

Bei der Erwähnung seiner Töchter runzelte der Kneiphofer Apotheker die Stirn. »Schön, dass Ihr für zwei oder drei Stunden mit mir daran arbeiten wollt. Bis Mittag sind wir vielleicht wirklich ein wesentliches Stück weiter.«

»Euer Wort in Gottes Ohr.«

Den Rest des Wegs gingen sie schweigend nebeneinander, grüßten gelegentlich entgegenkommende Bekannte oder hielten an, weil Heydrich einem seiner Kunden einen guten Rat zu besonderen Tropfen, insbesondere zur Einnahme seines berühmten Theriaks, erteilte. Bald hatten sie die prächtige Apotheke in der Magistergasse erreicht. »Bitte schön!« Heydrich öffnete die Tür und ließ Carlotta den Vortritt.

Wie so oft, wenn sie die großzügig angelegte Offizin betrat, schlug ihr Herz schneller. Unter andächtigem Schweigen sah sie sich um. Das war doch eine ganz andere Ordnung als in Pantzers Apotheke im Löbenicht! Vieles in der mit dunklen Regalen und Schubladenschränken bis unter die hohe Decke bestückten Offizin erinnerte sie an die Schwanenapotheke von Doktor Petersen in Frankfurt am Main. Allerdings legte Heydrich im Gegensatz zu seinem ihm unbekannten Frankfurter Kollegen Wert darauf, im Verkaufsraum keine getrockneten Kräuterbüschel aufzubewahren. Auch Säcke mit Gewürzen, den teuren Kaffee- oder Kakaobohnen suchte man dort vergeblich. Dafür gab es einen kleinen Lagerraum, der

Offizin und Laboratorium voneinander trennte. Von dort strömte der vertraute Duft nach Thymian, Rosmarin, Lavendel und Minze in den Verkaufsbereich. Carlotta schenkte den vielen Tiegeln, Gefäßen und Kisten diesmal nur einen flüchtigen Blick. Ohne auf Heydrichs ausdrückliche Aufforderung zu warten, ging sie ins Laboratorium hinüber.

»Oh, Besuch«, krähte eine der Töchter und sprang so stürmisch vom Schemel, dass er nach hinten kippte. Verschämt wischte sie die Finger an ihrem Kleid ab, doch die süße Latwerge klebte fest. Carlotta verkniff sich ein Lachen. Ein Blick in die Runde der drei bestätigte ihren Verdacht. Die üppigen Damen wiesen an Gesicht und Händen samt und sonders verräterische Spuren des unerlaubten Genusses auf. Wie unartige Kinder senkten sie die Köpfe.

Heydrich holte Luft. Die Spitzen seines weißen Bartes zitterten. Beherzt kam Carlotta seinem Schimpfen zuvor: »Einen wunderschönen guten Morgen, meine Damen. Euer Vater war so freundlich, mich wieder einmal in sein Laboratorium zu bitten, um an der Rezeptur zu arbeiten. Wollt Ihr uns dabei unterstützen?«

»Oh, ich glaube, die Waschfrau benötigt meine Hilfe. Entschuldigt mich bitte.« Else, die mit hochrotem Kopf den umgefallenen Schemel wieder aufgestellt hatte, drückte ihren breiten Körper schnaufend an ihnen vorbei in die Diele. Kaum war die Tür ins Schloss gefallen, erhob sich Minna, die älteste Heydrich-Tochter, und lächelte entschuldigend.

»Ich muss vorn in der Offizin einige Tabletten richten und die Kisten mit den Mineralien sortieren. Die Witwe Ellwart wird gleich ihre Medizin abholen wollen.«

Damit verschwand auch sie. Zurück blieb lediglich Friederike, die mittlere und blasseste der drei Apothekertöchter. Ihr gelang es nie, rechtzeitig eine Ausrede zu finden. Wortlos fügte sie sich in ihr Schicksal und begann, die Schüssel und Löffel mit den Resten der Latwerge wegzuräumen. Carlotta entledigte sich ihrer Heuke. Die Heydrich-Töchter waren ihr ein Rätsel. Sie begriff einfach nicht, warum sie ihr so beflissen aus dem Weg gingen.

»Da seht Ihr einmal wieder, wie hart mich das Schicksal getroffen hat«, brummte Heydrich. »Viel zu früh hat mich meine brave Frau mit diesen drei missmutigen Töchtern allein gelassen. Hätte ich nur einen Sohn, der mir tatkräftig zur Hand ginge, oder wenigstens einen tüchtigen Schwiegersohn! Aber die Gören sind nicht einmal bereit, sich einen Mann zum Heiraten auszuwählen. Dabei sind sie alle drei weit über zwanzig. Eine Plage ist das, meine liebe Carlotta, die mich gut und gern einige Jahre meines Lebens kosten wird!«

Er rückte sich die Brille auf der Nase zurecht. Mit einem lauten Knall stellte Friederike ihm einen Mörser und eine Schale bereit. Der Blick, den sie ihm dabei zuwarf, verriet mehr als tausend Worte.

»Tief in Eurem Herzen ahnt Ihr gewiss, warum Euren Töchtern bislang keiner der Bewerber recht gewesen ist«, tröstete Carlotta. »Einen so guten Mann wie ihren Vater wird keine je finden. Noch dazu will keine Euch allein lassen. Allzu schlecht lebt Ihr vier schließlich nicht miteinander.«

Friederike und der Apotheker schnaubten beide ob ihrer Bemerkung. Als sie dessen gewahr wurden, brachen sie wie auf Kommando in Lachen aus. Gern stimmte Carlotta mit ein, froh, dass das Eis wieder einmal gebrochen war.

»Wo sind also die Töpfe mit dem in Essig gekochten Gummi?«, fragte Heydrich und sah sich suchend im Laboratorium um.

»Den habe ich längst schon mit dem Lein- und Olivenöl gemischt, Vater. Auch Gold- und Silberglett habe ich dazugetan sowie die anderen gekochten Sachen. Alles genau so, wie du es mir gestern Abend und davor schon mindestens hundertmal aufgetragen hast.« Entgegen ihrem anfänglichen Missmut war Friederike auf einmal ganz bei der Sache. Carlotta wunderte sich nicht zum ersten Mal, wieso sie sich stets zunächst zierte, um dann mit Feuer und Flamme im Laboratorium zu experimentieren.

»Hier seht«, eifrig schleppte Friederike einen großen Trog herbei, »die Masse aus Gummi, Wachs, Öl und all den Pulvern ist längst fertig zum Kneten. Ich werde gleich kaltes Wasser darübergießen und dann die Blumenöle daruntermischen.« Kaum hatte sie das Gefäß abgestellt, krempelte sie sich die Ärmel ihres dunkelgrünen Kleides hoch und hielt Ausschau nach einem Krug Wasser.

»Lasst uns erst noch die Beschaffenheit prüfen«, schaltete Carlotta sich ein. »Wenn die nicht stimmt, war all die Mühe wieder einmal vergebens und die teuren Ingredienzien umsonst geopfert.«

»Umsonst geopfert wird in der Wissenschaft nie, mein Kind«, schaltete sich eine dunkle Männerstimme ein. Erschrocken wandten die beiden Frauen die Köpfe zur Tür. Auch Apotheker Heydrich, der am Mikroskop vor dem Tisch am Fenster saß, sah erstaunt auf.

»Doktor Kepler, welch große Ehre!« Beflissen eilte er mit ausgestreckter Hand auf den Stadtphysicus zu. Schneekristalle an dessen dunkler Kleidung und auf dem hohen Hut, den er in Händen hielt, verrieten, dass er geradewegs von der Straße ins Laboratorium gekommen war. Hochmütig übersah er Heydrichs Hand, legte den Hut achtlos beiseite und verschränkte die Arme hinter dem Rücken. Dafür stahl sich Christoph hinter seinem Rücken hervor und schüttelte dem Apotheker kräftig die Hand.

»Gott zum Gruße, verehrter Heydrich! Schön, Euch mitten bei der Arbeit im Laboratorium anzutreffen. Eure Geschäfte gehen gut, wie ich sehe. Schließlich habt Ihr Euch tatkräftige Hilfe beschafft.«

Schwungvoll zog er den Hut vom Kopf und verneigte sich. Beim Aufrichten streifte er Carlotta mit einem flüchtigen Blick. Sie meinte, darin ein zaghaftes Zwinkern zu erkennen, und hielt den Atem an. Nervös knetete sie die Finger, unfähig, die Augen von Christoph zu lassen. Vielleicht hatte Caspar Pantzer ein gutes Wort für sie eingelegt. Es schien dem Apotheker wichtig, sie beide auszusöhnen. Inständig hoffte sie noch auf ein weiteres, deutlicheres Zeichen, ob Christoph ihr wieder gut war, doch sein Vater schob sich unbarmherzig zwischen sie beide.

»Ob die Hilfe wirklich so tatkräftig ist, muss sich zeigen, mein Sohn. Jedenfalls lässt mich der eben erfolgte Ausspruch sehr daran zweifeln, ob das werte Fräulein tatsächlich das nötige Verständnis für die Wissenschaft aufbringt. Nun, das nimmt mich nicht wunder. Wundärzte haben gemeinhin nichts mit Wissenschaft im Sinn, Frauen in diesem Handwerk schon gleich gar nicht.« Damit kehrte er Carlotta betont den Rücken zu und sprach Heydrich direkt an. »Nun, was experimentiert Ihr so Geheimnisvolles, mein Bester?«

# 13

Das überraschende Auftauchen des alten Keplers verwirrte den Apotheker sichtlich. Carlotta erschrak darüber, wie sehr der gelehrte Mann angesichts des hochtrabend auftretenden Medicus zusammenschrumpfte. Seit Jahren kämpfte Heydrich verbissen um das Privileg der Hofapotheke. Gewiss erhoffte er sich vom kurfürstlichen Leibarzt Kepler Beistand für sein Vorhaben. Tief buckelte er vor dem Physicus und wies mit zittriger Hand auf das Mikroskop.

»Kaum wage ich, Euch von meinen bescheidenen Erkenntnissen mit dem Mikroskop zu berichten. Wenn Ihr die Güte hättet, verehrter Kepler, einen Blick daraufzuwerfen, woran ich seit einigen Jahren mit Hilfe des verehrten Fräulein Grohnert arbeite: Eine mehr als fünfzig Jahre alte Salbe hat ihre Mutter im Gebrauch. Die Salbe stammt noch aus dem Bestand des Meisters, bei dem die verehrte Frau Grohnert im Großen Krieg das Handwerk der Wundarztkunst erlernt hat. Mir ist wohl klar, mein Bester«, wieder verbeugte er sich, »wie argwöhnisch Ihr zu diesen Fertigkeiten steht. Doch diese Salbe wird auch Euch eines Besseren belehren, davon bin ich überzeugt. Leider fehlt uns die genaue Rezeptur, und so versuchen wir seit langem, all den Geheimnissen der besonderen Mischung und Zubereitung auf den Grund zu gehen. Wie es scheint, sind wir gut und gern kurz davor, den Durchbruch zu schaffen. Umso größer ist uns die Ehre, das in Eurer geschätzten Gegenwart zu tun.«

Er machte dem Medicus den Weg zum Salbentrog auf dem großen Arbeitstisch frei. Zögernd nur trat Carlotta beiseite. Im Rückwärtsgehen stieß sie gegen Christoph. Noch bevor sie ihm ausweichen konnte, fasste er kurz nach ihrer Hand und drückte sie unauffällig. Die Wärme durchfuhr sie wie ein Blitz. Gerührt suchte sie seinen Blick. Die Fremdheit der letzten Tage schien wie weggeblasen. Caspar Pantzer hatte recht: Sie waren füreinander geschaffen! Daran vermochte selbst der griesgrämige alte Kepler nichts zu ändern.

»Das sieht aber noch lange nicht nach einer Salbe aus, mein Bester, eher wie ein Leim, um das Holz der Stühle besser beisammenzuhalten.« Er warf einen knappen Blick in den Trog und verzog angewidert das Gesicht. Noch fehlten der unscheinbaren Masse der betörende Duft und ihre charakteristische Geschmeidigkeit. Carlotta wollte ihm widersprechen, doch Christoph war einen Tick schneller.

»Warum keinen neuen Holzleim erforschen, Vater? Schließlich kommen die besten Entdeckungen dadurch zustande, dass eigentlich nach ganz anderem gesucht wurde. Und außerdem bedarf die Menschheit auch auf dem Gebiete des Leims der Verbesserungen. Ich bin mir sicher, die Tischlerzunft wird jedwede Neuerung freudig begrüßen.« Verschmitzt lächelnd beugte er sich über den Trog und tippte mit dem Zeigefinger auf die Masse. »Mir scheint allerdings, die Zutaten sind zu edel, um zwischen Stuhlritzen zu vertrocknen.«

Schelmisch blickte er zu Carlotta. Einen Moment verhakten sich ihre Blicke. »Wie gut, dass Apotheker Heydrich auf deine geschätzte Hilfe bauen kann, meine Liebe. Dir wird es gelingen, aus dieser schalen Masse eine wundersam heilende Salbe zu zaubern.«

»Das Zaubern ist auf dem Gebiet der Medizin nicht gefragt, mein Sohn. Das solltest du in den letzten Jahren an den Universitäten erfahren haben.« Deutlich stand dem alten Physicus der Unmut über Christophs Worte im Gesicht, noch mehr aber schien ihm zu missfallen, wie nah sein Sohn und Carlotta sich wieder gekommen waren. Brüsk drängte er sie beiseite.

»Das ist eben der entscheidende Unterschied zwischen der Medizin und der Wundarznei. Oder sollte ich besser Wun*der*arznei sagen?« Eindringlich sah er Carlotta an. »Gerade die Rezepturen aus Eurem Hause sind, wie es heißt, in letzter Zeit mit seltsamen Wirkungen belegt. Hat Eure Mutter nicht den armen Gerke versorgt? Eine Bernsteinessenz, so kam mir zu Ohren, soll sie ihm als Letztes verabreicht haben. Wollen wir hoffen, mit dieser Wundersalbe verhält es sich günstiger.«

Er schnaufte und wandte sich jäh wieder dem Apotheker zu: »Entschuldigt das Geplänkel, mein guter Heydrich, das alles ficht Euch natürlich nicht an. Ihr habt Euch der Wissenschaft verschrieben und werdet somit auf nachprüfbare Weise der Zusammensetzung dieser angeblichen Wundersalbe auf die Schliche kommen. Nur so wird man das leidige Gerede darum in der ganzen Stadt endlich besser parieren können. Noch besser, dass Ihr diese Untersuchung im Beisein von Carlotta Grohnert unternehmt. So wird deren Mutter das nicht gleich als Angriff auf ihre Person deuten. Es ist eben einfach nur eine kritische, aber längst überfällige Auseinandersetzung mit den Grenzen der Wundarznei.«

»Die Wundarztkunst sollte man dennoch nicht leichtfertig unterschätzen, Verehrtester.« Leise, aber bestimmt wagte Heydrich Widerspruch. Dabei schauten die hellen Augen ehrfurchtsvoll über den Rand der Brille zu Kepler. »Immerhin erspart sie Euch, selbst zum Skalpell greifen zu müssen. Wie gut, dass die Wundärzte sich an Eurer statt um die lästigen Operationen bemühen, genauso wie um das leidige Schröpfen und die Aderlässe. Das verschafft Euch ausreichend Zeit, Euch mit der hehren Erforschung des menschlichen Körpers zu beschäftigen oder gar die neuesten Errungenschaften von so großen Geistern wie Harvey zu studieren.«

»Wie wahr, mein Bester, wie wahr.« Kepler wurde ungeduldig. Sein Bart zitterte, die braunen Augen zogen sich unter den buschigen Brauen eng zusammen. Er trommelte mit den Fingerknöcheln auf den Tisch. »Doch wir sind nicht hier, um uns über die Vorteile der Wundarznei auszutauschen. Verratet mir lieber, was Ihr Euch wirklich von der Erforschung dieser Salbe versprecht. Sie scheint also von nachweisbarem Nutzen? Hofft Ihr auf ein ähnlich gutes Geschäft wie mit dem Theriak?« Abermals hob Heydrich zu einem Einwurf an, doch Kepler winkte mit der Hand ab und ließ ihn gar nicht erst zu Wort kommen. »Gelingt es Euch, die besondere Wirksamkeit der Salbe zu belegen, wäre es durchaus denkbar, dass Ihr Eure Erkenntnisse einmal vor der ehrwürdigen Fakultät präsentiert. Wie Ihr wisst, hat der alte Pantzer aus dem Löbenicht vor siebzehn Jahren schon dem erlauchten Kreis der Professoren und Studenten die Herstellung seines Theriaks vorgeführt. Es ist außerdem durchaus im Bereich des Möglichen, mit dem Kurfürsten auch noch einmal in Bezug auf Eure Person über das Privileg der Hofapotheke zu sprechen.«

Er klopfte dem Apotheker auf die Schulter und wippte auf den Fußspitzen, während er sich an Heydrichs Gesichtsausdruck weidete. Der schwankte zwischen unverhohlener Freude und Erschrecken. Kaum wagte er, Carlotta anzusehen. Dass Heydrich mit Meister Johanns Wundersalbe eine solche Ehre zuteilwerden sollte, war ein offener Affront gegen sie und ihre Mutter.

»Vater, es ist wohl genug.« Christophs Ton klang bestimmt. »Erstens muss das Nachmischen der Salbe überhaupt einmal gelingen, und zweitens wird wohl kaum der gute Apotheker Heydrich dafür auszuzeichnen sein. Schließlich handelt es sich um die Salbe, die die verehrte Frau Grohnert zusammen mit ihrer Tochter verwendet. Ihnen beiden gebührt der Ruhm.«

»Aber Heydrich ist derjenige, der die Rezeptur entschlüsselt. Oder willst du ernsthaft behaupten, deine kleine Freundin hier«, damit nickte er verächtlich in Richtung Carlotta, »verfüge auch nur annähernd über das Wissen, ihm diesbezüglich das Wasser reichen zu können? Vergiss nicht, Apotheker Heydrich hat nicht nur eine solide Ausbildung erfahren, sondern kann auch auf eine jahrzehntelange Erfahrung in seinem Beruf bauen. Und er ist ein Mann der Wissenschaft!«

Abermals wippte er auf den Zehenspitzen, wodurch er bald eine gute Handbreit größer wirkte als sein Sohn. Die buschigen Augenbrauen verdüsterten sein Antlitz, die riesige Nase verlieh ihm ein bedrohliches Aussehen.

»Was nicht unbedingt von Vorteil sein muss«, erwiderte Christoph aufgebracht.

»Halt dein loses Mundwerk!« Keplers dröhnende Stimme schallte durch den weitläufigen Raum. Krachend landete seine Faust auf dem Tisch. Das Gesicht dunkelrot, schwollen die Adern an seiner Schläfe an. Er schnappte nach Atem, einmal, zweimal, und fasste sich plötzlich an die Kehle. Sein massiger Leib schwankte, wild ruderte er mit den Armen durch die Luft.

Als Erste begriff Carlotta, dass er Hilfe brauchte. »Schnell!«, rief sie und sprang zu ihm, um ihn zu stützen. Unter der Last seines schweren Körpers drohte sie zusammenzubrechen.

»Wir müssen ihn irgendwo hinlegen«, keuchte sie und sah sich suchend nach einer Bank um. Zugleich versuchte sie, den schnaufenden Kepler zu beruhigen. Der Schweiß stand ihm auf der Stirn, der Mund öffnete und schloss sich ähnlich dem eines Karpfens im Teich. »Keine Sorge«, flüsterte sie. »Es wird alles gut. Gleich geht es Euch besser.«

Endlich erwachte Christoph aus seiner Starre und eilte ihr zu Hilfe. Beidseits griffen sie dem Alten unter die Arme, bis das Zittern seines Körpers nachließ. Heydrich verfiel in eine wenig hilfreiche Betriebsamkeit, rannte ziellos umher und raufte sich das spärliche Haar. Friederike dagegen winkte Carlotta und Christoph, ihr zu folgen. Den keuchenden alten Medicus zwischen sich mehr schleifend als führend, kamen sie nur langsam voran.

Endlich erreichten sie die düstere kleine Kammer direkt neben dem Laboratorium. An der Stirnseite wurde sie durch ein winziges Fenster erhellt. Darunter befand sich eine schmale Pritsche, auf die sie Kepler legen konnten.

»Er braucht frische Luft.« Sogleich riss Carlotta das Fensterchen auf. Kühl blies die Novemberluft herein. Ungeachtet dessen zog die junge Wundärztin dem Patienten den Rock aus und lockerte den Hemdkragen. Sie fächelte ihm Luft zu und bat Friederike um einen Becher eiskalten Wassers.

»Nehmt es möglichst direkt aus dem Brunnen hinten in Eurem Hof«, wies sie die Apothekertochter an. »Es kann nicht kalt genug sein.« An Christoph gewandt, sagte sie: »Bring mir ein Kissen. Wir müssen den Kopf deines Vaters höher betten.«

Flink knüllte sie den Rock zusammen und schob ihn dem Alten unter den Schädel. Die Augen fest geschlossen, atmete er bald schon ruhiger. Das hochrote Gesicht allerdings kündete weiterhin von seinem schlechten Zustand. Carlotta legte ihm die Hand auf die Stirn und flüsterte sanft auf ihn ein.

»Haltet durch, verehrter Doktor, gleich geht es besser. Euer Sohn ist bei Euch. Euch wird nichts geschehen.«

»Was denkt Ihr, hat er?« Zaudernd verharrte Heydrich im Türrahmen, wagte kaum, sich seinem kranken Gast zu nähern. »Nicht auszudenken, wenn er ausgerechnet hier, in meiner Apotheke …«

»So schlimm ist es nicht«, erklärte Carlotta. »Sein Herz schlägt zwar rasend schnell, und er hat Not, ausreichend Luft zu bekommen. Doch mir scheint, es ist nicht der erste Anfall dieser Art bei ihm. Wenn es mir gelingt, das Pochen seines Herzens zu beruhigen und ihm seine Angst vor der Atemnot zu nehmen, wird es ihm alsbald bessergehen. Auch die Kühle hier in der Kammer tut ihm gut. Ach, da kommt Eure Tochter mit dem Wasser.«

Auch Christoph tauchte mit zwei dicken Federkissen in der Hand auf, dicht gefolgt von den beiden anderen Apothekertöchtern.

»Eine schöne Bescherung«, raunte Else, die Jüngste, und bekreuzigte sich hastig, während Minna versuchte, über ihre Schulter hinweg auf den Medicus zu äugen.

»Bitte lasst uns allein«, sagte Carlotta, den Becher Wasser in der Hand. »Es ist viel zu eng hier. Außerdem gibt es nichts weiter zu tun, als zu warten.«

Murrend folgten die Heydrich-Damen der Aufforderung. Selbst der Apotheker verschwand in sein Laboratorium. Als Christoph auch Anstalten machte, den Raum zu verlassen, hielt sie ihn zurück.

»Heb seinen Kopf, damit ich ihm das Wasser einflößen kann.« Geschickt öffnete sie dem Medicus die Lippen und kippte das kalte Wasser hinein. »Trinkt schnell, das wird Euch helfen!«

Folgsam tat Kepler, wie ihm geheißen. Sie legte ihm die zweite Hand flach auf die Stirn. Mit jedem Schluck schien er an Ruhe zu gewinnen. Als der Becher geleert war, bettete sie ihn mit Christophs Hilfe in die Kissen zurück und setzte sich neben ihn auf die Bettkante. »Ihr solltet noch eine Zeitlang ruhig hier liegen bleiben.«

Kaum merklich nickte er. Zusehends schwand die ungesunde Röte aus seinem Antlitz, die Adern an den Schläfen schwollen ab. Selbst die buschigen Augenbrauen entspannten sich. Bald ging sein Atem gleichmäßig, er schloss die Lider. Die Brust hob und senkte sich in einem gesunden Rhythmus.

»Du hast ihm das Leben gerettet.« Vorsichtig ließ Christoph sich neben ihr nieder und fasste nach ihrer Hand. »Ich bin stolz auf dich.«

»Nur stolz?« Sie drehte sich zu ihm um. »Bist du sicher?«

Forschend sah sie ihn an. Lang schon waren sie einander nicht mehr so nah gewesen. Erfreut spürte sie ein Prickeln in ihrem Leib. Christophs blasses Gesicht wurde noch eine Spur heller, die fleischigen Lippen erstaunlich schmal. Tief grub sich die Kerbe auf seinem Kinn ein. Sie wollte mit den Fingern seine Wange berühren, doch sie kam nicht weit. Auf einmal beugte er sich ihr entgegen, schlang die Arme um sie und küsste sie mitten auf den Mund. Zunächst wollte sie sich wehren, die Lippen fest zusammenpressen oder zumindest leise protestieren. Dann aber siegte das Verlangen, endlich wieder seine Wärme auf ihrer Haut zu spüren, seinen Geruch einzuatmen und seine Lippen zu schmecken, und sie gab sich seinem Drängen hin. Erst ein deutliches Räuspern riss sie auseinander. Beschämt rückten sie voneinander ab. Der alte Kepler öffnete die Augen und blickte zwischen ihnen hin und her.

»Was habt Ihr getan?«, fragte er mit heiserer Stimme und schob sich höher in die Kissen. »Täusche ich mich, oder wart Ihr diejenige, die als Einzige gewusst hat, wessen ich so dringend bedurfte? Was war mit dir?« Vorwurfsvoll sah er seinen Sohn an. »Wie ein törichter Esel hast du dir nicht zu helfen gewusst. Was hast du nur in all den Jahren an den Universitäten gelernt? Eine kleine Wundärztin muss dir also zeigen, was nottut, wenn einer nach Atem ringt und sein Herz ihm zum Hals heraus pocht?« Wütend schnaufte er auf.

»Ruhig«, mahnte Carlotta und legte ihm die Hand auf den Arm. »Wenn Ihr Euch aufregt, erleidet Ihr gleich den nächsten Anfall. Ich weiß nicht, ob Euch dann noch einmal ein Becher Eiswasser hilft, um zur Besinnung zu kommen.«

Verärgert wollte Kepler ihre Hand abschütteln. Die hilflose Lage behagte ihm nicht. Sie aber drückte ihn gegen seinen Willen sanft und doch bestimmt auf das Lager zurück.

»Hört auf, mit Eurem Sohn zu zürnen. Er hat nur getan, was Ihr ihn geheißen habt: an den berühmtesten Universitäten den besten Medici zu lauschen. Wie Ihr aus eigenem Studium wisst, hat das wenig damit zu tun, was im Notfall am Kranken zu leisten ist. Die meisten Patienten, die in der Universität untersucht werden, liegen bereits tot auf dem Tisch vor den Studenten.«

Sie lächelte aufmunternd. Christoph dagegen scharrte mit den Füßen über die Holzdielen und verschränkte die Arme vor der Brust. »Vater, ich weiß nicht …«, hub er an, sich zu rechtfertigen.

»Still«, herrschte Kepler ihn an. »Du machst es nur noch

schlimmer. Sogar verteidigen kann die kleine Grohnert dich besser als du dich selbst.«

»Streitet Euch nicht, meine Herren«, ging Carlotta abermals dazwischen. »Es freut mich zu sehen, dass Ihr wieder bei Kräften seid, verehrter Kepler. Schont Euch dennoch eine Weile. Jede Aufregung ist das reinste Gift für Euch.«

Sie erhob sich, strich den Rock glatt und knickste vor dem alten Kepler. »Wenn Ihr erlaubt, so gebe ich Euch einige Tropfen mit, die meine Mutter für solche Fälle empfiehlt. Nehmt einige Tage lang regelmäßig davon ein, und Eure Beschwerden werden spürbar nachlassen.«

Noch ehe der Alte etwas sagen konnte, fasste sie Christoph am Arm und zwang ihn, mit ins Laboratorium zu gehen.

»Er braucht völlige Ruhe«, zischte sie ihn an. »Jeder neue Wutanfall ist ein Nagel mehr an seinem Sarg. Versprich mir, dafür zu sorgen, dass er einige Tage lang zu Hause bleibt und sich ruhig verhält. Am besten ist, wenn er für eine Weile das Bett hütet, um wieder ganz zu Kräften zu kommen. Nur dann wird er den Winter gut überstehen und dem Kurfürsten weiterhin als Leibarzt dienen können.«

»Warum tust du das?«, war alles, was Christoph zu erwidern wusste. »Schließlich beschimpft er dich und lässt kein gutes Haar an deiner Mutter. Ganz zu schweigen von seinem ewigen Sermon wider die Wundarztkunst und von der Dreistigkeit, Heydrich womöglich für die Salbe deiner Mutter auszuzeichnen. Du hilfst ihm trotz alledem noch. Fast könnte man meinen, du behandelst ihn, als wäre er dein eigener Vater.«

Bei seinen letzten Worten senkte Carlotta den Kopf. Ein Zittern erfasste sie. Sie tastete nach dem Bernstein auf ihrer Brust. Sobald sie den vertrauten Stein zwischen den Fingern spürte, wurde sie ruhiger. »Was ist so schlecht daran? Als Arzt sollte man stets so handeln, als hätte man den eigenen Vater vor sich.«

Mit Schrecken sah sie die Verständnislosigkeit auf seinem Antlitz. Er bemerkte ihre Verwirrung. Gleich setzte er sein bewährtes Lächeln auf.

»Nicht nur den eigenen Vater.« Sein Schmunzeln wurde breiter. »Manchmal soll es sogar vorkommen, dass auch die Mutter krank wird. So stark ihr Frauen seid, meine liebe Carlotta, aber davor seid selbst ihr nicht gefeit.«

»Ich wusste es«, entgegnete sie erschöpft. »Du machst aus allem einen Spaß.«

»Genau deshalb magst du mich doch, oder?«

## 14

Die Aufregung um den Gesundheitszustand des ehrwürdigen Altstädter Physicus war enorm. Unter großer Anteilnahme der Nachbarschaft brachte man ihn aus Heydrichs Apotheke in der Kneiphofer Magistergasse in sein Anwesen in der Altstädter Schmiedegasse. Doch dort fand er nicht die nötige Ruhe, die zu seiner Genesung so wichtig war, was Carlotta bei ihrem Besuch am nächsten Tag sofort ins Auge fiel. Zwar drangen die besorgten Mitbürger nicht bis zu Keplers prunkvollem Bett im zweiten Geschoss vor, dennoch rissen die Störungen auch dort oben nicht ab. Marthe, die altgediente Wirtschafterin, kam unter immer neuen Vorwänden in das Schlafgemach. Mal brachte sie eine Kerze für den Kandelaber, mal eine weitere Decke, schließlich stellte sie einen Krug warmen Bieres auf die Truhe neben dem Bett. Der malzige Geruch verdrängte alsbald den zarten Duft des Rosenwassers, das Carlotta gleich nach ihrem Eintreffen zu Keplers Erfrischung um das Bett herum versprüht hatte. Noch bevor sie ihn erneuern konnte, erschien die Magd, um dem Physicus auf Marthes Anweisung hin einen heißen Stein zum Wärmen der Füße unter die Bettdecke zu schieben. Auch Hanna, Keplers Tochter, fand ständig neue Vorwände, ungebeten am Krankenlager aufzutauchen. Einmal stellte sie einen Krug Wasser auf den Tisch vor dem Fenster, ein anderes Mal kam sie, um die Hausschuhe zu richten, beim dritten Mal ging es ihr darum, den Mantel zum Ausklopfen zu holen.

»Damit wirst du hoffentlich einige Zeit beschäftigt sein«, knurrte Christoph die dürre Zwanzigjährige an. »Jedenfalls möchte ich dich in den nächsten zwei Stunden nicht mehr hier oben sehen. Schließlich liegt Vater im Bett, weil er dringend der Ruhe bedarf, und nicht, damit er sich angesichts des Trubels wie im Taubenschlag fühlt.«

»Aber …«, setzte seine Schwester an, um sogleich zu verstummen. Kurz hatte der alte Kepler die Augen geöffnet und die Augenbrauen zusammengezogen. Das genügte. Mit einem merkwürdigen Blick auf Carlotta, die neben Christoph am Fußende des Bettes stand, warf die Kepler-Tochter das offene braune Haar in den Nacken und verließ die Kammer hocherhobenen Kopfes.

»Der Mantel«, entfuhr es Carlotta, kaum dass die Tür ins Schloss gefallen war, und wollte zum Haken eilen, das gute Stück zu ergreifen.

»Lass«, bat Christoph. »Das hat Zeit. Schließlich hängt er seit gestern hier, ohne dass sich jemand um sein Ausklopfen gesorgt hat.«

Vom Bett ließ sich ein tiefer Seufzer vernehmen.

»Was meinst du, mein Sohn?« Keplers Gemahlin faltete dem kranken Medicus behutsam die Hände über der Decke und erhob sich langsam von der Bettkante. Fahrig fuhr sie sich mit den fleischigen Händen über das schwarze Taftkleid. »Sollen wir heute nicht doch besser nach Doktor Lange schicken lassen? Der Leibarzt des Fürsten Radziwill kann uns sicher raten, wie wir weiter mit dem Ärmsten verfahren sollen.«

»Wozu?« Ungehalten begann Christoph, in dem schmalen Raum zwischen Bett und Fensterfront auf und ab zu gehen. Durch die beiden Fenster zur Schmiedegasse fiel tristes Novemberlicht herein. Die Morgensonne war grauen Wolken gewichen. Bald würde der nächste Schneeschauer einsetzen. Das laute Rumpeln und Rufen, das von der Gasse heraufdrang, verriet die Eile, mit der die Leute ihre Geschäfte erledigen wollten.

»Christoph, bitte«, mahnte Carlotta ihn zum Stillstehen. Es war schlimm genug, dass sie die Unruhe in Haus und Gasse nicht abstellen konnte.

»Schon gut.« Unsanft schob er sie beiseite, um sich mit verschränkten Armen vor seiner Mutter aufzubauen. Die Ähnlichkeit zwischen Mutter und Sohn war verblüffend. Christophs Körper war ebenso stämmig, wenn auch nicht so schwammig wie der seiner Mutter. Dafür hatten beide nahezu das gleiche Profil unter dem aschblonden Haar. Lediglich der Blick von Christophs grauen Augen wirkte entschlossener als der seiner Mutter. Seine Lippen wölbten sich, die Kerbe am Kinn grub sich tief ein.

»Reicht dir nicht aus, was Carlotta seit gestern getan hat?«, wandte er sich vorwurfsvoll an seine Mutter. »Sie mag zwar nur eine gelernte Wundärztin sein, doch ihr besonderes Gespür ist mit keinem Medizinstudium aufzuwiegen. Schließlich habe selbst ich trotz meiner langen Studienzeit im Ausland nicht annähernd so schnell und richtig handeln können wie sie, um Vater zu helfen. Apotheker Heydrich hat zudem keine Bedenken, was die Einnahme der Bernsteinessenz betrifft, die sie zur weiteren Behandlung empfohlen hat. Immerhin geht die Rezeptur auf Paracelsus zurück. Doktor Lange wird höchstens noch zum Aderlass raten, nur um überhaupt etwas Neues beizutragen. Dessen Durchführung aber wird er Carlotta anvertrauen. Und die hält zu Recht nichts davon, einen schwachen Patienten durch einen Aderlass noch weiter zu schwächen. Also, wenn du deinen Gemahl unbedingt ins Jenseits befördern willst, dann lass Doktor Lange holen und Vater mit einem Aderlass und sonstigem Unsinn quälen. Aber sag hinterher nicht, ich hätte dich nicht gewarnt.«

»Christoph, du weißt doch …«, setzte die dickliche Frau in weinerlichem Ton an. Ihre Unterlippe zitterte, die hellen Augen waren weit aufgerissen. Schon hob sie die gefalteten Hände und wisperte halblaut: »Was soll ich nur tun? Du weißt, was die Leute reden. Immerhin ist dein Vater kurfürstlich-preußischer Leibarzt. Undenkbar, ihn nur von einer einfachen Wundärztin behandeln zu lassen. Noch dazu von einer so blutjungen wie sie – und obendrein Magdalena Grohnerts Tochter! Du hast doch gehört, was seit Gerkes Tod über deren Bernsteinessenz gemunkelt wird. Ganz gleich, was Heydrich meint, aber die kann ich nicht guten Gewissens deinem Vater einträufeln!«

Ein mahnendes Schnauben von Seiten des Betts verriet, dass der alte Kepler trotz geschlossener Augen jede Silbe vernommen hatte.

Gebannt sah Carlotta zu Christoph, während sie den Bernstein an ihrem Hals umklammerte.

Der junge Medicus spürte ihre Verzweiflung. Flink stellte er sich neben sie, tastete unauffällig nach ihrer Hand und erklärte seiner Mutter: »Da Carlotta Vater das Leben gerettet hat, ist mir vollkommen gleichgültig, was die Königsberger reden. Schließlich solltest du dir auch überlegen, was dir wichtiger ist: Vaters Genesung oder das beifällige Nicken deiner Mitbürger auf seiner Beerdigung. Ich bin übrigens für Ersteres, auch wenn er kaum ein gutes Haar an mir lässt.«

»Also gut«, stimmte die verstörte Frau endlich zu. »Verzichten wir also auf Doktor Lange.«

»Du wirst sehen, Vater erholt sich dank Carlottas Behandlung viel schneller von dem Anfall. Schließlich haben ein paar Tage strikte Ruhe noch keinem geschadet.«

Sanft, aber bestimmt schob er Carlotta zur Tür hinaus. »Carlotta, Liebes, nimm es dir nicht zu Herzen.« In der Diele schloss er sie in die Arme.

»Schon gut. Ich weiß ja, es ist nur die Sorge um deinen Vater, die sie derart ängstigt. Ich kann ihr nachfühlen, was sie gerade durchmacht.«

»Meine tapfere kleine Wundärztin! Selbst jetzt noch bringst du Verständnis auf.« Christoph nahm ihr Gesicht in beide Hände und schenkte ihr ein stolzes Lächeln. Das Strahlen seiner Augen entschädigte sie reichlich für die Anfeindungen seiner Mutter und Schwester.

»Lass uns woanders hingehen. Wir müssen uns von all den Aufregungen erholen«, schlug er vor. »Schließlich können wir hier gerade ohnehin nichts tun.«

»Gegen etwas frische Luft hätte ich nichts einzuwenden.«

Hand in Hand stiegen sie die Treppe hinunter. In der geräumigen Diele half er ihr fürsorglich, die Heuke überzuziehen, reichte ihr beflissen Schal und Handschuhe. »Was hältst du von einem kleinen Imbiss? Schließlich habe ich einen Riesenhunger, und so, wie es aussieht, kriegt man bei Marthe heute nichts Gescheites auf den Teller. Dafür aber schuldet uns Pantzer noch eine gute Verköstigung.«

Mit einer galanten Verbeugung öffnete er die Tür und geleitete sie hinaus. Eine Windböe blies Schneeluft heran. Carlotta genoss es, nah bei Christoph zu sein. Ihm schien es ähnlich zu gehen. Kaum schwenkten sie auf die Altstädter Langgasse ein, griff er nach ihrer Hand, schob sich noch dichter an sie heran. Böses Geschwätz mussten sie kaum fürchten. Kaum begegnete ihnen ein bekanntes Gesicht. Bis sie das Löbenichter Tor erreichten und von dort über die Krummegrube den Münchshof betraten, waren nur wenige Fuhrwerke, Karren oder Menschen unterwegs. Dabei ließ das Schneetreiben weiter auf sich warten, auch der Wind flachte deutlich ab. Die dünne Schneedecke auf dem Straßenpflaster schmolz bereits.

»Riechst du den Schnee?«, fragte Carlotta und blieb unweit des trutzigen Malzbrauerbrunnens stehen. Selbst an diesem markanten Punkt des Löbenichts fehlten an diesem Tag die Tratschweiber. Carlotta reckte die Nasenspitze in die Luft. »Ich liebe es, die Kälte auf den Wangen zu spüren.«

»Und ich liebe es, deine Wangen zu küssen.« Flugs stand Christoph vor ihr und begann, ihre kühle Haut mit hitzigen Küssen zu bedecken.

»Doch nicht mitten auf der Straße«, protestierte sie leise.

»Wer soll uns sehen? Schließlich ist das alte Kräuterweib dahinten froh, wenn es noch die Hauswand auf der gegenüberliegenden Straßenseite erkennen kann. Und die schwarze

Katze da vorn willst du sowieso nicht sehen. Wie ich dich kenne, hältst du mir sonst nur einen Vortrag, was ich tun muss, um das von ihr drohende Unheil zu vertreiben.«

Abermals küsste er sie, gab sich schließlich nicht mehr allein mit ihren Wangen zufrieden, sondern presste seinen Mund auf den ihren, bis sie ihn endlich öffnete und seine Zunge darin willkommen hieß. Gierig bohrte er sich tief in sie hinein. Nie zuvor hatte er diese Heftigkeit bewiesen. Die Knie wurden ihr weich, sie lehnte sich gegen seinen Leib, fühlte die Stärke seiner Glieder durch all die Lagen Mäntel und Jacken hindurch. Heiß strömte das Verlangen durch ihren Körper. Was gäbe sie darum, den November einfach wegzuzaubern und wie an jenem sonnigen, warmen Oktobertag mit Christoph in der einsamen Laube auf der Lomse zu sein!

»Carlotta, Liebes«, stöhnte er leise auf. »Lass uns weggehen aus der Stadt, irgendwohin, wo uns keiner kennt, und alles und jeden vergessen, der sich zwischen uns stellt.«

»Ach, Christoph!« Sanft schob sie ihn ein wenig von sich, um ihm in die Augen zu sehen und die Grübchen auf seinem Gesicht zu betrachten. Zärtlich tippte sie mit der Fingerspitze an seine Nase, ließ sie hinabgleiten zu den weichen Bögen um den Mund, verharrte auf der Kerbe am Kinn. Spielerisch schnappte er mit den Zähnen nach dem Finger, saugte an ihm wie ein kleines Kind an der Speckschwarte.

»Du bist und bleibst ein Kindskopf! Was reizt dich nur an der Welt der Quacksalber und Wunderheiler? Denk nur nicht, es wäre ein Zuckerschlecken, es mit ihresgleichen aufzunehmen. Wir beide sind nicht dazu geschaffen, auf den Jahrmärkten faule Zähne zu ziehen oder schwärige Wunden zu versorgen, ganz zu schweigen von den besonderen Künsten, die wir uns erst noch einfallen lassen müssen, um aus der Masse all der tausend Wunderheiler herauszustechen. Willst du vielleicht den Starstich mit verbundenen Augen üben? Oder soll ich die Zähne im Kopfstand ziehen lernen? Auch das Herumreisen mit einem klapprigen Fuhrwerk wird nicht immer eitel Sonnenschein sein. Außer unseren Habseligkeiten müssen wir darin eines Tages noch unsere riesige Kinderschar hineinpferchen.«

»Oh, immerhin träumst du schon von vielen, vielen Kindern mit mir! Schließlich wirst du als Ärztin wissen, was wir tun müssen, sie zu bekommen.« Frech grinste er sie an. Sie wurde glutrot.

»Statt so zu leben, mein lieber Christoph, ziehe ich es vor, dem Sturkopf von deinem Vater weiter die Stirn zu bieten. Langsam, aber sicher werden wir ihn doch davon überzeugen, dass wir beide füreinander und für eine gemeinsame Zukunft als Ärzte hier in Königsberg bestimmt sind. Nach allem, was er in den letzten beiden Tagen durchlitten hat, ist er auf gutem Weg, das zu begreifen.«

»Du kennst ihn nicht.« Von einem auf den anderen Moment verschwand Christophs spitzbübisches Schmunzeln, und sein Antlitz verdüsterte sich. »Schließlich springt er eher mitten im Winter in den Pregel und behauptet, das wäre die neueste Medizin, ehe er zugibt, sich in dir getäuscht zu haben. Ganz zu schweigen davon, dass er mich niemals im Leben die Tochter von Magdalena Grohnert heiraten lässt.«

»Letztens aber hast du noch ganz anders darüber gedacht«, wandte sie enttäuscht ein. »Oder hast du schon vergessen, dass wir an jenem denkwürdigen Montag vor etwas mehr als zwei Wochen deinen Vater um sein Einverständnis bitten wollten?«

»Das war *vor* dem Auftauchen der kurfürstlichen Dragoner hier im Kneiphof«, brauste Christoph auf, bevor er mit einem seltsamen Unterton hinzufügte: »Vergiss nicht, schließlich bist *du* nachher nicht mehr mit mir zu ihm gegangen.«

Einen Moment starrten sie einander an. Keiner von ihnen wagte auszusprechen, warum ihr Vorhaben damals gescheitert war: weil an jenem Tag Mathias zwischen sie getreten war.

Carlotta bebte innerlich. Wenn sie jetzt schwieg, war es vorbei. Was aber sollte sie sagen? Wo, zum Teufel, waren all die Worte und klugen Sätze, die sie sonst bei jeder Gelegenheit parat hatte? Sie brachte keinen Ton heraus.

»A-ab-ber-r«, stammelte sie nach einer halben Ewigkeit, um sofort in Tränen auszubrechen und hilflos gegen seine Brust zu sinken. Sie konnte nicht mehr. Sie konnte nicht mehr reden, nicht mehr denken und vor allem nicht mehr kämpfen. Wenn er sie nicht nahm, dann gab es eben keine Zukunft, weder für sie beide noch für sie allein. Dann konnte sie ebenso gut in den Pregel steigen und sich den eisigen Wogen ergeben.

Es dauerte, bis Christoph aus der Starre erwachte, die Hand hob und sie schüchtern um ihre Schultern legte. Zaghaft begann er, sie zu streicheln. Sie presste sich gegen ihn, bis er sie fest in die Arme schloss.

»Das war aber auch«, redete er leise weiter, »bevor mein Vater hilflos vor deinen Augen zusammengebrochen ist und du allein ihn gerettet hast. Schließlich wird er jetzt, da du ihn so schwach gesehen hast, nie und nimmer die Hand nach dir ausstrecken und dich in seinem Haus dulden. Er kann das einfach nicht. Jedes Zusammentreffen mit dir wird ihn fortan daran erinnern, dass er sich einmal nicht selbst helfen konnte und auch ich, sein studierter Sohn, ihm nicht habe beistehen können. Du dagegen schon. Dabei bist du eine Frau, eine einfache Wundärztin, ohne jedwedes Studium der Medizin, blutjung noch dazu. Tag für Tag beweist du, dass du das Metier der Heilkunst weitaus besser verstehst als jeder andere hochgelehrte Medicus hier in unserer prächtigen Stadt. Dass du meinen Vater so hilflos gesehen hast, wird er dir nicht verzeihen können, genauso wenig, wie er mir mein Versagen je vergeben wird. Deshalb müssen wir beide fort von hier, je eher, desto besser.«

»Ach, Christoph!«, hauchte sie wieder. Sie drückte das Gesicht tiefer in die Falten seines Mantels, sog wie eine Ertrinkende den darin hängenden Geruch des Wollfetts und des Lavendels ein, bis sie sich endlich stark genug fühlte und auch der Verstand seine Dienste wieder aufnahm. Obwohl ihr nicht zum Spaßen zumute war, zwinkerte sie Christoph zu. »Dann müssen wir also doch die dunklen Kräfte bemühen und uns auf die magische Seite der Wundarztkunst werfen. Ab morgen sammele ich geheimnisvolle Kräuter und lege ein Buch mit Wunderrezepten an. Mal sehen, was ich an gehäuteten Hühnerknochen, zerstoßenen Käferlarven und giftigen Wurzeln bei uns im Haus auftreiben kann. Hedwig wird mir gewiss noch den einen oder anderen Spruch mit auf den Weg geben. Und Lina kennt bestimmt ein paar Dörfer auf dem Weg von hier nach Insterburg, in denen wir im Winter unterschlüpfen können. So gewappnet, steht uns also die halbe Welt offen.«

»Du willst einfach nicht verstehen, dass uns keine andere Wahl bleibt, wollen wir wirklich zusammen sein.« Christoph ging nicht auf ihren Scherz ein. »Schließlich dachte ich, wenigstens darüber sind wir uns einig. Aber vielleicht habe ich das auch wieder einmal falsch verstanden, wie so vieles, was du in der letzten Zeit getan hast. Ich bin eben nicht so klug wie du. Du siehst ja: Selbst nach all den Jahren an den besten

Universitäten kann ich nicht einmal meinem ohnmächtigen Vater beistehen.«

»Du weißt genau, dass ich auch in einer schlichten Höhle mit dir leben würde«, entgegnete sie und suchte den Blick seiner grauen Augen. »Solange du bei mir bist, ist alles andere nicht wichtig.«

»Wirklich?«

»Wirklich!«

Wieder fielen sie einander in die Arme, versanken in einem leidenschaftlichen, nicht enden wollenden Kuss. Dabei krallte Carlotta die Finger in seine Arme, fest entschlossen, ihn nie mehr loszulassen.

## 15

Ist es denn die Möglichkeit? Mitten auf der Straße – und am helllichten Tag!«

Christoph entfuhr ein Stöhnen, und Carlotta zuckte zusammen, als sie die wohlbekannte Stimme Caspar Pantzers vernahmen.

»Du triffst wahrlich immer den falschen Moment«, murrte Christoph. Nur widerwillig gab er Carlotta frei, ließ den Arm allerdings um ihre Schultern liegen, als fürchtete er, der Freund machte sie ihm streitig.

»Ich sehe es eher so, dass ich genau im richtigen Moment auf euch treffe. Wenn ihr hier noch lang ausharrt, gefriert ihr zu Eis. Ganz abgesehen davon, dass sich bereits die ersten Gesichter neugierig an die Fensterscheiben pressen. Dass der Sohn des kurfürstlichen Leibarztes aus der Altstadt ohne jedwedes Schamgefühl die Tochter der Kneiphofer Bernsteinhändlerin Grohnert direkt am Löbenichter Malzbrauerbrunnen küsst, lässt sich keiner entgehen. Folgt mir besser unauffällig in meine Apotheke. Ich verspreche euch, dort könnt ihr für euch sein. Meine Köchin bereitet euch ein schlichtes Mahl, und ansonsten stört euch niemand, solange ihr es nicht wollt.«

Carlotta und Christoph genügte ein kurzer Blickwechsel, um sich zu verständigen. Willig begleiteten sie Pantzer das kurze Stück bis zu dessen Haus.

»Am besten geht ihr ins Laboratorium«, schlug der Apotheker vor, als sie die düstere Offizin betraten. »Dort wagt sich meine Köchin nicht hinein, wenn ich sie nicht ausdrücklich darum bitte. Hier, nehmt den Leuchter mit. Besonders hell ist es heute nicht dort hinten.«

Er reichte Christoph einen Kandelaber, entzündete die Kerzen an den Lichtern, die bereits auf dem Verkaufstresen brannten, und nickte ihnen aufmunternd zu. »Den Imbiss werde ich euch höchstpersönlich servieren. Es ist mir eine Ehre, das für euch zu tun.«

»Danke«, murmelte Christoph. Eine verlegene Röte huschte über sein Gesicht. Auch Carlotta fühlte sich unwohl. Bevor die Lage unerträglich wurde, verschwand Pantzer mit einem breiten Grinsen durch eine zweite Tür in die Diele seines Wohnhauses. Sie hörten noch, wie er der Köchin Anweisungen erteilte, dann wurde es still.

»Komm, dort hinten ist es warm«, sagte Christoph leise und leitete sie mit dem Leuchter in der Hand durch die Unordnung des engen Verkaufsraums in das angrenzende Laboratorium. Der Duft kostbaren Bienenwachses überdeckte die anderen Gerüche, die auf dem kurzen Weg auf Carlotta einströmten. Zielsicher lenkte Christoph sie zu der Pritsche hinter der Leinwand, stellte den Leuchter ab und half ihr, die Heuke abzunehmen.

»Endlich allein«, sagte er leise und legte ebenfalls den dicken Wollmantel ab. Geschickt breitete er ihn als Decke über die Pritsche. Carlotta entging nicht das Zittern seiner Hände.

»Lass nur«, flüsterte sie und umarmte ihn von hinten. Langsam drehte er sich um, zog ihren vor Aufregung bebenden Körper an sich und übersäte sie mit Küssen auf Gesicht und Hals. Sein Atem wurde schneller. Auch sie spürte, wie ihr Herz zu rasen begann. Gierig glitten seine Hände über ihren Rücken, wanderten vor bis zu ihren Brüsten, liebkosten sie, bis sie zu den Ösen ihres Mieders wanderten und sie öffneten.

Das Läuten der Türglocke vorn in der Offizin ließ sie erschrocken zusammenfahren. Eng schmiegten sie sich aneinander, während sie angestrengt lauschten, was sich nebenan tat.

Eine dunkle Männerstimme rief »Hallo«, die Schritte zweier Personen erklangen im Verkaufsraum. Aus der Diele eilte Pantzer herbei.

»Das ist Helmbrecht«, raunte Carlotta. »Seine Stimme ist unverkennbar. Seit Tagen ist er verschwunden. Ich muss sehen, wer ihn begleitet.«

»Womit kann ich den Herrschaften dienen?«, begrüßte Pantzer die Kundschaft.

Auf Zehenspitzen schlich Carlotta zu dem Durchgang, der Offizin und Laboratorium voneinander trennte. Christoph folgte ihr, nachdem er sie vergeblich aufzuhalten versucht hatte.

Die Seitenwange eines Regals diente Carlotta als Schutz, um die Neuankömmlinge beobachten zu können, ohne ihrerseits entdeckt zu werden. Christoph stellte sich so dicht hinter sie, dass er ihr in den Nacken atmete. Schaudernd stellten sich ihr die Härchen auf. Sie fasste nach seinen Händen.

Ihre Vermutung war richtig gewesen: Den Hut in der Hand, hielt Helmbrecht die dunklen Bernsteinaugen auf Pantzer gerichtet.

»Wir brauchen Euren Rat«, begann er mit seiner betörenden Stimme und wies knapp mit dem Kopf auf seine Begleiterin. Als Carlotta ihrer ansichtig wurde, hielt sie den Atem an: Es gab nicht den geringsten Zweifel. Das auffällig blonde Haar verriet sofort, dass es sich um die Frau handeln musste, die Lina letztens mit Helmbrecht im Grafenkrug in der Haberbergschen Vorstadt beobachtet hatte. Kaum kleiner als der Leipziger Kaufmann, bestach sie sofort durch ihre atemberaubende Schönheit. Zwar durfte sie in etwa das gleiche Alter wie Magdalena haben, doch wirkte sie in gewisser Weise alterslos. Ein Stich fuhr Carlotta durchs Herz. Sofort war sie davon überzeugt, die Mutter hatte verloren. Und nicht nur das! Wenn Helmbrecht somit keinerlei Interesse mehr an Carlottas Fürsprache für eine etwaige Heirat besaß, existierte für ihn auch nicht der geringste Anlass, Tante Adelaide Mathias' Brief zu übermitteln. Herbe Enttäuschung erfasste Carlotta. Unterdessen ging in der Offizin die Unterhaltung weiter.

»Die verehrte Frau Leuwenhoeck besitzt eine Phiole mit einer Essenz, über deren genaue Zusammensetzung sie gern mehr erfahren möchte. Ist es Euch möglich, uns diesbezüglich behilflich zu sein?«

Die als Leuwenhoeck titulierte Blonde zog eine braune Glasphiole aus den Weiten ihrer kobaltblauen Heuke und reichte sie Pantzer. Carlotta erkannte das Gefäß sofort: In dieser Größe verwandten nur die Mutter, Heydrich und sie braune Glasphiolen. Korken und Zettel bestätigten überdies die Herkunft aus dem Haus in der Langgasse, das war auch aus der Entfernung zu erkennen. Prüfend hielt Pantzer das Gefäß gegen das Licht des Kandelabers auf dem Tresen und schwenkte es hin und her. Anscheinend war es halb gefüllt mit einer Flüssigkeit.

»Ich denke, Ihr wisst, von wem die Essenz stammt.«

»Selbstverständlich«, erwiderte Helmbrecht.

»Warum soll ich sie dann überhaupt noch untersuchen? Soweit ich weiß, seid Ihr mit Frau Grohnert bestens bekannt. Falls Ihr Zweifel an der Zusammensetzung hegt, solltet Ihr sie selbst danach fragen. Meine Hilfe ist dabei wohl kaum vonnöten.«

»Wenn das so einfach wäre, würden wir Euch gar nicht erst bemühen«, meldete sich die blonde Leuwenhoeck zu Wort. Ihre Stimme klang sehr melodisch, wenn ihr auch ein besonderer Akzent zu eigen war. Aufgrund der leicht kehligen Aussprache vermutete Carlotta, dass sie aus der Gegend der Niederlande oder Flanderns stammte. Wundarzt Koese sprach ähnlich, und der war in Gent gebürtig.

»Ihr könnt Euch denken, dass wir Euer absolutes Stillschweigen über die Angelegenheit voraussetzen.« Makellos blinkten die weißen Zähne der Fremden, als sie Pantzer anlächelte und ihre Hand auf die seine legte. Das verfehlte nicht seine Wirkung. Ein weiteres Mal hob der Apotheker die Phiole prüfend vor die Augen und seufzte leicht.

»Täusche ich mich, oder ist das die Essenz, mit der die verehrte Frau Grohnert den unglücklichen Gerke behandelt hat? Vermutlich wollt Ihr wissen, was genau sie ihm verabreicht hat. Und ob es in einem Zusammenhang mit seinem plötzlichen Ableben steht.«

»Sofern man bei einem Mann seines Alters noch von einem plötzlichen Ableben sprechen kann«, ergänzte Helmbrecht. Es war deutlich, wie ernst ihm dieser Hinweis war. Ein wenig beruhigte Carlotta das, zeigte es doch, dass Magdalenas Sache bei ihm noch nicht ganz verloren war. Warum sonst lag ihm daran, keine vorschnellen Schlüsse über Gerkes Tod zu ziehen, selbst wenn die Gerüchte darüber seit zwei Wochen in der Stadt kräftig gärten? Lediglich das Zusammentreffen mit den Ereignissen um Roths unglückselige Verhaftung und das undurchschaubare Geschehen auf dem kurfürstlichen Landtag verhinderten wohl, dass es bislang zu ernsthaften Konsequenzen für Magdalena gekommen war.

»Nun gut«, willigte Pantzer ein. »Doch Ihr wisst, wie abwegig es ist, der verehrten Magdalena Grohnert böse Absichten zu unterstellen. Sie hatte nicht den geringsten Grund, Gerke etwas zuleide zu tun.«

»Ich denke, darüber sind wir uns einig«, erwiderte Helmbrecht.

»Bevor ich die Reinheit dieser Essenz bestimme, müsst Ihr mir allerdings noch eins verraten«, schob Pantzer nach und sah die Frau eindringlich an. »Woher habt Ihr die Phiole?«

»Macht Euch keine Gedanken«, schaltete Helmbrecht sich ein, obwohl Pantzer seine Frage ausdrücklich an die Blonde gerichtet hatte. »Es geht alles mit rechten Dingen zu. Der verehrten Frau Leuwenhoeck ist es tatsächlich gelungen, Dorothea Gerke dazu zu bewegen, ihr die Essenz zu geben, sogar sämtliche weitere Phiolen, die sie davon besaß.«

»Hm.« Mehr ließ Pantzer dazu nicht verlauten.

»Wann können wir mit Eurer Nachricht rechnen?«, wollte Frau Leuwenhoeck wissen und raffte ungeduldig den dicken Stoff des kobaltblauen Rocks.

»Bis Ende der Woche«, entgegnete Pantzer knapp und empfahl sich dem Besuch mit einer tiefen Verbeugung.

»Nichts für ungut«, raunte Helmbrecht ihm leise zu und folgte der Fremden nach draußen.

»Was sagt ihr dazu?« Pantzer stöhnte auf, sobald die Tür hinter den beiden ins Schloss gefallen war. In wenigen Schritten stand er bei Carlotta und Christoph. »Tut mir leid, aber ihr zwei Turteltauben müsst euer Stelldichein nun doch in andere Gefilde verlegen. Wie es scheint, brauche ich dringend Ruhe in meinem Laboratorium.«

Angesichts seines anzüglichen Schmunzelns begann Carlotta mit hochrotem Gesicht, die Ösen ihres Mieders zu schließen. Auch Christoph fuhr sich verlegen durch das aschblonde Haar, ordnete den Kragen seines eleganten Hemdes und strich das reichbestickte Wams über den Hüften glatt.

»Wieso kommen die beiden mit der Essenz ausgerechnet zu dir?«, fragte Christoph.

»Zu Heydrich konnten sie schlecht gehen«, erwiderte Carlotta. »Und jeder andere Apotheker im Kneiphof oder der Altstadt hätte gleich gewusst, worum es geht.«

»Das habe ich auch«, warf Pantzer leicht gekränkt ein.

»Bei Euch aber kann Helmbrecht sicher sein, dass Ihr Stillschweigen über die Angelegenheit bewahrt«, stellte sie fest. »Jeder andere würde das Auftauchen der Phiole hämisch herausposaunen, schon allein, um meiner Mutter zu schaden. Denkt nur an den Vorfall in der Börse letztens. Wie von Sinnen ist die Witwe Gerke auf meine Mutter zugestürzt, und alle haben neugierig gelauscht.«

»Ich glaube, dass Ihr Euch das nicht allzu sehr zu Herzen nehmen müsst, meine Teure«, beschwichtigte Pantzer. »Es kann doch gut sein, dass Helmbrecht diese Leuwenhoeck und ihre vermeintliche Freundschaft zu Gerke benutzt, um Eurer Mutter zu helfen. Wahrscheinlich steht gar diese Leuwenhoeck selbst auf der Seite Eurer Mutter.«

»Meint Ihr?« Zaghaft versuchte Carlotta sich an einem Lächeln.

»Eines könnt Ihr gewiss sein«, fuhr Pantzer bestimmt fort. »Nie und nimmer werde ich etwas herausfinden, was Eurer Mutter schaden wird.«

Übermütig warf er die Phiole hoch in die Luft. Carlotta hielt den Atem an. Geschickt fing er das kleine Gefäß in einer Hand wieder auf und grinste.

»Ihr solltet bei der Wahrheit bleiben«, bat sie ihn leise.

»Keine Sorge. Das werde ich.«

»Wo du schon beim Experimentieren bist«, schaltete sich Christoph ein. »Wenn du die Phiole mit der Bernsteinessenz untersuchst, könntest du dich doch auch gleich wieder an das Erforschen der Wundersalbe machen. Wenn ich das richtig sehe, sind deine Beschwerden fürs Erste verschwunden, und es besteht wohl kaum die Gefahr, dass du dich weiteren Versuchen am eigenen Leib aussetzt.«

»Davon bin ich wahrlich geheilt«, entgegnete der Apotheker und tätschelte seinem Freund die Schulter. »Falls du es mit der Salbe eilig hast, kann ich dich ebenfalls beruhigen. Seit Tagen arbeite ich fleißig daran.«

Zufrieden weidete er sich an ihren erstaunten Gesichtern. Wieder breitete sich das kecke Grinsen auf seinem Antlitz aus.

»Es hat sich übrigens schon gelohnt. Viel fehlt mir nicht mehr, um dem Geheimnis auf die Spur zu kommen. So weit wie Heydrich bin ich allemal.«

»Teufelskerl!«, entfuhr es Christoph, und er schlug ihm auf die Schultern.

Carlotta brauchte eine Zeitlang, bis sie begriff, was die beiden Burschen da miteinander aushandelten. Sie wollte etwas einwenden, doch Christoph ließ sie nicht zu Wort kommen. »Keine Sorge, Liebste, er wird keinen Unfug damit treiben. Hin und wieder ist selbst ein Caspar Pantzer fähig, dazuzulernen. Auch wenn man manchmal schon denkt, man sollte die Hoffnung besser fahrenlassen.«

Für diese Bemerkung versetzte ihm der junge Apotheker einen spielerischen Hieb in die Seite. Christoph parierte flink, und schon rangelten die beiden scherzhaft miteinander.

»Hört auf, ihr seid doch keine kleinen Knaben mehr!« Carlotta wurde es zu viel, und sie versuchte, die zwei zu trennen. Lachend ließen sie nach zwei, drei weiteren Stößen voneinander ab.

»Autsch!«, entfuhr es Pantzer schließlich.

»Seht Ihr«, stellte Carlotta verärgert fest. »Ihr treibt es noch so weit, dass Eure Wunde wieder aufreißt.«

»Schon gut, nichts passiert«, beruhigte er sie.

»Alles in Ordnung?« Christoph klopfte dem Freund abermals auf die Schultern. Pantzer nickte.

»Siehst du, meine Liebe«, wandte sich Christoph wieder an sie. »Er muss es immer erst am eigenen Leib erfahren. Das mit der Salbe aber hat er wohl vollends begriffen. Es ist nur gut, dass er sich so fleißig darangemacht hat, die Rezeptur zu enträtseln. Schließlich wird die Zeit knapp. Vergiss nicht, was mein Vater Apotheker Heydrich in Aussicht gestellt hat. Falls er mit der Salbe weiterkommt, darf er vor der medizinischen Fakultät damit auftreten. Gelingt es also unserem lieben Freund Pantzer eher, so wird er das an seiner Stelle tun. Schließlich hat schon sein Vater vor siebzehn Jahren mit seiner besonderen Mischung des Theriaks die Doktoren überzeugt. Die Chancen stehen also gut, ihn als den künftigen kurfürstlich-preußischen Hofapotheker auf unserer Seite zu wissen.« Er hauchte ihr einen Kuss auf die Wangen und flüsterte ihr ins Ohr: »Das nur für den Fall, dass wir mit all unseren anderen Kunststücken auf den Jahrmärkten nicht weiterkommen. Dann brauchen wir Verbündete wie Pantzer. Er wird uns am Gewinn mit der Wundersalbe gewiss beteiligen.«

»Und für den Fall, dass dein Vater wider Erwarten doch keine Ruhe gibt«, fügte sie hinzu.

»Du siehst, es gibt keinerlei Grund, die Hoffnung aufzugeben.« Sein spitzbübisches Schmunzeln kehrte zurück. Übermütig fasste er sie um die Taille, hob sie hoch und wirbelte sie mehrmals im Kreis herum.

Sie lächelte. »Wie könnte ich das mit einem so dicken Fisch wie dir an der Angel, der mir die Aussicht auf eine wundervolle Zukunft eröffnet? Wenn du jetzt noch über deinen Schatten als Königsberger springst, kann uns gar nichts mehr passieren.«

Verwirrt sah er sie an. »Was meinst du damit?«

Über sein verdutztes Gesicht musste sie noch mehr lachen. »Du bist selbst schuld, dass ich so rede. Immerhin hast du es mir letztens selbst erklärt: Wenn es um ihre Ziele geht, sind die Königsberger gern groß mit den Worten, aber wenn es ans Kämpfen mit den Waffen geht, erweisen sie sich als klitzeklein. Dann scheuen sie davor zurück, die eigenen Angelegenheiten tatkräftig zu verteidigen. Ich hoffe, du bist auf dem besten Weg, dich anders zu entwickeln. Im Zweifelsfall scheinst du wirklich für unsere Sache kämpfen zu wollen.«

»Um dich für immer bei mir zu haben, würde ich alles tun, meine Liebe.« Geziert legte er sich die Hand aufs Herz, machte Anstalten, vor ihr auf die Knie zu sinken. Sie hielt ihn zurück. Ungeachtet von Pantzers Anwesenheit fielen sie einander in die Arme und küssten sich ausgiebig. Der Apotheker musste sich einige Male räuspern, bevor sie begriffen und schweren Herzens ihren beschaulichen Rückzugsort verließen.

## 16

Eng presste Carlotta den Weidekorb gegen den Leib und bemühte sich, Hedwig in dem dichten Gedränge im Auge zu behalten. Sie liebte es, die Wirtschafterin zum Markt zu begleiten. An einem so überraschend milden, sonnigen Novembertag wie diesem machte es gleich noch mehr Spaß.

»Es wundert mich, wie schnell du bereit warst, mit mir zu kommen«, strahlte Hedwig sie aus ihren runden Augen an.

»Ich wollte einfach mal etwas anderes tun, als im Kontor langweilige Rechnungen zu kontrollieren oder Briefe abzulegen«, erwiderte Carlotta, die kurz zuvor erst von ihrem täglichen Krankenbesuch bei Kepler zurückgekehrt war.

»Dabei lässt du dich in letzter Zeit herzlich wenig im Kontor blicken. Deine Mutter macht sich schon Gedanken.« Hedwig überquerte rasch die Straße, um auf der rechten Seite der Langgasse weiterzugehen. »Zu Heydrich in die Apotheke gehst du auch nicht mehr, wie ich sehe. Bei Pantzer im Löbenicht geht es wohl weitaus lustiger zu, was? Musst nicht rot werden, Liebes. Ich kann es mir vorstellen. Die drei Heydrich-Töchter sind wahre Furien. Ich bin froh, dass sich durch die Geschichte mit dem alten Kepler eine andere Möglichkeit für dich ergeben hat, deine Rezepturen zu erforschen.

Selbst der junge Medicus erscheint mir in letzter Zeit nicht mehr gar so flattrig. Pass nur auf, dass deine Besuche in der Schmiedegasse nicht zu auffällig werden. Du weißt, wie gern getratscht wird. Ach, Kindchen, genieß das Jungsein, solange es geht!«

Vergnügt watschelte die rundliche Köchin mal neben, mal vor ihr, mal verschwand sie für einige Momente im Getümmel. Tauchte sie wieder auf, keuchte ihr Atem in kleinen Wolken aus dem Mund. Geschäftig sog sie das Treiben in den Gassen auf, achtete dabei weder auf Carlotta noch auf den Weg, wie das gelegentliche Stolpern und Straucheln bewies. Ihre rosigen Wangen glühten vor Eifer, auch die runden Augen strahlten vergnügt. Der gedrungenen Gestalt haftete eine Leichtigkeit an, als stapfte sie nicht durch die Reste schweren, nassen Novemberschnees, sondern schlenderte über blühende Frühlingswiesen. Carlotta fühlte sich ähnlich an diesem wunderschönen Novembermorgen. Am liebsten hätte sie zu singen begonnen, so wohl war ihr zumute.

»Habe ich es dir nicht immer schon gesagt, Kind?«, krächzte die Köchin und verharrte an einer Hausecke, um auf sie zu warten. »Der heilige Leopold ist dem Altweibersommer hold. So heftig es letzte Nacht gestürmt hat, so mild zeigt sich der heutige Tag.«

Nicht einmal der feuchte Nebelschleier, der in den Gassen hing und die Kleidung klamm werden ließ, konnte ihr die Laune verderben. Carlotta schmunzelte, hatte Hedwig darüber doch glatt vergessen, dass Mittwoch war. Ein Unglückstag, wie sie sonst so gern gleich beim Frühstück verlauten ließ und sich allein schon dadurch bestätigt fühlte, dass Carlotta sich jedes Mal vor Schreck die Zunge an der heißen Milch verbrannte oder den Gerstenbrei versalzte.

»Das ist ein Auf und Ab mit Kalt und Warm dieses Jahr, das lässt nichts Gutes erwarten«, plapperte die alte Wirtschafterin weiter. »Trotzdem kein Grund zum Müßiggang, mein Kleines«, mahnte sie Carlotta und zwickte sie sanft in die Wange. »Wenn wir in deinem Tempo weitergehen, erreichen wir bis zum Mittagsläuten nicht einmal den Markt. Du siehst ja, was heute los ist. Wir müssen uns beeilen, sonst schauen wir nachher hungrig in leere Kochtöpfe.«

Entschlossen fasste sie Carlotta an der Hand und stolperte durch die Brotbänkenstraße weiter zum Kneiphofer Markt. Gern ließ Carlotta sie gewähren. Ihre Gedanken kreisten um Christoph. Jede Pore ihrer Haut atmete die Erinnerung der Berührung mit ihm.

»Pass doch auf!«, riss sie eine wütende Stimme aus ihren Träumereien. Erschrocken fuhr sie zusammen. Direkt vor ihr kauerte ein altes Weib mit einem Korb voller Eier auf dem Boden. Es fehlte nicht viel, und sie wäre mitten hineingestapft.

»Schon gut, Mütterchen, ist ja nichts passiert«, beruhigte Hedwig die Alte und steckte ihr eine Münze zu. Gleich wurde das Weib freundlicher.

»Ich bete für dich und deine Seele, mein Täubchen«, raunte sie und sah Carlotta eindringlich an. Die wich zurück, sobald sie des Gesichts gewahr wurde: Ledrige Haut überspannte die unzähligen Runzeln, ein dicker Narbenwulst wölbte sich über eine leere Augenhöhle. Die Frau hatte sie schon einmal gesehen, drüben in der Schmiedegasse, nah Keplers Haus. Sie schluckte. Die Alte zwinkerte mit dem noch vorhandenen Auge. »Mögen dir und deinem Bräutigam die Heiligen allzeit beiseitestehen auf eurem schweren Weg.«

»Es reicht«, raunzte Hedwig und zog Carlotta weiter. »Gib nichts auf das Geschwätz. Nur weil eine aussieht wie eine Weise, muss sie nicht wirklich eine sein.«

Als sie um die nächste Ecke bogen, wurde Carlotta wieder leichter zumute. Schon von weitem war der hoch aufragende Turm des Rathauses zu erspähen. Das Gedränge an diesem Vormittag ging weit über den sonst üblichen Auftrieb der Mägde und Hausfrauen hinaus.

»He, ihr da, aus dem Weg!«, plärrte ein Stadtknecht und schob mit seiner Pike zwei Frauen fort, die schwatzend vor einer Bude stehen geblieben waren. »Was soll das? Man wird doch wohl noch ein Schwätzchen …« Zu mehr kam die Frau nicht. Ein zweiter Stadtknecht rollte bereits einen mit Fässern beladenen Karren vorbei. Gerade noch konnte sie beiseitespringen, sonst hätte ihr der Bursche die eisenbeschlagenen Räder rücksichtslos über die Füße gerollt. Kopfschüttelnd sah sie den Männern nach. Kaum waren sie aus ihrem Blickfeld verschwunden, setzte sie ihren Schwatz fort, als wäre nichts geschehen.

Im Vorbeigehen schnappte Carlotta den Namen Grohnert sowie das Wort »Bernsteinessenz« auf. Sobald sie auf gleicher Höhe mit den Frauen war, verstummten sie. Aus den Augenwinkeln meinte Carlotta, ein hämisches Grinsen auf dem Gesicht der Jüngeren zu entdecken. Die andere dagegen sah rasch beiseite. Die Gesichter kamen Carlotta bekannt vor. Die rauhen, roten Hände der Größeren bestätigten ihre Vermutung. Es handelte sich um die Waschfrau, die einmal im Monat ins Haus kam. Für Anfang nächster Woche war sie wieder einbestellt. Als sie auf die beiden zutreten und sie zur Rede stellen wollte, zupfte Hedwig sie am Ärmel. »Schau nur, Liebes, die Bäuerin dort vorn will unbedingt ihren letzten Kürbis loswerden. Da machen wir einen guten Preis.« Beharrlich hielt sie Carlotta fest, lotste sie geschickt zwischen den umhereilenden Menschen hindurch. »Vergiss das Geschwätz«, raunte sie ihr ins Ohr. »Du kennst doch den Spruch mit den Waschweibern, die immerzu tratschen und die Dinge dabei dick aufblähen wie der Sturm das Segel. Der kommt nicht von ungefähr.«

Bevor Carlotta etwas erwidern konnte, erreichten sie die Bäuerin. Ein gutes Dutzend Kürbisse in den verschiedensten Farben und Formen türmten sich zu ihren Füßen. In der Tat verkaufte sie das Gemüse zum halben Preis. Dafür verrieten die ersten dunklen Flecken, dass der Frost bereits daran genagt hatte. Dessen ungeachtet lud Hedwig gleich vier der langhalsigen Stücke in Carlottas Korb und erspähte kurz darauf die nächste Gelegenheit, an einer Bude mit Waldhonig günstig einzukaufen.

»Sieh nur, dahinten beim Krämer gibt es heute preiswert Gewürze«, krähte sie begeistert. »Wird auch Zeit für ihn einzusehen, dass eine Handvoll schwarzer Pfeffer nicht so viel wie ein Säckchen Bernstein kosten darf.«

Eilig raffte sie die schweren Röcke, um über tiefe Pfützen hinweg zur Krämerbude zu gelangen. Nicht einmal der Zeitungsjunge, der mit einem dicken Packen Papier auf dem Arm über den Platz kam, konnte sie aufhalten. Dabei drängten sich alsbald die Neugierigen um ihn. Er kam gar nicht dazu, die Überschriften der Nachrichten auszurufen, schon wurden ihm die Blätter aus der Hand gerissen. Carlotta versuchte, einen Blick auf die fettgehaltenen Lettern zu werfen, meinte die Worte »Festung«, »Haft«, »Kolberg« und den Namen Roth zu entziffern. In ihrem Kopf brodelte es. Letztlich konnte das bedeuten, dass Mathias mitsamt seinen Dragonern den gefangenen Schöppenmeister aus der Stadt fortbringen musste. Wie gern wollte sie Genaueres wissen. Zum Weiterlesen der Zeitung, gar zum Kauf eines Exemplars blieb allerdings keine Zeit. Sie musste sich sputen. Schon war der mit einem hellen Tuch bedeckte Kopf der Wirtschafterin von neuem in der Menge untergetaucht. Carlotta stöhnte. Es schien ihr, als steckte sie im Schlamm fest. Kaum kam sie voran. Das Schneegestöber letzte Nacht war weitaus kräftiger ausgefallen als erwartet. Allerorten überzogen Pfützen und Schneereste die Straße. Rasch sog sich das Leder ihrer Schuhe voll Wasser, an den Sohlen klebte der Straßenmatsch. Weil auch das Stroh in den Schuhen feucht geworden war, waren die Zehen bald steif gefroren. Dank der vier opulenten Kürbisse wog der Korb an ihrem Arm zudem unermesslich schwer. Mühsam schleppte sie ihn über den Markt. Wenigstens erspähte sie rasch wieder das lustige Auf und Ab von Hedwigs Kopftuch an einer der nächsten Buden.

Der Duft von würzigem Käse wies selbst einem Blinden den Weg zu den Fettkrämern. Unter den vielen Leuten erblickte Carlotta sogar einige Männer. Selten verirrten die sich sonst in diese Ecke des Marktes. Andächtig lauschte die Menge einem für Carlotta unsichtbaren Redner, der aufregende Dinge zu erzählen schien. Carlotta musste sich mit einzelnen Satzfetzen wie »Eine ungeheure Brüskierung der Stände«, »Nie sind wir derart übergangen worden«, »Regeln für den Kurfürsten«, »Unterstützung des polnischen Königs« sowie »Lange wird Roth nicht einsitzen« zufriedengeben.

»He, Mädchen, drängel nicht so!«, herrschte ein Bäckerbursche Carlotta an und versuchte, sich mit einem Korb voll dampfender Wecken an ihr vorbeizuzwängen. Eine winzige, schmutzige Hand schob sich von der Seite heran und stibitzte das obenauf liegende Gebäckstück. »Wer war das?«, brauste der Bäckergeselle auf und wandte sich sofort ab, dem Dieb nachzustürmen. Dabei stieß er mit einem Ratsherrn zusammen. Von dem Aufprall purzelten weitere Wecken aus seinem Korb zu Boden und versanken im Dreck, noch ehe sich der Bursche hatte bücken und sie retten können. »Aus dem Weg!«, befahl eine dunkle Stimme, trat genussvoll mit dem Stiefel auf einen der Wecken und stieß dem Burschen den Ellbogen in die Brust. Gefolgt von zwei weiteren Ratsherren, marschierte der Mann mit hocherhobenem Haupt, undurchdringlicher Miene und wehenden Mantelzipfeln vorbei. »Was soll das?«, schrie der Bursche verzweifelt. »Da klaut mir einer meine dicksten Wecken, und Ihr zertrampelt mir auch noch den Rest!«

Abrupt drehte der Ratsherr sich um, funkelte böse erst den Bäckerjungen, dann Carlotta an. Wie fest verwurzelt harrte sie neben dem Burschen aus. Der Ratsherr war ihr bestens bekannt. Es handelte sich um Michael Wilde, den Apotheker vom Junkergarten, zu allem Unglück gut mit Heydrich bekannt.

»Geh mir aus den Augen, du einfältiger Tölpel!«, zischte der Apotheker den Bäckerburschen mit wenig ratsherrlicher Würde an. »Wir Herren vom Rat haben heute wahrlich andere Sorgen als deine dämlichen Wecken.« Damit zertrat er mit hämischer Miene ein zweites Gebäckstück zu klebrigem Brei.

»Und Ihr, mein wertes Fräulein Grohnert«, wandte er sich an Carlotta, »solltet besser aufpassen, mit wem man Euch auf der Straße sieht. Letztens war es ein Offizier der Kurfürstlichen, heute ist es ein frecher Bäckergeselle. Mein Freund Heydrich wird das nicht gern hören, ganz zu schweigen von dem ehrwürdigen Stadtphysicus Kepler. Langsam wird es eng für Eure Mutter und Euch.«

Energisch fingerte er nach dem Ende seines dicken Schals und warf es schwungvoll um den Hals, bevor er sich anschickte, den beiden anderen Herren zu folgen. Beunruhigt blickte Carlotta ihm nach. Der Mittwoch war drauf und dran, seinen schlechten Ruf zu beweisen.

»Keine Sorge, schönes Kind. Den Herren vom Rat wird der Hochmut noch vergehen!«, prophezeite ein buckliges Weib mit einer dicken Warze auf der Wange. »Außer dem braven Roth ist bislang noch keiner mutig für unsere Sache gegen den Kurfürsten eingetreten. Seit mehr als zwei Wochen versauert der gute Schöppenmeister im Verlies, ohne dass die Gecken was für ihn tun. Eine Schande sondergleichen ist das. Mich würde es nicht wundern, wenn sie heute noch beschließen, sich vor dem Kurfürsten in den Dreck zu schmeißen.«

»Da habt Ihr recht«, erwiderte Carlotta und erinnerte sich daran, wie viele der Herren an jenem besagten Montag, an dem man Roth verhaftet hatte, mit wehenden Mänteln vor den Dragonern des Kurfürsten geflüchtet waren.

»Da bist du endlich, Kind!« Hedwigs warme Hand fasste nach der ihren und zog sie weg von dem Weib. »Überall suche ich dich. Lass uns weitergehen. So gut, wie heute die Preise sind, sollten wir all unsere Vorräte auffüllen.«

»Was wurde da eben an der Bude des Fettkrämers eigentlich erzählt?«, fragte sie die Wirtschafterin, sobald sie den ärgsten Trubel am Markt hinter sich gelassen hatten und in der Hofgasse wieder nebeneinanderlaufen konnten.

»Nur das übliche Geschwätz«, winkte Hedwig ab. Doch ihr Blick schweifte ab, das Leuchten aus den runden Augen war verschwunden, auch die rosigen Wangen glänzten nicht mehr. Ihre gute Laune war versiegt. Schon watschelte sie träge wie eine alte Pute über die Gasse. »Plötzlich wollen alle mit eigenen Augen gesehen haben, wie die schwerbewaffneten Reiter den armen Roth gestern aus dem Schloss weggebracht haben. Angeblich soll er nach Kolberg überführt werden. Der Kurfürst denkt wohl, so weit weg vom Kneiphof würde er eher eingestehen, wie falsch sein Ansinnen war, den Ständen von einer weiteren Abgabe abzuraten. Was aber soll Roth ihm überhaupt erzählen? Der gute Schöppenmeister ist aus einem anderen Holz geschnitzt, sonst wäre er nicht im Januar schon auf eigene Faust nach Warschau zu Johann Kasimir gereist. Wenn du mich fragst«, sie schnaubte abfällig, »sind die Kneiphofer inzwischen genauso feige wie die Altstädter und die Löbenichter. Vergiss nicht, wie sie sich vor zwei Wochen ängstlich hinter ihren Öfen verkrochen haben, als die Dragoner den armen Roth aus seinem Haus gezerrt haben. Angeblich, so sagen sie, sei der heftige Sturm schuld gewesen, dass sie sich nicht aus ihren Löchern gewagt und ihn verteidigt haben.« Empört schüttelte sie den Kopf. »Aber dann hätten sie doch gestern, als Roth endgültig aus der Stadt geschleppt wurde, ihren Mut beweisen können. Doch auch da haben sie sich wieder nicht aus ihren Löchern getraut. Und dabei hat kaum ein schlappes Lüftchen den Ausgang erschwert, nicht einmal Schneegestöber hat es tagsüber gegeben. Jetzt behaupten sie, es hätte geheißen, der Kurfürst blase zum erneuten Angriff auf den Kneiphof. Selbst die Krämer haben deshalb gestern ihre Buden auf dem Markt leer stehen lassen und auf das Geschäft eines ganzen Tages verzichtet. Kein Wunder, dass heute alle ausgehungert auf den Markt rennen und noch um die schrumpeligsten Äpfel feilschen, als wären sie rosig frisch. Vor lauter Angst haben sie wohl ihre Vorräte aufgefressen und brauchen dringend Nachschub, um sich die feisten Bäuche wieder zu füllen. Auch die Krämer sind froh, heute selbst die abgelagerte Butter noch für einen halben Pfennig loszuwerden, bevor sie ganz ranzig wird. Ach, was rede ich für einen Unsinn! Vergiss es, Kind, und hör nicht auf mich altes Weib. Ich tratsche schon genauso dämlich wie unser dummes Waschweib von vorhin.«

Betrübt hielt sie inne. Zunächst meinte Carlotta, das Auftauchen zweier Stadtknechte habe sie zum Schweigen gebracht. Mit grimmiger Miene patrouillierten die beiden langen Kerle durch die Alte Domgasse. Brav machten die Mägde ihnen den Weg frei, steckten anschließend aber wieder tuschelnd die Köpfe zusammen.

»Bitte, Hedwig, rede weiter«, bettelte Carlotta, sobald die Stadtknechte außer Sichtweite waren. »Mir kannst du alles erzählen. Ich bin doch kein kleines Kind mehr.«

»Manchmal bedaure ich das.« Hedwig legte den Arm um Carlottas Taille und drückte sie an sich. Ihre hellen Augen leuchteten vor Rührung. »Manchmal denke ich, es ist erst gestern gewesen, dass du mit deinen Eltern in unser Haus in der Frankfurter Fahrgasse eingezogen bist. Wie die Zeit vergeht! Der gute, alte Steinacker ist auch schon mehr als zwölf Jahre tot. Fünf Jahre sind seit dem schrecklichen Überfall auf deinen Vater ins Land gegangen, bei dem dein Onkel Vinzent erstochen wurde. Letztlich ist auch dein Vater an den Folgen dieser furchtbaren Tat gestorben, selbst wenn er seinen Vetter um ein Dreivierteljahr überlebt hat. Bald sind es sogar schon vier Jahre, dass ich dir und deiner Mutter nach Königsberg gefolgt bin. Was ich allerdings wahrlich nicht bedauere, ist, dass deine Tante Adelaide aus unserem Leben verschwunden ist. Wollen wir hoffen, dass sie da, wo sie jetzt ist, endlich ihren Frieden mit sich und der Welt gemacht hat.«

»Was weißt du von ihr?« Carlotta horchte auf. Seltsam, dass Hedwig ausgerechnet jetzt von Adelaide sprach. Jahre hatte sie sie nicht erwähnt. Doch die Alte schien ihre Frage nicht gehört zu haben.

»Schlimm, dass letztens Mathias wieder aufgetaucht ist«, redete sie weiter. »Es war natürlich nicht anders zu erwarten, dass er gleich für Streit gesorgt hat. Du weißt, was ich von dem Burschen halte. Hoffentlich kommt er uns nie wieder unter die Augen. Wenn es stimmt, dass die Kurfürstlichen Roth nach Kolberg bringen, bestehen wohl gute Aussichten. Ich jedenfalls kann auf ihn verzichten, selbst wenn du recht hast und er sich tatsächlich zum Guten gewandelt hat. Mag sein, dass er dir damals auf dem Weg nach Königsberg ein treuer Kamerad geworden ist. Mag auch sein, dass ihn die Geschichte mit seiner Mutter schwer getroffen hat. Das wäre nur menschlich. Immerhin ist es furchtbar, denken zu müssen, die eigene Mutter wäre auf so grausame Weise gestorben, und dann erfährt man, dass sie noch lebt und einen nicht sehen will. Doch das müssen die zwei unter sich ausmachen. Allein die Tatsache, dass Mathias sich damals zum Heer der Österreicher gemeldet hat, wie der ehrenwerte Helmbrecht erzählte, und jetzt in den Farben der Kurfürstlichen zurückkommt, beweist mir, was er für ein Bursche ist und bleibt. Der hängt sein Fähnchen immer nach dem Wind. So einer wird sich niemals ändern, Liebes. Umso besser für uns alle, wenn wir ihn nie mehr wiedersehen.«

Hedwigs Worte schmerzten Carlotta.

»Der junge Kepler ist da doch ein ganz anderes Kaliber«, fuhr Hedwig fort. »Wenn ihr zwei wirklich so tief füreinander empfindet, solltest du dich glücklich schätzen. Er wird dir treu zur Seite stehen und zu dir halten.« Sie legte ihr die Hand auf den Arm und lächelte verschmitzt. »Deine Mutter und der alte Kepler werden sich über kurz oder lang schon einigen. Ein jeder weiß, dass der junge Kepler anderes im Sinn hat als die Medizin. Wie gut täte ihm also eine Frau wie du, die ihn auf den rechten Pfad zurückbringt, um das Erbe seines Vaters anständig auszufüllen. Auch deine Mutter wird das begreifen, noch dazu, wo die Keplers in ihrem geliebten Königsberg so angesehen sind und ihr zu mehr Rückhalt bei den Einheimischen verhelfen können. Die Heirat bringt euch beiden also Vorteile.«

»Es wundert mich, wie sehr du dich auf einmal für Christoph ins Zeug legst«, kam Carlotta nicht umhin, etwas spitz anzumerken. »Letztens im Kontor hast du noch ganz anders über ihn geredet.«

»Meinungen, mein Kind, sind dazu da, zu gegebener Zeit geändert zu werden.« Die Köchin zwickte sie wieder spielerisch in die Wange. »Gerade, wenn es um dein Glück geht.«

»Hoffentlich sehen das Mutter und Kepler ähnlich.«

»Keine Sorge, das wird schon.« Hedwig tätschelte ihr den Arm. »Vorhin beim Fettkrämer hat übrigens einer behauptet, den kurfürstlichen Dragonern vor zwei Wochen kräftig die Stirn geboten zu haben.«

»So?« Carlotta nahm den Korb in die andere Hand und hakte sich bei der Köchin unter.

»Am liebsten hätte ich laut aufgelacht«, plauderte die Alte weiter. »Du warst doch dabei, als sie Roth aus seinem Haus abgeführt haben. Nach dem, was du erzählt hast, gab es da niemanden, der sich den Soldaten in den Weg gestellt hat. Einerseits ein Glück. Wie leicht hätte es Tote und Verletzte geben können.«

»Christoph meint, die Königsberger wären noch nie sonderlich tapfere Menschen gewesen«, pflichtete Carlotta bei. »Sie führten gegen ihre Widersacher lieber scharfe Reden als scharfe Waffen.«

»Da hat dein guter Christoph mal wieder etwas sehr Weises gesagt«, lachte Hedwig. »Das alles spricht immer mehr dafür, dass er der Richtige für dich ist.«

Unachtsam patschte sie in eine Pfütze. Carlotta senkte den Blick und hoffte, die Köchin merkte nicht, wie sehr ihre Wangen glühten. Hedwigs Schwärmerei für Christoph wurde ihr langsam doch zu viel. Über alldem stolperte sie selbst über einen Stein. Ihr Fuß versank in eiskaltem Wasser, unaufhaltsam drang das Nass in die Schuhe. Hedwigs Gelächter ließ sie den aufsteigenden Ekel rasch vergessen. Über so viel Ungeschicklichkeit konnte man wirklich nur lachen.

In ausgelassener Stimmung erreichten sie die Ecke zur Neustadt. Der Untere Fischmarkt war nicht mehr weit, wie sich am Geruch unschwer erkennen ließ. Am nördlichen Ende der Gasse tauchten die Masten der Schiffe auf, die auf dem Neuen Pregel westwärts zum Hafen am Hundegatt segelten. In diesem Teil des Kneiphofs waren die Häuser weniger prächtig als im Westen der Stadt. Auch die weit ausladenden Beischläge und Vorbauten aus der Langgasse und der Brotbänkenstraße suchte man vergebens. Im Vergleich zu anderen Städten, die Carlotta während ihrer Kindheit im Tross des kaiserlichen Heeres und auf dem langen Weg von Frankfurt am Main nach Königsberg erlebt hatte, fanden sich allerdings auch hier noch recht ansehnliche, mehrere Etagen hoch aufragende Gebäude. Sie waren ausschließlich aus Stein gebaut, obwohl in den meisten von ihnen Handwerker und

Kleinkrämer sowie weniger begüterte Gelehrte und Lehrer aus den vielen Schulen der Stadt ansässig waren.

»Schade, dass die Kneiphofer sich so gar nichts mehr trauen«, meldete Hedwig sich wieder zu Wort. »Dein Christoph hat das schon richtig gesagt. Dabei stammt er aus der Altstadt, und die Altstädter sind eigentlich die Letzten, die sich ein Urteil über unsere Leute aus dem Kneiphof erlauben dürfen. Eine Schande ist das, was hier am Pregel gerade geschieht. Früher einmal waren die Kneiphofer wahre Helden, wie man am Wappen mit dem blauen Ärmel sieht. Weißt du, an wen das erinnert?«

»Ja, natürlich«, entgegnete Carlotta. »Die alten Heldensagen über die Ahnen der Kneiphofer hast du mir oft genug erzählt. Der tapfere Hans von Sagan ist damit gemeint. Drüben im Schlosshof gibt es doch ein Bild von ihm, direkt am Turm, statt einer Wetterfahne. Der Ärmste muss ziemlich hässlich gewesen sein. Bis heute gibt es doch den Spruch, jemand sei hässlich wie Hans von Sagan.«

»Das ist aber nicht die eigentliche Geschichte.« Hedwig blieb stehen und stemmte die Hände in die breiten Hüften. Froh über die neuerliche Pause, stellte Carlotta den schweren Korb ab und wischte sich über die Stirn. Den eisigen Temperaturen zum Trotz schwitzte sie, was Hedwig nicht kümmerte. Beseelt von der Geschichte, die sie zum tausendsten Mal zum Besten gab, hub sie feierlich an: »Es war bei der Schlacht von Rudau vor bald mehr als dreihundert Jahren. Die Deutschordensleute standen den Litauern gegenüber. Viele tapfere Männer waren schon gefallen, sogar die Fahne des Deutschen Ordens war mitsamt dem Träger zu Boden gestürzt. Das sah der einfache Schustergeselle Hans aus dem Kneiphof. Flugs ist er dem Fahnenträger beigesprungen, hat die Fahne aus dem Schmutz gezogen und sie stolz wieder aufgerichtet. Unter dem wehenden Banner haben sich die Ordensleute ein letztes Mal gesammelt und die Litauer doch noch besiegt. Zum Andenken an diese Tat hat man den Ärmel des ganz in Blau gewandeten Hans im Kneiphofer Wappen verewigt. Für alle Zeiten trägt er so das ruhmreiche Banner voran.«

»Eine schöne Geschichte«, lobte Carlotta. »Wollen wir hoffen, dass sich nicht nur viele der Kneiphofer ihrer erinnern, sondern auch der Kurfürst selbst.«

»Der Kurfürst? Wie kommst du jetzt auf den?« Verwundert hob Hedwig den Blick. Carlotta überragte sie inzwischen um Haupteslänge. Mit jedem Jahr schien die stämmige Frau dem Erdboden näher zu kommen. Ihre Hüften wurden dagegen immer breiter und die Beine krummer.

»Das liegt doch auf der Hand.« Carlotta schenkte ihr ein Lächeln, das ihre gepflegten weißen Zähne entblößte. »Schließlich soll er wissen, mit welch tapferen Bürgern er es zu tun hat, wenn er den armen Schöppenmeister Roth wirklich auf Jahre gefangen halten will.«

»Über so etwas macht man keine Scherze«, entgegnete Hedwig unerwartet schroff. »Komm endlich. Es wird Zeit, nach Hause zu gehen und das Feuer für das Mittagessen zu schüren.«

Hastig eilte sie voraus. Carlotta blieb nichts anderes übrig, als sich mühsam mit der schweren Last durch das dichter werdende Gewühl zwischen Krämer- und Schmiedebrücke zu schieben und sich wieder einmal über den Sinneswandel der Köchin zu wundern.

# 17

Magdalena stöhnte auf und legte sich die Hand auf die Stirn, um die Kopfschmerzen zu lindern. Egloff hatte recht: Sie kümmerte sich in letzter Zeit nicht mit der nötigen Hingabe um das Kontor. Beflissen erklärte er ihr mittels der jüngsten Einträge im Kontorbuch, dass derzeit einiges im Argen lag. Sie runzelte die Stirn und bemühte sich, aufrichtiges Interesse zu zeigen. Dennoch fiel es ihr schwer, den Ausführungen zu folgen. Ihr Kopf schmerzte, Übelkeit beschlich sie. Trotzdem war es undenkbar, sich eine Pause zu gönnen. Sie presste die Hand fester gegen die Stirn.

»Letztens war es diese unsinnige Order aus Eurer alten Heimatstadt Frankfurt am Main, die mich hat aufhorchen lassen«, hörte sie Egloff sagen. Unruhig trommelte Magdalena mit den Fingern auf das Pult. Längst wollte sie unterwegs sein. Als Egloff sie seltsam ansah, beendete sie das Trommeln.

»Tut mir leid, mein Bester. Ihr seht, ich bin heute nicht ganz bei der Sache. Doch diese Order von Apotheker Petersen haben wir längst besprochen. Es ist richtig gewesen, dass er so viel Bernstein haben wollte.«

Unauffällig schweifte ihr Blick durch das Kontor. Der morgendliche Sonnenschein tauchte den langgestreckten Raum in milchiges Licht. Dank des gutbeheizten Kachelofens herrschte eine angenehme Temperatur. Allein bei dem Gedanken, wie eisig es draußen sein mochte, fröstelte Magdalena. Hoffentlich hatte Carlotta sich warm angezogen. Viel zu überstürzt war sie gleich nach dem morgendlichen Imbiss aufgebrochen, um nach dem alten Kepler zu sehen. Seit fast einer Woche versorgte sie den Physicus nun schon. Natürlich trieb sie nicht allein die Sorge um den griesgrämigen Medicus in die Altstädter Schmiedegasse. Magdalena wusste, was die Tochter für den jungen Kepler empfand. Sosehr sie die Keplers ablehnte, hoffte sie doch, Carlotta würde nicht enttäuscht. Kurz dachte Magdalena an Eric, an die stürmische Zeit ihrer ersten Liebe, an die Jahre des bangen Wartens, weil er verschwunden war. Bis zuletzt war sie nicht sicher, den wahren Eric gekannt und geliebt zu haben. Sie sah zu Breysig. Schwerfällig beugte er sich über sein Pult, die Zunge zwischen den Lippen, die Feder verkrampft in der Hand. Laut kratzte sie bei jedem Schwung über das rauhe Papier. Wie anders dagegen gab sich Steutner gleich dahinter. Schreiben und Rechnen bereiteten ihm nicht die geringste Mühe. Dennoch steckte auch er voller Unruhe. Unablässig scharrte er mit den Füßen über den Boden.

Die staubtrockene Luft kitzelte Magdalena in der Nase. Sie musste niesen, einmal, zweimal, ein drittes Mal. Schon meinte sie, es nehme kein Ende. Niesen am Montag bedeutete Glück für den Rest der Woche. Das zumindest pflegte Hedwig zu behaupten. Egloff rang wieder um ihre Aufmerksamkeit.

»Wie?«, fragte sie verwirrt. »Was ist mit den Waren im Speicher? Hat Schrempf sich heute noch nicht gemeldet?«

»Samstagabend war er noch einmal hier und hat gefragt, was mit den Pelzen aus Riga geschehen soll. Sie liegen in einem gesonderten Fass. Angesichts der schwierigen Lage ist es sicher nicht gut, sie weiter dort zu lagern. Nicht auszudenken, wenn es innerhalb der Stadtmauern zu einem Aufeinandertreffen der bürgerlichen Stände und der kurfürstlichen Truppen …«

»Dann wären die Waren hier im Kneiphof genauso wenig sicher wie drüben am Hundegatt. Egloff, hört auf, Euch ständig Sorgen zu machen«, beschwichtigte sie den Schreiber. »Natürlich ist es eine Menge Geld, das in den Waren steckt. Was aber bleibt uns übrig? Ihr erwartet doch nicht im Ernst, dass ich alle Fässer hierherbringen lasse?«

»Besser wäre es wahrscheinlich«, entgegnete er beleidigt.

»Keine Sorge, mein Bester.« Sie lächelte ihn an. »Seit Roth aus der Stadt gebracht wurde, ist das Schlimmste vorbei. Will der Kurfürst wirklich mehr Geld von uns Königsbergern, so wird er den Teufel tun und riskieren, unsere Lagerhäuser zu zerstören. Wenn wir Königsberger Kaufleute keinen Handel mehr treiben, haben wir doch erst recht kein Geld, um ihm ein stehendes Heer zu finanzieren.«

»Wenn Ihr denkt, es wäre so einfach, nun gut. Meine Meinung kennt Ihr.« Egloff schaute an ihr vorbei zur Fensterfront auf die Langgasse hinaus.

Es war offensichtlich, dass er sich die früheren Zeiten mit dem alten Paul Joseph Singeknecht zurückwünschte. Magdalena seufzte. Wie gern würde sie einmal in die Zeit zurückgehen, als ihr Onkel das Kontor geführt hatte und Egloff noch ein junger Lehrling gewesen war. Die Vorstellung entlockte ihr ein Schmunzeln.

»Ja, es ist so einfach, mein Bester«, beendete sie das Gespräch. »Ich werde jetzt zu meiner morgendlichen Runde aufbrechen und sowohl in der Börse als auch im Lagerhaus nach dem Rechten sehen. Mittags bin ich zurück. Bis dahin wird weder Königsberg untergehen, noch der Krieg zwischen dem Kurfürsten und den Ständen ausbrechen, vertraut mir.«

Sie nahm ihre schwarze Heuke und eilte durch das Kontor. Im Vorbeigehen klopfte sie Breysig aufmunternd aufs Pult und warf Steutner einen mahnenden Blick zu. »Bis heute Nachmittag macht Ihr mir bitte die Aufstellung der letzten

Woche fertig«, trug sie ihm hastig auf. Damit wollte sie sichergehen, dass er ihre Abwesenheit nicht nutzte, um ebenfalls das Kontor zu verlassen. »Lina ist übrigens mit Milla dabei, den Vorratskeller aufzuräumen«, setzte sie nach und freute sich an seinem erstaunten Blick. »Es ist mir nicht entgangen, welche Gefühle Ihr füreinander hegt. Solange Euer beider Arbeit nicht darunter leidet, habe ich nichts dagegen.«

Letzteres sagte sie so leise, dass es die anderen Schreiber nicht hören konnten. Steutner dankte es ihr mit einer Verbeugung.

Als sie sich wenig später im geschäftigen Treiben auf der Langgasse wiederfand, atmete sie auf. Eigentlich sollte sie Egloffs Warnung ernst nehmen und zuerst in den Speicher gehen. Zwar hatte sie ihm eben im Kontor nicht recht geben wollen, doch ihr war wohl bewusst, dass es an der Zeit war, mit Schrempf über die Sicherheit der Waren zu sprechen. Dabei sorgte sie sich allerdings weniger der Wirren rund um den Landtag und der aufmüpfigen Diskussionen zwischen Friedrich Wilhelm und den Ständen wegen. Weit mehr beunruhigten sie die Wetterkapriolen. Gut möglich, dass der Winter früher und härter einsetzen würde als in den Jahren zuvor. Pregel und Haff konnten für die Schiffe schnell unpassierbar sein. Wieder durchzuckte sie ein stechender Schmerz in der linken Kopfhälfte, ein eindeutiges Zeichen, den heutigen Sonnenschein besser nur als ein neuerliches Atemholen vor dem nächsten Sturm zu sehen.

Trotzdem ging sie nicht zum Hundegatt, sondern lenkte ihre Schritte nach rechts, die Langgasse zum Grünen Tor hinunter. Auch wenn sie es sich nur schwer eingestehen wollte, bereitete ihr etwas anderes noch größere Sorgen: Viel zu lange schon hatte sich Helmbrecht nicht mehr blicken lassen. Auch

Marietta Leuwenhoeck hatte ihre Ankündigung, sie im Kontor aufzusuchen, bislang nicht wahr gemacht. Sie sollte sich Gewissheit verschaffen, was die beiden stattdessen taten.

Zielstrebig eilte sie durch das bunte Treiben auf der Straße. Ihre Gedanken waren bereits ganz bei dem Gespräch, das sie mit ihrer neuen Bekannten aus Flandern führen wollte. Erst als das Gasthaus zum Grünen Baum in Sicht kam, fiel ihr auf, wie ungewöhnlich knapp sie von ihren Mitbürgern gegrüßt wurde. Zunächst meinte sie, es läge an ihrer eigenen Unachtsamkeit oder daran, dass die meisten ebenfalls mit sich selbst beschäftigt waren. Dann aber wurde sie gewahr, wie viele Kneiphofer sich in kleinen Gruppen vor den Beischlägen oder an den Straßenecken sammelten, um ausgiebig miteinander zu reden. Dennoch machte niemand Anstalten, sie dazuzubitten. Mehr und mehr ihrer Mitbürger wandten ihr den Rücken zu, sobald sie ihrer ansichtig wurden. Das konnte kein Zufall mehr sein.

»Gott zum Gruße, werte Frau Ellwart«, rief sie der Witwe aus der Fleischbänkenstraße zu, die gerade die Treppenstufen des Beischlags vor Heinrich von Möllens Haus herunterkam. »Was machen Eure Knochen bei diesem Wetter? Gewiss spürt Ihr schon an dem leidigen Gliederreißen, wie rasch die Sonne uns wieder verlassen wird. Neue Schneestürme werden uns wohl ab morgen wieder ins Haus zwingen.« Sie blieb stehen und sah der Alten erwartungsvoll entgegen.

»Macht Euch keine Gedanken, verehrte Frau Grohnert«, erwiderte die mit ihrer ungewöhnlich hellen Stimme. »Es ist nicht so schlimm, dass ich neue Tropfen von Euch brauche.«

Schon ging sie an ihr vorbei. Verblüfft blickte Magdalena ihr nach. Noch nie hatte die Ellwart sie derart brüsk behandelt, ganz zu schweigen davon, dass sie je ihre Bernsteinessenz abgewiesen hätte. Nachdenklich ging Magdalena weiter, grüßte betont freundlich alle Bekannten, die ihr begegneten. Balthasar Platen trat im selben Moment auf die Straße, da sie sein imposantes Anwesen erreichte. So offensichtlich es war, dass er wie sie zur Börse wollte, so beflissen wechselte er wie zufällig auf die andere Straßenseite hinüber, kaum dass sie auf gleicher Höhe waren.

Vor dem Grünen Baum angelangt, beschloss sie, entgegen ihrer sonstigen Gewohnheit zum Vormittagsfrühstück im Gasthaus einzukehren. Dort trafen sich um diese Zeit viele Kaufmannsgenossen zum ersten Bier des Tages. Das gemeinsame Trinken versetzte die Männer in eine bessere Stimmung. Vielleicht würde sie dort eine Erklärung für das seltsame Gebaren ihrer Mitbürger aufschnappen. Auch war gut möglich, Helmbrecht um diese Stunde dort anzutreffen. Entschlossen stieg sie die Treppe hinauf.

Wie nicht anders zu erwarten, herrschte in dem hellen Gastraum ausgelassene Stimmung. »Welch freudige Überraschung, verehrte Frau Grohnert«, begrüßte die dicke Wirtin sie und strahlte über das ganze Gesicht. »Was verschafft uns die seltene Ehre?«

Erleichtert atmete Magdalena auf. Wenigstens bis hierher hatte sich die feindliche Stimmung gegen sie noch nicht herumgesprochen.

»Wo wollt Ihr Euch niederlassen? Was darf ich Euch bringen?« Diensteifrig scharwenzelte die Wirtin um sie herum.

»Danke, sehr freundlich«, wiegelte Magdalena ab, »aber ich komme zurecht.« Dennoch blickte sie sich ratlos in dem weitläufigen Raum um. Die meisten Gäste hielten die Köpfe dicht über die Krüge gesenkt, tief in das Feilschen um die besten Preise vertieft. Die sonoren Männerstimmen sorgten für ein Brummen ähnlich den Geräuschen in einem Bienenstock.

»Magdalena!«, vernahm sie von weit hinten deutlich ihren Namen. Der Akzent war unverkennbar. Auffällig gestikulierte Marietta durch die Luft und eilte auf sie zu. Das Lachen auf ihrem Gesicht wirkte aufrichtig. »Bringt einen weiteren Teller und noch einen Becher. Frau Grohnert wird den Imbiss mit uns teilen«, wies sie die Wirtin an.

Ihr weißblondes Haar war tadellos frisiert. Im sonnigen Licht hob es sich bestens vom Kobaltblau des fein glänzenden Taftkleids ab. Ohne Umschweife führte sie Magdalena zum Tisch im hinteren Teil des Gastraums, direkt bei dem Ofen, den weißblaue Kacheln aus Delft schmückten. In dieser Umgebung fühlte Marietta sich heimisch. Helmbrecht saß bereits auf der Bank. Beim trauten Beisammensein mit Marietta überrascht zu werden, schien ihm nicht die geringste Verlegenheit zu bereiten.

»Schön, Euch auch einmal um diese Zeit hier im Grünen Baum zu sehen, verehrte Magdalena«, grüßte er. »Seit Jahren versuche ich, Euch davon zu überzeugen, ein gemütliches Frühstück nicht zu unterschätzen. Doch überzeugt Euch am besten selbst, wer alles um diese Zeit hier sitzt und den Tag genießt, bevor es später in die Börse geht. Glaubt mir, bis dahin sind schon die meisten Geschäfte besiegelt – nicht zuletzt dank des hervorragenden Imbisses, den die Wirtsleute auftischen, übrigens stets zur vollsten Zufriedenheit beider Seiten. Das kräftige Löbenichter Bier trägt gewiss auch seinen Teil dazu bei. Niemand verlässt den Grünen Baum in Hast oder gar mit schlechter Laune.«

»Mag sein, dass die meisten Kaufleute erst hier einkehren und Geschäfte machen. Aber das heißt noch lange nicht, dass es alle so halten«, erwiderte sie gereizt, weil er ausgerechnet in Mariettas Gegenwart so mit ihr sprach. »Schaut mich an. Wie

Ihr wisst, nage ich nicht eben am Hungertuch, seit ich das Kontor meiner Ahnen in der Langgasse führe. Seltsam, da ich in Euren Augen doch so offensichtlich die falsche Strategie verfolge. Um zu handeln, muss ich mich nicht erst mühsam mit Bier und Völlerei in Stimmung bringen. Trotzdem schlägt sich das nicht nachteilig auf den Erfolg meines Kontors nieder.«

»Verzeiht«, ruderte er sogleich zurück. »So habe ich das natürlich nicht gemeint, Verehrteste. Es steht mir nicht an, mich in Eure Art, das Kontor zu führen, einzumischen. Euer Erfolg spricht für sich.«

Seine Bernsteinaugen trübten sich, die Blatternarben röteten sich, die gewaltige Nase bebte vor Erregung.

»Entschuldigt«, sagte sie leise. »Ich habe mich heute nicht so ganz im Griff. Es ist gerade alles etwas viel.«

»Ruht Euch ein wenig bei uns aus«, schlug Marietta vor. Sie hatte bereits einen Platz auf der Ofenbank frei geräumt, ein Kissen besorgt und ihr die Heuke von den Schultern genommen. Dankbar nahm Magdalena das Angebot an. Schon kam die Wirtin und brachte höchstpersönlich das Gedeck, legte Besteck und ein frisches Leinentuch auf dem Tisch zurecht.

»Eine seltene Ehre, liebe Frau Grohnert«, wiederholte sie. »Fast könnte ich meinen, Ihr mögt unser Gasthaus nicht. Dabei seid Ihr damals bei Eurer Ankunft in der Stadt Eurer Väter gleich mit offenen Armen von uns aufgenommen worden. Oder habt Ihr das je anders empfunden?«

Magdalena schluckte den Hinweis auf die kurzweilige Verstimmung während ihres ersten Winters im Kneiphof hinunter. Schroff hatte die Wirtin damals einige Monate lang abgelehnt, sie zu grüßen, nachdem sie in das Haus ihres Onkels umgezogen war. Ähnlich wie Dorothea Gerke hatte auch die

Wirtin Hoffnungen gehegt, selbst unter dem Schutze des goldenen Neptuns zu residieren. Magdalenas Auftauchen kurz vor Ablauf der Erbschaftsfrist hatte das vereitelt.

»Danke, meine Beste. Natürlich werde ich Euch das nie vergessen.« Magdalena rang sich ein Lächeln ab.

»Umso weniger verstehe ich, warum Ihr Euch Lina als Magd ins Haus genommen habt. Wisst Ihr nicht, was das für eine ist?«

Magdalenas Kopfschmerzen meldeten sich zurück. »Lina ist fleißig und packt kräftig mit an, ganz gleich, um welche Arbeit es sich handelt. Zudem ist sie sauber und ehrlich. Was will man mehr von einer Magd? Aber das wisst Ihr doch selbst am besten. Dass sie seinerzeit bei Euch in Dienst gestanden hat, war übrigens ein guter Grund für mich, sie aufzunehmen. Mich wundert nur, warum Ihr selbst sie nicht wieder habt bei Euch arbeiten lassen.«

»Das liegt wohl auf der Hand«, knurrte die Wirtin. »Wollen wir hoffen, Euch geht es besser mit dem Weibsbild als mir. Zumindest solltet Ihr sie von Euren Kontoristen fernhalten.«

Magdalena nickte brav. Die Wirtin wedelte einmal noch geschäftig mit dem Tuch durch die Luft und stapfte von dannen.

»Was widerstrebt Euch eigentlich am morgendlichen Imbiss im Grünen Baum?« Marietta griff nach einem goldgelben Käsestück auf dem Tisch und sah interessiert zu Magdalena. Geschickt schnitt sie eine fingerdicke Scheibe von dem Käse ab. Der würzige Geruch verbreitete sich über dem gesamten Tisch. Mit genießerischem Gesichtsausdruck biss sie in die Scheibe und sprach beim Kauen weiter. »Eure Zunftgenossen scheinen ihn hingegen sehr zu genießen.«

»Das stimmt«, warf Magdalena ein. »Eigentlich ist es töricht von mir, mich nicht schon längst mehr auf die Gepflogenheiten der hiesigen Kaufmannschaft eingelassen zu haben. Wie es der Zufall will, ist mir das gerade heute Vormittag aufgefallen. Deshalb habe ich auch beschlossen, erst einmal hier hereinzuschauen, bevor ich zur Börse gehe.«

Ihr Blick wanderte durch den Gastraum. Die Tische waren gut besetzt. Außer den Zunftgenossen aus dem Kneiphof fanden sich viele Altstädter und auch einige Löbenichter Kaufleute. Fremde waren in dieser unwirtlichen Jahreszeit eher selten in der Gegend unterwegs. Das eine oder andere Gesicht meinte Magdalena zwar mit Handelshäusern aus Danzig oder Riga in Verbindung zu bringen, vermochte es jedoch nicht mit Bestimmtheit zu sagen. Zu ihrer Beruhigung schenkte ihr niemand besondere Beachtung. Was immer draußen in der Langgasse die Menschen bewegt haben mochte, sich ihr gegenüber eigenartig aufzuführen, hier im Wirtshaus schien es vergessen. Sie atmete auf und beschloss, sich endlich der Einladung zum Imbiss zu erinnern. Ihre Kopfschmerzen waren auf einmal wie weggeblasen. Mit großem Appetit folgte sie Mariettas Beispiel und griff bei Schinken, Käse und dem röschen Brot kräftig zu. Selbst das getrocknete Obst schmeckte, obwohl es noch nicht lange gelagert war. Durstig trank sie von dem Bier.

»Ihr seid mir übrigens noch eine Erklärung schuldig«, nutzte sie schließlich die Gelegenheit, auf den eigentlichen Anlass ihres vormittäglichen Ausflugs zurückzukommen. Kaum merklich runzelte Marietta die Stirn, vergaß einen Moment, weiter auf dem Speck herumzukauen.

»Ihr habt mir immer noch nicht verraten, was Euch im November tatsächlich hierher an den Pregel führt«, hakte Magdalena nach. »Noch dazu in einem Jahr wie diesem, da der Kurfürst und die Stände es dem schlechten Wetter gleichtun und ebenfalls für stürmische Zeiten sorgen. Der Wunsch, in einigen Kontoren vorzusprechen, und das Interesse für meine Bernsteinessenz sind doch nicht die eigentlichen Gründe. Das könntet Ihr alles zu angenehmeren Reisezeiten erledigen.«

»Da muss ich Euch zustimmen.« Marietta lachte hell auf. Helmbrecht spannte sich an, was die neuerliche Röte auf seinen vernarbten Wangen deutlich verriet. Neugierig musterte Magdalena die Blonde. »Natürlich hätte ich das alles ebenso gut im Frühjahr erledigen können«, lenkte Marietta ein. »Doch in diesem Herbst steckt wahrlich der Wurm. Wie Ihr richtig vermutet, wollte ich längst wieder in meinem Haus in Brügge sein. Dann aber sind mir Friedrich Wilhelms Truppen in die Quere gekommen und haben meine Weiterreise unmöglich gemacht. Deshalb bin ich in Eurer wunderschönen Stadt am Pregel gestrandet. Nie zuvor war ich hier, was in der Tat eine kaum zu verzeihende Sünde ist. All das, was man andernorts über Königsberg, seinen Reichtum und die Gelegenheit, Geschäfte abzuschließen, hört, trifft mit jeder Silbe zu. Wie es der Zufall will, bin ich hier im Grünen Baum mit Philipp Helmbrecht gleich auf ein bekanntes Gesicht gestoßen. Das hat es mir erleichtert, als fremde Kauffrau Zugang zu den Zunftgenossen an der Börse und im Hafen zu finden. So, nun kennt Ihr alle meine Geheimnisse.«

Wie zur Bekräftigung hob sie den Krug, prostete Magdalena lächelnd zu und trank einen ausgiebigen Schluck.

»Woher kennt Ihr beide Euch eigentlich?«, streute Magdalena so unauffällig wie möglich die ihr wichtigste Frage ein. Ihre Stimme zitterte. Helmbrecht bemerkte das und legte ihr abermals die Hand auf den Arm.

»Magdalena, Liebste, was ist mit Euch?«

Besorgt zogen sich seine Augenbrauen zusammen, der dünne Oberlippenbart bebte. Ihr Herz raste. Plötzlich wusste sie, sie würde es nicht ertragen, sah er eine andere auf diese Weise an. Ihr allein sollte auch dieser Unterton in seiner Stimme gehören. Er sagte so viel mehr als alle Worte. Wie hatte sie die letzten Jahre nur so unachtsam sein und all die kleinen Zeichen, die er ausgesandt hatte, übersehen können? Vielleicht hatte sie Glück, und es war noch nicht zu spät. Gleich versuchte sie, ihn gewinnender anzulächeln.

»Oh, ich dachte, unser guter Freund hätte Euch das alles längst erzählt.« Marietta lachte.

Auf einmal wusste Magdalena, was sie an der anderen störte: Bis in den kleinen Finger hinein war Marietta einfach bezaubernd. Wie sollte sie mit ihrem spitzen Gesicht, den hohen Wangenknochen, den schräg stehenden grünen Augen und dem roten lockigen Haar dagegen ankommen? Noch während sie der düsteren Einsicht nachhing, Helmbrecht verloren zu haben, wandte sich Marietta vorwurfsvoll an ihn.

»Wieso habt Ihr nichts gesagt? Das ist doch kein Geheimnis! Darf ich selbst oder wollt Ihr Eurer teuren Freundin erzählen, wie es sich mit uns beiden verhält?«

Tief atmete er durch, blies seine Wangen ein wenig auf. Direkt anschauen konnte er Magdalena nicht. Bekam sie nun die Rechnung für all die Jahre, in denen sie ihn wie einen willfährigen Bittsteller behandelt und stets aufs Neue vertröstet hatte? Sie war sich wohl einfach zu sicher gewesen, sein Herz für alle Ewigkeit erobert zu haben.

»Wie Ihr wollt«, erwiderte er. »Macht es einfach so, wie Ihr es für richtig haltet.«

»Hat es etwas mit Eurer Mission damals in Thorn …«,

wagte Magdalena, doch noch eine für sie weniger schmerzliche Erklärung zu finden. Die Erwähnung dieser Geschichte war jedoch ein Fehler. Brüsk zog Helmbrecht die Hand von ihrem Arm und setzte sich aufrecht, den Blick seiner Augen in weite Fernen gerichtet.

»Nein, nein, das versteht Ihr falsch«, murmelte er. »Das war damals keine richtige Mission, das war nur eine wichtige Nachricht, die ich für Lindström hatte. Erinnert Ihr Euch an ihn?«

»Stimmt«, schaltete Marietta sich wieder ein. »Da war etwas mit den Schweden, als sie Thorn so lange belagert haben. Ein Geschäft, das Euer Bruder und Ihr damals unbedingt mit ihnen machen wolltet. Dann aber kamen die Österreicher und haben den Polen geholfen, die Schweden davonzujagen. Damit sind auch Euch die Felle weggeschwommen.«

»Die Österreicher? Ich dachte, mit denen habt Ihr Euch ebenfalls gut gestanden?« Magdalena fühlte, wie das Stechen in ihren Kopf zurückkehrte. Es war einfach alles zu verwirrend. »Immerhin habt Ihr Mathias zu den Österreichern gebracht.«

»Da sieht man es wieder: Unser guter Helmbrecht hat überall seine Freunde.« Marietta schmunzelte. »Ich fürchte, meine teure Magdalena, wir beide haben da nicht sonderlich gute Karten, mitzuhalten. Wir sind eben nur zwei hilflose Frauen, selbst wenn wir erfolgreichen Handelskontoren vorstehen.«

Wieder strahlte sie von einem Ohr zum anderen. Unmöglich, ihr zweideutige Absichten zu unterstellen. Wer so lachte, der war zu nichts Bösem fähig. Magdalena streckte die Waffen.

»So will ich Euch wenigstens noch sagen, woher ich den guten Helmbrecht also kenne. Nicht dass Ihr falsche Schlüsse zieht, liebe Magdalena, und meint, ich verfügte über ähnlich gute Beziehungen in alle nur denkbaren Länder dieser Welt.«

Sie beugte sich vor und spießte schwungvoll mit der Messerspitze das letzte Stück Käse auf. Als handelte es sich um einen seltenen Leckerbissen, balancierte sie es in ihren Mund. Genüsslich verspeiste sie es, ließ noch einen Brocken Brot und eine Handvoll getrockneter Pflaumen folgen, bevor sie sich wieder zurücklehnte und zum Bierkrug griff. Erst, als auch dieser geleert war, sprach sie weiter.

»Wie unser lieber Freund mir erzählt hat, seid Ihr seinerzeit über Leipzig gereist und habt dort zu Messezeiten ihn und die Frau seines Bruders kennengelernt. Euch ist es zu verdanken, dass Helmbrechts Schwägerin damals die schwere Geburt überstanden und den prächtigen Stammhalter geboren hat. Längst läuft er und spricht wie ein Wasserfall.«

Magdalena spürte Helmbrechts Blick auf sich ruhen und sah ihn ebenfalls an. Es war, als wäre die Zeit stehengeblieben. Plötzlich meinte sie, ihm wieder zum ersten Mal gegenüberzustehen. Triefend nass war sie nach der Niederkunft von Helmbrechts Schwägerin gewesen. Die Hebamme hatte der Wöchnerin und damit auch ihr einen riesigen Trog kalten Wassers übergeschüttet. Mit der drastischen Maßnahme wollte sie die Gebärende vor der drohenden Ohnmacht retten. Der Blick in Helmbrechts bernsteinfarbene Augen hatte Magdalena sogleich jeden Gedanken an die Unangemessenheit ihres Aufzugs vergessen lassen. Selbst die Anstrengung, die es sie gekostet hatte, das Kind im Leib seiner Schwägerin zu drehen, war wie weggeblasen gewesen. Einzig Helmbrechts Schmunzeln, der sonore Klang seiner Stimme, der Geruch nach Tabak und Kaffee hatten noch gezählt. Nicht viel anders roch er nun. Auch die Farbe seiner Augen und der Ton, in dem er sprach, hatten sich kaum verändert. Nicht einmal die ersten grauen Haare, die in seinem dunklen, kinnlangen Schopf aufblitzten, störten die Erinnerung. Wie gern hätte sie sich ihm entgegengeworfen, sich eng an seinen Leib geschmiegt und ihn leise um Verzeihung gebeten für all die unzähligen Male, die sie in den letzten Jahren seine treue Freundschaft viel zu selbstverständlich hingenommen hatte! Verlegen sah sie zu Marietta.

»Es freut mich zu hören, wie gut es dem Kleinen geht. Die Mutter hat hoffentlich noch ein, zwei weitere Kinder gesund zur Welt gebracht.«

»Oh, hat Helmbrecht Euch auch davon nichts erzählt?« Marietta war ehrlich erstaunt. »Manchmal frage ich mich, was in ihm vorgeht. Ein kleines Mädchen ist bei seiner Schwägerin in diesem Frühjahr noch gefolgt. Sie trägt übrigens meinen Namen, was niemanden verwundert, denn immerhin ist Helmbrechts Schwägerin meine kleine Schwester, und ich bin damit die glückliche Taufpatin des Kindes.«

Ein Anflug von Stolz huschte über ihr Gesicht. Sie straffte den Oberkörper und reckte die Hände zum Kopf, das aufgesteckte weißblonde Haar zu lösen. Mit einer schwungvollen Bewegung schüttelte sie es auf. Einem goldenen Strom gleich ergoss es sich über Haupt und Schultern. Ein Sonnenstrahl traf vom Fenster auf ihr kobaltblaues Taftkleid. Ein Rätsel, dass sich die anderen Männer im Gastraum nicht sogleich nach diesem Engel umschauten! Magdalena konnte nicht anders, als sie bewundernd anzustarren.

»So verbindet Euch beide also die Leipziger Familie von Helmbrechts Bruder miteinander«, stellte sie erleichtert fest. »Schön, Euch kennenzulernen, Marietta. Noch mehr aber freut mich die gute Nachricht von Eurer Schwester. So, wie es damals aussah, hatte ich Angst, sie versagte sich weitere Kinder.«

»Dass es nicht so weit gekommen ist, ist allein Euer Verdienst. Wenn Ihr nicht rechtzeitig aufgetaucht wärt, hätte die unfähige Hebamme meine Schwester mitsamt ihrem Sohn sterben lassen. Nie wird die Familie Euch das vergessen. Ich bin so glücklich, Euch das endlich selbst sagen zu können.«

Sie beugte sich vor und drückte ergriffen Magdalenas Hand. Aus den Augenwinkeln spähte Magdalena zu Helmbrecht. In seinen Zügen war nichts zu lesen.

»Zu Recht fragt Ihr Euch jetzt sicher, warum unser guter Freund seine Schwägerin und ihr weiteres Schicksal Euch gegenüber nicht mehr erwähnt hat. Bucht es einfach als Ausdruck seiner Unbeholfenheit in Familiendingen. Solange ich ihn kenne, hat er nie viel Worte über seine Nächsten verloren, noch hat er je einen Hinweis gegeben, welcher Frau sein Herz gehört. Dass es eine solche Dame gibt, dessen bin ich seit einigen Jahren fest überzeugt.«

Sie schenkte Magdalena einen vielsagenden Augenaufschlag, bevor sie das Haar abermals nach hinten warf. Helmbrecht war indes blass geworden, starrte ziellos auf die gegenüberliegende Wand. Gleichzeitig begannen seine Finger zu zittern. Als Magdalena ihre Hand darauf legte, erschrak sie, wie eisig sie sich anfühlten.

»Ist es denn die Möglichkeit?« Eine schneidend klare Frauenstimme drang über das emsige Gemurmel der anderen Kaufleute hinweg. Sofort verstummten die Gespräche, und die Männer drehten die Köpfe zum Eingang. »Bringt mir einen Krug Bier und ein Gedeck. Ich weiß schon einen Platz«, wies Dorothea Gerke die Wirtin an.

Die Aufmerksamkeit, die ihr von allen Seiten zuteilwurde, genoss sie sichtlich. Würdevoll in alle Richtungen grüßend, schritt sie durch die Reihen, geradewegs auf den Tisch am Ofen zu. Ein rätselhaftes Lächeln umspielte ihren Mund.

Auf einmal wusste Magdalena, warum die Kneiphofer sich ihr gegenüber so eigenartig verhielten. Dorothea steckte dahinter. Darauf hätte sie gleich kommen können. Der ungeheuerliche Auftritt damals in der Börse war also mehr als nur ein Ausbruch unsäglichen Kummers gewesen. Der Spruch über der Bank, auf der Marietta und sie Dorothea letztens abgesetzt hatten, war ein Fingerzeig gewesen: Dorothea nährte Schlangen an ihrer Brust und gebärdete sich dabei selbst wie eine solche. Neid und Bosheit zerfraßen sie von innen heraus und ließen sie Gift in alle Richtungen sprühen.

## 18

Noch bevor Dorothea den Tisch erreichte, bäumte sich Helmbrecht jäh auf, stieß ein schauerliches Stöhnen aus und kippte seitlich vom Stuhl. Laut polterte sein kräftiger Leib auf den Boden, direkt zu Dorotheas Füßen.

»Hilfe!«

Entsetzt warf die Witwe die Arme in die Luft. Magdalena sprang auf, schob sie beiseite und kniete neben Helmbrecht nieder. Geschickt brachte sie seinen Leib in die Seitenlage, hob seinen Kopf leicht an und fächelte ihm mit der flachen Hand Luft zu.

»Gebt mir einen Löffel«, streckte sie die freie Hand fordernd nach oben. Marietta erwachte wie aus einer Starre, griff den Löffel und reichte ihn ihr. »Ein Kissen«, war das Nächste, wonach Magdalena verlangte, während sie Helmbrechts Haupt in ihren Schoß bettete, den Kiefer aufzwang und mit dem Löffel die Zunge fixierte. Marietta klopfte das Kissen, bevor sie es unter Helmbrechts Kopf schob. Vorsichtig legte Magdalena ihn ab. Die Hände beließ sie auf seinen Schultern, in der Hoffnung, sie besäße wenigstens einen Teil der heilenden Wirkung, die Carlottas Hände auf Kranke ausübten.

Helmbrechts Leib wand sich weiter in wilden Zuckungen. Bald krümmte er sich wie ein kleines Kind zur Seite, bald fuhren die Glieder jäh auseinander. Sie tat alles, wenigstens den Kopf ruhig zu halten, um ein Ersticken an der eigenen Zunge zu verhindern.

»Keine Sorge«, stieß sie so laut wie möglich aus, um die anderen Wirtshausbesucher zu beruhigen. »Helmbrecht hat die Fallsucht. Es wird eine Zeitlang dauern, dann ist er wieder bei Sinnen.«

Tatsächlich hatte sie dies schon einmal miterlebt, allerdings waren im Grünen Baum weitaus mehr Zeugen zugegen als bei Helmbrechts Anfall vor vier Jahren im Spreewald. Auch dieses Mal hielten die Anwesenden respektvollen Abstand zu dem Ärmsten, auf den Gesichtern eine Mischung aus blankem Entsetzen, Widerwillen und purer Angst. Einige bekreuzigten sich, andere murmelten Gebete.

»Was ist geschehen?« Schnaufend zwängte sich die Wirtin durch die Reihen. Beim Anblick Helmbrechts stieß sie ein heiseres »Allmächtiger!« aus und schlug sich sogleich die Hand vor den Mund. »Kann ich helfen?«, fand sie schließlich zur gewohnten Geschäftigkeit zurück. Schnaufend machte sie Anstalten, sich neben Magdalena zu Boden zu lassen.

»Danke, aber fürs Erste bleibt abzuwarten, was weiter geschieht«, antwortete sie. Das Zucken in Helmbrechts Körper wurde bereits schwächer. Prüfend legte sie ihm die Hand auf die Stirn. Die Haut fühlte sich nicht mehr eiskalt an. Ein gutes Zeichen.

»Ich fasse es nicht!«, brachte sich Dorothea mit weinerlicher Stimme in Erinnerung. »Wann nimmt das alles nur ein Ende?«

Magdalena sah auf. Die hochgewachsene dunkle Gestalt rang verzweifelt die Hände in der Luft und schaute flehentlich zur Zimmerdecke empor, bevor sie ihren Blick bedächtig über die Gesichter der Anwesenden wandern ließ.

»Mir kommt es vor wie ein Fluch«, begann sie leise und sonnte sich in der unheilschwangeren Stimmung. »Wo auch immer in den letzten Wochen Magdalena Grohnert auftaucht, liegt plötzlich ein Mann im Sterben. Denkt an den Zwischenfall am Lastkran im Oktober. Nur dank Wundarzt Koeses beherztem Eingreifen ist der Ablader gerade noch einmal mit dem Leben davongekommen. Mein armer Martenn dagegen konnte sich Magdalenas nicht mehr erwehren. Tut doch wenigstens etwas, dass es den verehrten Helmbrecht jetzt nicht auch noch dahinrafft! Ruft einen Medicus, schickt nach jemandem, der sein Fach versteht. Macht irgendetwas, dass sie ihr böses Werk nicht wieder ungehindert zu Ende bringt.«

Die letzten Sätze schrie sie empört heraus. Aufgeregt ruderte sie mit den Armen, lief zu dem nächstbesten Kaufmann links von ihr, sah ihn schweigend an, griff bereits den neben ihm Stehenden am Ärmel und rüttelte daran. »Los, meine Herren! Worauf wartet Ihr? Verehrte Wirtin, was ist mit Euch? Eurem Gemahl? Warum steht Ihr hier alle wie festgewachsen?«

Erschöpft legte sie sich die Hand auf die Stirn und sank auf einen Stuhl. »Oder meint Ihr«, wisperte sie kaum hörbar, »es ist ein Zufall, die verehrte Witwe Grohnert entgegen ihrer sonstigen Gewohnheit just in dem Augenblick im Grünen Baum anzutreffen, da unser guter Helmbrecht wie vom Teufel besessen vom Stuhl fällt?«

»Ist es denn ein Zufall, auch Euch ausgerechnet jetzt hier anzutreffen, meine Liebe?«, meldete sich Magdalena von ihrem Platz unten auf dem Boden neben dem bewusstlosen Helmbrecht zu Wort. »Ihr könnt wohl schwerlich bestreiten, in letzter Zeit ebenfalls immer genau dann zur Stelle zu sein, wenn etwas Seltsames geschieht und Ihr mich unlauterer Methoden bezichtigen könnt. Täusche ich mich, oder verfügt Ihr über besondere Ahnungen?«

»Also, das ist doch, das nenn ich doch …«, stammelte Dorothea.

Eine Zeitlang zumindest war es Magdalena gelungen, sie aus der Fassung zu bringen. »Helmbrecht liegt weder im Sterben, noch ist er vom Teufel besessen«, nutzte sie die Gelegenheit, den anderen Gästen das unheimliche Geschehen zu erklären. »Wie schon gesagt, er leidet an der Fallsucht. Was das bedeutet, dürfte allen klar sein.«

»Sie hat recht«, erklärte die Wirtin nickend. »Ein solcher Anfall trifft ihn nicht zum ersten Mal in unserem Haus. Ich bin froh, dass die gute Witwe Grohnert ihm gleich zu Hilfe geeilt ist. Hier!« Sie rückte Dorothea auf dem gedeckten Tisch einen frischen Becher zurecht, goss Wein aus einem Krug ein und hielt ihn ihr dicht vor den Mund. »Trinkt das! Das wird Euch guttun. Wir alle wissen, wie schwer Ihr am Tod Eures Gatten tragt. Einen weiteren Mann hilflos leiden zu sehen, wird Euch gerade wohl besonders zu Herzen gehen.«

Aufmunternd tätschelte sie ihr die Schulter, doch Dorothea schüttelte sie sogleich wieder ab. Die grünen Augen funkelten böse, als sie zu Magdalena hinunterschaute. Magdalena verkniff sich eine weitere Bemerkung und wandte sich wieder ihrem Patienten zu. Flink griff sie in die Falten ihres schwarzen Kleides und zog eine kleine braune Phiole heraus.

»Die Tropfen!«, entfuhr es Marietta erleichtert. »Wie gut, dass Ihr sie bei Euch tragt.«

Die bewährte Bernsteinessenz in Händen, verschwendete Magdalena nicht den geringsten Gedanken daran, wie der Anblick der Tinktur auf Dorothea wirken mochte. Immerhin hatte sie letztens in der Börse vermutet, die hätten ihren Gemahl vergiftet. Noch saß die Witwe auf dem Stuhl und beobachtete sie schweigend.

»Gebt mir einen Becher frischen, kalten Wassers«, bat Magdalena die Wirtin. »Die Tropfen werden Helmbrecht guttun. Bald werden wir ihn in seine Kammer bringen können. In seinem Gepäck muss sich Sagapenum befinden. Sobald er wieder bei Sinnen ist, kann er das mit einem Becher Wein vermischt trinken. Doch zuerst gebe ich ihm hiervon.«

Sie entkorkte die Phiole und träufelte ein Dutzend Tropfen in das Wasser, das die Wirtin ihr gereicht hatte. Auch ohne aufzusehen, spürte Magdalena an der gespannten Stille ringsum, dass alle Augen auf sie gerichtet waren. Aufmerksam verfolgten die Kaufleute, was sie mit dem Leipziger Zunftgenossen tat. Bedächtig beugte sie sich über ihn, barg seinen Kopf in der Armbeuge und setzte den Becher an seinen Mund.

»Nein!«, schrie Dorothea und schlug ihr den Becher aus der Hand. Das Wasser spritzte durch die Luft, der irdene Becher schlug auf dem harten Holzboden auf und zerbrach in tausend Stücke. Marietta wollte Dorothea festhalten. Die aber wehrte sie entschieden mit den Händen ab. Starr verfolgten die Wirtin und die Gäste das Geschehen. Dorothea trat rückwärts einige Schritte von dem am Boden liegenden Helmbrecht weg.

»Ich habe Euch gewarnt«, presste sie zwischen den Lippen hervor. »Auch ihn will sie umbringen. Wenn es ihr heute nicht gelingt, versucht sie es morgen oder übermorgen. Denkt an meine Worte!«

»Warum sollte ich Helmbrecht umbringen wollen? Seit Jahren tut er mir so viel Gutes …« Weiter kam Magdalena nicht. Schon fiel ihr Dorothea böse auflachend ins Wort: »Ja, natürlich! Jetzt verstehe ich. Ihr wollt ihn wirklich nicht umbringen. Genauso wenig, wie Eure kleine neunmalkluge Tochter letzte Woche den alten Kepler hat umbringen wollen. Die beiden haben Euch schließlich bislang immer nur Gutes getan. Deshalb steckt hinter alldem auch etwas ganz anderes. Gebt es zu: Ihr habt etwas viel Teuflischeres im Sinn, um uns Königsberger zu vernichten.«

»Ihr seid völlig von Sinnen! Lasst wenigstens meine Tochter aus dem Spiel. Was hätte sie dem Medicus antun sollen?«

»Ach, das wisst Ihr noch gar nicht? Hat sie Euch das nicht erzählt?« Dorothea stemmte die Hände in die Hüften und schürzte die rotgeschminkten Lippen. »Gerettet will sie ihn haben – allerdings erst, nachdem sie zuvor dafür gesorgt hat, dass er überhaupt gerettet werden musste. Wie aus heiterem Himmel stand er plötzlich am Rande des Todes. Sie allein nur konnte ihm zu Hilfe eilen, weil nur sie allein wusste, was mit ihm geschah. Apotheker Heydrich hat es mir erzählt. Bei ihm in der Offizin ist das Ganze vorgefallen. Eben noch stand der Medicus kerngesund in seinem Laboratorium, auf einmal brach er schwer keuchend zusammen. Weder Heydrich noch der junge Kepler vermochten etwas zu tun. Bis Eure Tochter den Ärmsten auf wundersame Weise ins Leben zurückgeholt hat. Erzählt mir nicht, Ihr wüsstet nichts davon. Hinter all diesem Spuk steckt Ihr doch selbst, meine Liebe. Oder nenne ich Euch nicht besser die rote Magdalena – die berühmte Wundärztin aus dem kaiserlichen Tross? Wahrscheinlich habt Ihr bei meinem armen Mann Ähnliches im Sinn gehabt. Er aber hatte das Pech, dass es Euch nicht rechtzeitig gelungen ist, ihn doch wieder zu retten.«

»Ihr seid wirklich krank«, murmelte Magdalena voller Mitleid und wandte sich Helmbrecht zu. Sie meinte, eine schwache Regung gespürt zu haben.

Dorothea deutete das als Rückzug und fuhr mit neuem Schwung fort: »Was denkt Ihr, meine Herrschaften, wie lang wird es dauern, bis der gute Helmbrecht wieder bei Bewusstsein ist? Nicht lang, vermute ich. Und was wird er tun? Der verehrten Witwe Grohnert auf Knien für seine Rettung danken. So, wie der alte Kepler sich ihrer Tochter zu ewigem Dank verpflichtet fühlen muss, so wird auch der gute Helmbrecht fortan Wachs in ihren Händen sein, bereit, alles für seine selbstlose Retterin zu tun. Vertraut mir, meine lieben Zunftgenossen, ich weiß, aus welchem Holz die beiden Grohnert-Damen geschnitzt sind. Mein armer Martenn hat es geahnt und musste dafür sterben.«

Laut schluchzte sie auf, schlug sich die Hand vor den Mund und stürzte zur Tür hinaus.

Wie gelähmt blieben die Kaufleute zurück. Die Wirtin löste sich als Erste aus der Starre, trat dicht hinter Magdalena und legte ihr die Hand auf die Schultern. Dankbar ergriff Magdalena sie.

»Wir müssen Geduld mit der Ärmsten haben. Es ist die gewaltige Trauer um ihren Gemahl, die Dorothea von innen heraus zerreißt.«

»Macht Euch keine Sorgen, Verehrteste«, pflichtete die Wirtin bei. »Das ist offensichtlich.«

Zustimmung heischend blickte sie in die Runde und gab sich erst zufrieden, als ein Kaufmann nach dem anderen ihr stumm zunickte. Dann klatschte sie in die Hände.

»Auf, meine Herrschaften! Auf den Schreck hin schenkt Euch der Wirt auf Kosten des Hauses noch ein frisches Bier aus.«

Sie schickte sich an, zu ihrem Gemahl zu gehen, um ihm zur Hand zu gehen. Als wäre das ein Zeichen, regte sich Helmbrecht abermals. Seine Augenlider flatterten, ein leiser Seufzer entschlüpfte seinem Mund. Ein Zittern durchlief den kräftigen Körper. Magdalena machte sich auf neuerliche Krämpfe gefasst. Stattdessen schlug Helmbrecht die Augen auf.

Verwirrt blickte er erst zu ihr, dann zu Marietta und hob langsam den Kopf, um die Runde der Kaufleute zu erspähen. »Was ist?«, fragte er mit schwerer Zunge.

»Ihr hattet wieder einen Anfall«, erklärte Magdalena leise. »Wie fühlt Ihr Euch?«

»Danke, geht schon.« Mühsam richtete er sich ins Sitzen auf. »Ich glaube, ich habe schrecklichen Durst. Und dann muss ich dringend an die frische Luft.«

Es gelang ihm ein schwaches Lächeln, bevor er sich auf die von zwei Männern dargebotenen Arme stützte und sich ächzend erhob. Die Wirtin brachte einen Becher verdünnten Weins. Gierig setzte er ihn an die Lippen und leerte ihn in einem Zug.

»Ihr seht, meine Herrschaften, es ist wieder alles im Lot«, erklärte Magdalena. Sie zwinkerte Marietta kaum merklich zu. »Wir sollten das großzügige Angebot der Wirtsleute annehmen und auf den Schreck hin noch ein letztes Bier zusammen trinken. Täusche ich mich, oder hat die Uhr eben elf geschlagen? Gleich trifft der Postreiter am Grünen Tor ein. Höchste Zeit, zur Börse zu gehen und dort die neuesten Nachrichten zu hören.«

»Für heute reichen mir die Nachrichten hier«, murmelte einer der beiden, die Helmbrecht aufgeholfen hatten, und griff sich einen der Bierkrüge, die der Wirt heranschleppte.

»Ihr habt recht«, stimmte ihm der zweite zu und bediente sich ebenfalls. Kurz prostete er in die Runde, trank einen Schluck und erklärte dann beim Abwischen des Schaums: »Ist es nicht seltsam, dass es mit Helmbrecht genauso gekommen ist, wie die gute Witwe Gerke es vorhin prophezeit hat?«

Abrupt drehten sich alle zu ihm um. Niemand wagte, dem zu widersprechen. Magdalena meinte, ersticken zu müssen. Die aufsteigende Wut schnürte ihr den Hals zu. Beschwichtigend drückte Marietta ihr die Hand.

»Stimmt, es ist gekommen, wie die Witwe Gerke gesagt hat«, verkündete Magdalena und zwang sich zu einem betont fröhlichen Ton. »Helmbrecht ist binnen kürzester Zeit wieder bei Bewusstsein gewesen. Vielleicht sollte sich die verehrte Dorothea als Orakel versuchen. Nicht nur an der Börse wird man solcher Dienste bedürfen. Gerade auch drüben im Schloss, wo nach wie vor der Landtag tagt, ist man ihr dafür gewiss dankbar. Jetzt, da der Kurfürst den aufmüpfigen Roth aus der Stadt gebracht hat, weiß schließlich niemand so recht, wie es weitergehen soll: Geben wir Königsberger klein bei und stimmen den neuen Abgaben zu, oder bleiben wir standhaft und fordern Friedrich Wilhelm weiter heraus? Beides kostet Geld, beides erfordert fleißiges Handeln, um das Geld zu verdienen. Was denkt Ihr, meine Herrschaften: Wird uns die gute Witwe Gerke drüben in der Börse noch mehr dazu verraten?«

Die Kaufleute lachten auf. Im Stillen beglückwünschte sich Magdalena, dass ihr die Schlagfertigkeit aus früheren Tagen gerade im richtigen Moment wieder zur Verfügung gestanden hatte.

## 19

Der Weg von der Altstädter Schmiedegasse zur Löbenichter Langgasse war bald zum täglichen Ritual geworden. Nach dem Besuch bei dem alten Kepler hatte Carlotta sich angewöhnt, Christoph in Caspar Pantzers Apotheke zu begleiten. An einem so strahlend schönen, wenn auch frostigen Novembertag wie diesem tat es gleich noch einmal so gut, eine Zeitlang gemeinsam unterwegs zu sein. Vor allem, weil Christoph zu ihrer Freude sehr darum bemüht war, sie wieder auf fröhliche Gedanken zu bringen.

»Also, stell dir vor, wie der Professor vorn an seinem Tisch steht und den Toten aufschneiden will«, begann er, ein weiteres Erlebnis aus seiner Studienzeit zum Besten zu geben. »Schließlich sticht er mit dem Messer hinein, doch nichts passiert. Das Messer prallt ab. Es ist stumpf wie ein Besenstiel. Er probiert es noch einmal und noch einmal, immer mit demselben Ergebnis. Längst steht ihm der Schweiß auf der Stirn, die Hände zittern, er ist am Ende. Wir Studenten aber können uns nicht mehr halten vor Lachen.«

Er schüttelte den Kopf, grinste allein bei der Erinnerung an die Szene. Carlotta indes verspürte Mitleid mit dem armen Professor.

»Es ist wohl nicht gerade leicht, eine Vorlesung zu halten, noch dazu, wenn man den Studenten jeden Tag etwas Neues vorführen muss.«

»Ach, Liebste, du bist viel zu gut für diese Welt!« Christoph legte ihr den Arm um die Schultern. »Schließlich macht ein Professor das doch seit Jahren und sollte wissen, wie wichtig es ist, zuvor die Schärfe der Messerklingen zu prüfen.«

Über dem Reden hatten sie wieder einmal viel zu schnell ihr Ziel erreicht. Artig öffnete Christoph die Tür zur Offizin und ließ ihr mit einer tiefen Verbeugung den Vortritt. In der düsteren Apotheke schlug ihr sogleich der vertraute Geruch nach Kräutern und Gewürzen entgegen, vermischt mit dem Duft einer kräftigen Hühnerbrühe, die die Wirtschafterin nebenan in der Küche kochte.

»Oh, ich sehe schon, unser lieber Freund steht bestimmt schon wieder am Mikroskop und betrachtet die kleinen Tierchen. Lass uns schnell nach hinten gehen und das Schlimmste verhindern. Schließlich kann niemand wissen, was er uns sonst noch in die Wundersalbe deiner Mutter mischt.«

Noch bevor das Bimmeln der Türglocke verklungen war, eilte Christoph bereits durch das schmale Lager ins Laboratorium. Carlotta folgte langsam nach. Pantzer nutzte das gute Vormittagslicht aus und hatte seine Arbeitsutensilien auf dem langen Tisch vor der Fensterfront ausgebreitet. Kaum sah er von seinen Schalen auf, um sie willkommen zu heißen.

»Es sieht gut aus, meine Liebe«, verkündete er. »Mir fehlen nicht mehr viele Zutaten, um die berühmte Salbe des Lehrmeisters Eurer Mutter zu enträtseln. Gebt mir noch zwei, drei Tage, dann habe ich es geschafft.«

»Wenn du das nicht jeden Tag sagen würdest, könnte ich glatt anfangen, dir zu glauben«, stellte Christoph trocken fest.

»Doch so wichtig deine Beschäftigung mit der Salbe ist, so dringend ist es mir, auch die genaue Zusammensetzung der Bernsteinessenz in Dorothea Gerkes Phiole zu erforschen. Schließlich fehlt uns da noch einiges. So ganz ähnelt sie noch nicht der Essenz, die wir nach Carlottas Rezept erstellt haben. Du weißt, wie wichtig es ist, den Unterschieden auf die Spur zu kommen.«

»Keine Sorge.« Pantzer tätschelte seinem Freund die Schulter. »Mir wird schon noch einfallen, wie wir der Sache auf den Grund gehen. Deshalb bin ich Apotheker und du Medicus.«

Er zwinkerte Carlotta zu. Sie rang sich ein zaghaftes Lächeln ab, auch wenn ihr nicht danach zumute war.

»Solange wir nicht beweisen können, dass meine Mutter Gerke tatsächlich die ganz normale Bernsteinessenz verabreicht hat, besteht nach wie vor die Gefahr, dass jemand sie des Mordes bezichtigt.«

»Was, wenn das hier gar nicht die Phiole ist, die deine Mutter dem guten Gerke überreicht hat?«, gab Christoph nicht zum ersten Mal zu bedenken. »Schließlich hat diese fremde Blonde, die mit Helmbrecht hier aufgetaucht ist, doch nur behauptet, die Witwe Gerke hätte ihr diese Phiole überlassen. Niemand kann bezeugen, dass es ein und dieselbe ist.«

»Eindeutig ist es eine Phiole aus Mutters Bestand. Das Schild daran ist echt, die Schrift darauf ist ihre. Warum sollte die Witwe Gerke die Phiole ausgetauscht haben?«

»Seht keine bösen Geister, wo keine bösen Geister sind«, schaltete sich Pantzer ein. »Wir sind uns einig, dass die Blonde an der Seite Helmbrechts ein echtes Interesse hat, die Unschuld deiner Mutter zu beweisen. Niemals wäre sie sonst mit Helmbrecht zusammen hierhergekommen. Und Helmbrecht liegt ganz bewusst daran, dass ein unabhängiger Apotheker wie ich, der weder aus dem Kneiphof noch aus der Altstadt stammt, die Tropfen untersucht. So, wie die Dame aufgetreten ist, traue ich ihr zu, die Witwe Gerke ins Vertrauen gezogen zu haben. Die wird ihr aus freien Stücken die richtige Phiole gegeben haben, weil sie davon ausgeht, dass so die fatale Wirksamkeit der Tropfen bewiesen wird.«

»Euer Wort in Gottes Ohr.« Gedankenverloren spielte Carlotta mit dem Bernstein auf ihrer Brust. »Das alles ändert aber nichts daran, dass die Essenz bislang etwas anders schmeckt und riecht als die Tropfen, die wir nach der vertrauten Rezeptur meiner Mutter hergestellt haben. Etwas muss also anders sein, und das kann, wenn wir Pech haben, die schreckliche Wirkung bei Gerke verursacht haben.«

»Seht das nicht so düster«, mahnte Pantzer. »Es riecht nicht sonderlich schlimm. Ein mir bekanntes Gift ist es jedenfalls nicht, wie meine bisherigen Versuche gezeigt haben. Gebt mir noch einige Tage, dann werde ich auch dieses Geheimnis lüften. Mir schweben noch einige Aufzeichnungen meines Vaters vor, nach denen ich etwas ausprobieren will.«

»Und dann?« Bang sah Carlotta von einem zum anderen. Es rührte sie, mit welcher Hingabe der grobschlächtige Apotheker sich bemühte, die geheimnisvollen Rezepturen zur Entlastung ihrer Mutter zu entschlüsseln. Dass Christoph dabei eine tatkräftige Hilfe war, bezweifelte sie. Er zeigte sich gänzlich unbedarft, was die Arbeit im Laboratorium anbetraf.

»Sollte ich die Rezepturen herausgefunden haben, werde ich eine mir bekannte, sehr belesene Apothekerin außerhalb Königsbergs aufsuchen. Sie wird mir im Beisein eines weiteren Zeugen die Richtigkeit bestätigen. Damit gehen wir dann zu Doktor Lange und bitten ihn in seiner Funktion als Leibarzt von Fürst Radziwill, die Rezepturen ebenfalls zu begutachten. Angesichts dieser Zeugnisse wird niemand mehr wagen, Eurer Mutter etwas Böses nachzusagen.«

»Gebe Gott, Ihr habt recht«, sagte Carlotta. »Noch bezweifele ich, ob der gute Radziwill das tun wird, wenn er weiß, er tut damit meiner Mutter einen Gefallen.«

»Ach, Liebste«, Christoph fasste sie am Arm und lächelte sie gewinnend an, »wieso hältst du die studierten Medici alle für Ungeheuer? Schließlich sind wir Menschen aus Fleisch und Blut. Wenn ein unabhängiger Apotheker Pantzers Ergebnisse gutheißt, bleibt auch Doktor Lange nichts anderes übrig, als dem Urteil zuzustimmen.«

»Wie du meinst«, lenkte sie halbherzig ein. Geräusche aus der Diele machten sie hellhörig. Pantzer bemerkte es ebenfalls und zog die Augenbraue hoch.

»Ich muss kurz nach nebenan«, sagte er, schlich aber statt in den Ladenraum zur Dielentür. Ruckartig öffnete er sie und fing die dahinter lauschende Wirtschafterin mit beiden Händen auf. »Ist es denn die Möglichkeit! So ein neugieriges Weib!«, polterte er los, trat in die Diele und schloss die Tür, um mit seiner Wirtschafterin ungestört ins Gericht zu gehen.

Christoph nutzte die Gelegenheit, zog Carlotta eng an sich und küsste sie. »Mach dir nicht so viele Sorgen, Liebste. Schließlich wird alles gut werden. Vertrau Pantzer. Er trägt das Herz auf dem rechten Fleck. Zudem stammt er aus einer alteingesessenen Apothekerfamilie. Wenn wir Glück haben, gelingt es ihm tatsächlich, die Wundersalbe nachzumischen und uns unser künftiges Einkommen als Jahrmarktswunderärzte zu sichern. Freust du dich nicht auch auf diese Aussichten?«

»Ich freue mich vor allem auf das Leben an deiner Seite, das mich unstet von Dorf zu Dorf ziehen und den Rest meiner Tage in windigen Planwagen verbringen lässt.«

»Dafür haben wir uns beide bis ans Ende unserer Tage lieb, und niemand stört uns, unsere Liebe zu leben.« Er zwinkerte schelmisch.

»Ach, Liebster«, seufzte sie. »Du bist unverbesserlich! Dabei ist es offensichtlich, dass weder du noch ich uns der Verantwortung entziehen können. Dein Vater erwartet, dass du Stadtphysicus wirst, und meine Mutter wird mir dereinst das Kontor übergeben. Nie und nimmer findet sich da ein Weg, den wir beide zusammen gehen können.«

»Solange wir beide wissen, was wir wollen, wird sich immer ein Weg finden, den wir gemeinsam gehen können«, sagte Christoph und küsste sie abermals. »Und wenn es nicht der Weg auf die Jahrmärkte ist, dann lerne ich eben, Bernsteine zu verkaufen und mit Mikroskopen zu handeln oder Stoffe in Venedig einzukaufen. Hauptsache, du bist bei mir, Liebste!«

»Was würde ich nur ohne dich tun?« Das Gesicht in den Stoff seines Hemdes gedrückt, seinen leicht bitteren Geruch in der Nase, wünschte sie sich, die Zeit würde stehenbleiben und sie könnten immerfort so beieinander sein.

## 20

Der Besuch bei Stadtphysicus Kepler dauerte auch an diesem Freitagmorgen nicht lang. Rasch war der Puls gefühlt, der Urin betrachtet und die Augenfarbe kontrolliert. Kepler wurde immer mürrischer, je besser es ihm ging. Erleichtert atmete Carlotta auf, als sie sich bereits nach wenigen Minuten guten Gewissens von ihm verabschieden konnte. Zu ihrer Enttäuschung traf sie jedoch Christoph nicht in seinem Elternhaus an.

»Ihr braucht Euch nicht wundern, wo der junge Medicus steckt«, brummte Marthe. »Ihr seid schließlich schuld, dass er frühmorgens schon zu seinem Freund in die Apotheke im Löbenicht schleicht. Einen richtigen Floh habt Ihr ihm da ins Ohr gesetzt! Oder wollt Ihr etwa abstreiten, ihn auf die Idee gebracht zu haben, es mit dem Rühren von Salben zu versuchen? Von allein wäre unser junger Herr nie darauf gekommen. Das alles macht er doch erst, seit er so viel mit Euch zusammenhockt. Als ob das die Arbeit für einen richtigen Medicus wäre! Nie und nimmer wird sein Vater gesund, wenn er hört, was sein Filius neuerdings treibt.«

Carlotta zuckte mit den Schultern. Sollte die Alte doch denken, was sie wollte. In diesem Leben würde sie es ihr ohnehin niemals recht machen. Sie zog die Heuke über, verknotete den Schal und nahm ihre Wundarzttasche.

»Dann bis morgen, Verehrteste«, grüßte sie gegen Marthes breiten Rücken, ohne mehr als ein Grunzen zur Antwort zu erwarten.

Draußen auf der Schmiedegasse entschied sie, nicht in die Löbenichter Apotheke zu gehen. Es würde den beiden Burschen guttun, einmal allein über den Rezepturen zu brüten. Wahrscheinlich wollte Christoph das auch so, hatte sich allerdings nicht getraut, es ihr direkt zu sagen. Deshalb war er im Morgengrauen allein davongeeilt. Kurz vor dem Fischmarkt zwischen Krämer- und Schmiedebrücke begegnete sie Hedwig. Das wertete sie als Zeichen, der Köchin wieder einmal beim Einkaufen zur Hand zu gehen.

Unweit des Pregelufers ragten die imposanten Giebel der Kaufmannshäuser in den grauen Herbsthimmel. Schwach nur spiegelte sich ein Hauch von Sonnenschein in den blankpolierten Fensterscheiben. Auf dem breiten Streifen zwischen der Häuserreihe und dem trägen Fluss erstreckten sich die Stände der Fischweiber und Händler. An der Kaimauer waren einige Kähne vertäut, dazwischen suchten sich einfache Fischerboote zu behaupten. Immer wieder schleppten Burschen Körbe und Netze mit im Todeskampf zappelnden Fischen zum Markt. Der strenge Geruch, der über allem lag, ließ ahnen, wie gut der Fang im Frischen Haff trotz des rauhen Novemberwetters gewesen sein musste. In Holzbottichen präsentierten verhärmte Weiber Berge fetter Seefische zum Verkauf. Kaum waren die einzelnen Arten in der Fülle zu unterscheiden. Aal und Flunder fanden sich frisch geräuchert in Fässern daneben. Eine zahnlose Frau klammerte ihre dürren Finger in einen fadenscheinigen Umhang und rannte Hedwig nach, um sie zu den Ständen mit den Süßwasserfischen auf der anderen Seite des Marktes zu locken.

»Vergesst die alten Heringe da drüben, gute Frau, oder glaubt Ihr wirklich, gestern wäre auch nur einer der Fischer tatsächlich mit seinem Boot ins Frische Haff hinausgefahren? Denkt nur an das Schneetreiben, das uns selbst hier in der Stadt die Sicht verschleiert hat! Daheimgeblieben sind die Fischer, haben die Netze geflickt und den alten Fisch mit Salzlauge abgewaschen, um ihn heute wieder als frisch anzubieten. Kommt lieber rüber zu mir. Ich zeige Euch, was Ihr stattdessen in den Kochtopf werfen könnt. Mein Fisch wird dem heutigen Freitagsmahl wenigstens gerecht.«

Stolz wies die Fischfrau mit der Hand auf ein halbes Dutzend wassergefüllter Holzwannen, in denen Hechte, Zander und Barsche zappelten. Schon fürchtete Carlotta den Moment, da Hedwig auf eines der glitschigen Tiere zeigen würde. Das Fischweib würde mit bloßen Händen an das hintere Ende fassen, den Fisch herausheben und den Kopf des wild um sein Leben kämpfenden Fischs erbarmungslos gegen den Wannenrand schlagen. Angewidert wandte Carlotta sich ab, wurde vom dichten Gedränge rasch ein gutes Stück weiter die Uferstraße hinaufgeschoben.

Eine Dreiergruppe elegant gekleideter Kaufleute erregte ihre Aufmerksamkeit. Nur wenige Schritte von den Bottichen mit Süßwasserfischen entfernt standen sie beieinander und unterhielten sich angeregt. Neugierig geworden, stahl sie sich näher heran. Endlich konnte sie die Gesichter der drei Herren besser sehen. Tatsächlich waren es Zunftgenossen aus dem Kneiphof. Als sie die ersten Worte aufschnappte, verharrte sie wie angewurzelt.

»Der alte Kepler hat gewaltiges Glück gehabt und ist Meister Sensenmann gerade noch rechtzeitig von der Schippe gesprungen«, erklärte Bernhard Farenheid, ein graubärtiger stämmiger Mann in der Mitte des Lebens. Mit seiner dröhnenden Stimme brachte er gern die kostbaren Glasscheiben im Börsensaal zum Zittern. »Oder sollte ich besser sagen: Nicht Meister Sensenmann ist er entkommen, sondern der kleinen Grohnert! Das junge Fräulein ist auf dem besten Weg, in die Fußstapfen seiner Mutter zu treten. Schon der arme Gerke ist nicht ganz zufällig gestorben, wie wir inzwischen wissen.«

»Stimmt«, pflichtete Lorenz Gellert bei und fuhr sich mit den knotigen Fingern durch den dichten, flammend roten Bart. Die gelblich-lederne Haut seines Gesichts hob sich umso schärfer davon ab. Gelassen schweifte sein Blick über die Menge, als gelte es, nach weiteren Gesprächspartnern Ausschau zu halten. Unwillkürlich duckte sich Carlotta hinter den Stamm einer einsamen Linde.

»Gerkes Tod ist wahrlich ein böses Omen«, sagte Farenheid. »Ausgerechnet an dem Tag, an dem die Kurfürstlichen

Roth festgenommen haben, hat es ihn erwischt. Das kann einfach kein Zufall sein. Da hat die gute Magdalena Grohnert doch bestimmt etwas mit bewirken wollen.«

»Ich habe auch schon läuten hören, dass etwas daran faul sein muss«, tat Gellert wichtig.

»Worauf wollt Ihr hinaus?«, wagte Reinhold Boye, der Dritte im Bunde, nachzuhaken. Verlieh ihm das ständige Tragen einer Brille ohnehin schon ein ungewöhnliches Aussehen, so untermauerte sein Hang zum steten Nachfragen erst recht den Eindruck, er habe die Weisheit nicht eben mit Löffeln gefressen.

Sogleich schnaufte Farenheid auf, warf Gellert einen seltsam verschworenen Blick zu und erklärte in bemüht nachsichtigem Ton: »Sagt nur, Ihr habt immer noch nicht begriffen, was es mit der Bernsteinessenz aus dem Hause Grohnert auf sich hat? Erst nimmt Gerke sie und stirbt, dann wird sie Kepler eingeträufelt, und er liegt tagelang halb tot im Bett. Vergangenen Montag hat die Witwe Grohnert gar vor aller Augen gewagt, Helmbrecht davon einzuflößen. Wie vom Teufel besessen ist er zuvor in seltsamen Zuckungen zusammengebrochen. Kein Wunder! Wir alle wissen doch seit Jahren, was es mit der Qualität der Bernsteine aus dem Kontor in der Langgasse auf sich hat.«

»Stimmt«, nickte Gellert so beflissen, dass selbst sein Bart bestätigend wippte. »Es wäre nicht das erste Mal, dass etwas daran faul ist.«

»Was Ihr nicht sagt«, entschlüpfte es Boye verwundert. »Dabei haben Kepler und Helmbrecht doch erst im Nachhinein von den Tropfen bekommen, als es ihnen aus anderen Gründen schlechtging. Daraufhin aber ist es ihnen bessergegangen. Abgesehen davon dachte ich, die uralte Geschichte mit den Grohnerts und dem angeblichen Trug ist ein für alle Mal aus der Welt geschafft.«

»Aber doch nur, weil Paul Joseph Singeknecht damals entsprechenden Druck auf die Zunftgenossen ausgeübt hat.« Gellert schaute ein weiteres Mal suchend umher.

»Mit Geld hat der immer schon alles geregelt«, pflichtete Farenheid bei. »So wie er hält es wohl auch seine angebliche Erbin. Überaus klug von ihr, den einzigen Grohnert-Nachfahren in der Fremde zu heiraten. Damit hat sie die gefährlichsten Neider für immer mundtot gemacht.«

»Und dann hat sie dafür gesorgt, dass er gleich nach Erhalt der Erbschaft für immer schweigt«, ergänzte Gellert. »So hat man das schon früher gern im Singeknecht'schen Haus gehalten.«

»Wenn das alles stimmt, passt eins zum anderen, und Magdalena Grohnert ist wirklich eine echte Singeknecht: mit allen Wassern gewaschen«, resümierte Boye kopfschüttelnd.

Carlotta meinte, ihr würde der Boden unter den Füßen weggezogen. Warum gab Boye sich so rasch geschlagen? Er hatte doch offensichtlich den Haken an der Sache gefunden: Weder Kepler noch Helmbrecht hatten die Bernsteinessenz *vor* ihrem Zusammenbruch erhalten! Am liebsten wäre sie zu den Herren geeilt und hätte es ihnen auf den Kopf zugesagt. So böse hatte sie selten über die Mutter und sich reden hören. Es war ähnlich jener Nacht vor Thorn, als die mitreisenden Leipziger Kaufleute Magdalena der Hexerei bezichtigt hatten, nachdem Tante Adelaide sie auf diese Idee gebracht hatte. Nicht einmal Helmbrecht war damals für sie beide eingetreten. Carlottas Finger glitten zum Bernstein, umklammerten das gute Stück. Längst hatte sie begriffen, was Magdalena an dem Talisman fand. Auch ihr blieb kaum anderes, was ihr Halt und Kraft spendete.

»Das Beste, meine Herren, aber kommt noch«, verkündete Farenheid derweil mit unverhohlenem Triumph in der Stimme.

»Was?«

»Worauf wollt Ihr hinaus?«

Gebannt schauten Gellert und Boye auf Farenheid. Der schob sich wichtig in Positur.

»Wie eingangs schon erwähnt, solltet Ihr an die Tochter unserer guten Singeknecht-Erbin Magdalena Grohnert denken.«

Carlotta stockte der Atem.

»Ihr meint diese vorwitzige kleine Rotblonde, der der junge Kepler seit seiner Rückkehr aus der Fremde schöne Augen macht?«, erkundigte sich Boye dieses Mal erstaunlicherweise als Erster, um sogleich von Gellert übertrumpft zu werden: »Tja, der ehrwürdige Doktor Kepler hätte sich wohl niemals träumen lassen, dass der Nichtsnutz von Filius ihm auch noch eine schlichte Wundärztin ins Haus schleppen will.«

»Stimmt«, pflichtete Boye bei. »Das ist wahrlich keine gute Nachricht für den persönlichen Leibarzt von Kurfürst Friedrich Wilhelm und Nachfahren des hochgeschätzten Johann Kepler. Aber schon die Großmutter des Physicus soll es mit Hexen und Zauberern gehalten haben, heißt es. Sie saß deshalb sogar im Gefängnis. So gesehen nimmt es kaum wunder, dass sich der junge Medicus für ein solch zwielichtiges Handwerk offen zeigt.«

»Wenn es nur das Interesse an der Wundarztkunst wäre!« Farenheid hob vieldeutig die Stimme.

»Der junge Kepler drückt sich sowieso viel zu viel mit diesem Pantzer aus dem Löbenicht herum«, stellte Gellert trocken fest. »Das ist auch so ein seltsamer Bursche, dem man nicht über den Weg trauen darf. Kaum zu glauben, dass der

Kurfürst ihm das Privileg für die Apotheke gelassen hat. Die Zeiten seines Vaters, der gar vor der ehrwürdigen Fakultät mit seinem Theriak für Aufsehen gesorgt hat, sind lange vorbei. Der Junge kann da wahrlich nicht mithalten, noch dazu, wo in jeder Faser seiner Person die bäuerische Abkunft der Mutter durchscheint. Hat er sich nicht auch einmal für einige Zeit zu den Soldaten gemeldet? Mir ist, als stinke er noch immer nach Pferd, Blut und Schlachtgetümmel. Eine Schande, dass der Kurfürst das alles nicht sehen will.«

»Ach, vergesst den jungen Kepler und diesen lächerlichen Pantzer«, schaltete sich Farenheid verärgert ein. »Das hat gar nichts mit dem zu tun, was sich um die kleine Grohnert zusammenbraut. Ihr könntet froh sein, wenn sie nur dem Kepler und seinem nichtsnutzigen Freund aus dem Löbenicht die Köpfe verdreht hätte.«

»Worauf wollt Ihr hinaus?« Gellert und Boye wirkten ehrlich betroffen.

»Mit einem Blaurock hält die kleine Grohnert es inzwischen«, sagte Farenheid ruhig. »Und das ganz offen und ungeniert.«

»Was?« Wie gewohnt begriffsstutzig, schaute Boye ihn an, nahm die Brille vom Kopf, hauchte auf die Gläser und polierte sie anschließend mit dem Zipfel seines Schals, als verschaffte ihm das den erhofften Durchblick.

Sogleich nutzte Gellert die Pause und hakte nach: »Mit einem Blaurock? Ihr meint doch nicht etwa, mit einem der kurfürstlichen Soldaten? Seid Ihr sicher? Bislang ist mir Magdalena Grohnert stets sehr loyal zu den Kneiphofern erschienen. Denkt nur an ihr Eintreten für die Witwe Ellwart im letzten Jahr. Auch von ihrer Tochter ist mir nie etwas anderes zu Ohren gekommen.«

»War die Grohnert-Tochter nicht sogar diejenige, die im September die Sache mit den leeren Särgen zur Abschreckung von Friedrich Wilhelms Truppen vor dem Kneiphof eingefädelt hat? Warum hätte sie das tun sollen, wenn sie sich nicht mit Leib und Seele dem Kneiphof verschrieben hätte? Ich bin mir sicher, die beiden Grohnert-Damen fühlen sich ganz dem Königsberger Erbe verpflichtet.« Boye setzte die Brille wieder auf.

Auch wenn seine Worte beruhigend klangen, so wusste Carlotta im selben Moment, dass sie rein gar nichts bewirkten. Im Gegenteil. Sie lieferten Farenheid nur weitere Munition, zu einem letzten, vernichtenden Schlag auszuholen.

»Vielleicht solltet Ihr die Sache mit den Särgen nicht unbedingt von der Warte der Kneiphofer aus betrachten«, setzte er vorsichtig an. »Vielleicht ging es gar nicht darum, die Kurfürstlichen wegen der angeblichen Pest vom vorzeitigen Einmarsch abzuhalten.«

»Sondern?« Boye nestelte bereits wieder an seinem Brillengestell herum.

»Ihr meint«, schaltete sich Gellert beflissen ein, »es könnte auch ein Zeichen an Friedrich Wilhelm gewesen sein?«

»Warum nicht?« Farenheid tat zwar, als hörte er diese Schlussfolgerung zum ersten Mal. Doch der Stolz, mit seinen Anspielungen das Erwünschte erreicht zu haben, war ihm anzusehen. »Wenn man es so betrachtet, gewinnt die Tatsache, dass die kleine Grohnert seither immer wieder im Umfeld der Blauröcke gesehen wird, ein ganz besonderes Gewicht.«

Wie gern wäre Carlotta aus ihrem Versteck gestürzt und hätte ihn für seine Frechheiten geohrfeigt! Mühsam hielt sie sich zurück.

»Ich erinnere mich.« Wieder stimmte Gellert als Erster zu. Sein flammend roter Bart leuchtete, der gelbliche Schimmer seiner Haut verblasste. »An besagtem Tag stand die kleine Grohnert gleich vorne in der ersten Reihe und hat Roths Verhaftung aus nächster Nähe mit angesehen.«

Auch Carlotta wusste plötzlich wieder, dass sie ihn an jenem Tag ebenfalls vor Roths Haus gesehen hatte. Der rote Bart hatte aus der Menge herausgestochen.

»Und nicht nur das«, fuhr Gellert wichtigtuerisch fort. »Bei der Gelegenheit hat sie auch lange mit einem der Dragoner gesprochen. Der junge Kepler hat zwar versucht, sie davon abzuhalten, doch es ist ihm nicht gelungen. Ganz verstört ist er anschließend allein in die Schmiedegasse zurückgekehrt.«

»Ist das alles nicht reichlich unbedarft? Inmitten der Kneiphofer einen Kurfürstlichen anzusprechen, erfordert großen Mut«, wagte Boye einzuwerfen, doch die beiden anderen gingen nicht auf seine Zweifel ein. Verwirrt schüttelte er das Haupt.

»Das Beste aber kommt noch«, drängte Farenheid sich von neuem in den Mittelpunkt. »Anfang November hat die kleine Grohnert dann auch noch in aller Öffentlichkeit mit einem der Dragoner auf der Schmiedebrücke herumgetändelt.«

»Das ist nicht Euer Ernst!« Fassungslos schüttelten die Herren die Köpfe. »Am helllichten Tag?«

»Wer hat sie dabei gesehen?«

»Ich dachte, sie hegt Absichten bei dem jungen Kepler?«

»Ja, in der Tat, so heißt es. Aber da ist der ehrwürdige Physicus wohl sehr dagegen.«

»Umso schlimmer, wenn sie bei Derartigem beobachtet wird.«

Boye schwankte nun doch, und Gellert fühlte sich in seinem Argwohn bestätigt. Auf Carlotta wirkten Farenheids Worte wie ein Schlag ins Gesicht. In ihrem Kopf arbeitete es fieberhaft. Natürlich stand ihr die besagte Begegnung gleich vor Augen, auch wenn sie bald drei Wochen zurücklag.

»Ich habe sie selbst gesehen«, berichtete Farenheid. »Zufällig habe ich an jenem Morgen einen Kaufmann nahe der Brücke besucht. Von dessen Fenster im ersten Stock konnte ich alles genau beobachten. Ohne jedwedes Schamgefühl hat sich die kleine Grohnert an den Blaurock heranscharwenzelt und ist dann offen an seiner Seite durch die Stadt marschiert. Es gab Proteste, Warnungen, Rufe, aber sie hat das nicht gekümmert. Ehrlich gesagt, meine Herren, nimmt das nicht wunder. Immerhin ist das Gör das Kind von Leuten, die mitten im Heerestross des Großen Krieges aufgewachsen sind. Was kann es da an Ehrgefühl geben? Heimatloses Pack sind die Grohnert und ihr Gemahl letztlich selbst gewesen. Dabei kann man ihnen wenig Vorwürfe machen. Einst wurden ihre Väter, sowohl der Singeknecht wie der Grohnert, mit Schimpf und Schande aus dem Kneiphof gejagt. Der Onkel hat mit zwielichtigen Methoden einige Jahre später seinen Besitz zurückerlangt. Uns ist doch gar nichts anderes übriggeblieben, als ihn wieder bei uns aufzunehmen. Erinnert Euch, wie Gerke vor vier Jahren seine Bedenken gegen die wie aus dem Nichts aufgetauchte Erbin angebracht hat. Schande über uns, ihm damals nicht die nötige Aufmerksamkeit geschenkt zu haben.«

»Wollte er nicht das Haus in der Langgasse für sich selbst …« Boye kam nicht dazu, seinen Satz zu beenden. Mit einem ärgerlichen Wink schnitt Farenheid ihm das Wort ab. »Die Wirtsleute aus dem Grünen Baum hatten auch Interesse, das Anwesen bei Ablauf der Erbschaftsfrist zu erwerben. Viele andere hätten es sicher auch gewollt. Immerhin ist es ein stattlicher Bau. Ihn über all die Jahre instand zu halten, war allein Gerkes Verdienst. Ein seltsamer Zufall, dass er ausgerechnet jetzt stirbt, wo die Kurfürstlichen hier auftauchen und das Paktieren der jungen Grohnert mit den Blauröcken ruchbar wird.«

»Erstaunlich, dass sie das mitten auf der Straße tut. Gerade weil sie und der junge Kepler doch heiraten wollen, wie es heißt. Wenn sie da ausgerechnet eine heimliche Liebelei mit einem Kurfürstlichen zu verbergen hätte, sollte sie besser …«

Wieder kam Boye nicht dazu, seinen Gedanken zu Ende zu führen. Dieses Mal war es Gellert, der ihn ungeduldig unterbrach. »Schweigt lieber. Ihr begreift einfach nicht, worum es in der Sache geht. Das sind alles merkwürdige Zufälle. Unterm Strich beweisen sie eines: Mit den beiden Damen aus dem Singeknecht'schen Haus stimmt etwas nicht. Wie Ihr schon sagtet: Was ist von solch windigen Leuten aus dem Heerestross der Kaiserlichen zu erwarten? Nur weil sie sesshaft wurden, bedeutet das nicht, dass sie ehrbare Bürgerinnen geworden sind.«

»Nichts Gutes ist von solchen zu erwarten, mein Bester, nichts Gutes«, raunte Farenheid bedeutungsschwanger.

»Mit Verlaub, mein Lieber, aber ich weiß nicht«, warf Boye matt ein, »kann es nicht sein, dass Ihr da einfach nur etwas gründlich missgedeutet habt?«

## 21

Drei Tage waren vergangen, seit Carlotta die Kaufleute beim Fischmarkt belauscht hatte. Mit jedem Tag fühlte sie sich schlechter. Es gebrach ihr sogar am Willen, gegen die bösen Gerüchte aufzubegehren. Niemandem wollte sie sich anvertrauen. Nicht einmal nach Christoph hatte sie geschickt, geschweige denn versucht, ihn zu treffen. Mit ihm offen über Mathias zu sprechen, schien ihr ein Ding der Unmöglichkeit. Dass er nicht aus eigenen Stücken in der Langgasse auftauchte, wertete sie als Bestätigung ihrer düsteren Ahnung: Er wusste längst von allem und hatte sich bereits ein Urteil gebildet, das wohl kaum zu ihren Gunsten ausfiel. Kaum brachte sie das mit der Erinnerung an ihre letzten Küsse und Umarmungen zusammen. Nein, so durfte sie nicht denken!, schalt sie sich. Christoph liebte sie. Mehr als einmal hatte er ihr seine Bereitschaft versichert, ihretwegen notfalls alles aufzugeben: seine Familie, sein Zuhause, die sichere Stelle als Stadtphysicus. Gewiss war er der Letzte, der den unglaublichen Unterstellungen Glauben schenkte. Sie sollte zu ihm gehen, um mit ihm zu reden. Bleich stand sie im Kontor und sortierte die Bestandslisten des Lagers in eine Kiste, stapelte den Briefwechsel mit Handelspartnern auf dem Tisch.

»Wo bist du nur mit deinen Gedanken, Liebes?« Unerwartet stand die Mutter vor ihr. »Schau!« Vorwurfsvoll hielt sie ihr ein Blatt vor die Nase. »Das hast du eben zu den Schreiben des vergangenen Sommers sortiert. Dabei ist das Schrempfs Liste der Waren, die sich zu Beginn des Monats im Lagerhaus befunden haben. Fast wäre die Aufstellung bei den bereits erledigten Schreiben gelandet. Du kannst dir ausmalen, was das im schlimmsten Fall bedeutet.«

»Oh!« Hastig griff Carlotta nach dem Bogen. Ihre Wangen glühten vor Scham. Deutlich vernahm sie Egloffs zufriedenes Schnaufen im Rücken. Wie oft hatte sie ihm Unachtsamkeit vorgeworfen, ihn gar vor den beiden anderen Schreibern bloßgestellt? Sie schielte zur Seite. Der behäbige Breysig tat, als interessierten ihn allein die Schwünge der Buchstaben auf seinem Papier, der schlaksige Steutner scharrte mit den Stiefeln über den Boden. Verzweifelt versuchte Carlotta, die Tränen zurückzuhalten.

»Ich muss nach Kepler sehen«, murmelte sie und legte Schrempfs Liste mit zittrigen Fingern in die Kiste. Kaum waren die Worte heraus, ärgerte sie sich bereits. Zu dem mürrischen Stadtphysicus wollte sie am allerwenigsten.

»Es ist wohl höchste Zeit, dass du wieder nach ihm siehst«, stimmte die Mutter zu. »Seit letztem Freitag bist du nicht mehr dort gewesen. Nicht dass er zu früh vom Krankenlager aufsteht und deine Kur nicht befolgt. Am Ende gibt man dir die Schuld dafür.«

Erstaunt meinte Carlotta Furcht in ihren smaragdgrünen Augen auszumachen. Gerade als sie zu einer Frage anheben wollte, fuhr Magdalena eilig fort: »Untersuche ihn gründlich, damit dir nicht das Geringste entgeht: Puls, Stuhlgang, Farbe und Geruch des Urins, Leibschmerzen. Wer weiß, was genau hinter seinem Zusammenbruch steht. Richte ihm zudem die besten Genesungswünsche aus und vergiss nicht, auch den jungen Kepler von mir zu grüßen.«

Noch bevor Carlotta gegen die überflüssigen Anweisungen aufbegehren konnte, legte die Mutter ihr die Hand auf den Arm und blickte sie eindringlich an. »Pass gut auf dich auf, mein Kind, und vergiss nie: Wahre Liebe bedeutet, einander zu vertrauen, ganz gleich, was geschieht. Manchmal mag etwas auf den ersten Blick wie ein Verrat erscheinen. Mit der Zeit aber spürt man, dass dem nicht so ist. Liebende halten zueinander. Immer.«

Eine Spur zu hell lachte sie auf. Carlotta wurde nicht schlau daraus. Geschäftig wandte Magdalena sich wieder dem Pult zu, als müsste sie Wichtiges lesen. Carlotta begriff, dass es keinen Sinn hatte, nachzufragen. Schweren Herzens packte sie die Wundarzttasche, nahm die wollene Heuke vom Haken und eilte aus dem Kontor.

Ein eisiger Hauch strich durch die Langgasse. Die Herbstsonne strahlte vom blauen Himmel. Hätte sich nicht der Schnee der vergangenen Wochen in den schattigen Ecken gehäuft, hätte sie nur zu gern vergessen, wie fortgeschritten der Herbst bereits war.

Carlotta zögerte, ob sie tatsächlich zu Kepler gehen sollte. Zu groß war die Unsicherheit, was sie dort erwartete. Andererseits wusste sie, dass sie es nicht länger aufschieben durfte. Schon allein, um zu zeigen, dass sie sich von dem niederträchtigen Gerede nicht einschüchtern ließ. Ein Soldatenliebchen würde es kaum wagen, vor aller Augen den Medicus aufzusuchen. Entschlossen schlang sie sich den Schal um den Hals und marschierte los, durch das vormittägliche Treiben auf der Langgasse zur nahen Krämerbrücke.

»Gott zum Gruße, wertes Fräulein.« Jäh drehte sie sich um und blickte Apotheker Heydrich ins Gesicht. Seine spiegelnden Brillengläser verbargen seine Augen. Das Lächeln zwischen Oberlippen- und Kinnbart schien ihr seltsam falsch. Sie beschloss, auf der Hut zu bleiben. Seit Keplers Zusammenbruch hatte sie ihn nicht mehr gesehen. Es mochte gut sein, dass Farenheid bereits mit ihm gesprochen und ihm von seinen Beobachtungen berichtet hatte. Immerhin wohnten sie Haus an Haus in der Magistergasse. Höflich erwiderte sie den Gruß.

»Ich komme gerade von dem ehrwürdigen Doktor Kepler«, erzählte er. »Es wird Euch freuen zu hören, dass er sich auf dem Wege der Besserung befindet.«

»Danke, das weiß ich bereits«, erwiderte sie und rang sich ein Lächeln ab.

»Oh, verzeiht«, sein Mund verzog sich, der Kinnbart wippte. »Wie konnte ich vergessen, wie gut Ihr Euch mit dem jungen Medicus steht. Gewiss hält er Euch über das Wohlbefinden seines Vaters auf dem Laufenden.«

Er zwirbelte mit einer Hand die Enden seines Barts, zog die zweite hinter den Rücken. Carlotta wollte es dabei bewenden lassen und weitergehen. Heydrich jedoch verstellte ihr den Weg. »Nicht so eilig, meine Liebe. Sonst habt Ihr stets gern einen kleinen Schwatz mit mir gehalten. Oder gibt es einen Grund, mir auszuweichen?«

Er nahm die Brille ab und sah sie eindringlich an.

»Entschuldigt«, bat sie. »Ich bin gerade selbst auf dem Weg zu Doktor Kepler. Ungern lasse ich ihn warten.«

»Warum so eilig? Er ist bereits auf, war gestern sogar beim Gottesdienst. Was also wollt Ihr noch bei ihm?« Er fasste ihr mit den Fingern unters Kinn, hob es an und zwang sie, ihn geradewegs anzusehen. »Lasst mich raten. Es ist Eurer Salbe wegen. Seit der ehrwürdige Kepler davon gesprochen hat, mir die Ehre zu erweisen, vor der Fakultät …«

»Nein, nein«, wiegelte Carlotta ab. »Darum geht es mir nicht. Sofern es Euch gelingt, die exakte Rezeptur herauszufinden, gönne ich Euch diese Auszeichnung von Herzen. Ich weiß doch, wie wichtig sie Euch ist. Ohne Eure Hilfe wäre ich nie so weit gekommen.«

»Spart Euch Eure Lügen!« Heydrichs Stimme klang so schroff, dass sie erschrocken zusammenzuckte. »Glaubt nicht, mir wäre nicht klar, dass Ihr längst mit Caspar Pantzer aus dem Löbenicht einig geworden seid. Er versucht sich ebenfalls an der Salbe, und im Gegenzug setzt Ihr gemeinsam mit dem jungen Kepler alles daran, den kurfürstlichen Leibarzt zu überreden, Pantzer an meiner statt vor den Professoren und Studenten mit der Mixtur auftreten zu lassen. Mit eigenen Augen habe ich gesehen, wir Ihr Euch letztens in meinem Laboratorium Zeichen gegeben habt. Es ist nur eine Frage der Zeit, bis Pantzer dank Eures Zutuns kurfürstlicher Hofapotheker wird und weitere Ehrungen erhält.«

Erschöpft hielt er inne, setzte die Brille zurück auf die lange Nase und reckte das Gesicht in die Luft. Noch bevor Carlotta etwas einwerfen konnte, fuhr er fort: »Ein wahrhaft teuflischer Plan, meine Beste! Fast wäre es Euch gelungen, uns alle hinters Licht zu führen.«

»Wovon redet Ihr?«

»Tut nicht so! Das wisst Ihr doch genau. Über Monate habt Ihr mich benutzt, um mit der Salbe voranzukommen. Kurz vor dem Durchbruch aber nehmt Ihr mir alles weg und macht mit diesem unsäglichen Pantzer weiter. Doch damit nicht genug! Für Euren hinterhältigen Anschlag auf den hochgeschätzten Kepler habt Ihr Euch ausgerechnet noch mein Laboratorium ausgesucht. Könnt Ihr Euch vorstellen, was das heißt? Beinahe wäre der kurfürstlich-brandenburgisch-preußische Leibarzt unter meinem Dach, ja sogar vor meinen Augen auf unerklärliche Weise gestorben! Ist das Euer Dank? Habe ich Euch und Eurer Mutter dafür all die Jahre beigestanden? Völlig fremd seid Ihr hier am Pregel gewesen, dahergelaufene Wundärztinnen aus dem kaiserlichen Tross. Wie habe ich nur so gutgläubig sein und Euch meine Türen öffnen können!«

Er schüttelte den Kopf, zog ein weißes Leinentuch aus der Tasche und tupfte sich trotz der niedrigen Temperaturen Schweißperlen von der Stirn.

Carlotta erstarrte. Wie konnte Heydrich ihr derart Ungeheuerliches unterstellen? Das mit der Salbe war schlimm, doch die Andeutung auf Keplers Zusammenbruch barg gar noch Wüsteres. Ein Anschlag auf Kepler – von ihr geplant und kaltschnäuzig durchgeführt! Es war nicht zu fassen. Bestimmt hatte Farenheid ihm von seinen Verdächtigungen erzählt. Kein Wunder, dass Heydrich ihr nun alles zutraute. Ihre Finger tasteten nach dem Bernstein, umschlossen ihn, bis ihr die Knöchel schmerzten.

»Wollt Ihr allen Ernstes behaupten, ich hätte einen Anschlag auf den verehrten Kepler verübt? In Eurer Offizin? Vor den Augen seines Sohnes?« Sie zitterte vor Wut. »Ihr wisst doch, was es mit Keplers Zusammenbruch auf sich gehabt hat und wie ihm die Bernsteintropfen meiner Mutter geholfen …«

»Genau das ist das Unfassbare!«, schrie Heydrich aufgebracht dazwischen. Vor Schreck entglitt Carlotta der Bernstein.

»Erst habe ich natürlich alles für bare Münze genommen, wie Ihr es vor meinen Augen aufgeführt habt«, redete der Apotheker weiter. »Der arme Kepler bricht zusammen, benötigt dringend Hilfe. Ihr wisst, was zu tun ist, und rettet ihm quasi vor meinen und seines Sohnes Augen das Leben. Dafür ist er Euch zu tiefstem Dank verpflichtet und wird fortan alles tun, was Ihr von ihm verlangt. Ein ganz ausgeklügelter Plan! Inwieweit Keplers Sohn an dem Spiel beteiligt ist, vermag ich nicht zu sagen. Ihn habt Ihr so oder so in Eurer Hand. Nun aber geht es allein um den alten Kepler.«

»Ich weiß nicht so ganz, worin für mich der Vorteil …«, versuchte sie, ihm zu widersprechen. Er aber überging den Einwand sogleich.

»Schon beim Tod des alten Gerke hat die Essenz Eurer Mutter eine wichtige Rolle gespielt. Unverzeihlich, dass ich nicht gleich dagegen eingeschritten bin. Höchstpersönlich habe ich Kepler noch empfohlen, nichts auf das Gerede zu geben, nur um dann selbst Zeuge zu werden, wie Ihr Euer teuflisches Werk in meinem Laboratorium …«

»Aber hochverehrter Heydrich, gerade Ihr als Mann der Wissenschaft solltet …«

»Was ich sollte und was nicht, weiß ich selbst am besten«, fuhr er abermals scharf dazwischen. Dicht rückte er an sie heran, hauchte ihr seinen Atem ins Gesicht und wisperte: »Genauso, wie ich weiß, was Ihr besser tun solltet, meine Liebe.«

»Was?«, fragte sie heiser.

»Ganz einfach, mein verehrtes Fräulein Grohnert.« Hämisch lachte er auf. »Da Ihr den armen Kepler ohnehin schon in der Hand habt, werdet Ihr das jetzt für meine Zwecke nutzen.«

Ein Sonnenstrahl stach vom Himmel, ließ die Gläser seiner Brille von neuem grell aufblitzen. Carlotta schloss geblendet die Augen, schluckte. »Und wie?«

Heydrich wippte auf den Stiefelspitzen, verschränkte die Arme hinter dem Rücken und grinste siegesgewiss. Ihr wurde bang.

»Ihr, mein verehrtes Fräulein Grohnert, werdet den guten Kepler dazu bringen, *mir* die große Ehre vor der Fakultät zu verschaffen. Niemand anderer als meine Wenigkeit wird dort die fünfzigjährige Wundersalbe vor dem Auditorium der ehrwürdigen Professoren und Studenten vorführen. Und niemand anderer als ich wird für dieses besondere Verdienst mit dem Privileg der kurfürstlich-preußischen Hofapotheke ausgezeichnet!«

»Ihr seid wahnsinnig«, entfuhr es Carlotta. »Vielleicht soll der ehrwürdige Kepler auch noch dafür sorgen, dass der Kurfürst höchstpersönlich zugegen ist, wenn Ihr die Salbe in der Albertina mischt?«

»Eine hervorragende Idee, meine Teuerste. Ich sehe schon, Ihr habt sehr schnell begriffen, worauf es ankommt.« Heydrich rückte schmunzelnd die Brille auf seiner langen Nase zurecht. »Das alles geschieht natürlich nur zu Eurem eigenen Vorteil.«

»Wollt Ihr mir etwa drohen?«

»Wie käme ich dazu? Genügt es nicht, Euch daran zu erinnern, wie schnell es sich überall in Königsberg herumsprechen wird, dass ich bezeugen kann, wie Ihr Hand an den armen Kepler gelegt habt?«

Wie zufällig schwenkte sein Blick hinüber zur anderen Straßenseite. Carlotta folgte ihm und erstarrte. Farenheid stand dort und zwirbelte seinen grauen Bart, derweil der rotbärtige Gellert eilig auf ihn zuhielt. Auch Boye war nicht weit und machte Anstalten, zu den beiden aufzuschließen. Gemeinsam würden sie zur Börse gehen. Neuem Stoff für Gerüchte waren sie gewiss nicht abgeneigt. Gleich beim Verteilen der morgendlichen Post konnten sie die den Zunftgenossen zum Besten geben.

»Manchmal ist man erstaunt, wie viel die lieben Mitbürger voneinander mitbekommen«, fügte Heydrich an. »Eigentlich gibt es nichts, was man vor dem anderen lange verheimlichen kann. Denkt also daran, meine liebe Carlotta, bei allem, was Ihr tut: Irgendwer in unserer schönen Stadt am Pregel wird es gewiss beobachten und dafür sorgen, dass auch die anderen davon erfahren.«

Zum Abschied tippte er kurz an seine Hutkrempe und schritt dicht an ihr vorbei auf die andere Straßenseite hinüber. Die drei Kaufleute winkten ihm freudig zu. Sie wagte nicht, sich zu bewegen, aus Angst, die Herren auf sich aufmerksam zu machen. Ohne sich noch einmal umzusehen, zog Heydrich die drei Kaufleute die Langgasse Richtung Börse hinunter.

Ein Laufbursche rempelte Carlotta an. Die Wundarzttasche fiel zu Boden, mitten in eine Pfütze. Brackwasser spritzte auf. »Pass doch auf, du Hundsfott!«, rief sie und schalt sich zugleich für ihre Unvorsichtigkeit. Ein Fluch in der Sprache der Trossleute konnte ihr übel ausgelegt werden.

Eilig bückte sie sich nach der Tasche und wischte, so gut es ging, den Schlamm ab. Klopfenden Herzens lief sie weiter, in das vormittägliche Getümmel auf der Krämerbrücke und rund um den nahen Fischmarkt.

## 22

Was sie da taten, war verboten. Linas Herz raste. Gerade deswegen aber reizte es sie, es zu tun. Sie keuchte.

»Nicht so laut!« Humbert Steutner verschloss ihr den Mund mit der linken Hand. Seine rechte nestelte derweil ungeduldig am Stoff ihres dicken Winterkleids, fand die Öffnung des Mieders und tastete nach den Ösen. Die Vorfreude machte sie wohlig glucksen. Gleich würde sie seine warme Hand auf der Haut spüren. Die zarten, feingliedrigen Schreiberfinger blieben nicht lange an derselben Stelle, sondern wanderten langsam, aber zielsicher den Leib hinauf zu ihren Brüsten, kneteten die weiche, pralle Masse, fanden schließlich die Brustwarzen, spielten mit ihnen, bis …

»Ach, Humbert!«, seufzte sie. Heiß brandete eine Welle herauf, machte sie abermals stöhnen und keuchen. Dieses Mal vergaß sogar Steutner, ihr den Mund zu verschließen. Längst war auch er mit anderem beschäftigt. Sie lehnte den Kopf gegen seine Brust, vergrub das Gesicht im rauhen Stoff seines Mantels. Auch er begann, sich heftiger zu rühren, schnaufte, japste, rieb sich an ihr. Sie schlang die Arme um seine Schultern, zog ihn dicht zu sich heran, hob das Bein, ihn mit ihrem Schenkel zu umfassen.

Die Kälte um sie herum war vergessen, ebenso der seltsame Ort, an dem sie sich einander hingaben. Wie die Schneeflocken auf Steutners Nasenspitze schmolz auch ihr Groll, dass er sie seit dem verpatzten Stelldichein im Grafenkrug vor mehr als zwei Wochen kaum mehr angefasst hatte. Jetzt, da sie sich zufällig bei den leeren Marktbuden am Junkergarten getroffen und einige Minuten freie Zeit füreinander hatten, zählte das alles nicht mehr. Im trüben Licht des schwindenden Novembertags galt es einzig, die günstige Gelegenheit zu nutzen. Endlich allein mit dem Liebsten, endlich weit weg von all den neugierigen Blicken, den lästigen Fragen. Endlich voll Begierde, unter den Berührungen des anderen dahinzugleiten auf den sanften Wogen der Lust.

»Ach, Liebste«, stöhnte Steutner. Ungeduldig hob er ihren Rock. Schon spürte sie die Schwellung an seinem Unterleib.

»Humbert, komm«, raunte sie und fasste entschlossen mit der Hand in seinen Schritt. Mit den Lippen fuhr sie ihm über die Wangen, schnappte nach seinem Ohrläppchen, saugte immer gieriger daran. Gleichzeitig lehnte sie sich nach hinten, stieß gegen eine hüfthohe Mauer. Sanft nahm er sie hoch, setzte sie darauf und drängte sich gegen sie. Willig spreizte sie die Beine.

»Unschuldig bist du wohl nicht mehr«, raunte er ihr ins Ohr.

»Was?«

Es war das jähe Erwachen aus einem schönen Traum. Sie blinzelte ihn an, brauchte eine Zeitlang, bis sie wieder scharf sehen und vor allem klar denken konnte.

»Worauf willst du hinaus? Du bist doch selbst nicht gerade zum ersten Mal mit einer Frau zugange. Ach, ihr Mannsbilder seid doch alle gleich!«

Wütend stieß sie ihn von sich. Die halboffene Hose drohte ihm vom dürren Hintern zu rutschen. Hastig griff er danach, zog sie hoch und sah sie erschrocken an.

»Liebste, ich meine doch nur, ich will ja gar nicht, ach, vergiss es!«

Er machte eine abwehrende Bewegung mit der Hand. Schweigend sah sie zu, wie er sich das Hemd in die Hose stopfte, den Gürtel verschnürte und schließlich den Mantel darüber glatt strich. Auch sie ordnete Kleid und Umhang, zog den Schal über das strohblonde Haar. Tränen kullerten ihr über die runden Apfelwangen, die nassen Wimpern klebten feucht aneinander. Kaum spürte sie die Kälte der Schneeflocken, die um sie herum zur Erde rieselten.

Die Gelegenheit war vertan. Dennoch konnten sie beide sich nicht voneinander abwenden und jeder seines Weges gehen. Es war, als hielte sie noch etwas an diesem trostlosen, verlassenen Ort nahe des Pregelufers fest.

Dunkelheit senkte sich herab. Die verriegelten Buden und die kahlen Bäume warfen finstere Schatten auf das Pflaster. Nicht mehr lang, und die Tür am Haus in der Langgasse wurde geschlossen. Kaum wagte Lina sich vorzustellen, wie verbissen Hedwig die schmalen Lippen zusammenkniff und sich ihren Teil dabei dachte, dass sie nicht rechtzeitig zur Vesper nach Hause gekommen war.

Humbert Steutner vergrub die Hände in den Hosentaschen und scharrte mit den Stiefelspitzen über den glitschigen Boden. Letzte Reste von Laub und Steingeröll mischten sich mit dem Schnee. Dichter und dichter wurde das Weiß um sie herum. Ein Hund bellte in der Ferne. Lina schwankte. Der kleine Karl fiel ihr ein. Viel zu lange hatte sie nicht über ihn gesprochen, mit Steutner noch gar nicht. Offenbar war es Zeit für die Wahrheit. Sie holte Luft.

»Du hast recht«, kam Steutner ihr zuvor. »Es tut mir leid. Der Ort ist falsch, was ich getan habe, ist falsch. Ich hätte dich nicht so bedrängen sollen. Alles habe ich kaputtgemacht. Verzeih!«

Hastig hauchte er ihr einen Kuss auf die Wange, drückte sich den breitkrempigen Hut tief ins Gesicht und wollte in der schützenden Nacht verschwinden. Fassungslos sah sie ihm nach. Noch bevor er die nächste Ecke erreicht hatte, stürmten zwei Gestalten auf ihn zu. Kurz darauf folgten weitere nach. Lina erschrak. Studenten!

Aufgebrachte Stimmen schallten herüber. Lina bekam es mit der Angst. Zum Weglaufen war es zu spät. Flach drückte sie sich gegen die Bude und hoffte, keinem der Burschen aufzufallen. Ähnliches musste Steutner gedacht haben. Im Schatten der Mauer drückte er sich wieder zu ihr heran, baute sich schützend vor ihr auf.

Die Streithähne erreichten sie fast zur gleichen Zeit. Es waren nicht nur Studenten. Auch ein schwarzhaariger Mann mit blauem Rock war darunter. Ein Kurfürstlicher! Lina wurde übel. Das verhieß Ärger. Sie schien das Unglück regelrecht anzuziehen. Gebannt starrte sie mit Steutner auf die Gruppe. Es dauerte nicht lang, und das wüste Beschimpfen wurde von Handgreiflichkeiten begleitet. Dumpf hallten die Schritte und

Rippenstöße durch die dunkle Nacht, böse klangen die Flüche darüber.

»Du mieser Bastard!«, rief einer der Studenten und versetzte dem Kurfürstlichen einen Tritt. »Lass deinen Ärger nur heraus!«, höhnte der und hob die Fäuste. Die anderen Studenten umringten die Streithähne. Für Lina und Steutner wurde es schwer, Genaueres zu erkennen.

»Prügel mich, du elender Buchstabenfresser«, setzte der Blaurock nach. »Würg mich, bring mich um. Deshalb aber wird dich die Kleine mit den wilden Locken immer noch nicht unter ihre Röcke lassen!« Er lachte auf. Sogleich versetzte der Student ihm eine schallende Ohrfeige. »Du räudiger Bastard! Schweig endlich!«

Er gab dem Offizier einen weiteren Schlag ins Gesicht, ließ noch mehr Tritte und Rippenstöße folgen. Dem großgewachsenen Kurfürstlichen entschlüpfte nicht der geringste Mucks. Weder sackte er zusammen, noch wich er aus, um der Härte der Schläge zu entgehen. Die Studenten wurden unruhig. Bald machte der erste von ihnen Anstalten, wegzurennen. Der Blaurock wandte den Kopf und sah dabei zufällig in Linas Richtung. Leise schrie sie auf. Das war dieser Mathias!

»Den kenne ich«, raunte sie Steutner zu. »Der war schon mal bei uns.« Verwirrt glotzte der Schreiber sie an. Da erst begriff sie, wie er das verstanden hatte. »Nein, nicht bei mir. Bei Carlotta natürlich. Seinetwegen hat sie doch den ganzen Ärger.«

Ungeduldig nickte sie zu den beiden Gestalten, die reglos voreinander standen. Plötzlich kicherte Mathias gehässig los. Die Studenten nutzten die Gelegenheit und rannten davon, ließen ihren Kameraden allein bei dem Blaurock zurück.

»Würde mich an deiner Stelle auch ärgern zu erfahren, dass mein Liebchen zu anderen schon williger gewesen ist.« Breitbeinig baute er sich vor dem Studenten auf, verschränkte die Arme vor der Brust und sah auf ihn hinab.

»Ich sag dir, die hat Feuer im Blut. Du musst es nur zum Anheizen bringen, dann glüht sie auf und wird rasend. Wirst dich wundern, was sie dann zulässt. Eine Hure ist nichts dagegen. Die hat ihren Spaß und macht ihn dir auch.«

Rums! Statt einer Antwort rammte der Student ihm die Faust in den Leib, setzte sofort mit dem Knie nach. Dumpf schallte der Hieb durch die Stille. Er stieß und trat, bis Mathias vornüberkippte. Jaulend sackte der großgewachsene Offizier zu Boden, rollte sich zusammen wie ein Igel. Dennoch gab der andere keine Ruhe und versuchte weiter, ihn mit Tritten zu verletzen.

»Humbert!«, wisperte Lina entsetzt, »wir müssen etwas tun!«

»Das sehe ich selbst«, knurrte der Schreiber, zögerte aber dennoch.

»Tu was, sonst bringt er ihn um«, flehte Lina. »Du musst ihm helfen, sonst tue ich es!«

Sie schob ihn beiseite. Das brachte Steutner zur Besinnung. Barsch zog er sie zurück und stürzte los. In wenigen Schritten stand er bei den beiden Streithähnen.

»Nicht!«, rief er und zog den Studenten fort. »Hört endlich auf und kommt zur Besinnung.«

Überrascht hob der Student den Kopf. Im selben Moment knallten Stiefelschritte über das Pflaster. Offenbar hatten die geflohenen Kommilitonen Hilfe geholt. Überrascht erkannte Lina den jungen Kepler unter den Neuankömmlingen. Außer Atem blieb er stehen, blickte nicht weniger erstaunt zwischen ihr, Steutner, dem Studenten und dem Kurfürstlichen hin und her. Blitzschnell drehte sich der Student um und rannte davon. Mathias blieb am Boden liegen.

»Lasst mich sehen, was er hat«, erklärte Kepler und ging in die Knie. Doch ehe er sich versah, schnellte der auf dem Boden Liegende ins Sitzen hoch.

»Kepler, mein Bester!«, lachte er auf. »Das ist aber mal eine Überraschung! Immer zur Stelle, wenn es um geprügelte Studenten geht, was? Schade nur, dass Carlotta nicht da ist. Die hätte ihre Freude, auch wenn der Student dieses Mal heil davongekommen ist. Doch keine Sorge. Ich erspare dir, dich als mein Lebensretter aufspielen zu müssen.«

»Was soll das?« Trotz Mathias' widerwärtigem Gebaren machte der Medicus Anstalten, ihn zu untersuchen.

»Nimm deine dreckigen Finger von mir!« Ein böses Lächeln umspielte Mathias' Mundwinkel, die dunklen Augen blitzten gefährlich. »Es geht dir gar nicht darum, mir zu helfen. Du denkst, es ist eine günstige Gelegenheit, dich zu rächen. Hier, los!« Mit einem Ratsch riss er sich den Kragen auf und streckte ihm die Kehle entgegen. »Auf, geh mir an die Kehle. Drück zu! Das willst du doch.«

Sein Lächeln verwandelte sich in ein niederträchtiges Glucksen. »Würde ich an deiner Stelle nicht anders machen, wenn ich wüsste, dass mein Liebchen sich einem anderen hingegeben hat.«

»Was redet Ihr da? Ihr seid von Sinnen!« Kepler rang um Fassung, versuchte noch einmal, nach Mathias' Verletzungen zu schauen. Mit einer abrupten Bewegung stieß der Kurfürstliche ihn fort.

»Du wirst es schon noch begreifen, glaub mir. Am besten fragst du Carlotta einfach selbst. Vielleicht lässt sie dich auch mal ran. So schnell solltest du die Hoffnung nicht aufgeben. Das Warten lohnt sich. Schön ist es mit ihr!«

Kaum hatte er die letzten Worte ausgesprochen, wollte Kepler sich auf ihn stürzen. Beherzt griff Steutner ein und zerrte ihn fort. »Nicht! Lasst ihn. Er will Euch doch nur provozieren!«

Erst nach einigem Hin und Her gab Kepler nach. Mathias stellte sich unerwartet flink auf die Füße, klopfte den Schmutz aus seinem blauen Rock und richtete den Hut.

»Besser, Ihr verschwindet so schnell wie möglich aus der Stadt«, presste der Medicus zwischen den Lippen hervor. »Sonst kann ich für nichts garantieren.«

»Oh, der tapfere Maulheld will mir drohen!« Hämisch grinste Mathias. »Dass ich nicht lache! Wie heißt es doch so schön von euch Königsbergern? Scharf mit der Zunge, aber nie scharf mit den Waffen! Mach dir keine Sorgen: Auf deinen Rat kann ich gut verzichten. Ich weiß auch so, was zu tun ist.«

Er warf ihm einen abschätzigen Blick zu und trottete aufreizend langsam davon.

»Ist das nicht eigenartig?« Sobald er um die nächste Ecke verschwunden war, traute Lina sich aus ihrem Versteck und trat zu den beiden Männern. »Wie kann er so rasch wieder bei Kräften sein?«

»Ein Kurfürstlicher eben! Der ist das Prügeln gewohnt«, murmelte der Medicus, nickte ihr und Steutner zu und tauchte in die andere Richtung im Dunkel der Nacht unter.

»Der ist ganz schon wütend«, sagte Lina.

»Es ist eben nicht leicht zu erfahren, bei einer Frau nicht der Erste zu sein.« Steutner schniefte.

»Was?« Erschrocken sah sie ihn an. Ihr wurde noch banger. Sie fürchtete sich vor dem, was jetzt kommen würde.

Auf einmal aber breitete Steutner die Arme aus und zog sie ganz fest an sich.

»Mag sein, dass es nicht leicht ist«, wisperte er und verbarg sein Gesicht an ihrem Hals. »Aber wer weiß schon, warum man ein bisschen später dran ist als ein anderer?«

»Ach, Humbert«, raunte sie erleichtert. »Wer weiß schon, was wann im Leben geschieht?«

## 23

An diesem Mittwoch betrat Carlotta Keplers Haus in der Schmiedegasse mit klammem Herzen. Die alte Marthe nahm mürrisch ihre Heuke entgegen. Statt zu grüßen, warf sie einen vorwurfsvollen Blick auf die nassen Schuhe und schlammigen Patten. Folgsam streifte Carlotta sie am Eisen ab, schob die Patten mit den Fußspitzen gegen die Wand. Ihre Knie zitterten, als sie die Treppe in den zweiten Stock hinaufstieg. Das lag zum einen an der Kälte, zum anderen aber auch an der Furcht davor, wie der alte Kepler sie empfangen würde. Noch hatte sie keine Gelegenheit gefunden, Heydrichs Anliegen anzubringen.

»Christoph ist nicht da«, tönte die dürre Hanna, kaum dass sie das Schlafgemach des alten Stadtphysicus betrat. Die stickige Luft nahm ihr den Atem. Sie grüßte stumm mit einem Nicken und stellte ihre Wundarzttasche auf den Tisch am Fenster. Die beschlagenen Scheiben ließen kaum Helligkeit herein. Das Feuer im Ofen knisterte, vom Flur aus wurde kräftig Holz nachgelegt. Nach wenigen Atemzügen stand Carlotta bereits der Schweiß auf der Stirn.

Keplers Gesicht war rot angelaufen, das Haar klebte nass

an der hohen Stirn, von der Nase perlte bereits ein verräterischer Tropfen. Bis zum Kinn hatte man ihm das dicke Federbett hochgezogen, die Arme fest daruntergestopft. Gewiss sorgte ein heißer Stein an den Füßen dafür, ihm auch von unten herauf Hitze zu bereiten. Ein letztes Mal strich die fleischige Hand der Keplerin über das Federbett. Dann erst wandte sie sich an Carlotta.

»Mein Sohn ist wieder drüben bei Pantzer im Laboratorium. Die zwei brüten Gott weiß was aus.« Ihr aschblondes Haar wirkte ob dieser Worte noch fahler, das Doppelkinn wackelte. Gesenkten Kopfes verließ sie die Stube und schob Hanna gleich mit hinaus. Carlotta atmete auf.

»Ab morgen braucht Ihr mir Eure Aufwartung nicht mehr zu machen«, verkündete Kepler statt einer Begrüßung vom Krankenbett her. Ächzend schlug er das Federbett zurück und setzte sich auf. Es schien, als habe er nur auf den Moment gewartet, in dem die Tür hinter Frau und Tochter ins Schloss fiel, um sich aufzurichten. Seine buschigen Augenbrauen zogen sich eng zusammen, die dunklen Augen blickten freudlos, die riesige Nase bebte.

»Fangt gar nicht erst an, Eure Tasche auszupacken. Das ist nicht mehr nötig. Auch die Tropfen könnt Ihr wieder einstecken.« Er reichte ihr die braune Glasphiole, die auf dem Schemel neben dem Bett stand. »Die Bernsteinessenz hat zwar nicht geschadet, wie das so manche in letzter Zeit gern behaupten. Ob sie aber wirklich zu meiner Genesung beigetragen hat, bleibt dennoch offen. Es ist die ewige Streitfrage: Woran gesundet der Mensch?« Mit einem kräftigen Satz schwang er die Beine zur Seite und blieb kerzengerade auf der Bettkante sitzen. »Wie Ihr seht, geht es mir prächtig. Gleich nachher werde ich unten in der Stube meine Studien wieder aufnehmen, ab morgen meine ersten Visiten machen. Der Kurfürst wartet bereits. Ob die rasche Besserung von Euren Wundertropfen rührt oder eher meiner guten Konstitution zuzuschreiben ist, spielt letztlich keine Rolle.«

Zum ersten Mal sah er ihr geradewegs in die Augen. Sein brauner Bart zitterte in der warmen Luft. »Wo wir von Wunderessenzen sprechen, kommt mir die von Heydrich erwähnte Wundersalbe in den Sinn.«

Ihr wurde flau. Sie bemühte sich, ihn ihre Verunsicherung nicht merken zu lassen, und wandte sich hastig der Tasche zu, um die Phiole darin zu verstauen.

»Ihr erinnert Euch an jenen Tag in Heydrichs Laboratorium, an dem er mir stolz jene zähe Masse vorgeführt hat.« Carlotta blieb nur ein stummes Nicken, Kepler überging es mit einem abfälligen Grunzen. »Einen rechten Floh hat er meinem Sohn damit ins Ohr gesetzt. Seither träumt er davon, selbst hinter die Rezeptur zu kommen. Und sein Freund, dieser unselige Caspar Pantzer aus dem Löbenicht, ist genauso besessen davon. Kein Wunder, nagt wohl die große Enttäuschung an ihm, bislang noch nichts vergleichbar Gutes wie sein Vater ersonnen zu haben. Ihr kennt die Geschichte mit dem Theriak. Heydrich hat sie Euch natürlich erzählt. Ach, diese Apotheker! Immer haben sie nur eins im Sinn: es an die Universität zu schaffen und aus ihrer Salbenkocherei eine Wissenschaft zu machen. Doch unter uns gesagt, meine Teuerste«, Kepler winkte sie heran und senkte verschwörerisch die Stimme, »selten sind mir solch eitle Quacksalber begegnet wie die hier am Pregel. Längst habe ich dem Kurfürst davon abgeraten, auch nur einem von ihnen das Privileg der Hofapotheke zu verleihen. Sie reichen eben alle nicht an ihre Vorfahren heran.«

Hämisch lachte er auf, steckte die knorrigen weißen Altmännerfüße in die Filzpantoffeln und strich das lange Leinenhemd über die Knie. Carlotta lief ein Schauer den Rücken hinunter. Ihre Finger glitten zum Bernstein.

»Das könnt Ihr besser beurteilen als jeder andere«, sagte sie so beiläufig wie möglich. »Trotzdem solltet Ihr mich jetzt meine Arbeit tun und Euren Puls fühlen lassen.«

Sie griff nach seinem Handgelenk und tastete nach der richtigen Stelle. Gleichzeitig behielt sie seine Augen im Blick, bemerkte den trüben Schimmer, der immer noch darin lag. Auch die dunklen Schatten in dem ausgezehrten Gesicht waren nicht zu übersehen. Dennoch war es vergebens, ihn zu weiterer Vorsicht zu mahnen.

»Falls Ihr wieder in Ohnmacht fallt, weiß Euer Sohn inzwischen, was zu tun ist«, stellte sie knapp fest.

»Davon gehe ich aus«, erwiderte er, ohne sie anzusehen. »Irgendwas muss der Lümmel ja doch gelernt haben.«

Ungeduldig nestelte er an den Ärmelaufschlägen seines Hemdes herum, versuchte vergeblich, mit seinen ungeschickten Fingern die Knöpfe zu schließen. Sie beugte sich vor, um ihm zu helfen. Widerwillig ließ er das zu.

»Marthe wird Euch das Geld geben, das Euch für Eure Dienste zusteht«, knurrte er, sobald der letzte Knopf geschlossen war. »Lebt wohl, Fräulein Grohnert.«

Unten in der Diele sah Marthe sie nicht einmal an, als sie ihr die Münzen für die Behandlung reichte. Schweigend nahm Carlotta die Heuke vom Haken, schob die Patten zurecht und schnallte sie unter die Stiefel. »Lebt wohl«, rief sie leise und eilte aus dem Haus.

Ohne nachzudenken, wandte sie sich auf der Straße nach links der Brücke zu, lief achtlos den gewohnten Weg am Fischmarkt vorbei in den Kneiphof hinüber. Zu Christoph und Pantzer in die Apotheke zu gehen, stand ihr nicht mehr der Sinn. Heydrichs Ansinnen machte es ihr unmöglich, den beiden unbeschwert gegenüberzutreten. Unwillkürlich beschleunigte sie ihre Schritte.

Bildete sie sich das nur ein, oder steckten die Leute hinter ihrem Rücken tuschelnd die Köpfe zusammen? Es schien ihr, als öffnete sich im dichten Gedränge des Vormittags eine schmale Gasse für sie. Niemand wollte ihr zu nahe kommen oder sie gar zufällig berühren. Hinter der Brücke wandte sie sich nach links durch die Alte Domgasse der Langgasse zu. Wie so oft um diese Zeit wurde der Trubel nahe der Krämerbrücke noch dichter. Weithin sichtbar ragte endlich der reichverzierte Giebel des Singeknecht'schen Anwesens auf. Auf einmal empfand Carlotta den Anblick wie eine rettende Insel inmitten des Feindeslands. Unbedingt musste sie dort hingelangen. Trotzdem verlangsamten sich ihre Schritte, und sie blieb stehen, um das Gebäude zu betrachten.

Stolz wie eh und je schaute der obenauf thronende Neptun auf das Geschehen zu seinen Füßen hinab. Das von Reliefs und Figuren aus uralten Überlieferungen reich übersäte Sandsteinportal hob sich auffällig aus der Reihe der Nachbarhäuser heraus. Der dreizeilige Sinnspruch oberhalb der Eingangstür verkündete:

Andre haben für uns gebaut,
wir bauen für Spätre,
Und so statten wir ab überkommene Pflicht.

Nachdenklich murmelte Carlotta den Spruch vor sich hin. Bislang hatte sie ihm wenig Beachtung geschenkt. Zu selbstverständlich schien es ihr, mit der Mutter das Erbe der Singeknechts angetreten zu haben. Nun aber stieß ihr auf, wie merkwürdig es war, dass ausgerechnet Paul Joseph Singeknecht als Erbauer des Hauses diese Zeilen gewählt hatte. Anders als sein Bruder, Magdalenas Vater Joseph, hatte er weder Gemahlin noch eigene Kinder gehabt. Wie hatte er davon ausgehen können, etwas für seine Nachfahren zu erschaffen? Oder war das alles ganz anders gemeint: nicht als selbstverständliches Erbe innerhalb der Familie, sondern als Erbe für die Nachgeborenen allgemein? Das Erbe konnte nicht einfach übernommen, sondern musste hart erarbeitet werden. So mochten es die Kneiphofer verstehen, die noch immer an Magdalenas berechtigtem Anspruch auf Haus und Kontor zweifelten. Magdalena hatte in Besitz genommen, was sie meinte, in Besitz nehmen zu dürfen, ohne sich je mit den Leuten am Pregel auseinanderzusetzen, geschweige denn, sich in ihren Augen um das Erbe verdient gemacht zu haben. Kein Wunder, dass ihr Erfolg und Reichtum geneidet wurden. Farenheid, Gellert und Boye wollten sie voller Häme in den Schmutz ziehen. Auch Heydrich versuchte letztlich aus Neid, sie von dem Sockel der Vorfahren zu stoßen.

Doch nicht allein das wunderschöne Haus hatte sich die Mutter angeeignet. Obendrein hatte sie das Kontor der Singeknechts schon bald wieder zu einem der ersten Handelshäuser am Platz werden lassen. Dabei hatte sie zuvor weder einen besonderen Ruf als Kauffrau genossen, noch hatte sie mit der Wundarztkunst einen angesehenen Beruf erlernt. Zu allem Überfluss entstammte sie dem kaiserlichen Heerestross und weigerte sich, durch die Heirat mit einem Kneiphofer Zunftgenossen wenigstens diesen Makel zu beseitigen. Dass sie sich stattdessen an den Leipziger Helmbrecht hielt, ihn nach all den Jahren aber immer noch nicht geehelicht hatte, machte es nicht besser. Alles in allem waren das in den Augen der Kneiphofer unermesslich viele Beweise der Singeknecht-Grohnert'schen Überheblichkeit.

Kaum wagte Carlotta, den Gedanken zu Ende zu spinnen. Scham überkam sie, wenn sie an Farenheids Unterstellungen dachte. Die bedeuteten nichts anderes, als dass sie mit den Kurfürstlichen gegen ihre eigenen Standesgenossen paktierte! Am liebsten wäre sie auf der Stelle im Erdboden versunken. Dabei trug sie selbst Schuld an dem Unglück: In all ihrer von den Singeknecht'schen Ahnen geerbten Anmaßung hatte sie nicht im Traum daran gedacht, jemand könnte sie an Mathias' Seite erkennen, gar ihren gemeinsamen Gang durch die Stadt am helllichten Tag derart missdeuten, wie Farenheid es getan hatte. Von Heydrichs bösem Ansinnen ganz zu schweigen. Um da wieder herauszukommen, blieb eigentlich nur eine Wahl: Sie musste für ihr Erbe und ihr Glück kämpfen!

Sie umfasste den Bernstein, drückte ihn fest gegen die Brust und sandte ein inniges Flehen um Beistand gen Himmel.

## 24

An den erschrockenen Gesichtern las Carlotta ab, wie wenig die Mutter und Helmbrecht mit ihrem Auftauchen gerechnet hatten. Dabei war sie nicht eben leise die Treppe in das Obergeschoss hinaufgelaufen, hatte auch die doppelflügelige Tür zur Wohnstube polternd aufgestoßen.

Eng umschlungen hielten die beiden einander in den Armen, in ein vertrauliches, sehr ernstes Gespräch vertieft. Sofort ließ Philipp Helmbrecht von Magdalena ab, trat einen Schritt zurück und räusperte sich in die Faust. Die Mutter drehte ihr schmales Gesicht zu Carlotta. Es war besorgniserregend blass. Aller Glanz war aus den leicht schräg stehenden, smaragdgrünen Augen gewichen. Die dünnen Lippen wirkten farbloser noch als sonst, das spitze Kinn ragte weit hervor.

»Gut, dass du kommst, mein Kind«, sagte sie heiser. »Ich muss dringend mit dir reden.«

In wenigen Schritten stand sie dicht vor ihr und fasste sie an den Händen. Seltsam berührt, schaute Carlotta über ihre Schulter zu Helmbrecht. Auch sein Antlitz war blass, die Bernsteinaugen trüb. Er schnaufte, griff sich an den Kopf.

»Was ist geschehen?«, fragte sie und führte Magdalena zum Tisch. »Wenn ich euch beide hier so stehen sehe, denke ich, es wird höchste Zeit, dass ihr die Stadt verlasst und den Winter außerhalb Königsbergs verbringt. War dies nicht Euer Vorschlag, mein lieber Helmbrecht? Ihr hört, ich stehe voll und ganz hinter Euch.«

»Darüber habe ich auch schon nachgedacht«, stimmte Magdalena zu. »Doch nun gibt es ein neues Problem.«

Sie sah zu Helmbrecht. Ein Schnaufen entfuhr dessen Mund, angestrengt hielt er den Blick gesenkt.

»Stell dir vor, Liebes«, fuhr sie fort. »Unser guter Freund rät mir auf einmal davon ab, den Kneiphof zu verlassen. Verstehst du das? Dabei ist er eigens Ende Oktober hierher zurückgekehrt, um mich genau dazu zu überreden!«

Der Leipziger Kaufmann starrte weiterhin zu Boden, die Mutter ließ ihn nicht aus den Augen. Carlotta brachte das nicht mit der Vertrautheit zusammen, die die beiden eben noch umgeben hatte.

»Es ist nicht mehr so einfach, wie Ihr Euch das vorstellt«, begann Helmbrecht und ging einige Schritte durch die Wohnstube. Durch die drei hohen Fenster zur Straßenseite fiel das milde Novembersonnenlicht herein. Vereinzelt klangen Rufe und das Räderrollen von Fuhrwerken herauf.

Endlich blieb Helmbrecht stehen, betrachtete das Bild des ehrwürdigen Ahns Paul Joseph Singeknecht. Streng schaute der in seinem schwarzen Gewand mit dem steifen, weißen Kragen auf sie alle herunter.

»Wieso ist es inzwischen nicht mehr so einfach, Mutter aus der Stadt fortzubringen?«, fragte Carlotta und fürchtete bereits die Antwort: Das Auftauchen der fremden Blonden hatte alles verändert! Lina hatte recht gehabt. Seit die Fremde da war, wollte Helmbrecht die Mutter nicht mehr heiraten, geschweige denn, ihr aus der Stadt heraushelfen. Er stand ganz in ihrem Bann, wie das Auftauchen der beiden in Pantzers Apotheke bewies. Wahrscheinlich hatte die Fremde auch keine lauteren Absichten verfolgt, als sie Pantzer bat, die Bernsteinessenz zu untersuchen.

»Wenn Ihr jetzt abreist, könnten böswillige Zungen das als Schuldeingeständnis deuten«, sagte er leise.

»Was?« Verwirrt starrte sie ihn an. Daran hatte sie nicht im Entferntesten gedacht. »Das sehe ich anders. Doch gut. Wir schaffen das auch allein«, erklärte sie entschlossen. Aufgeregt knetete sie die Finger, trat ans Fenster und sah hinaus. In großen Schritten eilte Steutner unten über die Straße. In der Hand hielt er einige Bogen hellen Papiers, vermutlich die neueste Ausgabe des *Europäischen Mercurius.* Ob darin Nachrichten über das Wohlergehen von Hieronymus Roth standen? Hoffentlich saß er bereits in der Feste Kolberg. Damit wäre zumindest Mathias schon fort aus der Stadt, und sie müsste Helmbrecht seinetwegen nicht mehr zum Brief an Tante Adelaide überreden. Gut, dass somit eine Aufgabe bereits erledigt war. Erleichtert wandte sie sich wieder in die dämmerige Wohnstube um. Die große Uhr auf dem Wandbord tickte laut. Es blieb nicht mehr viel Zeit, Entscheidungen zu treffen.

»Du wirst auch ohne fremde Hilfe aus Königsberg weggehen können«, sagte sie zu Magdalena. »Vergiss nicht: Wir pflegen seit Jahren rege Kontakte zu verschiedenen Handelshäusern entlang des Frischen Haffs. Es wird uns schon gelingen, über die Wintermonate eine angemessene Bleibe zu finden. Vertrau mir, Mutter, alles wird gut.«

»Danke, mein Kind. Was aber ist mit dir? Habe ich mich da gerade verhört? Warum sprichst du nur von mir? Du musst natürlich mitkommen! Allein werde ich den Kneiphof nicht verlassen.«

»Nein, das geht nicht«, widersprach Carlotta. »Ich muss mich doch ums Kontor kümmern – oder willst du das etwa Egloff überlassen? Keine zwei Tage wird er benötigen, alles durcheinanderzubringen, Bestellungen und Wareneingänge zu verwechseln, falsche Mengen zu verschicken. Vom trägen Breysig oder dem flattrigen Steutner ganz zu schweigen. Der hat doch nur noch Augen für Lina.« Carlotta lachte übertrieben, um Magdalena aufzuheitern. Leise fügte sie hinzu: »Außerdem gibt es noch eine andere Aufgabe für mich, die noch entscheidender ist.«

»Seltsam, Kleines, dass du dich ausgerechnet jetzt um das Kontor zu kümmern beginnst«, erwiderte Magdalena erstaunt. »All die Jahre habe ich mir gewünscht, dein Interesse für unser Handelsgeschäft zu wecken. Immer stand deine Liebe zur Wundarztkunst dazwischen, von einer Liebe ganz anderer Art schweigen wir besser. Nun, der alte Kepler wird sich gewiss freuen zu hören, dass du dich zumindest in dieser Hinsicht anders entschieden hast.«

»Was hat der alte Kepler damit zu tun?« Kaum wagte Carlotta, die Mutter anzuschauen.

»Sei vorsichtig, mein Kind, du spielst mit dem Feuer«, vermied Magdalena eine klare Antwort und setzte nach einer kleinen Pause nach: »Gib zu: Es geht dir gar nicht ums Kontor. In Wahrheit ist es dir darum zu tun, unsere Wundärztinnenehre gegen den alten Medicus zu verteidigen. Du willst die Gerüchte um die Bernsteinessenz klären, nicht wahr? Aber da gibt es nichts zu klären, mein Kind. Die Essenz ist von mir getreu meiner altbewährten Rezeptur hergestellt. Du weißt, wie viel Wert ich darauf lege. Lass dir nichts anderes einreden und versprich mir, gut auf dich achtzugeben. Vertrau keinem, nicht einmal denen, die du seit langem schon zu kennen meinst.«

Sie hielt inne und sah sie eindringlich an, um plötzlich nach ihren Händen zu greifen. »Ach, was rede ich da, mein Kind? Du kannst nicht hierbleiben! Du musst mit mir kommen, ob es dir passt oder nicht. Noch bin ich deine Mutter und trage die Verantwortung für dich. Soll das Kontor ruhig zugrunde gehen! Auch über unsere Rezepturen mögen sie reden, was sie wollen. Viel wichtiger ist, dass dir nichts geschieht. Du bist die Einzige, die mir geblieben ist, nachdem dein armer Vater mich leider viel zu früh verlassen hat.«

Behende drehte sie sich um, ging zum Nussbaumtresor und schloss ihn auf. Mit zittrigen Fingern nahm sie die geheimnisvolle Schachtel heraus. Bedächtig hob sie den Deckel, lugte hinein, warf einen Blick auf Helmbrecht und erklärte dann: »Du hast es recht erkannt, Liebes: Wir Grohnert-Frauen sind stark. Wir brauchen keine fremde Hilfe. Wir haben schon weitaus schwierigere Herausforderungen überstanden. So schnell wie möglich brechen wir auf. Wir nehmen Geld mit, ein paar Briefe, etwas Bernstein – darunter diesen hier – und natürlich unsere Wundarztkiste sowie die Rezepturen. Wir fangen einfach anderswo noch einmal von vorn an. Es ist schließlich nicht das erste Mal, dass wir das tun müssen.« Sie presste die Schachtel gegen den Busen und reckte das Kinn entschlossen in die Luft.

Beim Hinweis auf den Bernstein, der sich offenbar in der Schachtel befand, wurde Helmbrecht blass, sagte aber nichts. Carlotta musterte ihn verwundert und ahnte, dass er den Stein ihrer Mutter geschenkt hatte und sich nun fragte, was sie damit vorhatte: ihn zu Geld machen oder als Andenken bewahren.

»Mach dir keine Sorgen um mich, Mutter. Ich bin aus demselben Holz geschnitzt wie du.« Carlotta zwang sich zu einem Lächeln. »Natürlich weiß ich, was in der Stadt geredet wird: Ich soll den alten Kepler krank gemacht haben, um ihn mir gefügig zu machen. Doch das ist töricht, genauso, wie es töricht ist, dass du mit Gerke Gleiches vorgehabt hättest, dass sein Tod nur ein Versehen von dir gewesen wäre. Einfach ungeheuerlich, ausgerechnet dir zu unterstellen, das Leben eines Menschen zum eigenen Vorteil aufs Spiel zu setzen! Einst hast du sogar deine ärgsten Feinde vor dem Tod gerettet. Ich werde beweisen, wie hanebüchen das alles ist und wie sehr sie sich in uns getäuscht haben. Aber dazu muss ich hier im Kneiphof bleiben. Du dagegen solltest sofort von hier verschwinden. Wie wäre es mit einer Reise zu Siegfried Hartung nach Frauenburg? Seit langem schon brennt er darauf, dir seine berühmte Wunderkammer vorzuführen. Wenn du morgen beizeiten aufbrichst, kannst du bis Samstag bei ihm sein.«

»Nein!«, schallte Helmbrechts Stimme durch die Stube. »Ihr werdet nicht nach Frauenburg reisen. Ihr könnt Euch dort nicht für längere Zeit einquartieren.«

»Warum nicht?« Verwundert sah Magdalena ihn an. »Siegfried Hartung ist mir seit Jahren gut bekannt. Mein verstorbener Gemahl hat noch von Frankfurt aus Geschäfte mit ihm gemacht. Ist es das, was Euch an ihm …«

»Es geht einfach nicht«, unterbrach er sie schroff.

»Das wird Hartung wohl am besten selbst entscheiden«, sagte Carlotta. »Gleich nach dem Essen sollten wir ihm eine Nachricht schicken.«

»Ihr werdet ihm nichts schicken, genauso, wie Ihr nicht nach Frauenburg reisen werdet.«

Aufgewühlt ballte Helmbrecht die Hände zu Fäusten.

»Aber warum? Was habt Ihr gegen Hartung? Ihr wollt mir doch nicht im Ernst den Besuch bei einem alten Freund meines verstorbenen Gemahls verwehren?«

Eindringlich musterte Magdalena sein Antlitz, auch Carlotta versuchte, darin zu lesen. Um ihnen zu entgehen, trat er ans Fenster, verschränkte die Hände hinter dem Rücken und sprach gegen die Scheibe: »Es geht einfach nicht. Mehr kann ich dazu nicht sagen.«

»Tut nicht so geheimnisvoll.« In Magdalena erwachte der alte Trotz. »Am besten, Ihr verratet uns den Grund jetzt gleich. Früher oder später werden wir ihn ohnehin herausfinden. Ihr kennt meine Ausdauer, was solche Dinge anbetrifft.«

Carlotta schmunzelte, froh, ihre Mutter in der vertrauten Stärke zu erleben. Helmbrecht indes wand sich unruhig.

»Bitte, Magdalena, belasst es einfach dabei: Ihr könnt nicht dorthin. Mehr kann ich nicht sagen. Ein Schwur bindet mich.«

»Das wird ja immer schöner!«, platzte Carlotta dazwischen. »Was kann schwerwiegend genug sein, dass Ihr uns im Stich lasst?«

Noch schwankte sie, ob sie ihm die Verbindung zu der fremden Blonden geradewegs auf den Kopf zusagen sollte. Sie äugte zu Magdalena. Die blickte gebannt auf Helmbrechts breiten Rücken, wirkte dabei jedoch weniger verstört als nachdenklich. Herausfordernd baute sich Carlotta neben ihm auf.

»Könnt Ihr uns bitte erklären, was Ihr eigentlich wollt? Erst fordert Ihr meine Mutter auf, schnellstmöglich die Stadt zu verlassen, weil es hier angeblich zu unsicher für sie geworden ist. Dann aber weigert Ihr Euch, sie auf der Reise zu begleiten, und jetzt wollt Ihr gar verbieten, dass sie bei einem alten Freund Zuflucht sucht! Und das alles eingedenk der Tatsache, dass sie Euch vor kurzem erst im Grünen Baum wieder einmal in einer Notlage selbstlos geholfen hat.«

Zitternd vor Empörung hielt sie inne, wartete, ob er auf ihre Vorhaltungen eingehen wollte.

»Liebes, lass gut sein.« Magdalena versuchte, sie zurückzuhalten.

»Nein, Mutter!« Noch dichter schob sie sich an Helmbrecht heran. »Darf ich Euch an unsere Reise durch den Spreewald vor vier Jahren erinnern? Als Ihr dort einen schrecklichen Anfall erlitten habt, hat meine Mutter Euch das Leben gerettet. Auch angesichts der aussichtslos scheinenden Niederkunft Eurer Schwägerin hat sie keinen Moment gezögert zu helfen, ganz gleich, in welche Gefahr sie sich selbst dabei begeben hat. Ihr aber fürchtet Euch jetzt sonderbarerweise nicht zum ersten Mal davor, meiner Mutter offen beizustehen. Denkt nur an jene Nacht im Wald, kurz vor Thorn, als meine Mutter der Hexerei bezichtigt wurde. Was habt Ihr da für sie getan?«

Carlotta rüttelte ihn am Arm. Er ließ es geschehen. Ihre Stimme überschlug sich, als sie ihm entrüstet entgegenschleuderte: »Gar nichts! Weggeschickt habt Ihr uns, habt uns ohne ein einziges Wort der Verteidigung einfach im Stich gelassen. Kneift Ihr nun schon wieder, sobald die erste Gefahr am Horizont dräut?«

»Du irrst dich«, erwiderte Helmbrecht tonlos.

Über ihrem Ausbruch war er erbleicht. Die Bernsteinaugen verfinsterten sich. Beistand heischend, schielte er zu Magdalena. Die aber wich aus, was ihn kurz stutzen ließ. Beschwörend hob er die Stimme: »Carlotta, glaub mir: Nichts hätte ich in jener Nacht lieber getan, als mich vor deine Mutter zu stellen und die bösen Unterstellungen deiner Tante zurückzuweisen. Doch ich hatte eine Mission, die ich kurz vor dem Ziel nicht aufs Spiel setzen durfte. Ich musste bei den Reisenden bleiben, koste es, was es wolle. Deine Mutter weiß das und hat mir verziehen.«

Carlotta schaute zu ihrer Mutter, die kaum merklich nickte.

»Er hat recht, mein Kind. Wir haben das längst miteinander geklärt. Er konnte damals nicht offen gegen die Mitreisenden aufbegehren. Der Erfolg seines Geheimauftrags durfte nicht gefährdet werden. Im Nachhinein war das unser Glück, wie du weißt. Noch in derselben Nacht wurde die Reisegruppe überfallen. Lediglich Tante Adelaide, Mathias und Helmbrecht haben das Gemetzel überlebt. Die Empfehlungsschreiben Helmbrechts aber haben es uns ermöglicht, sicher bis Thorn zu gelangen. Selbst sein Pferd hat er uns überlassen, wie du dich noch erinnern wirst. Genau wie damals vertraue ich Helmbrecht auch jetzt. Er wird einen wichtigen Grund haben, warum er uns nicht nach Frauenburg gehen lassen will. Ich kann mir auch schon denken, welchen.«

»So?« Carlotta blieb misstrauisch, was Magdalena jedoch nicht störte. Sie fasste sie an der Hand und erklärte geduldig: »Es ist wohl das Versprechen Tante Adelaide gegenüber. Nach dem Überfall auf die Reisegefährten hat er ihr zugesagt, niemandem zu verraten, wo sie steckt. An einem Ort, den niemand außer ihm kennt, hat sie noch einmal ein neues Leben begonnen. Das wird wohl Frauenburg sein. Eure Treue in allen Ehren, mein lieber Helmbrecht«, wandte sie sich lächelnd an ihn, »aber Ihr werdet verstehen, dass meine Tochter und ich derzeit nicht in der Lage sind, besondere Rücksichten zu nehmen. Wir reisen morgen ab, sagen Euch aber nicht, wohin. Damit habt Ihr Euer Versprechen gehalten. Was wir beide tun, steht eben außerhalb Eures Einflusses.«

Er seufzte laut.

»Das heißt also …«, hub Carlotta an, wurde aber von ungewöhnlichem Aufruhr unten in der Diele am Weiterreden gehindert. Es klang so, als dringe jemand gewaltsam ins Haus ein. Verwundert sahen sie einander an.

## 25

Energische Stiefelschritte polterten die Treppe herauf. Hedwigs heiseres Krächzen sowie die aufgebrachten Rufe Millas und Linas begleiteten den Lärm. Offenbar versuchten sie, den ungestümen Besucher aufzuhalten. Im nächsten Augenblick flog bereits die Tür der Wohnstube auf.

»Hier steckt ihr also!« Mathias' große Gestalt tauchte im Türrahmen auf, die dunklen Augen waren bedrohlich zusammengekniffen, der dünne Oberlippenbart zitterte. Die Schöße seines blauen Rocks flatterten, als er in die Stube stürzte, die braunen Stiefel knallten über den Dielenboden. Direkt hinter ihm stürmte Steutner die Treppe herauf. Die Mägde und die Köchin sowie die beiden anderen Schreiber folgten in kurzen Abständen.

»Braucht Ihr Hilfe?«, rief Steutner und machte Anstalten, sich auf Mathias zu stürzen. Die Mägde und Hedwig dagegen drängten sich im Türrahmen, unschlüssig, was sie von dem

Auftritt halten sollten. Auch Breysig und Egloff wirkten verunsichert, ob sie mannhaft sein und Steutners beherztem Beispiel folgen oder sich besser wieder unauffällig zurückziehen sollten. Helmbrecht winkte ab, während die Mutter ermattet auf den nächsten Stuhl sank.

»Liebes, einen Schluck Rosmarinwein!«, bat sie leise.

Carlotta jedoch hielt die Augen starr auf den Eindringling in der kurfürstlichen Montur gerichtet.

Trotz seiner offenkundigen Wut sah Mathias verletzlich aus. Er konnte ihrem Blick nicht standhalten. Das erinnerte sie an ihre letzte Begegnung vor wenigen Wochen am Pregelufer. Bevor sie zum Tresor ging, um das Gewünschte für die Mutter zu holen, raunte sie ihm zu: »Ich denke, du bist längst in Kolberg. Hast du nicht den aufmüpfigen Roth zu bewachen?«

»Das käme dir wohl gut zupass!« Mathias nahm den breitkrempigen Hut ab und warf ihn auf den Tisch. »Wie du weißt, warte ich seit langem auf Nachricht von dir. Deshalb habe ich bei meinem Trupp um Urlaub gebeten. Roth kann auch von jemand anderem bewacht werden. Ich aber muss meine Angelegenheiten klären. Deshalb bin ich hier. Gut, auch deine Mutter und Helmbrecht anzutreffen. Dann können wir endlich alles gemeinsam bereden.«

Er schaute zur offenen Tür, wo sich die dünne Milla mit weit aufgerissenen Rehaugen an Lina klammerte, die sich wiederum hinter Hedwigs breitem Rücken zu verbergen versuchte. Die Köchin kümmerte sich nicht darum. Sie hatte die Arme vor dem riesigen Busen verschränkt und schnaubte verächtlich in Mathias' Richtung. Von den beiden älteren Kontoristen war nichts zu sehen. Dafür stand der junge Steutner breitbeinig vor dem Türrahmen und versperrte wagemutig den Weg nach draußen.

»Ich glaube, ihr geht jetzt besser alle«, forderte Carlotta sie auf. Milla machte erleichtert kehrt. Lina dagegen zögerte, sich ihr anzuschließen. Erst als die Köchin laut in die Hände klatschte, sprang sie ebenfalls die Treppe hinunter. Ein letztes Mal drehte Hedwig sich um, sah Carlotta fragend an.

»Bist du sicher, Kind?« Carlotta nickte. Die Köchin zupfte Steutner am Ärmel. »Auch Ihr seid damit gemeint, mein Guter.«

Endlich waren die Mutter, Helmbrecht und Carlotta allein mit Mathias.

»Vielleicht ist es besser, du schenkst deiner Mutter von dem Wein ein. Sieht so aus, als könnte sie eine Stärkung vertragen.«

Unaufgefordert setzte Mathias sich an den Tisch. Trotz seines Bemühens um forsches Auftreten war seine Unsicherheit nach wie vor zu spüren. Carlotta entnahm dem Schrank den Krug und zwei Becher und reichte einen davon an Mathias.

»Auch dir wird das nicht schaden«, sagte sie. Statt des Bechers packte er ihr Handgelenk und drückte fest zu. Seine Hand war kalt und feucht.

»Was ist?«, fragte er. »Hast du es schon geklärt, oder soll ich selbst …?« Halb wandte er sich auf dem Stuhl um und sah zu Helmbrecht. »Übrigens schön, Euch hier zu treffen, mein Bester. Ich hatte bereits befürchtet, Ihr hättet die Stadt bis zum nächsten Frühjahr verlassen.«

»Warum sollte ich?« Verwirrt sah Helmbrecht zwischen ihm und Carlotta hin und her.

»Mathias, gib mir bitte noch einen Moment Zeit«, setzte Carlotta an.

»Liebes, was ist los? Was soll das nun alles schon wieder?«

Magdalena erhob sich und betrachtete verwundert ihren Neffen.

»Lass uns unten im Kontor unter vier Augen miteinander reden, dann tun wir uns leichter«, bat Carlotta ihn.

Nach einem weiteren Blick auf Magdalena und Helmbrecht zuckte Mathias mit den Achseln. »Wie du magst. Aber denk dran, so schnell wirst du mich heute nicht mehr los.«

Ohne ihr Handgelenk freizugeben, griff er mit der zweiten Hand nach seinem Hut und zog sie mit sich hinaus.

Kaum erreichten sie in der Diele den untersten Treppenabsatz, klopfte es an der Eingangstür. Lina eilte von der Küche herüber, um zu öffnen. Christoph stand vor der Tür.

»Gott zum Gruße«, nahm er den Hut vom Kopf und erstarrte, als er Mathias an Carlottas Seite entdeckte. Wutentbrannt schleuderte er den Hut weg und stürzte sich auf ihn. »Was machst du elender Hurensohn noch hier? Habe ich dir nicht letzte Nacht geraten, für immer aus der Stadt zu verschwinden?«

Mathias lachte böse auf. Das war zu viel. Im nächsten Moment sprang Kepler ihm an den Hals und würgte ihn. Mathias überraschte der Angriff derart, dass ihm seine körperliche Überlegenheit zunächst nichts nutzte. Gleich fehlte ihm die Luft, sich zu wehren. Sein Antlitz rötete sich, die Augen quollen aus den Höhlen. Heiser krächzte er um Hilfe. Carlotta versuchte, Christoph von ihm wegzuziehen, doch dazu war sie nicht kräftig genug.

»Holt Steutner«, schrie sie verzweifelt in die Richtung, in der sie Lina und Milla vermutete. »Wo steckt er, wenn man ihn braucht?«

Endlich erwachte auch das restliche Haus aus seiner Betäubung. Milla weinte, Hedwig schimpfte. Aus dem ersten Stock stürmte Helmbrecht die Treppe hinunter, dicht gefolgt von Magdalena.

»Lasst ihn los!«, rief er und sprang, zwei Stufen auf einmal nehmend, nach unten. Gleichzeitig mit Steutner, der aus dem Kontor herüberstürzte, erreichte er die beiden Burschen, die längst aufs heftigste miteinander rangelten. Der Moment der Überraschung war vorbei. Mathias war als Soldat den Zweikampf gewohnt und hatte sich schon wieder mehr Luft verschafft. Christoph dagegen war nicht flink genug, ihn lange in Schach zu halten. Dennoch presste er ihm weiterhin die Kehle zu. Nach mehreren Anläufen erst gelang es Helmbrecht und Steutner mit vereinten Kräften, die beiden auseinanderzureißen.

Gestützt auf Magdalena und Helmbrecht, rang Mathias nach Luft, riss an seinem Rockkragen, um die Knöpfe zu öffnen, hustete und prustete, keuchte, bis er einigermaßen gleichmäßig atmen konnte.

»Du Schwein!«, presste er heiser hervor. »Pass auf! Ich erwisch dich und mach dich fertig!«

Er bäumte sich auf. Helmbrecht jedoch hielt ihn unerbittlich fest. Magdalena fasste nach Mathias' Hand. Zögernd trat Steutner zwei Schritte von der kleinen Gruppe zurück, zupfte an seinem zerschlissenen Rock und richtete sich den Hemdkragen. Inzwischen hatten sich auch Egloff und Breysig aus dem Kontor herübergetraut. Vorsichtig näherten sie sich ihrem Schreiberkollegen und klopften ihm für seinen heldenhaften Einsatz anerkennend auf die Schultern.

Unterdessen kümmerte sich Carlotta um Christoph. Kaum war er von seinem Opfer weggetaumelt, hatte sie ihn aufgefangen. Um einen abermaligen Ausbruch zu verhindern, hatte sie die Arme fest um ihn geschlungen.

»Liebster, bitte!«, flehte sie. »Mach dich nicht unglücklich. Es ist nicht so, wie du denkst.«

»Ach? Was soll ich denn denken, wenn du Hand in Hand mit diesem Burschen die Treppe herunterspazierst?« Wütend sah er sie an. »Ganz zu schweigen von dem, was man sonst noch über euch beide hört.«

Nichts auf seinem Antlitz erinnerte an die weichen Züge, die sie so gern mit den Fingern nachfuhr. Tief hatte sich die Kerbe am Kinn eingegraben. Die sonst so vollen Lippen waren erschreckend schmal.

»Wie habe ich nur so blind sein können? Schließlich zerreißt sich bereits die halbe Stadt das Maul über euch. Du bist das Liebchen eines Kurfürstlichen! Am helllichten Tag scharwenzelst du mit dem Blaurock durch die Gassen, küsst und herzt ihn, als gäbe es keinen Anstand. Und ich lasse mich wie ein törichter Narr von dir an der Nase herumführen.«

Er stieß sie von sich weg. Sie stolperte und fiel zu Boden. Verächtlich trat er mit dem Fuß nach. »Elende Soldatenhure! Schließlich habe ich es selbst gesehen, als du letztens dem Studenten geholfen hast. Gleich standen die Dragoner da und haben dir beigestanden. Trotzdem habe ich alter Esel nichts begriffen, habe mich stattdessen immer wieder von dir beschwatzen lassen.«

Verzweifelt raufte er sich die Haare, hob den Blick gen Decke und hielt einen Moment inne. Als er Carlotta das Gesicht wieder zuwandte, entdeckte sie Tränen in seinen Augen.

Leiser sprach er weiter: »Schließlich hat sogar mein bester Freund mit Engelszungen auf mich eingeredet, ich solle dich nicht aufgeben. Doch wer weiß, welch teuflischen Plan du mit ihm ausgeheckt hast? Wahrscheinlich hast du den armen Caspar Pantzer längst ebenfalls in Bann gelegt. Erst spielt ihr zwei mir vor, wie trefflich du seine Verletzungen versorgst, dann vergiftest du fast meinen Vater, nur um hinterher mir und meinen Eltern vorzugaukeln, du allein hättest ihn retten können. Und der arme Caspar Pantzer kann gar nicht anders, als wie ein sturer Hornochse zu tun, was immer du ihm sagst. Er merkt gar nicht, vor welch widerlichen Karren du ihn gespannt hast.«

Voller Abscheu spuckte er zu Boden. Unwillkürlich drehte Carlotta sich zur Seite und fasste mit der Hand nach dem Bernstein.

Plötzlich zerrte Christoph kräftig an der Schnur. Sie versuchte, den Stein in ihrer Faust zu verbergen. Schmerzhaft schnitt ihr die Lederschnur in den Hals. Patsch! Eine heftige Ohrfeige traf sie auf die Wange. Vor Schreck gab sie den Stein frei und sah entsetzt in Christophs wutverzerrtes Gesicht.

»Nein!«, schrie sie und rappelte sich auf. »Gib mir meinen Stein zurück!«

Sie reckte die Arme, sprang an ihm hoch. Vergebens. Unerreichbar für sie, hielt er den Stein bereits wie eine Trophäe hoch über den Kopf.

»Schluss mit dem faulen Zauber!«

Abermals stieß er sie beiseite und stürmte direkt auf das lodernde Herdfeuer zu. Carlotta torkelte, fing sich wieder und rannte ihm nach.

»Nicht!«, kreischte sie und setzte zum Sprung nach vorn an. Christoph holte aus, sie fiel ihm in den Rücken, doch es nutzte nichts mehr. Mit voller Wucht schleuderte er den Bernstein ins Feuer.

Gierig schnappten die Flammen danach. Es knisterte und knirschte. Sogleich rußte es heftig. Bald schon zog ein aromatischer, harziger Duft durch die Diele.

»O Gott, welch Unglück!« Hedwig schlug sich die Hände vors Gesicht. Milla und Lina fielen einander schluchzend in die Arme. Magdalena verbarg ihr Gesicht an Helmbrechts Brust. Auch die drei Schreiber und Mathias starrten entsetzt zum Herd. Hell loderten die Flammen auf, umkreisten tanzend den Kessel. Es knackte mehrmals, dazwischen stiegen immer wieder schwarze Rußfahnen auf.

Gebannt beobachtete Carlotta das Spiel der Flammen, außerstande, sich zu rühren. Die eiskalten Finger lagen auf ihrer Brust, dort, wo eben noch der Bernstein gehangen hatte.

In der Diele war es mucksmäuschenstill. Durch die offene Tür zur Langgasse drangen Straßengeräusche. Ungezügelte Wut loderte in Carlotta auf. Ehe sie dessen recht gewahr geworden war, stürzte sie sich auf Christoph, packte ihn am Revers seines eleganten Rocks, zerrte und riss wie von Sinnen daran.

»Was soll das? Warum hast du das getan? Du weißt genau, was der Bernstein mir bedeutet.« Für einen Moment sahen sie sich tief in die Augen. Ein verräterischer Schimmer glimmte im Grau seiner Pupillen.

»Du bist ja wahnsinnig«, zischte er.

Sie holte aus und verpasste ihm eine schallende Ohrfeige. Von dem Schwung fuhr sein Kopf herum. Tiefrot zeichneten sich die Abdrücke ihrer Finger auf der hellen Haut seiner Wangen ab.

»Hau ab!«, rief sie. »Geh mir aus den Augen und wage nie mehr, hierher zurückzukommen.«

# Dritter Teil

# Die Probe

AM FRISCHEN HAFF

*Winter 1662*

# 1

Schon am frühen Morgen war die Gaststube gut besucht. Das heftige Schneetreiben hatte zusätzlich zu den Schlafgästen Handwerker und Fischer aus Brandenburg in den Krug getrieben. Sogar der Amtshauptmann aus der nahe gelegenen Burg, in der in früheren Zeiten eine ordensmeisterliche Komturei untergebracht gewesen war, hockte am Kopfende einer der Tafeln. Wohlgemut ließ er sich das frisch gezapfte Bier sowie eine ordentliche Portion Schinken und Käse schmecken. Die dicken Wollmäntel dampften vor Nässe, die feuchten Lederstiefel der Männer verbreiteten einen strengen Geruch. Vom Herd zog Rauch herüber. In einem tiefhängenden Kessel brodelte eine dicke Suppe.

Nahe der Treppe ins Obergeschoss verharrte Carlotta. Sie meinte, es schnüre ihr die Kehle zu. Die schlechte Luft auf nüchternen Magen einzuatmen, war ihr nahezu unmöglich. Übelkeit beschlich sie. Dabei wusste sie nur zu gut, dass nicht allein die Stimmung in dem Gasthaus schuld an ihrem Zustand trug. Seit Christoph vor ihren Augen den Bernstein ins Herdfeuer geschleudert hatte, fühlte sie sich nicht mehr als Herrin ihrer Sinne. Trotz aller Wut quälte sie die Ungewissheit, was aus dem Ärmsten geworden war. Niemand, auch Steutner nicht, hatte ihr verraten, was geschehen war, nachdem er mit Christoph und Mathias aus dem Haus in die Langgasse hinausgestürmt war. Das lädierte Aussehen des Schreibers am nächsten Morgen ließ das Schlimmste befürchten. Die eiligst anberaumte Abreise hatte es ihr verwehrt, sich selbst zu erkundigen. Sie stellte sich auf die Zehenspitzen, um über die vielen Köpfe hinwegschauen zu können. Vielleicht entdeckte sie irgendwo einen freien Tisch für sich und die Mutter, an dem sie warten konnten, bis die Reise weiterging.

»Kommt her, verehrtes Fräulein! Hier ist noch Platz für Euch«, winkte Friedrich Thiesler und rutschte bereits auf der Bank zur Seite. Nur zu gern hätte sie die Einladung übersehen. Nachher würde sie noch lange genug neben dem hoch aufgeschossenen Theologiestudenten aus der Königsberger Altstadt sitzen und seinen weitschweifigen Reden über Paul Gerhardts Kirchenlieder lauschen müssen. Leider reiste er genau wie ihre Mutter und sie in dem Fuhrwagen der Löbenichter Kaufleute Tromnau und Hohoff Richtung Danzig. Flüchtig schweifte ihr Blick über die beiden Anführer ihrer Reisegruppe, die sie ebenfalls nicht sonderlich mochte. Auf Empfehlung des Lagervorstehers Schrempf, dem sie wohl einen Gefallen schuldeten, hatten die Zunftgenossen sie kurzfristig mitgenommen. Mehr als einmal schon hatten sie verkündet, wie sehr ihnen die Gegenwart der beiden Frauen missfiel. Wahrscheinlich wussten sie längst, warum sie Königsberg so überstürzt verlassen hatten.

Thiesler fühlte sich verpflichtet, das brummige Gebaren der beiden wettzumachen. »Hierher, Verehrteste.« Gleich wiederholte er seine Aufforderung. Inzwischen hatte er sich halb von der Bank erhoben und gestikulierte auffällig.

Carlotta seufzte. Ein letztes Mal ließ sie den Blick durch den Schankraum schweifen.

»Sieh nur«, raunte Magdalena ihr zu, die unbemerkt an sie herangetreten war. »Der gute Thiesler hat freundlicherweise einen Platz für uns frei gehalten. Es ist gleich beim Fenster. Da können wir das Wetter draußen im Auge behalten. Ein kleiner Imbiss tut jetzt wirklich gut. Mein Magen knurrt schon. Und wer weiß, wann wir unsere nächste Station erreichen.«

Entschlossen zog sie sie durch die Reihen an den Tisch des Studenten. Auch der dunkelbärtige Tromnau und der schlechtrasierte Hohoff saßen bereits dort, dem Studenten gegenüber. Unwirsch nickten sie, steckten allerdings gleich wieder die struppigen Köpfe zusammen und redeten weiter, als wären die beiden Frauen gar nicht vorhanden.

»Einen wunderschönen guten Morgen, die Herren.« Aufgeräumt strahlte Magdalena die Männer an. »Wie aufmerksam von Euch, auch an meine Tochter und mich zu denken.« Mit dem Kinn wies sie auf die bereitgestellten Gedecke. Tromnau und Hohoff knurrten etwas Unverständliches, Thiesler dagegen schob stolz die Brust heraus.

»Aber das ist doch eine Selbstverständlichkeit. Wenn ich bitten darf, Verehrteste.« Einladend wies er mit dem ausgestreckten Arm auf die Bank.

»Habt vielen Dank.« Magdalena rutschte als Erste hinein, Carlotta folgte ihr. Schon ärgerte sie sich, nicht einen Hauch schneller als die Mutter gewesen zu sein. So setzte sich Thiesler direkt neben sie. Wie zufällig stieß sein Ellbogen mehrmals gegen ihren Arm, bis sie mit einem deutlichen Schnaufer von ihm abrückte. Magdalena quittierte das mit einem belustigten Augenaufschlag.

»Habt Ihr Eure Fuhrleute gesprochen, wann wir aufbrechen?«, wandte sie sich direkt an die Löbenichter Kaufleute. Flüchtig nippte sie an dem Becher mit warmem Wein, den Blick fest auf Tromnau gerichtet. Widerwillig hob er den Kopf.

»Noch nicht«, antwortete er.

»Oh.« Magdalena lächelte ihn freundlich an, obwohl ihr sein Verhalten nicht recht sein konnte. »Habt Ihr Eure Pläne geändert? Wollt Ihr heute gar nicht mehr Frauenburg erreichen? Vielleicht kommen wir dann zumindest bis Heiligenbeil?«

»Davon kann nicht die Rede sein.« Der Löbenichter Kaufmann gab sich weiterhin schroff.

»Verzeiht«, schob Magdalena nach. »Ich will Euch nicht lästig fallen. Doch ich habe unsere Ankunft bei unseren Gastgebern in Frauenburg ursprünglich für heute Abend angekündigt. So hatten wir es gestern bei unserem Aufbruch aus dem Kneiphof vereinbart. Wenn das nicht möglich ist, schicke ich eine Nachricht, dass wir uns um einen oder gar zwei Tage verspäten. Sagt mir also, wann Ihr endlich von hier abzureisen gedenkt.«

»Tut, was Ihr für richtig haltet.« Tromnau vermied eine genaue Antwort. Mit zunehmender Verärgerung hatte Carlotta das kurze Gespräch verfolgt. Sie warf die rotblonden Haare zurück und äugte mit ihren blauen Augen zwischen den beiden hin und her. Hatte die Mutter vergessen, wie dankbar sie sein sollten, so kurzfristig überhaupt aus Königsberg weggekommen zu sein? Sie musste des Wahnsinns sein, Tromnau Vorhaltungen zu machen. Gerade, als sie sich einmischen wollte, kam Hohoff ihr zuvor.

»Schaut aus dem Fenster, Verehrteste, und seht selbst, dass es unmöglich ist, in absehbarer Zeit loszufahren. Seit dem Morgengrauen schneit es ohne Unterlass. Die Straßen sind unpassierbar. Selbst wenn wir wollten, kämen wir nicht weiter als bis zur Mündung des Frischings am Ende der Lischke. Unsere Wagen sind einfach zu schwer beladen. Kaum, dass wir zwei Häuser weit kutschiert sind, werden wir im Schlamm versinken. Selbst dem Postreiter wird es bei diesem Wetter nicht gelingen, seine Tagesetappe zu erreichen.«

Er strich sich über die hellen Bartstoppeln, die Kinn und Wangen bedeckten. Die schmutzigen Finger deuteten darauf hin, dass er bereits draußen gewesen sein und nach seinem Fuhrwagen gesehen haben musste. Vielleicht hatte er gar dem Fuhrmann helfen wollen, die Pferde anzuschirren.

»Gestern war das Wetter auch nicht besser«, entfuhr es Carlotta. »Trotzdem sind wir bis hierher gelangt.«

»Obwohl man es bei guten Bedingungen an einem Tag leicht bis Heiligenbeil schaffen kann«, ergänzte Thiesler beflissen. Seine Wangen waren gerötet. Das rührte eher vom Trinken als vom Eifer. Der säuerliche Mundgeruch verriet, dass er trotz der frühen Stunde nicht mehr den ersten Becher Wein vor sich hatte.

»Wenn Ihr so gut Bescheid wisst, solltet Ihr Euch am besten einen eigenen Wagen nehmen und ohne uns weiterreisen. Dann erreicht Ihr schneller Euer Ziel.«

Tromnau brach sich ein Stück Brot vom Laib und steckte es achtlos in den Mund. Dabei entblößte er eine Reihe angefaulter Zahnstummel, was ihn nicht weiter zu stören schien. Gierig mahlten seine Kiefer das Brot zu Brei. Immer wieder rann ihm ein Tropfen Speichel aus dem Mund. Carlotta wunderte sich, dass ein angesehener Kaufmann wie er so wenig Wert auf sein Äußeres und angemessene Manieren legte. Wäre er im Kneiphof ansässig statt im Löbenicht, hätten ihn die Zunftgenossen längst zurechtgestutzt. Im Osten der Altstadt verhielt es sich offenbar anders. Sie beschloss, bei ihrer Rückkehr Caspar Pantzer darauf anzusprechen. Kaum dachte sie an den Apotheker, überkam sie neuerliche Bitternis. Blieb er ihr gut, trotz des Bruchs mit Christoph? Weiterhin war sie bei der Bernsteinessenz und der Wundersalbe auf ihn angewiesen.

Sofort stand ihr Christophs wutverzerrtes Gesicht vor Augen, ein dicker Kloß blockierte ihr die Kehle. Wie hatte er es wagen können, den Bernstein ins Feuer zu werfen? Wieder meinte sie, den harzigen Rauch zu riechen. Verstohlen wischte sie sich die Augenwinkel, die Finger glitten an den Hals und fassten ins Leere. Der Bernstein war für immer verloren, genau wie ihre Liebe zu Christoph.

»Natürlich werden wir nicht ohne Euch weiterreisen«, stellte Magdalena gerade mit einem freundlichen Lächeln klar. Mahnend legte sie Carlotta die Hand auf den Arm und drückte ihn fest, als ahnte sie, woran ihre Tochter derweil dachte. »Zwei Frauen allein haben gar keine Chance, heil ans Ziel zu gelangen. Ihr seid der Anführer unserer Gruppe, verehrter Tromnau. Ihr wisst am besten, was in der derzeitigen Lage zu tun ist. Zwar heißt es so schön zum heutigen Tag: ›Fällt auf Eligius ein kalter Wintertag, die Kälte vier Monate dauern mag.‹ Doch muss das nicht bedeuten, dass es fortan jeden Tag zu viel Schneegestöber und Gegenwind gibt, um voranzukommen. Es ist ja nicht nur das Wetter, das das Reisen in unseren Gefilden erschwert. Meine Tochter und ich haben es also einzig Eurer Güte zu verdanken, überhaupt so rasch aus Königsberg fortgekommen zu sein. Ob wir heute oder morgen in Frauenburg eintreffen, spielt dagegen keine sonderlich große Rolle. Hauptsache, wir gelangen mit Eurer Hilfe überhaupt sicher dorthin.«

Als Carlotta das Gesicht verzog, trat Magdalena mit dem Fuß gegen ihr Bein. In zuckersüßem Ton schlug sie vor: »Lass uns den köstlichen Imbiss genießen, mein liebes Kind, und geduldig abwarten, was uns der Tag noch bringen wird. Vielleicht reißt der Himmel schneller auf als erwartet, und wir können los.« Gleich spießte sie mit der Messerspitze einen dicken Brocken Käse auf und steckte ihn in den Mund.

»Greif zu«, forderte sie Carlotta beim Kauen auf. »Der ist wirklich bestens. Du hörst ja, uns bleibt alle Zeit der Welt, uns erst einmal in Ruhe an den leckeren Speisen gütlich zu tun. Gott sei Dank ist die hiesige Krügerin eine hervorragende Köchin. Da wird es uns nicht schwerfallen, den lieben, langen Tag mit Essen zu verbringen.«

Carlotta entging das spöttische Zwinkern nicht, mit dem die Mutter die Worte begleitete. Das munterte sie auf. Magdalena hatte recht: Die Löbenichter Zunftgenossen trauten ihnen nicht im Geringsten zu, die Lage richtig einzuschätzen. Sie hielten sie für zwei unbedarfte Kaufmannsfrauen, die zeit ihres Lebens kaum weiter als bis zum Bärenkrug auf dem Steindamm außerhalb der Altstadt gereist waren. Wie würden sie staunen, wenn die Mutter ihnen erzählte, mehr als die Hälfte ihres Daseins im Tross des kaiserlichen Heeres verbracht zu haben! Es wäre ihr ein Leichtes, den Fuhrwagen selbst zu lenken und sogar im dichten Schneetreiben unbeschadet bis Frauenburg zu gelangen.

»Sagt, verehrte Frau Grohnert«, schaltete sich Thiesler ein, »heißt es nicht, Ihr seid im Großen Krieg eine bekannte Wundärztin gewesen? Dann habt Ihr einen Großteil Eures Lebens unterwegs verbracht, seid jahraus, jahrein mit den Wagen übers Land gezogen, ganz gleich, ob es geregnet, geschneit oder die Sonne vom Himmel gebrannt hat. Es muss Euch lächerlich erscheinen, bei der jetzigen Witterung nicht weiterzufahren.«

Neugierig schaute er zu Magdalena. Auf Tromnaus und Hohoffs Gesichtern wechselten in schneller Folge Erstaunen, Entsetzen und Bewunderung.

»Ihr habt recht, mein guter Thiesler«, stimmte Magdalena fröhlich zu. »Ich bin tatsächlich im Tross des kaiserlichen Heeres aufgewachsen. Deshalb weiß ich nur zu gut, was es heißt, bei dichtem Schneetreiben mit den beladenen Wagen stecken zu bleiben oder im Schlamm zu versinken. Umso mehr genieße ich die Annehmlichkeit, heute im Trockenen sitzen und mich am Ofen wärmen zu dürfen.«

Thiesler war verblüfft. Die beiden Löbenichter Kaufleute aber konnten sich ein zustimmendes Nicken nicht versagen. Allmählich hellte sich Tromnaus düstere Miene auf, bald war gar ein wohlgefälliges Lächeln zu erkennen. Zunächst wollte Thiesler widersprechen, doch dazu kam er nicht. Die Tür des Gasthauses schwang auf. Neugierig wandten sich alle um. Eine dichte Wolke Schnee und Kälte drang herein. Einige Augenblicke später wurde der Eindringling sichtbar. Es war einer der beiden Fuhrleute, die die Wagen der Löbenichter Kaufleute lenkten. Suchend sah er sich im Schankraum um, bis er seine Herren entdeckte.

»Das wird heute nichts mehr«, rief er und nahm den breitkrempigen Hut vom Kopf. Dabei wirbelte ein Schwall Schneeflocken durch die Luft. Einige der Gäste schüttelten sich verärgert. »Pass doch auf!« Der Fuhrmann störte sich nicht an ihrem Protest, sondern begann mit sichtlichem Vergnügen, auch noch die Nässe aus dem wollenen Umhang zu klopfen. Weitere Tropfen stoben durch die Luft. Zu allem Überfluss stampfte er mit den Stiefeln auf, um sie vom Schneematsch zu befreien. Große Pfützen umringten seine Füße. Tromnau und Hohoff wechselten verärgerte Blicke, Magdalena schmunzelte still in sich hinein. Thiesler dagegen begehrte lauthals auf: »Seid Ihr von allen guten Geistern verlassen? Das muss heute noch etwas werden mit der Weiterfahrt. Bis nächste Woche soll ich in Danzig sein. So schaffen wir das nie. Damit bringt Ihr all meine Pläne durcheinander!«

»Ruhig Blut«, suchte Carlotta ihn zu beschwichtigen. »Bis nächste Woche bleibt noch viel Zeit, Danzig zu erreichen. Warum geht es heute nicht weiter?«, fragte sie den Fuhrmann. »Denkt Ihr nicht, es reißt noch auf?«

»Wenn es nur das wäre!« Der Mann schüttelte den Kopf, um zur Freude der Anwesenden auch seinen langen Bart von Schneeresten zu befreien. »Eben kam der Postreiter aus Heiligenbeil. Die Straße ist unpassierbar, weil dort die Kurfürstlichen mit dem Gefangenen Hieronymus Roth entlangziehen. Bis morgen ist da kein Durchkommen. Und selbst dann wird es nicht schnell weitergehen, weil die Kurfürstlichen niemanden an sich vorbeilassen.«

Ein verschwörerisches Blitzen beleuchtete sein Gesicht. Er beugte sich vor und raunte hinter vorgehaltener Hand: »Sie haben wohl die Hosen gestrichen voll, es könnte einer kommen und ihnen den braven Roth aus den Klauen reißen. Das muss ein Aufmarsch sein, als geleiteten sie den polnischen König mitsamt dem Hofstaat höchstpersönlich bis Kolberg.«

Sein Lachen polterte nicht weniger laut als das Stapfen seiner Stiefel vorhin.

»Müssten die nicht längst schon am Ziel sein? Vor mehr als zwei Wochen sind sie aus Königsberg fort.« Fragend sah Carlotta zu Tromnau. Der vollbärtige Kaufmann aus dem Löbenicht schien stets bestens Bescheid zu wissen.

»Pah! Was die Kurfürstlichen müssten!«, lachte er und schlug mit der Faust auf den Tisch, dass die Becher aufsprangen und die Teller gegeneinander klirrten. Ein schrumpeliger Apfel kullerte quer über den Tisch. Erschrocken sahen alle zu dem Kaufmann herüber. Der scherte sich nicht darum, sondern richtete sein Augenmerk allein auf Carlotta.

»Die müssen gar nichts, liebes Kind«, erklärte er belustigt. »Am wenigsten das, was wir von ihnen erwarten. Also marschieren sie, so schnell sie wollen. Und das tun sie nicht von ungefähr. Wie es scheint, ist es nicht ganz zufällig herausgekommen, dass sie Roth nach Kolberg bringen werden. Der Kurfürst wird wissen, wie er mit dem aufmüpfigen Burschen aus Eurem feinen Kneiphof umzuspringen hat. Je länger es dauert, bis er in seinem Verlies ankommt, desto mehr Zeit bleibt seinesgleichen im Kneiphof, noch einmal gut darüber nachzudenken, wie sie zu ihrem Schöppenmeister und seinen Vorstellungen wirklich stehen. Vielleicht fällt ihnen in der Zwischenzeit auf, wie aussichtslos es ist, sich gegen die Wünsche des Kurfürsten zu sperren. Damit ist uns allen gedient. Höchste Zeit, dass dieser unsägliche Landtag zu Ende geht und man weiß, wie es sich künftig bei uns in Preußen verhält.«

»Dann steht Ihr also ganz auf Seiten des Kurfürsten.« Carlottas Frage klang eher wie eine Feststellung. Tromnau starrte sie unverhohlen an.

»Aber sicher, mein Kind. Wieso fragt Ihr noch?« Kaum merklich flackerte Unsicherheit in seinen hellen Augen. Betont räusperte er sich. »Friedrich Wilhelm ist uns ein guter Kurfürst. Er wird wissen, warum er ein stehendes Heer verlangt und nicht bei jedem Schritt den Rat der Landstände einholen will. In Ländern wie Frankreich kann man sehen, welche Vorteile es bringt, dass der Regent frei entscheiden kann. Das Land wird stark und gewinnt an Einfluss. Was die letzten Jahre bei uns geschehen ist, war alles andere als gut. Wir haben Glück gehabt, noch einigermaßen glimpflich aus all den Händeln mit den Polen und Schweden herausgekommen zu sein. Ganz zu schweigen, was uns im Norden von Litauen her noch erwarten mag. Nur gut, dass Friedrich Wilhelm das ändern will. Dazu aber braucht er freie Hand.«

»Recht habt Ihr!« Anerkennend prostete Hohoff ihm zu. »Dem ist nur zuzustimmen!« Der Amtshauptmann an einem der benachbarten Tische eilte, es ihm nachzutun. »Genau!«

»Der Kurfürst will uns voranbringen!«

Nach und nach hoben alle Männer im Schankraum die Krüge.

»Ihr habt recht«, merkte Carlotta mit einem spitzen Lächeln an. »So viel Glück, wie uns Königsbergern in den letzten Jahrzehnten beschieden war, ist nicht selbstverständlich. Umso vorausschauender ist es, sich auch jetzt wieder den aufstrebenden Mächten zuzuwenden, statt aus falscher Wehmut an alten Bündnissen festzuhalten. Autsch!«

Unter dem Tisch verpasste Magdalena ihr einen schmerzvollen Tritt gegen das Schienbein. Das focht sie nicht an.

»Die Zeit eines polnischen Johann Kasimir als Schutzherr der Königsberger ist ein für alle Mal vorbei. Friedrich Wilhelm von Preußen gehört die Zukunft. Wie vorausschauend von den Altstädtern und Löbenichtern, sich ihm vorbehaltlos entgegenzuwerfen!« Sie hob ihren Krug und prostete Tromnau zu. »Da wird es höchste Zeit, dass auch wir Kneiphofer das endlich begreifen. Die Zeit, die Roth bis Kolberg braucht, sollten wir nutzen, Eurem Kniefall vor dem Kurfürsten untertänigst nachzueifern.«

»Entschuldigt, meine Herren«, mischte sich Magdalena ein und lächelte die beiden Kaufleute einschmeichelnd an. »Meine Tochter hat letzte Nacht sehr schlecht geschlafen. Ich glaube, sie fühlt sich nicht wohl.« Sie stieß Carlotta an. Als die sitzen blieb, flüsterte sie aufgebracht: »Bist du des Wahnsinns, Liebes? Lass uns nach oben gehen. Ich muss mit dir reden.«

»Warum?« Unverwandt sah Carlotta ihre Mutter an. »Mir geht es sehr gut. Ich freue mich, endlich einmal in Ruhe mit jemandem aus dem Löbenicht über die Ereignisse reden zu können.«

»Lasst sie nur, gute Frau Grohnert.« Tromnaus Stimme klang wohlwollend. »Eure Tochter tut wahrlich gut daran, den Vorfällen am Pregel auf den Grund zu gehen. Wir Alten sollten den Jungen nachsehen, wenn sie manches in Frage stellen. Sie müssen lernen, sich ein eigenes Urteil über den Lauf der Welt zu bilden. Gestattet mir also, beste Frau Grohnert, dass ich ihr die Lage aus Sicht der Löbenichter Bürger etwas ausführlicher erkläre.«

Zum ersten Mal deutete er Magdalena gegenüber eine Art Verbeugung an. Carlotta meinte gar, ein leichtes Lächeln auszumachen. Die Mutter konnte gar nicht anders, als einzulenken. »Wie Ihr meint, mein Bester.«

»Ihr seid noch sehr jung, verehrtes Fräulein. Euer Kopf sprüht vor Ideen und Plänen. Heißt es nicht, der junge Kepler aus der Altstadt und Ihr seid Euch gut?« Gegen ihren Willen errötete sie. »Soweit ich weiß, wohnt Ihr erst wenige Jahre im Kneiphof.«

»Was gebt Ihr Euch so viel Mühe, ausgerechnet *ihr* das zu erklären?« Verärgert brauste Hohoff auf. »Vergesst nicht, wen Ihr vor Euch habt. Frauen seid Ihr keinerlei Rechenschaft schuldig, erst recht nicht diesem Fräulein hier. Erst heißt es von ihr, sie wäre an der Geschichte mit den leeren Särgen beteiligt, jüngst aber wird viel von ihrer Nähe zu den Kurfürstlichen erzählt. Bleibt also auf der Hut. Statt uns vor dem Fräulein zu rechtfertigen, sollten wir es aufmerksam im Visier behalten.«

»Vielleicht sollte ich Euch überhaupt erst einmal zeigen, wozu ich fähig bin?« Wütend warf Carlotta die rotblonden

Haare nach hinten und funkelte ihn aus ihren blauen Augen herausfordernd an. Den neuerlichen Tritt der Mutter unter dem Tisch überging sie. Unbehaglich rutschte Hohoff auf der Bank hin und her. Unter den schlechtrasierten Wangen erblasste er. Sein filziges Haar und die zerschlissene Kleidung ließen auf einen schlechten Zustand seiner Geschäfte schließen. Von innen heraus zerfraß ihn der Neid auf alle, die erfolgreicher waren als er.

»Zürnt meinem Zunftgenossen nicht«, bat Tromnau mit einem entschuldigenden Lächeln. »Urteilt nicht zu leichtfertig über uns Löbenichter. Anfangs haben auch wir uns nicht leicht damit getan, das voreilige Einknicken der Altstädter vor dem Kurfürsten gutzuheißen. Da erging es uns genauso wie Euch Kneiphofern. Vergesst nicht: Bis zu jenem Tag waren sich alle Stände am Pregel einig, Friedrich Wilhelms Begehren nach höheren Akzisen kühn die Stirn zu bieten, insbesondere, weil es mit der Beschneidung unserer uralten Mitspracherechte verbunden war. Über Jahrhunderte hinweg haben die Bürger unserer drei Städte diese genossen. Die aufzugeben, sollte nicht ohne Not geschehen. Zu Recht hat Euer Schöppenmeister Roth darauf hingewiesen, wie wenig es auf das Geld ankommt. Die Geschäfte am Pregel laufen gut, auf beiden Seiten des Flusses. Keine der Kaufmannschaften leidet Not, ganz gleich, ob aus dem Kneiphof, der Altstadt oder dem Löbenicht.

Letztlich geht es eher darum, abzuwägen, wie es künftig mit unserer Stadt und dem Kurfürsten weitergeht. Die Zeiten ändern sich. Angesichts der Litauer und Schweden, die immer wieder gefährlich nah an unsere Stadt heranrücken, ist die Antwort klar. Dauerhaft muss eine schlagkräftige Armee bereitstehen, um uns zu verteidigen, sonst gehen wir sang- und klanglos unter. Deshalb ist es so wichtig, dass der Kurfürst die Truppen im Notfall sofort losschicken kann. Bislang hat er dazu umständlich die Stände hören, mit ihnen langwierig das Für und Wider eines militärischen Eingriffs besprechen müssen.

Doch wie gesagt, die Zeiten sind andere geworden. Die Kräfte haben sich neu verteilt, die Bedrohung um uns herum ist gewachsen. Deshalb brauchen wir einen guten, verlässlichen Beistand. Und den kann uns auf Dauer nur ein starker Kurfürst gewähren. Dazu aber müssen wir ihm diese Stärke auch zubilligen. Und das ist nun einmal nicht umsonst zu haben. Das kostet Geld und vor allem den Mut, auf alte Rechte zu verzichten.«

Er hielt inne und strich sich über den struppigen Bart. Seine Augen blickten trüb, die Linsen waren eine Spur zu gelbstichig.

»Glaubt mir, mein Kind, ich lebe lange genug hier oben am Frischen Haff und weiß, wie rasch die Litauer uns überrollen. Auch die Zuflucht bei Johann II. Kasimir wird uns nicht viel nutzen. Die Polen rufen selbst lauthals nach den Österreichern, um sich der Schweden und Litauer zu erwehren. Wie sollen die uns da auch noch schützen? Unsere einzige Chance auf eine gesicherte Zukunft liegt bei Friedrich Wilhelm. Ich bin froh, dass wir Löbenichter das begriffen haben. Der Preis dafür ist hoch, jedoch nicht zu hoch. Wir sollten dem Kurfürsten geben, was er verlangt, damit er uns gibt, wonach uns verlangt. Es ist ein Geschäft, genauso gut und genauso schlecht wie jedes andere.«

»Genau!«

»Schluss mit dem ewigen Zaudern!«

»Wir brauchen einen starken Kurfürsten, um stark genug gegen unsere Feinde zu sein.«

»Gebt dem Kurfürsten, was er braucht, dann kriegen auch wir von ihm, was wir brauchen!«

Die Männer an den umliegenden Tischen hatten Tromnaus langen Ausführungen mit wachsender Aufmerksamkeit gelauscht. Beifällig klopften sie auf den Tisch, lachten einander beseelt von den eigenen, klugen Einsichten zu. Carlotta wusste nicht, was sie davon halten sollte. Ratlos wanderte ihr Blick umher. Die Augen der meisten Männer im Raum schimmerten bereits glasig. Die Schankmagd kam kaum nach, die Bierkrüge aufzufüllen. Das Schneetreiben draußen und Tromnaus Loblied auf einen starken Kurfürsten schienen den Durst noch zu verstärken.

Carlotta fragte sich, ob sie überhaupt noch wussten, weswegen sie einander zuprosteten. Eine knappe Tagesreise südlich von Königsberg dürfte der Zwist mit Friedrich Wilhelm an Dringlichkeit eingebüßt haben. Von den Brandenburgern erwartete er weniger hohe Abgaben als von den Bürgern am Pregel, auch ging es bei ihnen weniger um die Aufgabe altverbriefter Rechte. Dennoch platzten sie alle schier vor Stolz, dem Herrscher unerschütterliche Treue zu bekunden und dem untertänigen Kniefall der Altstädter und Löbenichter nachzueifern. Tromnau kam kaum nach, mit jedem, der ihm den Krug entgegenstreckte, anzustoßen.

Der sonst so redselige Thiesler war ob der weitschweifigen Erklärungen des Kaufmanns verstummt. Erschöpft stierte er auf den Tisch, pickte mit den Fingern einzelne Brotkrümel auf. Auf einmal kam Carlotta eine Idee.

»Wisst Ihr, verehrter Tromnau, woran mich Eure Ausführungen erinnern?«

Nichts Gutes ahnend, sog Magdalena neben ihr scharf die Luft ein. Noch bevor sie unter dem Tisch wieder nach ihr treten konnte, wich Carlotta zur Seite.

»Sie erinnern mich an eine treffende Beschreibung, die mir

vor kurzem jemand aus der Altstadt von den Königsbergern gegeben hat.«

Sie hielt inne. Noch immer tat es weh, an Christoph zu denken, erst recht schmerzte es, seine Worte aufzugreifen. Dann aber wurde ihr mit einem Mal klar, wie sein Verhalten der letzten Wochen zu verstehen war: als Liebesbeweis! Eine heiße Welle brandete durch ihren Körper. Wenn sie den Bernstein noch hätte, hätte sie ihn geküsst. So aber schickte sie nur einen wundervollen Gedanken in die Ferne, bat den Liebsten um Nachsicht für ihr langes Blindsein. Nur weil er sie so inständig liebte, hatte Christoph das alles getan, hatte Mathias bedroht und den Bernstein ins Feuer geworfen. Beglückt über die Erkenntnis, die sie ausgerechnet jetzt, nach den Ausführungen Tromnaus über die Königsberger, überfiel, lächelte sie den Löbenichter beglückt an.

»Fast könnte man meinen, Ihr wärt angetreten, die Richtigkeit seiner Worte zu beweisen«, fuhr sie fort. »Denn ganz gleich, ob es sich um Kneiphofer, Altstädter oder Löbenichter handelt: Sie alle verstehen sich bestens darauf, scharf mit Worten zu schießen. Scharf mit Waffen zu schießen dagegen überlassen sie lieber anderen. Das habt Ihr uns gerade wieder eindrücklich gezeigt. Vor dem Kurfürsten habt Ihr nur deshalb klein beigegeben, weil Ihr angesichts der Gefahr von außen nicht eines Tages selbst zu den Waffen greifen wollt.«

Auf ihre Bemerkung erntete sie einige Atemzüge lang betretenes Schweigen. Zunächst leise, dann aber stetig lauter werdend, begann Tromnau zu lachen. Verwundert starrte Hohoff ihn an, bis er dem Beispiel seines Zunftgenossen folgte und ebenfalls in Lachen ausbrach. Alsbald wieherte und kicherte es auch an den übrigen Tischen. Vergnügt klopften sich die einen die Schenkel, während sich die anderen die feuchten Augenwinkel wischten und einander lebhaft zutranken.

»Das habt Ihr trefflich erkannt!« Tromnaus brummige Stimme übertönte das Gelächter. »Fürwahr schießen wir am Pregel lieber scharf mit Worten als mit Waffen, meine Teuerste. Aber das wisst Ihr selbst wohl am besten. Wenn ich Euch so reden höre, weiß ich sofort: Trotz Eurer Kindheit im kaiserlichen Tross fern vom Frischen Haff könnt Ihr nur ein echtes Gewächs aus dem Kneiphof sein! So hervorragend, wie Ihr diese Taktik beherrscht, im rechten Augenblick mit Worten auf Eure Gegner zu schießen, kann einfach niemand daran zweifeln.«

Carlotta wollte diese Feststellung ebenfalls mit einem Lachen nehmen, da schaltete sich Hohoff mit einem bösen Grinsen um den eben noch töricht aufgerissenen Mund ein: »Obacht ist trotzdem angesagt. Vergesst nicht, wie eng sich unser Fräulein an diesen kurfürstlichen Offizier hält, obwohl die Kneiphofer derzeit nichts so sehr verachten wie die Blauröcke Friedrich Wilhelms. Wer weiß, was sie wirklich im Schilde führt? Ein Blaurock jedenfalls schießt immer scharf, nicht wahr, mein bestes Fräulein?«

Sie spürte, wie ihr Gesicht glutrot anlief. Um sie herum war es gefährlich still geworden. Rechts neben ihr schnappte die Mutter empört nach Luft, Thiesler zu ihrer Linken scharrte mit den Füßen über den Holzboden, als gelte es, die Waffen zu wetzen. Auch Tromnau hatte es die Sprache verschlagen. Sein dunkelbärtiges Gesicht wirkte verstört. Einzig Hohoff weidete sich daran, wie treffsicher seine Worte eingeschlagen hatten.

»Ich glaube, ich brauche frische Luft«, presste Carlotta mühsam zwischen den Lippen hervor.

## 2

Wütend stapfte Carlotta von dem Krug aus los, einfach stur geradeaus. Die Lischke Brandenburg duckte sich im Schatten der trutzigen Burg. Eine nicht minder wehrbereite Kirche überragte mit einem kürzlich vollendeten hohen Turm die niedrigen Häuser entlang des Flüsschens Frisching. Das Gasthaus befand sich unweit des Burgtors. Nur eine Handvoll Gebäude aus Stein säumten die vom Schnee aufgeweichte Straße. Bald schon reihten sich niedrige Häuser aus Lehm aneinander, im Süden und Westen umgeben von hölzernen Palisaden. Zum Frischen Haff lief die Siedlung in einen steilen Abhang aus. An dessen Rand verharrte Carlotta und schaute in die Ferne. Die in diesem Jahr unerwartet früh hereingebrochene Kälte hatte für die erste Eisdecke auf dem Wasser gesorgt. Am Ufer testete ein dickvermummter Mann mit Angelrute, ob er sich bereits hinaufwagen konnte.

»Vielleicht sollte man zur See fahren. Da draußen auf dem Wasser wird es einem wenigstens nie zu eng.«

Plötzlich stand Thiesler neben ihr. Sie schreckte zusammen. Ein grobgestrickter Schal bedeckte fast sein gesamtes Gesicht, die Wolldecke um seine Schultern kaschierte seine Gestalt. Lediglich die markante Nasenspitze leuchtete rot aus den vielen Lagen des Wollschals auf.

»Bevor Ihr ins Boot steigt, solltet Ihr allerdings schauen, ob Ihr überhaupt losfahren könnt«, riet sie. »Mir scheint, derzeit kommt Ihr zu Fuß weiter.« Sie zeigte auf den dick in Decken gehüllten Fischer, der sich bereits ein gutes Stück vom Ufer entfernt hatte. Vorsichtig prüfte er einen Schritt nach dem anderen, bevor er weiter hinausging. »Manchmal muss man viel Geduld haben, wenn man vorankommen will.«

Sie wandte sich ab. Nach den Erlebnissen im Schankraum verspürte sie nicht die geringste Lust auf eine Unterhaltung. Er aber versperrte ihr den Weg.

»Von Hohoff habt Ihr nichts zu befürchten.« Er schob den Schal so weit vom Kinn, dass sie das zaghafte Lächeln um seinen Mund erkennen konnte. »Seine Unverschämtheiten dürfen Euch nicht beunruhigen. Er ist ein Löbenichter durch und durch. Feige schlägt er immer erst dann zu, wenn der Gegner längst am Boden liegt.«

»Ich wusste gar nicht, dass es schon so schlimm um mich steht. Am Boden seht Ihr mich also liegen? Hoffentlich dauert Euch mein Anblick, und Ihr helft mir wieder auf die Beine.«

»Verzeiht!« Thieslers Gesicht glühte trotz der eisigen Kälte. »So habe ich das nicht gemeint. Nicht Ihr liegt am Boden, sondern …«

»Schon gut.« Sie legte ihm beruhigend die Hand auf den Arm. »Aus jedem Eurer Worte spricht der geborene Altstädter. Von klein auf hat man Euch gelehrt, dass die Löbenichter tumbe Ochsen und die Kneiphofer gerissene Spitzbuben sind. Keiner von beiden kann einem hochwohlgeborenen Altstädter wie Euch das Wasser reichen.«

Einen Moment sah er sie bestürzt an. Dann aber wurde er sich des Spotts bewusst, der in ihren Worten steckte. Erleichtert lachte er. »Warum auch?«

Belustigt sah er auf sie hinab. Er war gut eine halbe Elle größer als sie, wirkte durch seine dünnen Gliedmaßen und den schmalen Rumpf allerdings noch länger. »Sind wir Altstädter uns nicht selbst genug? Was ist mit unseren Nachbarn schon anzufangen? Die Löbenichter sind zu schwerfällig im Hirn und zu langsam im Tun. Und Ihr aus dem Kneiphof macht uns mit Eurem aufbrausenden Gemüt nur Ärger, wie man an der Geschichte mit Hieronymus Roth mal wieder sieht. Täusche ich mich, oder geht das nicht schon seit gut dreihundert Jahren so? Wann immer wir Altstädter Frieden mit jemandem schließen wollen, weil das Kriegführen auf Dauer nur Schaden bringt, verhindern erst die Löbenichter durch ihr Zögern und dann die Kneiphofer durch ihr aufmüpfiges Auftreten, dass wir alle gemeinsam vom Verjagen unserer Feinde profitieren.«

»Das nennt man wohl Schicksal.« Carlotta war verwirrt. Bislang hatte sie den Studenten wohl völlig falsch eingeschätzt. Der Rauch des Bernsteins, der nicht aus ihrer Erinnerung weichen wollte, musste ihr noch immer die Sinne vernebeln.

»Nennt es, wie Ihr wollt, jedenfalls leiden wir Altstädter sehr darunter.« Sein fröhliches Gesicht sprach seinen Worten hohn. »So sehr übrigens, dass ich beschlossen habe, meine Studien mindestens die nächsten zwei Jahre außerhalb meiner Heimat fortzusetzen. An der Albertina wird es mir allmählich zu eng.«

Zustimmung heischend zwinkerte er ihr zu. Schon wollte sie auf den leichten Tonfall mit einer nicht minder heiteren Bemerkung eingehen, da stutzte sie.

»Deshalb also habt Ihr vorhin voller Sehnsucht von der Seefahrt gesprochen.«

Aufmerksam musterte sie sein Gesicht. Für einen Studenten, der gewiss seit einiger Zeit nicht mehr zu den Pennälern zählte und sich bereits über die vermeintliche Enge an der Kneiphofer Hochschule beklagen zu müssen meinte, wirkte es erstaunlich unschuldig. Die vom Frost geröteten, bartlosen Wangen und die nicht minder rot gefärbte Nase schienen ihr fast das Bemerkenswerteste daran. Die grauen Augen und das aschblonde Haar, von dem sie nur einige wenige Spitzen erahnen konnte, erinnerten sie an Christoph. Auch ihm war es vor zwei Jahren an der Albertina zu eng geworden. Auf den Spuren der großen Wissenschaftler hatte es ihn in den Süden gezogen. Männer hatten es einfach! Angestrengt betrachtete sie die vom Schnee durchnässten Stiefelspitzen. Längst ließ die Kälte die Zehen zu Eis gefrieren.

»Erlaubt mir einen Rat, lieber Thiesler, sozusagen von aufmüpfiger Kneiphoferin zu hochwohlgeborenem Altstädter: Sucht die ersehnte Weite möglichst jenseits des Frischen Haffs. Das Wasser hier ist viel zu seicht und ohne Tiefen. Auch die nahen Ufer lassen Euch allzu schnell wieder an enge Grenzen stoßen.«

Zur Untermauerung wies sie mit dem Arm über das nebelverhangene Haff. Zwar verschwammen die Uferlinien der Nehrung im Schneedunst, dennoch war zu erahnen, wovor sie den Studenten warnen wollte. Der Fischer war auf dem Eis ins Schlittern geraten. Heftig mit den Armen rudernd, versuchte er, den drohenden Sturz zu vermeiden. Doch er hatte Glück im Unglück: Das Eis trug ihn, er brach nicht ein.

Der Wind blies Carlotta immer heftiger ins Gesicht. Entschlossen wandte sie sich von der Hügelkuppe ab und stapfte durch den knöcheltiefen Schnee zurück auf die ersten Häuser der Lischke zu. Nach wenigen Schritten bereits sog sich das Leder ihrer Stiefel abermals mit Nässe voll. An den Sohlen klebten Schnee und Matsch. An ein schnelles Vorankommen war nicht zu denken. Thiesler folgte ihr dicht auf den Fersen.

»Ich glaube«, rief er atemlos, »wir beide stehen einander in nichts nach, was unsere Haltung zu den jüngsten Ereignissen am Pregel betrifft. Vielleicht sollten wir einen geheimen Bund gegen unsere Reisegefährten schmieden. Was haltet Ihr davon?«

»Wollt Ihr das wirklich wissen?« Sie blieb so jäh stehen, dass er direkt in sie hineinrannte.

»Oh, verzeiht«, murmelte er.

»Ihr als Student neigt natürlich zu geheimen Bünden und Allianzen. Das kann man im Kneiphof rund um die Albertina gut beobachten. Doch nehmt es mir nicht übel, lieber Thiesler, ich für meinen Teil möchte mich von diesem Treiben fernhalten. Ich bleibe lieber allein, als mich einem anderen, den ich kaum kenne, blindlings anzuvertrauen.«

## 3

Das aufgeregte Kläffen der Hunde am nordöstlichen Dorfeingang ließ sie beide herumfahren. Jenseits des Dorfes, die Straße nach Norden herauf, staubte eine dichte Wolke Schnee auf. Nach und nach schälten sich darin die Umrisse eines Reiters heraus. In halsbrecherischem Galopp preschte die Gestalt auf einem schwarzen Pferd heran.

»Der Postreiter aus Königsberg? Um diese Stunde?«

Verwundert sah Carlotta zum Kirchturm. Gut sichtbar ragte dessen Spitze in den grauen Winterhimmel, allerdings zu weit entfernt, um im seichten Schneetreiben die goldenen Zeiger auf der Uhr darunter auszumachen. Dennoch war Carlotta sicher: Bis Mittag mochte noch eine ganze Weile vergehen.

Der Reiter hielt geradewegs auf sie zu. Ohne Angst sah Carlotta ihm entgegen, dann aber jagte eine Katze von links heran und schoss laut fauchend quer über die Straße. Das verhieß Unglück! Bis zur schützenden Palisade um das Dorf war es noch ein gutes Stück. Nur wenige kahle Sträucher säumten den Weg. Nirgendwo war Schutz zu finden. Da bemerkte

Carlotta das besondere Fell des Tiers. Der schwarz-weiß gefleckte Kopf saß auf einem bräunlich-weiß getigerten Körper. Drei Farben bei einer Katze bedeuteten Glück. Das wog das Auftauchen von links auf.

»Beiseite!«, rief Thiesler und machte Anstalten, sie von der Straße zu ziehen.

»Lasst mich!«, herrschte sie ihn an. »Er wird mich schon nicht niedertrampeln.«

Jetzt, da die Gefahr gebannt war, wuchs ihre Neugier. Schon von weitem meinte sie zu erkennen, dass der Reiter kein gewöhnlicher Reisender war. Also wollte sie wissen, was ihn zu dem halsbrecherischen Tempo veranlasste. Je näher er kam, desto deutlicher stieg ein anderes Bild aus den letzten Wochen in ihr auf. Die Erinnerung trog sie nicht: Bald war sie sicher, zwar keinen kurfürstlichen Dragoner in blaurotem Rock und roten Hosen mit hohen, ledernen Stulpenstiefeln vor sich zu haben. Dafür aber verriet nicht allein die besondere Haltung, dass der Mann trotz seiner unauffälligen Kaufmannskleidung in Wahrheit dem Heer angehörte. Als er auf wenige Schritte heran war, war sie sich sicher, wen sie vor sich hatte: Mathias! Ein spitzer Schrei entfuhr ihr. Zumindest war somit klar, dass Christoph seine Drohung nicht wahr gemacht und ihn umgebracht hatte. Was aber war umgekehrt mit Christoph geschehen?

Mit einem energischen »Hooooooo« brachte Mathias seinen Rappen dicht vor ihr zum Stehen. Thiesler, der meinte, der Reiter wäre ihr zu nahe gekommen, sprang todesmutig aus dem Gebüsch.

»Halt!« Warnend hob er die eine Hand, während er die andere Carlotta entgegenstreckte, jederzeit bereit, sie aufzufangen. Das Pferd schnaubte und schüttelte die Mähne, tänzelte unruhig auf der Stelle. Mathias flüsterte ihm beruhigende

Worte ins Ohr und warf dann einen überraschten Blick auf Carlotta und Thiesler.

»Was machst du hier?«, fragte Carlotta.

An Mathias' Blick wurde ihr klar, dass er sie noch nicht erkannt hatte. Sie befreite ihr Gesicht von dem Schal und sah zu ihm auf. Blaue Flecken zierten sein Antlitz. Ihr Herz begann zu rasen.

»Was ist passiert? Hast du Christoph etwas angetan? Du Schuft! Sag doch endlich was!«

Ihre Stimme verwandelte sich in ein klägliches Flehen. Wieder kämpfte sie mit den Tränen. Was gäbe sie dafür, in diesem Augenblick ihren Bernstein umklammern zu können! Spöttisch blickte Mathias auf sie herab.

»Ihr kennt Euch?« Verblüfft trat Thiesler wieder näher zum Gebüsch am Straßenrand, jederzeit bereit, in seinen kahlen Zweigen Schutz zu suchen.

»Hat ganz den Anschein«, knurrte Mathias. »Wenn ich auch nicht damit gerechnet habe, dich ausgerechnet hier zu treffen.«

Mit einem Satz schwang er sich vom Pferd und tätschelte ihm beruhigend den Hals. Die breite Krempe seines Huts warf selbst bei diesem Wetter dunkle Schatten auf sein Gesicht. Die nahezu schwarzen Augen wirkten noch abgründiger, ließen die Haut seiner Wangen noch bleicher aussehen.

»Wo hast du denn sonst gerechnet, mich zu treffen?«, fragte sie so ruhig wie möglich.

Abermals meinte Thiesler, sich einmischen zu müssen, und schoss aus seinem Gebüsch heraus. »Was fällt Euch ein? Lasst sie in Frieden. Sie hat Euch nichts getan.«

»Woher wollt Ihr das wissen?« Blitzschnell drehte Mathias sich um und versetzte ihm einen Stoß. »Schert Euch zum Teufel und lasst uns allein!«

»Das könnte Euch so passen!« Thiesler taumelte, blieb aber stehen. Gleich fasste er neuen Mut.

»Geht am besten zurück ins Gasthaus, meine Liebe«, erklärte er Carlotta. »Dort seid Ihr sicher. So lange halte ich diesen *Herrn* hier fest.«

Der Ton, mit dem er »Herrn« aussprach, klang verächtlich. Mathias lachte auf.

»Da kriege ich jetzt aber wirklich Angst! Doch geht ruhig, *meine Liebe*«, ahmte er den Studenten mit einem bösen Lächeln um die schmalen Lippen nach. »Wir beide werden hier ganz allein miteinander fertig.«

»Mathias!«, zischte sie. »Komm endlich zu dir! Hast du nicht schon genug Unheil angerichtet?«

»Ich?« Laut lachte er auf. »Wie sollte ich, meine Liebe? Du weißt, dazu bin ich einfach nicht fähig. Oder war ich es, der deinen Bernstein ins Feuer geworfen hat?«

Unverhohlen suchte er ihren Blick. Als sie ihm ausweichen wollte, fasste er sie am Kinn und zog ihr Gesicht zu sich herum.

Das war zu viel für Thiesler. Brüllend stürzte er sich auf ihn. Überrascht strauchelte Mathias, stolperte, torkelte gegen sein Pferd. Erschrocken schnaubte der Rappe auf. Ihm entglitten die Zügel. Sofort ergriff das Tier die Gelegenheit und stob ins nahe Dorf davon. Seiner Stütze beraubt, fiel Mathias nach vorn, streckte die Hände aus und landete im Vierfüßlerstand auf dem matschigen Boden.

Thiesler aber hatte noch nicht genug, sondern drängte nun erst recht auf Mathias, begann, seinen breiten Rücken mit bloßen Fäusten zu bearbeiten. Einige Schläge musste der Angegriffene einstecken, dann genügte ihm ein jähes Aufrichten, den Gegner abzuschütteln.

»Hört auf!«, versuchte Carlotta, die beiden Streithähne zur Vernunft zu bringen. Doch ihr Einschreiten war vergebens. Keiner von beiden schenkte ihr Beachtung. Nach einem kurzen Atemholen schienen sie erst recht bereit, den Kampf aufzunehmen. Wie auf Kommando hoben sie die Fäuste und stürmten aufeinander zu. Carlotta blieb nur, beiseitezuspringen und voller Entsetzen das Zusammenprallen der ungleichen Gegner zu verfolgen.

Erstaunlich lange hielt Thiesler dem im Zweikampf weitaus besser Geübten stand. Lediglich das Knallen der Fäuste auf die wollene Kleidung, das Tänzeln der Lederstiefel auf dem gefrorenen Untergrund sowie das Keuchen und Schnaufen der beiden Kämpfer waren zu hören.

Carlotta war wie erstarrt. Schließlich presste sie die Finger zusammen und sandte ein Stoßgebet gen Himmel.

Ein schmerzerfülltes Aufschreien holte sie in die Gegenwart zurück. Nur wenige Schritte entfernt lag Thiesler am Boden. Mathias kniete über ihm, die Faust zum nächsten Schlag erhoben. Im Schnee kündeten frische Blutspuren von den Verletzungen.

»Hör endlich auf!« Carlotta versuchte verzweifelt, Mathias von seinem Opfer wegzureißen. Ohne Erfolg. Weiter traktierte der den bereits reglos daliegenden Studenten erbarmungslos mit Hieben. »Bist du von Sinnen? Du bringst ihn um!«

Carlotta stemmte die Füße in den Boden, um mit mehr Kraft an ihm zu zerren. Es war schwer, auf dem eisigen, von einer dicken, glitschigen Schicht Schnee bedeckten Untergrund Halt zu finden. Sie rutschte aus und fiel zu Boden. Verzweifelt krallte sie die Finger in den Schnee, bekam einen dicken Klumpen des eisigen Nass zu fassen. Unwillkürlich schob sie mehr davon in der Hand zusammen, barg kleine

Steine und Dreck darin, formte eine Kugel darum. Im Aufstehen schleuderte sie die Schneekugel mit aller Kraft gegen Mathias' Kopf.

Der Schneeball traf ihn genau an der Wange. Verdutzt hielt er inne, starrte sie an und kippte dann zur Seite.

Sie eilte zu Thiesler und kniete besorgt neben ihm nieder. Die Blutlache um seinen Kopf war größer geworden. Er war ohne Bewusstsein. Rasch beugte sie sich über ihn und legte ihm die Fingerkuppen an den Hals, um nach einem Lebenszeichen zu suchen. Ob es an der Kälte lag, an ihrer eigenen Aufgeregtheit oder ob er tatsächlich tot war, genau zu unterscheiden wusste sie es nicht. Nur eins wusste sie: Sie fand keinen Puls! Verstört lockerte sie den Schal um seinen Hals, knöpfte den Hemdkragen darunter auf, um den Hals noch ein Stück weiter freizulegen. Wieder nichts! Ihr Blick wanderte über den reglosen Körper. Er bot ein Bild des Jammers. Die Kleider waren durch den Kampf stark verschmutzt, die Hosen zerrissen. Das Gesicht war von den Fausthieben verquollen, die Augenlider dick und blau, die Lippen blutig aufgesprungen, die Wangen zerkratzt. Vorsichtig fasste sie den Kopf mit beiden Händen und hob ihn an, um die Verletzung am Hinterkopf besser einschätzen zu können.

Wie befürchtet, klaffte dort eine große Wunde. Haare und Schmutz verklebten sie, Blut pulste jedoch keines mehr heraus, es hatte sich bereits eine dünne Kruste gebildet. Das beruhigte und beunruhigte sie zugleich. Vermutlich war Thiesler beim Niederfallen mit dem Kopf auf die Kante eines Steins aufgeschlagen. Geräusche lenkten sie jedoch davon ab, der Sache weiter auf den Grund zu gehen. Mathias kam zu sich, setzte sich auf und rieb sich die schmerzende Wange.

»Du hast ihn umgebracht!«

Schrill gellte ihr Schrei durch die leere Winterlandschaft. Die Hunde am Dorfrand begannen von neuem mit ihrem Gebell, schnaubend trabte Mathias' Pferd heran und stupste seinen Herrn von der Seite aufmunternd an. Verärgert schob er es weg.

»Red keinen Unsinn«, raunzte er und stand auf. »Der tut doch nur so, weil er von dir bemitleidet werden will.«

Carlotta schüttelte den Kopf, widmete sich wieder Thiesler. Keinen Mucks gab er von sich, kein Muskel regte sich.

Sie strich dem Studenten die Lider zu und murmelte ein Gebet. Dann sprang sie auf die Füße, sah suchend zum Dorf. Der Wind blies ihr eine Wolke Schnee ins Gesicht, zerrte an ihren Kleidern. Sie rieb sich die Augen, brauchte eine Zeitlang, bis sie klar sehen konnte. Auf einmal wurden ihr die klammen Finger wieder bewusst, spürte sie die steifgefrorenen Zehen in den nassen Schuhen.

Außer Mathias und ihr war keine Menschenseele draußen unterwegs. Alle hatten sich in ihre Behausungen verkrochen, duckten sich um das Herdfeuer und hofften auf ein baldiges Ende dieser unwirtlichen Zeit. Das Bellen der Hunde am Dorfrand wurde leiser, die dreifarbig getigerte Katze schlich noch einmal vorbei.

Carlotta schloss die Augen, stellte sich die vielen Männer im Krug vor, roch die salzige Suppe, den feuchten Bier- und Menschendunst. Weit war es nicht bis zum Gasthaus nahe der Burg, dennoch schien es in einer anderen Welt zu liegen. Niemand dort ahnte, was sich nur wenige Schritte außerhalb der Lischke abgespielt hatte. Erst später, wenn es ans Essen ging oder Tromnaus Fuhrmann vielleicht doch noch zum Aufbruch mahnte, würde man nach Thiesler und ihr suchen.

Eine Träne löste sich aus ihren Wimpern. Es war ihr gleich,

wenn die Löbenichter Kaufleute sie für verdorben hielten. Schniefend wischte sie sich mit dem Handrücken die feuchte Wange. Aber es war ihr nicht gleich, dass Thiesler ihretwegen allein aus Edelmut sein viel zu junges Leben verloren hatte. Wie hatte sie ihn nur für einen geschwätzigen Langweiler halten können!

Mathias' Rappe scharrte mit den Hufen. Stiefelschritte knirschten im Schnee. Mathias sagte etwas zu dem Tier, dann griff er nach den Zügeln und schwang sich in den Sattel.

»Wo willst du hin?« Mit einem Satz stand sie bei ihm, packte ihn am Stiefel. »Du wirst doch nicht etwa abhauen!«

Von neuem überschlug sich ihre Stimme, tönte hell und unwirklich gegen den eisigen Wind. Mathias schnalzte mit der Zunge und lenkte sein Pferd mit den Schenkeln herum.

»Nein!«, gellte es abermals aus ihrem Mund durch die eisige Winterluft. Der Rappe setzte sich in Bewegung, trabte an. Carlotta rannte mit. Mit letzter Kraft zerrte sie am Stiefel, bekam endlich den Stoff der Hose zu fassen und riss daran. Ein hässliches Geräusch kündigte das Nachgeben der Fasern an. Sie verlor die Hoffnung, sich lange halten zu können.

Überraschend hielt Mathias noch einmal an und blickte aus seinen dunklen, tief in den Höhlen liegenden Augen auf sie herunter.

Ein seltsamer Schimmer darin brachte sie aus der Fassung.

Eigentlich war das unmöglich, beschwor sie sich, nicht nach dem, was er gerade getan hatte. Ganz zu schweigen von dem, was er am Mittwoch Christoph zugefügt haben mochte. Verblüfft starrte sie ihn an. Er erwiderte ihren Blick.

Eine Nacht vor vier Jahren, kurz vor Thorn, kam ihr in den Sinn. Damals hatte er sie ähnlich durchdringend angesehen. Sie spürte, wie ihr heiß wurde, trotz eisigen Schneegestöbers um sie herum. Um seinen Mund zuckte es, ein böses Lachen huschte darüber. Sofort hatte er sich wieder im Griff.

Alles Trug!, schoss es ihr durch den Kopf, und sie erwachte aus der Starre.

»Du elender Verräter!«, schrie sie. »Weit kommst du nicht. Du bist desertiert, wie ich an deiner Kleidung sehe. Was glaubst du, wie schnell dich die Kurfürstlichen wieder einfangen? Der Amtshauptmann drüben im Krug hat gleich seine Leute zusammen, dir hinterherzujagen. Heiligenbeil wirst du nicht einmal in der Ferne auftauchen sehen, schon haben sie dich. Erst recht, wenn ich erzähle, dass du gerade vor meinen Augen den armen Thiesler erschlagen hast. Und wahrscheinlich«, für einen Moment versagte ihr die Stimme, sie rang mit sich, bis sie wieder reden konnte, »und wahrscheinlich war das nicht dein erster Mord. Vor zwei Tagen hast du wohl auch Christoph etwas angetan. Warum sonst bist du auf der Flucht?«

»Das glaubst du selbst nicht!«

Ein seltsamer Laut entfuhr ihm. Erst hatte es den Anschein, er wolle seinem Rappen die Sporen geben und rücksichtslos davonpreschen. Dann aber besann er sich eines anderen und blieb stehen. Höhnisch verzog er abermals die Mundwinkel.

»Dir wird der gute Amtshauptmann sofort Gehör schenken, meine Liebe. Doch wie willst du ihm erklären, dich bei Schnee und Eis ganz allein mit dem Studenten draußen herumgetrieben zu haben? Auf ein sittsames Verhalten lässt das jedenfalls nicht schließen. Oder aber der Gute ist dir viel näher gekommen, als dir lieb war, und du hast ihm einen Stoß versetzt. Wenn ich mir das Blut an deinen Händen und deiner Kleidung anschaue, scheint mir das der Wahrheit doch am nächsten zu kommen. Schließlich kennen wir alle dein Temperament.«

»Treib es nicht zu weit, mein Lieber!« Sie fasste das Pferd an den Zügeln. Plötzlich stand ihr sein Gesicht vor Augen, als sie sich vor Hieronymus Roths Haus wiedererkannt hatten. Ja, nun wusste sie, was ihn endlich von seinem hohen Ross herunterholen würde. Schon hörte sie sich laut sagen: »Was wird deine Mutter nur denken, wenn sie die Wahrheit erfährt: Ihr Sohn ist nicht nur ein entlaufener Soldat, sondern auch ein gemeiner Mörder!«

Das letzte Wort schleuderte sie ihm regelrecht von unten herauf zu. Erschrocken tänzelte der Rappe auf der Stelle, schüttelte die Mähne und schnaubte. Dampfwolken stiegen aus den Nüstern in die kalte Luft auf. Mathias' Gesicht verdunkelte sich, das böse Lächeln auf seinen Lippen erstarb.

»Carlotta!« Von der Lischke her klang Magdalenas Stimme herüber. »Wo steckst du nur?«

Insgeheim sandte Carlotta ein Dankgebet gen Himmel. Selten hatte das Auftauchen der Mutter sie derart gefreut.

»Hier bin ich!«, rief sie. »Schnell, hilf mir! Es ist etwas Furchtbares geschehen!« Ihre Finger klammerten sich fester um das Leder der Zügel.

Mathias aber machte keinerlei Anstalten zu fliehen. Ruhig sah auch er Magdalena entgegen. In mühsamen Schritten stapfte sie durch den knöcheltiefen Schnee auf sie zu. Wieder setzte das Bellen der Hunde ein. Am Kirchturm begann das Mittagsläuten. Damit kam Leben in das eben noch wie ausgestorben liegende Dorf. Dickvermummte Gestalten schlurften aus den Häusern.

Mathias und Carlotta wechselten einen Blick. Sosehr der Hass in ihr gärte, so einig waren sie sich dennoch in der Einschätzung der Lage: Es war nur eine Frage von Augenblicken, bis der Erste den toten Thiesler im Schnee entdeckte. Wem von ihnen beiden würde es gelingen, seine Sicht der Dinge glaubhaft zu machen? Als könne er ihre Gedanken lesen, schob Mathias mit der rechten Hand den Mantelschoß zurück. Wie zufällig wurde die Pistole an seinem Gürtel sichtbar. Herausfordernd stützte er die Hand auf den Knauf. Carlotta begriff. Sie gab die Zügel des Rappen frei, stürzte abermals zu dem Leblosen, kniete neben ihm nieder und legte ihm die flache Hand auf die Stirn. Bildete sie sich das ein, oder hörte sie tatsächlich ein leises Stöhnen aus seinem Mund?

»Was ist passiert?« Magdalena stand plötzlich neben ihr am Wegrand und schaute erstaunt auf den im Schneematsch liegenden Studenten hinab. Die Blutlache versickerte im weißgrauen Boden. »O Gott!«, entfuhr es ihr, und sie schlug sich die Hand vor den Mund.

Noch ehe Carlotta ihr die Sache erklären konnte, zügelte Mathias sein Pferd, presste ihm die Waden an die Flanken und stob mitten durch das Dorf davon. Es kümmerte ihn wenig, dass sein wilder Ritt den einen oder anderen zwang, sich durch einen entschiedenen Sprung in den Graben vor den Hufen des Rappen zu retten. Flüche wurden laut, manch einer ballte zornig die Faust in der Luft. Bald schon war der schwarze Reiter in der Ferne verschwunden.

»War das Mathias?«, fragte Magdalena.

## 4

Seit der Abreise der beiden Grohnert-Damen vor fünf Tagen lag eine gespenstische Stille auf dem Kaufmannshaus in der Kneiphofer Langgasse. Lina meinte schon, sich lediglich auf Zehenspitzen fortbewegen zu dürfen. Jeder

Schritt auf dem Dielenboden schien ihr vorwurfsvoll in den Ohren zu hallen. In sämtlichen Geschossen des weitläufigen Gebäudes wurde nur mehr geflüstert. In der Küche knisterte zwar munter das Herdfeuer und sorgte dank des breiten Kamins bis in die obersten Etagen für wohlige Wärme. Ansonsten aber hatte Hedwig sie und Milla gleich am Donnerstag noch sämtliche Töpfe und Pfannen auf Hochglanz polieren und vorerst für unbestimmte Zeit ordentlich auf den Wandborden verräumen lassen. Ein einziger Topf blieb am Kesselhaken hängen. Darin köchelte eine größere Menge Gerstenbrei. Zu allen Mahlzeiten schöpfte die Köchin jedem eine Kelle davon in die Schale und reichte Brot dazu. »Sind die Herrschaften nicht da, müssen wir nicht wie die Könige leben«, hatte sie geknurrt, als Steutner gleich am ersten Tag schon die schmale Kost bemängelt und an die reichen Vorräte im Keller erinnert hatte. Seither löffelten alle schweigsam den Brei. Selbst am gestrigen Sonntag hatte Hedwig den beiden Mägden nach dem Kirchgang lediglich eine Schüssel Latwerge als zusätzliche Beilage kredenzt.

Auch in anderen Bereichen war Hedwigs strenges Regiment schmerzhaft zu spüren. Seit letztem Donnerstag mussten sich Lina und Milla Stube für Stube von oben nach unten durch das gesamte Haus putzen. Jeden Abend unternahm die Wirtschafterin einen Kontrollgang und überprüfte, ob die beiden Mägde das zu ihrer Zufriedenheit erledigt hatten.

»Dabei geht es auf Weihnachten zu, nicht aufs Frühjahr«, murrte Lina, sobald sie an diesem Vormittag mit der jüngeren Milla allein in der Wohnstube war. Vor wenigen Augenblicken erst hatte Hedwig ihnen noch eingebleut, wie der dunkel gebeizte Nussbaumtresor an der einen Stirnseite und das Ahnenporträt zu pflegen seien. »Vor Ostern dürfen wir bestimmt wieder die Staubwedel schwingen und die Teppiche klopfen, als wäre es ein Vergnügen, bis in die Dachgiebel hinein jedes einzelne Wandbord auf Hochglanz zu bringen.«

Vor Schreck riss die dürre Milla die braunen Rehaugen auf und wisperte aufgeregt: »Meinst du, die Grohnert-Damen bleiben so lange weg? Was soll nur in der Zwischenzeit aus uns werden? Am Ende schickt Hedwig uns fort, weil nichts mehr zu tun ist!«

Tränen kullerten ihr über die Wangen, der schmächtige Leib bebte.

»Mach dir keine Sorgen«, beschwichtigte Lina das Mädchen. »Vorerst gibt es beileibe genug, was getan werden muss. Denk allein an den Waschtag, der nächste Woche ansteht. Die Waschweiber sind schon lang bestellt. Gerade weil die Grohnert-Damen nicht da sind, wird Hedwig sie im Haus haben wollen und sämtliche Truhen aufreißen, Wäsche zum Waschen zu finden. Nach diesem Tag wird dann bestimmt das ganze Weißzeug ausgebessert. Auch einige der Kleidungsstücke gilt es zu flicken oder abzuändern. Zudem ist das Silber zu putzen, von den Leuchtern ganz zu schweigen. Wenn wir Pech haben, müssen wir außerdem in den feuchten Keller hinunter und dort die Vorräte sortieren. Die eingelagerten Äpfel durchzuschauen, ist längst überfällig.«

»In den Keller? Bei der Kälte?« Milla schauderte. »Bestimmt laufen da wieder die Mäuse rum, so wie letztens, als ich Kraut holen musste. Erinnerst du dich, wie mir eine über den Fuß gehuscht ist?«

Bei dem Gedanken an das Gekreische, das Milla bei der Gelegenheit ausgestoßen hatte, musste Lina grinsen. »Sei froh, dass es nur der Fuß war.« Eine eigenartige Lust, die Kleine weiter zu ängstigen, überkam sie. Sie krümmte die

Finger zu Krallen und beugte sich mit einer entsetzlichen Grimasse zu Milla. »Je weiter die Kälte voranschreitet, desto frecher werden die Biester. Kein Wunder, die sind ja völlig ausgehungert. Äpfel allein mögen die nicht mehr knabbern. Die brauchen jetzt Fleisch. Wenn du mit den Händen in der Kiste steckst, um das Obst zu sortieren, wetzen sie ihre spitzen Zähne und schnappen zu.«

Mit einem Satz schnellte sie nach vorn und zwickte das Mädchen in die Arme.

»Iiiieeeeh!«, schrie Milla auf.

»Scht!« Erschrocken legte Lina mahnend den Zeigefinger vor die Lippen. Milla begriff, jammerte jedoch leise weiter. »Die sollen doch nicht nach meinem Finger schnappen!«

Wie um sich zu beweisen, dass das nicht lohnt, betrachtete sie ihren Zeigefinger. Viel mehr als Haut und Knochen war nicht daran. Lina kicherte leise in sich hinein. Da erst begriff Milla den Spaß. Verärgert kehrte sie ihr den Rücken zu und widmete sich dem prächtigen Nussbaumholztresor. Dazu wickelte sie den Staublappen um die Fingerkuppen und wischte jede einzelne Verzierung sorgfältig nach. Gelegentlich pustete sie in Vertiefungen und fuhr zwischen die Ritzen.

Lina beobachtete sie eine Zeitlang, dann griff auch sie wieder nach ihrem Putztuch und kletterte auf die Wäschetruhe an der gegenüberliegenden Stirnseite. Um den goldenen Rahmen des Ahnenporträts abzustauben, musste sie sich auf die Zehenspitzen stellen. Argwöhnisch beäugte sie die düstere Leinwand. Urahn Paul Joseph Singeknecht schien noch strenger als sonst auf das Geschehen hinabzublicken. Behutsam wedelte Lina ihm über das Gesicht, um den Staub auch von dem Ölgemälde zu befreien. Vielleicht schaute der alte Kaufmann dann wieder freundlicher in die Welt. Anschließend widmete sie sich dem Rahmen und reckte sich noch etwas höher auf die Zehenspitzen. Ehe sie sich versah, verlor sie das Gleichgewicht und fiel mit dem Oberkörper gegen das Bild. Vor Schreck stützte sie sich mit den Händen mitten auf der Leinwand ab, spürte sofort das gefährliche Nachgeben des Stoffes. Unwillkürlich wankte sie nach hinten, ruderte haltsuchend mit den Armen und kam endlich wieder aufrecht ins Stehen. Mit klopfendem Herzen kletterte sie von der Truhe und eilte zum Wandbord an der Längsseite der Stube.

Keinen Moment zu früh beschäftigte sie sich dort. Ohne dass ihre watschelnden Schritte auf der Treppe zu hören gewesen waren, riss Hedwig einen der beiden Türflügel auf.

»Seid ihr zwei fleißig?«, krächzte sie und ließ den Blick neugierig durch den Raum schweifen. Dann erst trat sie ein. In der Hand hielt sie ein halbes Dutzend Zweige. »Gib mir bitte den Krug von dort oben«, bat sie Lina und zeigte auf ein irdenes Gefäß. Gehorsam reichte sie ihr das Gewünschte. Hedwig runzelte missbilligend die Stirn, als sie sah, wie staubig der noch war. »Lange bist du wohl noch nicht mit dem Wandbord zugange.«

Der Zeigefinger ihrer freien Hand wischte über das Regalbrett. Doch zum Glück stimmte das Ergebnis sie zufrieden. Stumm trat sie zu dem Porträt von Paul Joseph Singeknecht, stellte sich auf die Zehenspitzen und begutachtete den Stand des Putzens. Lina hielt die Luft an, wagte kaum, den Kopf zu heben. Sie fürchtete, die Köchin durch ihr Hinschauen erst recht auf mutmaßliche Risse in der Leinwand aufmerksam zu machen. Doch auch an dieser Stelle fand Hedwig überraschenderweise nichts zu beanstanden. Zufrieden steckte sie die Zweige in den Krug und drapierte diesen auf dem langen Tisch in der Mitte der Wohnstube. »Zweige schneiden an

Sankt Barbara, dann sind bis Weihnachten Blüten da«, erklärte sie aufgeräumt.

»Sind die Herrschaften bis dahin auch bestimmt wieder zurück?«, platzte Milla heraus.

Hedwig watschelte zu der Kleinen und strich ihr über das strähnige Haar. »Vermisst du die gute Frau Grohnert so sehr?«

Milla antwortete mit einem verzweifelten Aufschluchzen. Weinend fiel sie der Köchin um den Hals. »Was ist, wenn sie nicht mehr wiederkommen? Was wird dann aus uns?«, fragte sie mit piepsigem Stimmchen.

»Mach dir keine Sorgen, mein Kind«, brummte die Alte und tätschelte ihr den Rücken. »Sie werden wiederkommen, ganz gewiss. Sie lassen uns doch nicht im Stich! Ob sie allerdings bis zum Christfest schon wieder da sein werden, weiß ich nicht. Schau nur aus dem Fenster, dann kannst du dir vorstellen, wie beschwerlich derzeit das Reisen ist. Aber bis zum Fest der heiligen Auferstehung unseres Herrn im nächsten Frühjahr werden sie gewiss wieder mit uns hier in der Langgasse sein. Bislang haben wir das noch jedes Jahr miteinander gefeiert.«

Insgeheim stöhnte Lina auf und fürchtete bereits den Frühjahrsputz, der angesichts der Rückkehr der Grohnert-Frauen fällig war. Sie hatte ohnehin nicht verstanden, warum sie bei dem Wetter so überstürzt aus der Stadt hatten fortgehen müssen. Da konnte Humbert Steutner ihr noch so viel von »Verrat« und »bösen Verdächtigungen« zuraunen und sie zudem an die nächtliche Prügelei von diesem Mathias erinnern. Deshalb ließ man doch nicht sein Hab und Gut im Stich und übergab das Kontor in die Hände seiner Schreiber! Je länger Carlotta und ihre Mutter weg waren, desto übler stand es um das Geschäft. Das zumindest hatte Steutner ihr so erklärt. Wahrscheinlich war er der einzige der drei Schreiber, der zu wirtschaften verstand. Gewiss würde er das auch im Sinne der Grohnert-Damen bewerkstelligen, dachte Lina stolz. Doch Egloff und Breysig, die ihm einiges an Jahren im Kontor voraushatten, wollten ihm das einfach nicht zugestehen. Sogar Lagervorsteher Schrempf durchkreuzte bei jeder sich bietenden Gelegenheit Steutners Anweisungen und schlug sich offen auf die Seite des mürrischen Egloff. Nicht einmal der gute Helmbrecht tauchte auf, um nach dem Rechten zu sehen und im Streitfall zu vermitteln. Dabei hatte sie immer gedacht, es läge ihm wirklich etwas an Magdalena Grohnert. O nein, durchzuckte sie ein furchtbarer Gedanke, damit war es wohl ein für alle Mal vorbei. Da gab es doch diese auffallend blonde Frau, mit der er sich letztens im Grafenkrug getroffen hatte. Lina fühlte einen Stich in der Brust, als gelte der Verrat ihr selbst.

»Was ist mit dir?« Forschend sah Hedwig sie an. Noch einmal zuckte Lina zusammen. Über ihren Gedanken hatte sie nicht darauf geachtet, was in der Wohnstube vor sich gegangen war.

»Was?«, fragte sie und fühlte sich ertappt. Wie töricht! Damit gab sie Hedwig erst recht einen Grund, mit ihr zu schimpfen.

»Habe ich es doch gewusst!« Hedwigs runde Augen funkelten. »Kaum passe ich einen Moment nicht auf, wirst du übermütig und träumst vor dich hin, statt weiter deine Arbeit zu tun.« Sie zwickte sie in die Wange. »Hast wohl wieder an deinen Liebsten gedacht, was?«

Lina holte bereits Luft, um eine schnippische Antwort zu geben, da bemerkte sie, dass die Köchin wohlwollend schmunzelte.

»Mädchen, Mädchen«, brummelte sie gutmütig. »Hoffentlich weiß der Bursche dich zu schätzen. Pass nur gut auf dich auf und lass ihn nicht zu früh gewähren. Deine Liebe soll er sich hart verdienen!«

Lina lief rot an.

»Schau nicht wie eine Kuh«, wies die gedrungene Grauhaarige sie barsch, aber dennoch herzlich zurecht. Sie musste sich ein wenig recken, um Lina ins Gesicht blicken zu können, die gut anderthalb Handbreit größer war als sie. »Du denkst wohl, ich war nie jung, was?«

Das Lachen auf ihrem faltigen Antlitz blieb. In den hellen, runden Augen aber meinte Lina eine Spur von Traurigkeit zu entdecken. Beschämt musste sie sich eingestehen, nie einen Gedanken an die mögliche Jugend der inzwischen mindestens fünfzig Jahre alten Köchin verschwendet zu haben.

»Ach, lassen wir das«, winkte Hedwig ab und sah erst Milla, dann wieder Lina an. »Denkt daran, ihr beiden, was ihr den Grohnert-Damen versprochen habt: vorerst kein Wort zu niemandem, dass sie abgereist sind. Tut einfach so, als wären sie unpässlich, falls jemand zu ihnen will, und ruft mich oder, wenn es sein muss, Egloff dazu. Verstanden?«

»Los, Kleines!«, forderte sie Milla nach einer kurzen Pause auf. »Hol unten in der Küche Wasser für die Zweige. Manch Törichter mag sich zwar einbilden, allein von Luft und Liebe leben zu können. Bei Zweigen wie diesen hier aber funktioniert das nicht. Da rührt sich ohne Wasser gar nichts, im Winter erst recht nicht.«

Hedwig wartete kaum ab, bis sich die doppelflügelige Tür hinter der Kleinen geschlossen hatte, da sagte sie zu Lina: »Du machst deine Sache hier oben sehr ordentlich.«

Das ungewohnte Lob weckte abermals Linas Verwunderung. Wenn das so weiterging, wusste sie gar nicht mehr, was sie von der Köchin halten sollte. Allein an den Barbarazweigen mochte es nicht liegen, dass ihre Laune sich zum ersten Mal seit der Abreise der Grohnert-Damen derart gebessert hatte.

»Ich wusste es doch gleich«, fuhr die Köchin fort, »nach einigen Wochen hier bei uns im Haus fügst auch du dich brav ein. Die Wirtin aus dem Grünen Baum hat einfach nicht richtig mit dir umgehen können. Kein Wunder, die hat sowieso keine Ahnung, weder vom rechten Wirtschaften noch vom Umgang mit dem Gesinde!«

Lina zögerte. Sie wollte nicht als Klatschmaul gelten. Also hielt sie besser den Mund und wartete, worauf Hedwig hinauswollte.

»So, wie ich es sehe, bist du hier in der Wohnstube eigentlich fertig, nicht wahr?« Prüfend wanderten die hellen kleinen Augen der Köchin von neuem durch den Raum. »Milla kommt hier gut allein zurecht. Bis Mittag wird sie den Tresor abgestaubt und die Leuchter poliert haben.«

Sie trat zu den Fenstern und lupfte eine der dünnen Gazegardinen, um einen Blick auf das Treiben in der Langgasse zu werfen. In der Hoffnung, endlich mehr zu erfahren, stellte Lina sich neben sie und sah ebenfalls hinunter. Obwohl es nicht einmal Mittag war, schien bereits wieder die Dämmerung anzubrechen. Vielleicht aber war es an diesem Morgen auch noch gar nicht richtig hell geworden. Durch die geschlossenen Fensterflügel drangen gedämpfte Laute. Die für Anfang Dezember ungewöhnlich dicke Schneeschicht auf dem Straßenpflaster sorgte dafür, dass es draußen erstaunlich leise zuging.

»Nach Barbara geht's Frosten an, kommt's früher, ist nicht wohlgetan«, verkündete Hedwig und wandte sich um.

»Barbara im weißen Kleid verkündet gute Sommerzeit«, ergänzte Lina.

Zufrieden sah die Köchin sie an. »Ich wusste gar nicht, dass du dich mit solchen Regeln auskennst.«

»Vergesst nicht, wo ich aufgewachsen bin.«

Zum ersten Mal in ihrem Leben verspürte Lina Stolz auf ihre Herkunft aus dem tristen Fischerdorf bei Pillau. Der Köchin entlockte es ein anerkennendes Schnalzen mit der Zunge.

»Die Kleine bleibt noch hier oben«, erklärte sie endlich. »Dich brauche ich unten.«

Sie klopfte Lina auf die Schultern. Enttäuscht stöhnte Lina auf. Eigentlich hatte das unerwartete Lob sie hoffen lassen, einmal etwas besonders Schönes tun zu dürfen. Nun aber würde sie wohl im Vorratskeller die Äpfel sortieren und die Krautfässer umrühren müssen.

»Schau nicht so finster.« Hedwig rüttelte sie am Arm, als müsse sie aufgeweckt werden. »Dazu gibt es keinen Grund.« Am liebsten hätte Lina empört widersprochen, doch Hedwig kam ihr zuvor: »Du musst mir bei etwas ganz Wichtigem helfen.« Verschwörerisch zog sie sie näher zu sich heran und wisperte: »Kannst du dich erinnern, wann wir zuletzt im Kontor die Regale gewischt haben? Ich denke, es wird höchste Zeit, dort für Ordnung zu sorgen.«

Erstaunt zog Lina die Stirn kraus. »Hat Egloff nicht was dagegen? Wenn die Schreiber an ihren Pulten arbeiten, stört die das doch bei ihren Geschäften.«

»Wer sagt dir, was im Haus zu tun ist: Egloff oder ich?« Hedwig verschränkte die Arme vor dem üppigen Busen und funkelte sie an. »Die verehrte Frau Grohnert hat *mich* zur Wirtschafterin bestellt und nicht den dürren Federkratzer. *Ich* entscheide, wann wo im Haus Staub gewischt wird und wann nicht. Wäre ja noch schöner, wenn ich mir da von diesem buckeligen Schreiberling reinreden ließe!«

Sie reckte das Kinn, um größer zu werden. Es sah so komisch aus, dass Lina ein Lachen unterdrücken musste, um Hedwig nicht vor den Kopf zu stoßen. Denn die neue Aufgabe war schließlich von ganz besonderem Reiz: Sie durfte mitten am Tag ins Kontor! Das hieß, das Allerheiligste des Singeknecht'schen Hauses zu betreten. Und nicht nur das: So streng Egloff dort unten auch herrschte, gewiss fand sich Gelegenheit, mit dem Liebsten heimliche Blicke zu tauschen! Im Stillen jauchzte Lina vor Freude.

»Also sind wir uns einig«, krächzte Hedwig. Mit geradezu leuchtenden Augen zählte sie die Aufgaben auf, die Lina im Kontor zu erledigen hatte. »Am besten nimmst du einen Eimer Wasser und wischst die Regale erst einmal feucht aus. Feucht heißt aber nicht nass, Kind!« Mahnend hob sie den Zeigefinger. »Gib ruhig auch einen Spritzer Zitronensaft ins Wasser. Diesen Luxus sollten wir den Regalen heute gönnen. Das vertreibt nicht nur die trockene Schreibstubenluft, das pflegt auch das Holz. Denk zudem an die Pulte und Fensterbänke. Die haben es ebenfalls bitter nötig, gewischt zu werden. Allzu oft vergisst der gute Egloff, dass das keine Ablagefächer sind. Glaub mir, Kind, mehr als einmal schon habe ich dort wichtige Schriftstücke gefunden, die er einfach hat liegenlassen. Ich kann mir nicht vorstellen, dass die gute Frau Grohnert das billigt!«

Lina nickte andächtig, wagte jedoch nicht, etwas einzuwenden.

»Schade, dass es zu kalt ist, um die Scheiben zu putzen«, fuhr Hedwig geschäftig fort. »Wenn du dich daran versuchst, friert dir gleich der Lappen an. Also lass es bitte bleiben, ganz gleich, was Egloff sagt. Der hat dir gar nichts zu befehlen. Doch vergiss nicht die Sprossen an den Fenstern. Wenigstens die an der Innenseite sollten frei von Staub sein. Ach, ich sehe schon«, sie schnaufte zufrieden und rieb sich abermals über die Arme, »mit all diesen Aufgaben bist du gut und gern bis weit in den restlichen Nachmittag beschäftigt.«

Lina wagte keinen Mucks. Dabei verleitete sie die Aussicht, den restlichen Tag in unmittelbarer Nähe zu Steutner zu verbringen, fast dazu, die Alte beglückt zu umarmen. Als läse sie ihre Gedanken, zwinkerte Hedwig ihr wohlwollend zu.

»Ich denke, du weißt es zu schätzen, dass ich dich mit dieser besonderen Aufgabe betraue.«

Lina nickte, auch wenn sie sich über die Formulierung wunderte. Dann aber begriff sie und erwiderte das Zwinkern. Hedwigs Lachen wurde breiter.

»Wusste ich doch, dass du eine von der schlauen Sorte bist«, krächzte sie zufrieden. Lina schmunzelte.

»Gehe ich recht davon aus, dass Ihr mich nicht nur zum Putzen ins Kontor schickt? Denn das könnte Milla schließlich ebenso gut erledigen wie ich.«

Sie stemmte die Hände in die Hüften und schwang wie beim Tanz hin und her. Da Hedwig immer noch lächelte, wurde Lina mutiger. »Und wenn ich schon einmal so lange dort unten wischen darf, kann ich auch ein wenig die Ohren spitzen. Das eine oder andere von dem aufzuschnappen, was die Herren da bereden, könnte nicht schaden, oder?«

»Mir scheint, in deinem Kopf ist wirklich nicht nur Platz für deinen Liebsten.« Fest kniff Hedwig ihr in die Wange. »Pass gut auf, mein Kind. Lass dir diese wertvolle Gabe nicht von falschem Liebeszauber vermasseln. Und jetzt fort mit dir, unten wartet genug Arbeit auf dich!«

# 5

Wie erwartet, reagierte Egloff alles andere als erfreut über Linas Auftauchen.

»Du kannst jetzt nicht hier putzen«, erklärte er barsch, als sie die Tür aufstieß.

»Hedwig schickt mich«, erwiderte sie ruhig und ging mit Wischeimer, Putz- und Staublappen bewaffnet an dem erstaunt aufblickenden Breysig und dem erfreut lächelnden Steutner vorbei zum Pult des ältesten Schreibers. »Ich soll hier im Kontor die Regale mit Zitronenwasser auswischen und sämtliche Fächer, Fenstersprossen und Pulte abstauben.« Sie staunte über sich selbst, wie ruhig sie sprach.

Eine Zornesfalte grub sich oberhalb von Egloffs Nasenwurzel ein. »Das kannst du heute Abend machen, wenn wir mit unserer Arbeit fertig sind«, knurrte er und wollte sich bereits wieder seinen Papieren zuwenden.

»Nein«, widersprach sie laut. »Abends geht das nicht. Die Talglichter sind nicht hell genug. Zudem hat die Köchin ausdrücklich darauf bestanden, dass ich das jetzt tue.«

Aufreizend stellte sie den randvollen Eimer direkt vor dem Schreiber ab. Wasser schwappte über den Rand auf den Dielenboden. Einige Spritzer landeten auf seinen Stiefeln. Weiter hinten hörte sie Steutner mit den Füßen scharren. Sie brauchte den Liebsten nicht anzusehen, um zu wissen, wie sehr ihn ihr Auftauchen erheiterte. Selbst Breysig grunzte belustigt, nur Egloff rang um Fassung.

»Das ist doch, das heißt jetzt, nein, das ist mir noch nie passiert«, stammelte er verblüfft.

Ohne ihn weiter zu beachten, stapfte sie zum Regal an der rückwärtigen Wand des Kontors. Ihr Blick glitt über das trutzige Möbel aus dunklem Holz. Das verhieß eine aufwendige Putzerei! Dicht an dicht reihten sich die dicken Kontorbücher aneinander. Lina konnte nicht sonderlich gut lesen. Ohnehin interessierte es sie nicht, was auf den vergilbten Rückenschildern stand. Allein die verschiedenen Schwünge, mit denen die Buchstaben und Zahlen gemalt waren, verrieten, dass sich Generationen von Schreibern darin verewigt hatten. Zeit für Ehrfurcht ob dieser Erkenntnis gönnte sie sich nicht. Das Einzige, was sie in diesem Moment beschäftigte, war die Frage, wo sie am besten mit der Arbeit beginnen sollte. In jedem Fall musste sie sich die Leiter heranrücken. Die lehnte an der Stirnseite des Kontors, gleich neben der Tür und nicht weit von Steutners Pult entfernt. Auf leisen Sohlen schlich sie dorthin.

»Du lässt dich wohl gar nicht aufhalten«, schimpfte Egloff hinter ihr her. Sie tat, als hörte sie nichts. Laut stampfte er mit dem Fuß auf, sortierte raschelnd das Papier auf dem Pult, knallte Griffel und Feder absichtlich laut in die Schale. Sogar die Streusandbüchse musste dafür herhalten, seine Unruhe zu bekämpfen. Als dennoch nichts geschah, ergab er sich seinem Schicksal und widmete sich wieder seinen Papieren.

Kaum war Lina bei der Leiter angekommen, äugte sie zu Steutner. Tief hing sein Kopf über dem Papier. Als spürte er ihren Blick, sah er auf und lächelte sie an. Sie erwiderte das Lächeln zaghaft. Sein Aussehen dauerte sie: Die Schlägerei am Mittwoch hatte ihn arg gebeutelt. Die linke Augenpartie war noch immer geschwollen, die Wange darunter von Blutergüssen entstellt. Die Wunde im Mundwinkel war dick verkrustet. Warum nur hatte er sich einmischen müssen und versucht, den jungen Kepler von diesem rauflustigen Mathias wegzureißen? Lina seufzte. Hätten sich die Streithansel doch die

Köpfe eingeschlagen! Dann wäre wenigstens dem armen Steutner nichts passiert. Sie warf ihm scheu einen Handkuss zu. Er grinste, Egloff knurrte. Rasch griff sie nach der Leiter und trug sie zum Regal.

»Das verstehe ich nicht«, brummte Breysig, kaum dass sie die oberste Sprosse erreicht und das erste Buch herausgezogen hatte. Neugierig wandte sie den Kopf und beobachtete von ihrem Posten das Geschehen. Der schwerfällige Schreiber schaute hilfesuchend zu Egloff. Es dauerte eine Zeitlang, bis sich der dürre Alte dazu bequemte, das Federkratzen auf dem rauhen Papier zu unterbrechen und den Kahlköpfigen ebenfalls anzusehen.

»Was versteht Ihr nicht?«, fragte er unleidlich. In seinen langen Fingern rollte er die Feder hin und her, deutliches Zeichen, wie sehr ihn Breysig aufregte. Der Kahlköpfige aber tat, als bemerkte er das nicht, griff nach seinen Unterlagen und schlurfte zu Egloffs Pult. Lina schaute zu Steutner, der ihr abermals zuzwinkerte.

»Das ist ja wohl die Höhe!« Egloffs Faust sauste donnernd aufs Pult nieder. Breysig duckte sich weg, als rechnete er mit einer Maulschelle.

»Nicht Ihr«, raunzte Egloff, »diese läufige Hündin da oben auf der Leiter ist gemeint.« Wutentbrannt reckte er die Faust in Linas Richtung. »Was fällt dir ein? Putzen sollst du, nicht meinen Schreibern schöne Augen machen. Ich hätte mir gleich denken können, worauf das hinausläuft, wenn du deinen Feudel hier schwingst. Die Spatzen pfeifen es längst von den Dächern, dass du Steutner um den Finger gewickelt hast.«

Vor Scham glühten Linas Wangen. Am liebsten hätte sie dem Alten den feuchten Lappen gegen den Schädel geschleudert.

»Gemach, gemach, mein Bester«, meldete Steutner sich zu Wort. Er legte seine Feder in die Schale, rückte das Papier auf dem Pult zurecht und schlenderte betont langsam zu Egloff. Außer seinen Schritten war lediglich das Knistern der Holzscheite im Kachelofen zu hören. Lina meinte, die Luft anhalten zu müssen, um die Stille nicht zu stören. Breysig schwitzte aus allen Poren. Ungeschickt versuchte er, sich aus Egloffs Nähe davonzustehlen. Der Alte aber fasste ihn am Ärmel und zwang ihn, neben ihm auszuharren. Geradewegs schaute Egloff Steutner entgegen. Der schmunzelte siegesgewiss. Bang umklammerte Lina die Holme der Leiter, bis die Fingerknöchel weiß hervortraten.

»Habt Ihr mir etwas zu sagen?« Dicht vor Egloff blieb Steutner stehen. Er war einen halben Kopf größer, aber genauso dürr wie der alte Schreiber. »Wenn es Euch stört, dass Lina und ich uns gut sind, dann sagt es nur freiheraus. Allerdings seid Ihr weder ihr Vater, noch habt Ihr mir etwas zu sagen. Wenn ich Euch daran erinnern darf«, er senkte die Stimme bedrohlich, »die verehrte Frau Grohnert hat Euch zwar angewiesen, während ihrer Abwesenheit für Ordnung im Kontor zu sorgen, das aber heißt nicht, dass Ihr mir oder jemand anderem aus dem Gesinde vorschreiben dürft, wem wir gut sind oder nicht. Davon abgesehen: Lina untersteht der Köchin, wie übrigens auch die zweite Magd. Frau Grohnert wird es wohl kaum gutheißen, wenn Ihr Euch in deren Bereich einmischt, von Hedwig selbst ganz zu schweigen.«

Breysig entfuhr ein anerkennendes Grunzen. Der Dicke genoss es, wie der Ältere Steutners Worten wegen in sich zusammensackte. Doch mit einem Mal richtete er sich wieder auf und verzog das Gesicht zu einem gehässigen Grinsen.

»Nehmt den Mund nicht zu voll, mein Lieber. Mit all den Blessuren im Gesicht macht Ihr gerade nicht den besten Eindruck. Vergesst nicht: Solange die verehrte Frau Grohnert nicht da ist, bin ich, wie Ihr richtig sagt, für das Kontor verantwortlich. Und da kann ich Raufbolde nun einmal schlecht dulden, gerade wenn wir uns in einer ausgesprochen schwierigen Lage befinden.«

Linas Angst um Steutner schwoll wieder an. Innerlich verfluchte sie Hedwig. Es war doch keine gute Idee gewesen, sie ins Kontor zu schicken. Nur weil die Köchin ihre Neugier nicht zügeln konnte, stand nun Steutners Existenz auf dem Spiel.

»Ihr wisst hoffentlich«, redete Egloff mit höhnischem Unterton weiter, »dass Ihr jetzt so schnell kein anderes Kontor finden werdet, das einen wie Euch aufnimmt. Euch ist gewiss klar, dass im gesamten Kneiphof, wenn nicht auch schon in der Altstadt und im Löbenicht, in den letzten Tagen keiner jemandem aus dem Singeknecht'schen Anwesen sonderlich wohlgesinnt ist. Das liegt übrigens nicht allein an Eurer Prügelei letzten Mittwoch. Leider haben die Grohnert-Damen auch selbst für diesen Unmut gesorgt.«

Lina wurde flau. Das bedeutete für sie ebenfalls Obacht geben. Daran hatte sie noch gar nicht gedacht. Sie sah sich bereits wieder in der armseligen Hütte in Tilsit hocken, den kleinen Karl auf dem Schoß. Verzweifelt schrie der Blondschopf vor Hunger, sie aber hatte nichts, was sie ihm geben konnte. Und Fritz wankte Abend für Abend betrunken zur Tür herein. Schniefend wischte sie die strohblonden Strähnen aus der Stirn und griff wieder nach dem Lappen, um das Regal zu wienern. Wenn Hedwig zufrieden mit ihrer Arbeit war, bestand zumindest ein Funken Hoffnung. Steutners Auflachen riss sie von neuem herum.

»Nur zu, mein Bester, nur zu«, spornte er zu ihrem Entsetzen Egloff an. »Es hilft dem Kontor ganz sicher, wenn Ihr mich heute noch vor die Tür setzt. Der gute Breysig – nichts für ungut, mein Lieber«, er tätschelte dem Dicken die Schulter, »wird Euch eine gute Stütze sein, die Geschäfte erfolgreich fortzuführen. Sagt mir nur, ob ich gleich gehen oder bis zum Abend warten soll. Dann kann ich zumindest noch die fehlerhafte Liste ausbessern, die da auf Eurem Pult liegt. Sieht mir fast so aus, als könnte ich Euch da helfen.«

Lina hielt den Atem an. Egloff würde ob dieser frechen Antwort gewiss keinen Moment zögern, Steutner die Tür zu weisen. Breysig, der nicht einmal die Anspielung auf seine Unzulänglichkeit begriffen hatte, buckelte indes erschrocken vor dem Alten. Doch der Dürre tat nichts dergleichen. Erstaunlich gelassen wandte er sich wieder dem Pult zu, fingerte seine Feder aus der Schale, tauchte sie ins Tintenfass und erklärte: »Schön. Ihr wisst also, was Ihr zu tun habt. Geht mit Breysig seine Listen durch und legt sie mir bis heute Abend vor, ohne Fehler natürlich. Morgen früh werden wir beide drüben im Lagerhaus am Hundegatt die Bestände überprüfen. Schrempf muss man sehr genau auf die Finger schauen, wenn die verehrte Frau Grohnert nicht da ist. Breysig wird dann wohl zwei, drei Stunden allein hier zurechtkommen, nicht wahr? Aber denkt bitte alle daran«, er hob die Stimme, »niemand darf zu früh von der längeren Abwesenheit der Grohnerts erfahren. Haben wir uns verstanden?«

Einmütig nickten die beiden anderen. Unwillkürlich tat Lina es ihnen nach. Sie konnte kaum glauben, wie rasch sich das Unheil verzogen hatte. Allein daran, dass Breysig und Steutner zum hinteren Pult gingen und Egloff sich wieder tief über seine eigenen Aufzeichnungen beugte, merkte sie, wie selbstverständlich den dreien diese Auseinandersetzungen waren. Steutner versäumte allerdings nicht, ihr noch ein verschwörerisches Zwinkern zu schenken, bevor er sich in die Zahlen vertiefte.

## 6

Weit kam Lina allerdings wieder nicht mit ihrer Putzerei. Gerade balancierte sie ein schweres Buch in der einen, wischte mit der anderen Hand und kämpfte gleichzeitig damit, das Gleichgewicht auf der Leiter zu halten, da wurde es in der Diele laut. Jemand hatte an der Eingangstür geklopft, und Milla eilte aus der Wohnstube nach unten, um die Tür zu öffnen, wie es ihre Aufgabe war. Kaum war das Quietschen des schweren Riegels verklungen, ertönte eine melodische Frauenstimme mit fremdartigem Akzent.

»Gott zum Gruße.« Lina hielt die Luft an. Sie und Steutner wechselten fragende Blicke, wandten sich schließlich zeitgleich der Tür zu. Tatsächlich stand die auffallend blonde Dame aus dem Grafenkrug wenige Augenblicke später im Eingang zum Kontor.

»Darf ich stören?«, fragte sie und machte bereits die ersten Schritte hinein. Suchend sah sie sich in dem langgestreckten Raum um, schlug die Kapuze ihrer kobaltblauen Heuke zurück und streifte sich die Handschuhe ab. Ihr Anblick verwandelte die Schreiber zu Salzsäulen. Breysig glotzte mit offenem Mund und weit aufgerissenen Augen, Egloff war mit halb erhobener Schreibfeder in der Hand erstarrt. Selbst Humbert Steutner scharrte nicht einmal mit den Füßen, sondern stierte ebenfalls zu der weißblonden Schönheit.

Diese überging das ungebührliche Betragen, als wäre nichts.

»Ich möchte die Dame des Hauses sprechen. Ist sie heute nicht im Kontor?« Abermals wanderte ihr Blick durch den Raum. Dabei entdeckte sie Lina oben auf der Leiter, lächelte und winkte ihr zu. Lina rang mit sich, ob sie das Lächeln erwidern sollte. Die Treue Carlotta und ihrer Mutter gegenüber verbot es. Ungeheuerlich von der Fremden, am helllichten Tag in das Haus der Grohnerts zu kommen, fand sie. Unverwandt sah sie von oben auf sie hinab. Andererseits wirkte die Dame nicht im Geringsten aufdringlich oder gar unverschämt, sondern hatte im Gegenteil sogar ein sehr angenehmes Auftreten.

»Hat es Euch allen die Sprache verschlagen?« Noch immer lächelnd, sah die Blonde direkt zu Egloff. »Was ist geschehen?«

Verlegen hüstelte der alte Schreiber in die Faust, während er nach den richtigen Worten suchte. »Die verehrte Frau Grohnert ist vorübergehend nicht zu …«, setzte er umständlich an, um sogleich ungeduldig von der Fremden unterbrochen zu werden: »Dann stimmt es also? Sie ist tatsächlich aus der Stadt geflohen?«

In den blauen Augen stand auf einmal blankes Entsetzen. Aufgebracht schleuderte sie die Handschuhe zu Boden und stampfte zornig auf. Im nächsten Augenblick wurde sie sich ihres Fehltritts bewusst.

»Entschuldigt vielmals«, sagte sie leise. Beflissen bückte sich Egloff nach den Handschuhen und reichte sie ihr mit einer angedeuteten Verbeugung. »Es ist nur, ich weiß nicht, ob ich das für besonders klug …«, stammelte sie und wischte sich über die Stirn, als hätte sie die Aufregung ins Schwitzen gebracht. Sie schüttelte den Kopf. »Ich hätte sie für besonnener gehalten«, erklärte sie schließlich wieder völlig ruhig. »Das wird Dorothea Gerke und die anderen nur bestärken. All die bösen Unterstellungen scheinen damit bestätigt. Ach, wie konnte sie nur!«

Fassungslos legte sie sich die Hand auf die glatte Wange. Egloff versuchte, sich durch ein weiteres Hüsteln bemerkbar zu machen. Doch sie ließ ihn nicht zu Wort kommen.

»Ruft mir bitte die Tochter des Hauses. Sie wird wohl zu sprechen sein. Wir hatten zwar noch nicht das Vergnügen miteinander, doch es ist wirklich dringend. Unbedingt muss ich jetzt sofort mit ihr reden.«

Sie biss sich auf die schön geschwungenen, dunkelrot bemalten Lippen. Lina war sich sicher, nie zuvor eine so vollkommene Frau aus der Nähe gesehen zu haben. Insgeheim begann sie zu verstehen, warum Helmbrecht von dieser Dame begeistert war. Sie war so völlig anders als die verehrte Frau Grohnert. Unsinn!, schalt sie sich im nächsten Moment. So etwas durfte sie nicht denken. Die Fremde war dabei, die arme Magdalena ins Unglück zu stürzen!

Eisige Stille breitete sich im Kontor aus. Die Schreiber wechselten verzweifelte Blicke.

»Ich bedauere«, katzbuckelte Egloff schließlich vor der Fremden, die seinen Einwand jedoch gründlich missverstand und hastig dazwischenfuhr: »Oh, verzeiht, Ihr habt natürlich recht. Heutzutage kann man nicht vorsichtig genug sein, wem man traut. In all der Aufregung habe ich vergessen, mich vorzustellen: Mein Name ist Leuwenhoeck, Marietta Leuwenhoeck, Kaufmannswitwe aus Brügge und auf Empfehlung des verehrten Helmbrecht hier in dieser schönen Stadt.«

Sie rang sich abermals ein Lächeln ab, allerdings konnte selbst Lina von ihrem Hochsitz aus erkennen, wie gezwungen es dieses Mal war. Lina schluckte den Ärger hinunter, wie selbstverständlich diese Leuwenhoeck den Namen Helmbrecht ins Spiel brachte. Vorsichtig kletterte sie von der Leiter. Trotz des grauen Winterwetters und des trüben Lichts in dem Raum schien ein Leuchten von der Fremden auszugehen, als habe sie die Wintersonne im Schlepptau. Die Herren waren sichtlich geblendet von ihrer Erscheinung.

»Auch das Fräulein Carlotta ist leider nicht zu sprechen«, stellte Egloff nach einem weiteren Räuspern mit dünner Stimme fest. »Sie ist …«

»Nicht das noch!«, unterbrach ihn Marietta Leuwenhoeck sofort. »Sie ist also auch fort. Fast habe ich es schon befürchtet. Mir scheint, die beiden Damen rennen sehenden Auges ins offene Messer. Ihre ärgsten Feinde werden das zu schätzen wissen. Bestimmt ergreifen sie sogleich die Gelegenheit. Oh, ich Unglückselige!« Anklagend schlug sie sich die Faust vor die Brust. »Ich hätte meinem Gefühl vertrauen und gleich Freitag noch hierherkommen sollen.«

»Bedaure, Verehrteste«, schaltete sich Steutner ein, »aber selbst am Freitag wärt Ihr schon zu spät dran gewesen.«

Bei diesen Worten begann Egloff vorn am Pult hektisch Zeichen zu geben, ihn am Weiterreden zu hindern. Auch Breysig schloss sich dem an. Steutner gab nichts darauf.

»Die verehrte Frau Grohnert ist mit ihrer Tochter zusammen bereits letzten Donnerstag aus dem Kneiphof aufgebrochen.«

»Was?« Marietta fuhr herum. Lina meinte, die Welt stürze über ihr zusammen. Mit dem Ausplaudern des Geheimnisses hatte Steutner wohl das Fass zum Überlaufen gebracht. Auf der Stelle würde Egloff ihn feuern angesichts des Verrats, den er damit an den Grohnerts beging.

Doch nichts dergleichen geschah. Egloff blieb stumm, Breysig beugte sich wieder über sein Pult.

»Das ist nicht möglich«, murmelte Marietta. Wieder schüttelte sie den Kopf. Lina wagte nicht, sich einzumischen. Dabei lag ihr auf der Zunge, zu fragen, was die drei Herren angesichts ihres faszinierenden Auftretens völlig übersahen: warum in aller Welt diese Fremde so tat, als stünde sie auf Seiten der Grohnerts und all der Ärger, der den beiden drohte, könnte dank ihrer Hilfe vermieden werden. Wenn nicht gleich einer der drei Herren aus seiner Lähmung erwachte, sollte sie es vielleicht selbst in Angriff nehmen und sich zu Wort melden.

Mit einem Ruck hob Marietta den Kopf und sprudelte hastig los: »Donnerstag? Aber das heißt ja, nein, das sagt eindeutig, genau, so muss es gewesen sein!«

In all der Aufregung fiel ihr das Sprechen in der fremden Sprache schwer, sie verschluckte so manche Silbe oder betonte ganze Wörter falsch. Das wiederum machte es nicht nur für Lina fast unmöglich, sie zu verstehen. Auch die Schreiber schauten angestrengt zu ihr hin.

Endlich klatschte sie in die Hände und verkündete unerwartet laut und deutlich: »Vielen Dank, meine Herren. Jetzt weiß ich zumindest, warum Helmbrecht nicht mehr da ist. Freitag früh muss er schon davon erfahren haben, dass die Grohnerts fort sind. Dann ist er ihnen wohl gleich nachgeritten. Oh, wenn wir nur wüssten, wohin!«

»Das zu beantworten, ist nicht schwer.« Der langsame Breysig fasste sich erstaunlicherweise als Erster. Egloff wollte ihn zwar am Reden hindern, auch Steutner gab ihm Zeichen, doch wie so oft begriff der Kahlköpfige gar nichts. »Natürlich sind die Damen nicht allein …«

Weiter kam er nicht, weil Steutner dazwischenfuhr. »Jetzt, da Ihr wisst, dass die Damen des Hauses nicht da sind, könnt Ihr uns vielleicht verraten, warum Ihr sie überhaupt sucht. Mein verehrter Kollege Egloff«, beflissen wies er auf den Älteren, »und ich vertreten sie derweil. Vielleicht können wir Euch also zu Diensten sein.«

»Zumindest werden wir es versuchen«, ergänzte Egloff, verärgert, dass Steutner wieder einmal schneller gewesen war als er.

»Nun, eigentlich …« Marietta zögerte. »Also, eigentlich dachte ich, die verehrte Frau Grohnert könnte mir sagen, wo ich Helmbrecht finde. Seit Freitag früh ist er, wie ich schon sagte, spurlos verschwunden. Und sein Pferd übrigens auch.«

Den letzten Satz schob sie in trotzigem Ton nach, als erregte besonders dies ihren Unmut. Die Schreiber schwiegen. Lina musterte einen nach dem anderen. Egloff stand reglos. Breysig schaute zu Boden. Nicht einmal Steutner zwinkerte ihr zu. Sie schürzte die Lippen. Entschlossen trat sie einen Schritt vor. Darin lag ihr Fehler. Egloff wurde ihrer dadurch wieder gewahr. All die Schmach, die er angesichts seines unglücklichen Verhaltens seit Mariettas Auftauchen hatte einstecken müssen, entlud sich plötzlich auf ihr.

»Raus!« Sein rechter Zeigefinger schnellte nach vorn. »Du hast hier gar nichts mehr verloren!«

Steil stand die Zornesfalte zwischen seinen Augenbrauen, die hellen Augen waren weit aufgerissen. Vor Schreck ließ Lina den Lappen in den Eimer fallen. Das schmutzige Wasser schwappte heraus, unglücklicherweise auf Egloffs Stiefel. Das erregte noch größeren Zorn bei ihm. »Geh mir aus den Augen, bevor ich mich vergesse!«

Niemand sprang ihr bei. Selbst auf Marietta Leuwenhoecks ebenmäßigem Gesicht zuckte es ungehalten. Lina bückte sich nach dem Eimer, raffte den Rock und schlich stumm hinaus.

Die Diele erschien ihr auf einmal wie das Paradies auf Erden. Das heimelige Knistern des Herdfeuers, das Brodeln des Gerstenbreis im Topf darüber, selbst Hedwigs herrisches Gebaren freuten sie.

»Und?« Kaum wartete Hedwig ab, bis sie den Eimer abgestellt und sich einige lose Haarsträhnen aus dem Gesicht gestrichen hatte. Betont holte Lina Luft. Die Köchin sollte ruhig merken, wie erschöpft sie war.

»Was ist da drin nur los?«, bohrte Hedwig weiter. »Man hört Egloff brüllen, dass einem angst und bange wird. So sag doch endlich, was die Fremde wollte.«

Gemächlich rückte sich Lina einen Schemel an den Tisch und setzte sich nieder, wobei sie das Kinn mit der Hand abstützte, was Hedwig, wie sie nur zu gut wusste, nicht ausstehen konnte. Geflissentlich aber übersah die Alte es, wohl, um sie endlich zum Reden zu bringen. Milla schlich zu ihr, drückte ihr sanft die Hand und sah sie mit ihren Rehaugen an.

»Helmbrecht ist auch weg«, sagte Lina und lauschte den eigenen Worten nach. Fieberhaft überlegte sie, wie sie am besten von Mariettas Auftritt im Kontor berichtete. Hedwigs Einschätzung dazu war ihr sehr wichtig. Andererseits konnte sie schlecht zugeben, die weißblonde Schönheit bereits von ihrem heimlichen Besuch im Grafenkrug zu kennen. Das neuerliche Klopfen an der Eingangstür erlöste sie aus ihren Grübeleien.

»Was ist denn heute los? Es geht hier zu wie im Taubenschlag.« Grummelnd schlurfte Hedwig dieses Mal selbst zur

Tür, schob den Riegel zurück und öffnete. Ein Schwall eisiger Luft, versetzt mit einigen Schneeflocken, wehte herein. Apotheker Pantzer aus dem Löbenicht schob sich eilig an ihr vorbei und half ihr, die schwere Tür gleich wieder sorgfältig zu verschließen.

»Ist das ein Wetter!«, rief er und nahm den breitkrempigen Hut so schwungvoll vom Kopf, dass die Schneereste durch die Diele flogen. Zu allem Überfluss schüttelte er noch den Kopf, um das nackenlange Haar und den struppigen Bart vom Eis zu befreien. Selbst in den buschigen Augenbrauen glitzerten Schneekristalle. Die narbenübersäten Wangen waren rot vor Kälte. Hedwig schnaubte und ging auf Abstand. Sie mochte den grobschlächtigen Apotheker aus dem Löbenicht nicht.

»Ich muss zu Fräulein Carlotta«, hielt er sich nicht mit umständlichen Begrüßungsformeln auf, sondern befreite sich von seinem wollenen Übermantel und hängte ihn über das Treppengeländer. »Ich habe ihr etwas sehr Wichtiges zu übergeben und auch eine ganz vertrauliche Nachricht zu übermitteln.«

Den letzten Halbsatz sprach er zögernd und weitaus leiser. Sofort horchte Lina auf. Hedwig schnaubte abermals, um an das Versprechen den Grohnerts gegenüber zu erinnern, so schnell niemandem von ihrer Abreise zu erzählen.

»Mit all diesen Angelegenheiten müsst Ihr Euch wohl eine Zeitlang gedulden«, gab sie brüsk zu verstehen.

»Wenn Ihr erlaubt, setze ich mich hierher«, erklärte er. Ohne ihre Zustimmung abzuwarten, zog er sich bereits einen Stuhl zurecht. Etwas an seinem Auftritt brachte selbst Hedwig dazu, ihm nicht sofort zu widersprechen oder gar die Tür zu weisen. Milla starrte ihn mit weit aufgerissenen Augen an.

Kurz nickte er Lina zu, dann starrte er abwesend in die Luft und klopfte mit den Händen suchend seinen schwarzen Rock von oben bis unten ab. Voller Staunen bemerkte Lina dabei die gewaltigen Ausmaße seiner Hände. Unvorstellbar, dass er mit diesen riesigen Fingern filigrane Phiolen handhabte oder gar kleine Tabletten drehte, wie sie es einmal bei Carlotta gesehen hatte. Mit einem siegesgewissen Grinsen zog er unterdessen einen braunen Tiegel aus der linken Innentasche seines Rocks und stellte ihn behutsam auf die Tischplatte.

»Das«, erklärte er mit stolzer Stimme, »ist die Rezeptur, auf die das Fräulein Carlotta seit Wochen, ach, was sage ich, seit Jahren wartet!« Stolz lehnte er sich auf seinem Stuhl zurück.

Alle schwiegen ergriffen. Ein Holzscheit kippte zischend in die Flammen, der Brei brodelte über dem Feuer. Hedwig machte keine Anstalten, sich darum zu kümmern. Von nebenan aus dem Kontor drangen leise Stimmen herüber. Auch das schien sie nicht mehr sonderlich zu interessieren. Caspar Pantzers Auftauchen hatte ihre ganze Aufmerksamkeit auf sich gezogen.

»Was ist?«, fragte er und sah zuerst Milla, dann Lina und schließlich Hedwig an. »Warum schickt Ihr nicht nach Fräulein Carlotta? Sosehr es mir wohltut, mich bei Euch aufzuwärmen, so dringend muss ich doch wieder zurück in meine Apotheke. Es geht, wie gesagt, nicht allein um den Inhalt dieses Tiegels, sondern auch um eine vertrauliche Nachricht.«

»Ihr kommt zu spät«, entgegnete Hedwig knapp. Sie verschränkte die Arme vor dem Busen. »Das gnädige Fräulein ist nicht mehr da.«

»Was?« Wie vorhin schon bei Marietta Leuwenhoeck, so rief die Nachricht von Carlottas Abwesenheit auch bei Caspar Pantzer ein heftiges Erstaunen, wenn nicht Erschrecken aus.

»Also ist es wahr«, setzte er fast im gleichen Wortlaut wie die Blonde aus Brügge nach.

Lina schauderte. Ungestüm sprang er vom Stuhl, ließ ihn achtlos nach hinten kippen und zuckte nicht einmal bei dem lauten Aufprallen des Holzes auf dem Steinboden zusammen.

»Das sind überaus schlechte Nachrichten!« Er fuhr sich mit den Fingern durch den struppigen Bart. »Mein Gott, was tue ich jetzt nur?«

»Was ist also wahr?«, hakte Lina unterdessen nach. Hedwig schnaubte zwar über ihre forsche Frage, nickte jedoch zustimmend. Pantzer antwortete nicht sofort. Grübelnd begann er, vor dem Herd auf und ab zu gehen. Der flackernde Feuerschein verlieh seiner grobschlächtigen Gestalt ein noch bedrohlicheres Aussehen. Wild funkelten die braunen Augen, emsig kaute er auf den wulstigen Lippen.

»Für wen sind das denn keine schlechte Nachrichten?«, piepste Milla zu aller Erstaunen in die Stille hinein. »Wir alle wünschen uns inständig, dass Fräulein Carlotta so schnell als möglich wieder gesund nach Hause kommt. Ohne sie ist das Haus so schrecklich still.« Flehentlich sah sie zu Lina, dann zu Hedwig. »Auch die verehrte Frau Grohnert vermissen wir natürlich«, schob sie leise nach und senkte den Kopf.

»Was soll das heißen?« Pantzer fuhr herum und starrte sie mit wilder Miene an. Milla schrie auf.

»Nicht weinen«, raunte Lina ihr zu und strich der Kleinen über den Arm.

»Warum lasst Ihr den Tiegel und die Nachricht nicht einfach hier?«, schlug Hedwig unterdessen vor. »Sobald wir wissen, wie wir die beiden erreichen, senden wir es ihnen nach.«

»Ausgeschlossen!« Pantzers Antlitz verfinsterte sich noch weiter. »Ich kann beides nur eigenhändig an Fräulein Carlotta übergeben.«

Sofort war er wieder am Tisch und griff sich den Tiegel, steckte ihn wieder ein. Verzweiflung lag auf seinem grobschlächtigen Antlitz. Dennoch konnte er sich nicht entschließen, wieder nach draußen in die Kälte zu gehen. Lina stellte sich neben ihn an den Tisch und behielt ihn aufmerksam im Auge.

Die Tür zum Kontor schwang auf, und Marietta erschien auf der Schwelle. Augenblicklich starrten alle zu ihr, sichtlich erleichtert, dass die eigenartige Situation damit ein Ende fand. Verwundert trat sie in die Diele, wobei sie die Tür offen ließ, so dass auch Egloff, Breysig und Steutner interessiert näher kamen.

»Ihr?« Langsam ging sie auf den Apotheker zu und musterte ihn, als wäre er eine Erscheinung. Der Löbenichter starrte sie nicht weniger verwundert an. Beide wirkten wenig erfreut, sich im Haus der Grohnerts wiederzubegegnen.

»Ihr kennt Euch?« Steutner fasste sich als Erster. In wenigen Schritten stand er in der Diele und sah neugierig zwischen den beiden hin und her.

»Nicht der Rede wert«, versuchte Marietta abzuwinken, während Pantzer ihr ins Wort fiel: »Helmbrecht hat mich vor längerem zusammen mit der Dame hier aufgesucht und mich gebeten, eine Essenz zu untersuchen. Es war unschwer zu erkennen, von wem die Medizin stammt. Ihr wisst wohl alle, dass Frau Grohnert wegen des plötzlichen Ablebens von Martenn Gerke …«

»Ich hätte es mir denken können«, platzte Hedwig dazwischen. »Die arme Frau Grohnert! Selbst Helmbrecht hat ihr also misstraut. Wie gut, dass sie das jetzt nicht mit anhören …«

»Aber davon kann doch keine Rede sein.« Aufgebracht wies Marietta die Köchin zurecht. »Gerade weil er ihr vertraut hat, wollte er von einem anderen Apotheker die Essenz prüfen lassen. In der Hoffnung, im Löbenicht würde niemand die Phiolen erkennen, ist er eigens dorthin gegangen. Dass ausgerechnet Ihr mit dem Hause Grohnert bekannt seid, hat er nicht ahnen können.«

»Es spielt auch keine Rolle«, beeilte Pantzer sich zu versichern. »Euch und Helmbrecht habe ich es ja schon gesagt: Bei den Tropfen handelt es sich um eine Bernsteinessenz, wie Paracelsus sie schon bei Herzbeschwerden, Erkrankungen des Magens und natürlich bei Steinleiden empfohlen hat. Sie ist natürlich alles andere als giftig, im Gegenteil.«

»Und trotzdem reden alle hier im Kneiphof davon, die arme Frau Grohnert hätte Gerke mit Absicht todbringende Tropfen eingeflößt. Wie soll sie sich nur dagegen wehren?« Ratlos schüttelte Hedwig das grauhaarige Haupt. »Ausgerechnet jetzt hat der junge Kepler den Bernstein ins Feuer geworfen. Das ist ein schlechtes Omen. Oh, dieser Unglücksmensch! Verflucht sei der Tag, an dem er ins Leben meiner armen Carlotta getreten ist.«

»Christoph hat den Bernstein verbrannt?« Aufgebracht stürzte Caspar Pantzer auf sie zu, wollte sie an den Schultern packen und schütteln, als könnte das noch etwas ändern. Im letzten Moment aber hielt er sich zurück und ließ die riesigen

Hände sinken. Matt sagte er: »Davon hat er mir nichts erzählt.«

»Wie sollte er auch? So, wie er nach der Prügelei mit dem Kurfürstlichen ausgesehen hat, wird er die nächsten Wochen nicht mehr den Mund aufmachen können«, entfuhr es Steutner. Unbewusst strich er sich über die eigenen verquollenen Wangen.

»Ihr habt ihn gesehen? Wart Ihr etwa dabei?« Pantzer drehte sich zu ihm um und musterte ihn von oben bis unten. »Oh, verzeiht, das ist offenkundig. Dann seid Ihr der tapfere Bursche, der das Schlimmste verhindert und meinen armen Freund von diesem Wahnsinnigen weggezogen hat?«

»Wer der Wahnsinnige von beiden ist, muss erst noch geklärt werden«, krächzte Hedwig. »Zwar kenne ich Mathias Steinacker noch aus Frankfurt und weiß, wozu er fähig ist. Doch so, wie der junge Kepler sich hier bei uns aufgeführt hat, steht er ihm in nichts nach.« Sie rieb sich die bloßen Unterarme. »Ausgerechnet jetzt auch noch den Bernstein ins Feuer zu werfen – es ist nicht zu fassen! Nur Unglück hat er der armen Carlotta gebracht.«

Zur Abwehr des Bösen schlug sie hastig ein Kreuz vor der Brust. Milla begann zu jammern, auch Lina fühlte einen Stich in der Brust. Hedwigs Miene machte aus ihrer Überzeugung keinen Hehl: Sie hielt den Sohn des Stadtphysicus für eine Ausgeburt dunkler Mächte. Lina wagte einen Blick zu Steutner und hoffte auf ein beruhigendes Zeichen von ihm. Der aber stand weiterhin ganz allein im Bann Marietta Leuwenhoecks.

»Darf man fragen, wovon Ihr überhaupt sprecht?« Marietta war aufmerksam dem Gespräch gefolgt. »Wer ist dieser Mathias Steinacker? Und mit Christoph meint Ihr doch nicht gar den Sohn des berühmten kurfürstlichen Leibarztes Ludwig Kepler? Dann solltet Ihr vorsichtig sein, was Ihr da behauptet, meine Liebe.« Ihr mahnender Blick ruhte auf der Köchin.

Die sackte in sich zusammen, dann aber biss sie sich auf die Lippen und reckte das Kinn. »Danke für den guten Rat, Verehrteste. Doch seid gewiss: Ich weiß sehr wohl, was ich tue, und werde das alles gern jederzeit offen wiederholen«, widersprach sie in festem Ton. »Doch wer, wenn ich fragen darf, seid überhaupt Ihr, dass Ihr so mit uns zu reden meint?«

»Die Dame weilt auf Empfehlung von Philipp Helmbrecht hier am Pregel«, beeilte Egloff sich zu erklären. »Ihr Name ist Marietta Leuwenhoeck, und sie ist Kaufmannswitwe aus Brügge in Flandern. Das liegt …«

»Danke, Ihr müsst mir nicht sagen, wo das ist«, ging die Köchin missmutig dazwischen. Abschätzig wanderte ihr Blick über die sorgfältig gekleidete Frau in Kobaltblau, dann ließ sie sie einfach stehen und wandte sich Caspar Pantzer zu. Allein diese Geste sagte alles darüber, was sie von der Fremden hielt. Lina unterdrückte ein Aufschluchzen. Es war kein Geheimnis, wie kühl Hedwig Helmbrecht gegenüberstand. Immer wieder ließ sie ihn spüren, dass sie dem verstorbenen ersten Gemahl von Magdalena, Eric Grohnert, über seinen Tod hinaus treu verbunden blieb. Nichts und niemand würde etwas daran ändern, nicht einmal, wenn er der neue Gemahl Magdalena Grohnerts würde, ganz zu schweigen von fremden Damen, die sich als von ihm empfohlen ausgaben.

»Was ist jetzt eigentlich mit Christoph Kepler?«, fragte die Alte den Apotheker. »So, wie unser guter Steutner aussieht, dürfte auch der junge Physicus einiges abbekommen haben. Zum Glück ist er vom Fach und kann sich selbst verarzten. Wahrscheinlich stammt die vertrauliche Botschaft, von der Ihr vorhin geredet habt, von ihm. Also steckt er bei Euch?«

Forschend saugten sich die runden, hellen Augen auf dem groben Gesicht des Löbenichter Apothekers fest. Der konnte seine Verlegenheit nicht länger verbergen.

»Ja«, raunte er, räusperte sich und erklärte dann mit festerer Stimme: »Vermutlich habt Ihr gehört, dass sein Vater ihn wegen der Prügelei mit einem kurfürstlichen Dragoner des Hauses verwiesen hat. Der persönliche Leibarzt von Friedrich Wilhelm kann so etwas nicht einmal bei seinem eigenen Sohn durchgehen lassen, geschweige denn, ihm dann auch noch unter seinem Dach die Wunden verarzten.«

»Es ist schon eine Bürde, dieser Tage in Diensten des Kurfürsten zu stehen«, bemerkte Hedwig trocken und trottete kopfschüttelnd zum Herd hinüber, griff nach dem Eisenhaken und schürte das Feuer.

»Seltsam«, mitten im Tun hielt sie inne, richtete sich halb auf und schaute in die Flammen, »den Geruch des verbrannten Bernsteins werde ich wohl mein Lebtag nicht mehr aus der Nase kriegen. Wie konnte der Bursche Carlotta das antun? Sie liebt ihn doch von ganzem Herzen. Dabei hat er sie gar nicht verdient. Andererseits: Ein so kluges Kind wie sie wird nicht den Fehler begehen, dem Falschen ihr Herz zu schenken.«

»Was sollen wir jetzt nur tun?« Ratlos sah Marietta zwischen Steutner und Pantzer hin und her. Ob sie Hedwigs Worte überhaupt wahrgenommen hatte, war ihr nicht anzumerken. »Ausgerechnet jetzt, da die Ungefährlichkeit der Rezeptur feststeht, sind weder Magdalena und ihre Tochter noch

Helmbrecht zur Stelle. Und keiner weiß, wo sie sind, oder wenigstens, wann sie wieder zurückkehren.«

Matt sank sie auf einen Stuhl am Tisch, strich mit der flachen Hand fahrig über das Holz der frisch gewachsten Platte.

»Eins zumindest weiß ich.« Der junge Apotheker hatte wieder zu seiner Tatkraft zurückgefunden. Erstaunt schaute Marietta zu ihm auf.

»In jedem Fall werde ich mich jetzt darum kümmern, den Nachweis der Ungefährlichkeit der Bernsteinessenz hieb- und stichfest zu machen«, erklärte er.

»So?« Marietta schien nicht zu begreifen, was daran so wichtig sein sollte.

»Meine Untersuchung reicht nicht«, erklärte Caspar Pantzer mit funkelnden Augen. »Darüber war ich mir auch mit Carlotta schon einig.«

»Ihr habt mit ihr darüber gesprochen?«

Einen kurzen Moment brachte ihn Mariettas Frage ins Stocken, dann aber fuhr er bestimmt fort: »Natürlich. Immerhin weiß sie am besten von uns allen über die Rezepturen ihrer Mutter Bescheid. Ich habe also vor längerem schon mit ihr vereinbart, dass uns mindestens ein weiterer Apotheker das schriftlich bestätigen soll. Damit kein falscher Verdacht aufkommt, werde ich dazu eine angesehene Kollegin meiner Zunft fernab von Königsberg aufsuchen. An deren Urteil wird niemand zweifeln, vertraut mir.«

»Wenn Ihr die Stadt verlasst, nehmt den jungen Kepler gleich mit«, merkte Hedwig von ihrem Platz hinten am Herd aus an. »Mir scheint, es ist am besten, wenn er auch für einige Zeit aus der Stadt verschwindet.«

»Die gute Köchin hat recht«, stimmte Marietta zu. »Wann reist Ihr ab?«

»Sobald ich Pferde für uns aufgetrieben habe!« Pantzer steckte Tiegel und Phiole in seine Taschen und eilte zur Tür.

»Viel Erfolg!«, rief Marietta ihm nach.

»Den werde ich haben«, erwiderte er mit einem siegesgewissen Lächeln. »Ihr werdet schon sehen: Jetzt wird sich alles zum Guten wenden.«

»Euer Wort in Gottes Ohr.« Die schöne Marietta rang sich ein zaghaftes Lächeln ab.

## 7

Am Vorabend des Nikolaustags traf die Reisegesellschaft unter Tromnaus Führung in Frauenburg ein. Bis auf die beiden Frauen nahmen alle in einem Wirtshaus unweit des Marktplatzes Unterkunft. Vergeblich versuchte Carlotta, Thiesler davon zu überzeugen, sich mit ihr und der Mutter in dem weitaus bequemeren Haus des Kaufmanns Siegfried Hartung einzuquartieren. Offenbar befürchtete der erstaunlich rasch von seinen schweren Verletzungen genesene Student, die Löbenichter Kaufleute könnten am nächsten Morgen ohne ihn weiterreisen.

»Wie Ihr meint«, erwiderte Carlotta. »Ich hoffe nur, Euch überfallen nicht unverhofft starke Kopfschmerzen und Übelkeit. Das Verheilen Eurer Wunden geht mir ein wenig zu schnell. Seid bitte vorsichtig und mutet Euch nicht zu viel zu. Manchmal täuscht einen das eigene Wohlbefinden.«

Prüfend sah sie ihm in die Augen, beruhigte sich ob des klaren Blicks allerdings doch. Thiesler lächelte.

»Ihr seid wirklich eine hervorragende Ärztin. Allein Eurem

Talent habe ich es zu verdanken, nach wenigen Tagen schon vollständig wiederhergestellt zu sein.«

»Ob Ihr tatsächlich schon wiederhergestellt seid, bleibt abzuwarten.« Magdalena zeigte sich ebenfalls nicht sonderlich begeistert vom frisch erwachten Tatendrang des Altstädter Studenten. »Doch jeder ist seines eigenen Glückes Schmied.«

Nach einem knappen Nicken schickte sie sich an, wieder auf den Wagen zu steigen. Carlotta reichte Thiesler zum Abschied die Hand. Unauffällig übergab sie ihm dabei eine braune Glasphiole.

»Passt gut auf Euch auf«, bat sie leise. »Für alle Fälle solltet Ihr die nächsten Tage noch morgens und abends je zehn Tropfen dieser Essenz einnehmen. Es ist eine Art Theriak, angereichert mit Myrrhe, Enzian und Aloe. Daraus schöpft Euer Körper zusätzliche Kraft. Das schadet nie.«

»Ich danke Euch. Ihr selbst habt mir die beste Kraft gespendet, um wieder zu gesunden. Schade, dass ich ab morgen auf diese Medizin verzichten muss.«

»Ohne mich wird es Euch rasch bessergehen«, erwiderte Carlotta zaghaft schmunzelnd. »Nur meinetwegen ist es zu dem Kampf in Brandenburg gekommen. Ich stehe tief in Eurer Schuld. Es hat Euch fast das Leben gekostet, mir beizustehen.«

»So dürft Ihr nicht reden«, wiegelte Thiesler ab. »Es war meine Pflicht und Schuldigkeit, Euch gegen diesen Narren zu verteidigen. Jederzeit würde ich das wieder tun, selbst wenn es mir abermals an den Kragen ginge. Wie sonst sollte ich Euch je überzeugen, dass wir Königsberger nicht nur mit den Worten, sondern gelegentlich tatsächlich auch mit den Händen zu kämpfen wissen?«

Verschwörerisch zwinkerte er ihr zu. Dabei verzog sich die von den Blessuren immer noch stark verquollene Mundpartie zu einer lustigen Fratze. Carlotta musste lachen.

»Auf jetzt!«, rief Tromnau ungeduldig. »Der Tag war lange genug. Morgen früh heißt es wieder zeitig aus den Federn kriechen, sonst holen wir die Verspätung niemals auf!«

»Die wir ohnehin nur dank der Herrschaften haben«, ergänzte Hohoff missmutig.

»Als ob es darauf noch ankäme«, entgegnete Thiesler, half Carlotta jedoch, auf den Wagen zu klettern. »Gute Reise!«

»Auch für Euch!« Sie winkte zum Abschied. Mit einem Ruck setzte sich das Fuhrwerk in Bewegung.

Tromnau ließ es sich nicht nehmen, die beiden Frauen mitsamt ihrem Gepäck persönlich zum Haus ihres Gastgebers unweit des trutzigen Frauenburger Wasserturms am Fuße des Domhügels zu bringen. Dank der fortgeschrittenen Stunde fiel der Abschied dort jedoch kurz aus, was Carlotta nicht bedauerte. Zwar hatte der Löbenichter Kaufmann seit dem Gespräch im Brandenburger Krug in ihren Augen an Ansehen gewonnen, dennoch war sie erleichtert, die nächste Zeit in Frauenburg weitab von den Königsberger Erlebnissen zu sein.

Schon mit dem Betreten des Hauses hatte sie das Gefühl, alles hinter sich lassen zu können. Hartungs Besitz verhieß mannigfaltige Ablenkung und die Möglichkeit zu vielen interessanten Gesprächen über ganz andere Themen. Gleich beim ersten Umschauen in der geräumigen Diele wähnte sie sich im Paradies. In jedem Winkel gab es etwas zu entdecken. Bald fürchtete sie, ihr Aufenthalt bei dem liebenswürdigen älteren Herrn mit dem schütteren grauen Haar reiche bei weitem nicht aus, all die wunderlichen Gegenstände gebührend zu bestaunen. Vom Erdgeschoss bis weit unters Dach lagerten ausgestopfte Tiere, seltene Pflanzen, ungewöhnliche Mineralien sowie farbenprächtige Waffen, eigenartige Kleidungsstücke und andere Dinge mehr. Der Hausherr hatte sie aus aller Herren Länder zusammengetragen und wusste viel darüber zu erzählen.

»Mir scheint, über all dem Gaffen vergisst du am Ende, warum wir hierhergekommen sind«, merkte Magdalena an, sobald sie in ihrem Gastzimmer im zweiten Geschoss allein waren. »Hast du eine Idee, wieso Mathias in Brandenburg aufgetaucht ist? Es könnte bedeuten, dass viel mehr Menschen über unseren Weggang Bescheid wissen, als uns lieb ist. Dabei dachte ich, dank Schrempfs verschwiegenem Vorgehen hätte niemand etwas von unserer Abreise mitbekommen.«

»Mach dir keine Gedanken. Mathias hat ganz andere Sorgen, als uns nachzureiten. Gerade er muss darauf bedacht sein, niemanden wissen zu lassen, wo er sich befindet. Das heißt auch, dass er niemandem von unserem Aufenthalt erzählen wird. Noch dazu, wo er gar nicht weiß, dass wir inzwischen in Frauenburg eingetroffen sind.«

»Ich frage besser nicht, was du da gerade andeutest«, erwiderte Magdalena. »Mathias war schon immer unberechenbar. Er ändert sich wohl nie. Ausgerechnet der tapfere Thiesler hat das ausbaden müssen. Zum Glück war ihm das Schicksal hold. Nie hättest du dir verziehen, wenn er seinen Einsatz für dich mit dem Leben bezahlt hätte. Ach«, seufzte sie plötzlich laut, »hätte der junge Kepler nur den Bernstein nicht verbrannt. Dann wäre all das Unglück gar nicht erst geschehen.«

Sie rang die gefalteten Hände und schüttelte die offenen roten Locken in den Nacken.

»Christoph kann nichts für all das Unglück, das weißt du ganz genau«, widersprach Carlotta. »Mathias ist und bleibt ein Hitzkopf, da stimme ich dir zu. Überall, wo er auftaucht, sät er Unruhe. Daran würden allerdings auch zehn Talismanbernsteine nichts ändern.«

»Ich fürchte, Liebes, du solltest begreifen, dass auch der junge Kepler nicht viel besser ist. Komm bitte zur Vernunft! Auch wenn es wehtut, aber wir haben uns wohl getäuscht. Er ist doch nicht der Richtige für dich.«

Dicht trat die Mutter vor sie hin und sah sie eindringlich aus ihren smaragdgrünen Augen an. Abermals wollte Carlotta dagegenhalten, die Mutter aber kam ihr zuvor.

»Seit Kepler von seinen Studien im Süden zurückgekehrt ist, reiht sich ein unheilvolles Ereignis an das nächste. Das kann kein Zufall sein. Was muss geschehen, damit du das begreifst, mein Kind?«

Sie hob die Hand und wollte sie ihr an die Wange legen. Verärgert schlug Carlotta sie weg. »Das ist nicht dein Ernst«, war alles, was sie sagen konnte. Wirr überschlugen sich die Gedanken in ihrem Kopf.

»Sieh dich vor, Carlotta. Denk nur daran, was in den letzten Wochen geschehen ist: Erst stürzt Keplers bester Freund, der Apotheker Pantzer, auf der Lomse fast in den Tod, dann verraten die Altstädter und Löbenichter ihre Kneiphofer Ratsbrüder und buckeln vor dem Kurfürsten. Kurz darauf fallen die Dragoner gar im Kneiphof ein und verhaften Roth, während der arme Gerke vor meinen Augen einen qualvollen Tod stirbt. Selbst der alte Kepler, seines Zeichens immerhin kurfürstlicher Leibarzt und Altstädter Stadtphysicus, erliegt fast einem Herzanfall. Von den unglaublichen Anschuldigungen dir und mir gegenüber, die uns letztlich zum Verlassen unserer Heimatstadt gezwungen haben, ganz zu schweigen. Auch die Uneinigkeit, die uns beide seither quält, möchte ich nicht noch eigens erwähnen. Selbst Mathias' Angriff auf Thiesler kann nur in dem Zusammenhang gesehen werden. Hör auf deine Mutter und lass von diesem seltsamen Burschen, sonst wird er noch dein Verderben sein!«

»Wie soll Christoph mein Verderben sein?« Wütend brauste Carlotta auf. »Du willst mich doch nur daran hindern, als Ärztin an seiner Seite zu arbeiten. Das ist der wahre Dorn in deinem Auge! Früher einmal hast du selbst davon geträumt, konntest deinen Traum aber nicht leben. Deshalb redest du ihn mir jetzt auch aus, genauso, wie du mir Christoph verleiden willst. Das aber wird dir nicht gelingen! Wir beide lieben uns, ganz gleich, was du oder Christophs Vater dagegen habt.«

Erschöpft hielt sie inne. Unruhig trommelte Magdalena derweil mit den Fingern auf ihr knochiges Brustbein, wo einst ihr Bernstein geruht hatte.

»Gerade du solltest nicht von Verderben und Unglück sprechen, wenn es um den Mann geht, den ich liebe«, fügte Carlotta ruhiger hinzu. »Auch dein Vater hat dich einst vor dem Mann gewarnt, an den du dein Herz verloren hast. Du aber hast nie etwas auf diese Warnungen gegeben. Selbst als dein Vater im Sterben den Schwur …«

»Genug!«, rief Magdalena. Ihre grünen Katzenaugen verengten sich, die schmalen Lippen in dem spitz zulaufenden Gesicht verschwanden nahezu ganz. »Wage nie wieder, diese alte Geschichte zu erwähnen. Das ist ein für alle Mal Vergangenheit, seit die Ursache für diese Warnung aus der Welt geschafft ist. Die alte Fehde zwischen den Familien ist beendet. Längst haben die Räte Königsbergs uns als ihren Nachkommen Genugtuung geleistet.«

»Gut«, lenkte Carlotta ein. »Ich werde das nicht mehr ansprechen. Tu du mir jedoch den Gefallen und versuche nicht mehr, mir meine Liebe zu Christoph auszureden. Letztens hattest du doch Verständnis für uns. Nur zu gut weißt du selbst: Man kann nicht wider seine Natur leben und sich ein so aufrichtiges Gefühl für einen anderen Menschen verbieten lassen. Noch dazu, da die Gründe dafür so fadenscheinig sind. Christoph und ich lieben uns nun einmal. Früher oder später wird er wieder zu Verstand kommen und das ebenfalls begreifen. Wir werden diese Liebe leben. Durch all das Unglück, für das du ihn verantwortlich machst, ist mir übrigens erst recht klargeworden, wie sehr wir uns lieben. Er hat das alles nur aus Liebe zu mir getan.«

»Gott, der Allmächtige, bewahre uns vor weiteren Beweisen von Christophs Liebe.« Magdalena schlug ein Kreuz vor der Brust. Tatsächlich hatten sie Carlottas Worte beschämt, und die Erinnerung an Erics Liebe wühlte sie auf. »Solange das nur euch beide betrifft, mag das alles noch angehen, auch wenn es mir als deiner Mutter unerträglich erscheint, auf welch ungewöhnliche Art Christoph dir seine Liebe zu beweisen pflegt. Ich weiß nicht, was ich mit deinem Vater getan hätte, wenn er vor meinen Augen den Bernstein ins Feuer geworfen hätte. Zum Glück hat er es verstanden, mir seine Liebe auf weitaus sanftere Weise zu zeigen.« Sie hielt inne, schloss für einen Moment die Augen. Ein verträumtes Lächeln umspielte ihren Mund. Noch ehe Carlotta etwas erwidern konnte, öffnete sie bereits wieder die Lider und sprach weiter: »Doch aus unerfindlichen Gründen spielt da wohl auch noch Mathias in eure Geschichte mit hinein. Seit Brandenburg beunruhigt mich der Gedanke, dessen Einschlagen auf den armen Thiesler könnte in Wahrheit deinem Christoph gegolten haben. Eine entsetzliche Vorstellung! Damit hat er einen völlig Unbeteiligten in die Sache mit hineingezogen. Fast hätte der gar sein Leben dafür gelassen. Wäre das nicht furchtbar gewesen?«

»Natürlich wäre es das!« Carlottas blaue Augen funkelten zornig. »Thieslers Tod hätte ich mir niemals verziehen, das weißt du genau. Ich habe an seinem Krankenlager gewacht und gebetet, er möge seinen Einsatz für mich nicht zu teuer bezahlen. Erst als Sonntag klar war, dass er sich endgültig auf dem Weg der Besserung befindet, habe ich mir überhaupt eine Pause gegönnt. Du hast doch selbst gesehen, wie schwer mir vorhin der Abschied von ihm gefallen ist. Die Sorge um sein weiteres Wohlergehen wird mich noch lange in Atem halten.«

Noch immer zehrten die schrecklichen Erlebnisse an ihr. Die zweitägige Reise mit den Löbenichter Kaufleuten hatte ein Übriges getan, ihren schmächtigen Körper zu erschöpfen. Fast war sie schon zu müde zum Schlafen. Umso schlimmer, sich in diesem Zustand auch noch gegen Magdalenas Vorhaltungen zur Wehr setzen zu müssen.

»Hast du denn gar kein Vertrauen mehr zu mir?«, setzte sie leise nach.

Statt eine Antwort zu geben, machte Magdalena sich schweigend daran, die Reisekleidung abzulegen. Nach kurzem Abwarten tat Carlotta es ihr nach. Geschickt schnürte sie sich das Mieder auf. Gleichzeitig suchte sie nach einem Platz, wo sie ihre Kleider ablegen konnte. Der Haken an der Tür war bereits durch die beiden Heuken und Schals belegt. Die Kammer, die ihnen die Wirtschafterin des verwitweten Kaufmanns für die Dauer ihres Aufenthaltes zugewiesen hatte, war nicht sonderlich groß. Nur eine der beiden Reisetruhen hatte überhaupt Platz darin gefunden, die zweite stand vor der Tür auf dem engen Gang. Auf die Reisetruhe aber hatte Magdalena bereits ihr schwarzes Damastkleid gelegt.

Außer einem gehimmelten Bett gab es nur eine Wäschetruhe vor dem Fenster, auf der neben dem Kerzenleuchter die Wundarztkiste stand. Auf der Kommode neben der Tür hatte die Magd eine Waschschüssel mit warmem Wasser bereitgestellt. Kurz entschlossen trug Carlotta das Talglicht vom Schemel vor dem Bett dort hinüber und rückte es neben der Schüssel zurecht. Der Spiegel über der Waschschüssel fing den Schein der flackernden Flamme auf und warf ihn in den Raum zurück. Vermischt mit dem Licht des Kerzenleuchters auf dem Fensterbrett sorgte das für angenehme Helligkeit. Fast wirkte die Kammer heimelig. Auf den freigewordenen Schemel konnte Carlotta nun ihr gefaltetes grünes Mieder aus Samt sowie den dunkelroten Rock aus schwerem Tuch betten.

Indessen putzte Magdalena über der Waschschüssel die Zähne und spülte den Mund mit einigen Tropfen Krausminzöl aus. Als wäre nichts zwischen ihnen vorgefallen, hauchte sie Carlotta einen Gutenachtkuss auf die Wange und kletterte ins Bett. Sorgfältig erledigte auch Carlotta ihre Reinigungsprozedur, löschte endlich die Lichter und kroch ebenfalls unter die dicke Federdecke.

Schweigend lagen sie nebeneinander. Durch einen Schlitz zwischen den Vorhängen fiel das Mondlicht herein. Im Haus verklangen die Geräusche. Einzig das Schlurfen der Wirtschafterin auf dem Flur war noch einige Zeit lang zu hören. Dann wurde es still. Carlotta lauschte in die Nacht. Noch atmete die Mutter nicht sonderlich gleichmäßig, also schlief auch sie nicht. Ein leiser Seufzer verriet, wie sehr sie wohl ebenfalls noch mit dem Gespräch beschäftigt war.

»Thiesler hat mir vorhin übrigens selbst bestätigt, wie gut er sich fühlt. Bei der Prügelei mit Mathias hat er viele Schläge eingesteckt. Der harte Aufprall auf dem eisigen Boden hat ihm sogar für lange Zeit die Besinnung geraubt. Dennoch war die Platzwunde an seinem Schädel nicht sonderlich groß. Er klagt nicht einmal über Kopfschmerzen, was mir nach den beiden Tagen im holprigen Planwagen das eigentliche Wunder zu sein scheint. Zur Sicherheit habe ich ihm von den bitteren Tropfen mitgegeben. Wenn er die noch einige Tage lang nimmt, wird er bald wieder völlig hergestellt sein.«

»Lass gut sein, Liebes«, flüsterte die Mutter und fasste nach ihrer Hand. »Deiner Pflicht als Wundärztin bist du in bestem Umfang nachgekommen. Daran habe ich nie gezweifelt. Nicht einmal eine auffällige Narbe wird er davontragen, so sorgfältig hast du die Wunde versorgt. Es freut mich wirklich zu hören, wie wohl er sich inzwischen fühlt. Es war ihm auch anzusehen. Doch darfst du nicht vergessen, dass Tromnau und Hohoff ihn bedrängt haben, so schnell wie möglich weiterzureisen. Mit eigenen Ohren habe ich gehört, wie sie ihm angedroht haben, ihn andernfalls nach Königsberg zurückzuschicken. Jedermann weiß, wie eilig er es hatte, schnell weit weg von seinem Vater und Königsberg zu gelangen. Es gibt sogar Gerüchte, dort habe ihm wegen irgendwelcher Vorfälle mit anderen Studenten der Kerker gedroht. Kein Wunder also, dass er es vorgezogen hat, den frisch Genesenen zu spielen.«

»Aber doch nicht Thiesler!«, entrüstete sich Carlotta. Sogleich standen ihr die vielen Händel zwischen Pennälern und älteren Senioren vor Augen. Sie dachte an den armen Studenten, dem sie vor einiger Zeit im Dom begegnet war, als der von älteren Semestern bedroht worden war. Unvorstellbar, dass Thiesler bei solchen Streichen mittat. »Gerade du findest ihn doch so nett, Mutter. Wie kannst du dann das von ihm behaupten?«

»Mit keinem Wort habe ich ihm dergleichen zugetraut. Ich habe dir lediglich erzählt, was andere über ihn munkeln. Schließlich spüre ich gerade am eigenen Leib, wie schnell böses Gerede über einen entsteht, ohne dass auch nur ein Funke Wahrheit daran ist. Doch lass gut sein, Liebes, wir sollten uns jetzt nicht auch noch Thieslers wegen streiten.«

»Wir sollten uns eigentlich überhaupt nicht streiten«, stellte Carlotta klar. »Gerade jetzt sind wir beide aufeinander angewiesen.«

»Du hast recht, mein Kind«, pflichtete Magdalena bei und rutschte näher zu ihr. »Warum bist du eigentlich immer die Besonnenere von uns beiden, die viel eher begreift, worauf es ankommt? Dabei bist du erst siebzehn, und ich gehe auf die vierzig zu.«

»Vielleicht liegt es einfach daran, dass ich deine Tochter bin und das von dir gelernt habe?«

»Oder aber von deinem Vater.«

»Ich weiß nicht«, erhob Carlotta doch noch einmal Widerspruch, »so, wie ich ihn erlebt habe, war er wohl selten sehr besonnen. Denk nur an die Jahre, die er verschwunden war und über die er nie etwas erzählt hat, nicht einmal, als er im Sterben lag.«

Eine Zeitlang sagte die Mutter nichts. Carlotta fürchtete bereits, sie abermals vor den Kopf gestoßen zu haben. Dann aber räusperte sich Magdalena und flüsterte heiser: »Ich fürchte, wir können beide nicht viel mit besonnenen Männern anfangen. Sowenig, wie dein Christoph es schafft, dir seine Liebe auf friedvollem Weg zu beweisen, sowenig ist es wohl deinem Vater gelungen, mir je mit Besonnenheit zu erklären, was ihn immer wieder von mir weggezogen hat. Vielleicht sollten wir es einfach so hinnehmen. Liebe kann einfach nicht mit Besonnenheit gelebt werden. Liebe muss man nehmen, wie sie kommt, mit all ihren Rätseln und Unwägbarkeiten.«

»Dann bist du also mit Christoph einverstanden?«, hakte Carlotta sogleich nach.

»Schon gut, Liebes.« Magdalena drückte ihr die Hand. »Was zählt, ist, dass ihr beide euch liebt und diese Liebe füreinander auch stets zu schätzen wisst.«

»Christoph und ich lieben uns nicht nur, wir beide haben sogar einen gemeinsamen Traum«, erklärte Carlotta feierlich. Kaum hatte sie die Worte ausgesprochen, standen die Pläne wieder deutlich vor ihr: sie und Christoph gemeinsam in einer großen Bibliothek mit vielen dicken Büchern über Medizin, Heilkunde und den menschlichen Körper. Gemeinsam lasen und diskutierten sie die Schriften, behandelten Seite an Seite Patienten, besprachen die Zusammensetzung von Arzneien, beauftragten Apotheker wie Caspar Pantzer mit Tinkturen.

»Das ist sogar noch besser«, sagte Magdalena und umklammerte ihre Hand fester. »Halt ihn gut fest, diesen gemeinsamen Traum, damit er euch beiden nicht zu früh entgleitet.«

»Dessen kannst du gewiss sein.« Stürmisch umarmte Carlotta Magdalena. Zum ersten Mal seit vielen Jahren schliefen Mutter und Tochter eng aneinandergeschmiegt ein.

## 8

Hartungs alte Wirtschafterin war bemüht, den beiden Gästen den Aufenthalt in Frauenburg so angenehm wie möglich zu machen. Über den reich mit Brot, Schinken, Käse, Trockenfrüchten und Latwerge gedeckten Frühstückstisch warf Carlotta der Mutter ein Lächeln zu. Die Alte erinnerte sie in vielem an die gute Hedwig. Magdalenas Schmunzeln bestätigte, dass es nicht nur ihr so erging. Geschäftig watschelte sie zwischen den Gästen hin und her, beauftragte die eine Magd, Kaffee zu holen, schickte die zweite nach heißem Würzwein und rührte selbst dem Hausherrn einen Löffel Honig in einen Becher warmer Milch.

»Viel zu selten haben wir Damen im Haus«, knurrte sie und rückte ihre weiße Haube auf dem grauen Haar zurecht. »Eigentlich ist es eine Schande, dass Ihr nach dem Tod Eurer verehrten Frau Gemahlin nicht wieder geheiratet habt.« Fast schon vorwurfsvoll stellte sie Hartung den Becher hin, dem anzumerken war, dass er ihren Tadel nicht zum ersten Mal vernahm. »Euren beiden Töchtern hätte es gutgetan, eine strenge weibliche Hand zu spüren. Ganz verzogen waren sie, als sie viel zu spät erst unter die Haube gekommen sind. Fast hätte sie schon keiner mehr haben wollen, so anspruchsvoll, wie die zwei waren.« Sie beäugte Carlotta. »Zum Glück ist nicht jedes junge Fräulein so. Ihr schaut nicht so schwierig aus. Gewiss habt Ihr längst einen Bräutigam, der Euch freit.«

Carlotta spürte, wie ihre Wangen zu glühen begannen. Magdalena lächelte. Hartung rettete sie aus der unangenehmen Situation.

»Was haltet Ihr davon, wenn wir einen Rundgang durch meine Sammlung unternehmen? Mir war gestern Abend schon so, als hegtet Ihr Interesse.«

»Oh, das wäre wundervoll!« Erleichtert sprang Carlotta auf.

»Nicht so stürmisch«, mahnte Magdalena. »Zuerst solltest du eine kleine Stärkung zu dir nehmen, mein Kind. Dürfen wir Euch denn überhaupt so lange von Eurem Kontor fernhalten?«, fragte sie Hartung. »Es ist schon sehr großzügig, dass Ihr Euch bereit erklärt habt, uns für einige Wochen zu beherbergen. Da möchten wir Euch nicht noch zusätzliche Umstände bereiten.«

»Nie und nimmer tut Ihr das, Verehrteste.« Er schenkte ihr ein breites Lächeln. Die grünen Augen strahlten echte Freude aus. Seinem fortgeschrittenen Alter zum Trotz wirkte er auf einmal jung und ungestüm. Kaum konnte er es erwarten, seine Schätze vorzuführen.

Die Wirtschafterin bedachte ihn mit einem Kopfschütteln, wischte die Finger an der Schürze trocken und murmelte: »Tut, was Ihr für richtig haltet, mein Herr. Doch die verehrte Frau Grohnert hat recht: Euer Kontor sollte stets an erster Stelle stehen.« Sie winkte den beiden Mägden und verließ mit ihnen die Wohnstube. Hartung blickte ihr nach.

»Sie meint es immer nur gut mit mir«, erklärte er, legte das Messer beiseite und erhob sich von seinem Sessel am Kopfende der Tafel. »Leider aber wird die Gute nie verstehen, was es heißt, eine Sammlung wie die meine sein Eigen zu nennen. Verzeiht, verehrte Damen, das mag unbescheiden klingen. Wenn Ihr aber einen Blick in mein Kabinett geworfen habt, werdet Ihr es verstehen.«

Wenig später schlenderten sie hinter dem Hausherrn durch die Räume im ersten Geschoss. Wie auch unten in der Diele und in der Wohnstube gab es im angrenzenden Privatgemach Hartungs sowie in der zum Innenhof gelegenen Bibliothek bereits die ersten Kuriositäten zu entdecken: Masken mit wilden Fratzen, gekreuzte Speere und Fahnen unterschiedlichster Armeen sowie ein richtiges Zelt aus Westindien wurden dort aufbewahrt. Im Treppenhaus prangte ein halbes Dutzend bunter, ausgestopfter Singvögel an den Wänden, übertrumpft von einem furchterregenden Adler, der am Treppenkopf seine

Flügel weit spreizte und den Schnabel wie zu einem letzten, drohenden Schrei öffnete. Versetzte dieser Anblick Carlotta und Magdalena bereits in Staunen, so wussten sie beim Betreten des eigentlichen Kuriositätenkabinetts im zweiten Stock zunächst gar nichts mehr zu sagen.

Den nahezu quadratischen Raum beherrschten eine Handvoll Schaukästen mit Schmetterlingen sowie raumhohe Glasschränke mit skurrilen Dingen aus aller Herren Länder. Gleich trat Carlotta zu dem ersten Kasten hin und besah sich die seltenen Schmetterlinge. Die aufgespießten Schönheiten bezauberten in einer kaum vorstellbaren Farbenvielfalt. Besonders ein lichtblauer Falter mit einer dünnen, schwarz-weiß gepunkteten Umrandung der Flügel erregte ihre Aufmerksamkeit. Wie würde er leuchten, flöge er der Sonne entgegen! Kaum wagte sie, Luft zu holen, aus Angst, das schleierzarte Geschöpf von seinem angestammten Platz inmitten seiner nicht minder prächtigen Artgenossen hinwegzupusten. Dabei trennte eine Glasscheibe den Schatz sicher von ihrem Atem und anderen Unwägbarkeiten. Ihre weit aufgerissenen blauen Augen wanderten weiter durch den Kasten. Neben dem blauen Wunderwesen verharrte ein rotbraun-schwarz gestreifter Schmetterling mit gespreizten Flügeln geduldig auf seinem Posten. Ebenso schien ein schwarzer mit zwei leuchtend grünen Diagonalen bereit zum Abheben.

Bei ihrem Anblick wurde Carlotta schmerzlich bewusst, wie grausam die luftigen Falter mit einer Nadel mitten durch ihren Leib aufgespießt waren. Gleichsam lebendig für die Ewigkeit aufbewahrt, erinnerten sie sie an den verlorenen Bernstein. Das Insekt darin war ebenfalls mitten im Leben für alle Zeiten erstarrt. Unwillkürlich legte sie die Hand auf die Brust, wo sich früher einmal der Stein befunden hatte.

»Sieh nur hier, diese Gemmen!«, begeisterte sich unterdessen Magdalena. Einige Schritte weiter links rollte Siegfried Hartung gerade eine Bahn dunkelroten Samts auf. Der Stoff lag als Schutz über einem weiteren gläsernen Schaukasten, der die obere Schublade eines hüfthohen Tresors bildete. Darin befanden sich verschieden große Gemmen aus den wunderlichsten Achaten, daneben faszinierende Perlmuttschalen und filigrane Elfenbeinschnitzereien.

»Kaum zu fassen, welche Schätze Ihr Euer Eigen nennt«, lobte die Mutter. »Ihr habt sie wohl über all die Jahre aus der ganzen Welt zusammengetragen. Beneidenswert, wo Ihr überall gewesen sein und was Ihr gesehen haben müsst.«

Neben dem stämmigen Mann wirkte die zierliche Rothaarige wie ein staunendes Kind. Die smaragdgrünen Augen funkelten vor Freude. Stolz drückte ihr Gastgeber die Brust heraus und wippte auf den Fußspitzen, was ihn noch größer wirken ließ.

»In der Tat, ich bin viel herumgekommen in meinem Leben«, antwortete er, seltsam berührt von dieser Feststellung. Seine fleckenübersäten Hände fuhren durch das schüttere, weiße Haar. Für einen Moment meinte Carlotta, ein Flackern in seinen Augen zu entdecken. Auf einmal schien er unsicher geworden, gab sich dann aber einen Ruck und erklärte: »Zumindest, was den Erwerb all dieser interessanten Dinge anbetrifft, haben sich die Mühen gelohnt. Seht nur, was sich noch darunter findet.«

Seine rechte Hand wies in einem weiten Bogen durch den dämmerigen Raum hin zu dem deckenhohen Regal an der rückwärtigen Wand. Glastüren schützten die in den Fächern dicht an dicht liegenden Gegenstände vor Staub und neugierigen Fingern. Dahinter lagerten ohne offensichtliche Ordnung

Mineralien, lange Speere, buntbemalte Schilder, Wurfgeschosse, Pfeile, Bogen und Köcher, furchteinflößende Masken. Sogar ausgestopfte Vögel und Skelette von mausartigen Tieren galt es zu bestaunen, bis hin zu einem nahezu vollständigen Skelett einer riesigen Katze. Selbst ein Affe mit gläsernen Augen fehlte nicht.

Carlotta drehte sich weiter um die eigene Achse. Zwei doppelflügelige Fenster gewährten dem milchigen Dezemberlicht von Südwesten her Einlass in die Wunderkammer. Die vielen Gegenstände in den Schaukästen und Regalen sowie die schweren, dicken Samtvorhänge sorgten für einen muffigen Geruch. Carlotta meinte, nur noch unter großer Anstrengung atmen zu können. Ein riesiger Ofen mit weißblauen Delfter Kacheln sorgte zusätzlich für reichlich Wärme. Erneut trat sie zur Seitenwand. Über den dort aufgereihten hüfthohen Schubladenschränken gab es kaum einen freien Fleck an der Wand, der nicht von Gegenständen oder Bildern bedeckt war. Ein halbes Dutzend farbiger Zeichnungen kündete von exotischen Blumen und Pflanzen aus fernen Gefilden, dazwischen hingen Land- und Seekarten sowie unzählige Zeichnungen von Schmetterlingen.

»Vor allem Schmetterlinge haben es Euch wohl angetan«, stellte sie fest.

»An diesen bunten Geschöpfen kann man sich einfach nicht sattsehen. Allein die Tatsache, wie sich die Punkte, Linien und Striche bei Tieren derselben Art wiederholen, versetzt mich immer wieder in Erstaunen. Aber auch diese Gemmen sehe ich mir stets gerne an«, fuhr er fort und zeigte auf den Schaukasten zu ihrer Linken. »Von den Schnitzereien aus Elfenbein ganz zu schweigen. Ist es zu fassen, wie zart diese Stücke angefertigt sind? Mit bloßem Auge ist ihre ganze Pracht kaum zu fassen. Teilweise sind diese Kostbarkeiten übrigens schon mehrere hundert Jahre alt. Könnten sie uns erzählen, was sie alles gesehen haben, würden wir andächtig vor ihnen zu Boden sinken.«

Seine grünen Augen blickten schwärmerisch. Carlotta meinte, selten solche Begeisterung bei einem erwachsenen Mann erlebt zu haben.

»Vielleicht sollten meine Mutter und ich vor Euch in die Knie gehen«, sagte sie mit einem Lächeln. »Immerhin könnt Ihr uns ebenfalls viel erzählen. Eure Berichte über all die Länder, die Ihr bereist, und all die Völker, die Ihr gesehen habt, werden Monate in Anspruch nehmen, wenn Ihr überhaupt davon erzählen wollt.« Wissbegierig sah sie ihm in die Augen. Wieder meinte sie, einen Anflug von Unsicherheit darin zu erkennen.

»Ach, ich weiß nicht«, entgegnete er auf einmal seltsam matt. »Was soll das bringen, von all den Erlebnissen so genau zu erzählen.«

»Wie meint Ihr das, verehrter Hartung?« Seine ablehnende Haltung weckte Carlottas Neugier erst recht. »Ich stelle es mir sehr interessant vor, bis in die entlegensten Winkel der Erde vorzudringen und die verschiedenen Tiere, Menschen, Bräuche und Sitten kennenzulernen, all das Fremde, Unbekannte einmal mit eigenen Augen zu sehen.«

»Das Schlimme daran ist«, mittlerweile wirkte Hartung regelrecht traurig, »dass es leider gar nicht so viel Fremdes und Unbekanntes in den hintersten Winkeln der Welt zu bestaunen gibt. Wenn man einige Zeit unterwegs war, wird man all der Eindrücke bald müde. Meist läuft es auf dasselbe hinaus: Überall herrschen Gier, Neid und Unfrieden, ganz gleich, in welcher Ecke der Welt. Die wenigsten Völker geben sich zufrieden mit dem, was Gott, der Allmächtige, ihnen zugeteilt hat. Stattdessen bekriegen sie ihre Nachbarn allein in der Hoffnung, dadurch Ruhm und Reichtum zu mehren.«

»Mir scheint, Ihr seid dem selbst nicht abgeneigt. Wie sonst habt Ihr all diese Schätze anhäufen und hier in diesem prächtigen Haus unterbringen können?«

»Carlotta!« Die Mutter zupfte sie mahnend am Ärmel. Hartung dagegen schien nicht böse. Im Gegenteil. Endlich huschte wieder ein Lächeln über sein faltiges Gesicht. Er räusperte sich in die Faust, verschränkte dann die Hände auf dem Rücken und erwiderte: »Mit großer Freude, mein Kind, erkenne ich an jedem einzelnen Eurer Worte, dass Ihr die Tochter Eures Vaters seid. Auch mit ihm habe ich oft über diese Beobachtungen gesprochen. Gerade wenn er mir ein neues ausgefallenes Stück für meine Sammlung aus Afrika …«

»Das heißt, mein verstorbener Gemahl hat Euch hier oben am Frischen Haff mehrfach besucht?« Aufgeregt nestelten Magdalenas Finger am Damast ihres reich von Rosenmustern durchwirkten Witwenkleids herum.

»Oh, verzeiht, ich wusste nicht … Ich dachte, Ihr wüsstet das alles. Hat er Euch denn nichts davon gesagt? Aber warum hat er ein Geheimnis daraus gemacht? O Gott, was habe ich da nur angerichtet! Es tut mir leid.« Er wischte sich über die feuchte Stirn.

»Ist schon gut«, murmelte Magdalena kaum hörbar und sah aus dem Fenster.

Die Augen des weißhaarigen Kaufmanns wanderten verlegen im Raum umher. Sein Gesicht hatte sich ebenfalls dunkelrot verfärbt. Mehrfach rieb er sich über das glattrasierte Kinn, als könne er dadurch die Worte ungesagt machen, und blickte ebenfalls durch eines der Fenster in den wolkenverhangenen Winterhimmel.

Carlotta wurde die Stille in dem vollgestellten Raum unheimlich. Im Delfter Kachelofen knackte das Feuerholz, aus der Diele drangen gedämpfte Geräusche herein. Kaum wusste sie, wohin sie sich wenden sollte. In allen Ecken des Kabinetts begegneten ihr ins Leere starrende Augen, aufgespießte Schmetterlinge und ausgestopfte Tierkadaver. In den Regalen und Fächern lagen giftige Pfeilspitzen sowie furchterregende Waffen, jederzeit zum Töten bereit. Kein Wunder, angesichts dessen am Sinn des Reisens und Entdeckens zu verzweifeln! Sie schnaufte. Warum hatte der Vater nie davon erzählt?

Im Stillen ging Carlotta die Frankfurter Jahre durch. Viele Monate war der Vater stets fort gewesen, Jahr für Jahr für lange Zeit regelmäßig unterwegs. Dennoch reichten diese Wochen nicht aus, um auch noch bis ans Ende der Welt vorzudringen. Abgesehen davon, dass er ihnen ganz gewiss davon hätte erzählen wollen. Belustigt erinnerte sie sich an die bunten Glasperlen aus Murano oder die seidenen Schals aus Venedig, mit denen er sie verwöhnt hatte. Wie Trophäen hatte er die stets stolz präsentiert. Beunruhigt sah sie sich noch einmal in Hartungs Wunderkabinett um.

Sie erschrak. Der Affe im Glasschrank streckte ihr die Zunge heraus! Sie kniff die Augen zusammen, spähte noch einmal genauer dorthin. Nein, sie hatte sich getäuscht. Es war nur der Schatten einer Speerspitze, der diesen Eindruck erweckte. Ebenso hatte sie sich gewiss vorhin getäuscht, als Hartung ihren Vater erwähnte. Mit keiner Silbe hatte der Kaufmann behauptet, der Vater wäre selbst auf Reisen in Afrika oder Westindien gewesen. Er hatte nur gesagt, er hätte ihm viele von diesen wunderlichen Gegenständen mitgebracht. Das war die Erklärung! Schließlich konnte man damit ebenso regen Handel betreiben wie mit Stoffen, Bernstein, Salz, Mikroskopen, Büchern, Gewürzen, Tabak, Kaffee und dergleichen mehr.

»Einige Eurer Stücke stammen also von meinem Vater«, stellte sie fest. Erschrocken drehten sich Hartung und die Mutter nahezu gleichzeitig zu ihr um. »Soweit ich weiß, ist er vor allem nach Venedig gereist, um Waren zu beschaffen. Hat er Euch dort die ausgefallenen Kuriositäten beschafft?«

Verlegen wich Hartung ihrem direkten Blick aus. Magdalena dagegen versuchte sich neuerlich in mahnenden Zeichen, die Carlotta geflissentlich überging.

»Ich frage mich nur«, fuhr sie fort, »wie er das alles quer über den Kontinent gebracht und gleichzeitig immer wieder zur verabredeten Zeit bei uns in Frankfurt gewesen sein soll. Einfach unmöglich.«

»Oh, verzeiht mir meine Unbedachtheit.« Mit einem Auflachen wandte Hartung sich vom Fenster ab. Das nachlassende Schneegestöber erlaubte wieder den Blick bis zum nahen Domhügel. Trutzig schälte sich die dick ummauerte Anlage am oberen Rand des Blickfelds heraus.

»Ich glaube, Ihr seid einem großen Missverständnis aufgesessen. Aber das ist allein meine Schuld. Wie konnte ich mich nur so zweideutig ausdrücken? Am Ende denkt Ihr gar, Euer verehrter Gemahl und Vater habe Euch hintergangen. Aber das dürft Ihr nicht! Bitte zweifelt nie an der Aufrichtigkeit Eric Grohnerts! Er war einer der ehrlichsten Menschen, die mir je begegnet sind. Weder war er jemals in Afrika, noch in Westindien oder in sonst einem fernen Winkel der Welt, um die seltenen Dinge hier zu beschaffen. Wie töricht von mir, das so missverständlich darzustellen! Dabei ist alles ganz einfach: Er hat mir viele Stücke in Venedig besorgt und für den Transport zu mir gesorgt. Allein meine Eitelkeit ist schuld, dass er daraus mitunter ein Geheimnis gemacht hat, vielmehr: mir zuliebe machen musste. Meine Eitelkeit hat es eben einfach nicht zugelassen, offen einzugestehen, nicht alle Kuriositäten wirklich selbst von den Wilden im Urwald oder bei den Missionaren in ihren Niederlassungen erworben zu haben. Alle Welt sollte glauben, meine Sammlung sei bis zu dem letzten Stein oder Käfer mit eigenen Händen zusammengetragen. Niemand sollte ahnen, dass ich viele der hier ausgestellten Dinge von einem Markt in Venedig oder gar bei einem Kaufmann in Frankfurt am Main bestellt habe. Euer Vater hat mir über Jahre geholfen, diesen Trug aufrechtzuerhalten. Bitte verzeiht, Verehrteste, ich stehe tief in Eurer Schuld, weil ich das Andenken Eures hochgeschätzten Herrn Gemahls aus so niederträchtigen Beweggründen besudelt habe.«

Beschämt senkte er die Stimme, richtete sein Augenmerk allein auf seine Schuhspitzen, als wollte er für immer darin eintauchen. Da zerriss plötzlich ein helles Lachen die Stille.

»Entschuldigt, mein Bester«, wandte Magdalena sich halb vom Fenster ab, wischte mit den Handrücken Tränen aus den Augenwinkeln und sah ihren Gastgeber breit lächelnd an, »aber das ist wirklich eine köstliche Geschichte, wie sie nur von Männern aufgeführt werden kann. Keine Frau der Welt verfiele auf die Idee, sich derart zu verstellen. Wo ist denn auch das Problem? In Eurem ganzen Leben seid Ihr mehr herumgekommen als so mancher, der sich Kaufmann oder gar Seemann nennt, von all den Gelehrten und Bürgern ganz zu schweigen, die stets nur in der Stube hocken und Bücher wälzen. Dabei spielt es keine Rolle, ob Ihr in Afrika und Westindien wart oder nicht. Selbst wenn Ihr nur die Hälfte oder vielleicht ein Drittel Eurer Schätze auf eigenen Reisen besorgt habt, so zeugt doch allein die Anlage der Sammlung von Eurem profunden Wissen und Eurer gewaltigen Leistung. Vor niemandem müsst Ihr Euch verstecken, geschweige denn schämen, weil Ihr einige der Kostbarkeiten über einen Händler gekauft habt.«

Sie machte einige Schritte auf die Schaukästen zu, betrachtete die Schmetterlinge und die Mineralien, besah sich einige der Zeichnungen an der Wand.

»Ihr seid zu gütig«, beeilte Hartung sich zu versichern.

»Nicht der Rede wert. Eins solltet Ihr mir aber sagen.« Magdalena trat dicht vor ihn hin und hob den Kopf, ihn geradewegs anzuschauen. Sie reichte ihm kaum bis zum Kinn.

»Ich sage Euch alles, was Ihr wissen wollt«, bekräftigte der Endvierziger und legte sich zur Untermauerung die rechte Hand aufs Herz.

»Wann habt Ihr meinen Gemahl kennengelernt und begonnen, Geschäfte mit ihm zu machen?« Eindringlich suchte Magdalena seinen Blick. »Wie oft war er bei Euch hier in Frauenburg? Wann zuletzt? Hat er Euch etwas über seine Pläne verraten?«

Hartung stutzte, vielleicht, weil er sich darüber mokierte, was sie alles zu wissen begehrte. Oder weil er nach einer Ausflucht suchte.

»Kennengelernt haben Euer Gemahl und ich uns vor fast zwei Jahrzehnten«, begann er endlich doch. »Noch zu Zeiten des Großen Krieges. Er war gerade aus der Gefangenschaft bei den Franzmännern entkommen und galt als einer, der alles beschaffen konnte, wirklich *alles*«, betonte er vielsagend. »Gute Beziehungen zu den Parteien, insbesondere zu den Schweden, ermöglichten ihm das. Ein gemeinsamer Bekannter, ein schwedischer Hauptmann, brachte uns in einem Würzburger Kloster zusammen.«

»Das muss Englund gewesen sein, Erics Vetter«, warf Magdalena ein. Hartung nickte.

»Nach Ende des Krieges haben wir uns dann meist in Leipzig oder Frankfurt auf der Messe getroffen. Hier oben in Frauenburg hat er mich leider nur selten besucht, zuletzt kurz vor seinem Tod vor vier Jahren. Es war mir eine große Freude, ihm jedes Mal meine Sammlung vorzuführen. An deren Zustandekommen hatte er schließlich großen Anteil. Allerdings ging es ihm damals bereits schlecht, gleichzeitig war er in großer Eile wegen einer dringenden Angelegenheit in Königsberg. Dort ist er wenig später in Euren Armen gestorben, verehrte Frau Grohnert.«

Ergriffen faltete er die Hände wie zum Gebet und sah wieder zu Boden.

Magdalena kehrte sich ab und starrte stumm aus dem Fenster, als gelte es, die spärlich gewordenen Schneeflocken zu zählen. Schwungvoll drehte sie sich kurz darauf wieder um und lächelte den Frauenburger Kaufmann aufmunternd an.

»Ich danke Euch für Eure Offenheit, mein Bester, sie ist Euch nicht leichtgefallen. Umso höher rechne ich sie Euch an. Damit habt Ihr einige wichtige Unklarheiten beseitigt, die mich seit dem Tode meines Gemahls quälen. Wie oft habe ich mich gewundert, wieso er mir nur Ungenaues erzählt und geheimnisvolle Buchungen in den Kontorbüchern durchgeführt hat. Dabei wollte er einfach nur nicht so recht zugeben, mit welch eigenartigen Waren er handelt, vielleicht auch mit Informationen. Doch nicht einmal über die letzten Jahre im Großen Krieg hat er mir jemals wirklich Rechenschaft abgelegt. Dank Euch aber weiß ich jetzt, was er damals getan hat: Eure Sammlung mit seltenen Schätzen bestückt!«

»Und die Parteien mit Nachrichten versorgt«, ergänzte Hartung schmunzelnd.

»Alle wohl zu gleichen Teilen«, fügte Magdalena hinzu.

»Ja, keiner wusste mehr als der andere, das war ihm wichtig.« Hartung zwinkerte.

»Aber warum? Was soll das?« Carlotta verstand immer weniger und begann stattdessen, an der Aufrichtigkeit nicht nur ihres Vaters, sondern auch Hartungs und sogar Magdalenas zu zweifeln.

»Ruhig Blut, Liebes«, beschwichtigte die Mutter sie. »Daran ist überhaupt nichts Beunruhigendes. Dein Vater wusste, was er tat, und er hat es sicher zum allgemeinen Wohl getan. Davon abgesehen wollte er gewiss nicht zugeben, mit ausgestopften Affen oder bunten Schmetterlingen zu handeln. Ganz zu schweigen davon, dass er seinen Freund Hartung nicht bloßstellen wollte. Deshalb werden wir beide auch nie ein Wort über das Zustandekommen Eurer Sammlung nach außen dringen lassen, verehrter Hartung. Darauf gebe ich Euch mein Ehrenwort.«

Sie streckte ihm die schmale, sommersprossenübersäte Hand entgegen. Gerührt ergriff er sie. Es war erstaunlich, dachte Carlotta, wie die Mutter fern von Königsberg aufblühte.

»Etwas ganz Besonderes muss ich Euch noch zeigen«, verkündete Hartung. Hoch aufgerichtet ging er zu einem Nussbaumtresor auf der zweiten Längsseite. Der Schlüssel knarrte im Schloss, während der Kaufmann ihn bedächtig drehte. Als die Tür aufschwang, gab sie den Blick auf Regalfächer mit einer Vielzahl astronomischer Instrumente frei.

»In einem Wunderkabinett in Frauenburg dürfen solche Gerätschaften nicht fehlen, das sind wir allein schon Kopernikus schuldig, der viele Jahre oben auf dem Domhügel gewirkt hat.« Er griff ein Astrolabium heraus und hielt es hoch, damit Carlotta und Magdalena es von allen Seiten bewundern konnten. »Zwar fehlt mir die Gabe, diese Instrumente zu benutzen, doch Euer verehrter Gemahl, liebe Frau Grohnert, hat mich trotz allem dafür begeistern können, sie zu erwerben. Schaut her, sogar mehrere Mikroskope habe ich auf seinen Rat hin gekauft. Man sollte nicht nur wissen, wie es um die Sterne oben am Himmel bestellt ist, hat er mir beigebracht, sondern auch, wie die Dinge auf Erden im Kleinen beschaffen sind. Die ersten habe ich mir aus Venedig kommen lassen. Seit einiger Zeit aber unterhalte ich Kontakte nach Delft. Dort tut sich gerade sehr Interessantes, was die Fortentwicklung der Geräte betrifft. Antoni van Leeuwenhoek heißt der geniale Gelehrte, der daran arbeitet. Nicht zu verwechseln mit Marietta Leuwenhoeck, die als Kauffrau die Geschäfte abwickelt. Die Ähnlichkeit der Namen ist ein seltsamer Zufall. Vielleicht ist sie deshalb so um seinen Erfolg bemüht. Ihr solltet sie kennenlernen. Philipp Helmbrecht hat mich mit ihr bekannt gemacht.«

Die Erwähnung des Namens ließ Carlotta zusammenfahren. Besorgt schaute sie zu Magdalena. Die lächelte weiterhin unverbindlich. Zu gern hätte Carlotta gewusst, ob Marietta Leuwenhoeck die schöne Blonde mit dem fremden Akzent war.

»Helmbrecht wusste mir auch einiges von den jüngsten Ereignissen bei Euch in Königsberg zu berichten. Zum Glück …« Weiter kam er nicht, denn Magdalena fiel ihm ungeduldig ins Wort: »Das klingt so, als wäre Helmbrecht unlängst hier gewesen und hätte Euch gar persönlich davon erzählt.«

»Habe ich Euch noch nichts davon gesagt?« Verwundert sah Hartung sie an. »Seit letzten Samstag weilt er schon hier in Frauenburg. Er wohnt allerdings nicht im selben Gasthaus, in dem Eure Löbenichter Reisegefährten abgestiegen sind. Deshalb hat er wohl noch nichts von Eurem Eintreffen erfahren, sonst wäre er gewiss schon bei mir aufgetaucht. Seit seiner Ankunft kommt er nämlich jeden Tag am frühen Abend vorbei, um nachzufragen, wann mit Euch zu rechnen ist. Seltsamerweise habe ich jedes Mal aufs Neue den Eindruck, er wäre erleichtert, wenn ich ihm noch keine positive Nachricht geben kann. Verzeiht bitte vielmals, aber über all meiner Begeisterung, Euch mein Wunderkabinett vorzuführen, ist mir das mit Helmbrecht völlig entglitten.«

Magdalena erwiderte nichts. Carlotta dagegen hätte dem zerstreuten Kaufmann gern einmal den Kopf zurechtgerückt, doch das stand ihr nicht zu. Helmbrecht in Frauenburg – das bestätigte ihre schlimmsten Befürchtungen.

»Wenn Ihr nichts dagegen habt«, meldete sich ihr Gastgeber nach kurzem Schweigen gut gelaunt zu Wort, »dann warten wir einfach, bis Helmbrecht heute Abend seinen Besuch bei mir abstattet. Ihm eigens eine Nachricht über Eure Ankunft zukommen zu lassen, scheint mir überflüssig. In der Zwischenzeit kann ich Euch die Zeit mit einer weiteren Überraschung vertreiben. Bestimmt wird sie Euch für die entstandene Unbill entschädigen und auf neue Gedanken bringen.«

In Vorfreude auf den gelungenen Streich rieb er sich die Hände.

»Wenn mich nicht alles täuscht«, wandte er sich an Carlotta, »so seid Ihr nicht nur die wahre Tochter Eures Vaters, sondern auch die würdige Nachfolgerin Eurer Mutter, was die Wundarztkunst betrifft.«

Carlotta stutzte, fühlte sich außerstande, dem wirren Wechsel der Themen so schnell zu folgen. Schmunzelnd kam er näher, winkte auch Magdalena heran.

»Nur keine falsche Bescheidenheit, meine Liebe. Mir kam Eure jüngste Heldentat in Brandenburg bereits zu Ohren. Euer Reisegefährte, der tapfere Student aus der Altstadt, hat es wohl allein Eurer Heilkunst zu verdanken, so rasch wieder dem Krankenlager entronnen zu sein. Ihr müsst ein besonderes Geschick besitzen, kranke Menschen genesen zu lassen. Schon Eurer Mutter eilte früher der Ruf außergewöhnlicher Fähigkeiten voraus, das scheint sich bei Euch erfolgreich fortzusetzen. Auch von ganz besonderen Tropfen wurde mir berichtet, die Ihr dem Studiosus verordnet habt. Tropfen und Tinkturen sind für Euch beide also von großem Interesse. Lasst mich Euch etwas vorzuführen, was seit einigen Jahren unsere geliebte Stadt nachhaltig bereichert. Es wird Euch gefallen. Allerdings unternehmen wir dazu einen kleinen Spaziergang.«

»Das ist eine hervorragende Idee.« Carlotta bemühte sich um ein begeistertes Lächeln. »Soweit ich sehe, hat der Schneefall nachgelassen. Nach dem aufregenden Vormittag inmitten Eurer Kuriositäten wird uns das guttun.«

Im letzten Moment vermied sie einen Hinweis auf die stickige, staubige Luft und die bedrückende Enge, die ihr in dem vollgestopften Kabinett mehr und mehr zu schaffen machte. Zwar hatte sie es begeistert, das alles sehen zu dürfen, längst aber fühlte sie sich selbst wie ein Schmetterling, aufgespießt und zur Reglosigkeit verdammt inmitten der schönsten Pracht.

# 9

Auch wenn der Gang durch die eisige Winterluft zunächst guttat, hoffte Magdalena doch, endlich ihr Ziel zu erreichen. Der Weg von Hartungs Haus gegenüber dem Wasserturm hatte gleich nach der Stadtmauer steil bergan geführt. Schnee und Eis auf den Gassen erschwerten das Vorankommen zusätzlich. Kaum jemand begegnete ihnen, nicht einmal streunende Hunde oder Fuhrwerke waren bei dem frostigen Wetter unterwegs. Sie wunderte sich, als Hartung auf dem Hügel den Eingang in die Wehranlage links liegenließ, war sie doch davon ausgegangen, er wollte ihnen dort im Dom oder in einem der benachbarten Domherrenhäuser, in denen Kopernikus gewirkt hatte, etwas zeigen. Ein wenig enttäuscht beschloss Magdalena, auf dem Rückweg zum Dom zu gehen. In dem gewaltigen Hallenbau wusste sie an einem der Seitenaltäre eine Mondsichelmadonna, vor der sich für eine Katholikin wie sie stets zu beten lohnte.

Nach wenigen Schritten, die leicht bergab führten, entdeckte sie schließlich das Hospital auf der rechten Wegseite. Unter alten winterkahlen Kastanien erstreckte sich der weißgetünchte Bau mit seinen Wirtschaftsgebäuden. Nun begriff sie, was Hartung vorhatte: Er wollte ihnen die in den vergangenen Jahren zu großem Ruhm gelangte Apotheke vorführen! Erschöpft und gleichzeitig glücklich über das Ziel, fand sie sich kurz darauf neben Carlotta in der Diele des Hospitals zum Heiligen Geist wieder. Die berühmte Offizin stand nicht jedermann offen. Sie diente ausschließlich der Versorgung des Hospitals und der Domherren.

Hartung musste erst um Einlass bitten, um seine beiden Gäste dorthin bringen zu dürfen. Das dauerte länger als erwartet. Magdalena rieb sich die klammen Finger und trippelte mit den nassen Stiefeln auf der Stelle, um sich aufzuwärmen. Auch Carlotta fröstelte.

Endlich erklangen Hartungs schwere Schritte dumpf auf dem Steinboden. Begleitet wurden sie vom leichtfüßigen Auftreten einer zweiten Person.

»Da wären wir, Verehrteste!«, dröhnte Hartungs Stimme durch den leeren Flur. Neugierig blickte Magdalena ihm entgegen, auch Carlotta drehte sich zögernd um. An der Seite des stämmigen Kaufmanns schälten sich die Umrisse einer dunkel gekleideten, ungewöhnlich groß gewachsenen Frau heraus. Im Gegenlicht war ihr Gesicht zunächst nicht zu sehen. Das aber musste Magdalena gar nicht. Ein spitzer Aufschrei entfuhr ihr.

»Habe ich es doch geahnt!«, murmelte sie und trat zwei Schritte näher heran. Ihr Herz raste, Schwindel erfasste sie. Gleichzeitig fiel eine schwere Last von ihr ab. Damit erklärte sich Helmbrechts absonderliches Verhalten letzte Woche. Dunkel hatte sie es zwar bereits vermutet, nun aber besaß sie endgültig Gewissheit: Adelaides wegen hatte er sie nicht nach Frauenburg reisen lassen wollen! Der Base aus Frankfurt, die seit der verhängnisvollen Nacht kurz vor Thorn vor vier Jahren verschwunden war, hatte Helmbrechts Schwur gegolten. Ein Schauer überlief Magdalena. Adelaide zuliebe hatte Helmbrecht fast den Bruch mit ihr riskiert. Und das leider nicht zum ersten Mal.

Aufgewühlt musterte sie die lange Zeit verschollene Witwe von Vinzent Steinacker, dem Frankfurter Vetter ihres verstorbenen Gemahls. Sie hatte sich kaum verändert. Das tiefschwarze Haar trug sie nach hinten gekämmt, lediglich einzelne Strähnen waren der strengen Zucht entronnen. Zaghaft zeigten sich erste silberne Fäden darin. Die große Nase sowie die dunkel umschatteten Augen unterstrichen die Blässe des ebenmäßigen Gesichts. Kaum eine Falte verunzierte die glatte Haut. Tiefrot leuchteten die feingeschwungenen Lippen, verliehen dem hellen Teint einen munteren Farbtupfer. Die schlichte, schwarze Gewandung betonte die Linien des schlanken Leibes. Dank der tadellosen aufrechten Haltung wirkte sie jünger, als sie war. Magdalena meinte, sie müsste längst die vierzig erreicht haben. Unwillkürlich zupfte sie an ihrer Heuke, streckte den Rücken gerader durch, um neben der ehrfurchtgebietenden Erscheinung nicht zu klein und unscheinbar zu wirken. Ohne Scheu sah Adelaide sie an, wandte sich dann zu Carlotta, nickte ihr zu, kehrte zu Magdalena zurück.

»Lange nicht gesehen, meine Liebe.« Mit einem spöttischen Lächeln um den Mund sah sie ihr entgegen. »Es freut mich von Herzen, dich bei bester Gesundheit anzutreffen.«

»Verzeiht, meine Damen«, mischte sich Hartung unter beflissenen Verbeugungen ein. »Mir ist wohl zum zweiten Mal heute ein schwerwiegender Fehler unterlaufen. Gerade erst habe ich von Frau Steinacker erfahren, dass Ihr Euch noch aus der Zeit in Frankfurt kennt.« Sein rundes Gesicht rötete sich, Schweiß trat ihm auf die Stirn. »Dabei hätte ich es längst wissen können! Immerhin hat mir Euer verehrter Herr Gemahl häufig von seinem Vetter in Frankfurt erzählt. Einmal bin ich ihm sogar selbst begegnet. Es war in Venedig, im Spätsommer 1657. Euer Gemahl war damals, soweit ich mich erinnere, zum letzten Mal jenseits der Alpen. Ist auf dem Rückweg nicht jene schreckliche Bluttat geschehen? Ach, verzeiht, verehrte Frau Steinacker«, dieses Mal machte er zu Adelaide hin einen unterwürfigen Kratzfuß, »es hat sich also um Euren verehrten Herrn Gemahl gehandelt, der seinerzeit sein Leben verloren hat. Ich bin zutiefst betroffen und gleichzeitig beschämt, erst jetzt diese Zusammenhänge zu begreifen.«

»Nichts für ungut, mein Bester«, erklärte Adelaide mit ihrer betörenden, vollen Stimme. »Wie hättet Ihr wissen sollen, wie das alles zusammenhängt? Ich habe Euch vorhin schon gesagt, dass es bis heute nicht in meinem Interesse gelegen hat, viel Aufhebens um meine Vergangenheit zu machen. Umso mehr freue ich mich, dich, meine liebe Magdalena, und deine Tochter endlich wieder in die Arme zu schließen.«

Sie breitete die Arme aus, als wollte sie den Worten sogleich Taten folgen lassen. Magdalena zögerte jedoch.

»Die Freude ist ganz meinerseits«, erwiderte sie und verharrte auf ihrem Platz.

Überrascht zog Adelaide die Augenbrauen nach oben und ließ die Arme wieder sinken. »Schön«, erklärte sie knapp. »Dann lasst uns am besten gleich in die Apotheke hinübergehen. Die zu sehen, seid ihr schließlich den Berg hinaufgestiegen.«

Einladend wies sie mit der Hand den Flur entlang. Hartung räusperte sich verlegen. Dann aber siegte wieder einmal sein Stolz über die zu präsentierenden Schätze.

»Ihr werdet staunen, meine Damen, welche Errungenschaften die verehrte Steinackerin bereithält. Ein Segen für unser Hospital, sie vor einigen Jahren als Apothekerin für die Offizin gewonnen zu haben. Davor lag die Apotheke lange brach. Es fehlten eine verständige Hand und das fachkundige Wissen, dieses Kleinod wieder zu alter Größe aufzubauen.« Er lächelte gezwungen. Adelaide schüttelte sacht das Haupt.

»Ihr übertreibt, mein Bester. Es war ein riesiges Glück für mich, dass der verehrte Helmbrecht mir damals diese Möglichkeit vermittelt hat. Meine liebe Magdalena«, sie lächelte die rothaarige Base an, »du kannst ein Lied davon singen, wie sehr ich mich einst dagegen gesträubt habe, den von meinen Eltern und Großeltern ererbten Beruf auszuüben. Schreckliche Erinnerungen haben mich lange Zeit daran gehindert, dieses Erbe anzutreten.«

Sie fasste Magdalena an der Hand, zog sie entschlossen ein Stück weit von den anderen weg, den schmalen Gang zur Apotheke voran. Überrascht folgte Magdalena ihr.

»Meine Liebe«, wisperte die Base, »du glaubst nicht, wie sehr ich mich freue, dich wiederzusehen. Als Hartung vorhin bei mir aufgetaucht ist, wollte ich meinen Ohren nicht trauen. Ich danke dem Zufall, der dich hierhergeführt hat. Mir hat bislang der Mut gefehlt, den ersten Schritt zu tun.«

»Dabei wäre es so einfach gewesen«, entgegnete Magdalena. In ihrem Innern tobte ein heftiger Kampf. Zu gern wollte sie Adelaide einfach an ihr Herz drücken, die Vergangenheit begraben und Frieden mit ihr schließen. Gerade die Erlebnisse auf der letzten gemeinsamen Reise nach Thorn aber standen wie eine nicht zu überwindende Mauer zwischen ihnen. Damals hatte Adelaide einen schrecklichen Verrat an Carlotta und ihr begangen. Von ihr der Hexerei bezichtigt worden zu sein, hätte sie beide fast das Leben gekostet. Auch Helmbrecht hatte Adelaide seinerzeit angestiftet, sie im Stich zu lassen. Magdalena schauderte. Ein schreckliches Gefühl von Einsamkeit erfasste sie. So einfach war es eben nicht, mit dem, was geschehen war, abzuschließen. Adelaide bemerkte ihr Zaudern. Das Lächeln auf dem schönen Gesicht erstarb für einen Moment, dann aber hellte sich ihre Miene wieder auf.

»Was damals geschehen ist, tut mir schrecklich leid. Doch ich habe es an anderer Stelle schwer büßen müssen. Helmbrecht wird dir erzählt haben, was in jener Nacht gleich nach deinem und Carlottas Weggang passiert ist.« Erwartungsvoll sah sie Magdalena an.

»Ja«, antwortete Magdalena bloß. Es fiel ihr schwer, dem durchdringenden Blick der schwarzen Augen standzuhalten. Unerbittlich schob sich das Wissen um Adelaides entsetzliches Schicksal vor die Erinnerung an den schmählichen Verrat: Als einzige Frau hatte die Base in jener Nacht nach dem Verrat einen grausigen Überfall auf die Reisegesellschaft überlebt. Anschließend hatte sie Helmbrecht gebeten, Magdalena nichts von ihrem Aufenthaltsort zu verraten. Ihr Sohn sollte gar glauben, seine Mutter wäre bei dem Überfall ums Leben gekommen. Statt sich weiter zu erklären, breitete Magdalena ihrerseits die Arme aus. Adelaide verstand sofort. Erleichtert fielen die Basen einander in die Arme und hielten sich fest umklammert, als wollten sie nie mehr voneinander lassen.

»Es freut mich so, dich wohlauf zu sehen«, sagte Magdalena. Verlegen wischte sie sich die feuchten Augenwinkel. »Es war eine Qual für mich, von Helmbrecht zu erfahren, was du durchgemacht hast. Schade, dass wir all die Jahre so nah beieinandergelebt haben und nichts voneinander wussten.«

»Ich wusste immer, wo du bist.« Ein eigenartiges Funkeln trat in Adelaides Augen. Magdalena wich zurück. Im nächsten Moment bedauerte die Base ihr schroffes Verhalten und lächelte entschuldigend. »Helmbrecht besucht mich regelmäßig. Doch glaub mir, ich konnte mich einfach nicht bei dir melden. Lange Zeit schien es mir besser, alle hielten mich für tot. In gewisser Weise bin ich in jener Nacht damals vor Thorn auch gestorben. Die Adelaide Steinacker aus Frankfurt gibt es nicht mehr, und das ist wohl besser so.«

Sie reckte die Nase in der gewohnten Manier und schürzte die roten Lippen. Magdalena schluckte, stand die Geste doch in krassem Gegensatz zu ihrer Behauptung. Gewiss aber hatte die Base recht: Die Adelaide aus den Frankfurter Jahren konnte und durfte es nicht mehr geben! Nur so war ein Weiterleben nach der furchtbaren Nacht bei Thorn möglich.

»So schrecklich deine Erlebnisse waren, so ermutigend finde ich, dass du einen neuen Anfang gefunden hast«, erwiderte sie. Abermals fasste sie die Base am Arm. »Eins aber hättest du nicht tun dürfen.«

»So?« Erstaunt zog Adelaide von neuem die Augenbraue hoch. Auch diese Geste kannte Magdalena nur zu gut.

»Mathias hättest du dein Schweigen nicht antun dürfen.« Erbost schnaufte Adelaide auf, wollte etwas sagen, Magdalena ließ sie jedoch nicht. »Das war das Schlimmste, was ihm passieren konnte. Er ist dein Sohn, der Einzige deiner Familie, der dir geblieben ist. Er musste denken, dich in jener Nacht schmählich im Stich gelassen zu haben. Das hat er sich nie verziehen.«

Harsch entzog sich Adelaide ihrer Hand, kniff die Augen zu schmalen Schlitzen zusammen und sagte bedrohlich leise: »Das verstehst du nicht. Wie kommst du dazu, mir das vorzuwerfen? Er hat mich dort liegen sehen! Kannst du dir vorstellen, was das für mich bedeutet?«

»Verzeih«, lenkte Magdalena ein. Es war unbedacht gewesen, so mit der Tür ins Haus zu fallen. Sie musste Adelaide Zeit lassen. Früher oder später würde sich eine Gelegenheit für ein aufrichtiges Gespräch ergeben.

»Lass uns nicht mehr davon reden«, schlug Adelaide vor. »Hartung hat euch hierhergebracht, weil die Apotheke des Frauenburger Hospitals einiges an ungewöhnlichen Dingen aufzubieten hat. Daran ist er nicht unerheblich beteiligt, auch Helmbrecht hat seinen Teil dazu beigetragen.« Sie zwinkerte ihr zu. Magdalena verspürte einen Stich in der Brust.

»Keine Sorge«, wiegelte Adelaide ab. »Seit der Nacht vor Thorn lebe ich allein von meinen Apothekerinnenkünsten. Einzig die zu unterstützen, gestatte ich dem guten Helmbrecht. Doch komm endlich und sieh es dir mit eigenen Augen an.«

Sie winkte auch Carlotta und Hartung, ihnen wieder dichter zu folgen. Die beiden hatten rasch begriffen, wie wichtig es für die Frauen war, unter vier Augen zu sprechen, und Abstand gehalten.

»Die Zeit drängt«, rief Adelaide. »Heute Mittag muss ich gemeinsam mit unserem Doktor den täglichen Rundgang unternehmen. Wenn Ihr also etwas sehen wollt, dann bitte jetzt.«

In großen Schritten eilte sie den Gang hinunter, so dass sie Mühe hatten, Schritt zu halten. Es blieb keine Zeit, die mit Gemälden reich verzierten Wände zu bewundern. Auch die im weiteren Verlauf des Flurs zahlreicher werdenden Nonnen und Helferinnen konnten sie kaum eines Blickes würdigen. Schon bog Adelaide um eine Ecke und verschwand aus ihrem Blickfeld.

Je weiter sie ins Innere des Hospitals vordrangen, desto wärmer wurde es. Die ersten Kamine in den Krankenstuben rechts und links des Flurs taten ihre Wirkung. Im Gehen entledigte sich Magdalena ihres Schals und ihrer Heuke, warf beides locker über den Arm. Der Duft von Räuchermitteln erfüllte die Luft. Insbesondere Myrrhe stach dabei hervor, was angesichts der Jahreszeit nicht verwunderte. Husten und Schnupfen quälten viele Patienten, wie an den Geräuschen aus den Stuben zu erkennen war. Auch Wacholderzweige wurden verbrannt. Der Rauch sollte vor Ansteckung schützen. Kurz vor Erreichen der Offizin begegnete ihnen eine

Schwester, die einige Tropfen Lindenblütenwasser versprengte. Lächelnd verneigte sie sich.

»Damit es nicht gar zu schlimm riecht«, erklärte Adelaide und öffnete die Tür zu ihrem Reich. »Du kennst meine Vorliebe für besondere Düfte.«

»Nur zu gut.« Die Erinnerung schmerzte. Wie oft hatte Adelaide sich in Frankfurt heimlich an Magdalenas kostbarem Rosenöl bedient.

Zu Magdalenas Staunen entpuppte sich die Offizin als großzügiger quadratischer Saal, den ein langgestreckter Tresen in der Mitte beherrschte. Darauf reihten sich vergoldete Waagen in mehreren Größen, die unterschiedlichsten Gewichte, drei Destilliergeräte sowie ein Mikroskop aneinander. Es gab kein eigenes Laboratorium zum Mischen der Rezepturen. In den vom Boden bis zur Decke reichenden Regalen an den Wänden ringsum herrschte penible Ordnung, selbst auf der Fensterseite setzten sich die Regale fort und fassten die Fensterstürze rundherum ein. Lediglich in der hinteren Ecke unterbrach ein blau-weiß gekachelter Ofen die Holzregale. In sämtlichen Regalen waren Ton- und Glasgefäße der Größe nach geordnet. Akkurat beschriftete Schilder erteilten Auskunft über die darin enthaltenen Kostbarkeiten. In einem Regal befanden sich zudem dicke Folianten und Bücher. Bewundernd drehte sich Magdalena einmal um die eigene Achse. Ihr Blick fiel auf ein Stehpult. Darauf lag ein dickes Kräuterbuch, aufgeschlagen auf einer Doppelseite mit farbenprächtigen Pflanzenzeichnungen.

»Das ist einer meiner größten Schätze«, erklärte Adelaide stolz.

»Ich sehe schon«, bemerkte Magdalena zufrieden. »Du hast dein Zuhause gefunden.«

# 10

Anschwellender Lärm auf dem Flur ließ die Frauen im Betrachten des Kräuterbuchs innehalten. Rufe erklangen, aufgeregte Schritte näherten sich.

»Da muss etwas passiert sein«, verkündete Hartung überflüssigerweise und wies auf die Tür. Schon schwang der Flügel auf, und eine aufgeregte Novizin stürmte herein. Hartung blieb nur, zwei Schritte nach hinten zu springen, sonst wäre ihm die Tür gegen den Kopf geschlagen. Im Hintergrund des Flurs verharrten zwei weitere Nonnen, hielten sich aufgeregt an den Händen und spähten neugierig in die Apotheke. Die Rufe auf dem Gang verebbten, dennoch war die Ordnung im Spital eindeutig gestört.

»Entschuldigung, Verehrteste.« Vor Aufregung versagte der Novizin die Stimme. Bleich stand sie vor Adelaide, die in ihrer Witwenkleidung und der hoch aufragenden Gestalt auf einmal furchteinflößend wirkte. Die junge Frau in der schwarz-weißen Ordenstracht schluckte, griff sich an die Kehle. »Kommt bitte! Schnell!«, brachte sie schließlich heraus, stürzte sich auf Adelaide und rüttelte sie am Arm. Dann aber wurde sie sich der Ungeheuerlichkeit ihres Auftritts bewusst, und sie versank vor Scham fast im Boden. Stumm wies sie durch die offene Tür zum Flur, wagte doch noch einmal, die Stimme zu erheben. Zu vollständigen Sätzen war sie jedoch außerstande. »Helft, Steinackerin, dringend! In der Eingangshalle. Bitte!«

»Was ist los?« Verständnislos schaute Adelaide die Novizin an, rührte sich jedoch nicht.

»Ist jemand verletzt?«, fragte Magdalena und raffte bereits ihren Rock. Sie eilte zur Tür und winkte Carlotta, ihr zu folgen.

Endlich löste sich Adelaide aus ihrer Starre. »Zeig uns, was los ist«, sagte sie zur Novizin, die erleichtert den Frauen vorauslief. Zögernd setzte sich auch Hartung in Bewegung.

Auf dem Weg zur Eingangshalle erklärte die Novizin knapp, was geschehen war: »Eben hat es an der Pforte geklopft. Eine Gruppe Reiter stand davor. Erst hat die Pförtnerin nicht öffnen wollen. Gar zu grausig haben die Männer ausgesehen. Fremd waren sie obendrein. Zwei von ihnen haben einen schrecklich zugerichteten Reisenden in der Mitte gehabt, den sie stützen mussten. Kaum hat er einen Fuß vor den anderen setzen oder den Kopf heben können. Sobald er drinnen war, hat er die Besinnung verloren, ist zu Boden gesunken. Die anderen Reiter haben nichts erklärt, nur, dass sie den Ärmsten unterwegs aufgelesen haben. Hinter Braunsberg etwa. Im Straßengraben hat er gelegen. Kein Pferd, von dem er gestürzt ist, kein Begleiter, der etwas sagen könnte. Bluten tut der Mann nicht. Offenbar hat er keine offene Verletzung. Er sieht nicht danach aus, überfallen und ausgeraubt worden zu sein. Trotzdem scheint er dem Tode nahe.«

»Das wird sich noch zeigen«, stellte Magdalena fest. »Was ist mit Eurem Medicus? Weiß er schon Bescheid? Es muss doch einen Arzt oder Wundarzt im Spital geben. Ruft ihn sofort.« Sie versuchte, sich rasch ein Bild von den Gegebenheiten zu machen. »Gibt es einen Saal, wo man den Mann versorgen kann? Habt Ihr Instrumente, falls er operiert werden muss? Schickt einen Boten in die Stadt hinunter. Sie sollen unsere Wundarzttasche aus Hartungs Haus holen. Sie steht oben in unserer Kammer, auf der Truhe unter dem Fenster. Schnell, schnell! Es bleibt nicht viel Zeit!«

»Das ist nicht nötig. Das Spital ist für alles gerüstet«, erklärte Adelaide und schloss nach vorn auf. »In meiner Apotheke gibt es alles, was wir brauchen, um einen Kranken zu versorgen.«

»Einen Kranken gewiss, aber was ist mit einem Schwerverletzten? Seit wann hast du Wundarztbesteck?« Aufgebracht herrschte Magdalena die Base an, besann sich jedoch gleich wieder. »Verzeih, die Aufregung macht mich ungeduldig. Lass uns sehen, was genau vonnöten ist. Ruft endlich auch Euren Medicus.«

»Das geht nicht«, wandte die Novizin zaghaft ein. »Der ist drüben beim Bischof und darf dort nicht gestört werden. Bader gibt es unten in der Stadt. Aber der Doktor möchte nicht, dass sie zu uns ins Spital kommen.«

Sie erreichten die Eingangshalle. Schweigend standen ein halbes Dutzend Nonnen an der hinteren Wand, in der Mitte umstanden drei dickvermummte Männer den offenbar immer noch auf dem bloßen Steinboden liegenden Patienten. Zwei weitere Männer in hohen Stiefeln und mit breiten Schlapphüten redeten auf die Pförtnerin ein. Überrascht schnappte Magdalena einige Worte auf, erkannte, dass es Schwedisch war. Sie wechselte einen vielsagenden Blick mit Carlotta.

»Lasst uns durch«, bat sie auf Schwedisch und dankte Gott im Stillen, dass sie die Sprache ihrer einstigen Widersacher im Großen Krieg nicht verlernt hatte. Zögernd traten die Männer beiseite.

Carlotta ging neben dem Patienten auf die Knie, Magdalena tat es ihr auf der anderen Seite nach. Der Mann lag zusammengekrümmt auf der Seite. Sein Umhang verdeckte das Gesicht, auch der riesige Hut lag noch über seinem Kopf. Behutsam hob Carlotta ihn an, während Magdalena vorsichtig die Schultern packte, um den Mann umzudrehen.

»Nein!«, schrien sie beide gleichzeitig auf: Vor ihnen lag Mathias!

Auf ihren Schrei hin schob Adelaide sich zu dem Patienten vor und sah von oben auf ihn herab. Als sie ihres Sohnes gewahr wurde, erstarrte sie, kniff die roten Lippen zusammen und reckte die Nase nach oben. Ein leises Zittern ergriff Besitz von ihrem schlanken Leib. Magdalena erhob sich und trat bedächtig auf die Base zu.

»Er lebt«, sagte sie leise und reckte sich, um ihr den Arm um die Schultern zu legen. Adelaide zeigte keine Reaktion. Schweigend verharrte Magdalena nahe bei ihr.

Carlotta befreite Mathias' Körper von dem störenden Umhang und untersuchte ihn. Blutende Wunden waren tatsächlich nicht festzustellen. Lediglich im Gesicht, vor allem an der Nase sowie auf den Wangen, zeigten sich Verfärbungen und Blasen, die auf Erfrierungen hindeuteten. Vorsichtig legte sie ihm die Hände auf die Brust und begann, ihn behutsam abzutasten. Knochenbrüche oder stumpfe Verletzungen konnte sie nicht ausmachen, die Gliedmaßen waren auch nicht ungewöhnlich verrenkt. Die Finger aber schienen dick geschwollen. Auch das mochte von der eisigen Kälte herrühren. Carlotta legte das Ohr auf den Brustkorb, horchte, wie das Herz pochte. An ihrer angestrengten Mimik las Magdalena ab, wie schwer das Schlagen zu hören war. Mathias' Atem ging erschreckend flach. Abschließend wandte sich Carlotta seinem Kopf zu, hob die Lider. Die Pupillen blickten starr. Sie befühlte den Hals. Schließlich ließ sie ihre Hand ausgestreckt auf der Stirn ruhen. Magdalena behielt sie auch dabei aufmerksam im Auge, verfolgte jede ihrer Bewegungen. Eingedenk ihrer Erfahrungen aus dem Großen Krieg wusste sie nur zu gut, was in der Tochter vorging: Die Wärme, die sie dem

Kranken mit der Hand spendete, regte etwas in ihm. Wie gern hätte sie einen Bernstein zur Hand gehabt und Carlotta als Kraftquelle ans Herz gedrückt. Schmerzlich wurde ihr bewusst, dass das nicht möglich war. Christophs unverzeihlicher Wutausbruch hatte sie eines ganz besonderen Steins beraubt. Bis sie einen ähnlichen finden würde, musste es ohne gehen. Carlotta hatte das Zeug, es zu schaffen.

»Wahrscheinlich hat er lange in der Kälte gelegen. Wir sollten ihn in ein Bett bringen und wärmen. Mehr können wir vorerst nicht tun.« Carlotta nickte den Männern zu, die sich sogleich anschickten, Mathias aufzuheben.

»Passt auf. Er darf nicht viel bewegt werden«, wies sie die Fremden an und fragte gleich die Pförtnerin: »Wo können sie ihn hinbringen? Er braucht einen Raum, der gut zu heizen ist.«

Die hagere Frau weit in den Fünfzigern klapperte mit einem Schlüsselbund. Gleichzeitig mahlten ihre Kiefer gegeneinander, als ließe sich dadurch das Denken beschleunigen.

»Ich zeige Euch den Weg«, knurrte sie und wandte sich einem zweiten Flur zu, der von der Eingangshalle nach Osten führte. Auf Carlottas Zeichen hin setzten sich die fünf Männer mit ihrer Last in Bewegung.

»Lasst meine Sachen holen«, bat Carlotta Hartung, der unfähig schien, auch nur einen Mucks von sich zu geben. »Fürs Erste werde ich hier im Spital bleiben und mich um Mathias kümmern.«

Magdalena nickte zustimmend. Erst jetzt regte sich Hartung. »Ich gehe selbst und bringe Euch das Gewünschte«, erklärte er, hüllte sich in seinen Mantel und eilte davon.

»Wir beide gehen am besten in deine Apotheke«, wandte sich Magdalena an Adelaide und drehte die zitternde Base zum Flur Richtung Offizin hin. »Solange Mathias nicht bei Bewusstsein ist, gibt es nichts für uns zu tun. Carlotta wird bei ihm wachen und Bescheid geben, wenn sich etwas ändert. Sie ist eine gute Ärztin. Sie hat etwas, was die Patienten spüren lässt, wie wohl sie ihnen tut.«

Adelaide zögerte. Magdalena verstärkte den Druck auf ihren Arm, raunte leise: »Bitte!« Auch einige Nonnen erwachten nun aus ihrer Starre.

»Geht nur, Verehrteste«, erklärte eine Alte mit runzeligem Gesicht. »Wir werden für den Mann beten, wer immer es auch ist. Gott, der Allmächtige, wird ihm gnädig sein.«

»Und die Heilige Jungfrau Maria!«, ergänzte eine zahnlose andere, während eine Jüngere entschieden erklärte: »Auch der heilige Nikolaus, dessen Namenstag wir heute begehen, wird sich seiner erbarmen. Er steht den Schiffsleuten und Reisenden schützend zur Seite.«

Damit verschwanden die Nonnen im selben Gang, den auch die Pförtnerin mit Mathias und Carlotta sowie den fremden Schweden eingeschlagen hatte.

»Sie gehen zur Sankt-Annen-Kapelle«, sagte Adelaide, als müsste sie Magdalena erklären, was vor sich ging. »Angesichts des Jüngsten Gerichts, das dort an der Seitenwand prangt, finden sie immer die richtigen Worte, direkt mit den Heiligen im Himmel und Gott, dem Allmächtigen, zu sprechen.«

Verwundert schüttelte Magdalena sacht den Kopf. Woher auf einmal dieses Festhalten an den Heiligen? Adelaide war doch früher protestantischen Glaubens gewesen? Sollten die Nonnen im Heilig-Geist-Spital sie bekehrt haben? Oder waren es gar die furchtbaren Ereignisse bei Thorn vor vier Jahren, die sie Zuflucht im katholischen Glauben hatten suchen lassen? Nein, widersprach sie sich selbst. Wohl eher lag es am überraschenden Wiedersehen mit Mathias. Den einzigen Sohn nach all den Jahren unvermittelt vor sich zu sehen und dann auch noch zwischen Leben und Tod schwebend, musste selbst eine sonst so beherrschte Frau wie Adelaide durcheinanderbringen.

Energisch klopfte jemand an die Pforte. Zunächst achteten die beiden Frauen nicht darauf, wollten endlich zur Apotheke gehen. Das Pochen wurde lauter und ungeduldiger. In der Hoffnung, Hartung kehre überraschend schnell mit der Wundarzttasche zurück, eilte Magdalena zur Tür. Die Pförtnerin würde ihr angesichts der Ereignisse verzeihen, ihr zuvorgekommen zu sein. Viel zu weit weg erklangen erst ihre schlurfenden Schritte und das Klappern der Schlüssel. Begleitet vom Gemurmel der Fremden, die den armen Mathias vorhin gebracht hatten, war sie auf dem Weg zurück in die Eingangshalle.

Die doppelflügelige Eichentür an der Pforte war schwer. Magdalena brauchte viel Kraft, um sie aufzureißen. »Gott zum Gruße!«, hörte sie eine wohlbekannte, volltönende Männerstimme. Überrascht blickte sie Helmbrecht mitten ins Gesicht.

»Magdalena, Ihr hier?« Sein narbenübersätes Antlitz erblasste. Die bernsteinfarbenen Augen verdunkelten sich, die schwarzen Einsprengsel darin verschwanden fast. Trotzdem spürte sie sogleich eine angenehme Wärme durch ihren Körper ziehen. Es war, als wollte ihr Innerstes bestätigen, wie sehr sie sich freute, ihn wiederzusehen.

Sie fasste sich als Erste. »Habt Ihr mich nicht längst erwartet? Der gute Hartung hat mir berichtet, wie Ihr seit Tagen bei ihm anklopft. Ich dachte, Ihr harrt ungeduldig meiner Ankunft. Hier bin ich also.«

»Ja, aber …«, setzte er an, brach allerdings gleich wieder ab. Adelaide löste sich aus dem Hintergrund und kam ebenfalls näher. Entgeistert schaute er sie an, sein Blick wanderte zu Magdalena, dann wieder zu Adelaide.

»Sorgt Euch nicht«, erklärte Magdalena ruhig. »Meine Base und ich haben längst alles zwischen uns geklärt. Kommt lieber herein, sonst erfrieren wir alle. Die Luft draußen ist einfach zu eisig.« Entschlossen zog sie ihn in die Eingangshalle.

»Ihr habt Euch nichts vorzuwerfen«, stellte Magdalena klar. »Ihr habt Euren Schwur nicht gebrochen. Die Steinackerin und ich haben uns eben erleichtert in die Arme genommen. Hartung wusste nicht, wie wir zueinander stehen. Er wollte Carlotta und mir lediglich die gutausgestattete Apotheke des Spitals vorführen. Rein zufällig hat er uns so zusammengeführt.«

»Dann habt Ihr uns also wirklich allein Tante Adelaides wegen nicht nach Frauenburg lassen wollen? Ihr allein galt Euer Schwur?« Unbemerkt war Carlotta zu ihnen getreten. Sie musste im Schatten der alten Pförtnerin in die Diele zurückgekehrt sein. Auch die fünf Reisenden, die Mathias aufgelesen hatten, standen hinter ihr. Verwirrt betrachtete Magdalena die Tochter. Sie verstand nicht, wieso sie ihn so vorwurfsvoll anstarrte.

»Wem hätte sein Versprechen sonst gelten sollen?«

»Aber da ist doch noch diese Marietta Leuwenhoeck, die kürzlich bei uns in Königsberg aufgetaucht ist. Hartung hat sie vorhin erwähnt, wie du dich erinnerst. Und unser guter Helmbrecht bahnt ihr überall die Wege«, sagte die Siebzehnjährige und blickte vorwurfsvoll zu Helmbrecht. »Selbst bei alten Freunden von Vater und dir führt er sie ein.«

Um die Mundwinkel des Leipziger Kaufmanns zuckte es, die Pockennarben auf seinen Wangen färbten sich rot. Es war nicht eindeutig zu unterscheiden, ob er sich ärgerte oder ob er belustigt war. Indes wurde Magdalena klar, worauf Carlotta hinauswollte, und brach in schallendes Gelächter aus.

»Liebes, was hast du dir nur für Gedanken gemacht?« Mütterlich schloss sie die Tochter in die Arme und drückte sie an sich. »Mariettas wegen musst du dir keine Gedanken machen. Alles wird gut, vertrau mir.«

Erstaunt merkte sie, wie die Tochter sich bei ihren Worten versteifte. Unsanft schob Carlotta sie weg.

»Das wird man erst noch sehen. Besser, ich gehe wieder zu Mathias. Er braucht mich dringend.«

Bei diesen Worten erwachte Adelaide zum Leben. Die ganze Zeit über hatte sie sich im Hintergrund gehalten. Nun aber machte sie Anstalten, Carlotta zu folgen. Magdalena wollte sie aufhalten.

»Bleib bei Mutter«, erklärte Carlotta unerwartet schroff. »Noch ist Mathias nicht bei Bewusstsein. Falls er überhaupt je wieder aufwacht, ist es das Beste, wenn er dich nicht sofort sieht. Vier Jahre hast du ihn glauben lassen, du wärest tot. Erst durch mich hat er letztens die Wahrheit erfahren. Also wirst du ihn gut noch einige Tage länger in Ruhe lassen können. Er braucht alle Kraft, um überhaupt wieder zur Besinnung zu gelangen.«

»Was ist mit Mathias?« Helmbrecht trat auf sie zu. »Wieso ist er hier? Hat er die Kurfürstlichen etwa verlassen? Wann? Und wer sind diese fremden Herren dort?«

Damit wies er auf die Schweden, die sich weiterhin mit der hageren Pförtnerin im Hintergrund herumdrückten.

»Das sind Reisende, die Mathias gefunden und hergebracht haben«, erklärte Magdalena. Die Männer nutzten die Gelegenheit, sich zu empfehlen. Ihre Anwesenheit war nicht mehr vonnöten. Auch die Pförtnerin verzog sich aus der Halle.

»Wieso soll Mathias die Kurfürstlichen verlassen haben?«, wandte Adelaide sich unterdessen an Helmbrecht. »Was ist mit den Österreichern? Ich denke, Ihr habt ihn vor vier Jahren zu einem befreundeten Offizier in deren Reihen geschickt. Was habt Ihr mir verschwiegen?«

Verwirrt blickte sie von einem zum anderen. Magdalena fühlte Mitleid mit ihr, trotz allem, was sie ihrem Sohn angetan hatte. Tröstend strich sie ihr über den Arm.

»Das mit Mathias und den Kurfürstlichen ist eine ganz andere Geschichte«, fasste Carlotta sich ein Herz. »Die muss allerdings noch warten. Derzeit heißt es allein hoffen, dass er durchkommt. Es steht nicht gut um ihn.«

Damit eilte sie davon. Stolz sah Magdalena ihr nach, drückte Adelaide dabei weiter fest an sich.

»Carlotta ist eine gute Ärztin«, versicherte sie. »Du musst ihr vertrauen. Wenn es einem gelingt, Mathias zu retten, dann ihr. Sie besitzt eine ganz besondere Gabe. Das habe ich lange nicht richtig gesehen.«

»O doch, Ihr habt das alles richtig gesehen«, meldete sich Helmbrecht zu Wort. »Carlotta wird es gelingen, wie es ihr stets gelingt, alles zum Guten zu wenden. Das wisst Ihr so gut wie ich.«

Erstaunt sah Magdalena ihn an, er aber lächelte nur still in sich hinein.

## 11

Es wurde wohl langsam zu viel. Mehrmals ertappte Carlotta sich dabei, wie sie einschlief und ihr der Kopf vornüberkippte. Durch den Ruck nach vorn erwachte sie wieder. Der Nacken schmerzte, auch der Rücken tat ihr weh. Auch als sie ihren Schemel so verrückte, dass sie sich gegen die Wand lehnen konnte, wurde es nicht besser. Erschöpft sah sie sich in der engen Kammer um.

Das Bett, in dem Mathias lag, füllte fast den gesamten Raum aus. Ein kleiner Tisch passte am Kopfende noch hinein. Darauf flackerten Talglichter und mühten sich tapfer, etwas Helligkeit ins Dunkel zu bringen. Bizarre Schatten tanzten auf der Wand. Einige Male schon hatten sie Carlotta zutiefst erschreckt. Außer dem Tisch und dem Bett gab es nur noch den Hocker, auf dem sie saß. Zum hundertsten Mal wanderte ihr Blick durch die Kammer. Sie kannte bereits jede Unebenheit auf den grobgetünchten Wänden. Selbst das schlichte Holzkreuz oberhalb des Türstocks war ihr bis in die letzte Kerbe vertraut. Die Unebenheiten sorgten in dem dämmrigen Licht für seltsame Schatten, die seltsame Geschichten erzählten. Um die zu beenden, wollte sie am liebsten die Fensterläden vor dem kleinen Fenster an der Stirnseite weit aufstoßen. Der Kälte wegen aber mussten die dicht verriegelt bleiben. In den Hohlraum zwischen Holzläden und Glasscheiben hatte Carlotta sogar Stroh stopfen lassen. Mathias' einzige Chance, mit dem Leben davonzukommen, bestand in ausreichender Wärme. Die Längswand des Bettes grenzte an den Kamin im benachbarten Speisesaal. Zusätzlich hatte Carlotta angeordnet, heiße Steine unter das Federbett zu schieben. Selbst nach zwei Tagen in dem aufgeheizten Bett aber hatte Mathias sein Bewusstsein noch nicht zurückerlangt. Sein Atem ging weiterhin flach, wenn auch gleichmäßig.

Carlotta wusste sich keinen Rat mehr. Ein Dutzend Mal schon hatte sie den Kranken gründlich untersucht. Äußerlich war ihm kaum mehr etwas anzusehen. Die Erfrierungen im Gesicht waren schnell verheilt, auch an den Fingern gingen die Schwellungen zurück. Die Haut verlor langsam, aber stetig die blauroten Verfärbungen. Carlotta wischte sich die Stirn. Sie selbst schwitzte dank der hohen Temperatur in dem kleinen Raum unablässig. Als wäre das ein Zeichen, hörte sie, wie nebenan das Feuerholz im Kamin nachgelegt wurde. Adelaide beaufsichtigte höchstpersönlich diese Tätigkeit. Das war das Einzige, was Carlotta ihr derzeit zu Mathias' Wohl zubilligte.

Um sich wach zu halten, ging sie im Geist Rezepturen durch. Haargenau rief sie sich Magdalenas Aufzeichnungen aus dem kleinen Buch ins Gedächtnis. Da waren zum einen die bitteren Tropfen, eine Art Ergänzung zum Theriak, wie ihn viele Apotheker anboten. Allein die besondere Mixtur des Frankfurter Doktor Petersen ließ Magdalena als Grundlage gelten, ihre Tropfen zum Lebenselixier zu machen. Dabei umwehte doch auch das Rezept aus Pantzers Löbenichter Apotheke der Geruch des Außergewöhnlichen. Carlotta beschloss, ihn nach ihrer Rückkehr einmal als Grundlage auszuprobieren – wenn sie überhaupt je in den Kneiphof zurückkehren würde, durchzuckte es sie bitter. Rasch zählte sie sich zur Ablenkung verschiedene Tinkturen gegen harmlose Zipperlein wie Gliederreißen, Magendrücken oder eingewachsene Nägel auf. Dem ließ sie Rezepturen für Salben folgen, die offene Wunden heilten. Rote Mennige, Terpentin, Silberglett, Kampfer und Rosenöl gehörten als Bestandteile bei nahezu allen dazu. Auch Baumöl und venezianische Seifen waren eine gute Grundlage für solche Pflaster. Mit Johannisblumen und Kamillenblüten als Beigabe wurde die Heilung meistenteils beschleunigt. Hanf-, Leinsamen-, Rosen- und Lilienöl bildeten eine geeignete Mischung, gegen Brandwunden vorzugehen. Diese Öle hatte sie auch auf Mathias' erfrorene Nasenspitze und Finger gestrichen. Gleich stand ihr die Wundersalbe vor Augen.

Beim Gedanken an diese vortreffliche Mixtur musste sie an die jüngsten Ereignisse am Pregel denken. Apotheker Heydrich trat ihr in all seiner Boshaftigkeit allzu klar vor Augen. Wie hatte sie ihm nur je vertrauen können! Ihre Finger glitten auf die Stelle zu ihrer Brust, an der einst der Bernstein gehangen hatte. Wieder fühlte sie die Leere, die das honiggelbe Stück hinterlassen hatte. Doch statt Wut erfasste sie auf einmal eine unstillbare Sehnsucht nach Christoph, der sie dieses Schatzes beraubt hatte. Durch seine Liebe konnte er diese Übeltat wiedergutmachen. Mit ihm zusammen würde es ihr gelingen, Heydrichs Siegeszug zu verhindern. Inständig wünschte sie ihn herbei, wollte mit ihm reden, alle Missverständnisse ausräumen und die gemeinsame Zukunft planen. Bestimmt wusste er auch einen Rat, wie sie Mathias helfen konnte. Es war verrückt! Eigentlich sollte sie sich freuen, wie schlecht es dem Vetter ging. Allein sein Auftauchen im Kneiphof Ende Oktober hatte alles Übel ausgelöst. Dadurch wurde sie gewaltsam von Christoph weggerissen, ihre Pläne mit ihm von jetzt auf gleich zunichtegemacht. Sollte sie sich also Mathias' Tod herbeiwünschen? Es wäre so einfach. Nein! Ein Ruck ging durch ihren zierlichen Körper. Kerzengerade richtete sie sich auf dem Schemel auf. Mathias sterben lassen, das konnte sie nicht.

Verzweifelt wanderte ihr Blick zu dem kahlen Holzkreuz oberhalb der Tür. Von dort kam kein Zeichen. Draußen im Flur rumorte es. Gewiss ging es auf die Essenszeit zu. Nebenan wurde der Saal gerichtet. Nonnen trippelten vorüber, die energischen Schritte Adelaides mischten sich darunter. Mit ihrer dunklen Stimme erteilte sie Anweisungen. Vor Mathias' Krankenstube verharrte sie. Carlotta hielt den Atem an. Nur das Holz der Tür trennte sie voneinander. Ihr war, als hörte sie Adelaide Luft holen, die Hand heben und an die Klinke fassen. Wagte es die Tante tatsächlich, sich dem Verbot zu widersetzen und zu ihrem Sohn hereinzukommen? Der Augenblick dehnte sich zu einer Ewigkeit. Carlotta spürte, wie sich der Schweiß auf ihrem Gesicht zu Tropfen formte, die langsam über Nase und Wangen rannen. Draußen vor der Tür meinte sie, einen Seufzer zu hören. Etwas raschelte. Tante Adelaide drehte sich offenbar um und ging davon.

Carlotta wagte wieder, sich zu bewegen, wischte sich das feuchte Gesicht. Sie brauchte einen Hinweis, was sie tun sollte. Starb Mathias vor ihren Augen, würde sie sich das nie verzeihen. Dann hatte sie als Ärztin versagt. Was aber, wenn er erwachte und sie ansah? Wie wollte sie ihm begegnen? Noch vor wenigen Wochen in Königsberg hatte sie ihm versprochen, über Helmbrecht Kontakt zu seiner Mutter aufzunehmen. Das war ihr nicht gelungen. Zu Recht hatte er ihr das angekreidet. Dennoch ertrug sie die Vorstellung nicht, ihm nun von Adelaides Anwesenheit nur wenige Schritte von dieser Kammer entfernt berichten zu müssen.

Noch etwas beschwerte ihr Gemüt: Christoph war unerreichbar weit fort. Und mit ihm die Hoffnung, dass sich alles zum Guten wenden würde.

Wieder wurde es laut vor der Tür. Carlotta zog die Augenbraue hoch. Schon erwog sie, hinauszugehen und um mehr Ruhe für den Patienten zu bitten. Doch wozu? Wahrscheinlich bekam er nichts davon mit. Es störte nur sie selbst. Langsam erhob sie sich.

Der Lärm schwoll an. Aufgebrachte Stimmen stritten miteinander. Als sie näher kamen, unterschied Carlotta Frauen- und Männerstimmen. Christoph! Nein. Das konnte nicht sein. Wieso sollte er in Frauenburg auftauchen? Eine weitere bekannte Stimme meinte sie herauszuhören. Caspar Pantzer. Der mochte jedoch ebenso wenig wie sein Freund im Heilig-Geist-Spital auftauchen.

Die Hitze in dem Raum, die Schatten an der Wand, die Angst vor Tante Adelaide – all das vermischte sich zu einem düsteren Brei, der sie zu ersticken drohte. Erschöpft suchte sie Halt an der Wand, lehnte die Stirn dagegen, genoss den Moment der Kühle. Es war einfach zu viel, binnen weniger Tage zwei halbtote Kranke zu betreuen. Ach, was dachte sie nur für einen Unsinn!, schalt sie sich. Was hatte die Mutter im Großen Krieg getan? Über Jahre hatte sie ohne Unterlass Tag und Nacht bei Schwerverletzten gewacht. Carlotta sank der Mut. Sie war eben keine richtige Wundärztin. Sie versagte schon bei der geringsten Herausforderung. Sie rutschte mit dem Rücken an der Wand entlang auf den Fußboden hinunter.

»Carlotta, Liebes.« Die Tür öffnete sich, und Magdalena trat ein. Zaghaft tippte sie ihr mit den Fingerspitzen auf die Schultern. »Schläfst du?«

Carlotta fuhr hoch. Tatsächlich waren ihr gerade die Augen zugefallen. Erschrocken blinzelte sie. Nah vor sich erspähte sie das spitze Gesicht der Mutter. Im schwachen Licht der

Talglichter glänzten die schräg stehenden Smaragdaugen, das rote Haar loderte im Feuerschein. Sie musste träumen. Langsam ging die Mutter in die Hocke und legte ihr die Hand auf die Stirn. »Hast du Fieber?«

»Nein!« Carlotta schüttelte sie ab und sprang auf. »Mir geht es blendend. Nur die Hitze hier drinnen bringt mich zum Glühen. Ich muss einfach mal an die Kälte. Den Winterfrost auf den Wangen zu spüren, wird mir guttun.«

»Das ist eine hervorragende Idee. Ich passe solange hier auf. Gib allerdings gut auf dich acht. Schon jetzt ist Adelaide in der Apotheke sehr beschäftigt, um Tropfen und Aufgüsse herzurichten. Noch eine Kranke mit Husten und Fieber brauchen wir nicht.« Abermals tätschelte sie ihr die Wange.

»Lass, bitte.« Jäh entzog sich Carlotta ihrer Hand. »Warst du die ganze Zeit drüben bei Tante Adelaide? Oder bist du auch einmal unten in der Stadt bei Hartung gewesen?«

»Falls du wissen willst, ob ich die Nachricht an unser Kontor geschickt habe, kann ich dich beruhigen«, erwiderte die Mutter. »Alles ist erledigt, wie wir es besprochen haben. Gestern früh schon habe ich sie dem Boten mitgegeben. Spätestens heute Abend sollte sie also in der Langgasse eintreffen. Hedwig wird dann Bescheid wissen, dass wir in Sicherheit sind und eine Zeitlang hierbleiben.«

»Dein Wort in Gottes Ohr«, murmelte sie und spürte, wie ihr von neuem schwindelte. Sie musste dringend an die frische Luft. »Bis nachher«, murmelte sie und schlüpfte aus der Tür.

Die Helligkeit im Flur brannte ihr in den Augen. Sie blinzelte, taumelte, ohne viel zu erkennen, die ersten Schritte Richtung Eingangshalle, von wo noch immer Stimmen herüberwehten. Eine Novizin kam ihr entgegen, bot ihr hilfreich den Arm. Zwei weitere Nonnen wollten ihr ebenfalls beispringen. Dankend lehnte sie die Angebote ab, rieb sich die Augen. Unsicher drehte sie sich um die eigene Achse, stolperte, taumelte abermals. Haltsuchend ruderte sie mit den Armen und prallte unverhofft gegen jemanden. Sie brauchte den Kopf nicht zu wenden. Allein der Geruch verriet ihr, wer vor ihr stand. Ihre geheimsten Wünsche waren in Erfüllung gegangen! Freudig ließ sie sich in Christophs Arme sinken.

»Carlotta!« Liebevoll drückte er sie an sich, hauchte ihr einen Kuss aufs rotblonde Haar und fragte mit belegter Stimme: »Kannst du mir jemals verzeihen?«

»Dir verzeihen?«, wisperte sie leise. »Alles, was zählt, ist, dass wir wieder zusammen sind.«

Eng presste sie sich an seinen Körper, sog den herrlichen Duft nach Schnee, Tabak und Kaffee ein, der ihn umwehte.

»Jetzt wird alles wieder gut, Liebste. Schließlich haben wir beide uns endlich wieder.«

Sie verharrten eng umschlungen, vergaßen Raum und Zeit. Erst das mehrmalige Räuspern von Caspar Pantzer schreckte sie auf.

»Verzeiht, aber es ist hier wohl nicht der rechte Ort, um …«, setzte der Löbenichter Apotheker an.

»Entschuldige«, besann sich Christoph und gab Carlotta frei. »Es ist nur die Erleichterung, dich heil und unversehrt vor mir zu haben. Schließlich habe ich mir längst die allergrößten Vorwürfe gemacht. Vor allem, als mir klargeworden ist, wie töricht es war, deinen Bernstein ins Feuer zu werfen.«

»Ein Wunder, dass Ihr unserem guten Freund nicht einfach die Augen auskratzt oder ihm zumindest nochmals eine kräftige Ohrfeige verpasst«, bemerkte Caspar Pantzer bissig. »Nach allem, was sich der gute Mann Euch gegenüber erlaubt hat, hättet Ihr wahrlich gute Gründe dafür. Und wenn Ihr

Hilfe braucht, sagt mir Bescheid. Auch ich erteile ihm gern eine kleine Abreibung.«

»Vielleicht komme ich später auf Euer Angebot zurück«, erwiderte Carlotta augenzwinkernd. Sie hob die Hand, legte sie Christoph auf die Wange und genoss das leichte Beben, das die Berührung in seinem Körper auslöste. Wärme durchflutete ihren Körper. Am liebsten hätte sie ihn abermals umarmt. Sein Gesicht war von der Kälte gerötet und zeigte letzte Spuren von Blessuren. In den Haaren glitzerten winzige Eiskristalle. Den Hut hatte er offenbar verloren. Der Abdruck des Hutbands an der Stirn verriet jedoch, dass das noch nicht lange her war. Die grauen Augen blinzelten unsicher, das Grübchen am Kinn hatte sich tief eingegraben.

»Wieso seid ihr hier?«, fragte sie, ohne ihn aus den Augen zu lassen.

»Lasst uns ein stilleres Eckchen suchen«, schlug Christoph vor. »Schließlich sind hier überall mehr als zwei Ohren, die uns lauschen.«

Carlotta folge seinem Blick und gewahrte die beiden Nonnen und die Novizin dicht hinter ihnen. Erst nach mehrmaligem Hüsteln setzten sich die Frauen in Bewegung, tuschelten aufgeregt und warfen den Männern neugierige Blicke zu.

»Es wird schwer sein, im Spital einen Ort für uns allein zu finden«, sagte Carlotta. »Der frühe Wintereinbruch hat viele Menschen aufs Krankenlager gezwungen. In allen Ecken müssen Patienten versorgt werden. Lediglich Tante Adelaides Apotheke ist noch frei von Kranken. Dort aber werden wir auch nicht für uns sein.«

»Tante Adelaide?« Christoph wandte sich erstaunt an Pantzer. »Du hast mir doch erzählt, du kennst die Apothekerin, die seit einigen Jahren die Offizin im Heilig-Geist-Spital führt. Wie kommt es, dass Carlotta sie Tante nennt und du mir nichts davon gesagt hast?«

»Oh, Ihr kennt sie ebenfalls?« Carlotta sah nicht weniger neugierig zu dem Löbenichter Freund. »Jetzt verstehe ich!«, rief sie aus. »Tante Adelaide ist die Apothekerin, die Ihr der Rezepturen wegen hinzuziehen wolltet.«

»Ihr seid mit der Steinackerin verwandt?«, fragte er verblüfft. »Darauf wäre ich nie gekommen.«

»Wie auch? Wir tragen nicht denselben Namen. Sie ist die Witwe des Vetters meines Vaters. Mit ihm zusammen hatte mein Vater in Frankfurt am Main ein Kontor«, erklärte sie. »Mathias ist übrigens ihr Sohn.«

»Nein!«, entfuhr es beiden Männern wie aus einem Mund. Sie wechselten vielsagende Blicke.

»Eigentlich hätte ich mir denken können, dass Ihr die Steinackerin kennt«, griff Carlotta das Gespräch wieder auf. »Wenn ihre Offizin in den letzten Jahren an Bedeutung gewonnen hat, wie Hartung erzählte, dann durfte Euch das als Zunftkollege natürlich nicht entgehen. So weit liegen der Königsberger Löbenicht und Frauenburg nicht auseinander.«

Statt darauf einzugehen, begann Pantzer, in den Weiten seines riesigen Mantels zu kramen. Sie wurde ungeduldig.

»Hier«, verkündete er stolz just in dem Moment, da sie das neuerliche Zögern tadeln wollte. Er hielt ihr einen kleinen Tiegel dicht unter die Nase. Ihr Herz begann zu rasen. Die Finger wollten ihr kaum gehorchen, als sie an dem dicken Korken zerrte, der den Tiegel verschloss.

»So, wie Eure Augen funkeln, habt Ihr erkannt, worum es sich handelt.«

»Ach, mein lieber Pantzer!« Dieses Mal flog sie dem großgewachsenen Apotheker um den Hals und küsste ihn auf die

Wange. »Ihr habt es also tatsächlich geschafft! Ich wusste gleich, dass Ihr der Richtige für diese Aufgabe seid!«

»Nicht er allein.« Christophs Miene verfinsterte sich.

»Das musst du doch gar nicht erst betonen, Liebster.« Sie wandte sich dem jungen Kepler zu. »Du bist zwar nur ein lustiger Jahrmarktmedicus, wie du mir immer wieder gern erzählst, doch solange dir ein so ausgezeichneter Apotheker wie unser guter Pantzer zur Seite steht, gelingt selbst dir hin und wieder eine Rezeptur.« Aufmunternd kniff sie ihm in die Wange. »Das lässt für die Zukunft hoffen.«

»Du gibst ihm einen Kuss, mich aber zwickst du und machst seltsame Bemerkungen über unsere Zukunft?« Christoph schüttelte den Kopf. »Wie soll ich das alles verstehen?«

»Hast du etwa schon vergessen, was du mir in Aussicht gestellt hast?« Neckend sah sie ihn an. »Wir wollten gemeinsam über die Märkte ziehen und Wunderheilungen vollbringen. Eine Salbe wie diese hier wird fürs Erste unser Einkommen sichern. Denk daran: Sie hilft bei sämtlichen Verletzungen, insbesondere bei solchen, die sich ungestüme junge Burschen beim Raufen rund um die Märkte und Feste gern zuziehen.«

»Oder beim Kriegführen und sonstigen überflüssigen Händeln«, ergänzte Pantzer.

»Von törichten Verletzungen, die der eine oder andere beim Klettern auf morsche Leitern erleidet, ganz zu schweigen.« Frech grinste Christoph den Freund an.

»Weiß Heydrich von eurem Erfolg?« Schnell wurde Carlotta wieder ernst. »Gefährlich nah war er davor, das Rätsel der Salbe zu entschlüsseln.« Gleich hatte sie das böse Gesicht des alten Apothekers wieder vor Augen, hörte seine grässliche Stimme, wie er ihr drohte, damit sie für ihn beim alten Kepler vorsprach.

»Niemand weiß Bescheid«, beruhigte Pantzer sie. »Deshalb sind wir so schnell wie möglich hierhergekommen. Wie letztens schon beschlossen, wollte ich mich mit der hiesigen Apothekerin beraten und die Salbe bei ihr in Sicherheit bringen. Solange wir nicht wussten, was mit Euch und Eurer Mutter ist, haben wir niemandem von unserem Erfolg berichten wollen. Immerhin gehört die Salbe Eurer Mutter. Sie ist das wertvolle Erbe ihres früheren Meisters.«

»Danke für Eure Ehrlichkeit.« Sie nickte ihm zu. »Was ist mit der zweiten Rezeptur?«

»Ihr meint die Bernsteinessenz?« Pantzer zauberte eine braune Glasphiole aus einer weiteren Tasche seines Mantels. »Keine Sorge, auch da sind wir weitergekommen. Die Rezeptur stimmt fast genau mit Eurer anderen überein.«

»Fast heißt nicht ganz«, hakte sie nach.

»Genau!«, stimmte er mit einem ernsten Nicken zu. »So weit waren wir letztens schon, wie Ihr Euch erinnert. Inzwischen bin ich nach einigen Versuchen zu der Überzeugung gelangt, dass im Unterschied zu der Aufbereitung nach Paracelsus kein Weingeist, sondern ein Essig hinzugegeben wurde. Das würde den veränderten Geruch erklären. Am einfachsten wäre es, Eure Mutter direkt darauf anzusprechen.«

»Natürlich.« Carlotta nickte nachdenklich. »Das aber reicht nicht, sonst hätten wir das längst schon in Königsberg so handhaben können. Wir waren uns einig, zwei unabhängige Zeugen hinzuzuziehen: einen Apotheker und Doktor Lange, den Leibarzt von Fürst Radziwill. Als Erste kann Tante Adelaide die Rezeptur der Essenz bestätigen. Ihr Ruf als Apothekerin des Heilig-Geist-Spitals ist unangefochten. Was sie für angemessen hält, wird niemand in Frage stellen, auch Doktor Lange nicht.«

»Der einzige Haken wird sein, dass Witwe Gerke das Urteil Eurer Tante anzweifeln wird«, gab Pantzer zu bedenken.

»Dann darf sie eben nicht herausfinden, dass ihr verwandt seid«, warf Christoph vergnügt ein.

»Es gäbe noch eine weitere Möglichkeit«, meldete sich Magdalena zu Wort. Alle drei fuhren herum. Im Eifer hatten sie nicht gemerkt, wie sie auf den Flur getreten war und zumindest den Schluss ihres Gesprächs mit angehört hatte.

»Mutter!« Carlotta war empört. »Was ist mit Mathias? Du kannst ihn doch nicht allein lassen! Was, wenn er aufwacht, und niemand ist bei ihm?«

»Keine Sorge, mein Kind.« Sie legte ihr die Hand auf den Arm. »Er ist nicht der erste Patient, den ich in diesem Zustand vor mir habe. Noch schläft er tief und fest. Wenn ihr hier im Flur aber noch länger so laut redet, besteht die Gefahr, dass er aufwacht.«

Sie lächelte, was ihre Worte weniger tadelnd wirken ließ, und begrüßte Pantzer und Christoph.

»Ich freue mich, dass Ihr hier seid. Die Vorsehung meint es gut mit uns. Dabei haben die Zeichen letzte Woche erst einmal sehr schlecht gestanden.« Sie schenkte Christoph einen bedeutungsschwangeren Blick. Verlegen sah er zu Boden. »So, wie es aussieht, ist uns das Schicksal inzwischen wieder gnädig. Um es nicht gleich von neuem zu verstimmen, müsst Ihr allerdings das Eure dazu tun. Wohlgemerkt Ihr, mein guter Kepler, seid jetzt gefordert. Ihr könnt dafür sorgen, die Ungefährlichkeit meiner Bernsteinessenz zu beweisen.«

»Ich?« Erstaunt sah Christoph sie an. »Was sollte ich tun, was die beiden Apotheker und Doktor Lange nicht können?«

»Das frage ich mich auch.« Carlotta war zunächst nicht weniger verwundert als er. Doch mit einem Mal begriff sie, worauf die Mutter hinauswollte.

»Dein Vater! Verzeih, Liebster, aber du bist weniger als Medicus denn als Sohn gefordert. Als kurfürstlicher Leibarzt und alteingesessener Physicus der Altstadt zählt das Wort deines Vaters mehr als jedes andere. Was er als Medicus gutheißt, wird niemand in Zweifel zu ziehen wagen. Vergiss nicht, er hat die Wirksamkeit der Tropfen bereits am eigenen Leib erfahren. Er muss es nur offen bekunden.«

»Mag sein«, sagte Christoph nachdenklich. »Doch es wird nichts nützen. Schließlich habe ich mit meinem Vater endgültig gebrochen.« Traurig sah er Carlotta an. »Das ist auch ein Grund, warum ich mit Caspar hierhergeritten bin. Leider ist es völlig ausgeschlossen, meinen Vater in dieser Angelegenheit um Unterstützung zu bitten. Er wird mir diesen Gefallen nicht tun. Und Euch, mit Verlaub, verehrte Frau Grohnert, ebenfalls nicht. Nur zu gut kennt Ihr seine Vorbehalte gegen Wundärzte und vor allem gegen Euch persönlich. Eine Frau, die im kaiserlichen Tross während des Großen Krieges ihr Handwerk ausgeübt hat, ist für ihn nie und nimmer gleichwertig.«

»Eigentlich hatte ich die Hoffnung, gerade ein so kluger Mann wie dein geschätzter Herr Vater sei bereit, immer wieder dazuzulernen. Angesichts all seiner Studien und Bücher müsste ihm klar sein, wie wenig wir wissen und wie dringend es nottut, dieses spärliche Wissen zu ergänzen, insbesondere durch den Austausch mit Gleichgesinnten wie meiner Mutter.«

»Du vergisst, Liebes«, mahnte Magdalena, »dass wir beide Frauen sind. Für studierte Doktoren wie den hochverehrten Ludwig Kepler ist das noch schlimmer.«

»Dabei sollte doch vor allem dein Vater wissen, was es heißt, wenn weise Frauen übel verleumdet werden.« Carlotta konnte nicht mehr an sich halten. »Auf eine allzu lange Tradition an studierten Gelehrten blickt eure Familie nicht zurück. Oder hat er tatsächlich schon vergessen, dass seine eigene Großmutter noch eine weise Kräuterfrau gewesen ist? Fast hätte man sie auf den Scheiterhaufen geworfen.«

»Das erklärt einiges«, raunte Magdalena.

Erstaunt sah Carlotta sie an. »Hast du das nicht gewusst?«

## 12

Mehrere Wochen lang hatte der Winter die Dreistädtestadt am Pregel fest in den Klauen gehalten. Als nach dem zweiten Freitag im Dezember plötzlich Regen einsetzte und unerwartet milde Luft durch die Gassen wehte, genoss Lina das von ganzem Herzen. Vergnügt rührte sie im Topf mit dem Gerstenbrei und summte ein munteres Frühlingslied.

»Zu Mariä Empfängnis Regen, bringt dem Heu keinen Segen«, knurrte Hedwig missmutig. Mit einem lauten Knall warf sie einen Klumpen Brotteig auf den Tisch, langte mit den Fingern in den Mehltopf und streute Mehl darüber. »Das mit dem Wetter ist noch so ein böses Omen. Ich hab es doch gleich gesagt: Der junge Kepler ist unser aller Unglück! Seit er Carlottas Bernstein ins Feuer geworfen hat, reißt es nicht ab.«

Erschrocken duckte sich die schmächtige Milla neben dem Herd. Dabei stieß sie gegen den Stapel Feuerholz, den sie gerade sorgsam aufgeschichtet hatte. Polternd fiel er um. Hedwig quittierte die Ungeschicklichkeit mit einem weiteren verärgerten Grummeln. Lina dagegen lachte auf. Schluchzend machte Milla sich daran, die Holzscheite wieder aufzurichten.

»Regt Euch nicht auf!« Lina lächelte vergnügt. »Der Regen ist doch erst am Samstag gekommen, also ein Tag nach Mariä Empfängnis. Und außerdem ist es sehr lange hin, bis das Heu im nächsten Sommer eingebracht wird. Wer weiß, was bis dahin noch alles geschieht? Ich werde mir jedenfalls nicht jetzt schon das Leben verdrießen lassen. Es gibt auch genug Erfreuliches. Denkt nur an die Nachricht, die uns die Grohnert-Damen aus Frauenburg geschickt haben. Endlich sind sie in Sicherheit. Jetzt wird bestimmt alles gut.«

»Ach, Kindchen, dein sonniges Gemüt möchte ich haben.« Wieder klatschte die Köchin den Brotteig kräftig aufs Holz der Tischplatte und walkte ihn durch, als zeichnete er allein für ihre schlechte Stimmung verantwortlich. »Schon allein, dass die verehrte Frau Grohnert dort in Frauenburg ausgerechnet die Steinackerin treffen muss, verheißt nichts Gutes. Musste das Schicksal sie vor diese neuerliche schwere Prüfung stellen? Du hast ja keine Ahnung, was das bedeutet. Die Steinackerin hat ihr in Frankfurt schon das Leben zur Hölle gemacht.«

»Steinackerin? Wer ist das?«, erklang Millas helles Stimmchen, doch zu Linas Verwunderung ergriff Hedwig die Gelegenheit nicht, um über die Fremde herzuziehen.

»Wie gut, dass du in Frühlingsstimmung bist«, wandte sie sich stattdessen an Lina, streifte die vom Teig klebrigen Finger an der weißen Schürze ab und rückte die Haube auf dem dünnen grauen Haar zurecht. »Dann macht es dir gewiss nichts aus, trotz des Regens einige Besorgungen zu erledigen.

Mir ist nämlich, als hätten auch die Krämer ein Frühlingserwachen gespürt und ihre Buden an der Brücke geöffnet. Käse und Butter können wir gut gebrauchen. Vielleicht haben sich auch ein paar Fischer in ihre Boote gewagt und die Angeln ausgeworfen. Das Eis auf dem Pregel dürfte so weit geschmolzen sein, dass es sich lohnt. Nach all den kargen Tagen mit Gerstenbrei sollten wir uns wohl wieder einmal etwas gönnen. Die verehrte Frau Grohnert wird es uns nicht übelnehmen, zumal wir selbst am gestrigen Sonntag nur Suppe gelöffelt haben.«

»Steutner hat auch schon gesagt, dass es keinen Grund gibt, so knauserig mit dem Essen …« Weiter kam Milla nicht. Schon brauste Hedwig abermals auf. »Wie kommst du dazu, auf diesen langen Tölpel zu hören? Dem kommt es gar nicht zu, in mein Wirtschaften hineinzureden! Es langt gerade, dass der freche Bursche dem ehrwürdigen Egloff im Kontor alles erklären will.« Über den letzten Worten wurde ihre Stimme bereits milder. Wie so oft, wenn sie die dreizehnjährige Magd schimpfte, tat es ihr alsbald leid. Die traurigen braunen Augen erbarmten sie. Auch jetzt glitzerten wieder Tränen darin.

»Gut«, erklärte Lina und strich sich das widerborstige blonde Haar aus dem erhitzten Sommersprossengesicht. »Ich gehe gleich los. Die Fischweiber haben bestimmt nicht allzu viel anzubieten. Je früher man ihre Körbe inspiziert, desto eher wird man was finden, für das es sich zu zahlen lohnt.«

»Such trotz allem nicht zu lang herum. Bis Mittag soll der Fisch noch aufs Feuer kommen. Die Herren im Kontor wollen pünktlich essen. Zumindest die beiden«, Hedwig warf ihr einen vielsagenden Blick zu, »die dort brav an ihren Pulten stehen. Schau, ob du den nichtsnutzigen Steutner in den Gassen entdeckst. Wird höchste Zeit, dass er vom Hundegatt zurückkommt. Schließlich wird er dort mit dem alten Schrempf nicht alle Erbsen einzeln nachgezählt haben.«

Sie zwinkerte Lina zu. Die begriff sofort, was die Köchin eigentlich im Sinn hatte: Sie wollte wissen, was im Lagerhaus vor sich ging. Dafür erlaubte sie ihr sogar ein kurzes Stelldichein mit dem Liebsten. Lina nickte eifrig, drückte Milla den Rührlöffel in die Hand und rannte zum Haken, um ihren Umhang zu holen. Sie bückte sich nach den Stiefeln, die neben der Treppe standen, und stopfte hastig eine Lage frischen Strohs aus der bereitstehenden Kiste hinein. Für das nasse Wetter bestens gerüstet, eilte sie zur Tür.

»Geh auch noch beim Fettkrämer vorbei«, rief Hedwig ihr nach. »Schmalz und Käse könnten wir ebenfalls gebrauchen. Und vergiss nicht, Geld mitzunehmen. Deine schönen Augen werden zum Bezahlen nicht reichen.«

Umständlich kramte sie einige Münzen aus ihrer Schürzentasche. Lina konnte es kaum abwarten, bis sie mit dem Zählen fertig war. Frohgemut trat sie zur Tür hinaus. Gleich spürte sie die kalte Feuchtigkeit auf dem Gesicht. Der unablässige Regen spannte einen dichten, grauen Vorhang durch die Straßen. Flink zog Lina den Umhang fest um Kopf und Schultern, setzte vorsichtig ihre Schritte. Die Steine auf dem Beischlag waren glitschig. Schlimmer wurde es noch unten auf dem Straßenpflaster. Binnen zweier Tage hatte das Nass Schnee und Eis weggewaschen, zurückgeblieben war schmieriger Matsch. Heimtückisch steckte er in den Ritzen zwischen den Pflastersteinen und verhinderte den Abfluss des Regenwassers. Es war, als stünde die gesamte Langgasse unter einer riesigen Pfütze. Schon nach einer kurzen Strecke spürte Lina, wie das Wasser in ihre Schuhe rann und das Stroh durchnässte. Bald gab es bei jedem Schritt ein quietschendes Geräusch. Ihre Zehen scheuerten am feuchten Leder.

Trotz des unwirtlichen Wetters erledigten viele Hausfrauen und Mägde um die günstige Vormittagsstunde zwischen zweitem Imbiss und Mittag ihre Einkäufe. Der Trubel auf der Langgasse und der angrenzenden Krämerbrücke in die Altstadt hinüber erinnerte an die ersten Frühlingstage, wenn alle nach den langen Wochen bitterer Kälte aus ihren Löchern krochen. Vor den Krämerbuden drängten sich die Leiber dicht an dicht. Direkt vor dem Badehaus rief ein Zeitungsjunge die neueste Ausgabe des *Europäischen Mercurius* aus. Gebannt verharrte Lina einen Moment, lauschte dem, was der Bursche unablässig den Vorübereilenden zurief.

»Hieronymus Roth in Kolberg eingetroffen! Der Schöppenmeister zu Kneiphof am Pregel als gemeiner Gefangener der Obrigkeit. Standhaft weigert er sich, Seine Durchlaucht, Kurfürst Friedrich Wilhelm, untertänigst um Gnade zu bitten.«

Als er ihr ein Blatt direkt unter die Nase hielt, wich Lina zurück. Sie verstand nicht viel von dem, was in den letzten Monaten in der Dreistädtestadt am Pregel vorgefallen war. Gut lesen konnte sie auch nicht. Dennoch ahnte sie, wie aufrührerisch sich dieser Roth verhalten hatte. Damit wollte sie nichts zu tun haben. Rasch huschte sie zwischen den vielen Menschen hindurch.

Beim angestammten Fettkrämer an der vorletzten Bude der Krämerbrücke erstand sie Käse und Schmalz. Danach eilte sie zur erstbesten Fischfrau auf dem Fischmarkt und kaufte getrocknetes Fischwerk. Das musste genügen, ein wenig Abwechslung auf den Mittagstisch zu bringen. Viel wichtiger war, Hedwigs unausgesprochenem Auftrag nachzukommen und Steutner unauffällig zwischen Hundegatt und Krämerbrücke abzufangen. Die Aussicht, den Geliebten mitten am Tag eine Weile für sich zu haben, zauberte ihr ein Lächeln aufs Gesicht.

Sie beschleunigte ihre Schritte und erspähte das Hundegatt. Die milde Witterung der letzten Tage hatte das Eis auf den Pregelarmen schmelzen lassen. Dennoch lagen Boote und Kähne fest vertäut am Ufer. Seit Wochen schon gab es keine Handelsschiffe zu be- oder entladen. Früher als üblich war der Seeverkehr in diesem Jahr eingestellt worden. Dennoch lag der Hafen nicht völlig ausgestorben da. Hie und da hielten Fuhrwerke vor den Lagerhäusern. Einige Kaufleute nutzten den Tag, ihre Warenbestände im Kaufhaus am Markt aufzufüllen. Kräftige Burschen schleppten Kisten, Säcke oder Holzbalken vorbei. Lina musste sich vorsehen, niemandem zwischen die Füße zu geraten, wollte sie unbeschadet das Singeknecht'sche Lagerhaus erreichen. Da erspähte sie Humbert Steutner. Weit holten die langen Beine aus, gleichzeitig schwankte der dünne Oberkörper nach vorn. Ein heißer Strahl schoss ihr durch den Körper. Seit Tagen schon verzehrte sie sich nach ihm. Es war schier unerträglich, ihn so nah bei sich zu wissen, aber nie auch nur die geringste Gelegenheit für eine zärtliche Berührung oder gar einen hastigen Kuss zu finden.

»Humbert«, rief sie und winkte mit der freien Hand. Als er sie entdeckte, hellte sich sein Gesicht auf.

»Lina, was machst du hier?«

»Hedwig hat mich zum Markt geschickt.« Zur Bestätigung hob sie den Korb mit den Einkäufen. »Das aber ist nicht alles, was ich für sie besorgen soll.«

»Oh, welch Glück für dich. Die Gute sollte sich beim Kurfürsten als Aufpasser bewerben. Seit die Grohnert-Damen abgereist sind, herrschen in der Langgasse weitaus strengere Regeln als zuvor. Nicht mal zum Abort kannst du gehen, ohne dass sie es mitbekommt. Wie habe ich unsere kleinen Ausflüge vermisst.«

»Was soll ich erst sagen?«, stöhnte Lina auf. »Doch lass uns nicht jammern. So, wie es aussieht, siegt ihre unstillbare Neugier über all ihr Bemühen um Sitte und Anstand.«

»Ja, da eröffnen sich gute Gelegenheiten für uns, wie mir scheint.« Er zwinkerte vergnügt. »Allein, wie du letztens am helllichten Tag im hochheiligen Kontor vor Egloffs Augen das Regal gewischt hast! Ein wunderbarer Anblick!«

»Du solltest nicht nur genießen, mein Liebster. Alles hat seinen Preis, insbesondere das Vergnügen. Doch wenn du mir ab und an ein kleines Geheimnis über euer Treiben hinter der verschlossenen Kontortür preisgibst, wird Hedwig mich wohl öfter in deine Nähe lassen.«

»Welch verlockende Aussichten.« Neckend versetzte er ihr einen sanften Nasenstüber und beugte sich zu ihr. Ihr Herz machte einen Hüpfer. Seinen Atem auf den Wangen zu spüren, gleich gar seine Lippen auf den ihren zu haben, versetzte ihren Leib in erwartungsvolle Schwingungen.

»Wen haben wir denn da?«, hörte sie eine vertraute Stimme dicht an ihrem Ohr. Sie erschrak. Über ihrer Träumerei hatte sie einen Moment zu lang die Augen geschlossen und nicht auf die Menschen in ihrer Umgebung geachtet.

Jetzt war es passiert! Doch Lamentieren nutzte nichts. Eines Tages hatte es so weit kommen müssen. Der Kneiphof war einfach zu klein, um auf Dauer unliebsamen Begegnungen aus dem Weg zu gehen. Vorsichtig wandte sie den Kopf und blickte der Wirtin aus dem Grünen Baum ins feiste Gesicht.

»Gott zum Gruß, Verehrteste«, murmelte sie und zwang sich zu einem Knicks. Dann aber sah sie hin. Etwas an der stämmigen Wirtsfrau stimmte nicht. Regentropfen perlten von der knolligen Nase, die Wangen waren feucht und gerötet von der Luft. Der Umhang der drallen Weibsperson war gar zu einem regelrechten Zelt angeschwollen. Das aber lag nicht am vergrößerten Umfang der Wirtin. Sie hatte ein Kind auf dem Arm, barg es gegen Regen und Kälte nahezu zärtlich an der eigenen Brust. Lina meinte, ihren Augen nicht zu trauen.

»Karlchen!«, schrie sie auf. Der kleine Bursche kehrte ihr das schmale Gesichtchen zu. Sofort ließ sie den Korb fallen und entriss der Wirtin den Kleinen, der erschrocken losbrüllte.

»Ist ja gut, mein Süßer, ich bin bei dir! Jetzt wird alles gut«, raunte sie ihm ins Ohr und presste ihn an sich. Unter ihren Worten und dem sanften Wiegen ihrer Hüften beruhigte sich das Kind. Augenscheinlich spürte er, wer sie war. Ein dicker Kloß schnürte ihr die Kehle zu. Sie roch an ihm, sog beglückt den vertrauten Geruch ein. Leicht war er geworden, stellte sie entsetzt fest. Womöglich war es ihm bei den Leuten in Pillau doch schlecht ergangen. Sie hätte ihn niemals dort lassen dürfen!

»Wie kommt Ihr zu dem Kind?«, herrschte sie die Wirtin an. »Was fällt Euch ein, ihn an Euch zu nehmen? Autsch!« Der Schmerzensschrei galt Karl. Mit ganzer Kraft krallte sich der Bub in ihren Busen. Dass ein Anderthalbjähriger schon über solche Kräfte verfügte! Sie biss die Lippen aufeinander und löste seine Finger, angestrengt darauf bedacht, ihn nicht abermals zum Weinen zu bringen.

»Du bist mir vielleicht eine gute Mutter!« Die Wirtin lachte böse. »Aber was will man von einer wie dir erwarten? Liederlich bist du, ganz liederlich, pfui! Und der arme Wurm hier muss es ausbaden. Kann einen dauern, das kleine Kerlchen!«

»Was soll das?«, fragte Humbert Steutner. »Wovon redet Ihr, gute Frau?« Verwirrt schaute er zwischen beiden hin und her.

Lina wiegte den Buben auf ihrem Arm, der sich längst vertrauensvoll an sie schmiegte.

»Humbert, sei nicht böse. Ich glaube, wir müssen dringend miteinander …«, setzte sie verzagt an. »Also, Karl hier … Nein, anders: Vor ein paar Jahren bin ich … Oh, ich fürchte, es geht gerade nicht.« Tränen erstickten ihre letzten Worte.

»Ich kann doch mein Kind nicht im Stich lassen!«, presste sie schließlich mit aller Kraft heraus.

Steif stand Steutner da. Eine unsichtbare Wand trennte sie beide. Die Wirtin hörte belustigt Linas hilflose Stammelei.

»Jetzt jammerst du, Mädchen! Aber es ist zu spät. Als dieser schäbige Lump gestern Abend bei uns im Wirtshaus aufgetaucht ist, habe ich zuerst einen gehörigen Schreck bekommen. Ein Kind bringt der uns ins Haus! Und ausgerechnet Karl heißt der Bengel. Da hat es mir doch fast die Sprache verschlagen. Meinen alten Karl habe ich mir gleich dazugeholt. Der hat nicht weniger erschrocken ausgesehen als ich. Ein Blick ins Gesicht des Kleinen aber hat genügt, dem Spuk ein Ende zu machen. Es kommt auch von der Zeit her nicht hin. Du warst viel zu lange weg, bevor der Kleine hier … Also, bilde dir nur nicht ein, du könntest meinem armen Karl deinen Kleinen anhängen!«

»Aber ich will Euch doch gar nicht … Fritz ist doch, das weiß er längst. Also, mein Karl soll doch gar nicht hier sein!«

Wieder brachte Lina keine richtigen Sätze zustande. Der Umhang rutschte ihr vom Kopf. Heftig klatschte ihr der kalte

Regen auf den Schädel. Bald hing ihr das strohblonde Haar in schweren Strähnen herab. Sie zitterte vor Kälte und vor Aufregung. Hilfesuchend starrte sie zu Steutner.

»Humbert, bitte!«, flehte sie leise. Ein schwaches Zucken umspielte seinen Mund. Bang sah sie ihn an, drückte Karls winzigen Kopf fest gegen die Brust, schlang den Umhang um ihn, damit er nicht fror.

»Also, mir ist das gleich klar gewesen«, polterte die Wirtin weiter. »Dieser erbärmliche Lump nennt sich zwar Vater, doch sorgen kann der nicht für das Kind. Unsereins aber hat wenigstens ein Herz. Man kann so ein armes Würmchen ja nicht im Stich lassen.« Sie hielt inne, schnaubte zufrieden beim Gedanken an die eigene Barmherzigkeit. »›Karl‹, habe ich also zu meinem Karl gesagt, ›egal, wie es ist, wir nehmen den kleinen Burschen erst einmal zu uns. Diesem dahergelaufenen Streuner kann man das Kind jedenfalls nicht länger anvertrauen. Die Lina werden wir schon finden.‹ Dass ich dich dann so schnell auftreibe, ist natürlich ein Glücksfall.«

Selbstgefällig nickte sie und zog sich die Heuke strammer um den prallen Leib. Ihr Blick fiel auf Steutner, der immer noch reglos dastand.

»Mein Gefühl hat mir gesagt, weit vom Kneiphof wird die Lina heute nicht sein. Bei dem Wetter wird die Wirtschafterin aus dem Singeknecht'schen Haushalt sie auf den Markt schicken, um frische Zutaten für das Mittagsmahl zu besorgen. Die Gelegenheit habe ich gleich nutzen wollen, dich erst einmal allein zu sprechen. Ich bin gespannt, was die gute Hedwig dazu sagt, wenn du ihr jetzt das Kind ins Haus bringst. Und die Damen Grohnert erst! Doch wir werden sehen. Also, los geht es, meine Herrschaften, oder wollt ihr hier Wurzeln schlagen? Bei dem Regen ist das kein Vergnügen.«

Sie packte Lina am Arm und zog sie mit sich. Steutner rief sie über die Schulter hinweg zu: »Kommt lieber gleich mit, mein Bester. Wer weiß, was Ihr noch alles über die gute Lina erfahrt. Glaubt mir, es ist besser, mit einem Schlag alles zu hören. Dann wisst Ihr endlich, woran Ihr mit ihr seid. Ihr habt doch Interesse an ihr? Streitet es nicht ab! Ich habe Augen im Kopf. Eben habe ich Euch bei Eurem Stelldichein ertappt. Das allein wird der verehrten Frau Grohnert vor Augen führen, was sie sich mit der Lina ins Haus geholt hat. Und das, wo sie eine junge Tochter hat, die erst noch verheiratet werden will. Vielleicht hört sie dieses Mal auf mich.«

»Wie kommt Ihr dazu, mich ...«, setzte Lina an. »Wer gibt Euch das Recht, derart über mich herzuziehen? Ihr seid ein niederträchtiges Klatschmaul! Schaut lieber, dass Euer verehrter Herr Gemahl des Nachts nicht in die Kammern ...«

»Was fällt dir ein«, fuhr die Wirtin auf. »Wie redest du mit mir? Ganz zu schweigen, wie du den Ruf meines guten Karls besudelst. Mit eigenen Augen habe ich gesehen, wie du es erst letztens wieder versucht hast.«

»Lasst gut sein, verehrte Frau Wirtin.« Überraschend meldete sich Steutner zu Wort. »Ihr habt recht getan, gute Frau, das Kind an Euch zu nehmen und seiner Mutter zu übergeben. Anscheinend hat der Vater nicht die Absicht, sich weiter um den Kleinen zu kümmern. Den Rest regeln wir jetzt allein mit der verehrten Frau Grohnert. Vielen Dank für Eure Hilfe. Unsere Patronin wird sich gewiss noch bei Euch erkenntlich zeigen.«

Bestimmt fasste er Lina bei den Schultern und schob sie zur Brücke. Die Wirtin jedoch gab nicht auf.

»Das könnte Euch so passen! So schnell werdet Ihr mich nicht los. Ich komme natürlich mit und werde der verehrten

Frau Grohnert höchstpersönlich erzählen, was Sache ist mit Lina und dem Kind. Auch die gute Hedwig soll es aus meinem Mund hören. Die ahnt gewiss schon lange, was die Lina für ein Kuckucksei ist.«

»Glaubt mir, Verehrteste«, säuselte Steutner, »Eure Absichten in allen Ehren. Aber die gute Frau Grohnert mag es nicht, wenn sich andere in ihre Angelegenheiten mischen. Gewiss wird sie Euch später eine Nachricht schicken, wie sie entschieden hat. Immerhin weiß sie, dass Lina bei Euch in Stellung gewesen ist. Auch des Kindes wegen wird sie sich melden. Doch zuerst wird sie sich ganz allein ein Bild von alldem machen wollen.«

Unauffällig gab er Lina ein Zeichen, davonzueilen, während er weiter auf die Wirtin einredete. Endlich begriff auch Lina: Keinesfalls durfte sie mit in die Langgasse kommen und die Abwesenheit der Patronin entdecken. Sie mühte sich, den schnellsten Weg durch das Gedränge einzuschlagen. Dabei fiel ihr ein, dass sie den Korb vergessen hatte. Wenn sie ohne Käse, Schmalz und Fisch nach Hause kam, würde Hedwig erst recht böse schimpfen! Umkehren aber durfte sie auch nicht mehr. Sie linste zurück, erspähte Steutners lange Gestalt inmitten des Gewühls von Köpfen, Hüten, Umhängen. Es sah so aus, als würde er die Wirtin nicht los. Lina schnaufte. Mit Karlchen auf dem Arm waren die verlorenen Einkäufe vorerst ohnehin die geringste Unbill, die sie zu Hause erwartete. Vielleicht gelang es ihr wenigstens, die anderen vor dem Auftauchen der Wirtin zu warnen. So rasch es ging, rannte sie über das glitschige Straßenpflaster nach Hause.

# 13

Wie siehst du denn aus?«, setzte Hedwig knurrend an, als sie öffnete, um entsetzt innezuhalten, auf Karl zu deuten und auszurufen: »Wie kommst du denn an den?«

Im nächsten Moment war ihr alles klar. Entschlossen zog sie Lina in die Diele, riss ihr den Umhang herunter und starrte auf das Kind auf ihrem Arm. »Gott im Himmel, erbarme dich unser, du hast ein Kind!«

Neugierig schlich auch Milla heran. »Wo hast du das her?«, fragte sie.

»Gefunden hat sie es. Statt einem Fisch hat eins der Marktweiber ihr das Kind angedreht«, knurrte Hedwig. Dann aber siegte ihr weiches Herz. Behutsam nahm sie Lina den Kleinen vom Arm.

»Ganz durchgefroren ist er. Los, Milla, glotz nicht, sondern schau nach dem Feuer. Es muss kräftiger werden. Und dann holst du mir eine dicke Decke, nein, besser gleich zwei, oben aus der Truhe im Schlafgemach. Die verehrte Frau Grohnert wird nichts dagegen haben. Der Kleine hier muss erst einmal warm werden. Nicht dass er uns erfriert.«

Sie presste Karl gegen ihren dicken Busen, wiegte ihn sogleich. Keinen Mucks ließ er verlauten. Er schien zu spüren, wie gut sie es mit ihm meinte. Lina wischte sich Tränen aus dem Gesicht. Noch ehe sie sich bedanken konnte, wurde es laut vor der Eingangstür. Steutner und die Wirtin! Sie hatte versäumt, Hedwig zu warnen. Schon prallte der schwere Klopfer auf das Eichenholz.

»Ist ja schon gut«, brummte Hedwig. »Mach auf, Lina.«

Flugs schlurfte sie mit dem Kind zum Herdfeuer, während Lina zögerlich öffnete. Steutner verdrehte die Augen. Das sagte alles. Die Wirtin aus dem Grünen Baum schob sich bereits ungefragt in die Diele, erblickte Hedwigs gedrungene Gestalt vor dem Feuer und stürmte auf sie zu.

»Gute Frau, was sagt Ihr dazu? Ein Kind schleppt Euch die Lina an. Dieses Weibsbild! Ich habe immer schon gewusst, mit der kommt nur Ärger ins Haus. Einige Jahre habe ich es still mit angesehen, mich auf meine Christenpflicht besonnen. Dann aber war es genug. Ach, was verfluche ich den Tag, da ich das freche Gör in den Kneiphof geholt habe. Und jetzt macht sie der armen Frau Grohnert diese Schande! Ich muss die Gnädige sofort sprechen und mit ihr beratschlagen, wie es weitergehen soll. Ruft sie her, ich bleibe solange am Feuer. Mir ist schrecklich kalt.«

Neugierig spähte sie in den Topf mit Gerstenbrei, der über der Flamme hing. Dann wanderte ihr Blick weiter über das Bord mit den blank gewienerten Töpfen und Pfannen, vorbei an dem Haken mit dem unbenutzten Kochgeschirr hinüber zum Tisch, wo sich der Brotteig unter einem Tuch versteckte. Nirgendwo standen Schüsseln mit weiteren Zutaten oder Kisten mit Vorräten. Auch ein Schinken fehlte im Rauchabzug, von einem Tontopf mit Butter und Käse ganz zu schweigen. Aus ihrer Zeit im Grünen Baum kannte Lina die Wirtin gut. Sie musste ihr Gesicht nicht sehen, um zu ahnen, was sich gerade in ihrem Kopf abspielte. Die Wirtin begriff, dass der Topf mit Gerstenbrei über dem Herdfeuer nur auf zwei Möglichkeiten hinweisen konnte: Entweder stand die Herrschaft aus dem Singeknecht'schen Kontor kurz vor dem sicheren Ruin und sparte deshalb am Essen – oder die Grohnert-Damen waren gar nicht da, das Gesinde ganz allein und deshalb zur Bescheidenheit aufgerufen.

Das Schweigen Steutners, der gleich an der Eingangstür stehen geblieben war, Hedwigs schuldbewusster Blick und Millas Entsetzen sprachen Bände. Auch Lina fühlte sich nicht imstande, eine rettende Erklärung abzugeben.

Als sich die Tür zum Kontor öffnete und Egloff heraustrat, um nach dem Rechten zu sehen, war die Wirtin bereits voll im Bilde. Sie verschränkte die Arme vor der Brust und sah mit einem überheblichen Lächeln von einem zum anderen.

»Dann stimmt es also«, wiederholte sie die Worte, die schon Marietta Leuwenhoeck letzte Woche gebraucht hatte. »Seit Tagen schon wird darüber getuschelt. Niemand jedoch wusste Genaueres. Farenheid aber hat wohl recht. Mit eigenen Augen will er gesehen haben, wie die beiden Grohnert-Damen letztens zu Tromnau und Hohoff auf die Wagen gestiegen sind. Bei früher Morgendämmerung muss das gewesen sein, ohne Fackeln und Laternen, damit es keiner merkt, natürlich weit abseits vom Kneiphof, drüben im Löbenicht. Jetzt ist mir so einiges klar. Wie gut, dass ich hergekommen bin und es selbst herausgefunden habe. Ich hätte es sonst nicht glauben mögen. Klammheimlich haben die beiden Frauen die Stadt verlassen. Nicht zu fassen! Wer so heimlich tut, der hat etwas zu verbergen. Wer hätte das von der guten Frau Grohnert gedacht? Letztens noch habe ich ihr beigestanden, als der arme Helmbrecht bei uns im Grünen Baum umgefallen ist. Wie hat sie sich immer bemüht, uns alle glauben zu machen, sie wäre die rechtschaffene Erbin des guten Paul Joseph Singeknecht. Ach Gott, der Arme! Selbst viele Jahre nach seinem Tod geht das unsägliche Versteckspiel in der Familie weiter, jagt eine schreckliche Geschichte die nächste.«

Lina fand ihr Verhalten empörend. Am liebsten hätte sie ihr lauthals widersprochen. Ein Blick zu Hedwig und zu

Steutner aber zeigte ihr, dass es besser war, den Mund zu halten.

»Wie kommt Ihr dazu, derart über die verehrte Frau Grohnert herzuziehen?«

Laut gellte Egloffs Stimme durch die Diele. Neugierig geworden, schlich auch der behäbige Breysig aus dem Kontor heran und blieb abwartend am Fuß der Treppe stehen. Egloff drehte sich kurz zu ihm um, schaute dann wieder zur Wirtin. Sein dürrer Leib bebte vor Aufregung.

»Ruft sie doch, damit sie mir Widerpart gibt.« Herausfordernd verschränkte die Wirtin die Arme vor dem Busen und funkelte den Kontoristen an. »Los, worauf wartet Ihr?«

Abermals sah sie betont ruhig von einem zum anderen. Als sich keiner rührte, lachte sie wieder spöttisch.

»Was seid ihr nur für elende Duckmäuser! Wie soll das hier weitergehen? Ewig werdet ihr nicht verbergen können, dass eure Patronin nicht da ist. Genauso wenig, wie ihr das Balg hier verstecken und Linas Fehltritt verheimlichen könnt.«

»Welches Balg?« Erst jetzt entdeckte Egloff das mittlerweile sanft schlummernde Kind auf Hedwigs Armen. Erstaunt riss er die Augen auf. »Wo kommt das her?«

Mit wenigen Schritten stand er vor der Köchin. Die drehte den Körper zur Seite und legte den Arm schützend über Karls Kopf. Egloff indes wich nicht von ihr. »Ist es Linas Kind? Nun sagt schon!«

Als die Köchin schwieg, stürzte er zu Lina. Beherzt schob sich Steutner dazwischen und zischte: »Wagt nicht, ihr etwas zu tun!«

»Das wollen wir doch sehen!«

Egloff packte Steutner am Kragen. Entsetzt schrie Lina auf, versuchte, den Geliebten zurückzuziehen. Der fühlte sich sogleich in seiner Ehre angegriffen und wehrte Egloffs Griff heftig ab. Wild fuchtelten die beiden Männer mit den Armen, zerrten und zogen einander an den Kleidern, starrten sich böse an. Keiner von ihnen jedoch hob die Hand, den anderen zu schlagen.

»Ja, es ist mein Sohn«, sagte Lina beherzt. »Steutner aber hat nichts damit zu tun. Er ist nicht der Vater.«

Beschämt senkte sie für einen Moment den Kopf. Ihr Herz klopfte heftig. Ängstlich suchte sie dann Steutners Blick.

»Es tut mir leid, dass du das so erfahren musst. Ich hätte es dir noch erzählt, glaub mir!«

»Schon gut«, raunzte Steutner.

»Damit ist wohl klar, dass du deine Sachen packen und heute noch aus dem Haus verschwinden musst.« Egloffs Stimme klang in der Stille schneidend.

»Niemand packt und verschwindet!«

Entschlossen mischte Hedwig sich ein. Sie drückte der verdutzten Milla das Kind auf den Arm und marschierte geradewegs auf Egloff zu. Die Arme in die Hüften gestemmt, blitzte sie den alten Schreiber wutentbrannt an.

»Nicht zum ersten Mal erkläre ich Euch, Ihr sollt Euch nicht um meine Angelegenheiten kümmern. Das Haus ist mein Bereich, die beiden Mägde unterstehen mir. Wer hier kommt und geht, entscheide demzufolge ich allein. Und glaubt mir«, sie beugte sich gefährlich nah zu ihm vor, »ich kenne unsere verehrte Frau Grohnert nicht nur länger, sondern auch viel besser als Ihr. Deshalb weiß ich ganz genau, dass sie die Letzte ist, die eine arme Mutter mitsamt ihrem kleinen Kind mitten im Winter aus dem Haus jagt. Erst recht nicht so eine treue Magd wie unsere Lina! Das Schicksal hat ihr übel mitgespielt. Ganz allein steht sie mit dem kleinen

Wurm da. Das ist Unglück genug für so eine geplagte Seele. Da müsst Ihr nicht noch kommen und sie vor die Tür weisen, noch dazu vor der ganzen Versammlung hier.«

»Seid Ihr fertig?«, fragte er leise. Sie nickte. Schnaufend holte er Luft. »Das habt Ihr wunderbar hingekriegt, meine Teuerste. Ihr habt recht: Lina vor allen anderen hier zur Rede zu stellen, ist nicht angemessen. Die verehrte Frau Wirtin«, mit einer schwungvollen Armbewegung wies er auf die besagte Frau nahe der Eingangstür, »hat bestimmt mit großem Vergnügen jedes einzelne Wort gehört. Ich bin sicher, die Vorgänge im Singeknecht'schen Haus während der Abwesenheit der verehrten Patronin liefern nachher im Grünen Baum ein wunderbares Gesprächsthema. Die Herren Zunftgenossen aus dem Kneiphof, der Altstadt und dem Löbenicht werden ganz begierig zur Kenntnis nehmen, wie weit es hier mit uns gekommen ist: ledige Mütter als Mägde, Köchinnen, die sich anmaßen, das Haus zu führen! Ich bin gespannt, was als Nächstes kommt.«

»Prügelnde Kontoristen nicht zu vergessen«, ergänzte Steutner vorlaut. »Oder wollt Ihr Euren eigenen Part in der Angelegenheit verschweigen? Das lassen wir nicht zu, nicht wahr, mein guter Breysig?«

Zustimmung heischend, klopfte er dem Schreiberkollegen auf die Schulter. Unentschlossen schaute der Kahlköpfige zwischen Steutner und Egloff hin und her.

»Falls es Euch beruhigt«, meldete sich die Wirtin wieder zu Wort. »Dieses Getuschel ums Gesinde kann mir gestohlen bleiben. Viel mehr interessiert doch die Herrschaften in meinem Gasthaus, warum die Grohnerts bei Nacht und Nebel spurlos verschwunden sind.«

Wie um ihre Sätze zu unterstreichen, pochte es energisch gegen die schwere Eichenholztür. Verwundert sahen alle einander an. Steutner fasste sich ein Herz und öffnete. Draußen im Regen standen der kurfürstliche Leibarzt Ludwig Kepler und die Kaufmannswitwe Dorothea Gerke.

»Das sieht so aus, als hättet Ihr uns erwartet«, stellte Dorothea fest und trat ohne Aufforderung ein. Kepler folgte ihr. Neben der elegant in Schwarz Gekleideten wirkte er massiger und plumper als sonst. »Findet hier eine Versammlung statt?«

Dorothea Gerke schlug die Kapuze ihrer Heuke zurück, drehte sich einmal um die eigene Achse, schenkte Milla mit dem Kind auf dem Arm einen abfälligen Blick und hielt erstaunt vor der Frau aus dem Grünen Baum inne.

»Frau Wirtin, welch Überraschung! Was treibt Euch hierher?«

Eine Antwort erwartete sie jedoch nicht. Schon trat sie zu Hedwig. »Ruft mir die verehrte Frau Grohnert, rasch. Es ist dringend.«

Sie faltete die Handschuhe aufeinander und schritt quer durch den Raum, inspizierte mit angewiderter Miene den Topf über dem Herdfeuer und schüttelte den Kopf, sobald sie des Brotteigs auf dem Tisch gewahr wurde.

»Was ist das hier eigentlich für eine Wirtschaft? Ich kann mir kaum vorstellen, dass die verehrte Frau Grohnert das duldet. Los, was stehst du da noch herum? Du sollst sie endlich rufen!«

Energisch fuchtelte sie mit der Hand dicht vor Hedwigs Nase herum. Die verzog keine Miene.

»Auf die Grohnert-Damen werdet Ihr hier nicht treffen.« Genüsslich schürzte die Wirtin die Lippen. »Da hättet Ihr letzte Woche im Löbenicht sein müssen. Mit Tromnau und Hohoff haben sie die Stadt verlassen.«

»Was fällt Euch …«, versuchte Egloff, das Unausweichliche aufzuhalten, woraufhin ihm der behäbige Breysig überraschend schlagfertig über den Mund fuhr: »Tut mir leid, Verehrteste. Die hochgeschätzte Frau Grohnert lässt Euch gewiss noch eine Nachricht zukommen. Eine dringende Angelegenheit hat sie letzte Woche sofort nach Frauenburg reisen lassen. Inzwischen hat sie uns eine Botschaft geschickt. Gemeinsam mit ihrer Tochter ist sie wohlbehalten dort eingetroffen und auf dem besten Wege, alles rasch zu erledigen. Sobald sie die Geschäfte abgeschlossen hat, wird sie in den Kneiphof zurückkehren.«

Zur Bekräftigung wedelte er mit einem Papier durch die Luft. Erstaunt wechselten Steutner und Egloff einen Blick, auch Lina war beeindruckt von Breysigs klugem Einschreiten.

»Glaubt ihm kein Wort«, zischte die Wirtin. »Eben erst haben die feinen Herrschaften hier versucht, mich hinzuhalten. Aber nicht mit mir, meine Liebe! Ich habe das falsche Spiel durchschaut.«

»Wenn die Grohnert-Damen nicht da sind, wer ist dann hier in Haus und Kontor verantwortlich?« Mit dröhnender Stimme brachte sich Ludwig Kepler in Erinnerung und wippte ungeduldig auf den Fußspitzen, was ihn noch furchteinflößender wirken ließ.

»Womit können wir Euch dienen?« Egloff besann sich auf seine Aufgabe. »Wie Ihr wisst, bin ich der dienstälteste Schreiber im Haus. Ich habe sogar unter dem ehrwürdigen Paul Joseph Singeknecht seinerzeit hier in der Langgasse …«

»Ja, mein Guter, das weiß ich sehr wohl«, fiel ihm Kepler ins Wort. Jetzt, da er den Hut in Händen hielt, kam sein aufgeregt rotes Gesicht voll zur Geltung. An den Schläfen pochte das Blut in blau angeschwollenen Adern. »Auch wenn ich erst seit knapp zwanzig Jahren hier am Pregel weile, kann ich mich gut an den alten Singeknecht erinnern. Ein aufrechter Mensch! Fünf Jahre noch hatte ich die Ehre, ihm als Physicus mit meinem Rat zur Seite zu stehen.«

Er zwirbelte die Enden seines Bartes. Dann sprach er direkt zu Egloff: »Wo steckt mein Sohn?«

»Bitte?«

»Wo mein Sohn Christoph steckt, will ich von Euch wissen«, wiederholte der kurfürstliche Leibarzt gereizt. »Wenn er sich hier im Hause oder sonst wo auf dem Besitz der Grohnerts aufhält, richtet ihm aus, er soll schleunigst nach Hause kommen!«

Schon machte er Anstalten, zur Haustür zu gehen.

Dieses Gebaren stand offenbar im Widerspruch zu dem, was die Witwe Gerke erwartet hatte. Sie stellte sich ihm in den Weg und rief den anderen zu: »Was ist los mit Euch? Warum steht Ihr alle da wie erstarrt? Habt Ihr nicht gehört, was der ehrwürdige Medicus Kepler von Euch wissen will? Ist sein Sohn hier im Haus? Oder gar drüben im Lager am Hundegatt? Sagt es lieber gleich, bevor wir alles von den Stadtknechten durchsuchen lassen.«

»Was fällt Euch …« Abermals brauste Egloff auf, dieses Mal jedoch war es Steutner, der ihn in die Schranken wies.

»Verehrteste Frau Gerke, hochgeschätzter Doktor Kepler«, unterwürfig verbeugte er sich vor den beiden, »die Stadtknechte braucht Ihr nicht zu rufen. Christoph Kepler ist nicht hier.«

»Ihr lügt!«

Der alte Kepler stampfte mit dem Fuß auf. Seine Stimme dröhnte durch das gesamte Haus. Davon erwachte Karl und weinte los. Hilflos schaute Milla zu Lina. Die nahm ihr rasch das Kind aus dem Arm und beruhigte es an ihrer Brust.

»Warum?« Verständnislos sah Steutner ihn an. »Ihr wisst doch, was vorgefallen ist, als Euer Sohn zuletzt hier im Hause gewesen ist.«

»Das ist es!« Dorothea Gerke reckte die Nase, streckte gleichzeitig den Zeigefinger hoch in die Luft. »Das erklärt so einiges.«

»Ihr sprecht in Rätseln«, merkte der alte Kepler unwirsch an, woraufhin die Witwe ihn an den Armen fasste und leicht schüttelte, als gelte es, ihn wach zu rütteln.

»Der Bernstein, erinnert Euch! Man hat Euch doch erzählt, dass Euer Sohn hier bei den Grohnerts den verwunschenen Bernstein ins Feuer geworfen hat. Das aber war kein gewöhnlicher Bernstein, das war ein verhexter Bernstein – pures Hexengold!«

Sie hielt inne, lauschte verzückt dem Klang des letzten Wortes nach. Leiser fuhr sie fort: »Vor einigen Jahren bereits hat mir jemand davon erzählt. Die Grohnert-Damen sollen sich schon öfter dessen Zauberkraft bedient haben. Auch die Essenz, die Magdalena Grohnert meinem Gatten verabreicht hat, stammt von diesem Hexengold. Es kann nicht anders sein. Wie sonst ist sein grausiger Tod zu erklären?«

Ihr ebenmäßiges Gesicht verwandelte sich in eine schmerzverzerrte Grimasse. Sie presste die Faust zwischen die Lippen, als gelte es, einen schrecklichen Schrei zu unterdrücken. Langsam schritt sie die Reihe der Versammelten in der Diele ab. Reglos standen Egloff, Steutner und Breysig da, einträchtig bemüht, sich nicht von ihrer Darbietung beeindrucken zu lassen. Milla klammerte sich an Hedwig. Die Köchin schnaufte empört. Lina holte Luft, um der grässlichen schwarzen Witwe etwas entgegenzuschleudern. »Wie kommt Ihr …«

Ein Wink Dorothea Gerkes aber genügte, sie verstummen zu lassen. Gebannt starrte sie der Kaufmannswitwe ins Gesicht. Das Herz schlug ihr bis zum Hals. Sie versuchte nochmals zu reden. Karl gluckste. Es war wie verhext: Sie brachte keinen Ton heraus!

Mit einem siegesgewissen Funkeln in den dunklen Augen sprach Dorothea Gerke weiter: »Der Rauch dieses unsäglichen Gesteins hat euch alle verhext. Allen voran Christoph Kepler selbst. Wie von Sinnen ist er seither. Wie sonst ist zu erklären«, sie wandte sich an den alten Kepler, »dass Euer Sohn plötzlich Dinge getan hat, die er bei klarem Verstand nie und nimmer tun würde? Sich mit einem Kurfürstlichen zu prügeln – vor den Augen aller Bürger dieser Stadt!«

»Das war ein Spektakel«, stimmte die Wirtin des Grünen Baums eifrig zu. »Ich sehe es noch vor mir. Unweit von unserem Haus, direkt vor dem Grünen Tor, sind sie aufeinander los. Die Witwe Gerke hat recht, mein bester Kepler: Euer Sohn war wie verhext, als er auf diesen Dragoner eingedroschen hat. Dabei muss er auch den Kurfürstlichen in Bann gezogen haben. Habt Ihr davon noch nicht gehört? Der Blaurock ist anschließend nicht mehr zu seinem Fähnlein zurückgekehrt. Desertiert soll er sein! Die Schmach, von Eurem Sohn zu Boden gerungen worden zu sein, muss ihm arg zugesetzt haben.«

»Was Ihr nicht sagt!« Dorothea Gerke wirkte auf einmal verstört. Der Zwischenruf der Wirtin hatte sie aus ihrer Rolle gerissen. Sie fasste sich an die Stirn und schüttelte den Kopf.

»Ihr hört es!«, setzte sie mit neugewonnener Kraft an. »Euer Sohn stand ganz im Bann dieses Hexengolds. Niemals wäre er Euch je so frech entgegengetreten. Davonzurennen hätte er nie und nimmer gewagt. All das ist letztlich dem bösen Zauber der Grohnert-Damen zu verdanken. Damit haben sie Euch endgültig Eures Sohnes beraubt! Ach, welch böses Schicksal für einen guten Vater wie Euch!«

Jäh warf sie die Arme in die Luft, vollführte eine Drehung um sich selbst und sackte im nächsten Moment kraftlos in sich zusammen.

Ludwig Kepler schien das eigenartige Gebaren ungerührt zu verfolgen. Plötzlich griff er sich mit beiden Händen an die Kehle. Das Gesicht verfärbte sich feuerrot, die dicken Adern an den Schläfen schwollen bedrohlich an. Verzweifelt rang er nach Atem, stöhnte, schrie etwas und kippte im nächsten Moment schon um.

»O Gott!« Wie besessen stürzte die Wirtin des Grünen Baums zu ihm hin, bekreuzigte sich. Auch die Gerke-Witwe kroch auf den Knien zu dem Medicus. Lina drückte Milla den kleinen Karl in die Arme und eilte ebenfalls zu dem Bewusstlosen.

»Einen Arzt! Wir brauchen einen Arzt!«, rief Egloff, während Steutner bereits zur Tür hinausstürmte.

## 14

Zum Mittagsmahl wollte Mathias aufstehen und in den benachbarten Speiseaal hinübergehen. Ungeduldig trommelte er mit den Fingern auf die Bettdecke, mochte kaum abwarten, bis es Zeit war, sich anzukleiden. Carlotta sah seinem Vorhaben mit gemischten Gefühlen entgegen.

»So lange ist es noch nicht her, dass du Meister Hein von der Schüppe gesprungen bist«, erklärte sie. »Seit kurzem erst bist du wieder bei Bewusstsein. Auch wenn du dich fühlst, als könntest du längst wieder Bäume ausreißen, solltest du vorsichtig sein. Schneller, als dir lieb ist, kann es dich von neuem umwerfen.«

Sorgfältig schüttelte sie das Kopfkissen in seinem Nacken auf und drückte ihn zurück gegen die Kissen. Selbst im dämmrigen Licht der engen Kammer wirkte er noch erschreckend blass. Die flache Hand auf seine Stirn gelegt, prüfte sie, ob er weiterhin fieberte, fühlte ihm auch den Puls.

»Behandele mich nicht wie einen tatterigen Greis.«

Entschlossen fasste er nach ihrem Handgelenk und zog sie mit einem Ruck dicht zu sich heran. Sie verlor das Gleichgewicht und kippte vornüber. Als sie auf seiner Brust landete, schlang er die Arme um sie. Verärgert versuchte sie, sich zu wehren, doch Mathias besaß auf einmal ungeahnte Kräfte.

»Lass mich!«

Sie zappelte und zerrte, um sich zu befreien. Vergeblich. Hilflos lag sie quer über seiner Brust und kam ihm so nahe wie seit Jahren nicht mehr. Sie schalt sich ihrer eigenen Unvorsichtigkeit wegen. Nicht zum ersten Mal hatte Mathias sie überlistet und in eine unangenehme Situation gebracht. Wann würde sie gelernt haben, dass ihm nicht zu trauen war? Angewidert schloss sie die Augen. Sein Geruch war noch derselbe wie ehedem in Frankfurt. Es würgte sie. Gleich hatte sie all die schrecklichen Begebenheiten mit ihm wieder im Sinn. Mehrfach hatte er versucht, sie gegen ihren Willen zu verführen. Zaghaft aber brach sich dazwischen noch eine weitere Erinnerung Bahn: die an jenen anderen Mathias, den echten Freund, den sie damals in der Nacht vor Thorn und letztens auch im Kneiphof erlebt hatte. Warum nur gab er dieser Seite seines Charakters keine dauerhafte Chance? Er würde so viel besser damit durchs Leben kommen!

»Du siehst, wie voreilig du mich gewarnt hast.« Sein spöttischer Ton katapultierte sie jäh aus ihren Hirngespinsten in die rauhe Gegenwart zurück. »Dich hat es umgeworfen, mir aber geht es blendend. Oder bist du am Ende aus freien Stücken auf mich vornübergekippt? Ja, so wird es sein! Gib zu, liebste Carlotta, du willst das auch!«

Gierig griff er mit der Linken nach ihrem Busen, mit der Rechten packte er sie am Hinterkopf und zwang ihren Mund auf den seinen. Sie biss die Lippen fest zusammen, entschlossen, ihm keinen Fingerbreit nachzugeben.

»Dann eben nicht!« So abrupt, wie er sie gepackt hatte, stieß er sie wieder von sich. Frech grinste er sie an. »Das wird schon wieder, da bin ich mir sicher. Ich weiß ja, wie du zu kriegen bist, mein Schatz.«

»Du bist widerlich!« Angeekelt wischte sie sich mit dem Ärmel ihres Kleides über den Mund und presste den Rücken gegen die Wand. Doch die Kammer war viel zu eng, um ausreichend großen Abstand zu gewinnen.

»Eigentlich sollte es dich doch von ganzem Herzen freuen, mich wiederhergestellt zu sehen«, fuhr er fort. »Immerhin habe ich meine rasche Genesung dir zu verdanken.«

»Nicht mir allein«, warf sie ein. »Ohne Christoph wäre mir das nicht gelungen.«

»Oh, verzeih, wie konnte ich den studierten Herrn Medicus nur vergessen?« Er tat beschämt. »Seltsam, dass du so viel Wert darauf legst. Ich dachte immer, Wundärztinnen wie deine Mutter und du sind nicht so gut auf die hochnäsigen Herren Doktoren zu sprechen. Allzu gern stellen die doch eure Kenntnisse in Abrede, bezichtigen euch gar der Quacksalberei. Aber nein, ich vergaß: Der gute Christoph behauptet gern selbst von sich, ein einfältiger Jahrmarktdoktor zu sein. In deinem Talent allein sieht er die einzige Möglichkeit, vor der Schande bewahrt zu werden, als Arzt zu scheitern. Ist es nicht so?«

Verschwörerisch grinste er. Jäh wurde ihr klar, dass er schon weitaus länger, als ihr lieb sein konnte, bei Bewusstsein war. Um sie und Christoph zu belauschen, hatte er den Besinnungslosen gespielt. Ihr wurde heiß vor Scham. Sie wollte gar nicht darüber nachdenken, was er alles gehört haben musste. Bis letzten Sonntag wähnten sie ihn vollkommen außer Bewusstsein. Seite an Seite hatte sie mit Christoph in der engen Kammer neben dem Bett gewacht. Sobald klar war, dass sie nicht mehr um sein Leben kämpften, sondern einfach nur auf sein Erwachen warteten, waren sie noch enger zusammengerückt. Wie selbstverständlich hatte Christoph ihre Hand gehalten, sie fest an sich gedrückt, ihr schelmische Neckereien zugeflüstert. Mehr als einmal hatten sie sich gar geküsst und Zärtlichkeiten ausgetauscht. Ihre Ohren glühten. Natürlich hatten sie und Christoph auch über ihre Pläne für eine gemeinsame Zukunft beratschlagt. Jetzt, da endlich klar war, dass sie für immer zusammenbleiben wollten, gab es einiges zu besprechen. Nur in der kleinen Krankenstube in dem Frauenburger Spital konnten sie das ungestört tun. Zumindest hatten sie das geglaubt. Wieder wurde ihr heiß. Um nicht in Mathias' hämisches Gesicht schauen zu müssen, blickte sie zur Tür.

Vom Gang drangen die üblichen Geräusche herein: eilige Schritte, helle Frauenstimmen, Klappern von Geschirr, Heranschleppen des Feuerholzes für den Kamin im angrenzenden Speisesaal. Es war der Tag der heiligen Lucia. Aus diesem Grund stellten Nonnen in verschiedenen Winkeln des Hospitalgebäudes zusätzliche Talglichter auf. Eine Woche schon hockte Carlotta Tag und Nacht in der schmalen Kammer kurz vor dem Speisesaal. Darüber waren ihr all die Klänge vertraut geworden. Sie fragte sich, wo die festen Schritte Christophs auf dem Steinboden blieben. Vor einer halben Ewigkeit schon war er hinausgegangen. Aus der Spitalapotheke wollte er neue Tropfen für den Patienten holen. Bitter lachte sie auf. Ausgerechnet zur Stärkung von Mathias' Lebenskraft sollten die dienen. Dabei verfügte er offenbar längst über genügend Kraft, um sie alle in die Tasche zu stecken!

»Keine Sorge«, lenkte er überraschend sanft ein. »Ich werde niemandem etwas verraten. Du kannst dich auf mich verlassen.«

»Wie könnte ich darauf noch etwas geben!« Böse funkelte sie ihn an. »Nie und nimmer werde ich dir jemals wieder über den Weg trauen! Verrat mir allerdings eines.« Eindringlich blickte sie ihm in die nahezu schwarzen Augen. »Woher nimmst du nur all diese Niedertracht? Habe ich dir je etwas Böses getan?«

Stumm sahen sie einander an. Sie spürte seinen warmen Atem auf den Wangen, roch abermals den herben Geruch nach Pferd und Rauch, der ihn selbst Tage nach seiner Flucht aus dem Heer noch umfing. Längst spross ihm der Bart auf Wangen und Kinn. Die harten schwarzen Stoppeln verliehen seinem Antlitz einen bläulichen Schimmer.

»Carlotta, hier habe ich …« Die Tür schwang auf, und Christoph stürmte herein. Mitten im Satz brach er ab und schaute verwundert auf die Szene, die sich ihm darbot: Carlotta und Mathias dicht an dicht mutterseelenallein in der engen Krankenstube. »Oh, verzeiht, ich wusste nicht …«

»Da gibt es nichts zu wissen«, fuhr Carlotta auf und eilte zu ihm. Flink nahm sie ihm die Phiole aus den Händen. »Du weißt, wie Mathias und ich zueinander stehen. Daran hat sich nichts geändert. Ich habe ihm gerade nur etwas den Kopf zurechtgesetzt. Jetzt, da es ihm sichtlich bessergeht, kann er auch wieder bessere Manieren an den Tag legen. Übrigens«, wandte sie sich an Mathias, »dafür, dass Christoph dir das Leben gerettet hat, zeigst du dich reichlich undankbar. Wann besinnst du dich wenigstens auf ein kleines Danke?«

»Also, ich weiß nicht«, setzte Christoph verlegen an. »Schließlich ...«

»Unsere gute Carlotta hat natürlich recht, lieber Doktor.« Mathias' Gesicht strotzte vor Überheblichkeit. Er schob sich höher in die Kissen, warf das tiefschwarze Haar zurück in den Nacken und verschränkte die Arme vor der Brust. Belustigt spitzte er den schmalen Mund.

»Ich bin Euch wirklich zu allertiefstem Dank verpflichtet, mein verehrter Kepler.« Er setzte zu einer Verbeugung an, die im Sitzen höchst lächerlich wirkte. »Ganz selbstlos habt Ihr die letzten Tage hier an meiner Seite ausgeharrt, um mich ins arme Erdendasein zurückzuholen. Doch täuscht mich meine Erinnerung, oder steht Ihr selbst nicht nur am Ende, sondern auch am Anfang der Geschichte, die mich überhaupt erst in diese Situation hineinmanövriert hat?«

Triumphierend sah er auf sein Gegenüber und genoss die Stille, die nach seinen Worten in der kahlen Kammer hing. Carlotta wollte etwas sagen, Christoph bedeutete ihr jedoch zu schweigen.

»Ihr, Kepler, werdet wohl selbst zugeben, dass Ihr es wart, der mich in Königsberg so hinterhältig angefallen hat. Dass ausgerechnet der Sohn des ehrwürdigen kurfürstlichen Leibarztes und hochverdienten Stadtphysicus der Altstadt so etwas Unerhörtes tut! Ich bin entsetzt.«

Das war zu viel für Carlotta.

»Du elender Mistkerl! Schieb jetzt nicht Christoph die Schuld dafür in die Schuhe, dass du aus der Armee der Kurfürstlichen geflohen bist! Es war allein deine Entscheidung. Er konnte gar nicht anders, als dich anzugreifen. Du hast ihn doch erst dazu herausgefordert. Hättest du uns in Ruhe gelassen, wäre es gar nicht so weit gekommen, dass er dich niedergerungen hat. Wenn du das nicht offen vor deinen Kameraden zugeben kannst, ist das deine Sache. Christophs wegen hättest du nicht klammheimlich vor den Dragonern Reißaus nehmen müssen!«

»Wer hat Reißaus genommen?« Plötzlich stand Tante Adelaide in der Tür. Ihre hochgewachsene, ganz in Schwarz gehüllte Gestalt füllte den gesamten Rahmen aus. Als Carlotta der erschrocken dreinblickenden Nonnen auf dem Gang gewahr wurde, begriff sie, dass die Tür zum Gang bereits seit Christophs Rückkehr offen stand. Damit hatte jeder, der wollte, mit anhören können, was Mathias, Christoph und sie sich an unschönen Dingen zu sagen hatten.

»Mutter!«, stöhnte Mathias auf. Matt sank er in die Kissen zurück und starrte Adelaide an wie eine Erscheinung. Christoph trat zur Seite, um die Apothekerin durchzulassen. Sie eilte zum Bett, kniete nieder und fasste die Hand ihres Sohnes. Aufmerksam betrachtete sie seine Gestalt. Auch Mathias starrte seine Mutter aus den tief in die Höhlen zurückgefallenen Augen eindringlich an. Es war, als müssten sie mit den Blicken die verlorenen Jahre zurückholen.

Carlotta und Christoph verständigten sich stumm, die beiden allein zu lassen. Mathias war inzwischen ausreichend bei Kräften, die Aufregung zu bewältigen. Leise schlichen sie hinaus und schickten auch die Nonnen fort, die sich noch immer neugierig auf dem Gang herumdrückten. Bedächtig schloss Carlotta die Tür zur Krankenstube.

»Ob sie einander verzeihen können?«

»Eigentlich hat doch nur Mathias seiner Mutter zu verzeihen«, erwiderte Carlotta.

»Stimmt.« Christoph nickte. »Schließlich beneide ich ihn nicht um das Gespräch. Früher oder später aber müssen die beiden es führen.«

»Sie muss ihm erklären, warum sie ihn seit Jahren in dem Glauben gelassen hat, sie wäre tot.« Carlotta schüttelte den Kopf. »Es muss furchtbar für ihn gewesen sein. Nach dem schrecklichen Überfall hat er sie noch da liegen sehen, auf das Übelste zugerichtet. Er hat gedacht, zu spät gekommen zu sein und ihr im entscheidenden Moment nicht beigestanden zu haben.«

»Auf diese Weise von den Grenzen des eigenen Handelns zu erfahren, ist entsetzlich.«

Betreten schwiegen sie, ein jeder in die eigenen Gedanken versunken. Auf einmal stieß Carlotta die Stille bitter auf. Sie bildete sich ein, Christoph zürnte ihr wegen ihres Mitleids Mathias gegenüber. Immerhin musste es vorhin auf den ersten Blick so ausgesehen haben, als küsste sie den Vetter. Und jetzt litt sie gar derart mit ihm! Kein Wunder, dass Christoph sie nicht mehr ansehen, geschweige denn mit ihr reden wollte.

»Christoph, du darfst keinesfalls denken, Mathias und ich stünden uns noch besonders …«

»Scht!«, bedeutete er ihr und legte ihr den Finger auf die Lippen. Seine Augen blickten auf eine Stelle in ihrem Rücken. Sie wandte sich um und erspähte eine Nonne, die so tat, als fegte sie den Boden. »Lass uns woanders hingehen«, schlug er leise vor, legte ihr den Arm um die Schultern und geleitete sie zum Speisesaal.

# 15

Der geräumige Saal, den zwei imposante Kamine an den Stirnseiten beherrschten, lag wie ausgestorben. Von der Fensterfront fiel verschwenderisches Wintersonnenlicht herein. Die unberührte Schneelandschaft vor den Scheiben reflektierte das Licht gleißend hell, als gelte es auch für die Natur, den Festtag der Lichtermagd Lucia üppig zu feiern. Letzten Montag noch hatte es einen Wärmeeinbruch gegeben. Doch schnell hatte der Wind wieder auf Osten gedreht und für neuerliche Kälte gesorgt. Am gestrigen Dienstag hatte es ununterbrochen geschneit. Erst in den frühen Morgenstunden hatte die Sonne die grauen Wolken verdrängt und den Tag der heiligen Lucia standesgemäß mit verschwenderischem Strahlen begrüßt.

Die langen Tafeln waren bereits für das Mittagsmahl gedeckt, die Nonnen in der Küche verschwunden. Froh, eine Zeitlang ungestört mit Christoph zu sein, trat Carlotta an eines der doppelflügeligen Fenster auf der Längsseite und schaute in die weite Winterlandschaft.

Die Fenster gingen nach Norden, in die sanfte Ebene hinein. Irgendwo weit hinten am Horizont lag Königsberg. Die Sehnsucht versetzte ihr einen Stich. Sie dachte an Hedwig, Lina und Milla sowie an das Haus in der Langgasse. Seltsam, wie wichtig ihr das alles in den letzten Jahren geworden war! Ob die Mutter und sie jemals wieder in Frieden dort leben konnten? Deutlich stand ihr die Feindseligkeit Farenheids, Heydrichs und der anderen Kneiphofer vor Augen. Die Erinnerung an die gemeinsame Verschwörung gegen den Fürsten im letzten September verblasste darüber. Umso tröstlicher nahm sie Christophs Anwesenheit wahr. Lächelnd drehte sie sich zu ihm um und umarmte ihn.

»Du weißt ganz bestimmt, was du mir bedeutest? Ich bin froh, dass wenigstens wir beide uns wiederhaben. Wir sollten nie vergessen, einander rechtzeitig beizustehen.«

»Es tut mir leid«, raunte er ihr ins Ohr. »Du weißt, dass ich das nicht gewollt habe.«

»Was?« Sie sah ihm ins geliebte Gesicht. Die grauen Augen bewegten sich unruhig. Die weichen Züge seines Antlitzes unterstrichen die Verletzlichkeit, die er in den letzten Wochen so offen an den Tag gelegt hatte. Sanft strich sie mit der Fingerkuppe über die Furche am Kinn, berührte seine Lippen. Spielerisch schnappte er nach dem Finger.

»Dir muss doch nichts leidtun«, erklärte sie aufgeregt. »Mathias hat ganz allein für sich entschieden, aus den Reihen der kurfürstlichen Dragoner zu fliehen. Dafür kannst du nichts. Und letztlich ist es gut, wie alles gekommen ist: Durch Mathias' Auftauchen in Königsberg und deine überzogene Reaktion ist uns beiden erst bewusst geworden, was wir wollen: miteinander als Ärzte leben! Das schwebte uns zwar schon lange vor, aber letztlich nicht ernst genug. Erst mussten sich noch die Schatten unserer Vergangenheit lichten und den Blick auf das Künftige freigeben. Auch das hat Mathias ins Rollen gebracht. Nun steht nichts mehr zwischen uns. Wir wissen, warum wir uns füreinander entschieden haben und in Zukunft einander beistehen werden. Es bleibt nur, uns deinem Vater und deiner Familie gegenüber zu erklären. Dazu müssen noch einige andere Dinge richtiggestellt werden.«

»Und wir sollten deinem Vetter zumindest helfen, sich dem drohenden Galgen zu entziehen«, warf er ein. »Schließlich weißt du, was ihm blüht, wenn seine Kameraden ihn aufgreifen.«

»Du bist unverbesserlich.« Sie lächelte.

»Sonst würdest du mich nicht lieben«, ergänzte er und umschlang sie, um sie zu küssen.

»Genug!«, erklärte sie schließlich. »Es gibt noch viel zu tun. Lass uns in die Apotheke gehen und mit meiner Mutter beraten, wie wir Mathias beistehen und unsere Angelegenheiten in Königsberg klären können.«

Sie nahm seine Hand. Es blieb ihm keine andere Wahl, als ihr zu folgen. In Höhe der Krankenstube trafen sie auf Adelaide. Sie gab ihnen ein Zeichen, weiterzugehen.

»Mathias will allein sein«, flüsterte sie ihnen zu. »Ich glaube, das wird ihm guttun.«

Zu dritt gingen sie zur Apotheke. Das ehrfurchtgebietende Auftreten Adelaides schüchterte die wenigen Nonnen ein, die ihnen begegneten. Selbst die alte Pförtnerin buckelte respektvoll vor der Tante. Keine wagte, sie anzusprechen oder gar nach ihren weiteren Vorhaben zu fragen.

In dem großen, quadratischen Saal der Offizin am Ende des Westflügels herrschte rege Betriebsamkeit. Wie all die Tage zuvor machte sich Magdalena an der Seite von Caspar Pantzer über verschiedenen Töpfen, Tiegeln und Destilliergefäßen zu schaffen. Der vertraute Geruch nach getrockneten Kräutern und Ölen, gepaart mit dem scharfen Duft von fremdländischen Gewürzen und Seifen, verwandelte den Raum in ein kleines Paradies. Die letzte Woche hatte Carlotta nahezu ausschließlich wie eine Gefangene in der engen Krankenstube verbracht. Mit einem Mal merkte sie, wie sehr sie diese Gerüche und das Hantieren mit den verschiedensten Utensilien vermisst hatte.

Adelaide ging sofort zum Tisch und machte Anstalten, die Arbeit an einer der Destillierapparaturen aufzunehmen. Caspar Pantzer nickte ihr zu, griff sich eine Schale, auf der Carlotta kleine, schwarze Körner entdeckte, und trat zu einem Mikroskop. Es herrschte eine beredte Stille. Die Mutter gab zwei verschiedene Öle in eine längliche Phiole und schüttelte das Gefäß vorsichtig, um die zähflüssigen Substanzen zu vermengen. Gemeinsam fertigten sie eine genaue Niederschrift, wie Magdalenas Bernsteinessenz herzustellen war. Das Nachmischen der fünfzigjährigen Wundersalbe, das Pantzer mit Christoph bereits in seinem Löbenichter Laboratorium gelungen war, wurde ebenfalls noch einmal schriftlich festgehalten. Der Frauenburger Kaufmann Siegfried Hartung sowie eine Nonne des ehrwürdigen Spitals zum Heiligen Geist hatten sich zur Verfügung gestellt, das Procedere nach bestem Gewissen zu bezeugen.

»Bald ist es geschafft, Liebes!«, rief Magdalena Carlotta vergnügt entgegen. Sie legte die Phiole mit den Ölen beiseite, wischte die Hände sorgfältig an einem Leinentuch ab und kam um den großen Tisch herum. »Heute Nachmittag wird der Stadtphysicus aus Frauenburg kommen und die Rezeptur für meine bewährte Bernsteinessenz prüfen. Ist das nicht wundervoll?«

»Sobald er Unterschrift und Siegel unter das Protokoll gesetzt hat, werde ich persönlich nach Königsberg reisen und bei dem hochgeschätzten Doktor Ludwig Kepler vorsprechen«, ergänzte Hartung. Umständlich erhob er sich von dem Sessel, den man ihm am Kopfende des Tresens zurechtgerückt hatte. »Ich bin mir sicher: Noch vor Weihnachten werdet Ihr mit Eurer Mutter zusammen in Eure Heimatstadt zurückkehren. Der Vorwurf der Scharlatanerie oder gar noch Schlimmerem ist nicht mehr zu halten. Kepler wird nichts anderes übrigbleiben, als Euch beizustehen. Die Königsberger Bürgerschaft, allen voran die Kaufmannszünfte der drei Städte am Pregel, werden sich öffentlich bei Euch entschuldigen müssen.«

Er strahlte über das ganze Gesicht. Das schüttere weiße Haar stand in alle Richtungen ab. Die dünne ältere Nonne, die als zweite Zeugin zugegen war, nickte zustimmend und beeilte sich hinzuzufügen: »Unglaublich, eine so wirksame und streng an Paracelsus' alte Überlieferungen gehaltene Mischung auch nur annähernd mit schädlichen Einflüssen in Verbindung zu bringen.«

»Streng an Paracelsus' Anweisung hat meine Mutter sich dieses Mal eben nicht gehalten«, warf Carlotta ein. »Die Aufbereitung des Bernsteins mit Essig statt mit Weingeist geht auf einen anderen Gelehrten zurück, wie wir inzwischen wissen. Ach, Mutter«, wandte sie sich an Magdalena, »warum hast du uns eigentlich so lange verschwiegen, dass du noch eine zweite Rezeptur zu verwenden pflegst? Du hättest uns viele Umstände erspart.«

»Aber Liebes«, verteidigte sich Magdalena, »ich bin gar nicht auf die Idee gekommen, dass du das nicht in Erwägung gezogen hast. Immerhin studierst du doch all meine Aufzeichnungen stets so gründlich. Du hättest nur genauer darin lesen müssen, dann wäre dir auch diese zweite nach Johann Schröder aufgefallen. Er empfiehlt, statt Spiritus vini Essig zu verwenden, um speziell das Herz des Patienten zu stärken. Das schien mir im Falle von Gerke der entscheidende Punkt.«

»So, wie Eure verehrte Frau Mutter mir das Ableben des armen Gerke beschrieben hat, vermute ich die schädlichen Einflüsse bei seinem Tod ohnehin ganz woanders«, warf die Nonne ungefragt dazwischen.

»Das wird sich wohl nicht mehr beweisen lassen«, beeilte sich Caspar Pantzer anzumerken. »Wir sollten zufrieden sein, wenn wir die Ehre der geschätzten Frau Grohnert wiederherstellen. Im Gegenzug neue Vermutungen oder gar üble Verdächtigungen auszusprechen, wird der Sache nur schaden.«

Dankbar lächelte Magdalena ihm zu. »In ihrem großen Schmerz, den geliebten Gemahl so überraschend verloren zu haben, musste Dorothea jemandem die Schuld daran zuschieben. Deshalb hat sie mich derart beschimpft. Ich glaube, sie wird damit aufhören, sobald ihr versichert wird, dass es keinesfalls an meiner Behandlung gelegen hat. Was gibt es Neues bei Mathias?«, wechselte sie das Thema. »Ihr habt ihn also gerade erstmals allein gelassen?«

»Ich war bei ihm«, schaltete sich Adelaide ein. »Wir haben kurz miteinander gesprochen. Es ist alles nicht einfach für ihn. Er braucht noch viel Ruhe, um zur Besinnung zu kommen. Wenn es ihm bessergeht, haben wir beide einiges miteinander zu besprechen.«

»Vor allem muss er sich überlegen, wie es mit ihm weitergeht«, ergänzte Carlotta.

»Dann kommt er also nicht mehr zurück nach Königsberg?«, fragte Magdalena.

Ihr Ton klang hoffnungsvoll. Eindringlich blickte Carlotta ihre Mutter an. Die verzichtete jedoch auf eine weitere Erklärung.

»Wie es aussieht, wird Mathias die nächsten Jahre einen weiten Bogen um alle Gebiete des Kurfürsten schlagen. Schließlich wird ihm das nicht schwerfallen, reist er doch sehr gern, wie es scheint.« Christoph bemühte sich, dem Ganzen einen harmlosen Anstrich zu geben. Angesichts der vielen

Ohren, die in der Offizin zuhörten, durften sie keinesfalls offen über Mathias' Desertion sprechen. So lange wie möglich sollten die Nonnen und Hartung glauben, er gehöre zur Kaufmannszunft wie sie alle.

»Wir sollten Helmbrecht in dieser Angelegenheit um Hilfe bitten«, dachte Adelaide laut nach. »Er hat Verbindungen in alle Himmelsrichtungen und wird Mathias gewiss verschiedene Möglichkeiten anbieten. Das hat er schon einmal getan, das wird er uns auch ein zweites Mal nicht abschlagen.«

»Der gute Helmbrecht«, sinnierte Siegfried Hartung und besah sich seine Stiefelspitzen. »Er weiß in der Tat immer einen Rat. Manchmal erscheint es mir unfassbar, wo er überall in der Welt jemanden kennt, der ihm noch einen Gefallen schuldet.«

»Es ist gut, dass es Menschen wie ihn gibt.« Magdalenas Tonfall wurde leiser. »Wir können gar nicht lange genug leben, um ihm für all seine Wohltaten zu danken. Selbstlos steht er uns seit Jahren zur Seite.«

Überrascht horchte Carlotta auf. Magdalena spürte das und lächelte ihr zu. Damit war also auch dieser Kreis geschlossen. Froh erwiderte Carlotta das Lächeln.

»Ich werde Helmbrecht gleich nachher beim gemeinsamen Mittagsmahl darauf ansprechen. Mir war, als stünden bei ihm Pläne ins Haus, in Krakau einige Beziehungen wiederaufleben zu lassen. Wird höchste Zeit, das in Angriff zu nehmen.«

Hartung machte Anstalten, sich zu verabschieden. Kurz schweifte sein Blick noch einmal durch den Raum. Er nickte Pantzer und Christoph zu, verbeugte sich vor den Damen und marschierte mit dem Hut in der Hand hinaus.

Noch bevor in der Apotheke alle wieder ihre Tätigkeit aufnahmen, hielt die aufgebrachte Stimme des Kaufmanns auf dem Flur sie wieder davon ab. Sein dröhnender Bass hallte in dem ehrwürdigen Gemäuer des Spitals laut wider. Gleich war zu hören, dass er umgedreht sein musste und mit eiligen Schritten geradewegs zur Offizin zurückkehrte.

»Da ist etwas passiert!«, rief Pantzer überflüssigerweise und eilte zur Tür. Neugierig folgte ihm die Nonne, die Übrigen verharrten an ihren Plätzen.

»Es hat sich nun alles verändert«, verkündete Hartung lauthals und wedelte mit einem Schreiben durch die Luft. Erst, als er bereits die Mitte des Apothekensaals erreicht hatte, tauchte Philipp Helmbrecht in der offen stehenden Tür auf. Sichtlich verlegen ob des Aufruhrs, den sein Kaufmannsgenosse verursacht hatte, hielt er sich im Hintergrund. Carlotta bemerkte, wie er der Mutter ein Zeichen gab, mit dem Kopf zu Christoph wies. Ihr Herzschlag stockte. Noch ehe Hartung ansetzte, die offenbar frisch eingetroffene Nachricht vorzulesen, wusste sie, dass etwas Schreckliches geschehen war. Schon stand Hartung neben Christoph, legte dem jungen Medicus die Hand auf die Schulter und suchte seinen Blick.

»Mein lieber Kepler«, setzte er in mitleidigem Ton an.

Christoph erstarrte. Carlotta verwünschte den Frauenburger Kaufmann ob seiner Tolpatschigkeit.

»Was ist?«, presste Christoph heiser zwischen den Lippen hervor. »So, wie Ihr Euch aufführt, scheint es mich zu betreffen.«

»Ja, leider. Euer armer Vater, der hochgeschätzte …«

»Ist schon gut, spart Euch die Schnörkel.« Christoph wurde kalkweiß.

»Euer Herr Vater ist zusammengebrochen und liegt besinnungslos danieder. Eure verehrte Frau Mutter schreibt mir, ob ich weiß, wo Ihr Euch aufhaltet. Ohne Euer Einverständnis will ich ihr nicht antworten. Überlegt Euch, was Ihr tut. Es sieht wohl nicht gut aus für Euren Vater.«

»Nach allem, was er mir an den Kopf geworfen hat, soll ich jetzt …« Christoph war außerstande, einen klaren Gedanken zu fassen, geschweige denn, den Satz zu beenden. »Wieso schreibt meine Mutter ausgerechnet an Euch? Wer hat ihr verraten, dass Pantzer und ich hier in Frauenburg …«

»Das spielt doch jetzt keine Rolle mehr«, versuchte Pantzer, den Freund zu beschwichtigen. »Wahrscheinlich schreibt sie an alle, die sie außerhalb Königsbergs kennt. Viel wichtiger als das aber ist, dass du so schnell wie möglich nach Hause reitest. Vielleicht hast du Glück und triffst deinen Vater noch lebend an. Glaub mir, nichts ist schlimmer, als ein Leben lang dieses Gefühl zu ertragen, im entscheidenden Moment zu spät gewesen zu sein.«

»Da habt Ihr wohl recht«, ertönte eine Stimme von der Tür her. Erstaunt fuhren alle herum. Mathias stand dort, lehnte sich erschöpft gegen den Türrahmen. Die locker um ihn herumschlackernde Kleidung verriet, wie stark er an Gewicht verloren hatte. Umso entschlossener aber war der Ausdruck in seinen dunkel umschatteten Augen. Nachdrücklich sah er auf Christoph, bemühte sich gar um ein aufmunterndes Lächeln.

»Glaubt mir, Kepler, am Ende zählt nur, dass Ihr versucht habt, ihm rechtzeitig beizustehen.«

»Ich komme mit«, warf Carlotta hastig ein. »Gewiss ist es der gleiche Anfall, den dein Vater letztens schon in Heydrichs Apotheke …«

»Ja, du hast recht«, stimmte Christoph zu. »Wir beide sollten so schnell als möglich aufbrechen. Besorgt uns bitte zwei Pferde«, wandte er sich an Helmbrecht, dann fasste er Carlotta an der Hand. »Pack deine Wundarzttasche, Liebste. Es ist wieder einmal Gelegenheit, die Wirksamkeit deiner Tinkturen zu beweisen.«

Carlotta eilte zum Tisch und sortierte bereits die ersten Phiolen.

»Am besten nehme ich die Essenz, die mit Essig aufbereitet ist. Wenn es wieder ein Herzanfall ist, wird es sinnvoll sein, deinem Vater gleich diese Tropfen zu geben.«

»Das ist unmöglich«, schaltete sich Magdalena ein. Überrascht fuhren beide zu ihr herum. Carlotta holte Luft, um ihren Entschluss für die neue Rezeptur zu verteidigen, da redete die Mutter bereits weiter: »Es ist ausgeschlossen, dass ihr beide mutterseelenallein nach Königsberg zurückkehrt.«

## 16

Der Ritt von Frauenburg nach Königsberg war eine einzige Tortur. Zwei volle Tage verbrachten Carlotta und Christoph unter Begleitung von Siegfried Hartung im Sattel. Ungeübt, wie Carlotta beim Reiten war, schmerzten ihr bald alle Glieder. Auch der beleibte Hartung fühlte sich auf dem stämmigen Ross sichtlich unwohl.

Lediglich Christoph machte es nichts aus, tagelang auf einem Pferd zu sitzen. Unerbittlich trieb er sie beide an. Jede Stunde, die sie länger brauchten, konnte bedeuten, nicht mehr rechtzeitig bei seinem Vater einzutreffen. Das zehrte an seinen Nerven. Carlotta mühte sich, ihre Stute in Trab zu halten, um nicht den Anschluss zu verlieren.

Die Herren hatten sie in die Mitte genommen. Christoph gab das Tempo vor, dann folgte Carlotta, und Hartung bildete den Abschluss. Froh, den Geliebten stets gut im Blick zu haben, sah sie nach vorn.

Niemand von ihnen sprach ein Wort. Das Schweigen machte Carlotta zu schaffen. Je näher sie ihrer Heimatstadt am Pregel kamen, umso schlimmer wurde es für sie. Mit einem Mal fragte sie sich, ob es eine gute Entscheidung gewesen war, mit Christoph mitzureiten. Noch schwelten die schrecklichen Unterstellungen gegen die Mutter und sie in der Bürgerschaft. Hartung begleitete sie beide zwar nicht allein des Anstands wegen, sondern trug auch die Papiere über die Rezepturen aus Frauenburg bei sich. Trotzdem war ungewiss, wie darauf reagiert werden würde. Vorerst aber besaß die Rettung des alten Keplers oberste Dringlichkeit. Inständig hoffte sie, es handelte sich wirklich um einen ähnlichen Herzanfall wie damals in Heydrichs Apotheke. Sie tastete unter ihrer Heuke nach dem Bernstein. Schmerzlich wurde ihr wieder sein Fehlen bewusst. Sie musste es ohne den Beistand schaffen. Sie hatte Christoph an ihrer Seite. Das sollte genügen. Schweren Herzens hob sie den Blick.

Wenigstens war das schöne Winterwetter seit ihrem Aufbruch aus Frauenburg stabil geblieben. Strahlend schien die Wintersonne vom wolkenlosen Himmel, brachte die leicht hügelige Landschaft am zugefrorenen Haff zum Leuchten. Selbst die Dämmerung schien noch erfüllt davon. In der heraufziehenden Dunkelheit begann der Himmel blaurot zu lodern. Carlotta brannten die Augen von dem ungewohnten Lichterspiel. Gleichzeitig meinte sie, nie mehr aufrecht gehen zu können, so schmerzten die Glieder vom stundenlangen Reiten.

Die Sonne war bereits eine gute Weile vom Himmel verschwunden, als sie in der Ferne die Silhouette Königsbergs auftauchen sahen. Die beiden ungleichen Türme des Kneiphofer Doms und die markante Linie des Altstädter Schlosses formten zusammen mit den vielen anderen Türmen, Dächern und Zinnen vor dem dunkler werdenden Firmament ein eindrucksvolles Schattenspiel.

»Lasst uns schneller reiten«, wandte Christoph sich um, sobald sie das Brandenburger Tor hinter sich gelassen hatten. »Schließlich wollen wir nicht, dass das Tor an der Grünen Brücke schließt, bevor wir dort sind. Die Nacht in einem der Krüge auf dem Haberberg zu verbringen, wäre schrecklich.«

Ohne ihre Zustimmung abzuwarten, spornte er sein Pferd an. Carlotta und Hartung mühten sich, es ihm nachzutun.

Schon passierten sie die ersten Hütten der Vorstadt. Nach und nach wurde die Bebauung dichter, die Hütten größer, bis die ersten Steingebäude auftauchten. Linker Hand erhob sich die Haberbergsche Kirche. Carlotta äugte hinüber. Bei ihrer Ankunft am Pregel vor mehr als vier Jahren hatte sich das Gotteshaus im Bau befunden. Nun ragte sein hoher roter Backsteinturm stolz in den Himmel. Die Straße in der Vorstadt lag wie ausgestorben. Die einsetzende Dämmerung trieb die Menschen zurück an den heimischen Herd, die Mühsal des Tages im Kreis der Familie friedvoll zu beschließen. Ein einsamer Hund bellte, zwei Katzen schossen über die Straße. Endlich erreichten sie das Tor an der Grünen Brücke.

»He, Ihr!«, rief Christoph den beiden Wachhabenden zu, die gerade umständlich den Riegel vor die schweren Torflügel schoben. »Ihr müsst uns noch einlassen.«

»Da könnte jeder kommen«, knurrte der eine, ein kleiner Mann mit einem gewaltigen Bauch. Sein etwas dünnerer Kamerad stimmte zu: »Es wird dunkel, das Tor ist geschlossen.

Morgen früh könnt Ihr wieder Einlass begehren. Drüben in den Krügen findet Ihr gewiss eine Kammer für die Nacht.«

Er wies auf die Häuserzeile auf der gegenüberliegenden Straßenseite. Wenig einladend reihten sich dort ein halbes Dutzend einfacher Herbergen aneinander. In den meisten Fenstern brannte nicht einmal Licht. Im Winter kehrten nur wenige Händler und Reisende des Nachts dort ein.

»Nein!« Christoph schwang sich von seinem Schimmel, nahm den schwarzen Spitzhut vom Kopf und trat auf die beiden zu. »Schließlich ist es morgen früh zu spät. Dann ist mein Vater wahrscheinlich schon tot.«

»Wisst Ihr nicht, wen Ihr vor Euch habt?«, schaltete sich Hartung ein. Auch er war mühsam aus dem Sattel geglitten. Humpelnd und stöhnend gesellte er sich Christoph zur Seite, nestelte gleichzeitig ein Bündel Papiere aus der Rocktasche.

»Selbstverständlich werden wir Euch die entsprechenden Empfehlungen zeigen. Meine Wenigkeit heißt Siegfried Hartung, Kaufmann zu Frauenburg am Frischen Haff. Ich hatte bereits des Öfteren das Vergnügen, hier an der Börse Geschäfte zu tätigen. Das ist der junge Medicus Christoph Kepler. Der ehrwürdige Stadtphysicus Ludwig Kepler aus der Altstadt ist sein Vater. Und der ist Leibarzt des Kurfürsten Friedrich Wilhelm höchstselbst. Nun liegt er krank danieder und braucht dringend Hilfe. Deshalb sind sein Sohn und die junge Wundärztin hierhergekommen.«

Damit schob er die imposante Brust heraus und schaute überheblich auf die beiden Wachhabenden hinunter. Die waren in der Tat unter seinen Worten mehr und mehr in sich zusammengesunken. Sie wechselten hilflose Blicke. Doch bei der Erwähnung Carlottas schreckten sie auf.

»Eine Wundärztin?«, brummte der kleine Dicke. »Verzeiht, Fremder, aber der gute Stadtphysicus braucht gewiss keine Wundärztin von außerhalb, um zu gesunden. Jeder weiß, wie er zu den nichtsnutzigen Scharlatanen steht. Ihr beide«, damit nickte er Christoph und Hartung zu, »könnt gerne durch. Ihr habt großes Glück. Das Tor ist noch auf. Die Dunkelheit setzt erst in wenigen Augenblicken ein. Wollen wir hoffen, Ihr gelangt noch rechtzeitig in die Altstadt, um dem guten Kepler beizustehen.«

Erleichtert schwang sich Christoph in den Sattel, griff Carlotta in die Zügel und wollte auch ihre Stute durch das Tor führen. Die beiden Wachhabenden aber kreuzten im selben Augenblick die Piken.

»Sie nicht!« Drohend hob der Dünnere die Hand. »Sie kann gern morgen wiederkommen. Dann erhalten auch die Gaukler und Narren Einlass zum Markt.«

Carlotta wurde die Kehle eng. Kaum wagte sie, zu Christoph zu sehen. Sein lautes Aufstöhnen war nicht zu überhören. Wenigstens hatte Hartung ihren Namen nicht erwähnt, sonst drohte ihr womöglich gar Arrest. Niemand konnte wissen, was Farenheid und Heydrich inzwischen über ihren angeblichen Verrat hatten verlauten lassen.

»Gut«, sagte sie leise und machte Anstalten, ihr Pferd zu wenden. »Besser ihr beide als keiner von uns.«

»Du bleibst!« Blitzschnell verstärkte Christoph den Griff um die Zügel und verkündete lauthals: »Entweder wir alle drei oder keiner. Schließlich braucht mein Vater dringend die Hilfe dieser Wundärztin. Gewiss könnt Ihr Euch ausmalen, was das heißt. Der Kurfürst wird toben, wenn er erfährt, dass die Rettung seines hochgeschätzten Leibarztes an Eurer Sturheit gescheitert ist.«

Wieder wechselten die Wachhabenden ratlose Blicke, hielten die Piken aber vorerst weiter gekreuzt. Siegfried Hartung erbarmte sich ihrer.

»Der junge Kepler hat recht, verehrte Herren. Falls des Kurfürsten Leibarzt stirbt, weil die angeforderte Hilfe dieser Wundärztin nicht rechtzeitig eingetroffen ist, wird es großen Ärger geben. Ob die Wundärztin heute Abend oder morgen früh durchs Tor reiten darf, wird also von entscheidender Bedeutung für Euer weiteres Befinden sein. Seht, noch ist es hell«, er deutete nach Westen. Ein silberner Streifen zog sich über den Horizont, teilte den abendlichen Winterhimmel. »Das Tor schließt doch erst bei Dunkelheit, nicht wahr?«

Ein letztes Mal tauschten die beiden Wachhabenden Blicke. Für einen quälend langen Moment blieb die Zeit stehen. Dann klirrte es. Der kleine Dicke zog seine Pike zurück, der Dünne tat es ihm zögernd nach.

»Danke!« Hartung lupfte den Hut, Christoph winkte nur und trieb seinen Schimmel an.

Im Kneiphof herrschte ruhige Abendstimmung, nur wenige Fuhrwerke und Karren zockelten noch über das Pflaster. Christoph schlug den Weg rechts in die Magistergasse und von dort über den Markt zur Schmiedebrücke in die Altstadt ein. Das ersparte Carlotta den Anblick ihres Elternhauses oben in der Langgasse, kurz vor der Krämerbrücke. Nahezu im Trab ritten sie bis zur Schmiedegasse. Die Pferde ließen sie zu Füßen des Beischlags stehen. Hartung erbot sich, sie wegzuführen. Christoph fand kaum Zeit, es ihm zu danken, sondern eilte bereits zur Haustür.

»Nun macht schon«, ermunterte der Kaufmann Carlotta. »Ihr wisst, es eilt. Schickt mir morgen Nachricht in den Grünen Baum. Ich warte dort und kümmere mich um den Rest.«

»Das ist sehr großzügig von Euch.« Sie lächelte und nahm ihre Wundarzttasche, um dem Geliebten ins Haus zu folgen. Der hatte bereits den großen Klopfer gegen die Tür fallen lassen. Sie strich ihm sanft über die Wange, doch er entzog sich ihr. Wie gern hätte sie ihn in die Arme genommen, ihm Mut zugesprochen. Schon öffnete Marthe die Tür.

»Junger Herr, Ihr? Dann kommt Ihr endlich zurück? Versöhnt Euch mit Eurem Vater«, flehte sie und rang die Hände in der Luft. »Sonst werdet Ihr niemals Frieden finden!«

Eindringlich sah sie ihn an. Christoph erwiderte nichts. Marthes zweiter Blick galt Carlotta. Der fiel erwartungsgemäß unfreundlicher aus. Bevor sie etwas sagen konnte, erklärte Christoph hastig: »Ich muss zu meinem Vater.«

Damit drückte er Marthe Hut und Mantel in die Hand und sprang die Treppe ins zweite Geschoss hinauf. Carlotta sah ihm nach, bis er aus ihrem Blickfeld entschwunden war. Nur widerstrebend ließ die Wirtschafterin sie eintreten. Langsam entledigte sie sich ihrer Heuke. Im Schein der hellen Kerzen, die in sämtlichen Leuchtern der Diele steckten, war die Missbilligung, die sich in Marthes Gesichtszügen widerspiegelte, nicht zu übersehen.

»Wie geht es dem verehrten Herrn Doktor?«, erkundigte Carlotta sich freundlich, stellte die Wundarzttasche ab und streifte die Handschuhe von den Fingern. »Vermutlich betreut der hochgeschätzte Physicus Lange, seines Zeichens Leibarzt des Fürsten Radziwill, den Patienten. Wisst Ihr, was er angeordnet hat?« Sie bemühte sich um ein Lächeln. »Ich frage mit Bedacht Euch«, erklärte sie der Alten geduldig, »denn der verehrten Frau Kepler und ihrer Tochter hat der zweite Zusammenbruch des Medicus binnen weniger Wochen gewiss einen gehörigen Schrecken eingejagt. Deshalb werden sie mir kaum ausführlich Mitteilung über die letzten Tage geben können. Ist der gute Doktor überhaupt wieder bei Bewusstsein?«

»Einen gehörigen Schrecken haben wir alle davongetragen!« Bitter lachte Marthe auf. »Wisst Ihr eigentlich, wo es den verehrten Herrn Stadtphysicus dieses Mal so arg erwischt hat?« Sie sah sie angriffslustig an. »Drüben in der Langgasse, in der Diele Eures Hauses ist es gewesen. Wenn das kein Zeichen ist!«

»Da mögt Ihr recht haben«, erwiderte Carlotta und war sich sicher, dass sie das Zeichen anders verstand als die Wirtschafterin. Ausgiebig wärmte sie sich die Hände über dem lodernden Kaminfeuer. Wenn sie den Physicus gleich untersuchen wollte, sollte sie das nicht mit eisigen Fingern tun.

»Ihr seid eine sehr besonnene Ärztin«, entfuhr es der Wirtschafterin überraschend. Offenbar hatte sie gerade den Sinn von Carlottas Tun durchschaut. Carlotta lächelte wieder.

»Ihr wisst, was ich bislang von Euch gehalten habe«, fuhr Marthe fort. »Dem guten Doktor geht es sehr schlecht. Doch vielleicht seid Ihr jetzt die Einzige, die ihm helfen kann. Doktor Lange ist es bislang jedenfalls nicht gelungen. Dabei hockt er seit Montagabend bei ihm, streicht Salben auf, verabreicht Tropfen, hat gar zweimal schon einen Aderlass angeordnet.«

»Was?«

»Ich weiß«, winkte Marthe ab, »das habt Ihr beim letzten Mal erfolgreich verhindert. Selbst mir, die ich keine Ahnung von derlei Dingen habe, kommt es unglücklich vor. Der gute Doktor war vorher schon kaum mehr bei Kräften. Hinterher aber war es noch schlimmer. Seine Durchlaucht, der Kurfürst, hat bereits angeboten, einen Pfarrer zu schicken. Noch weigert sich die verehrte Keplerin. Sie hat Angst, der redet gleich von der Letzten Ölung.«

Sie hielt inne, biss auf den Lippen herum, suchte nach weiteren Worten. Auf einmal stand sie dicht vor Carlotta, legte ihr die knochige Hand auf den Arm und sah sie flehentlich an.

»Der junge Herr wird es nie und nimmer allein schaffen. Das wissen wir alle. Bitte, steht ihm bei, ganz gleich, was der Doktor früher über Euch und Eure Mutter gesagt hat.«

Die Alte war den Tränen nah. Bestürzt bemerkte Carlotta, wie stark sie zitterte. Tröstend drückte sie ihr die Hand.

»Ich tue mein Möglichstes. Aber zaubern kann ich genauso wenig wie alle anderen.«

Bei diesen Worten zuckte Marthe zusammen, mied Carlottas Blick. Wenigstens empfand sie ein schlechtes Gewissen, dachte die junge Wundärztin. Immerhin hatte sie als eine der Ersten gegen die Mutter und sie gewettert. Entschlossen griff sie nun nach ihrer Tasche und eilte in den zweiten Stock.

## 17

Die Tür zum Schlafgemach des alten Kepler stand offen. Christoph musste sie vor Hast aufgestoßen, dann aber vergessen haben, sie zu schließen. Ein Schwall abgestandener Luft schlug Carlotta von drinnen entgegen. Auf leisen Sohlen trat sie ein. Das Herz klopfte ihr bis zum Hals. Zwar deutete sie es als gutes Zeichen, dass es bei Christophs Auftauchen keinen empörten Aufschrei gegeben hatte. Trotzdem fürchtete sie, entrüstet hinausgeworfen zu werden, sobald sie jemand entdeckte.

Zu ihrer Überraschung empfing sie eisiges Schweigen. Niemand drehte sich zu ihr um. Wahrscheinlich waren alle mit der Betrachtung des Kranken beschäftigt. Sie beschloss, die Zeit zu nutzen, und ließ den Blick wandern. Gleich war ihr, als wäre die Zeit stehengeblieben. In dem schmalen Raum bot sich ihr dieselbe Szene wie bei ihrem ersten Besuch vor wenigen Wochen: Der kurfürstliche Leibarzt lag blass in seinem prunkvollen Bett, die Hände auf der Decke wie zum Gebet gefaltet, die Augenlider geschlossen. Seine Gemahlin saß auf einem Schemel zwischen Bett und Fensterfront. Auf einem kleinen Tisch stand ein Krug Bier. Der malzige Geruch erfüllte den Raum. In einem mehrarmigen Kandelaber flackerten halb abgebrannte Kerzen und spendeten trübes Licht. Christoph stand auf der anderen Längsseite des Bettes und sah mit sorgenzerfurchter Stirn auf den Vater herab. Das heftige Auf und Ab seiner breiten Brust verriet, dass er immer noch außer Atem war. Hanna, die zwanzigjährige Tochter, wachte am Fußende, jederzeit bereit, einen Auftrag auszuführen, und gleichzeitig streng darauf bedacht, alles rund um den kranken Vater im Blick zu behalten. Dank der einschläfernden Luft und der düsteren Stimmung meinte Carlotta, die Anwesenden dämmerten längst ebenso besinnungslos vor sich hin wie der Patient.

»Gott zum Gruße«, sagte sie leise. Mit einem Ruck fuhr Christoph zu ihr herum, breitete die Arme weit aus, um sie willkommen zu heißen. »Endlich, Liebste!«

»Was will sie?«, knurrte seine Schwester unfreundlich und maß Carlotta mit einem abfälligen Blick. »Wir wollen sie nicht hier haben. Doktor Lange weiß, was zu tun ist.«

»Gut, dass Ihr kommen konntet«, erklärte dagegen die aschfahle Keplerin und erhob sich langsam von ihrem Platz.

Ihre fleischigen Finger zupften unruhig am dunkelgrünen Samt ihres Kleides. Die weiße Haube auf dem farblosen Haar war verrutscht. Die grauen Augen waren weit aufgerissen. Carlotta bildete sich ein, darin einen schwachen Schimmer Hoffnung zu erspähen.

»Helft meinem Gemahl, bitte! Ihr habt das schon einmal getan. Ich bin mir sicher, er wird es Euch auf ewig danken. Mein Dank ist Euch bereits gewiss. Tut etwas, sonst ist es zu spät.«

Sie presste sich ein zerknülltes Spitzentuch vor den Mund und wimmerte leise. Dann streckte sie den Arm aus, schlang ihn Carlotta um die Schultern und drückte sie fest gegen ihren dicken Busen. Überrascht ließ Carlotta das über sich ergehen, sog den Lavendelduft ein, der die Keplerin umfing. Er überlagerte zaghaft den Schweißgeruch, der in ihrer dicken Kleidung hing. Als sie sie endlich losließ, fielen Carlotta die feinen Schweißperlen auf der Oberlippe auf, selbst die Ohrläppchen waren gerötet. Das rührte von der unerträglichen Hitze im Schlafgemach. Der große Kachelofen in der Ecke links neben der Tür glühte förmlich, so gut war er angefeuert. Carlotta sah fragend zu Christoph. Der zuckte hilflos mit den Schultern.

Neben dem Ofen war der Leibarzt Lange auf einem Stuhl in sich zusammengesunken. Das Kinn war ihm auf die Brust gekippt. Der hagere Mann mit dem üppigen weißen Haarschopf schlief tief und fest.

»Er hat gewollt, dass gut angeheizt wird«, erklärte Hanna, sobald sie begriff, was Carlotta störte. »Er hat gesagt, Vater friere. Also haben wir ihm heiße Steine ins Bett gelegt, ein zweites Federbett besorgt und das Feuer ordentlich geschürt.«

»Das war sicher fürs Erste das Richtige«, sagte Carlotta vorsichtig. »Inzwischen aber ist es wichtig, dass er frei atmen kann.«

Sie trat an eines der Fenster und öffnete es, stieß auch den Fensterladen vor den Scheiben weit auf. Sofort strömte ein Schwall eisiger Winterluft herein. Carlotta schauderte, atmete jedoch befreit mehrmals tief durch, bevor sie sich wieder in den Raum wandte. Reglos lag der alte Kepler in seinem Bett, auch Doktor Lange schlief ungeachtet der kühler werdenden Luft weiter. Mutter und Tochter Kepler schmiegten sich am Fußende des Bettes aneinander, Christoph sah sie abwartend an.

»Ich möchte ihn gern untersuchen.«

Bei ihren Worten meinte sie, ein leichtes Zucken auf dem Gesicht des alten Kepler zu entdecken.

»Allein, wenn es geht«, fügte sie hinzu.

Dieses Mal war das Zucken deutlicher, fast schon ein richtiges Zwinkern.

Zögernd gingen die Keplerin und ihre Tochter hinaus. Christoph weckte auch den weißhaarigen Lange behutsam auf und erklärte ihm flüsternd, was geschehen war.

»Oh!«, rief der Leibarzt des Fürsten Radziwill und fuhr hoch. »Das Fräulein Grohnert bei Eurem Vater? Wisst Ihr, was Ihr tut?«

»Ganz bestimmt«, erwiderte Christoph, woraufhin der Doktor ihn gründlich musterte.

»Ob das aber Eurem Vater recht ist?«

Als Christoph schweig, erklärte er mit bitterem Unterton: »Wo eine Wundärztin meint, Wunder vollbringen zu können, ist ein studierter Medicus, wie ich es bin, überflüssig. Das solltet Ihr bedenken, mein lieber Kepler! Behauptet hinterher nicht, ich hätte Euch nicht gewarnt!«

Er klopfte Christoph auf die Schulter, sah noch einmal auf seinen Patienten, dann auf das offene Fenster und zum Schluss auf Carlotta. »Wollen wir hoffen, dass hier alles mit rechten Dingen zugeht.«

Ohne weiteren Gruß stakste er auf steifen Beinen zur Tür hinaus. Als Christoph ihm folgen wollte, hielt Carlotta ihn zurück.

»Bitte bleib«, flüsterte sie. »Nicht dass es am Ende heißt, ich hätte deinen Vater verhext.«

Vom Bett erklang ein Stöhnen. Verwundert sahen sie einander an und wandten sich dann dem alten Kepler zu. Der ruhte in derselben Position wie eben. Sie beugte sich über ihn, horchte einen Moment auf seinen Atem. Der ging gleichmäßig. Prüfend legte sie ihm die Hand flach auf die Stirn. Im selben Moment schlug er die Augen auf.

»Carlotta, Ihr!«, wisperte er und verzog das faltige Gesicht zu einem schwachen Lächeln. »Ist der alte Griesgram endlich fort?«

»Ihr seid wach?« Ratlos schaute sie zu Christoph. Auch der stutzte zunächst, begann dann aber schallend zu lachen.

»Ihr seid ein Schelm, Vater!« Kopfschüttelnd setzte er sich zu ihm auf die Bettkante. »Sagt nur, es geht Euch gar nicht so schlecht? Ihr habt das alles nur gespielt, damit Carlotta und ich hierher zurückkommen?«

Matt hob der alte Kepler die Hand, ließ sie schwer auf die Decke zurückfallen.

»Das ist nicht wahr!«, entfuhr es Carlotta entrüstet. Im Gegensatz zu Christoph war ihr ganz und gar nicht zum Lachen. Ihr schmächtiger Leib bebte, sie spürte, wie die Empörung sie zittern ließ. »Wisst Ihr, was Ihr Eurer verehrten Frau Gemahlin und Eurer Tochter angetan habt? Um Euer Leben haben die beiden gebangt! Selbst der Kurfürst und viele andere in der Stadt haben bereits für Euch gebetet. So mancher hat bereits Kerzen für Euer Seelenheil entzündet. Wenigstens die schaden wohl nicht.«

»So viele werden es nicht sein. Du vergisst«, warf Christoph schmunzelnd ein, »dass wir hier von Lutheranern umzingelt sind. Da zündet keiner eine Kerze für einen anderen in der Kirche an, wie das bei uns Katholiken guter Brauch ist.«

»Du weißt wohl auf alles noch einen Scherz.«

»Ihr irrt Euch, verehrtes Fräulein Carlotta«, erklärte der Alte unterdessen heiser. »Ich habe niemanden getäuscht. Mir ist es wirklich sehr schlecht gegangen. Aber jetzt, da ich Eure Gegenwart spüre, fühle ich mich gleich viel besser. Die eisige Luft«, er wies mit der Hand zum offenen Fenster, »und natürlich die Gewissheit, dass Ihr mir gleich Eure guten Tropfen verordnen werdet, sorgen dafür.«

»Ihr solltet nicht so viel reden, Vater«, mahnte Christoph den alten Herrn. »Schließlich kostet Euch das zu viel Kraft.«

Folgsam sank der Alte wieder tiefer in die Kissen.

Carlotta seufzte leise. Sosehr es sie erleichterte, Ludwig Kepler in weitaus besserem Zustand zu sehen, als sie befürchtet hatte, so sehr regte sich in ihr weiterhin Entrüstung über sein Verhalten. Sie stellte die Wundarzttasche auf die Kommode zwischen den beiden Fenstern und suchte darin nach der Phiole mit der Bernsteinessenz. Mit Bedacht ließ sie sich dabei mehr Zeit, als nötig war. Von hinten trat Christoph zu ihr.

»Du siehst ihm wohl alles nach«, wisperte sie ihm zu. »Kaum eine Woche ist es her, dass er dich dieser törichten Prügelei wegen aus der Stadt gejagt hat. Aber über sein jämmerliches Schauspiel, das deine Mutter und Schwester in höchste Verzweiflung gestürzt hat, lachst du. Was dein Vater hier treibt, ist kein Scherz mehr, Liebster!«

»Halt ein, Liebste«, erwiderte Christoph und strich ihr sanft eine Strähne des rotblonden Haares aus der Stirn. »Lass uns später darüber richten. Schließlich zählt jetzt vor allem, dass er sich entscheidend besser fühlt, kaum dass du den Raum betreten hast. Mutter hat dich um Hilfe gebeten, und sogar Doktor Lange ist ohne Widerstand verschwunden. Ich bin mir sicher, das alles werden wir noch nutzen können. Vor allem, weil er ausdrücklich nach deiner Bernsteinessenz verlangt hat.«

Er zwinkerte verschwörerisch, nahm ihr die Phiole aus der Hand und ging zum Bett zurück.

»Zehn Tropfen morgens, mittags und abends davon in einen Becher verdünnten Weins, das rät unsere verehrte Wundärztin, Vater, und du wirst sehen, bereits nach wenigen Tagen kehren die Lebensgeister zurück. Diese Essenz hier ist übrigens ganz speziell zur Stärkung des Herzens aufbereitet.«

Mit großer Geste träufelte er die Tropfen in den Becher. Als er ihn seinem Vater reichte, machte er einen Kratzfuß. Der Alte schmunzelte.

»Solltet Ihr nicht besser vorsichtig sein?« Carlotta packte Keplers Handgelenk, um ihn am Trinken zu hindern. Verdutzt schaute der Alte zwischen ihr und seinem Sohn hin und her.

»Erstens habt Ihr mir letztens selbst vorgehalten, wie wenig man die Wirksamkeit der Tropfen beweisen kann.«

Eine leichte Röte huschte über die Wangen des alten Medicus. Beschämt wandte er sich ab.

»Und zweitens dürft Ihr nicht vergessen, welchen Trank

Ihr da an Eure Lippen setzt. Auch wenn Ihr selbst nach den Tropfen verlangt, so wisst Ihr doch genau, was es darüber hier am Pregel heißt: Sie seien gefährlich, *lebens*gefährlich«, fügte sie hinzu und sah ihm in die unruhigen braunen Augen.

Seine buschigen Brauen zogen sich zusammen. Das Antlitz verfinsterte sich. So kannte sie ihn seit langem.

»Ihr wisst doch: Der ehrenwerte Kaufmann Gerke hat diese Essenz von meiner Mutter bekommen. Elend soll er daran gestorben sein. Auch Ihr schwebt in großer Gefahr. Die ganze Kaufmannschaft im Kneiphof spricht bereits davon. Bei Eurem letzten Zusammenbruch in Apotheker Heydrichs Laboratorium habe ich mich angeblich der Tropfen bedient, um Euch ins Leben zurückzuholen. Alle sollten mich für Eure Retterin halten, nur damit ich Euch und Euren Sohn besser umgarnen kann. Da ich Christoph also gewonnen habe, gibt es jetzt nichts, was mich aufhält, Euch so schnell als möglich ins Jenseits zu befördern – mit Hilfe meiner gefährlichen Tropfen.«

»Ach, Kindchen«, schmunzelte der alte Kepler und griff nach ihrer Hand, um den Becher zu nehmen. Bedächtig setzte er ihn an die Lippen und leerte ihn in einem Zug. Anschließend reichte er ihn ihr zurück, wischte sich die Lippen und sank zufrieden in die Kissen zurück.

Erstaunt wurde Carlotta im selben Moment gewahr, wie sehr seine Miene der seines Sohnes glich. Abgesehen von dem dunkleren Teint und dem braunen Haar grub sich bei ihm am Kinn dieselbe Kerbe wie bei Christoph ein. Die Züge im Gesicht wurden insgesamt sanfter und passten damit so gar nicht mehr zu der finsteren Anmutung, die ihm die grobe Nase und die buschigen Augenbrauen verliehen. Die Ähnlichkeit der beiden zu erkennen, versetzte ihr einen Stich. Hilflos sah sie zu Christoph, um doch einen entscheidenden Unterschied auszumachen. Jäh zuckte sie zurück. Das Lächeln des Geliebten schien ein Spiegelbild seines Vaters zu sein.

»Vielleicht genieße ich es, dank Eurer Essenz verhext zu werden«, erklärte der Alte. Spöttisch zuckte es um seine Mundwinkel, in den braunen Augen leuchtete es schalkhaft. Carlotta mochte nicht glauben, was sie da gerade entdeckte. Sie sah genauer hin, doch sie täuschte sich nicht: Es war dasselbe schelmische Grinsen!

»Ihr hättet mich viel früher schon in Euren Bann ziehen sollen«, fuhr Kepler fort, »dann wäre uns allen so manches Leid erspart geblieben. So aber hat mich letztens erst die Witwe Gerke darauf gebracht. Erst als sie meinte, Christoph wäre dank des Rauchs, den der verbrannte Bernstein in Eurer Diele verströmt hat, verhext worden, ist mir alles klargeworden. Vor Schreck ist mir regelrecht das Herz stehengeblieben! Schlagartig wusste ich, was hier gespielt wird: dieselbe elende Lügengeschichte, mit der man einst meine Großmutter fast auf den Scheiterhaufen gebracht hätte, sollte auch Euch und Eure Mutter ins Feuer befördern! Doch Zauber, Hexerei und dunkle Magie in der Heilkunde, wie Ihr und Eure Mutter sie betreibt – wer mag denn an solchen Unsinn glauben? Es tut mir aufrichtig leid, verehrtes Fräulein Carlotta. Sehr lange habe ich nicht begriffen, worum es der Witwe Gerke und so manch anderem im Kneiphof geht: Man will Euch und Eure Mutter entweder mit Schimpf und Schande aus der Stadt vertreiben oder aber am besten gleich ins Feuer werfen. Den Singeknecht'schen Besitz wollen sie sich unter den Nagel reißen, einzig darum ist es ihnen zu tun. Gerade nach dem plötzlichen Tod ihres Gemahls ist die Witwe Gerke Eurer Mutter gram. Seit Ihr vor vier Jahren so kurz vor Ablauf der

Frist aufgetaucht und den Erbanspruch erhoben habt, zürnen sie Euch schon. Doch nicht mit mir, meine Liebe! Und wenn ich einen weiteren Herzanfall erleiden muss, das zu verhindern.«

Entschlossen schob er sich in den Kissen höher und hob mahnend den Zeigefinger. »So wahr ich der Leibarzt des durchlauchtigsten Kurfürsten und der langjährige Stadtphysicus der Königsberger Altstadt bin, werde ich fortan alles daransetzen, dem bösen Spuk gegen Euch ein Ende zu bereiten. Die Tinkturen und Rezepturen, die Eure Mutter und Ihr vertreibt, dienen nichts anderem als der Genesung. Das werde ich schwarz auf weiß bezeugen. Wer anderes behauptet, soll es vor der ehrwürdigen Fakultät beweisen.«

Erschöpft sank er in die Kissen zurück. Sogleich sorgte sich Carlotta wieder um ihn: Abermals war er kreidebleich geworden. Andererseits schien das ein besseres Zeichen, als wenn sein Gesicht tiefrot und die Adern an den Schläfen blau angeschwollen wären. Zumindest schlug sein Herz gleichmäßig, und er bekam ausreichend Luft.

»Was aber das Wichtigste ist«, setzte er mit leiserer Stimme hinzu. »Nehmt Euch dieses Nichtsnutzes hier an.« Er wies mit der Hand matt auf seinen Sohn. »Mir scheint, ohne Euch bringt er es wirklich nur zum närrischen Jahrmarktsquacksalber. All die Jahre, die er an den ehrwürdigen Universitäten studiert hat, haben den Schalk in seinem Hirn anwachsen lassen, statt sein Wissen zu mehren. Nur Ihr allein könnt das Wunder vollbringen, ihn vor dem schlimmsten Unsinn zu bewahren. Versprecht mir einfach, ihn nicht im Stich zu lassen.«

»Dann haben wir Euren Segen, Vater?«, hakte Christoph nach und legte den Arm um Carlottas Schultern.

»Moment«, meldete die sich lächelnd zu Wort, »nur, wenn du mir versprichst, deine Heilkünste nicht landauf, landab auf den Jahrmärkten feilzubieten, sondern brav mit mir hier in der Stadt sesshaft zu werden.«

»Reicht dir als Beweis meiner guten Absichten vielleicht dieses hier?« Er ließ sie los, um in den Taschen seines Rocks nach etwas zu suchen. Prüfend klopfte er sie ab, steckte wieder die Hände hinein, erblasste, suchte weiter. Bald stand ihm der Schweiß auf der Stirn, und er schlug sich anklagend die Faust auf die Brust. Dabei musste er auf etwas gestoßen sein. Sofort gewann sein Antlitz die gesunde Farbe zurück. Umständlich zog er eine dünne Lederschnur unter dem Hemdkragen hervor und knotete sie auf, um sie Carlotta dicht vors Gesicht zu halten. An der Schnur baumelte etwas Ungleichmäßiges, Längliches. Lächelnd hielt er es ins Licht, damit der durchscheinende Stein voll zur Geltung kam.

»Ein Bernstein!«, jauchzte Carlotta auf. Der alte Kepler schmunzelte. Glücklich fasste sie nach dem Stein, zog ihn näher zu sich heran und betrachtete ihn ausgiebig von allen Seiten. Er war von einem glühenden Rot, vollkommen klar und rein.

»Er ist wunderschön«, sagte sie. »Ein wenig anders, aber bestimmt nicht weniger kraftvoll als seine Vorgänger.«

»Das will ich hoffen«, meinte Christoph.

»Wir werden sehen, inwieweit er mir künftig beisteht, weitere Wunder zu bewirken. Das erste zumindest scheint vollbracht.«

Sie wies auf den alten Kepler. Mit einem zufriedenen Lächeln war er eingeschlafen. Gleichmäßig hob und senkte sich die Brust.

## 18

Gleich nach dem Frühstück zog Magdalena sich in Hartungs Wunderkabinett zurück, wie sie das auch schon an den beiden vergangenen Tagen getan hatte. Kaum hatte sie die doppelflügelige Tür hinter sich geschlossen, fühlte sie sich wohler. Selbst die staubige, trockene Luft machte ihr nichts aus. Sie warf die offenen, noch immer tiefroten Locken zurück und ließ den Blick durch den vollgestopften Raum wandern.

Das Betrachten der seltsamen Dinge, die Hartung im Lauf seines Lebens zusammengetragen hatte, lenkte wunderbar ab. Darüber vergaß sie für eine Weile die quälende Ungewissheit, wie es Carlotta in Königsberg ergehen mochte. Weder der gutmütige Hartung noch der aufbrausende junge Kepler schienen ihr im Zweifelsfall geeignet, die siebzehnjährige Tochter zu beschützen. Helmbrecht hätte diesen Part viel besser ausgefüllt. Den aber hatten weder Carlotta noch Christoph als Begleiter akzeptiert. Also blieb nur die Hoffnung, das Schicksal möge ihnen gnädig sein und alles zum Guten wenden.

Magdalenas Blick fiel auf einen der Schaukästen vor der Fensterfront. Unter der Glasscheibe befand sich eine Sammlung verschiedener Messer und Speerspitzen. Einige Klingen glänzten silbrig im einfallenden Sonnenlicht, andere waren matt, manche völlig von Rost überzogen. Die Speerspitzen dagegen schienen besser in Schuss. Sie wirkten gar frisch geschärft. Aufmerksam widmete sich Magdalena den Feinheiten der Verzierungen auf den Griffen. Ihr Herz stockte, als sie die Initialen auf dem Heft eines Klappmessers erkannte: E. G. – Eric Grohnert! Das konnte nicht sein. Sie beugte sich tiefer, besah sich den hölzernen Knauf genauer und atmete schließlich erleichtert auf. Eine dunkle Maserung des Holzes hatte sie in die Irre geführt. Just vor dem ersten Buchstaben war ein Fleck. Die Buchstaben lauteten also C. G. Und nicht E. G.!

Um nicht noch weiteren Täuschungen aufzusitzen, wandte sie sich einem anderen Kasten zu und betrachtete die dort aufgereihten Becher aus Ton, Zinn und Glas. Doch auch hier meinte sie immer wieder, einen Hinweis auf Eric zu entdecken. Erschöpft sank sie in einen ledernen Klappsessel, der zwischen den Fenstern stand. Wenn sie ehrlich war, boten ihr all diese Kuriositäten nicht nur Ablenkung von der Sorge um ihr Kind, sondern auch stete Erinnerung an den vor vier Jahren verstorbenen Gemahl. Schuld daran war Hartungs Eingeständnis, einen Großteil seiner Schätze Erics Handelsgeschick zu verdanken. Somit steckte in jedem der Abertausende von Schmetterlingen, Insektenlarven, Waffenschildern, Mineralien, Krügen und was auch immer noch in den Regalen lag, ein Stück von Eric. Zumindest hatte er es aufgetrieben, in Händen gehalten, über seinen Wert verhandelt. Verschämt wischte sich Magdalena die Augenwinkel. Endlich wusste sie, was er in den Jahren des Großen Krieges, von denen er nur so ungern erzählt hatte, wirklich getrieben hatte: seltsame Dinge aus aller Herren Länder für einen sammelwütigen Kaufmann am Frischen Haff besorgt! Kein Wunder, dass er stets mit allen Nationen gut zu Rande gekommen war, in allen Ecken der Welt Freunde gehabt und sich nicht sonderlich um die Gefechtslage gekümmert hatte.

»Da wäre Besuch für die gnädige Frau«, unterbrach die Wirtschafterin ihre Träumerei. Wie bei einer Missetat ertappt, fuhr Magdalena hoch. Schon trat die Wirtschafterin beiseite und hieß Helmbrecht eintreten. Erleichtert lächelte Magdalena ihm entgegen.

»Gott zum Gruße«, verbeugte er sich.

»Bringt Ihr Nachricht aus Königsberg?«, fragte sie und fühlte, wie sich ihr Puls beschleunigte.

»Nein.« Helmbrecht wandte das Gesicht ab. Statt seiner wundervollen bernsteinfarbenen Augen sah sie seine narbenübersäte Wange, konnte den ordentlich gestutzten Bart studieren und die tadellose Kleidung bewundern. »Das Wetter ist zwar gut, dennoch rechne ich nicht vor dem morgigen Sonntag mit dem Eintreffen eines Boten. Vergesst nicht«, fuhr er mit einem sanften Lächeln fort, »Eure Tochter und ihre beiden Begleiter sind erst Donnerstag früh aufgebrochen. Ungeübte Reiter brauchen für die Strecke selbst unter guten Bedingungen mindestens zwei Tage. Gestern Abend erst dürften sie am Pregel eingetroffen sein. Noch also gibt es nicht den geringsten Anlass, sich Sorgen zu machen.«

»Ihr habt ja recht«, stimmte sie kleinlaut zu, »ich bin wie immer zu ungeduldig. Es ist wohl die Stille in diesem großen Haus, die mir so schwer auf dem Herzen liegt. Nichts lenkt mich hier von all den Grübeleien wirkungsvoll ab.«

»Dabei dachte ich, Ihr studiert die Schätze, die unser verehrter Freund Hartung hierhergeschafft hat. Ich glaube, höchstens die Sammlung des geschätzten Morel in Eurer früheren Heimatstadt Frankfurt am Main ist dieser hier einigermaßen ebenbürtig.« Sein Lächeln wurde breiter. »Nein!«, er hob den Zeigefinger, »in einer Sache übertrifft der gute Morel unseren lieben Hartung. Erratet Ihr es?«

»Spannt mich nicht auf die Folter, mein Bester. Mir gelingt es kaum, meine Gedanken zusammenzuhalten«, wich sie aus.

Nur ungern ließ sie sich an Frankfurt erinnern. Die Begegnung mit Mathias und Adelaide hatte genug unliebsame Erinnerungen aufgewühlt.

»Ihr seid nicht mit aller Aufmerksamkeit bei der Sache«, tadelte Helmbrecht scherzend. »Ist Euch noch nicht aufgefallen, was in Hartungs Wunderkosmos fehlt? Dabei ist das ein Schwerpunkt von Morels Sammlung.«

»Bitte, mein Lieber, martert mich nicht mit alten Geschichten«, bat sie. Trotz des gutangefachten Ofenfeuers fror sie. Hände und Füße waren eiskalt, ihr schmächtiger Leib zitterte. Eng schlang sie die Arme um den Oberkörper.

»Geht es Euch nicht gut?« Besorgt musterte er sie und trat näher.

Sein Geruch betörte sie. Er hatte wieder Kaffee getrunken und geraucht. Es erinnerte sie an Eric. Ihr verstorbener Gemahl war diesen Genüssen ebenfalls nicht abgeneigt gewesen. Warum nur kam sie nicht von ihm los? Die schwarzen Einsprengsel in Helmbrechts Augen funkelten im Gegenlicht, die Flügel seiner großen Nase bebten leicht. Sie sollte endlich mit der Vergangenheit abschließen und sich dem Jetzt zuwenden.

»Ich wollte Euch nicht lästig fallen«, fuhr Helmbrecht fort. »Ich finde es nur immer wieder erstaunlich, dass unser guter Freund Hartung zwar selbst ähnlich erfolgreich wie Ihr mit Bernsteinen handelt, aber kein einziges der ihm angebotenen, oft ausgefallenen Stücke je in sein Wunderkabinett aufgenommen hat. Was sagt Ihr dazu?«

»So weit bin ich in all den Tagen noch gar nicht gekommen«, gab sie kleinlaut zu. »All die vielen Dinge, die es zu bestaunen gibt, haben mich hervorragend darüber hinweggetäuscht. Ohne Euren Hinweis wäre es mir vermutlich nie aufgefallen.«

»Das Offensichtliche übersieht man allzu leicht«, stellte er fest und suchte ihren Blick. Das Bernsteingold seiner Augen glänzte. Sie spürte, wie es sie in Bann schlug, wie sie in den geheimnisvollen Tiefen versinken wollte.

»Es ist einem zu vertraut und selbstverständlich.«

Beharrlich kämpfte sie gegen die Verlockung an, sich einfach in seine Arme sinken zu lassen.

»Ich hoffe, Euch wird der Umgang mit dem kostbaren Bernstein niemals zu selbstverständlich. Es wäre schade um das Wunder, das jeder einzelne in sich trägt.«

Unter seinen letzten Worten war seine sonst so volle Stimme zu einem heiseren Krächzen geworden. Umständlich begann er, in seiner Rocktasche zu suchen. Behutsam zog er ein kleines Kästchen hervor und reichte es ihr. Erstaunt sah sie das Zittern seiner Hände. Es rührte sie.

»Ein kleines Geschenk für Euch, meine Liebe. Mit meinen Worten wollte ich es etwas galanter anbringen, das aber scheint mir wohl gründlich misslungen. Verzeiht!«

»Ein Geschenk? Für mich? Ihr verwöhnt mich, mein Bester!«

Sie nahm das Kästchen, ließ ihre Hände dabei auf den seinen ruhen, genoss die Wärme, die er ausstrahlte.

»Ihr habt es nicht anders verdient«, erwiderte er leise und rückte noch ein wenig näher an sie heran.

Ihr Herz klopfte heftig. Heiß spürte sie seinen Atem im Gesicht, sog seinen herben Duft ein. Sie schloss die Augen, spürte seine Lippen auf den ihren, öffnete sie willig. Zum ersten Mal, seit sie sich kannten, gab sie sich einem Kuss mit ihm hin. Bald schloss Helmbrecht sie in die Arme, drückte sie fest gegen seine Brust. Beglückt ließ sie es geschehen.

Eine halbe Ewigkeit später erst ließen sie wieder voneinander, hielten die Blicke allerdings weiter ineinander versenkt.

»Wollt Ihr das Kästchen nicht öffnen?«, fragte er schließlich.

Unfähig, einen Ton herauszubringen, nickte sie nur stumm und hob den Deckel an. Ein Bernstein lag darin, eingefasst in Silber, das zu einem zarten Ring geschmiedet war.

»Nach all den Jahren hielt ich es an der Zeit, Verehrteste«, begann er, »Euch noch einmal an Eure Antwort von ehedem zu erinnern. Im August 1658 habe ich Euch gefragt, ob ich hoffen darf. Damals gabt Ihr zurück, die Hoffnung erlösche nie. Doch irgendwann ist der Zeitpunkt gekommen, an dem man sich noch einmal mit dem zart lodernden Funken beschäftigen muss. Vielleicht ist es möglich, ihn stärker anzufachen. Oder man sollte ihm die Gnade erweisen, ein für alle Mal auszubrennen. Nachdem der Bernstein, den ich Euch seinerzeit überreicht habe, ein wenig zu groß und schwer wog, habe ich diesen hier ausgewählt. Er mag Euch direkter an meine Frage gemahnen. Zwar hält er kein Insekt in sich gefangen, doch wenn Ihr ihn genauer anschaut«, behutsam nahm er ihn aus dem samtigen Polster und hielt ihn ihr vor Augen, »dann erkennt Ihr die unendliche Tiefe, die er in sich birgt. Seid Euch sicher, meine Teuerste: So tief, wie dieser Stein, so tief ist meine Liebe zu Euch. Vielleicht wagt Ihr das Abenteuer und lasst Euch einfach hineinfallen. Ich verspreche Euch, ich werde Euch auffangen und auf Händen über alle Abgründe des Lebens hinwegtragen.«

Sanft steckte er ihr den Ring an den rechten Finger und umschloss ihre Hand abermals mit der seinen. Wieder schauten sie einander an, versanken ineinander.

»Ihr habt recht, mich an jene Zeit vor vier Jahren zu erinnern. Vor Eurem Eintreten war ich in Gedanken selbst nicht weit entfernt. So, wie es aussieht, ist heute der richtige Tag, mit den alten Zeiten abzuschließen. Ich verrate Euch noch ein Geheimnis.« Kurz suchte sie nach den geeigneten Worten, lächelte dazu. »Unser lieber Freund Hartung hat diese Schätze hier nicht eigenhändig zusammengetragen. Ausgerechnet mein verstorbener Gemahl hat ihm einen Großteil der Absonderlichkeiten beschafft.«

»Ein seltsamer Zufall«, pflichtete er bei. »Oder aber vom Schicksal so gewollt. Ausgerechnet im Schatten der von Eurem Gemahl zusammengetragenen Altertümer finden wir beide uns zusammen, um eine gemeinsame Zukunft zu planen.«

»Genauso empfinde ich es auch.«

Sie spürte, wie sich ihre Wangen röteten, als wäre sie keine reife Frau von bald achtunddreißig Jahren, sondern ein unschuldiges junges Ding.

»Das heißt doch nichts anderes, als dass wir die vergangenen Zeiten endlich zu diesen verstaubten Kuriositäten in die Schaukästen räumen dürfen. Wenn uns danach ist, können wir sie hervorholen und uns an ihrem Anblick erfreuen. Gemeinhin aber sollten wir uns umwenden und nach vorn schauen.«

Sie umfasste den Bernstein an ihrem Finger und drückte ihn gegen ihre Brust. Ihre grünen Augen strahlten.

»Heißt das«, krächzte er heiser und packte sie sacht an den Schultern; seine narbigen Wangen glühten, um seine Mundwinkel zuckte es, »Ihr seid bereit, den Funken Hoffnung endlich kräftiger anzufachen?«

»Nicht nur das«, erwiderte sie, »ich will ihn richtig zum Lodern bringen. Hoffentlich erlischt er erst in weiter Zukunft.«

»Das hoffe ich auch.«

Abermals umschlang er sie und küsste sie. Leidenschaftlicher noch als vorhin gab sie sich ihm hin. Dieses Mal war es an ihm, als Erster abzulassen. Verlegen hüstelte er in die Faust.

»Verzeiht, meine Liebe. Sosehr mich das unverhoffte Glück berauscht, so sehr muss ich mich doch auch wieder darauf besinnen, einen klaren Kopf zu behalten.«

»Habt keine Angst, mein Bester, auch dabei unterstütze ich Euch gern.«

»Daran hege ich nicht den geringsten Zweifel.« Er verbeugte sich leicht. »Deshalb möchte ich Euch bitten, mich gleich jetzt ins Spital zu begleiten. Ich muss dringend mit Eurer Base und Eurem Neffen sprechen. Euer Beistand könnte mir dabei von großem Nutzen sein.«

»Lasst mich raten: Es geht darum, Mathias von hier wegzubringen und vor dem Zugriff der Kurfürstlichen zu retten.«

»Die Zeit drängt. Je länger er hierbleibt, desto mehr wächst die Gefahr, entdeckt zu werden.«

Wenig später hasteten Magdalena und Helmbrecht Seite an Seite den Berg hinauf, am Dom und dem Domherrenstift vorbei zum Heilig-Geist-Spital. Die Dezembersonne glitzerte auf dem gefrorenen Schnee. Mehrmals schloss Magdalena geblendet die Augen, so hell erschien ihr das Licht nach all den Tagen in Hartungs dämmrigem Wunderkabinett. Helmbrecht schritt so weit aus, dass sie Mühe hatte, gleichauf zu bleiben. Außer ihnen war kaum jemand unterwegs.

»Was denkt Ihr?« In abgehackten Worten berichtete Helmbrecht derweil, wie er sich die weitere Entwicklung vorstellte: »Mathias wird inzwischen wohl kräftig genug sein, einige Stunden im Sattel zu verbringen. Die erste Etappe führt bis Elbing. Zwar ist es vom polnischen König an den Kurfürsten verpfändet, doch es halten sich dort zurzeit keine preußischen Truppen in nennenswerter Zahl auf. Wenig wahrscheinlich also, dass Mathias dort von einem ehemaligen Kameraden erkannt wird. Anschließend geht es die Weichsel hinauf und letztlich über Lodz nach Krakau. Befreundete Kaufleute werden ihn dort aufnehmen. Gewiss kann er da auf Dauer bleiben und sich eine eigene Existenz aufbauen.«

»Das klingt, als müsse er sich für die nächsten Jahre auf eine Lehrzeit in einem Handelskontor einstellen«, hakte Magdalena ein. »Das wird ihn nicht sonderlich freuen.«

»Solange ihm nur die Wahl zwischen Galgen und Kontor bleibt, dürfte selbst ihm die Entscheidung leichtfallen.«

Helmbrecht gab sich ungerührt.

»Ich bin Euch von Herzen dankbar, dass Ihr Euch ein weiteres Mal für meinen Neffen einsetzt. Dabei seid Ihr ihm gegenüber zu nichts verpflichtet.«

»Ihm gegenüber sicher nicht, aber Euch«, warf er mit einem Augenzwinkern ein. Sie blieben stehen, sahen einander an. »Es wird Zeit, dass wir die Förmlichkeiten lassen. Findest du nicht?«

»Hier, nur wenige Schritte vom Eingang zum Domherrenstift entfernt?«

Sie lachte. Schon beugte er sich vor und küsste sie ungeachtet der Örtlichkeiten und der Frage nach der Schicklichkeit. Sie genoss es, das altbekannte Kribbeln im Bauch endlich wieder zu spüren. Seit vielen Jahren hatte sie nicht mehr so empfunden. Glücklich schmiegte sie sich an ihn. Viel zu schnell ließ er sie wieder los. Sein Blick war ernst.

»Was ist dir auf einmal?«, fragte sie. »So rasch wird keiner der ehrwürdigen Herren herauskommen und uns schelten.«

Helmbrecht erwiderte nichts, sondern wandte den Kopf und sah nach Osten hinüber, in die Weite des winterlich eingekleideten Landes. Magdalena begriff.

»Du selbst bringst Mathias nach Krakau, nicht wahr?«

Bang studierte sie die Regungen auf seinem Gesicht, beobachtete, wie der bernsteinfarbene Grundton in seinen Augen sich aufhellte, auch die Narben auf den Wangen an Farbe gewannen.

»Wann?«, fragte sie und wusste im selben Moment schon die Antwort. »Also heute noch. Ich hätte es mir denken können.«

Damit war es an ihr, sich ebenfalls abzuwenden. Die aufsteigenden Tränen sollte er nicht sehen.

»Meine Geschichte scheint sich immer aufs Neue zu wiederholen«, sagte sie leise und rang dabei um einen ruhigen Ton. Sie wartete einige Atemzüge lang. Dann erst sprach sie weiter. »Es ist wohl immer das Gleiche: Kaum habe ich meine Liebe gefunden, steht der Abschied bevor. Genau das ist es, wovor ich mich zeit meines Lebens fürchte. Bislang ist es mir nie vergönnt gewesen, mit dem Mann meines Herzens auf Dauer mein Glück zu leben. Anscheinend liebe ich stets die falschen Männer. So ist denn das stete Zurückgelassenwerden mein Los.«

Entschlossen wischte sie sich über die Wangen und setzte ein schüchternes Lächeln auf, als sie den Kopf wieder hob.

»Trotzdem«, fuhr sie fort, »ist es besser, den Falschen zu lieben als gar nicht zu lieben. Irgendwann wirst auch du zu mir zurückkehren. Und dann ist es an der Zeit, für immer zusammenzubleiben.«

Statt einer wortreichen Erwiderung schloss er sie einfach ein weiteres Mal fest in die Arme.

# 19

Lange schon, bevor der Wagen im Kneiphof eintreffen sollte, lief Carlotta immer wieder zum Fenster und sah hinaus. Ein winterliches Schneegestöber hüllte das Geschehen auf der Langgasse in einen schier undurchdringlichen Schleier. Gewiss würde Tromnaus Fuhrmann unter diesen Bedingungen die Reise verzögern, wie er das bereits auf ihrer gemeinsamen Fahrt Anfang des Monats getan hatte. Bis Weihnachten blieben nur wenige Tage. Es wäre schade, wenn die Reisenden nicht rechtzeitig zum Christfest am Pregel eintreffen würden. Carlotta wandte sich zurück ins Kontor.

Die drei Schreiber Egloff, Breysig und Steutner beugten sich tief über die Pulte und kratzten einträchtig mit ihren Federn über das Papier. Für einen kurzen Moment unterbrach Steutner sein Tun und sah zu ihr auf. Das Scharren seiner Stiefel über den Dielenboden stoppte. Sie nickte ihm zu. Er verdrehte die Augen, vollführte mit dem Kopf seltsame Bewegungen, räusperte sich und zeigte schließlich wie zufällig mit der Feder zum vorderen der drei Fenster. Erst jetzt begriff sie, dass er sie auf etwas hinweisen wollte.

Langsam schritt sie nach vorn, machte wie zufällig auf dem Absatz kehrte und blickte geradewegs zum Fenster. Gerade noch konnte sie erkennen, wie draußen vor der Scheibe Farenheid, Boye und Gellert ihre Köpfe hinter die Mauer des Beischlags duckten. Zu spät – sie hatte sie erkannt.

»Was soll das?«, rief sie. »Wieso starren die so schamlos in unser Kontor?« Sie hastete zum Fenster und riss es auf. »Was fällt Euch ein? Belauert Ihr uns am helllichten Tag? Habt wenigstens den Mut und kommt herein, mir Rede und Antwort über Euer seltsames Verhalten zu stehen.«

Sie wartete, bis die drei ihrer Aufforderung nachkamen und zur Haustür eilten. Erst dann schloss sie das Fenster und ging Richtung Diele, um die Kaufmannsgenossen zu empfangen.

»Soll ich Euch begleiten?«, fragte Egloff. Auch Steutner ließ durch ein Hüsteln seine Bereitschaft erkennen mitzukommen. Lediglich Breysig steckte die Nase noch tiefer als zuvor in seine Unterlagen.

»Danke«, winkte Carlotta ab und lächelte. »Mit diesen drei Herren komme ich gut allein zurecht. Darauf freue ich mich seit Wochen.«

Gut gelaunt schlüpfte sie hinaus. Milla hatte den drei Besuchern bereits die schneenassen Umhänge und Hüte abgenommen. Lina rückte ihnen Stühle am Tisch zurecht, und Hedwig huschte mit dem kleinen Karl auf dem Arm die Treppe hinauf, um die Herren gar nicht erst begrüßen zu müssen.

»Vermutlich wollt Ihr wissen, wann meine Mutter hier eintrifft«, verzichtete Carlotta auf eine umständliche Begrüßung.

»Der verehrte Hartung hat uns eben in der Börse davon in Kenntnis gesetzt, dass sie mit Tromnau und Hohoff für heute Nachmittag erwartet wird«, ergriff der stämmige Farenheid das Wort und strich sich über den grauen Bart. »Da wollen wir ihr im Namen der gesamten Kneiphofer Kaufmannschaft natürlich gleich unsere Aufwartung machen.«

Seine dröhnende Stimme erfüllte die Diele. Oben im ersten Stock antwortete Linas Sohn mit einem Gluckser, worauf Hedwig etwas Beruhigendes krächzte. Das Schlagen einer Tür wies darauf hin, dass sie in der Wohnstube verschwunden war.

»Deshalb sind wir so schnell wie möglich hierhergeeilt«, ergänzte Gellert. »Offenbar sind wir noch zu früh.«

Die knotigen Finger zwirbelten den roten Bart. Im Schein der Kandelaber erkannte Carlotta an seinem Gesicht, wie sehr ihn die Gicht quälte.

»Braucht Ihr etwas gegen die Schmerzen? Ich kann Euch rasch ein wirksames Pflaster aus Bleiweiß, Baumöl, Mennige und venezianischen Seifen bereiten. Zeigt mir Eure Hände, ich lege das Pflaster gleich an. Für ein paar Stunden habt Ihr dann wieder Ruhe vor dem Podagra.«

Sie trat näher zu ihm hin, um die Finger genauer anzusehen. Er aber zog sie gleich hinter den Rücken zurück.

»Nicht nötig.«

»Seht Ihr«, mischte sich Boye ein und polierte seine angelaufenen Brillengläser, »das gute Fräulein bietet selbst Euch seine Hilfe an. Und das, nachdem Ihr ihm und der guten Frau Grohnert so übelwolltet. Höchste Zeit«, er wandte sich mit einer tiefen Verbeugung an Carlotta, »dass wir uns bei Euch offen entschuldigen. Die gesamte Kaufmannschaft aus dem Kneiphof, der Altstadt und dem Löbenicht, kurz gesagt alle aus dem gesamten Königsberg sind froh, Euch und in Kürze auch Eure Mutter wieder in der Stadt zu wissen. Wollen wir hoffen, dass damit alle Missverständnisse ausgeräumt sind.«

Er setzte sich die Brille wieder auf die Nase und sah zufrieden von einem zum anderen. Farenheid und Gellert wirkten leicht verschnupft, und Carlotta mühte sich, nicht laut aufzulachen. Zu deutlich stand ihr vor Augen, wie die drei Herren in der Nähe des Fischmarkts so böse über die Mutter und sie hergezogen hatten. Kaum zu fassen, wie sie nun darum buhlten, einen anderen Eindruck zu hinterlassen.

»Was heißt, es galt, Missverständnisse auszuräumen?«, warf Farenheid entrüstet ein. »Erstens wollte keiner hier den verehrten Grohnert-Damen übel. Da habt Ihr wohl etwas gründlich missverstanden, mein Bester.«

Sein rechter Zeigefinger schnellte nach vorn und tippte Boye anklagend gegen die Brust. »Wir waren einfach nur besorgt, was sich um die Damen zusammengebraut hat. Schließlich seid Ihr gänzlich ohne männlichen Beistand.«

»Und als Ihr dann auch noch so überstürzt die Stadt verlassen habt, wurde uns mulmig«, pflichtete Gellert bei. »Bei Nacht und Nebel, im dichtesten Schneetreiben – was hätte Euch da nicht alles zustoßen können! Noch dazu, wo Tromnau und Hohoff sehr rauhe Burschen sind. Da hätte es wahrlich weitaus bessere Gesellschaft für Euch gegeben als ausgerechnet die beiden Löbenichter Kaufleute.«

Farenheid schnaubte, weil er offenbar befürchtete, der andere stehle ihm die Aufmerksamkeit. Brüsk schob er sich wieder nach vorn. »Zweitens bilden wir hier sozusagen eine Art Vertretung für die übrigen Zunftgenossen, die schlechterdings nicht alle hatten hierherkommen und die hochgeschätzte Frau Grohnert begrüßen können. Gestattet uns also, verehrtes Fräulein Grohnert, dass wir uns zu Euch gesellen und gemeinsam mit Euch auf das Eintreffen des Wagens warten.«

Laute Schritte draußen auf dem Beischlag ließen sie allesamt herumfahren. Männerstimmen drangen herein. Carlottas Herz machte einen kleinen Sprung, als sie sie erkannte. Noch bevor die beiden Mägde ihr zuvorkommen konnten, eilte sie zur Tür und riss den schweren Türflügel auf. Verdutzt sah der alte Kepler sie an. Christoph, der seinen Vater nicht viel überragte, zwinkerte ihr frech über die Schulter des Alten hinweg zu.

»Mir scheint, Ihr habt uns schon erwartet«, posaunte Ludwig Kepler und lupfte den spitzen Hut. »Oh, ich sehe, Ihr habt viel Besuch. Gott zum Gruße, meine Herren«, lächelte er den Kaufleuten zu, die ob des unerwarteten Auftauchens des kurfürstlichen Leibarztes bestürzt schienen.

»Wie schön, Euch hier zu treffen. Dann können wir alle gemeinsam der verehrten Frau Grohnert einen großen Empfang bereiten. Noch dazu habe ich allerbeste Neuigkeiten.« Vergnügt zwinkerte er Carlotta zu. »Der gute Caspar Pantzer befindet sich, wie ich höre, ebenfalls mit in dem Wagen, der sie zu uns an den Pregel zurückbringt. Eben habe ich von der ehrwürdigen Universität die Zustimmung erhalten, den jungen Apotheker aus dem Löbenicht alsbald ins Kollegium einzuladen. Dort wird er uns die Mischung jener berühmten Wundersalbe vorführen, die die verehrte Frau Grohnert einst von ihrem Lehrmeister erhalten hat. Mein Sohn«, er wies auf Christoph, der sich bislang im Hintergrund gehalten und Carlotta immerzu verzückt angelächelt hatte, »wird ihm dabei assistieren und die Wirksamkeit der Salbe aus medizinischer Sicht erläutern. Damit tritt der gute Pantzer ganz in die Fußstapfen seines verehrten Vaters, der einst seinen berühmten Theriak in der Albertina präsentiert hat. Was sagt Ihr dazu?«

Beifall heischend schweifte sein Blick über die Anwesenden. Carlotta vermochte sich jedoch nicht so recht zu freuen. Auch wenn Pantzer letztlich der entscheidende Schritt zur Entschlüsselung der Salbenrezeptur gelungen war, so hatte sie doch viel Vorarbeit geleistet. Sie spürte einen Arm auf ihrer Schulter. Unbemerkt war Christoph an sie herangetreten.

»Nicht traurig sein, Liebste«, wisperte er ihr ins Ohr. »Wir alle wissen, dass du maßgeblich dazu beigetragen hast. Aber Frauen können nun einmal nicht in der ehrwürdigen Fakultät auftreten, geschweige denn, den Gelehrten und Studiosi einen

Vortrag halten. Du kannst jedoch versichert sein, dass Caspar und ich deinen Beitrag zu dem Ganzen nicht verschweigen werden. Wir sitzen bereits an einer Schrift, in der wir das kundtun.« Er drückte sie an sich und hauchte ihr einen Kuss aufs rotblonde Haar. »Du weißt ja, ohne deine Unterstützung reicht es bei mir eben nur zum närrischen Quacksalber. Allein deshalb muss ich mich mit dir gut stellen, sonst werde ich mit meinen Künsten nicht weit kommen.«

»Apotheker Heydrich wird nicht eben jubilieren«, bemerkte derweil Boye und rückte seine Brille auf der Nase zurecht. Gellerts knotige Finger fuhren gedankenverloren durch den roten Bart.

»Das wird ein großer Moment für die Albertina«, rang sich Farenheid zu einer Bemerkung durch. »Wie gut, dass Ihr Euch so um den jungen Apotheker aus dem Löbenicht gekümmert habt. Es sah doch lange Zeit so aus, als könnte er das Erbe seines Vaters nicht sonderlich gut ausfüllen.«

»So ist das wohl mit den Söhnen.« Der kurfürstliche Leibarzt schenkte Christoph einen vielsagenden Blick. »Man muss sich einfach in Geduld üben, bis die Zeit reif ist, dass sie ihre wahren Fähigkeiten beweisen. Manch einer braucht dazu allerdings nicht nur die Hilfe seines Vaters, sondern auch weitere Unterstützung von gänzlich unerwarteter Seite.« Er zwinkerte Carlotta zu. »Wollen wir hoffen, dass sie sich derer fortan immer sicher sein können.«

»Sie kommen!«, platzte in diesem Moment Steutner vom Kontor aus herein. »Ich habe den Wagen vom Fenster aus gesehen.«

Er machte sich nicht die Mühe, die Besucher zu begrüßen, sondern lief gleich weiter zur Eingangstür. Ein heftiger Windstoß fegte ihm entgegen, sobald er sie öffnete. Die eisige

Luft breitete sich sofort in der Diele aus. Carlotta fröstelte, und Christoph nutzte die Gelegenheit, sie inniger an sich zu drücken. Lina und Milla rückten enger an das Herdfeuer heran.

Bedächtig stieg eine hochgewachsene Frauengestalt in Kobaltblau die Treppen des Beischlags herauf. Enttäuscht blickte Carlotta ihr entgegen. »Marietta, Ihr?«

»Verzeiht«, entschuldigte sich die Kauffrau aus Brügge mit ihrem auffälligen Akzent und trat ein. »Ich werde Euch nicht von der Begrüßung Eurer Mutter abhalten. Erlaubt mir bitte, sie nur noch einmal in die Arme zu schließen. Dann kann ich beruhigt nach Hause fahren.«

»Ihr reist ab?«, hakte Carlotta nach und reckte sich auf die Zehenspitzen, um an der großen Frau vorbei die Tür fest im Blick zu behalten.

»Gerade ist das Wetter günstig. Die Gelegenheit muss ich nutzen. Sobald ich Eure Mutter ans Herz gedrückt und ihr alles Gute für die Zukunft gewünscht habe, wird mein Wagen kommen.« Marietta lächelte. »Jetzt, da sich alles zum Guten gewendet hat, brauche ich nicht mehr länger am Pregel zu verweilen. Doch seid gewiss: Im nächsten Frühjahr schon bin ich wieder da. Dann können Magdalena und ich endlich darangehen, unsere geschäftliche Zusammenarbeit zu beginnen. Dazu bin ich doch hierhergereist.«

Von der Straße klangen die Rufe des Fuhrmanns herüber. Pferde wieherten, Wagenräder knirschten im Schnee. Es dauerte nicht lange, und eine kleine Gruppe dick in Mäntel und Umhänge gehüllte Menschen trat über den Beischlag zur Tür herein. Artig machte Marietta ihnen Platz. Carlotta wurde unruhig. Endlich entdeckte sie Magdalenas zierliche Gestalt inmitten der Gruppe und stürzte auf sie zu.

»Mein Liebes, wie schön, wieder bei dir zu sein.« Die Mutter schloss sie fest in die Arme. »Es tut so gut, nach Hause zu kommen.«

»Dabei warst du gar nicht so lange weg«, entgegnete Carlotta. »Auf den Tag genau drei Wochen sind seit unserer Abreise aus dem Löbenicht vergangen.«

»Mir ist, als wäre es eine Ewigkeit. Seither ist einfach so viel geschehen. Wieso haben wir Besuch? Ihr seid gewiss nicht alle meinetwegen hier.«

Verwundert schaute die Mutter die Runde entlang. Die Kaufleute verneigten sich wohlerzogen. Marietta löste sich aus dem Halbkreis und umarmte sie herzlich. Erfreut ließ sie es geschehen. Zuletzt fiel ihr Blick auf den alten Kepler.

»Doktor! Ihr seid bereits wieder wohlauf?«

»Da staunt Ihr, Verehrteste, nicht wahr?«

Der Altstädter Stadtphysicus trat auf sie zu und lachte sie an. Verblüfft wich Magdalena zurück. Carlotta und Christoph wechselten vielsagende Blicke.

»Eure Bernsteinessenz hat wahre Wunder bewirkt«, rief er laut und freute sich an den verdutzten Gesichtern der Kneiphofer Kaufleute. »Insbesondere diejenige Version, die Ihr zur Stärkung des Herzens mit Essig aufbereitet. Ihr habt recht gehört, meine Herren. Allein der Wirksamkeit dieser Medizin habe ich es zu verdanken, so rasch wieder auf die Beine gekommen zu sein. Wäre letztens nicht das hochverehrte Fräulein Grohnert an meinem Krankenbett aufgetaucht, hätte die gutgemeinte Fürsorge von Doktor Lange mich wohl noch über Wochen ins Bett gezwungen, wenn nicht gar doch bald das Auftauchen des Pfarrers zur Letzten Ölung nötig gemacht. Sie aber hat gleich erkannt, was mir fehlt. Wäre sie nicht Wundärztin, meine Herrschaften, würde ich den durchlauchtigsten Kurfürsten bitten, sie an meiner statt zu seinem Leibarzt zu ernennen. Eine bessere medizinische Versorgung als durch sie ist wohl kaum möglich. Selbst im Hinblick darauf, alles in die Ausbildung meines Sohnes gesetzt zu haben, muss ich das ehrlicherweise eingestehen.«

Schmunzelnd hielt er inne. Die Kaufleute blickten betreten zu Boden. Das spornte den Medicus weiter an.

»Aber Gott, der Allmächtige, hat wohl ein Einsehen mit den Ängsten eines geplagten Vaters wie mir. So hat er denn auf seine Weise dafür gesorgt, dass mein studierter Sohn und die überaus gescheite junge Wundärztin einen Weg gefunden haben, wie sie künftig mit vereinten Kräften für das Wohl ihrer Mitbürger sorgen werden. Ich will meinem Sohn jedoch nicht vorgreifen, verehrte Frau Grohnert. Doch als stolzer Vater bitte ich Euch, sein Anliegen, das er Euch gleich unterbreiten wird, mit äußerstem Wohlwollen aufzunehmen.«

Magdalena war verblüfft, Carlotta glühten die Wangen. Auch Christoph wirkte verlegen. Lediglich Marietta schmunzelte wissend. Die Kaufleute gaben sich zutiefst beeindruckt. Farenheid verbeugte sich zu Carlotta und Magdalena hin, die beiden anderen taten es ihm nach. Boye begann alsbald in die Hände zu klatschen, zögernd fielen die anderen ein.

»Das sind sehr viele aufregende Neuigkeiten, verehrter Kepler«, sagte Magdalena. »Wenn Ihr erlaubt, begrüße ich erst noch meine Schreiber und wechsle einige Worte mit meinen Kaufmannsgenossen. Dann sollten wir uns zurückziehen, um in Ruhe mit unseren Kindern zu sprechen.«

»Wir wollen Euch nicht lange aufhalten«, schaltete sich Farenheid ein. »Jetzt, da wir Euch wohlbehalten vor uns sehen, verehrte Frau Grohnert, ist unser Anliegen fürs Erste erfüllt.

Wenn Ihr erlaubt, benachrichtigen wir die übrigen Zunftgenossen in der Börse über Eure Rückkehr. Alles Weitere können wir morgen oder in den nächsten Tagen besprechen. Übrigens soll ich Euch im Auftrag der allseits geschätzten Witwe Gerke ganz besonders herzlich willkommen heißen.«

»Oh«, entfuhr es Magdalena. »Wie schön, von ihr zu hören. Gleich morgen werde ich sie aufsuchen. Wenn Ihr so gütig seid, Ihr das auszurichten?«

Anders als die übrigen Anwesenden kannte Carlotta die Mutter gut genug, um das Lächeln auf ihrem Gesicht richtig zu deuten. Belustigt zwinkerte sie ihr zu.

»Was ist mit Tante Adelaide? Wollte sie nicht mit dir kommen?«, fragte sie neugierig.

»Nein«, erwiderte Magdalena mit einem Anflug von Traurigkeit in der Stimme. »Sie hat sich entschlossen, in Frauenburg zu bleiben. Die Aufgabe als Apothekerin füllt sie voll und ganz aus. Das ist wohl auch gut so, jetzt, da Mathias sie wieder auf unbestimmte Zeit verlassen musste und sie auf sich allein gestellt ist.«

»Zumindest weiß er künftig, wo er sie finden kann. Dieses Mal scheiden die beiden im Guten voneinander und werden wohl Kontakt zueinander halten.«

»Stimmt, danach sieht es aus.« Magdalenas Blick schweifte ab. Eine Weile gab sie sich ihren Gedanken hin.

Da erklang aus dem oberen Geschoss lautes Gepolter. Hedwig kreischte auf, Kindergeschrei folgte. Dann wurde es mucksmäuschenstill.

Erschrocken sahen sie einander an. Lina schob die verdutzten Kaufleute vor der Treppe beiseite und stürmte die Treppe hinauf.

»Ich glaube, ich werde da oben gebraucht.«

Carlotta eilte hinterher. Kurz nach der rundlichen Magd traf sie oben in der Wohnstube ein. Zunächst war in dem langgestreckten dämmrigen Raum nichts zu erkennen. Fragend sahen sie und Lina sich an. Erst Hedwigs lautes Schnaufen aus der linken Ecke ließ sie dort hinüberschauen.

»Karlchen!«, stieß Lina aus und nahm das weinende Kind auf die Arme.

Carlotta wartete noch einen Moment, um gegen das aufsteigende Lachen anzukämpfen. Der Anblick, der sich ihr bot, war zu komisch: Das Bildnis des ehrfürchtigen Ahns Paul Joseph Singeknecht war von der Wand gefallen. Die Leinwand hatte Hedwigs breiten Schädel getroffen. Dabei war sie zerrissen und krönte nun als übergroße Halskrause die Schultern der Köchin. Mit hochrotem Kopf saß sie auf der Wäschetruhe, die unter dem vormaligen Platz des Porträts stand, und erholte sich nur langsam von dem Schreck.

»Ich habe dem Kleinen doch nur das Bild von nahem zeigen wollen«, krächzte die Alte. »Da er die Händchen freudig ausstreckte, habe ich ihn näher hingehalten. Dabei muss er an die Leinwand gekommen sein. Im nächsten Moment ist das Bild von der Wand gekippt und auf uns gestürzt. Verzeiht, Gnädigste!«, japste sie schluchzend gen Tür.

Magdalena stand im Türrahmen, umkränzt von dem alten Kepler und Christoph. Sobald den vieren klar war, dass nichts Schlimmes geschehen war, lachten sie los. Eifrig sprang Christoph Hedwig bei und befreite sie von dem zerschmetterten Kunstwerk.

»Da hat Euch die Vergangenheit wohl ganz kräftig erwischt«, bemerkte er. »Schließlich solltet Ihr froh sein, dass Euch der ehrwürdige Ahn nicht erschlagen hat.«

»Gar so grausam sind unsere Vorfahren nicht«, befand Carlotta. »Die wissen schon, wie wichtig es ist, die Nachfolgenden nicht zu erdrücken.«

»Wollen wir hoffen, dass das so bleibt«, erwiderte der junge Medicus und fasste sie an der Hand.

»Dafür werden wir sorgen.«

»Ich sehe«, meldete sich Magdalena von der Tür her. »Der Ahn hat wohl vor Freude seinen Platz geräumt, um Jüngeren das Feld zu überlassen. So, wie es aussieht, ist die Familie kräftig dabei zu wachsen.«

»Wir werden unser Möglichstes dazu tun, verehrte Frau Mutter.« Christoph vollführte einen Kratzfuß. Carlotta stieß ihn in die Seite.

»Treib es nicht zu bunt«, wisperte sie ihm schmunzelnd zu. »Sonst überlege ich mir das mit dir noch einmal. Was habe ich schließlich davon, wenn du zwar doch nicht als Jahrmarktquacksalber unseren Lebensunterhalt verdienst, dich aber hier in der Stadt wie der kurfürstliche Hofnarr aufführst?«

# Epilog

# Die Huldigung

KÖNIGSBERG / PREUSSEN

*18. Oktober 1663*

Carlotta wunderte sich, wie viele Menschen in den Schlosshof passten. Vor ziemlich genau einem Jahr hatten die Altstädter und Löbenichter dem Kurfürsten an ebendieser Stelle die Ehrungen erwiesen. Schon damals hatte sie gemeint, im dichten Gedränge kaum mehr atmen zu können. Nun waren auch die Kneiphofer Bürger noch hinzugekommen. Es schob und drückte von allen Seiten. Ein jeder wollte in das ummauerte Geviert hinein und versuchte zudem, möglichst nah bei der eigens für Friedrich Wilhelm aufgebauten Bühne zu stehen.

Ein buntgestreifter Baldachin überdachte die an der Ostseite des Hofes errichtete Empore. Längst hatten die zahlreichen Ehrengäste darauf Platz genommen. Darunter waren neben einigen polnischen Gesandten der Bischof von Ermland sowie der königliche Vizekanzler und der kurfürstliche Statthalter Fürst Radziwill. Der brandenburgisch-preußische Kurfürst würde die Empore jedoch erst nach der Festpredigt besteigen, um von dort aus die Huldigung der Stände entgegenzunehmen. Dazu war ein mit rotem Samt ausgeschlagener Thron bereitgestellt worden. Dem zur Seite hatten sich der Landhofmeister mit dem Kurhut, der Oberburggraf mit dem Kurschwert, der Kanzler mit dem Zepter sowie der Obermarschall mit dem Marschallstab postiert.

Trotz aller Vorbehalte kam Carlotta nicht umhin, die Versammlung auf dem Podest mit einem Anflug von Ehrfurcht zu betrachten. Schweiß stand ihr auf der Stirn. Sie nahm ein kleines Seidentuch und tupfte sich damit übers Gesicht.

»Geht es noch, Liebste?«, erkundigte sich Christoph besorgt. »Wahrscheinlich war es keine so gute Idee, hierherzukommen. Angesichts deines Zustands hätte dir ein jeder verziehen, den geforderten Eid nicht ausgerechnet heute persönlich vor Seiner Durchlaucht abzulegen. Als kurfürstlicher Leibarzt hätte mein Vater dir eine andere Gelegenheit verschaffen können.«

Liebevoll strich er mit der Hand über den deutlich vorgewölbten Leib. Es war nur noch eine Frage von wenigen Wochen, bis sie mit ihrem ersten Kind niederkommen würde.

»Mach dir keine Gedanken, Liebster.« Sie lächelte ihren Gemahl an. »Die Enge hat den Vorteil, dass ich im Zweifelsfall gar nicht umkippen kann. Als frisch gekürter Stadtphysicus des Kneiphofs wirst du zudem Mittel und Wege finden, mich davor zu schützen.«

Sie zwinkerte ihm zu. Erst seit Beginn des Oktobers hatte er das Amt inne und fühlte sich noch nicht sonderlich wohl in seinen Würden.

»Davon abgesehen«, fuhr sie leiser fort und drückte ihm beruhigend die Hand, »möchte ich genau wie alle hier versammelten Edelleute, Stadtoberen, Beamte und Bürger der drei Städte am Pregel dem Kurfürsten den Schwur vor aller Augen in die Hand leisten. Der Weg hierher ist lang und beschwerlich genug gewesen. Gerade wir Kneiphofer haben uns heftig widersetzt und stehen auch jetzt nicht sonderlich freudig im Schlosshof. Umso besser ist es, die bittere Pflicht jetzt so schnell wie möglich hinter uns zu bringen. Das Zittern der Stimme, das Schwitzen und Zaudern beim Kniebeugen wird dann eher den herrschenden Bedingungen als der weiter vorhandenen Halsstarrigkeit zugerechnet.«

»Du bist unverbesserlich.«

»Deshalb hast du mich doch geheiratet, Liebster.«

Nicht allein die Enge im Schlosshof machte den Königsbergern zu schaffen. Gott, der Allmächtige, erwies sich Friedrich Wilhelm und seinem mühsam errungenen Sieg über die Stände auf seine Art wohlgefällig. Der Oktober zeigte sich von seiner goldenen Seite. Die Sonne strahlte vom blauen Himmel und sorgte bereits seit den frühen Morgenstunden für ungewöhnlich warme Witterung. Kein Lüftchen regte sich. Bald waren die hochroten Köpfe der Menschen im Schlosshof weniger dem schwelenden Unmut über den verlangten Eid als der spätherbstlichen Hitze geschuldet.

Zumindest der Bischof bewies ein Einsehen und fasste sich in seiner Festpredigt kurz. Damit konnte der Kurfürst endlich seinen Ehrenplatz erklimmen. Bevor er aber das lange Defilee der Stände abnahm, erhob er erst noch seinen Obersekretär Fabian von Kalau für seine Verdienste in den Adelsstand. Ein ungeduldiges Raunen erhob sich in der Bürgerschaft. Die zur Einhaltung der Ordnung abgestellten Soldaten hatten Mühe, der Unruhe Einhalt zu gebieten. Emsig mühten sich die Blauröcke, die protestierenden Bürger in eine Reihe zu drängen. Nur so war gewährleistet, dass jeder ordentlich den Eid in die Hand des Kurfürsten ablegte, den Kalau nicht müde wurde, bei jedem Einzelnen immer wieder aufs Neue zu verlesen.

»Kein Wunder, dass sie unruhig werden«, meinte Christoph und setzte sich in Bewegung, um seiner leidigen Pflicht nachzukommen, »schließlich ist es eine Qual, hier drinnen zusammengepfercht wie das Schlachtvieh zu stehen, derweil draußen auf dem Schlossplatz Bier und Wein auf die durstigen Kehlen warten.«

»Dabei wäre es ein Einfaches gewesen, die Herzen der Königsberger zu erobern.«

Carlotta folgte ihm durch das Gedränge ans Ende der Schlange. Zum Protest eröffneten die Kneiphofer zwei Schritte neben den Altstädtern und Löbenichtern eine eigene Reihe. Kurz zögerte der gebürtige Altstädter Christoph, wohin er sich stellen sollte.

»Natürlich gehört Ihr jetzt zu uns Kneiphofern, mein lieber Physicus.« Ein elegant gekleideter Kaufmann klopfte ihm auf die Schultern. »Oder wollt Ihr uns verleugnen, weil wir Euch weiterhin zu aufmüpfig sind?« Aus dem wettergegerbten Gesicht strahlten ihm zwei helle Augen gutmütig entgegen.

»Lieber Grünheide, wie schön, Euch zu sehen«, grüßte Carlotta den spitzbärtigen Kaufmannsgenossen.

»Gott zum Gruße, verehrte Keplerin«, erwiderte der alte Freund ihrer Mutter. »Wie ich sehe, geht Ihr mit großen Schritten dem freudigen Ereignis entgegen.« Gutmütig nickte er auf ihren schwangeren Bauch. »Ich hoffe, es geht alles gut. Aber im Hause einer so gelehrigen Wundärztin und eines hervorragenden Medicus sollte eigentlich nichts schiefgehen. Eure verehrte Frau Mutter wird sich gewiss gefreut haben, davon zu hören. Hat sie gar vor, aus ihrer neuen Danziger Heimat für einige Zeit wieder in die Langgasse zurückzukehren? Die Geburt eines Enkelkinds ist doch ein willkommener Anlass, nach den alten Zunftgenossen am Pregel zu sehen. Ihr Gemahl, der hochgeschätzte Helmbrecht, wird gewiss nichts dagegen einzuwenden haben. Vielleicht begleitet er sie sogar. Obendrein können die beiden das damit verbinden, dem guten Steutner ein wenig auf die Finger zu sehen. Neidvoll muss ich eingestehen, dass Euer Kontorist die Erfolge Eurer Mutter an der Börse noch in den Schatten stellt. Es ist wirklich ein Glücksfall, einen so tüchtigen Statthalter im Geschäft zu haben.«

»Das ist es in der Tat«, erwiderte sie. »Noch dazu, wo seine Frau, die gute Lina, unserer alten Hedwig weiterhin im Haus so tatkräftig unter die Arme greift. Dabei erwartet sie selbst bald ein Kind.«

»Das freut mich zu hören.« Grünheide zwirbelte den grauen Bart. »Dann wächst der Hausstand in der Langgasse tüchtig an. Wollen wir hoffen, es bleiben uns im Kneiphof fortan Aufregungen wie die des letzten Jahres erspart. Dann sehen alle unsere Nachkommen einer prächtigen Zeit entgegen.«

»Hier steckt ihr«, erklang eine laute Stimme. Sie drehten sich um. Caspar Pantzer schlurfte heran.

»Wir Löbenichter haben unser Soll bereits erfüllt«, verkündete er mit einem belustigten Schmunzeln. »Der Eid liegt hinter uns. Dafür dürfen wir als Erste vorn auf dem Festplatz den Adler bestaunen, der angeblich nur sauren Wein ausspuckt. Wenn wir Glück haben, sammeln wir auch all die goldenen und silbernen Münzen ein, bevor ihr Kneiphofer dazukommt. Die kurfürstlichen Kämmerer streuen sie bereits eifrig unters Volk, wie man hört. Es geschieht euch schwierigen Burschen nur recht, wenn ihr einmal beim Geldscheffeln das Nachsehen habt.«

Lachend tätschelte er Christoph die Schulter und warf Carlotta eine Kusshand zu, bevor er in der nach draußen eilenden Menge verschwand.

»Er ist und bleibt ein Schelm«, entschlüpfte es Carlotta. »Nicht einmal die neue Würde des Hofapothekers ändert etwas daran.«

»Das wäre auch schade«, erwiderte Christoph. »Schließlich ist er uns so, wie er ist, ans Herz gewachsen.«

»Bin ich dir eigentlich auch ans Herz gewachsen?«

Sie stellte sich auf die Zehen, um ihm geradewegs in die grauen Augen zu schauen.

»Mein ganzes Herz ist erfüllt von dir, meine Liebe.« Schelmisch zuckte es um seinen Mund.

»Du bist und bleibst ein listiger Königsberger.«

»Hast du dir den nicht immer zum Gemahl gewünscht?«

»Nur, wenn er brav dabei bleibt, was er tun soll«, erwiderte sie leise.

»Und das wäre?«

»Das weißt du genau: allein mit Worten scharf zu schießen und niemals zu scharfen Waffen zu greifen.«

# Nachbemerkung

Königsberg im Herbst 1662 – das ist noch nicht jene (ost-) preußische Stadt, die aus der jüngsten Geschichte bekannt ist. Noch bilden die drei eigenständigen Städte Altstadt, Löbenicht und Kneiphof Königsberg, 1724 erst werden sie zu einer Stadt vereinigt. Einig aber sind sich die eigenständigen Bürgerschaften bereits 1662 in einem wichtigen Punkt: Die von Friedrich Wilhelm von Brandenburg (1620–1688), dem »Großen Kurfürsten«, verlangte zusätzliche Steuer, mit der er den Unterhalt eines stehenden Heeres finanzieren will, ist nicht zu akzeptieren. Seit Mai 1661 tagt dazu der Landtag im Altstädter Schloss, ohne dass eine Lösung in Sicht wäre. Natürlich geht es bei diesem Streit weniger um die neue Steuer als darum, dass Friedrich Wilhelm seine Machtposition im Sinne des Absolutismus ausbauen und langfristig sichern will. Durch geschicktes Taktieren ist es ihm bereits gelungen, dem zuvor unter polnischer Lehnsherrschaft stehenden Herzogtum Preußen die volle Souveränität zu verschaffen (vgl. die Verträge von Labiau 1656, Wehlau und Bromberg 1657 sowie Oliva 1660).

Die drei Städte Königsberg begehren dagegen auf, gereicht ihnen dieser Status doch eher zum Nachteil und beschränkt ihre in Jahrhunderten erkämpften Sonderrechte, die sie seit den Zeiten des Deutschen Ordens genießen. Selbst während der polnischen Lehnsherrschaft mussten sie nicht darauf verzichten. Deshalb reist der Kneiphofer Schöppenmeister Hieronymus Roth im Frühjahr 1662 heimlich zum polnischen König Johann II. Kasimir nach Warschau, um sich – »wie in alten Zeiten« – dessen Unterstützung als Lehnsherr zu versichern. Als der daraus resultierende Bundesbrief von den Vertretern aller drei Städte Königsbergs unterzeichnet werden soll, kommt es zur Spaltung der bis dato einheitlichen Front der Stände. Auf Druck von Friedrich Wilhelms Statthalter, Fürst Radziwill, rückt der Altstädter Schöppenmeister von diesen Plänen ab. Ein zweites Bittschreiben an den polnischen König kommt nicht mehr zustande, weil sich die Räte der Altstadt von der Wiederherstellung der polnischen Lehnshoheit in Königsberg distanzieren. Dafür aber marschieren die kurfürstlichen Truppen auf die drei Städte am Pregel zu.

In einigen Darstellungen ist die Anekdote überliefert, die Kneiphofer hätten drei leere Särge aus der Stadt hinaustragen lassen, um das Gerücht vom Ausbruch der Pest zu verbreiten. Daraufhin seien die Kurfürstlichen aus Furcht vor Ansteckung unverrichteter Dinge wieder abgezogen, um am 25. Oktober 1662 unter Anführung des Großen Kurfürsten höchstpersönlich in die Altstadt einzuziehen. Von dreitausend Mann ist die Rede, die unter feierlichem Salut seitens der Altstädter Bürger empfangen werden. Am 30. Oktober bestellt Friedrich Wilhelm die Räte der drei Städte zu sich ins Schloss und lässt den Kneiphofer Schöppenmeister Hieronymus Roth noch am selben Tag von einem Dragonerkommando verhaften. Damit ist der Widerstand der Königsberger gebrochen. Roth bleibt bis zu seinem Tod im Jahr 1678 in Haft, die Königsberger Städte hingegen huldigen dem Großen Kurfürsten im Oktober 1663 untertänigst im Schlosshof. Friedrich Wilhelm besiegelt damit seinen absolutistischen Machtanspruch und legt den Grundstein für die Amtszeit seines Sohnes, Friedrich III., der sich 1701 als Friedrich I. in Königsberg eigenhändig zum ersten König in Preußen krönt.

Die Ereignisse des Herbstes 1662 liefern in leicht abgewandelter Form den historischen Hintergrund für den vorliegenden Roman. Frei erfunden ist die im Prolog beschriebene Versammlung der Kneiphofer Stände im Junkergarten, auf der die siebzehnjährige Romanheldin Carlotta die List mit den leeren Särgen vorschlägt. Ebenso sind die meisten Figuren und ihre weiteren Erlebnisse fiktiv. Allerdings hat neben dem bereits erwähnten aufrührerischen Schöppenmeister Hieronymus Roth (1606–1678) ab 1643 tatsächlich der Sohn des berühmten Johannes Kepler, Ludwig Kepler (1607–1663), als Stadtphysicus der Altstadt sowie als kurfürstlich brandenburgischer Leibarzt am Pregel gewirkt. Dessen Großmutter – und Mutter Johannes Keplers – Katharina, die als »weise Frau« wirkte, wurde 1615 in Württemberg als Hexe angeklagt und 1620 freigesprochen. Ludwig Keplers Sohn Christoph dagegen ist frei erfunden. Historisch nachweisbar ist neben Fürst Boguslaw Radziwill (1620–1669) als kurfürstlichem Statthalter in Königsberg auch dessen Leibarzt Albrecht Lange (1619–1686), der zuvor Feldarzt in der französischen Armee gewesen war. Belegt ist zudem ein gewisser Caspar Pantzer als Apotheker aus dem Löbenicht. 1648 hat er vor dem erlauchten Kreis der Universitätsgelehrten die Mischung seines Theriaks vorgeführt und zudem das Privileg der Hofapotheke erhalten. Nach seinem Tod gab es zunächst über Jahrzehnte keine privilegierte Apotheke mehr, was zu Spannungen innerhalb der Apothekerschaft sowie mit dem kurfürstlichen Hof führte. Im Roman trägt der fiktive Sohn den gleichen Namen wie sein Vater. Der Königsberger Barockdichter

Simon Dach (1605–1659) hat Pantzers Theriak in einem seiner Gedichte gepriesen. Auch ein Apotheker Georg Heydrich wird in den Annalen erwähnt. Er durfte 1662 an der Albertina feierlich die Mischung seines Theriaks vorführen.

Der Wirklichkeit weitestmöglich angenähert ist die Darstellung Königsbergs und seiner Umgebung. Sie beruht auf Berichten und Abbildungen aus der Mitte des siebzehnten Jahrhunderts, die recht zahlreich überliefert sind. Die Wiedergabe der eingestreuten Sinnsprüche auf Königsbergs Häusern und in der Börse folgt einer zeitgenössischen Beschreibung Caspar Steins aus dem Jahr 1644.

Aus den überlieferten Beschreibungen ergibt sich ein anschauliches Bild vom Wesen der damaligen Königsberger. Mit einer gewissen Schlitzohrigkeit und einem ganz eigenen Witz behaftet, wissen sie ihre Sonderrolle im Herzogtum Preußen zu behaupten. So scharf sie ihre Position stets in Worte zu fassen wissen, so vehement lehnen sie den Griff zur Waffe im entscheidenden Moment jedoch ab. Gern wahren sie ihre (geistige) Unabhängigkeit, ungern aber stürzen sie sich in offenen, gar handgreiflichen Streit. Diese Eigenheit scheinen sie sich nicht nur über die Jahrhunderte hinweg bewahrt zu haben, sie ist selbst im heutigen Kaliningrad (wieder) zu beobachten. Mögen die kläglichen Überreste der einst blühenden Stadt am Pregel erschrecken, so erfreulich ist andererseits zu beobachten, mit welchem Selbstbewusstsein sich die Kaliningrader von heute auf die (preußische) Geschichte ihrer Stadt besinnen und mit welchem Geschick sie diese gegenüber anderen Interessen zu verteidigen wissen.

# Glossar

**Akzise:** Verbrauchssteuer, die auf Güter des täglichen Bedarfs erhoben wird

**Albertina:** von Herzog Albrecht von Brandenburg-Ansbach 1544 in Königsberg gegründete (nach Marburg zweite protestantische deutsche) Universität

**Altstadt:** älteste der drei Städte, im Schatten der ehemaligen Deutschordensburg, jetzt Schloss, gebaut

**Amber:** Bernstein

**Beischlag:** nicht überdachter, terrassenähnlicher Vorbau vor den Bürgerhäusern (v. a. in den Ostseestädten Danzig und Königsberg)

**Digestivum:** Lösungsmittel, auch verdauungsförderndes Mittel

**Feldscher:** Wundarzt, Chirurg im Heer

**Heuke:** ärmelloser, etwa wadenlanger, glockenförmiger Mantel ohne Verschluss, bei Frauen oft als Mantelüberwurf getragen

**Huckelkieze:** Tragegestell für schwere Lasten auf dem Rücken

**Hundegatt:** letztes Stück des Alten Pregels, bevor er sich westlich der Kneiphof-Insel mit dem Neuen Pregel vereinigt, an dessen westlicher Seite liegt die Lastadie, der alte Hafen

**Justaucorps:** etwa knielanger, eng anliegender, taillierter Rock für Männer

**Kneiphof:** jüngste der drei Städte Königsbergs, südlich der Altstadt auf der Dominsel gelegen

**Krug:** (Strauß-)Wirtschaft, Gasthaus

**Lastadie:** lat. *Lastadium (= Schiffsballast),* Ablageplatz für die vom Schiff entladenen Waren (Dock, Pier)

**Latwerge:** süßes Mus

**Lischke:** kleine regellose Siedlung aus der Ordenszeit, Dorf mit einfacher Palisadenumzäunung

**Löbenicht:** eine der drei Städte Königsbergs, östlich der Altstadt gelegen

**Lomse:** Pregelinsel in Königsberg, östlich vom Kneiphof

**Lostag:** Kalendertag, der Aussage über kommende Wetterverhältnisse gibt (z. B. Siebenschläfertag)

**Nation:** an den frühneuzeitlichen Universitäten Bezeichnung der Studenten einer bestimmten Landsmannschaft (z. B. Westfalen, Sachsen …)

**Patten:** einfache Holzleisten, Unterschuhe zum Unterschnallen unter Schuhe, um diese vor Straßendreck zu schützen

**Pennäler:** jüngere (Erstsemester-)Studenten

**Pflaster:** Kräutermischung zur Wundbehandlung

**Pomeranzen:** Bitterorange

**Rabat:** länglich geschnittener, vorn herunterhängender Herrenhemdkragen

**Rheingrafenhose:** weite, etwa knielange Rockhose für Männer, die an den Seiten oft noch mit Schluppen (»Galants«) verziert ist

**Ronde gehen:** Wache gehen

**Schnebbe:** kleine, dreieckige Frauenhaube, deren Spitze vorn in die Stirn ragt

**Schöppenmeister** (auch Schöffenmeister): Vorsitzender der zwölf Schöppen bzw. Schöffen, das sind ratsfähige Bürger, die bei Gericht dem Richter zur Seite stehen und vom Rat der Stadt berufen werden. Der Schöppenmeister fungiert auch als Sprecher der Gemeinde (die ratsfähige Bürgerschaft der Stadt) und hat somit auch politischen Einfluss.

**Schwendtag:** unglücklicher, verworfener Tag

**Senioren:** Studenten aus höheren Semestern

**Spiritus vini:** Weingeist

**Tresor:** großer, wuchtiger Schrank, Buffet